Yaşar Kemal
Die Ameiseninsel

Yaşar Kemal

Die Ameiseninsel

Aus dem Türkischen von
Cornelius Bischoff

Unionsverlag

Erster Band der Insel-Trilogie

Die Originalausgabe erschien 1998
unter dem Titel *Firat suyu kan akiyor baksana*
in Verlag Adam Yayıkları, Istanbul.

Auf Internet
Aktuelle Informationen
Dokumente, Materialien
www.unionsverlag.ch

Rieterstrasse 18, CH-8027 Zürich
Telefon 0041-1-281 14 00, Fax 0041-1-281 14 40
mail@unionsverlag.ch

Umschlaggestaltung: Heinz Unternährer, Zürich
Umschlagfoto: João Avlino Marques
Druck und Bindung: Freiburger Graphische Betriebe
ISBN 3-293-00280-3

1

Es war kurz vor Sonnenaufgang. Das Meer dehnte sich regungslos und weiß. Außer dem Klatschen der Ruderblätter war kein Laut zu hören. Noch waren die Möwen nicht aufgewacht. Liegt vor Tagesanbruch die Welt so spiegelglatt da, verwandelt sich das Meer in dieses unendliche Weiß.

Ruhig und ohne abzusetzen ruderte Musa der Nordwind seit gestern Abend mit genau bemessener Gleichmäßigkeit. Von Zeit zu Zeit kam der Hauch einer Brise auf, legte sich wieder, vermischte den vom Rudern aufgewirbelten Meeresduft mit dem Schweißgeruch des jungen Mannes. Er war erschöpft, wollte es aber nicht wahrhaben. Als er sah, wie das Meer weiß zu schimmern begann, vergaß er den Schmerz in seinen Händen, die Müdigkeit und alles andere. Mit der aufkommenden Morgenbrise überkam ihn ein Gefühl überschäumender Freude, und als habe er nicht die ganze Nacht gerudert, legte er sich in die Riemen, dass sein Boot davonschoss. Das Meer war noch spiegelglatt, das Boot, die Ruder, der Himmel und die Sterne schimmerten weiß, aber auch Musa der Nordwind schien schneeweiß vom Scheitel bis zur Sohle.

Als es hinter den gegenüberliegenden Bergen aufhellte, bekam das Meer Farbe. Auf seinem Spiegel begannen violette, orangefarbene, tief grüne, gelbe und rote Lichter zu wirbeln. Musa der Nordwind hob den Kopf, und als er den Blick schweifen ließ, entdeckte er gar nicht so weit vor sich die Insel. Er verlangsamte die Fahrt, strich die Ruder, bis das Boot stoppte, stand auf, öffnete die Arme und tat einen tiefen Atemzug; das Boot schlingerte leicht. Vor ihm erhob sich ein Wunder. Die Insel war in rosarotes Licht getaucht, das sich im Meer leicht wellend widerspiegelte.

Hingerissen blieb Musa der Nordwind im dümpelnden Boot stehen, bis die Sonne aufging. Zuerst glitt das Weiß des Meeres davon, war im nächsten Augenblick verschwunden. Dann schwebte plötzlich das im Wasser widergespiegelte, pfirsichblütene Rosa davon und senkte sich auf die Insel nieder. Die Sterne blitzten noch einige Mal auf und verloschen. Ein Fisch, armlang, schoss aus dem Wasser, sprühte stahlblaue, stahlgrüne, stahlviolette, stahlrote Funken in die Luft und fiel zurück. Hinter ihm sprangen große und kleine Fische, ließen ihre Farben stehen und verschwanden in den Fluten. Wie Flitter hielt sich das Gefunkel meterhoch über dem Wasser.

Lächelnd setzte sich Musa der Nordwind, griff die Riemenholme, lenkte den Bug zur aufgehenden Sonne und begann längs dem Ufer zu rudern. Es war schon Vormittag, als er in die Bucht einfuhr, das Boot aufsetzte und vom Dollbord ans kiesige Ufer sprang. Nach einigen Schritten verhielt er und betrachtete die drei großen Platanen auf dem Platz vor ihm. Sie hatten schon Knospen, ihr feines, samtenes Grün streichelte Luft und Meer. Dann ging er über den Uferweg an den Reihen zweistöckiger Häuser entlang nach Süden, wendete sich beim letzten Haus nach Osten, wo gleichfalls zweistöckige Holzhäuser in Reihe standen. Schließlich bog er ab zur Dorfmitte. Auch hier waren alle Häuser aus Holz, die meisten sirupfarben, einige aber auch gelb, lila, auberginefarben, blau oder weiß gestrichen.

Die Häuser am Meerufer waren allesamt weiß, so auch die drei Windmühlen der Insel, die immer wieder in hellem Sonnenlicht standen. Musa der Nordwind schlug den Pfad zur mittleren ein, die auf einem Hügel stand. Ihre Flügel drehten sich gemächlich. Die Tür stand offen, er machte einige zaghafte Schritte ins Innere. Auf den wuchtigen, von breiten Eisenbändern eingefassten Mühlsteinen lag aufgeschüttetes Korn, der Mahlgang war mit handbreit hohen Brettern abgeschirmt, davor stand ein Holzbottich, in den aus einem hölzernen Trichter fein gemahlenes Mehl rieselte.

Schon als Musa der Nordwind diesen aus Quadern gemauerten Turm betrat, fühlte er sich eigentümlich berührt. Von weit her war ihm ein wohliger Mehlgeruch in die Nase gestiegen. Mit seinem Vater hatte er oft die Packsättel der Pferde mit prallen Kornsäcken beladen und war mit ihm zur Wassermühle am Fuße der nahen Berge gezogen. Schon von weitem war ihnen mit dem Rauschen des Wassers der feine Mehlgeruch entgegengekommen. Beim Anblick der Mühlsteine hörte er wieder das rauschende Wasser, roch er das Mehl. Rund um die Mühle hatten, mächtigen Platanen gleich, zahlreiche Feigenbäume und von Schlingpflanzen umrankte hohe Silberpappeln gestanden und Haine von Granatapfelbäumen sich weit in die Hänge hinein erstreckt ... Und wars im Monat Juni, wellten sich knallrot ihre Blüten ... Vom Rand des Gerinnes aufsteigender Duft der Minze und noch tausendundein anderer Geruch hatten sich mit dem des Mehls vermischt. Schäumendes Wasser, das von den Schaufeln schwappte, der Duft zahlloser Blumen am Mühlbach ... Der Geruch von Wasser und Mehl und in den Feigenbäumen das reine Gelb dicht gedrängt schwirrender Pirole. Leuchtendes Gelb überall, goldschimmerndes Getreide, wohin das Auge blickte, die ganze Ebene ein brodelndes, wogendes Meer gelben Lichts. Solange das Korn gemahlen wurde, war Musa der Nordwind in den Feigenbäumen herumgeklettert, hatte er wie die taubengroßen Pirole auf den Ästen gehockt.

Lächelnd machte er noch einige Schritte. Grobfaserige Säcke lagen überall, daneben rostige Eisenstücke, gebrochene Zahnräder, an eine Wand gelehnt ein Balken, in Abständen von etwa vier Fingern in seiner ganzen Länge mit Löchern versehen. Gelehnt an eine andere Wand ein nagelneuer Windmühlenflügel, hier und da, achtlos hingeworfen, verbeulte, rußgeschwärzte Kupfertöpfe ...

Über knarrende Stufen ging er nach oben. Noch immer stieg ihm Mehlgeruch in die Nase, vermischt mit dem Duft von wildem Majoran und frischen Feigen. Am obersten Treppenabsatz blendete ihn so starkes Licht, dass er taumelte. In jeder Himmelsrichtung war, wie eine große Schießscharte, ein Fenster. Die Läden waren aus der Halterung gerissen und lagen am Boden. Er ging zum Fenster an der Südseite und blickte hinaus. In der Ferne war das spiegelglatte Meer zu sehen. Tief unten lagen ihm die Ziegeldächer der Häuser zu Füßen.

Erst als er sich an eine der Öffnungen lehnte, fiel ihm auf, wie dick die Mauern waren. Mit Mühe schwang er sich im Quersitz auf die Fensterbrüstung und schätzte mit ausgestrecktem Arm. Das Mauerwerk maß fast einen Faden. Als er von der Brüstung hinuntersprang, knickte er ein und wäre beinahe hingeflogen. Er war erschöpft. Mühsam richtete er sich auf und ging zum nächsten Fenster. Von hier aus sah er auf die Pfirsichbäume, deren rosa Blüten sich heute Morgen vor Sonnenaufgang im Meer widergespiegelt hatten. Himmel, Meer und Erde, die ganze Welt, ob Blumen, Vögel und Bäume, ob Grün, Violett, Gelb und Orange, alles hatte einen rosa Schimmer. Musa der Nordwind sah an sich herunter, auch er war von Kopf bis Fuß rosa angehaucht, und hoch über der Mühle sah er die rosa Wolke in einer Flut von Licht kreiselnd nach Süden gleiten. Ihm schwindelte leicht, als er an das östliche Fenster kam. Auch hier schimmerte alles rosa. Er eilte ans Fenster an der Nordseite. Von dort aus fiel ihm ein Schatten auf, der sich da unten im rosa Gebüsch bewegte, sich aufrichtete und immer wieder Deckung suchend davoneilte. Ein unheimliches Gefühl beschlich ihn, verstört eilte er die Treppe hinunter ins Freie, ging mit ausholenden Schritten zum nächstliegenden Haus am Dorfplatz und öffnete die Tür. Die Krone einer großen Platane an der Nordseite des Hauses überschattete das Dach, die Jungvögel in den hier und da im Laub versteckten Nestern waren noch nicht geschlüpft. Das Haus war gähnend leer.

Er ging über den kiesigen Strand zurück zu seinem blau gestrichenen Boot, bückte sich nach seiner zusammengeschnürten Matratze, doch er konnte sie nur herausheben, indem er sie mit beiden Händen an den Schnürstricken übers Dollbord zog. Er schleifte sie über den Kieselstrand ins Haus, hatte aber nicht mehr die Kraft, sie auszurollen, und sackte, angekleidet, wie er war, auf den Ballen nieder. Plötzlich sah er aus den Augenwinkeln den Schatten von vorhin am Haus vorbeihuschen. Jetzt noch die Sachen aus dem Boot zu holen, das würde er nicht mehr schaffen.

Wenn aber jener Schatten jemand war, der nur darauf wartete, mit dem Boot davonzufahren? Im Nu war er auf den Beinen, rannte zum Strand, hob die Ruder aus, eilte mit ihnen zurück, verriegelte die Tür und ließ sich auf seine zusammengerollte Matratze fallen.

Er saß auf einem Grauschimmel und ritt über eine Ebene ohne Anfang und Ende. Weites Land rundum, blendend weiß und lichtdurchflutet. Riesige, weit geöffnete rosarote Blüten berührten den Bauch des Pferdes und streckten sich immer höher. Mühsam bahnte sich das Pferd einen Weg durch die rosaroten Blumen. Wildwasser, das aus dem Gipfel des gegenüberliegenden Berges schoss, toste schäumend über die Hänge zu Tal und verschwand zwischen den rosaroten Blumen. Plötzlich verstummte das rauschende Wasser. Das Pferd stieg auf die Hinterhand, der Berg färbte sich rosarot, und rosarote Schatten bedeckten die Ebene.

Das Mittelmeer dampfte in blau rieselndem Licht.

Regen fiel, rosarot.

Das gestiegene Pferd wieherte, es schimmerte rosarot. Der rosarot leuchtende Berg setzte sich in Bewegung, sein Licht schäumte. Ein rosaroter Sturzbach strömte schäumend über seine Hänge. Das Wiehern tausender rosarot schimmernder Pferde hatte die Ebene erfüllt. Sie waren ineinander verkeilt, sie flogen. Ihre Flügelspitzen berührten sich, ihre Mähnen und Schweife wehten.

Dann verschwanden die Pferde samt der nach und nach in fleckenloses Gelb übergehenden Ebene in undurchdringlichem Dunkel. Nur der tiefblaue Himmel, das tiefblaue Meer und die jetzt tiefblau schimmernde Wolke leuchteten immer noch.

Dann ging ein wahrer Wolkenbruch nieder, und alles versank in so tiefem Dunkel, dass man die Hand nicht vor Augen sehen konnte ... Aus dem Dunkel tauchte wieder der Berg auf, bewegte sich kreiselnd und Licht sprühend zum Meer und verschwand. Das dunkle Meer wurde weiß, verströmte sein Licht über die Welt, und das Pferd begann wieder rosarot zu schimmern ...

Musa der Nordwind in seinem Boot. Die geschwollenen Hände um die Holme gespannt, die Arme wie taub, er kann sie kaum heben. Immer wieder taucht er die Ruderblätter ins Wasser und blickt um sich, doch kein Strich von Land ist in Sicht. Kreischend toben die Möwen über ihm, stoßen herab, als wollten sie sich auf ihn stürzen und ihn zerfleischen. Erschrocken kauert er sich tief ins Boot. Die Möwen Flügel an Flügel, übereinander, auf und ab. Er bekommt keine Luft. Der Berg war ins Meer gewandert, das noch im Dunkel lag. Flammend tauchte der Berg in die Fluten. Wie ein sinkendes Schiff. Er sank in die Tiefe, aber sein Licht blieb auf dem Meeresspiegel zurück. Und da füllte sich das Meer bis auf den Grund mit hellem Licht. Auf dem Grund des Meeres riesige Schiffe, in der Tiefe riesige Fische, Schwärme von Fischen überall; und kreischend durcheinander fliegende riesige Möwen ... Und vermischt mit den Sternen kreisten Vogelschwärme in einer endlosen Trombe.

Das Meer war wieder schneeweiß. Musa der Nordwind hatte sich auf die Kiesel gehockt und das Kinn auf die Knie gestützt. Betrachtest du den Meeresspiegel so in Augenhöhe, erscheint er dir wie Flitter, der in stahlvioletten, stahlblauen, stahlgrünen und stahlroten Farben schillert. Musa der Nordwind erhob sich, hakte die Daumen in seinen Gurt und ging mit wiegenden Hüften zu seinem Boot. Er öffnete den Mantelsack aus gewobenem Kelim, holte den Nussholzkasten hervor und setzte sich damit auf einen nahen wuchtigen Quader unter einer großen Platane, die ihre Äste über das Wasser streckte. Die Nester in den Zweigen waren leer. Wohin mochten die Vögel wohl geflogen sein? Er zog den Schlüssel aus seiner Tasche und schloss das Kästchen auf. Dreimal klickte es metallisch laut, als er den Schlüssel im Schloss drehte. Zuerst nahm er den Abziehriemen heraus, dann Rasiermesser, Pinsel, Seife und Wasserschälchen. Danach füllte er Meerwasser ins Schälchen. Die Seife war ja sehr gut, aber mit Meerwasser schäumte sie nicht. Als er sich umsah, entdeckte er auf dem Marktplatz, genau in der Mitte dreier Platanen, die eingefasste Quelle, und fast unmerklich durchrieselte ihn ein warmes Gefühl von Freude und Hoffnung. Er ging zum Brunnen, drehte den Hahn auf, und laut plätschernd schoss Wasser in die Rinne. Gierig drückte er die Lippen an den Wasserhahn. Wie durstig er doch war! Dennoch hatte er, brennend vor Durst inmitten so vielen Wassers, ans Trinken überhaupt nicht gedacht. Er füllte die Wasserschale, ging zum Quader unterm Baum und setzte sich. Über der eingefassten Quelle waren Bilder in den Stein gemeißelt und darunter Schriftzeichen, mit denen er nichts anzufangen wusste. Schriftzeichen, schief und krumm ... Wer weiß, vielleicht war das die Schrift der Griechen.

Die Seife schäumte sofort, und gleichmäßig verteilte er mit dem Pinsel den Schaum auf Wangen und Kinn, strich die Klinge des Messers einige Mal über den Abziehriemen und hatte im nächsten Augenblick seinen Fünftagebart mit geübter Hand abrasiert. Anschließend rieb er bedächtig sein Gesicht mit seinem nach Zitrone duftenden Kölnischwasser ein, legte das Rasierzeug zurück in den Kasten und schloss ab. Wieder klickte es dreimal metallen laut.

Frisch rasiert, fühlte er sich gleich wohler. Er machte an Ort und Stelle ein kleines Lagerfeuer, schob seine Teekanne in die Glut und warf eine Prise Tee ins Wasser. Danach breitete er eine Essmatte aus und stellte eine handgetriebene, verzinnte Kupferschüssel auf die Unterlage. Aus einem Beutel aus Ziegenfell, an dem noch die Angorabehaarung hing, holte er ein Stück Ziegenkäse hervor. Bald lagen auch Brot, Frischzwiebeln und ein Glas Honig auf seiner Tafel.

Er goss den hasenblutroten Tee in ein geschwungenes, dünnwandiges Teeglas, hielt es gegen das Licht und betrachtete eine Weile andächtig die leuchtende Farbe. Der Tee war makellos rein.

Eine schwache Brise kam auf und brachte den starken Geruch des Meeres mit. Die Zweige der Platane wiegten sich leicht, und auch die frisch aus den geplatzten Knospen sprießenden kleinen Blätter schienen sich zu regen.

Musa der Nordwind stand auf, schüttelte die Unterlage am Wasser aus, faltete sie zusammen, verstaute sie im Boot, schlug den Weg zu den Häusern ein, öffnete die Tür des Hauses, wo er geschlafen hatte, nahm sein Bett, kam und rollte es vor seinem Boot auf den Kieselsteinen aus. Von der Matratze stieg ihm Muff in die Nase. Die Hände in den Hüften, wandte er sich dem Meer zu. Es kräuselte sich leicht. Der Hauch eines Lüftchens wehte, erstarb, und weit oben am Himmel schaukelte eine geballte, schneeweiße Wolke. Als er sich umdrehte, sah er im Brombeergebüsch dicht bei den Häusern schemenhaft wieder den Schatten. Ein Schauer durchlief ihn. Wer war dieser Schatten auf der menschenleeren Insel? Erst einmal sich hier niederlassen, und dann sehen wir weiter! Er ging zum Boot und holte aus einem größeren Kasten seinen Revolver hervor. Einen Nagant. Geladen. Und eine Patrone im Lauf. Er legte ihn an und schnallte das Koppel fester als sonst. Dann ging er zu den Häusern und blieb bei der ersten Tür stehen. Sie war nicht abgeschlossen. Als er öffnete, strömte das Tageslicht hinein. Was ihm zuerst ins Auge fiel, war eine bienengroße rote Spinne, die in einem Winkel ihr riesiges Netz gesponnen hatte und rechts darüber in einer Ecke hockte. Der offene Kamin an der Wand gegenüber der Tür stand auf einem Sockel aus weiß geädertem, schwarzem Marmor. Die Asche und Reste von Kohlen sahen aus, als sei das Herdfeuer erst vor kurzem gelöscht worden. Das Vordach der Abzugshaube war aus ziselierter Bronze. Schmal zulaufend führte ein breiter Schacht aus gemeißeltem, gelb geädertem rötlichem Marmor vom Rauchfang durch die Decke in den zweiten Stock. Der Fußboden war aus Kieselstein. Rechts und links des Kamins und der Tür befand sich je ein Fenster, das sich nach innen öffnen ließ. Die reich verzierten Fensterläden gingen dagegen nach außen. Musa öffnete alle vier. Abgesehen von etwas Staub, glänzte der Raum vor Sauberkeit. Die Tür zur Rechten führte in die Küche. Töpfe und Pfannen schienen unberührt. Merkwürdig, dass es nicht einmal in der Küche muffig roch. Er stieg die Treppe hoch, auf den hölzernen Stufen lag kein Staub, sie glänzten wie frisch gebohnert. Im oberen Stockwerk ein geräumiger Salon, an der Nordwand ein großes Fenster, zu beiden Seiten des Fensters bis hin zur Seitenwand je ein Bild. Darauf am Ufer blauen Meeres riesige Pflanzen mit weit geöffneten Blüten, die keiner Blume dieser Welt ähnlich sahen; rote, violette, rosarote, gelbe, fliederfarbene, so weit das Auge reichte … Und Licht. Der Meister hatte jeweils das Orange einer großen Sonne mitten in die Blumen gesetzt. Wüsste jemand, dass irgendwo auf der Erde solche Blumen blühten, er würde von Ort zu Ort durch die Welt wandern, und sei es bis jenseits des Zauberberges Kaf, nur um sie zu betrachten. Mitten im Meer drei Segelschiffe; mit geblähtem Tuch fliegen sie in unendliche Weiten dem Licht entgegen. Und auch der ferne Himmel darüber scheint Flügel zu haben.

Das Bild über dem Fenster reichte bis an die Decke. Der Maler hatte sein ganzes Talent, die Zauberkraft seiner Hände und das ganze Licht in seinen Augen in diese Blumen einfließen lassen und einen blendenden Paradiesgarten vor sich ausgebreitet. Wieder rahmten Blumen das leuchtende Meer ein, das sich wieder in flimmernder Weite verlor. Über diesem flimmernden Licht blühte eine einzige, in Blau übergehende Blume, deren eines ihrer Blätter in den blauen Himmel ragte, vielleicht von allen die Blume mit dem größten Zauber. In der Mitte des Bildes wenden zwei voneinander entfernte Schwäne ihre Rücken dieser aus Licht gewobenen Blume zu und fliegen dem Ufer zu, und genau zwischen den beiden ein landender Schwan mit angewinkelten Flügeln.

Blieb Musa der Nordwind nur einen Augenblick noch dort stehen, der Schwan würde mit seinen angewinkelten Flügeln, platsch!, auf dem Wasser landen! Er floh fast die Treppe hinunter und weiter zum Ufer. Sein Herz pochte, er holte tief Luft, schloss seine Augen; vor ihm zogen Schwärme von Schwänen und magische, nie gesehene, lichtgefüllte, mit Blau durchwirkte riesige Blumen vorüber. Er schlug die Augen auf. Das grelle Licht blendete. Als sich das Dunkel lichtete, hörte er es hinter sich rauschen, er kehrte um, das Haus kam mit all den Blumen immer näher. Im Laufschritt nahm er die Stufen nach oben und blieb vor den Blumen stehen. Träumte er mit offenen Augen, oder hatte er sie geschlossen? Er lief zur Treppe, rannte wieder nach oben. Wann er in die anderen Häuser gelaufen war, wann er sie verlassen hatte, er weiß es nicht mehr.

Gegen Abend ging er wieder in das Haus, in das er zuerst eingekehrt war. Eine unerklärliche Angst beschlich ihn, dieses Haus will ich nicht haben, sagte er sich, dieses Haus ist verhext ... Als er durchs Fenster zum gegenüberliegenden Hügel, auf dem die Windmühle stand, hinüberblickte, sah er ganz verschwommen wieder diesen dunklen Umriss. Dieser Umriss war der eines Menschen, aber wenn es wirklich der Umriss eines Menschen war, warum kam dieser nicht zu ihm?

Er nahm zwei Stufen auf einmal, als er die Treppe hinuntereilte, lief bis zu der Stelle, wo er den Schatten gesehen hatte, blickte um sich, doch niemand war da. Er stieg auf den Hügel, ließ seine Augen schweifen, doch nicht der kleinste Zipfel, der von dem Umriss stammen könnte, fiel ihm auf. Erst als er den Hang hinunterging, war ihm, als habe er etwas gesehen. Es tauchte auf und verschwand. Mensch, dieser Schatten will mich wohl narren, murmelte er. War dies eine Insel der Feen? Als sie die Insel vereinnahmten, sind die Bewohner ... Und dieser auftauchende und wieder verschwindende Schatten ... Warum sollte sonst eine so himmlische Insel derart verwaist sein! Ob auch die Bilder in den Häusern von malenden Feen stammten? Konnten Menschenkinder so bezaubernde Bilder, bei deren Anblick einem schwindelig wurde, überhaupt malen? Ob in all diesen Häusern Elfen wohnten? Und dieser Schatten? Taucht auf und verschwindet in einem fort. Er lächelte, dies ist eine verzauberte Insel, sagte er sich. Soll ich zu einer anderen Insel fahren? Zu einer Insel ohne Feen und wo es nicht spukte? Gibt es denn eine Insel ohne Feen und ohne Zauber, fragte er sich.

Er ging zum Ufer hinunter, zündete ein Feuer an und füllte Wasser in seinen Topf. Erst einmal eine Suppe kochen!

Bis Mitternacht blieb er am Ufer hocken, dann nahm er seine Matratze auf die Schulter und ging zum ersten Haus am Dorfrand. Er zündete seine Karbidlampe an und ging ins Haus. Drinnen roch es nach Harz. Er rollte das Bett links von der Küche aus, verriegelte die Tür und schlief ein, kaum dass er den Kopf aufs Kissen gelegt hatte.

Sehr früh schon wachte er auf. Die Sonne war noch nicht aufgegangen. Über den kiesigen Strand ging er ans Meer. Das Knirschen der Kieselsteine unter seinen Füßen hallte. Der Meeresspiegel flimmerte tausendfach in stählernem Violett und Grün. Über den Bergen des fernen, unsichtbaren Ufers stiegen Wolken auf. Schneeweiße Wolken, die sich unentwegt blähten ... Plötzlich färbte sich die Welt wie ein Blumengarten. Noch nie geschaute, paradiesische Blumen, bunter und größer noch als jene in den Häusern. Die roten von reinem, glänzendem Rot, so auch die gelben, die rosaroten ... Und fliederfarbener, reiner Blauglanz.

Wessen Hand auch immer, sie kam und überzog das Meer mit reinem, leuchtendem Orange. Danach blitzte gleich einem Pfeil ein roter Strahl auf, fuhr im nächsten Augenblick um die Platanen und verschwand. Gleich darauf erschien ein schmaler Rand der aufgehenden Sonne. Musa der Nordwind ging zum Strand hinunter und hob zuerst die Nussbaumtruhe aus dem Boot. Sie war sehr schwer. Obwohl er sie, an beiden Griffen gepackt, gegen seinen Bauch drückte, musste er sie auf halbem Wege absetzen. Er war in Schweiß gebadet.

Immer wieder absetzend, schleppte er die Truhe durch die Einfriedung zur Marmortreppe und wuchtete sie auf den obersten Absatz vor der Haustür. Es war eine dieser in ganz Südanatolien so berühmten Nussbaumtruhen aus Maraş. Der Deckel und auch die Seitenwände waren aus einem Stück gearbeitet, und die Schnitzerei auf der Vorderseite stellte eine dahinfliegende, großäugige Gazelle dar.

Jedes Mal, wenn er die Truhe öffnete, stieg ihm der Duft von Holzäpfeln in die Nase. Er zog den Schlüssel aus seiner Tasche und steckte ihn in das gesicherte Schloss. Es schellte dreimal: tschinn, tschinn, tschinn! Aus einem Beutel mit blauen Blumenmustern holte er seine Hose hervor, eine dunkelblaue Reithose. Die Bügelfalten hatten gehalten. Er entkleidete sich schnell, holte frische Unterwäsche aus einem anderen Beutel, dazu Seidenhemd, Weste und Jacke, legte alles an, band sich seine schönste, so selten getragene grüne Krawatte um und zwängte seine Füße in die Langschäfter, die ganz unten in der Truhe gelegen hatten. Ach, wenn er doch nur einen Schrankspiegel hätte und sich darin betrachten könnte! Vergiss es, murmelte er. Er zog sich wieder um und legte die Oberkleidung zurück in den Beutel. Dann eilte er wie im Fluge zum Boot und begann alles auszuladen. Dreimal ging er hin und her und brachte die Sachen ins Haus. Aus einer kleinen Schachtel nahm er seine Uhr, eine Longines, heraus – die goldene Uhrkette allein füllte eine Hand – und steckte sie in die Tasche. Dann setzte er sich auf die Stufen und überlegte. Wie das Haus abschließen? Wird dieser Schatten nicht alles wegschleppen, wenn ich die Tür nicht verriegle? Aber wohin soll der es denn wegschleppen. Und wenn er stehlen will, kann er ja jederzeit die Tür aufbrechen, denn auf dieser menschenleeren Insel wird ihn ja niemand hindern. Was solls, murmelte er, stand auf und ging. Er hatte nicht einmal die Truhe abgeschlossen. Nur sein Geld hatte er in einen Beutel aus Seide gesteckt, den er am Halse trug. Er sprang ins Boot und hängte sich in die Riemen; auf spiegelglatter See flog das Boot nur so dahin. Rudern hatte er im Mittelmeer gelernt. Noch vor Sonnenuntergang musste er es bis Küstennähe geschafft haben. Dann war er spätestens morgen Nachmittag im Städtchen. Wenn die See rau wird, bin ich geliefert, murmelte er. Er vertraute auf sein Glück.

Nachdem sein Boot eine Weile schnell wie ein Schwan dahingeglitten war, zog er die Riemen ein und ließ den Blick schweifen. Er hatte sich von der Insel schon ziemlich weit entfernt. Gemessen drehten sich die Windmühlenflügel. Die drei Platanen schienen aus der Ferne noch höher und breiter, sie ragten wie schwarze Hügel überm Ufer empor. Die Sonne spiegelte sich im Glanz der Fensterscheiben, sie hatte die ganze Insel vergoldet und mit Licht überflutet. Plötzlich schreckte er zusammen, sein Herz klopfte, seine Handflächen wurden schweißnass: Er hatte am Ufer den Schatten entdeckt. Hoch aufgerichtet stand der da, wurde immer länger und winkte ihm zu. Dieser Schatten ist tatsächlich nichts anderes als ein Mensch! Er stand auf und winkte zurück, bis der Schatten aufhörte zu wachsen. Was tun? Er hockte sich hin, schob hastig die Riemen ins Wasser, wendete das Boot und ruderte zurück, dass die Bugwelle rauschend schäumte. Doch als er hinter sich blickte, stieg blanke Wut in ihm hoch: der Schatten war verschwunden. Du Hund!, schrie er aus Leibeskräften. Bleib doch mutterseelenallein auf der Insel hocken, und platze vor Einsamkeit! Dann zog er den rechten Riemen durchs Wasser, bis das Boot wieder gedreht hatte.

Er ruderte mit aller Kraft, hielt aber immer wieder nach dem Schatten Ausschau, aber der war verschwunden. Kerl, ich werde vor einer Woche nicht auf die Insel zurückkehren, platze doch, platz und stirb! Kerl, ich werde auch in einem Monat, in fünf Monaten, in einem Jahr, in drei Jahren nicht auf die Insel zurückkommen, platz doch, platze … Mensch, ich werde überhaupt nicht mehr zurückkommen …

Nachdem er seinen aufgestauten Zorn so ausgespien hatte, fühlte er sich erleichtert. Beschwingt und ohne abzusetzen, legte er sich jetzt in die Riemen, und wie geölt glitt das Boot mit einer schmalen, sich schnell verlierenden Spur leicht schäumenden Kielwassers durch die spiegelglatte See. Musa der Nordwind hatte viel Zeit am Mittelmeer verbracht, er kannte auch viele andere Gewässer, aber so ein freundliches Meer hatte er noch nie erlebt.

An jenem Tag ruderte er bis zum Abend. Kurz vor dem Dunkelwerden holte er die Riemen ein, legte einige Brocken Schafskäse in einen Kanten altes Brot, aß mit großem Appetit, setzte danach den Wasserkrug an die Lippen und trank in kräftigen Zügen. Das Boot dümpelte leicht. So verhält sich das Meer wohl im Frühling, dachte er, lehnte sich mit dem Rücken gegen die Vorplicht und blieb eine Weile so hocken. Als er die Riemen wieder auslegte, war er ausgeruht, fühlte er sich wie neugeboren. Sternenlicht erhellte das Meer, ließ es stellenweise glänzen. Er kannte die Sterne gut. Ob im Tiefland, auf den Hochebenen, in den Bergen, in der Wüste oder auf dem Meer, die Sterne sahen überall anders aus. Jetzt schienen sie sehr weit und auch sehr groß, als glitte von jedem Einzelnen ein ganzes Strahlenbündel zum Meer herab. Musa bestimmte seinen Kurs nach den Sternen, und es war nicht nur der Polarstern, wonach er sich richtete, auch viele andere zeigten ihm den Weg. Als Wegweiser waren die Sterne auf dem Meer ebenso wichtig wie in der Wüste. Das Rudern strengte ihn fast gar nicht an, wurde er dennoch müde, ließ er die Ruderblätter im Wasser eine Weile treiben, betrachtete die riesigen, wie aufgeblühte Lichtrosen auf den Grund der Finsternis genagelten Sterne und legte sich dann wieder taufrisch in die Riemen.

Hin und wieder ging ihm auch dieser aufgeschossene, sich immer höher streckende Schatten am Ufer durch den Kopf, aber er dachte nicht länger darüber nach. Vor seinen Augen lebten dafür die alten Zeiten wieder auf, Erinnerungen, Geschichten über die fernen Hänge des Zauberbergs Kaf und über den Padischah der Vögel, er sah die Festung Payas in der Mitte zwischen den Gavur-Bergen und dem Mittelmeer und die Festungssträflinge, die Stadt Urfa, die Gegend um Dörtyol, Apfelsinenhaine, das orangefarbene Dorf, den schäumenden, zu Tal donnernden Wasserfall am Gavurberg, die Kindheit, seinen Vater, Schlachtengetümmel ...

Er stand auf, blickte zum Festland hinüber, das Meer war kurz vorm Aufhellen, am Ufer bewegten sich schemenhaft riesige Schatten, flackerten undeutlich Lichter auf.

Er warf den Anker aus, der sehr schnell Grund hatte. Demnach war das Ufer weniger als eine Meile entfernt. Er breitete seinen Soldatenmantel aus, kroch in seinen Hirtenumhang und rollte sich auf den Planken zusammen. Als er aufwachte, sah er die Sonne aufgehen. Langsam erhob er sich und linste in alle vier Himmelsrichtungen. Die Stadt lag genau vor ihm. Er beugte sich übers Dollbord, klatschte sich einige Hand voll Meerwasser ins Gesicht, holte sein Handtuch unter der Plicht hervor, trocknete sich ab, kämmte sich und zwirbelte vor einem Taschenspiegel sorgfältig seinen Schnauzbart. Dann pinkelte er ausgiebig über Bord.

Es hatte sich gar kein Leckwasser in der Bilge gesammelt, darüber wunderte und freute er sich.

Er zog den mit bunten Blumenmustern bestickten Beutel unter der Plicht hervor und holte seine neuen Kleider heraus. Das seidene Hemd mit dem auf Aleppoer Art verzierten Kragen und eine

Weste reich an Knöpfen aus wertvollstem blauem Stoff. In Windeseile zog er sich an.

Könnte er sich doch einmal nur in einem großen Spiegel betrachten, bedauerte er wieder, band sich sehr sorgfältig die Krawatte um, versah sie mit einer perlenbesetzten Krawattennadel und steckte ein weißes, seidenes Ziertaschentuch in seine Brusttasche. Nun war die Reihe am Kalpak, der in ein Seidentuch eingewickelt war. Er nahm ihn in die Hand und betrachtete ihn eine Weile. Er war aus echtem Persianer und so schön, dass er sich an ihm nicht satt sehen konnte. Dann setzte er ihn, wie die Kämpfer der Nationalen Streitkräfte im Freiheitskrieg, etwas schräg auf und betrachtete sich im Taschenspiegel. Doch es gefiel ihm nicht, und er schob die hohe Fellmütze wieder gerade.

Seine langschäftigen Stiefel waren das Werk des namhaftesten Schuhmachermeisters von Aleppo. Streichelnd, als berühre er ein Heiligtum, zog er sie sich über die Füße.

Musa der Nordwind legte den Soldatenmantel auf die Ducht, setzte sich drauf und legte sich so weich in die Riemen, dass auch kein Tropfen Wasser sprühte. Wie ein Schwan glitt das Boot vorwärts.

Er steuerte das Boot in die Bucht und setzte es mit so viel Schwung auf den Sandstrand, dass es mit halber Länge aus dem Wasser herausragte. Ohne an die Bootswand zu stoßen, stieg er aus. Auf der Anlegebrücke spazierten einige junge Burschen umher, er rief, und sie eilten sofort herbei. »Bitte, mein Bey!«

»Zieht dieses Boot an Land!«

Die Jungs hängten sich ans Dollbord und zogen das Boot bis an die Böschung hoch. Musa der Nordwind drückte ihnen etwas Geld in die Hand, und die Gesichter der jungen Männer leuchteten.

»Ich gehe in die Stadt, gebt auf mein Boot acht!«

»Zu Befehl, mein Bey!«

Musa des Nordwinds Stimme klang so befehlerisch, beinah hätten die Jungen strammgestanden. »Lasst das Boot nicht aus den Augen!«

»Wir rühren uns nicht von der Stelle!«

Er machte sich auf in die Stadt, und ohne sich durchzufragen, fand er sofort das Ladenviertel. Am ersten Friseurladen ging er vorbei, die Wände schienen einzustürzen. Einige Läden weiter war der nächste Friseur, er blieb vor der Tür stehen, aber die Miene des dickbäuchigen Barbiers mit dem grauen Schnauzbart behagte ihm nicht. Da fiel ihm auf der anderen Straßenseite ein großes Schild mit der Inschrift »Barbier Gutes Omen« auf. Er ging hinüber. Drinnen stand ein hoch gewachsener, langhalsiger Mann mittleren Alters mit hängendem Schnauzbart und strengen Gesichtszügen, der ununterbrochen ein Rasiermesser am Abziehriemen schärfte. Dieser Mann sagte ihm zu. Unter den Friseuren waren Menschen dieses Typs oft die redseligsten. Er war noch nicht an der Tür, als sie sich schon öffnete.

»Bitte sehr, mein Efendi, mein oberster Herr, willkommen, du bringst Freude ins Haus!«, rief der Barbier freundlich wie eine Katze, die eine Hand am Türgriff, die andere auf dem Herzen. Noch während Musa der Nordwind eintrat, war der Barbier schon zum Sessel gewieselt, hatte das über seiner Schulter hängende Handtuch gegriffen und das Sitzpolster abgewischt. »Bitte sehr, mein Efendi, bitte, Herr, willkommen in unserer Stadt!« Ohne seinen Redefluss zu unterbrechen, knotete er den Frisierumhang um Musa des Nordwinds Hals.

Der Laden war alt und brüchig. Vielleicht stammt er noch von seinem Großvater, dachte Musa.

»Mein Name ist Nuri, der Meisterliche Barbier zum Guten Omen. Ich kam aus Istanbul hierher, hatte dort im Stadtteil Beyoğlu einen großen Frisiersalon für Damen und Herren. Neun griechische Gesellen und Gesellinnen arbeiteten für mich. Des Schicksals Auge möge erblinden, sein Herd verlöschen!« Er machte eine Pause und seufzte tief. »Hatten wir das verdient? Der Krieg brach aus, wir landeten in dieser Provinz und kauften diesen Laden von einem wohl Hundertjährigen. Schon der Vater und der Großvater des Alten waren in diesem Laden ihrem Handwerk nachgegangen, und um die Atmosphäre dieses jahrhundertealten Ladens nicht zu verändern, ja, um das Antike zu bewahren, haben wir ihn so, wie er war, erhalten. Doch zu tun gibt es nichts. Hier lässt sich niemand rasieren, mein oberster Herr, jedermann läuft mit einem schmutzigen, ellenlangen Bart und hüftlangen Haaren herum. Sie stinken alle, mein oberster Herr, sie stinken, mein Bester. Dabei sollen früher die Goldstücke in diesen Laden nur so hereingeregnet sein.« Er zeigte hinaus und rief: »Diese Häuser …«, dann drehte er sich dem Meer zu, »und all diese Inseln waren griechisch. Die Griechen sind gegangen und der Segen jener Tage mit ihnen. Ach, ach, wäre es denn sonst so weit mit mir gekommen? Wie mich gab es keinen zweiten Barbier nicht nur nicht in Istanbul, den gab es nicht einmal in Athen und Paris! Soll ich Ihnen mal etwas sagen, mein Efendi? Diese Welt macht überhaupt keinen Spaß mehr! Wir können schon froh sein, wenn wir satt werden.«

Dann goss er etwas Wasser in die dampfende Kanne auf dem Holzkohlebecken: »Werde ich auch Ihr Haar waschen?«

Musa der Nordwind wusste schon immer, wie man mit solchen Leuten reden musste: »Du wirst!«, antwortete er von oben herab laut und bündig.

»Zu Befehl, unser Efendi!« Kaum hatte der Barbier seine Utensilien zurechtgelegt, begann er in Musa des Nordwinds Haarschopf zu schnippeln. Und wie bei allen Meistern seines Fachs würde nichts mehr das gleichmäßige Klappern seiner Schere unterbrechen. Ob einer redet, ruft oder brüllt, ob neben ihm Kanonen donnern, nichts konnte den Gleichtakt seiner schnippelnden Schere mehr aufhalten!

»Was hatten sie sich nur gedacht, als sie die Griechen fortschickten! Wie Brüder verbrachten wir mit ihnen unsere Tage. Sie hatten uns doch gar nichts getan … Und mit ihnen ging auch der Segen! Weit und breit keine Maurer mehr und keine Zimmerer, die uns ein Häuschen bauen können, wir finden keinen Schneider, der uns die aufgeplatzten Nähte flickt, keinen Schmied, der uns die Pflugschar hämmert, es gibt keine Ärzte mehr, keine Tierärzte, weder Bootsbauer noch Autoschlosser. Wir sind der Not ausgeliefert, mein Efendi und oberster Herr. Sie sind ein studierter Mann und wissen, warum sie die Griechen fortgeschickt haben, ich habe lange darüber nachgedacht, doch bin ich nicht darauf gekommen. Wer hat die Griechen nur fortgeschickt und uns in diese missliche Lage gebracht?«

Unwillig hob Musa der Nordwind den Kopf, beinah wäre ihm die Schere in den Nacken gefahren. Er verhielt eine Weile und sagte dann mit zorniger Stimme: »Wir haben sie weggeschickt, Beyefendi, wiiir!«

Der Friseur erschrak. »Sie also, Hochwohlgeboren«, sagte er verängstigt, »Sie also … Und da von Euer Hochwohlgeboren ja nichts Schlimmes ausgehen kann, nicht wahr … Der nach Recht und Gesetz abgetrennte Finger kann nicht schmerzen, nicht wahr? Da werden die Griechen, bei all ihrem Geschick und ihren Talenten, wohl Vertreibung und Tod verdient haben, Hoheit … Ja, werden sie bestimmt verdient haben.«

»Mach weiter, Barbier!«, sagte Musa der Nordwind. »Und jetzt wirst du ehrlich auf meine Fragen antworten. Geradeheraus! Du brauchst keine Angst zu haben. Und mach weiter!«

Die Hände des Friseurs zitterten. Beinah wäre ihm die Schere aus der Hand geglitten.

»Sei unbesorgt, lieber Barbier Efendi, die Griechen hätten für dich noch viel tun können, aber wir haben sie nun einmal vertrieben. Es ist, wie es ist!« Er lachte schallend. »Was geschehen ist, ist Vergangenheit! Erzähl du mir erst einmal vom Landrat, vom Finanzdirektor und vom Standesbeamten! Auf Grund meiner langjährigen Erfahrung habe ich sofort erkannt, dass du ein kluger Mann bist, der viel erlebt und manchen Schicksalsschlag ertragen hat. Und wenn du mir ohne Scheu deine ehrliche Meinung sagst, soll es nicht dein Schade sein. Erzähle mir jetzt vom Finanzdirektor. Was weißt du über ihn? Was sagt man über ihn? Erzähle mir alles, und es wird sich für dich lohnen.«

»Zu Befehl, Efendi, zu Befehl, und immer zu Diensten, mein Efendi, immer zu Diensten!« Der Barbier hatte sich von seinem Schrecken erholt, und wie vorhin begann die Schere in einem fort, klipp, klipp, zu schnippeln.

»Ich verstehe, mein Efendi, worum es Ihnen geht. Wenn es so ist, dann hat Gott Sie geschickt. Dieser Landrat und auch der Finanzdirektor sind Millionäre geworden. Sie haben krügeweise Gold gehortet, haben in Istanbul Villen und Serails gekauft. Aber der Standesbeamte, der ist zu bedauern. Auch wenns um sein Leben ginge, ließe der sich nicht bestechen. Es genügt, ihn zu loben. Sein Großvater soll ein Khan oder Bey der Tschetschenen oder Ähnliches gewesen sein. Sage ihm nur, dass es in diesem riesigen Land der Osmanen, im Iran, im Turan und in dieser Türkischen Republik keinen gibt, der nicht von seiner Sippe weiß, sage ihm: ›Geh doch hin zum großen Retter des Vaterlandes mit dem Herzen eines Tigers, der Mähne eines Löwen, den meerblauen Augen und sonnenhellen Haaren, zu Mustafa Kemal, und höre dir an, was er dir über deinen Großvater, den Khan, erzählen wird!‹ Wenn er das hört, wird er zur Erde unter deinen Füßen, schlägt er sogar sein Leben für dich in die Schanze.«

»Ich habe verstanden. Barbier, dafür wirst du belohnt werden. Dieses Vaterland wird deine Dienste fürs Volk niemals vergessen. Nur einen freundschaftlichen Rat von mir: Sprich in Zukunft zu niemand Fremdem so über die Griechen, du könntest in Teufels Küche kommen …«

»Um Gottes willen, nie wieder … Gott behüte!«

»So ist es recht!«

»Ja, Efendi, die haben von den Griechen verlassene Häuser angeblich öffentlich versteigern lassen. Doch, mit Verlaub, niemand hat je erlebt noch gehört, dass auch nur ein Feld oder ein Haus durch Versteigerung in andere Hände übergegangen ist. Sie haben alles unter der Hand verkauft, und wenn sie drei Kuruş in den Staatssäckel abgeführt haben, warfen sie hundert Kuruş in den eigenen Geldbeutel. Und so wurden sie reich wie Krösus. Von sieben bis siebzig kennt jedermann in dieser Stadt ihre Bestechlichkeit. Hast du beim Finanzdirektor etwas zu erledigen, musst du, ohne anzuklopfen, zu ihm gehen. Ist jemand bei ihm, brauchst du nur zu warten. Da er schon an deiner Haltung erkennt, weshalb du wartest, beeilt er sich, die Anwesenden abzuwimmeln, steht dann auf, gibt dir die Hand und bittet dich, ihm gegenüber Platz zu nehmen. Er bestellt Kaffee, und wenn du nach den ersten Höflichkeitsfloskeln schon zur Börse greifst, ohne deine Wünsche zu äußern, so hängt die Anzahl der Goldstücke davon ab, was du von ihm erwartest. Aber weniger als drei Goldstücke dürfen es nicht sein. Legst du ihm nur zwei Goldstücke hin, wird er wütend. Und ist es nur ein Goldstück, kommst du, wer immer du auch seist, ohne eine Tracht Prügel nicht aus seinem Zimmer heraus. Leistest du Widerstand, ruft er seine hünenhaften Schläger herein, und die brechen dir die Knochen zu Mehl.« Der Friseur war wieder in Fahrt, er redete ununterbrochen, und seine Schere klapperte im Gleichtakt.

Seit geraumer Zeit schon stieg aus der Schnabelkanne warmer Dunst empor. Der Barbier holte ein tragbares, kleines Becken, hielt es dicht unter Musa des Nordwinds Kinn, schlug Seife schaumig, trug den Schaum auf und zog das Rasiermesser noch einige Male ab. Von Seifenduft geschwängerter Dunst breitete sich aus. Im Nu hatte der Barbier Musas Bartstoppeln abgeschabt. Er schüttete das Seifenwasser aus und goss kaltes Wasser in die Schnabelkanne nach. Dann wusch er mit lauem Seifenwasser Musas Kopf. Die Haare wurden gekämmt, die Gesichtshaut mit Kölnischwasser eingerieben, und jetzt zogen wahre Duftwolken durch den Raum.

Musa der Nordwind drückte dem Meisterlichen Barbier zum Guten Omen einen beachtlichen Betrag in die Hand, und der Barbier verabschiedete ihn mit allertiefsten Verbeugungen. »Ich erwarte Sie wieder, mein Sultan und Efendi!«

»Ich werde kommen, Barbier Efendi!« Plötzlich schien ihm etwas eingefallen zu sein, und er kam zurück. »Ist jemand in der Nähe, der mir die Stiefel ordentlich putzen kann?«

»Aber ich bitte Sie, mein Efendi und Sultan, ich werde einen Beyefendi wie Sie doch nicht zum Schuhputzer schicken. Kommen Sie doch in den Laden, machen Sie es sich im Sessel bequem, ich komme sofort mit einem Schuhputzer zurück. Das sind doch keine Umstände, mein Sultan, keine Umstände.« Er hängte sich bei ihm ein, schob ihn in den Laden, setzte ihn in einen Sessel und hastete ins Freie. Kurz darauf kam er mit einem Schuhputzer zurück, den er am Arm hinter sich her zog.

Musa der Nordwind musterte zuerst des Schuhputzers Hände und dann seinen Kasten. Ja, dieser Mann war kein Anfänger. Ein aus Perlmutt eingelegter Zug Kraniche zog, vielleicht schon etwas erschöpft, von einem Ende des Schuhputzkastens zum andern. Und ein Segelschiff aus blauem Perlmutt zog an einem Baum vorbei, schien über die Kante des Kastens hinauszugleiten. Die Hände des Schuhputzers waren so ansprechend wie sein Kasten, und in kurzer Zeit hatte er die Stiefel gefärbt, gebürstet und blank gerieben.

Musa der Nordwind entlohnte auch den Schuhputzer reichlicher, als dieser erwartet hatte, und verließ den Laden. Er fragte sich bis zum Amtssitz des Finanzdirektors durch, und dort angekommen, sagte er mit kerzengerader Haltung barsch zum Amtsdiener: »Geh sofort zu deinem Bey, und sage ihm, Musa der Nordwind möchte den Herrn sprechen! Und sage es ihm genau so!«

Der Finanzdirektor Abdülvahap Bey hatte drinnen schon seine kräftige, befehlende Stimme gehört, er war aufgestanden und zur Tür gegangen. Abdülvahap Bey erkannte an der Stimme eines Menschen, wer und was dieser war, ob ein Veteran der Nationalen Streitkräfte, ein Ağa oder Bey, Inspektor oder Offizier, Dörfler oder Städter. An der Tür standen sie sich gegenüber.

»Bitte sehr, mein Herr, willkommen, Nordwind Beyefendi!«

»Ich bin erfreut! Mein Name ist Musa.«

»Musa Beyefendi.«

Der Finanzdirektor rieb sich die Hände.

»Nordwind ist mein Spitzname. Als wir in Urfa gegen die Franzosen kämpften, gab mir der Nationalheld von Urfa und Freund seiner Hoheit Mustafa Kemal Pascha, Ali Saip Beyefendi, diesen Namen. Letzterer ist jetzt Abgeordneter von Adana.«

»Ahnten wir es doch, mein Efendi. Auch wir haben, mit Verlaub, in den Dardanellen und am Fluss Sakarya gekämpft und sind vor Afyon schwer verwundet worden, ja, ja, mein Herr ...«

Vor seinem Schreibtisch angekommen, nahm der Direktor Musa den Nordwind höflich am Arm und drückte ihn auf den davor stehenden Stuhl nieder. Er selbst nahm ihm gegenüber Platz, ließ aber seinen Bürosessel frei. Musa der Nordwind wusste, dass eine derartige Platzverteilung eine große Ehrerbietung war.

»Was trinken Sie, mein Efendi?«

»Einen Kaffee ohne Zucker, wenn Sie so freundlich sind.«

»Aber selbstverständlich! Einen Schwarzen also! Auch für mich!«

Und der strammstehende Amtsdiener rannte. Bis der Kaffee gebracht wurde, erkundigte man sich nach dem Befinden, sprach man vom Wetter und Ähnlichem. Und als die Tassen gereicht wurden, schlürften beide genüsslich und still eine ganze Weile.

»Der Amtsdiener Eurer Wohlgeboren wissen einen vorzüglichen Mokka zu kochen.« Musa nahm noch einen Schluck und wandte sich an den Amtsdiener, der wieder mit verschränkten Händen stramm dastand: »Ich danke dir, du hast einen sehr guten, schaumigen Kaffee gebrüht!«

»Ihnen ein langes Leben, hochverehrter Beyefendi!«

»Du kannst gehen!«

Der Amtsdiener ging rückwärts aus dem Zimmer.

»Wir sind die Zukurzgekommenen, mein Herr, entlassen in die tägliche Not ums karge Brot; wir, die unter dem Befehl Mustafa Kemal Paschas die feindliche Flotte versenkten, wir, die tagelang bis auf die Haut durchnässt mit aufgepflanztem Bajonett kämpften, wir, die verwundet wurden und knapp dem Tod entronnen sind …« Der Direktor zog seine Jacke aus, öffnete den großen, goldenen Manschettenknopf am linken Handgelenk, krempelte den Hemdsärmel hoch und legte eine sehr tiefe Narbe frei, die vom Ellenbogen bis zur Schulter reichte. »Ich war Oberleutnant der Artillerie, mein Herr. Plötzlich sehe ich den Feind heraufstürmen, nicht viel mehr als dreißig Schritte trennen uns. Was machst du in so einer Lage? Ich griff mir des nächsten Soldaten Gewehr mit aufgepflanztem Bajonett und marschierte ›Allah, Allah!‹ brüllend los, dann wurde es dunkel um mich, und ich kann mich an nichts mehr erinnern … Erst in der Kirche auf der Ameiseninsel öffnete ich wieder meine Augen. Hätte der Feind sein Bajonett etwas weiter nach links gestoßen, genau auf mein Herz … Ich wäre jetzt nicht hier.«

Mit der Begeisterung eines geübten Geschichtenerzählers beschrieb er überschwänglich die Schlacht um die Dardanellen, die sinkenden Schiffe, die Bajonettkämpfe, wie viel Engländer sie getötet hatten, wie hoch sich auf den Schlachtfeldern die Toten türmten, wie alle Adler, Geier und sonstigen Greife über den Leichen kreisten, auf sie niedergingen und sie zerfleischten. Wer weiß, wie oft er schon die Schlachtensage der Dardanellen so dargebracht hatte, dass seinen Zuhörern vor Spannung die Daumenkuppen zwischen den Lippen kleben blieben.

»Die Ameiseninsel ist, wie du hier siehst, eine Insel mitten im Meer. Es gab dort viele gute Ärzte. Schiffsladungen von Verwundeten wurden dort an Land gebracht. In den Kirchen lagen sie fast übereinander. Auch die Schule wurde geräumt und mit Verwundeten voll gestopft. Und es kamen von den Dardanellen ununterbrochen neue dazu. Je mehr Verletzte kamen, desto mehr Häuser wurden geräumt, und die Bewohner schlüpften bei ihren Nachbarn unter. Ich weiß, dass bis zu zehn Familien in einem Haus wohnten. Die griechischen Frauen und Mädchen der Insel pflegten die Verwundeten und kochten für sie. Manchmal ging die Verpflegung zur Neige, dann brachten die einheimischen Griechen, was Küche und Keller hergaben. Es kam vor, dass auch sie keinen Bissen mehr hatten. Dann hungerten Verwundete und Einheimische gemeinsam, bis aus den umliegenden Dörfern der Turkmenen Hilfe kam. Mit Booten und Kuttern brachten sie Lebensmittel auf die Insel …«

Musa der Nordwind hatte schon viele dieser Kriegsgeschichten gehört, sie langweilten ihn, aber was sollte er dagegen tun, zumal der Direktor so schön erzählte, dass er in Gedanken nicht einmal abschweifen konnte.

Die Schlacht um die Dardanellen war geschlagen, jetzt war der Flussbogen des Sakarya an der Reihe. Der Direktor begeisterte sich immer mehr. Er redete und redete und erzählte schließlich, wie er Mustafa Kemal Pascha, gehüllt im Soldatenmantel, in tiefem Schnee gesehen hatte. Beim Namen Mustafa Kemal Pascha wurde er noch aufgeregter, er sprang auf, setzte sich wieder, wedelte mit den Armen, brüllte fast mit schäumenden Lippen Atatürks Befehl: »Armeen, euer Ziel ist das Mittelmeer!«, und stieß dabei seinen Zeigefinger dem Meer entgegen.

Musa der Nordwind zog seine Uhr aus der Westentasche und schaute aufs Zifferblatt. Schönheit und Wert der Taschenuhr waren dem Direktor nicht entgangen. Dann wanderten seine Augen wieder zu den Manschettenknöpfen seines Gastes. Es waren in Gold gefasste Saphire, er konnte seine Blicke nicht von diesen schönen Stücken wenden. Jemand mit einer so wertvollen Uhr, zudem so gut gekleidet und mit so kostbaren Manschettenknöpfen ... Ihm wurde klar, dass er zu weit gegangen war: »Entschuldigen Sie, Beyefendi, Musa der Nordwind Beyefendi, ich bitte um Vergebung. Es kam so über mich, Efendi, in meiner Begeisterung konnte ich mich nicht beherrschen. Nie kann ich an mich halten, mein Efendi. Wie sollte ich auch, nachdem man uns so zurückgesetzt hat. Ihre Vergebung ...«

»Aber ich bitte Sie!« Seine Stimme klang tief und kräftig, ein bisschen von oben herab.

»Entschuldigen Sie, ich habe sogar vergessen, mich Ihnen vorzustellen, entschuldigen Sie! Mein Name ist Abdülvahap.«

»Ich danke Ihnen, Abdülvahap Bey.«

Verlegen rieb Abdülvahap Bey seine Handflächen, als er sagte: »Ein kleines Anliegen habe ich noch. Heißt es doch: Sorgen lösen die Zunge, Kummer treibt die Tränen! Vor dem Krieg war ich mit zwanzig Jahren Sekretär bei der Finanzdirektion. Meine Zeit beim Militär beendete ich im Rang eines Leutnants. Leuten, die ein Schlachtfeld nicht einmal gesehen hatten, ließ man huldvoll Orden, Auszeichnungen, Ämter, Haus und Hof, Güter und Schlösser zukommen, ich aber, zweimal verwundet, fünf Jahre lang von einer Front zur anderen gekarrt, döse als Habenichts, wie Sie sehen, in Provinznestern wie diesem herum.«

Voller Wut stand er auf, schritt aus, und voller Wut ließ er sich krachend wieder in seinen Sessel fallen. Er verschränkte seine Hände ineinander und schaute Musa dem Nordwind in die Augen. Der andere wich seinen Blicken nicht aus, zuckte nicht mit der Wimper. So sahen sie sich an und wurden sich einig.

»Die Aufregung, mein Herr, das Unrecht, mein Herr. Ich bitte um Vergebung, dass ich Euer Wohlgeboren noch gar nicht gefragt habe. Hatten Sie eine Anordnung treffen wollen?«

»Ich bitte Sie, Beyefendi, ich hätte nur ein Anliegen gehabt. Sie sprachen doch vorhin von der Insel der Ameisen …«

»Ja, die Ameiseninsel.«

»Nun, ich habe mich auf der Insel niedergelassen.«

Abdülvahap Beys Gesicht strahlte. »Ja, Beyefendi, darüber bin ich froh und sehr glücklich. Aus allen Himmelsrichtungen sind sie gekommen, aus dem Kaukasus, aus Kreta und den anderen Inseln, und haben die ganze Ebene und die ganze Küste unter sich aufgeteilt. Aber kein Diener Gottes ist bei mir vorstellig geworden, um mir mitzuteilen, er wolle sich auf der Insel der Ameisen niederlassen. Ich bin hocherfreut. In welches Haus sind Sie eingezogen?«

Musa der Nordwind erhob sich, stellte sich neben den Direktor, nahm einen Bleistift aus der Schreibschale und zeichnete auf einen Bogen Papier ein Schema der Insel mit den Häusern.

»Dieses Haus«, sagte er.

»Angemessen! Ein sehr schönes Haus. Ein Neubau. Es ist das Haus vom Betuchten Manoli. Ja, er war der bedeutendste Händler von Tuchen, Wein und Olivenöl in dieser Gegend. Er exportierte Wein und Olivenöl nach Griechenland und Italien und importierte von dort Stoffe. Eine gute Wahl, Efendi, das schönste Haus, Euer Wohlgeboren! Und der Garten ist groß, über fünfzehn Ar, schätze ich.«

»So ist es.«

Und wieder sah Abdülvahap Musa dem Nordwind mit durchdringendem Blick abwartend in die Augen.

Nun griff Musa der Nordwind in seine Innentasche und zog einen glänzenden, samtenen Geldbeutel hervor. Dass dieser prall gefüllt war, erfreute Abdülvahap Bey, ein glückliches Lächeln erhellte sein Gesicht und blieb dort haften. Und während Musa der Nordwind mit ihm gemeinsam lächelte, lockerte er die Schnur des Beutels, zählte fünf Goldstücke heraus und legte sie vor dem Direktor auf den Tisch.

Der Direktor rührte sich nicht, nur sein Lächeln gefror und machte einer bitteren, verhärmten, enttäuschten Miene Platz.

»Verehrter Abdülvahap Bey, sollte es nicht genügend sein?«, beeilte sich Musa der Nordwind zu fragen.

»Ich bitte Sie, verehrter Bruder mein, um Gottes willen, verehrter Bruder, nur, Sie wissen ja, wir gehören zu den zurückgesetzten, vom Unrecht heimgesuchten Personen. Der Grund unseres Kummers ist offensichtlich, der Staat hat schließlich dazu beigetragen, dass wir auf jeden Bissen kargen Brotes angewiesen sind.«

Musa der Nordwind holte seinen Geldbeutel wieder hervor, schaute den Direktor an, der überlegte, während Musa der Nordwind mit dem offenen Beutel in der Hand abwartete. Abdülvahap musterte abwechselnd Geldbeutel und Gesicht seines Gegenübers, streckte dann drei Finger aus, und im Nu glänzten vor ihm drei weitere Goldstücke auf der Tischplatte.

»Beyefendi, es geht schon auf Nachmittag, Sie müssen ja vor Hunger sterben. Oh, mein hirnloser Kopf, oh, oh! Es fehlt nicht viel, und wir bringen unseren teuren Gast noch um. So benimmt man sich doch nicht gegenüber einem Gast, so wertvoll wie Gold und Edelstein! Die Aufregung, mein Herr, die Aufregung …« Und während er sprach, schaute er immer wieder auf seine Uhr, die er aus der Westentasche gezogen hatte. Eine echte Longines an einer Uhrkette aus mehr als einer Hand voll Gold. »Bitte, machen wir uns doch auf den Weg ins Esslokal von Hadschi Stavros!« Er stand auf, hakte sich bei Musa dem Nordwind ein, und beide verließen das Zimmer und gingen gut gelaunt die Treppe hinunter.

»Nach dem Essen werden wir zum Grundbuchamt gehen. Geben Sie dem Beamten bitte nicht mehr als ein Goldstück! Selbstverständlich ist mir Ihr Geld genauso teuer wie mein eigenes. Ohne unser Wissen hat dieser Gauner von Grundbuchbeamter die ganze Welt ausgeplündert und ist dabei reicher geworden als Krösus. Für ihn reicht eine Lira, und Sie werden ihm das Geld in meinem Beisein geben. Sollte er eine Lira als zu gering erachten, gebe ich Ihnen ein Zeichen, und Sie legen eine zweite dazu, keine zwei! Den Grundbrief bekommen wir sofort, Zug um Zug.«

»Ich möchte auch einen Grundbrief für die mittlere Windmühle!«

»Bestehen Sie nicht darauf, das ist überhaupt nicht erforderlich, ich bitte Sie, Efendi! Nehmen Sie Ihren Grundbrief, denn ich werde die öffentliche Versteigerung der Immobilien bekannt geben. Diese Veröffentlichung wird natürlich niemand zu Gesicht bekommen ... Und wenn der Tag der Versteigerung gekommen ist ... Machen Sie sich also darüber keine Sorgen, das ist ein leichtes Spiel.« Arm in Arm betraten sie das Lokal.

Sie aßen in Eile und machten sich gleich nach dem Essen auf zum Grundbuchamt.

»Wie kamen Sie ausgerechnet auf die Ameiseninsel?«

»Durch die Erzählungen eines Freundes, der bei den Dardanellen verwundet worden war und im Krankenhaus der Insel gelegen hatte. Er konnte gar nicht aufhören zu schwärmen. Nach seiner Meinung sei die Insel ein Paradies, die Menschen Engel. Und da entschloss ich mich, nach Kriegsende meinen Lebensabend auf dieser Insel zu verbringen.«

»Augenblick mal, nicht so hastig, Ihro Wohlgeboren sind noch so jung. Sind Sie verheiratet?«

»Ich bin es nicht.«

»Nun, wie Sie sehen werden, gibt es außer Möwen keine Geschöpfe auf dieser Insel. Und sie gaben ihr den Namen Ameiseninsel. Griechisch Mirmingi, also Ameise. Doch auf der Insel keine Ameise, wie wir sagen. Und als sei sie verhext, will sich dort niemand niederlassen. Aber Bienen gibt es viele, ja, eigenartig, sehr viele ... Sie haben also nie geheiratet?«

»Nein, nie geheiratet.«

»Selbstredend, Sie sind ja noch sehr jung. Aber sollte ein Mensch in diesem Alter sich wirklich auf diese öde Insel lebenslänglich selbst verbannen? Das ganze Gebiet quillt über von Einwanderern aus Rumelien, aus dem Kaukasus, aus Ostanatolien und dem Süden, aber niemand will auf die Inseln. Wen ich auch hinschickte, sogar ohne einen Silberling dafür zu nehmen, kam nach zwei Tagen fluchtartig zurück. Auch auf deiner Ameiseninsel habe ich nicht einen einzigen Diener Gottes unterbringen können. Wenn Wohlgeboren wünschen, kann ich noch ein ertragreiches Gut anbieten. Viel Geld brauchts da nicht. Der Bevölkerungsaustausch ist ja abgeschlossen, da kommen keine mehr. Diese Landwirtschaft kann ich Ihnen für einige Goldstücke überlassen. Ich habe Unzählige in dieser Provinzstadt, ohne einen Silberling zu kassieren, zum Hauseigentümer gemacht und in diesen Dörfern Unzähligen Ackerland verschafft.«

»Ich werde auf der Ameiseninsel wohnen. Soll meinetwegen niemand kommen, ich wohne dort auch allein.«

»Geradeso wie Robinson.«

»Wie wer auch immer, ich werde auf dieser Insel wohnen.« Er dachte angestrengt nach, kam aber nicht darauf, wer dieser Heide namens Robinson sein konnte. Jedenfalls musste es jemand sein, der ganz allein auf einer Insel lebte. So wie Abdülvahap Bey diesen Namen ausgesprochen hatte, musste es sich um eine sehr namhafte Person handeln, da war sich Musa der Nordwind sicher.

»Machen Sie sich dennoch keine Sorgen, innerhalb weniger Monate werden wir vielleicht ein paar Leute hinüberschicken. Sie wissen ja, allein beim Wort Insel schlottern unseren Landsleuten schon die Knie.«

»Mir schlottern sie auch«, lag es Musa dem Nordwind auf der Zunge, doch er verkniff sich diesen Satz und sagte: »Ich liebe die Einsamkeit.«

Der Grundbuchbeamte begrüßte sie mit überschäumender Freude, bat sie, es sich in den Sesseln neben seinem Schreibtisch bequem zu machen, zog sich einen Stuhl heran, nahm ihnen gegenüber Platz und fragte nach ihrem Befinden.

»Was trinken Sie, bitte?«

»Einen Kaffee ohne Zucker.«

»Einen Kaffee ohne Zucker«, antwortete auch Abdülvahap Bey.

Bis die Kaffees hereingebracht wurden, sprachen sie über die Lage der Nation. Ja, diese Sachzwänge, da geht es nicht anders ... Schließlich hat das Land gerade einen Krieg hinter sich, es ist erschöpft und hat tiefe Wunden davongetragen ... Die Republik ist ja noch so jung ... Doch unter der Führung Mustafa Kemal Paschas wird dieses Volk auf den Spuren moderner Zivilisationen einen weiten Weg zurücklegen, sie in sehr kurzer Zeit einholen, am Kragen packen und nicht mehr lockerlassen ...

Abdülvahaps Erstaunen nahm kein Ende. Wieso redete dieser Possenreißer Talip denn jetzt mit gespaltener Zunge? Waren sie allein oder mit Freunden, dann schimpfte er doch, was das Zeug hielt, auf die Republik und diesen Bolschewisten Mustafa Kemal. Er musterte Talip vom Scheitel bis zur Sohle. Mit den zusammengedrückten Beinen, den Händen auf seinen Knien und dem gesenkten Kopf schien er zu einem Denkmal der Unterwürfigkeit erstarrt zu sein. Etwas musste dahinter stecken! Und es musste mit diesem Musa eine Bewandtnis haben. Denn dieser Hund von Talip würde nicht einmal vor dem Erzengel so strammstehen. Konnte so ein Gentleman, so ein gut aussehender, höflicher, rücksichtsvoller Mann überhaupt Musa der Nordwind heißen? Das war doch ein Deckname! Und solche Decknamen benutzen nur die Ranghöchsten der Kemalistischen Nationalen Streitkräfte.

Der Kaffee wurde hereingebracht, wortlos tranken sie ihn aus den dargereichten Mokkatässchen.

»Wir haben eine Bitte an Sie, eine dringende Angelegenheit des Beyefendi!«

Talip stand sofort auf, ging zu seinem Schreibtisch und setzte sich. Es war ein großes, prächtiges Möbelstück mit spiegelblanker, eingelegter Tischplatte. Noch ansehnlicher war sein Sessel aus feinem Saffianleder. Der Mensch versank darin, wenn er sich setzte. »Ihre Bitte ist mir Befehl, Efendi.«

»Musa der Nordwind Beyefendi hat vom Fiskus Manolis Herrenhaus auf der Ameiseninsel gekauft, und wir bitten Sie um den Grundbrief. Und außerdem, Efendi, noch um den Grundbrief der Mühle des Yani Değirmencioğlu!«

»Zu Diensten, mein Herr.« Er sprang auf, ging zu den wurmstichigen Regalen, nahm ein staubbedecktes, riesiges Heft mit zerfleddertem, schwarzem Einband zur Hand und legte es auf den Tisch, während Abdülvahap Bey Musa dem Nordwind ein Zeichen gab, der daraufhin seinen Geldbeutel aus der Tasche zog, ihn aufschnürte, ein Goldstück herausnahm, einen kleinen Schritt machte und es vor Talip Bey hinlegte. Talip Bey, gar nicht überrascht, nahm es vom Heft herunter und reichte es Musa dem Nordwind zurück: »Bitte, Efendi! Ihr Geld gilt hier nicht. Ich bitte Sie sehr, Musa Bey, bitte!«

Musa der Nordwind wunderte sich, sollte er das Geld nehmen oder nicht, überlegte er ratlos, schaute fragend Abdülvahap Bey an.

»Bitte, Efendi, ich bitte Sie sehr!«

Talip Bey hatte sich aus seinem Sessel erhoben, nestelte mit der Linken an seinem Jackenknopf, knöpfte auf und wieder zu.

»Aber es ist Ihr gutes Recht, Efendi. Ihr, unsere Beamtenschaft, seid in diesem Land arg vernachlässigt worden. Nehmen Sie es bitte, was bedeutet schon so ein geringer Betrag …«

»Nein, Efendi, und wenn Sie mir nur einen Kuruş geben, kann ich ihn nicht annehmen, auch nicht, wenn es tausend Lira sind. Ich bitte Sie, beschämen Sie mich, Ihren getreuen Diener, nicht länger!«

»Aber warum?«

»Weil Sie ein Held sind. Und da sollen wir Ihnen nicht diesen winzigen Dienst erweisen? Ein Dienst an Sie ist für uns, für jedermann, ob Abgeordneter oder Minister, eine Ehre.«

»Woher kennen Sie mich? Ich bin erst heute Morgen in diese Stadt gekommen.«

»Efendi, wer kennt Sie nicht …«, antwortete er und fuhr mit selbstgefälliger Geste fort: »Sind wir auch nur ein unbedeutender Grundbuchbeamter, ganz ungebildet sind wir nicht … Auch wir haben ein bisschen Tinte geleckt. Also, ich bitte Sie, tun Sie mir den Gefallen!« Er hielt seine Hand ausgestreckt und schaute ihm flehentlich in die Augen.

Musa der Nordwind, noch immer ratlos, drehte sich Abdülvahap Bey zu. Dieser war aschfahl geworden, er schien zu zittern, und als sich ihre Augen trafen, wich er Musas Blicken aus und senkte den Kopf.

»Bitte sehr, Beyefendi, bitte sehr, Musa Bey, Euer Wohlgeboren zu Diensten …«

Musa der Nordwind nahm das Goldstück zurück, ging an seinen Stuhl, holte seinen Geldbeutel hervor und legte die Münze hinein.

Talip Bey atmete auf und setzte sich, die Linke noch immer am Jackenknopf, an seinen Schreibtisch. »Ich danke Ihnen, Beyefendi.« Dann neigte er sich über das Heft und begann, die Blätter hastig umzuschlagen.

Beschämt und niedergeschlagen sagte Abdülvahap Bey mit zitternder Stimme: »Entschuldigen Sie, Beyefendi, ich habe Sie nicht sofort erkannt.«

»Das macht nichts, Efendi, mit der Zeit werden wir uns schon noch kennen lernen«, entgegnete Musa der Nordwind von oben herab.

»Talip Bey, hatte ich Ihnen schon gesagt, es handelt sich um den Kaufmann …«

»Den Kaufmann Manoli, mein Herr.«

Die Linke nach wie vor am mittleren Knopf seines Jacketts, stand der hoch gewachsene, schlanke Talip Bey plötzlich auf und rief: »Ich habs gefunden, Efendi! Das Herrenhaus des Kaufmanns Manoli auf der Ameiseninsel.« Dann blätterte er weiter: »Ja, und hier die Mühle des Yani Değirmencioğlu … Und jetzt werde ich nach dem Herrn Sekretär rufen lassen … Er hat die schönste Handschrift.« Kurz darauf kam der Genannte. »Sie werden dem Beyefendi zwei Grundbriefe ausstellen«, trug Talip Bey ihm auf und wandte sich an Musa den Nordwind: »Ihren Personalausweis, Efendi?«

Musa der Nordwind musste lachen. Mit ihm lachte auch Abdülvahap Bey, und schließlich lachten auch der Grundbuchbeamte und der Sekretär.

»Eines Personalausweises bedarf es nicht, Efendi, bemühen Sie sich nicht, diktieren Sie, und der Herr Sekretär nimmt es auf. Zumal er so eine schöne Handschrift hat … Deswegen habe ich ihm ja auch die Ausstellung der Grundbriefe übertragen. Und schnell schreibt er auch. Einen Kaffee, Efendi?«

»Ja, Talip Bey, ich werde noch einen Kaffee trinken. Ohne Zucker.«

Abdülvahap war ganz in Gedanken versunken, schien gar nicht anwesend zu sein. Er fühlte sich unbehaglich und suchte nach einem Ausweg.

»Ohne Zucker?«

»Nun, wenn unser Bruder Abdülvahap Bey auch einen Kaffee trinkt, mir bitte einen ohne Zucker«, bat Musa der Nordwind jetzt gut gelaunt.

Der Amtsdiener brachte den Kaffee, und bevor sie ausgetrunken hatten, kam der Sekretär wieder herein: »Schon geschrieben und abgestempelt, alles erledigt, fehlt nur noch Ihre Unterschrift, Herr Amtsleiter.«

Während Talip Bey die Grundbriefe unterschrieb, streckte er sich, lächelte anschließend zufrieden in die Runde und sagte: »Na, dann alles Gute, Efendi, Wohlbefinden, Glück und Gesundheit im neuen Heim!«

Musa der Nordwind stand auf, ging um den Tisch herum, umarmte Talip Bey herzlich und bedankte sich.

Abdülvahap Bey bekümmerte dieser Anblick, er fühlte sich zutiefst verletzt. »Eselskopf Abdül«, sagte er zu sich, »man erkennt so einen Menschen mit einem Blick und weiß beim ersten Wort, um wen es sich handelt, nicht wahr, du Eselskopf?«

Talip Bey begleitete sie bis zum Tor seines Amtssitzes.

Als die beiden den Vorhof verlassen hatten, zog Abdülvahap Bey Musa den Nordwind in eine Ecke. »Ich bitte Euer Wohlgeboren vielmals um Entschuldigung, vor Scham könnte ich in den

Erdboden versinken. Bitte, Efendi, Ihre Goldstücke!« Er streckte ihm die Hand mit den Goldstücken hin. »Bitte sehr! Sie sind ein Held.«

Musa der Nordwind nahm die Goldstücke, zog seinen Geldbeutel hervor und zählte die Münzen hinein. »Gott befohlen, Abdülvahap Bey, auf Wiedersehen, Dank für alles, Sie haben mir sehr geholfen. Gott befohlen! Was Sie für mich getan haben, werde ich bis an mein Lebensende nicht vergessen!«

Diese Worte munterten Abdülvahap Bey wieder auf. »Glück auf den Weg, Beyefendi«, antwortete er, »Sie sind mir jederzeit willkommen, und ich bitte um Vergebung, bitte Sie immer wieder um Vergebung!« Und er blickte Musa dem Nordwind hinterher, bis dieser um die Ecke gebogen war.

»Was hätte ich denn noch für diesen Luden tun sollen«, ärgerte er sich, »wer immer er auch sein mag, hab ich denn was zu verlieren? Was soll einer denn noch alles tun für einen Menschen, der sich nicht vorstellt.«

Er hatte nicht die geringste Lust, ins Amt zurückzukehren. Er müsste zum Landrat gehen, dachte er, für heute Abend einige Vorbereitungen treffen, eine prächtige Zechtafel decken. Nicht einmal zum Abendessen habe ich den Mann eingeladen! Und wieder verspürte er Unbehagen. Diese Geschichte musste er dem Landrat erzählen. Mal sehen, was der dazu sagt! Wie verwundert dieser Mann, Musa der Nordwind, doch war, als ich ihm das Geld zurückgab, wer weiß, was er von mir gedacht hat. Und wie der Landrat und ich noch lachen werden, wenn ich ihm von diesem Mann erzähle. Besonders, als ich ihm die acht Goldstücke in die Hand drückte, diesem Musa dem Nordwind, dessen richtiger Name doch nicht Musa der Nordwind sein kann, wer weiß, vielleicht ist es einer, der Galgen oder Pfahl knapp entronnen ist, und sein Name ... Was er doch für große Augen machte und die Goldstücke, eins nach dem andern zärtlich streichelnd, in seinen Beutel zählte. Wäre ich nicht dabei gewesen, hätte er sie am liebsten zehnmal gezählt, er wollte ja seinen Augen nicht trauen ... Das muss ich dem Landrat erzählen, wenn auch die Art, wie er das

Geld nahm, sich eigentlich nicht in Worte fassen lässt. Dennoch, der Landrat wird sich vor Vergnügen kugeln.

Musa der Nordwind war völlig durcheinander. Er wusste nicht, was er von Abdülvahap Bey halten sollte. Dass dieser ihm die Goldstücke aus irgendeiner Angst zurückgegeben hatte, mochte er nicht glauben, schon gar nicht, dass die Hochachtung ihn dazu getrieben haben könnte. Was für ein Mensch dieser Mann ist, war ihm beim ersten Anblick klar gewesen. List und Tücke waren ihm ja schon an den Augen abzulesen. Wer weiß, was sich hinter den tiefen Falten seiner Stirn verbarg. Und als er die Goldmünzen wieder herausrückte, bebten da seine Nasenflügel nicht vor Freude, während sich die Falten auf seiner Stirn glätteten und seine Augen wie zwei Tropfen grünen Lichts zu leuchten begannen? Oder war es ganz anders gewesen? War er nicht eher leichenblass gewesen, hatten seine Hände nicht gezittert, waren seine Augen nicht wie die eines toten Schafes erstarrt und seine Knie weich geworden, während er die Goldstücke zurückzählte? Wie auch immer, es war vorbei. Dennoch, er hatte sich gegen diesen Mann sehr grob und taktlos benommen. Deswegen plagte ihn der Zwiespalt, er tappte im Dunkeln, während er sich bis zum Standesamt durchfragte und, ganz in Gedanken, ohne anzuklopfen ins Amtszimmer trat.

Hinter einem staubigen, wurmstichigen, gar nicht zu ihr passenden Schreibtisch saß, wie und woher sie auch immer gekommen sein mochte, mit mächtigem Schädel, breiten Schultern, großen blauen Augen, schneeweiß ergrautem Schnauzbart und Haaren, die sich wie geballte Wolken auf den Kopf niedergelassen zu haben schienen, eine Majestät, musterte ihn mit strengem Blick, sagte nicht, er möge sich setzen oder so, lächelte nicht und bewegte, starr wie das Standbild einer Gottheit, keinen Muskel. Wenn der Mann sich nur rührte, nur einen Finger bewegte, Musa würde ihm sofort auf den Leib rücken, auf ihn einreden, ihn um den Finger wickeln, aber dieser Mann saß wie zu Stein erstarrt. Eigenartige Leute gab es in dieser Provinzstadt. Der eine sprang bei seinem Anblick sofort auf die Beine, schlug fast ein Rad, der andere hielt ihn für einen Kriegshelden, dessen Bild er wohl in der

Zeitung gesehen hatte, vielleicht sogar für Mustafa Kemal Pascha, und dieser Mann da, kraftstrotzender Nachfahre eines Khans, schien nicht einmal Luft zu holen, während er ihn ohne einen Lidschlag mit steinernem Gesicht anstarrte.

Musa schob zuerst seinen linken Fuß etwas vor, zog ihn wieder zurück und wiederholte diese Bewegung mehrere Male. Danach dasselbe mit dem rechten Fuß. Wie schön doch der Schuhputzer die Stiefel gewienert hatte! Als er die Füße bewegte, knarrten die Dielen mehrmals. Doch der Standesbeamte saß unverändert da.

Schließlich hielt er es nicht länger aus, sagte sich, egal, was auch geschieht, nahm sich ein Herz und redete drauflos: »Hochverehrte Durchlaucht Üzeyir Bey, wenn ich Ihre Person mit Durchlaucht anrede, nehmen Sie es mir bitte nicht übel, denn Sie sind durchlauchtiger als jede Durchlaucht, jeder Bey und jeder Pascha, und mit diesem Wissen haben wir uns erlaubt, vor Sie hinzutreten.« Anfangs zitterte seine Stimme, klang verzagt, doch das gab sich bald, und die Worte flossen ihm nur so über die Lippen. »Erhabener Khan, wir wissen um Sie und Ihre hoch angesehene Sippe und stehen deshalb achtungsvoll vor Ihnen. Wenn ich mir herausnehmen darf: wir sind aus Daghestan nach Anatolien gekommen, haben uns auf der Hochebene Uzunyayla im Taurus, in der Ortschaft Kaynar des Verwaltungsbezirks Pinarbaşi bei Kayseri, also bei den Binboğa-Bergen, niedergelassen. Wir sind Kabardiner Tscherkessen. Was solls, ich kann nicht verhehlen, dass wir Kabardiner immer Sklaven waren. Aber auch der Sklave ist ein Geschöpf und ein Diener Gottes. Und ich bin Musa der Nordwind, Sohn des Hadschi Rüstem Burakzade. Auf meinem Herweg habe ich erfahren, Sie seien Tschetschene aus einem alten edlen Geschlecht und leiblicher Sohn des letzten Khans der Tschetschenen. Also eine erhabene Persönlichkeit, die von den Osmanen entmachtet und zurückgesetzt worden ist. Was können wir tun, auch das Volk der Tscherkessen ist wie Ihre Dynastie in die ganze Welt verstreut und in die Not getrieben worden. Genau wie die Juden wurden wir verfolgt und unserer Menschenwürde beraubt.«

Er sprach immer flüssiger und leidenschaftlicher; entzückt

hatte er sich dem Klang seiner eigenen Stimme hingegeben und zitterte dennoch wie Espenlaub. Der Standesbeamte aber schien völlig unbeeindruckt, saß immer noch mit versteinertem Gesicht da und wartete ab.

»Die Zaren haben uns vom Kaukasus nach China, in die Mandschurei, nach ganz Mittelasien und nach Arabien vertrieben. Einmal rissen wir Söldner in Ägypten die Macht an uns und gründeten den Staat der Mamelucken, aber wir wurden wieder besiegt und vertrieben. Wir, die prachtvollen Adler des Kaukasus, die mutigen Falken, wir wurden allesamt zu Raben. Unser Stammbaum verrottete. Dennoch, wir hielten unsere Köpfe aufrecht, aufrecht wie den Kopf des Adlers, wie den Kopf des Falken.«

Wir hielten unsere Köpfe aufrecht ... Bei diesen Worten glitzerte es zuerst tief in Üzeyir Beys Augen, dann wurden sie feucht, und schließlich rann ihm je eine Träne und blieb in seinen Augenhöhlen haften. Aber auch Musa der Nordwind war von seiner eigenen Rede so gerührt, dass er kurz vorm Weinen war; er konnte nur schwer an sich halten.

»Ja, Ihre Durchlaucht, werter Khan, und jetzt stehe ich hier in einer Kleinstadt im kleinen Zimmer des Standesamts vor einem wurmstichigen, wackligen Schreibtisch einem hoch gestellten Khan Aug in Aug gegenüber und zittere vor Aufregung wie Espenlaub. Vor einem Khan, der nichts gemein hat weder mit einem chinesischen, einem türkmenischen noch einem mongolischen Khan. Denn er ist ein mächtiger, tschetschenischer Khan aus dem mächtigen Kaukasus. Wie sagt der türkmenische Barde aus unserer Uzunyayla? Auch der ergraute Falke gibt seine Beute nicht her, und das Wolfsjunge aus uralter Zeit wächst zum Wolf heran! Und so verneige ich mich hier als ein Untertan vor dem mächtigen Adler, dem Khan, in Ehrfurcht und Treue.«

Musa der Nordwind sah zuerst, wie sich der Tisch knarrend hob und senkte, danach, wie der Stuhl kippte, das Zimmer schwankte, und schließlich, wie ein Berg von Schnauzbart über ihn kam, Arme sich um ihn legten und drückten, dass ihm schwindlig wurde. Der Standesbeamte hielt ihn fest, führte ihn zum Stuhl vor dem Schreibtisch und setzte ihn hin. »Sprich weiter, mein Sohn! Ja, das ist aus uns geworden. Ob Khane wir waren oder Adler, und wären wir auch Padischahs gewesen, dem Schicksal, das uns hergeführt, entrinnt man nicht«, und mit befehlender Stimme fügte er hinzu: »Sprich weiter!«

»Ja, erlauchter Khan, das ist aus uns, aus uns, aus uns geworden.« Noch ein Wort, und er würde weinen, so hatte er sich von seinen eigenen Worten mitreißen, von seiner eigenen Rede überzeugen lassen …

»Ich müsste Ihnen, erlauchter Khan, und jedermann von Baysungur erzählen, dann würde die Welt erkennen, welch adlergleiches kaukasisches Volk wir sind. Ja, so ist es, erlauchter Üzeyir Khan.«

Als Üzeyir Khan mitbekam, dass Musa der Nordwind, so niedergeschlagen, kurz vorm Weinen war, begann er in gesetzten Worten nun seinerseits vom mächtigen Kaukasus, von Scheich Şamil, von anderen Heldentaten und von Ismail Bey zu erzählen und hörte erst auf, als der junge Mann vor ihm sich wieder gefasst hatte.

»Nun erzähl du mir von Baysungur, dem großen Helden der gewaltigen Berge Kaukasiens«, bat er dann lachend und voller Stolz. »Was für ein edler Mensch und machtvoller Held muss er gewesen sein, dass sein Ruhm in die ganze Welt getragen wurde.«

Musa der Nordwind hatte sich erholt, sein Schweiß war getrocknet, und das Zittern hatte aufgehört. Er wusste, dass seine Stimme ihre Wirkung verloren hatte, auch war sein Vortrag so fesselnd gewesen, dass er nicht glaubte, Üzeyir Khan noch stärker als bisher beeindrucken zu können.

»Ja, mein Sultan, mein Khan, Baysungur ist ein tschetschenischer Held. So ein kaukasischer Adler, so ein kaukasischer Held hat bisher noch nie das Licht der Welt erblickt. Zählte ich all seine Heldentaten auf, trüge ich sie vor wie die Sagenerzähler und Barden, reichten Tage nicht noch Monate. Ich werde hier nur eines seiner Abenteuer erzählen. Das allein reicht, um der Welt zu zeigen, wie tapfer, wie großherzig die Menschen Tschetscheniens, die

Adler des Kaukasus, sind. Wir wissen, Scheich Şamil ist das Oberhaupt der türkischen Avaren, wie Baysungur, nach Hadschi Murat, das Oberhaupt der Tschetschenen ist. In einem bergigen und felsigen Gelände umzingelt eine große russische Einheit Baysungur und Scheich Şamil.

Baysungur hat kein rechtes Bein und keinen linken Arm mehr. Ein Mann wie ein Fels. Geht es zur Schlacht, binden sie ihn auf sein Pferd und geben ihm die Waffe in die Rechte. Er führt die Waffe mit einer Hand und trifft damit den fliegenden Kranich ins Auge, den fliehenden Hasen in den Hinterlauf. Die russische Einheit hat sie so eng eingekreist, dass keine Ameise durchkommen kann. Mit der Trompete wird das Signal zur Aufgabe geblasen; ein Durchbruch sei nicht möglich, heißt es, entweder sterben oder ergeben! Scheich Şamil erkennt, dass nicht die geringste Hoffnung besteht, davonzukommen, und er meint, es sei besser, sich zu ergeben, als so viele Menschen sterben zu lassen. Baysungur aber will sich nicht ergeben. Zwischen ihnen findet ein unerbittliches Streitgespräch statt. Doch alle fünfhundert Kämpfer der fünfhundertköpfigen Streitmacht schlagen sich auf Baysungurs Seite. Sie wollen den Ring der Feinde durchbrechen, sagen: entweder freikommen oder sterben, und nichts anderes! Als Scheich Şamil sieht, dass er allein dasteht, dreht er sich um und geht auf die Einheit der Russen zu, und Baysungur, der sich auch den russischen Linien genähert hat, brüllt hinter Scheich Şamil her: ›Mein Scheich, mach kehrt, und lass mich ein letztes Mal in dein gesegnetes Antlitz blicken!‹ Der Scheich bleibt stehen, zögert, es sind nur noch einige Schritte bis zur russischen Einheit, er wartet, geht keinen Schritt vor noch zurück, während das Echo von Baysungurs donnerndem Ruf ›Mein Scheich, mach kehrt, mach kehrt‹ von den Felsen widerhallt. Kerzengerade und wie festgenagelt, steht der Scheich da, und nachdem er eine Weile in seinem grünen Gewand gewartet hat, geht er plötzlich gemessenen Schrittes weiter und ergibt sich dem russischen Kommandanten. Später fragen sie den Scheich: ›Mein Scheich‹, fragen sie, ›Baysungur hat so flehentlich gebeten, dein gesegnetes Gesicht ein letztes Mal zu sehen, warum hast du nicht kehrtgemacht?‹ Und der Scheich antwortet: ›Als ich mit Baysungur stritt, habe ich erkannt, dass er sich nicht ergeben, mich aber töten wird, wenn ich allein die Waffen strecke. Deswegen habe ich ihm plötzlich den Rücken zugekehrt und bin auf die russischen Soldaten zugegangen. Wären wir uns nur einmal noch von Angesicht zu Angesicht gegenübergestanden, hätte Baysungur mich erschossen. Aber hinterrücks erschießt ein Kaukasier nicht einmal seinen ärgsten Feind. Ich habe lange gezögert, doch dann habe ich mich entschlossen, nicht kehrtzumachen. Und noch immer frage ich mich, hätte Baysungur mich, seinen Scheich, wohl erschossen? Ja, er hätte! Nicht nur seinen Scheich, er hätte sogar seinen eigenen Vater erschossen, wenn dieser sich dem Feind ergeben hätte‹, antwortet der Scheich.«

»Hätte er ihn erschossen?«, fragte Üzeyir Khan.

»Er hätte ihn erschossen«, antwortete Musa der Nordwind.

»Wir sind entartet«, seufzte Üzeyir Khan. »Wir würden jetzt nicht nur Scheich Şamil, wir würden sogar unseren Vater hinterrücks erschießen. Nicht nur hinterrücks, sogar heimlich, wenn er schläft. Und du willst jetzt einen Personalausweis von mir haben!«

»Ja, den will ich haben.«

»Dein Name ist nicht Musa der Nordwind.«

»Nein.«

»Was soll ich denn in deinen Personalausweis eintragen? Diesen Namen?«

»Das da«, antwortete Musa, zog die Grundbriefe aus seiner Tasche und legte sie Üzeyir Khan vor.

»Ohooo, du hast dir deinen Personalausweis ja schon selbst ausgestellt, Musa der Nordwind.«

»Habe ich, mein Sultan.«

Üzeyir Khan holte einen leeren Personalausweis aus der Schublade, rief seinen Sekretär herein, reichte ihm Grundbrief und Personalausweis mit den Worten: »Füll ihn laut Grundbrief aus, stemple ihn ab, und bring alles wieder her«, und der Sekretär eilte hinaus.

»Bis etwa vor sechs Monaten stellten wir täglich hundert bis hundertfünfzig Personalausweise aus. Die Einwanderer haben ja keine, und wenn sie welche haben, sind sie unbrauchbar ... Die Leute kommen aus Kaukasien, aus Lasistan, manche aus Kurdistan, andere aus dem Süden, aus den Wüsten Arabiens. Ich habe Sudanesen mit Kamelbeinen und Schwarzafrikanern mit zur Erde und zum Himmel ragenden Lippen Ausweise und Heimstatt gegeben; nur auf deiner Insel habe ich niemanden ansiedeln können. Und die ich hinüberschickte, hielten es dort nur drei Tage aus. Mensch, Nordwind Musa, wir haben dir nicht einmal einen Kaffee angeboten. Jetzt gehen wir nach Haus, du bleibst heute Nacht bei uns, und meine Hanum wird dir ein tscherkessisches Mahl vorsetzen, bei dem du deine Finger mitisst.«

Musa der Nordwind sträubte sich, mit zu ihm nach Haus zu gehen, aber wer kann gegen einen Üzeyir Khan schon etwas ausrichten? Und so blieb ihm nichts anderes übrig, als die Einladung anzunehmen.

Kurz danach wurde der Personalausweis hereingebracht.

»Hast du eine Fotografie?«

»Bitte«, sagte Musa der Nordwind, zog seine Brieftasche heraus, entnahm ihr ein Passbild und reichte es Üzeyir Khan.

Üzeyir Khan klebte das Foto ein, stempelte es ab, unterschrieb, setzte das Datum ein, was der Sekretär vergessen hatte, sagte: »Viel Glück!«, und reichte Musa das Dokument. Musa der Nordwind beugte sich vor, griff die langfingrige Hand des Khans, bevor dieser sie wegziehen konnte, küsste sie und führte sie dreimal an die Stirn.

»Um Gottes willen«, entsetzte sich Üzeyir Khan, »wer weiß, welchem edlen Geschlecht du entstammst ... Um Gottes willen! Die Edlen erzählen niemandem, wer sie sind, aber die Menschen erkennen sofort, wer und was jemand ist, es braucht ihnen nicht gesagt zu werden. Und so habe ich auch begriffen, wer und was du bist.«

»Ich bitte Sie, Efendi, wer sind wir schon im Vergleich zu Ihnen ... Die Ahnenreihe Ihres Stammbaums reicht doch bis ins dritte Jahrtausend vor Christus.«

»Nein, nein, das ist falsch … Nicht dreitausend, allenfalls siebenhundert Jahre vor Christus. Gerede, die Ahnenreihe reiche bis ins dritte Jahrtausend, nur Gerede.«

»Und wenn auch, gibt es denn noch eine Ahnenreihe, die bis siebenhundert Jahre vor Christus verfolgt werden kann? So einen Stammbaum findet man doch nur in den Bergen Kaukasiens.«

»Ja, so ist es, nur in den Bergen Kaukasiens … Los, gehen wir!«

Sie erhoben sich, und nach einigem Gerangel an der Tür, wer hinter dem andern zurückbleiben dürfe, behielt Musa der Nordwind schließlich die Oberhand, und Üzeyir Khan verließ als Erster den Raum. Das Haus war ganz in der Nähe. Diesmal gab es am Hoftor kein Gerangel mehr, denn noch bevor die Klingel schellte, öffnete sich das Tor, und Üzeyir Khan schob Musa den Nordwind sofort in den Vorhof. Genauso hielt er es an der Haustür. Dort empfing sie eine hoch gewachsene, blitzsauber gekleidete Frau mit weißem Kopftuch. Ihr runzliges Gesicht strahlte vor Freude.

»Seien Sie willkommen, mein Sohn, Sie bringen Freude ins Haus! Üzeyir Khan hat mir Ihren Besuch schon angekündigt, und ich hätte mich sehr gegrämt, wenn Sie nicht gekommen wären. Ich habe gehört, dass Sie sich hier eine Insel gekauft haben.«

»Bei Gott, Hanum, wenn er will, geben wir ihm die ganze Insel, aber es waren nur ein Haus und eine Mühle …«

»Unsere Kinder sind auch in deinem Alter, mein Sohn. Ihr Vater, der Khan, hatte ihnen vorgeschlagen: Was wollt ihr haben, ein Gut, Weinberge und Gärten, eine Insel, ein Herrenhaus, kommt und nehmt es euch! Doch sie wollen nicht. Was hat dieses Istanbul nur an sich, dass sie sich nicht trennen können. Und wir Eheleute sterben vor Sehnsucht nach ihnen. Wo sind deine Eltern, mein Kind?«

»In weiter Ferne, oben im Taurus, in der Hochebene Uzunyayla.«

»Ach, ach, mein armer Junge, ach! Was gibt es denn dort in der Höhe? Sollten sie nicht eher hierher kommen? Sieh dir dieses Haus an!«

Das Haus lag am Meer in einem großen Garten. Es hatte zwei

Stockwerke und war weiß gestrichen. Über eine Wendeltreppe aus lackierter Eiche gelangte man in den zweiten Stock. Die Vorhänge waren aus blauem, schwerem Stoff.

»Ein sehr schönes Haus, Hanumefendi, es gereiche Ihnen zum Segen!«

»Sehr schön ist gar kein Ausdruck. Aber frag einmal deinen Onkel, den Khan, und er wird dir sagen, er halte nicht einmal dieses Haus für angemessen, denn im Kaukasus habe er Serails sein Eigen genannt, auch sehr alte, sogar Kristallpaläste.«

»Ich bitte dich, Hanum, das alles ist vergangen, Vergangenheit sind Khan, Khanat und Serail ... Wer macht sich denn über Serail und Sippe noch Gedanken?«

»Ist das Serail deswegen denn nicht unser Serail? Unsere Kinder wollen es nicht begreifen, wissen nicht einmal, dass sie zur Sippe eines Khans gehören, nein, sie glauben es nicht.«

»Sollen sie doch!«, schrie Üzeyir Khan zornentbrannt. »Schließlich ist meine Ahnenreihe, die Ahnenreihe eines Khans, nicht von ihnen abhängig!« Er wandte sich an Musa den Nordwind: »Erzähle du ihr, mein Junge, ob die Khane der kaukasischen Adler den Padischahs der Osmanen und den Schahs der Iraner gleichen?«

»Als die kaukasischen Khane in dieser Welt sich schon Khan nannten, waren die osmanischen Padischahs, die iranischen Schahs und die russischen Zaren noch Ziegenhirten, Mutter Hanumefendi. Auch wenn niemand weiß, wer wir sind, was ändert es schon ...«

»Ich sehne mich nach meinen Kindern, mein Sohn. Dein Onkel, der Khan, will nicht nach Istanbul, und sie kommen nicht hierher. Und so stehe ich zwischen zwei Flüssen. Khan und Padischah schert sie nicht. Und nicht einmal hier weiß jeder, dass Üzeyir Khan ein Khan ist, geschweige denn in Istanbul ...«

»Sollen sie es doch nicht wissen«, brüllte Üzeyir Khan, »ich als Khan schere mich auch nicht um sie. Sieh doch, dieser junge Adler hat nach mir gesucht, hat seinen Khan gesucht und ist zu uns gekommen.«

»Er ist uns willkommen«, freute sich die Hanum.

»Wie ich dir schon immer sagte, Hanum, meine Untertanen sind mir mehr wert als meine Söhne.«

»Sag das nicht, Khan, sag das nicht. Ein Kind ist etwas anderes, Khan, ein Kind ist eines eigen Herzblut. Nichts geht über die eigenen Kinder. Sie gehen mir nie aus dem Sinn. Mein Herz verbrennt sich nach ihnen.«

»Nun, Hanum«, sagte Üzeyir Khan und strich sich über den buschigen Schnauzbart, »Khanat und Macht sind ja gut und schön, aber der Mensch muss Mensch sein und bleiben.«

Die Hanum erhob sich, ging hinunter, und kurz darauf drang das Klappern von Pfannen, Töpfen und Küchengeschirr nach oben.

»Trinkst du, mein Sohn?«

»Ein bisschen, Efendi.«

»Nichts da mit bisschen und misschen, mein Sohn, lass uns wie Männer trinken!«

»Lasst uns wie Männer trinken, Efendi, mein Khan!«

Bis der Tag sich neigte, sprachen sie von den alten Tagen, von der Pracht und Herrlichkeit Kaukasiens. Üzeyir Khan zählte alle seine Ahnen auf in Reihe bis zurück ins siebte Jahrhundert vor Christus, ohne auch nur einen auszulassen, nannte ihre Namen, ihre Abenteuer und unerreichten Heldentaten. Er wusste, wie sie ihre Schwerter führten, kannte in allen Einzelheiten ihre Größe und Gestalt bis hin zur Farbe ihrer Augen, der Form ihrer Nasen, der Art und Rasse ihrer Pferde.

»Die Geschichte Kaukasiens ist die Geschichte der Menschheit. Woher stammte denn der Mensch, der den Göttern das Feuer stahl und es der Menschheit schenkte? Als er es gestohlen und den Menschen gebracht hatte, ergrimmten sich die Götter, die Eigentümer des Feuers, und bestraften den Dieb. Und was war die Strafe? Sie brachten ihn auf den höchsten Gipfel des Berges Kaf, eine schroffe Bergspitze aus Feuerstein, die den Himmel durchstieß, und schlugen ihn, an Händen und Füßen mit schweren Ketten gefesselt, an die Felswand. Jeden Morgen kamen die Adler, rissen ihm ein Stück aus der Leber und flogen davon. Doch eines

Tages erfuhren die Völker des Kaukasus davon, und es empörte sie, dass die Götter einen Menschen so quälten. Aber was konnten sie dagegen tun, wie konnten sie einen Menschen vom höchsten und unerreichbar schroffen Berggipfel befreien? Um zu beraten, versammelten sich ihre Weisen, Wissenschaftler, Khane, Beys, Imame, Hodschas und Priester, suchten nach einer Lösung, untersuchten und stellten fest, dass der Berg so schroff und hoch war, dass bisher noch keines Menschen Fuß den Gipfel betreten hatte. Was war also zu tun? Fest stand für sie nur, dass sie, koste es, was es wolle, diesen diebischsten aller Menschen und Meister aller Diebe, der ihnen das Feuer geschenkt hatte, aus den Händen der Götter und den Krallen der leberfressenden Adler befreien werden.

Am Ende beschlossen sie, in den Berg einen Weg zu schlagen. Wie viele Schmiede es in Kaukasien auch gab, sie machten sich alle an die Arbeit. Um die Felsen zu brechen, wurden hunderte, ja tausende Spitzhacken gehämmert, mit denen sich von sieben bis siebzig das Volk der Kaukasier in die Berge aufmachte. Der Kampf zwischen Berg und Menschheit dauerte Jahre, doch dann war der Weg zum Gipfel gebahnt. Der Dieb des Feuers hatte sie beobachtet. Seine Haut war von der sengenden Sonne kupferbraun geworden, aus seiner Brust troff Blut, färbte auch die Felswand feuerrot, und sein Bart war so gewachsen, dass er ihm bis zur Brust hinunterhing. Als die Menschen ihn erreicht hatten, wurden seine großen, blauen und klaren Augen feucht vor Freude. ›Ich wusste es‹, sagte er, ›ich wusste, dass dieser Menschenschlag, komme, was wolle, mich eines Tages befreien würde.‹ Er jubelte innerlich. Die grimmigen Götter waren gar nicht überrascht. Sie hatten vorausgesehen, dass die Menschenkinder den Dieb des Feuers eines Tages befreien werden.

Und die Menschen lösten die Ketten des Feuerdiebs und brachten ihn hinunter in die Ebene. In jener Nacht brannten auf jedem Berggipfel, in den Ebenen, auf den Meeren und Gewässern der ganzen Welt die Feuer, und die Erde wurde helllicht über vierzig Tage und Nächte …

So ein Menschenschlag sind sie, die Kaukasier, mein Sohn. So haben unsere Ahnherren diesen Mann, der unserer Menschheit den größten aller Dienste erwiesen hat, vor einer bis in alle Ewigkeit vorgesehenen Folter gerettet. So steht es in allen Weltgeschichten geschrieben.«

Während Üzeyir Khan so redete, bewunderte Musa der Nordwind ihn von Mal zu Mal ein bisschen mehr, konnte er seine weit geöffneten Augen nicht von ihm wenden. Die Menschen Kaukasiens haben sich sogar gegen die Götter aufgelehnt! Und als sie es nicht mehr taten, wurden sie zu Sklaven und in alle vier Himmelsrichtungen verstreut. Und so wurden ihre Khane in einer heruntergekommenen Provinzstadt zu Standesbeamten. So weit ist es also mit dem Volk gekommen, das den Dieb des Feuers aus den Händen der ergrimmten Götter befreite!

Zuerst wurde die kunstgläserne Karaffe hingestellt, blühend wie eine blaue Blume stand sie in der Tischmitte, und Musa dem Nordwind ging vor Freude das Herz über. Dann waren die Rakigläser an der Reihe, und schließlich wurden weißer Schafskäse, geseihter Yoghurt, Walnusskerne, Kichererbspüree, Huhn auf tscherkessische Art und viele andere kaukasische Gerichte aufgetischt.

»Bitte zu Tisch, mein Sohn; mit Wasser verdünnt oder ohne?«

»Ohne Wasser, verehrter Khan!«

Üzeyir Khan war beglückt, weil dieser junge Mann so fest an die Existenz seines Khanats glaubte. Mit versonnenem Lächeln füllte er die Gläser mit Raki und mit Wasser.

»Haydaaa! Kaukasien zur Ehre!« Und darauf stießen sie an.

Auch die Hanum kam und setzte sich dazu. »Lieber Khan, schenk mir auch ein Glas ein.«

»Aber ja, sofort! Die Hanum trinkt an solchen besonderen Tagen gern ein Gläschen mit!«

»Lasst es nur niemandem zu Ohren kommen«, sagte die Hanum. »Dieser Ort ist sehr konservativ. Die Männer dürfen trinken, doch wenn es die Frauen tun, ist der Weltuntergang nahe! Also dann, zum Wohle! Auf das Wohl dieses Diebes, wer immer er auch sei, von dem du vorhin gesprochen hast und den die Vögel zerfleischen, wie ich hörte. Ja, auf sein Wohl!«

Der Khan hatte mit seiner Freude Musa den Nordwind und auch die Hanum angesteckt.

Der Khan ging immer mehr aus sich heraus. Als habe er alle Dämme in seinem Inneren durchbrochen, ließ er seinem Redefluss freien Lauf. Die Hanum störte es dagegen sehr, wenn ihr Mann so begeistert daherredete. Schließlich hatten sie alles gemeinsam erlebt, was er in seiner Begeisterung übertrieb, ausschmückte, verklärte; er schilderte aber auch gar vieles, was er einfach erfand. Dazu hob er noch diesen Tölpel von Abdülvahap in den Himmel. Dabei verabscheute er ihn wie den Teufel. Doch an solchen Tagen, wenn er auch noch fröhlich Raki zechte, hielt er Abdülvahap für einen Heiligen und glaubte nicht nur selbst daran, sondern überzeugte auch noch die anderen. Dann hob er auch dieses klitzekleine Haus in den Himmel. Nun ja, ein schönes, sauberes, nagelneues Haus, aber mehr auch nicht! Und plötzlich hörst du, dass es sich in den Kristallpalast seines Großvaters in Tschetschenien verwandelt hat. Sie hoffte so sehr, dass er nicht wieder vom Haus und von Abdülvahap Bey anfangen würde. Wie gut nur, tröstete sie sich, dass dieser junge Bursche von ihrem Mann so begeistert war.

»Abdülvahap Bey werden in dieser Kleinstadt böse Dinge nachgesagt. Alles drischt auf ihn ein, zieht ihn durch die Hundescheiße, tuschelt, er habe sich drei Güter, mindestens fünf Häuser, prächtig wie Paläste, eingeheimst, habe für jedes seiner Kinder in Istanbul am Bosporus eine Villa bauen lassen. Lügen, Efendi, nichts als Lügen! Er hat jeden zum Hausbesitzer gemacht und für sich nicht einmal eine Hütte angeschafft. Was auch in dieser Gegend und auf den Inseln von den Griechen an Häusern, Olivenhainen, Weinbergen, Gärten und Äckern zurückgelassen wurde, er hat es unter die armen Einwanderer aufgeteilt. Wer hat denn den Khan der Tschtetschenen, den vom Feind aus seiner Heimat vertriebenen, in der Verbannung vergessenen, in der Einsamkeit einer Provinzstadt seinem elenden Schicksal überlassenen Üzeyir

Khan zum Eigentümer eines Hauses gemacht, eines Hauses am Meeresufer, prächtig wie ein Serail, dessen Kosten er dazu noch aus eigener Tasche bezahlte? Eben dieser bescheidene Mann Abdülvahap Bey, diese ehrbare Persönlichkeit, der Unrecht angetan wurde. Ginge es nach den Unkenmäulern dieser Provinz, soll er von jedem, der seine Dienste in Anspruch nimmt, von einem bis fünf Goldstücke, von zehn bis hundert Goldstücke, von hundert Goldstücken bis zu … Na ja, so viel Goldstücke nehmen, wie er Lust und Laune hat. Er soll sogar zur Kasse bitten, wer ihm nur den Gruß entbietet. Und so soll er Krüge mit Gold gefüllt haben, der arme Abdülvahap Bey. Nichts als Missgunst, nichts als üble Nachrede! Fehlte nur noch, sie behaupteten, er verkaufe für ein Glas Raki seine Freiheitsmedaille mit rotem Band! Ja, es stimmt, es ist die Wahrheit, er hat jeden in dieser Gegend zum Eigentümer von Haus und Hof gemacht. Und von manchen Einwanderern, von gut aussehenden jungen Burschen, nimmt er, nur so zum Spaß, auch Geld, gibt es ihnen aber wieder zurück. Er ist eben ein großer Spaßvogel. Er lässt nicht einmal zu, dass der Präfekt oder der Schreiber Geld annehmen. Und wie schafft er das? Nicht mit Drohungen und Gewalt, nein, er schaut seinem Gegenüber nur einmal in die Augen und schlägt ihn mit diesem einzigen Blick in seinen Bann. Er ist kein Mensch, er ist ein Engel und Zauberer. In seiner Gegenwart kann niemand Bestechungsgelder annehmen. Und wer es dennoch tut, den trifft der Blitz! Es ist unmöglich, Abdülvahap Bey näher kennen zu lernen, ohne ihn zu bewundern.

An den Hängen des Kaukasus erheben sich die Kristallpaläste der tschetschenischen Khane. Dahinter die Gipfel der mächtigen Berge. Aus diesen verlassenen Serails ist in den Nächten und in der Morgendämmerung noch immer das Geklirr der Schwerter zu hören. Und aus der Ebene vor den Serails kommen mit funkelnden Schwertern tausende tschetschenische Reiter auf Grauschimmeln mit silberbeschlagenem, blitzendem Zaumzeug, sitzen vor den Palästen ab, berühren mit der Stirn die Erde, grüßen ihre seit fünftausend Jahren herrschenden Khane und reiten dann im gestreckten Galopp von der Ebene zu den violetten Felshängen und verschwinden im Blau der Berge. Und das wird sich jeden Frühling wiederholen, so lange, bis die tschetschenischen Khane zurückkommen und sich in ihren Palästen bis ans Ende aller Frühlingstage wieder niederlassen. Die Hanum und die Kinder, Kinder eines Khans!, glauben nicht daran. Sollen sie es doch bleiben lassen! Sie können sich ja an einem Frühlingstag im Kaukasus einfinden und dort zuschauen, wie sich tausende Tschetschenen mit schwarzem Kalpak vor dem Serail in den Staub werfen!

Der Osmane hat uns nicht gut behandelt. Denn der Osmane war sittlich verkommen. Und er hat den tschetschenischen Khanen nicht die erforderliche Achtung entgegengebracht. So auch mir. Er hat ihnen keine Serails, keine Dörfer und Güter gegeben. Dabei haben die tschetschenischen Khane ihm so viel Gutes getan. Der Osmane ist verfault, hat übel zu riechen begonnen, ist wie ein wurmstichiger Apfel vom Baum gefallen. Mustafa Kemal hat nur ein bisschen daran geschüttelt und die von Würmern hohlgefressene, ausgedörrte Platane samt ihrer Wurzel umgekippt.«

Mit bebenden Schnauzbartspitzen schaute er ängstlich um sich und fuhr mit gedämpfter Stimme fort: »Und die durcheinander gewirbelten Teile dieser mit einem klitzekleinen Schubs auseinander gefallenen, wurmstichigen, verfaulten Platane will Mustafa Kemal Pascha zusammenfügen und wieder zum Grünen bringen. Er hat die besten Absichten, aber kann denn eine im Innern verfaulte, in kleinste Stücke zerfallene Platane wieder grünen? Der arme Mustafa Kemal Pascha, ein so guter Mann!«

»Schweig, Üzeyir Khan«, entsetzte sich die Hanum. »Sag so etwas nie wieder. Jedermann weiß doch, dass niemand einen verfaulten, in kleinste Stücke zerfallenen Baum zum Grünen bringen kann. Da mag Mustafa Kemal Pascha sich noch so sehr abmühen. Schade, ein guter Mann. Du aber schweig, Üzeyir Khan, damit der Stamm der verfaulten Platane uns nicht noch zermalmt.« Sagte es und seufzte tief.

Welch einen abenteuerlichen Grund konnte es geben, wenn

sich so ein kluger Mensch, dazu noch ein prächtiger Kaukasier, einer aus Daghestan, mutterseelenallein auf so einer Insel einschloss? Es heißt, auf dieser Insel gehe ein Gespenst um. Wegen dieses Gespensts mochte niemand nicht einmal an der Insel vorbeifahren. Die Griechen, die diese Insel verlassen mussten, seien vor Freude außer sich gewesen, diesem Gespenst den Rücken kehren zu können. Drei Tage und Nächte tanzten sie wie aus dem Häuschen, als ihnen der Befehl auszuwandern erteilt wurde. Und als sie den Sirtaki stampften, hat sich sogar das Gespenst eingereiht und – Gott bewahre uns davor! – drei Tage und drei Nächte lang im Reigen mitgetanzt.

Üzeyir Khan wird dennoch seinen Landsmann auf dieser Hexeninsel nicht seinem Schicksal überlassen und wird mit allen verfügbaren Mitteln diese Inseln besiedeln ... Die Völkerwanderungen sind ja noch nicht zu Ende; von Kaukasien, den Balkanländern und den Inseln, aus Kurdistan, Mesopotamien und Syrien komme ja, wer immer könne.

»Was sollen die Auswanderer denn auf dieser Insel anfangen? Dort gibt es keine Äcker und nicht genügend Wasser. Ein bisschen Weinberg, ein bisschen Obstgarten, einige Pfirsichbäume, das ist alles. Wie haben diese Griechen denn so viele Jahre, tausendfünfhundert, zweitausend oder sogar dreitausend Jahre, auf dieser Insel gelebt?«

»So, wie ich dort leben werde, Üzeyir Khan, mein Sultan, so wie wir dort leben werden.«

»Dann wirst du dich gut eindecken müssen. Nahrungsmittel, Trinkwasser ... Wie bist du eigentlich von der Insel hergekommen?«

»Ich habe ein kleines Boot, neu, neun Ellen lang.«

»Wie viel Tage hast du denn gebraucht, um herzukommen?«

»Ich bin, ohne zu verschnaufen, in eineinhalb Tagen hergerudert.«

»Das wirst du nie wieder tun! Morgen werde ich dich mit Kapitän Kadri bekannt machen. Er hat einen nagelneuen Kahn. Auch der Motor ist nagelneu. Kadri setzt dich nach ein paar Stunden auf der Insel ab. Abdülvahap Bey ist jetzt außer sich vor Freude, nachdem er dir ein Haus überschrieben hat. Wie jedes Mal, wenn er jemandem einen Grundbrief ausstellt! Morgen gehen wir zu Kapitän Kadri, und du gehst mit ihm einkaufen. Er weiß, was in welchem Laden verkauft wird. Weißt du, wie Fische gefangen werden?«

»Das weiß ich.«

»Wo hast dus gelernt? In welchem Meer?«

»Im Mittelmeer. Ich war eine Zeit lang in Dörtyol, in Iskenderun, in Payas und Mersin.«

»Gut. Wie die hiesigen Fische gefangen werden, in welcher Tiefe, mit welchen Netzen, das alles wird Kadri dir sagen. Erheben wir uns, morgen müssen wir früh aufstehen und den Kapitän treffen.«

Üzeyir Khan zeigte ihm das Zimmer. Die Hanum hatte das Bett gemacht und war schon längst schlafen gegangen.

»Schlafen Sie wohl!«

Musa der Nordwind zog sich schnell aus, steckte todmüde noch seinen Geldbeutel unters Kopfkissen und war im nächsten Augenblick eingeschlafen.

Als er aufwachte, dämmerte das Morgenlicht. Er zog sich an, ging zum Wasserhahn, wusch sich sorgfältig das Gesicht mit einer unbenutzten, duftenden rosa Seife und ging dann zur Toilette. Seit Jahren hatte er keinen so blitzsauberen Abort mehr gesehen. Im Wohnzimmer empfing ihn freudestrahlend Üzeyir Khan und schüttete ihm Kölnischwasser auf die Handflächen. Auf dem Esstisch dampfte ein goldglänzender Samowar. »Zübeyde Hanum«, rief der Khan, »wir sind bereit.«

»Ich komme.«

Der Tisch war mit Honig, Butter, Oliven und verschiedenen Käsesorten gedeckt. Sie frühstückten langsam und nachdenklich. Dann küsste Musa der Nordwind Zübeyde Hanums Hand mehrmals voller Ehrfurcht. So eine aufrechte osmanische Frau hatte er noch nicht erlebt. So sind sie also, die Frauen der Khane, ging es ihm durch den Kopf.

Üzeyir Khans Miene strahlte an diesem Morgen. Er war schweigsam, in sich gekehrt, und es war jedes Mal seinem Gesicht anzusehen, wie er von einem Gedanken zum nächsten übersprang.

»Worüber denkst du nach, Khan, mein großer Bruder?«

»Über dich, Nordwind, mein Sohn. Was du wohl so allein auf dieser Insel der Dschinnen anfangen wirst … Dort stirbst du ja vor Einsamkeit.«

»Ich bin entschlossen, es zu wagen, Bruder Khan.«

»Gott gebe dir Kraft und Ausdauer! Wusstest du das: Die entfesselten edlen Grauschimmel verhalten auf der Stelle, wenn sie an unserem Serail vorbeikommen, beugen den Kopf zur Erde hinunter, dass ihre Mähnen den Boden fegen, und so tun es alle Rassepferde bis heute! Ihre Mähnen fegen die Erde!«

»So ist es, die schönsten und edelsten Pferde sind die kaukasischen. Der Kaukasier war es, der das Pferd zähmte.«

Das Frühstück war beendet, und genüsslich schlürften sie ihren Mokka. Zübeyde Hanum hatte ein grünes, über der Brust mit einer großen, sehr schönen Smaragdnadel verziertes Kleid angezogen, ging im Salon immer wieder auf und ab und lächelte vor überschäumender Freude in einem fort. Und Üzeyir Khan verfolgte jede Bewegung seiner Hanum mit bewundernden Blicken.

Dann erhoben sie sich, und Musa der Nordwind küsste Zübeyde Hanums Hand.

»Gottes Segen über dich, mein Sohn! Er mache zu Gold, was du dir vornimmst! Du bist mir immer willkommen. Dies Haus ist dein Haus, komm und bleib, wann und wie lange du immer willst. Der Khan hat dich auch ins Herz geschlossen, betrachtet dich als seinen Sohn. Wer weiß, was der in so jungen Jahren schon erleben musste, sagt er über dich, und das bedrückt ihn. Geh mit frohem Herzen, mein Kind, und vergiss nicht, dass du hier ein Zuhause hast.«

Musa der Nordwind küsste noch einmal Zübeyde Hanums Hand und führte sie dreimal an seine Stirn.

Sie schlugen den Pfad zur kleinen Bucht ein. Noch vor der

Bucht betraten sie mit einem Windstoß, der vom Meer kam, das am Hang gelegene Kaffeehaus mit der gläsernen Vorderfront, dessen grüne Farbe stellenweise abgeblättert war. Über allem lag dichter Zigarettenrauch, ganze Schwaden schwängerten den Raum. Kaum hatten die Anwesenden den Standesbeamten erblickt, sprangen sie wie von der Sehne geschnellt auf die Beine. Die Luft duftete angenehm nach Kaffee.

Üzeyir Khan entdeckte Kapitän Kadri in einer Ecke. Auch er war wie alle andern achtungsvoll aufgestanden. »Komm mit, Kapitän Kadri, dich suchten wir!«

Kadri konnte sich durch die Menge, den Tabakqualm und die wohlriechenden Kaffeedünste bis zu ihnen zwängen. »Trinken Sie einen Kaffee, Üzeyir Khan?«, fragte der bärtige alte Mann. »Der Kaffee, den der Meister kocht, ist aus Mekka. Sein Aroma haftet eine Woche am Gaumen«, fügte er hinzu und berührte dabei den Arm des Khans.

»Einverstanden, trinken wir einen ohne Zucker«, entgegnete der Khan und setzte sich an den nächsten mit grünem Tuch bedeckten Tisch. Achtungsvoll zogen die Umstehenden ihre Stühle in einem Kreis um ihn herum und setzten sich. Eigenartig, überlegte Musa der Nordwind, jeder benimmt sich vor Üzeyir Khan wie vor einem echten Khan. Es fehlte nicht viel, und sie würden, unterwürfig wie die den Boden mit der Mähne fegenden Grauschimmel Kaukasiens, vor ihm Habachtstellung einnehmen. Käme jetzt, in diesem Augenblick, ein Pascha, ein Präfekt, ein Abgeordneter oder wer auch immer in dieses Kaffeehaus, ihm würde nicht diese aus vollem Herzen gezollte Achtung entgegenschlagen wie vor Üzeyir Khan. Die edle Herkunft scheint doch etwas Geheimnisvolles an sich zu haben. Und erfahren die Menschen, so jemand sei zu ihnen unterwegs, wittern sie diese schon auf vierzig Tagereisen Entfernung. Bin ich nicht auch dem Zauber von Üzeyir Khans Khanat erlegen, obwohl ich all diese Geschichten zuerst für eitles Palaver hielt? Habe ich diesen Köder nicht auch geschluckt, noch während ich mich anschickte, darüber zu spotten?

Schweigend tranken sie ihren Kaffee. Als der kerzengerade dasitzende Khan sich über seinen buschigen Schnauzbart strich und aufstand, sprangen alle im Kaffeehaus, rrrums!, auf die Beine. Und gemeinsam verließen die drei den Gastraum.

»Hör zu, Kapitän Kadri, dieser Musa der Nordwind ist unser Sohn genau wie du. Du wirst ihn heute zur Insel Mirmingi bringen!«

»Zu Befehl, mein Bey!«

Dass er ein Khan war, wusste jeder in der Stadt, doch viele vermieden aus Sorge, er könne sich grämen, den Titel Khan und nannten ihn Bey.

»Also, lebt wohl und bleibt gesund!«

Musa umarmte den Khan. Eine Weile hielt er ihn so, und als er sich von ihm trennte, hatte er Tränen in den Augen. Nach zwei Schritten drehte er sich noch einmal um. »Mach dir keine Sorgen«, sagte er. »Auch wenn niemand auf die Insel kommt … Ich küsse deine Hände, mein Khan!«

»Ich küsse deine Augen.«

Kapitän Kadri warf ihm einen eigenartigen Blick zu, weil er nicht Üzeyir Bey, sondern Khan gesagt und somit ein Geheimnis laut ausgesprochen, also preisgegeben hatte. Er schaute um sich, aber die Tür des Kaffeehauses war geschlossen, und es war auch sonst niemand zu sehen. Gott sei Dank, niemand hatte Musas Worte gehört!

Die beiden gingen im Geschäftsviertel von einem Laden zum andern und machten bis zum Mittag ihre Einkäufe. Musa der Nordwind hatte so viel eingekauft, dass Kapitän Kadri noch zwei Träger holte, die mehrmals zwischen Läden und Boot hin und her mussten, bis alles an Bord gebracht war.

Punkt zwölf Uhr warf Kapitän Kadri den Motor an, einen nagelneuen Motor von sechsundzwanzig Pferdestärken. Das Boot, gebaut wie jene im Schwarzen Meer, maß neun Meter. Es war schwanenweiß gestrichen. Kapitän Kadri hatte den griechischen Namen des Bootes nicht entfernt, schade nur, dass hier niemand die griechische Schrift lesen konnte. Denn der Eigentümer, sein Freund, hatte ihm den Namen des Bootes genannt, doch Kadri hatte ihn, wie sollte er auch bei so einem Kopf!, einfach vergessen.

Der Bug durchschnitt das Wasser, der nagelneue Motor lief wie ein Uhrwerk fast ohne Geräusche. Kapitän Kadri erzählte begeistert, wie er Eigentümer dieses Motorbootes werden konnte, und strahlte vor Glück.

Wie von Zauberhand tauchte vor ihnen die Insel auf. Es war noch früher Nachmittag. Das Boot machte volle Fahrt, es glitt wie ein Schwan dahin.

Mit einem Schrei sprang Musa der Nordwind plötzlich auf. »Schau hin, Kapitän Kadri, schau hinüber zum Ufer, zu den Platanen!«, rief er. »Da ist der Schatten eines Menschen, und er wird immer länger. Hast du gesehen?«

Kapitän Kadri beschattete seine Augen und blickte hinüber. »Ich sehe nichts«, sagte er.

»Sieh doch, sieh, dort am Ufer. Und wie der Schatten immer länger wird, sieh doch, sieh!« Im selben Augenblick, als er »Sieh doch!« schrie, verschwand der Umriss. »Verschwunden! Wie weggewischt. Du hast ihn also nicht gesehen«, bedauerte Musa der Nordwind mit hängenden Schultern.

»Ich habe ihn nicht gesehen«, entgegnete der Kapitän.

2

»Die Nachricht ist aus sicherer Quelle«, sagte Barba Spiros. »Finanzdirektor Abdülvahap Bey hat es mir erzählt. Sie ist streng geheim. Der Finanzdirektor sagte, wenn außer euch niemand davon erfährt, wäre es für euch von großem Nutzen.«

»Welche Nachricht, welche Nachricht«, riefen ungeduldig einige Stimmen in der Menge, »welche Nachricht?«

»Die Nachricht vom Austausch.«

»Was heißt denn das?«

»Das heißt, es wird einen Tauschhandel geben.«

»Was wird es geben, was?«

»Einen Tauschhandel wird es geben. Die griechische Regierung und unsere Regierung haben sich geeinigt. Wir ziehen nach Griechenland, und die dortigen Türken kommen hierher.«

»Haben sie uns denn gefragt, ob wir nach Griechenland wollen?«

»Was haben wir denn in Griechenland zu suchen?«

»Wir werden nicht nach Griechenland ziehen.«

»Dieser Abdülvahap Bey ist schon ein komischer Kauz.«

»Er ist ein Verrückter.«

»Der Krieg ist vorbei, und jetzt ist Schluss!«

»Ringsherum jetzt eitel Sonnenschein!«

»Ich hab Abdülvahap Bey, dem Finanzdirektor, ja auch gesagt, was haben wir in Griechenland zu suchen, wir sind mit unserer Insel zufrieden, hab ich gesagt.«

»Ja, zufrieden«, murmelten alle wie aus einem Mund.

»Abdülvahap Bey ist ein sehr guter Mensch. Er hat uns die Nachricht gesteckt, ohne dass es jemand hörte, damit wir verkaufen können, was wir haben. Denn wenn sie von dem Tauschhandel erfahren, zahlen sie keinen Nickel für unsere Habe. Wir werden nichts los und können alles auf die Straße legen, bevor wir davonziehen.«

»Abdülvahap Bey lügt.«

»Der hat etwas anderes im Sinn.«

»Warum sollte uns die Regierung denn nach Griechenland vertreiben, was haben wir ihr denn getan?«

»Haben wir ihr denn einen Schaden zugefügt?«

»Seine Reden sind Täuschungsmanöver.«

»Er ist ein guter Mensch, wie können seine Worte eine Täuschung sein? Welchen Vorteil hat er denn, wenn er sagt, wir sollten uns vorbereiten? Er wird ja nicht kaufen, was wir verkaufen.«

»Vielleicht kauft er doch.«

Der Platz im Schatten der Platanen füllte sich immer mehr, wer etwas hörte, kam herbei. Alt und Jung, krank oder siech, sie alle hatten sich im Nu unter den Platanen versammelt.

»Schaut her und hört mir zu! Abdülvahap Bey ist ein sehr guter Mann. Abdülvahap Bey, hab ich ihm gesagt, du weißt ja, wie lange wir schon auf dieser Insel sind, du weißt es, und jedermann weiß es. Sag, wie lange schon ist diese Insel unsere Insel? Er, ein guter Mensch, hat ganz bitter gelacht, und während er lachte, wurden seine Augen feucht, er dachte nach, wiegte seinen Kopf, dachte noch ein wenig nach und sagte: ›Ihr seid mindestens dreitausend Jahre auf dieser Insel.‹ – ›Ich‹, sagte ich, ›wusste das nicht.‹ Da seufzte er tief, sagte: ›Dann weißt du es jetzt, Barba Spiro, schade, schade‹, und er schüttelte den Kopf. Dreitausend Jahre! Ja, Abdülvahap Bey ist ein guter Mensch, man hat ihn tief gekränkt, ihm wurde übel mitgespielt. Er sollte Präfekt werden, doch sie haben ihn nicht ernannt, weil er ein rechtschaffener Mann ist. Weil er so ein guter Mann ist, hätte er niemandem Böses antun können, und so einen macht man nicht zum Präfekten. Er sagte mir, und zwar mit Tränen in den Augen: ›Schade, wie schade, dass ich in Kürze euren Fortzug bekannt geben muss.‹ Und ich habe ihm geantwortet: ›Was ist denn schon an einer Bekanntmachung dran, dass du dich so grämst?‹ Und da antwortete er: ›Ich muss euch den Tag eurer Ausweisung amtlich bekannt geben.‹ Bereiten wir uns also vor, Freunde, Inselbewohner … Nach dreitausend Jahren kommt jetzt das Ende. Was haben wir uns denn zu Schulden kommen lassen, dass es so enden muss! Ich fragte ihn, wann wir denn in die Verbannung geschickt werden, und er antwortete: ›Bis jetzt ist noch keine Nachricht aus Ankara gekommen.‹ Und ich sagte: ›Gott gebe, dass sie nie kommt!‹ Sein Gesicht wurde aschfahl, seine Lippen zitterten. Er sagte: ›Ich liebe euch so sehr. Was euch angetan wird, ist ein großes Unrecht. Ein Menschenherz kann sich damit nicht abfinden. Wo sollt ihr denn hin, wenn ihr nach dreitausend Jahren eure Insel verlassen habt? Ja, Gott gebe, diese Bekanntmachung kommt nie an! Doch wie schade, sie wird kommen! Aber auch wenn sie nicht kommt, ihr bereitet euch vor und macht zu Geld, was ihr habt! In der Fremde lebt es sich schwer ohne Geld.‹«

»Lüge«, empörte sich Yordanis Güzeloğlu, ein sehr hoch gewachsener Mann mit grünen Augen, dessen Gesicht und lang gestreckten Hals unzählige Falten durchzogen und der immer zu Späßen aufgelegt war. Dass er wütend wurde oder sich über etwas aufregte, hatte noch niemand erlebt. Er machte immer ein fröhliches Gesicht, war sogar lachend in die Schlacht um die Dardanellen gezogen, und während jedermann sich wegen der hohen Verluste entsetzte und wehklagte, wunderten sich alle über ihn, wenn er seine lustigen Lieder, bei denen sich die Zuhörer vor Lachen in die Hosen machten, zum Besten gab. Seine ganze Sippe war so. Sie alle waren auf diese Welt gekommen, um die Menschen zum Lachen zu bringen, sie in Freude zu ersticken. Er hatte einen Fuß in den Dardanellen zurückgelassen, und sogar über den aus dem Krieg nicht zurückgekehrten Fuß sang er Lieder. Schon seine abenteuerliche Geschichte über sein Bein, das wie eine Kanonenkugel auf die englischen Kriegsschiffe zugeflogen war, ist eine Sage für sich.

»Lüge, Lüge, Lüge«, brüllte er, so laut er konnte. Niemand hatte bis jetzt Yordanis so verzweifelt, so wütend gesehen. Sein Gesicht war aschfahl geworden, alles Blut war daraus entwichen, es schien wie tot. Die Menschenmenge, die ihn so zornig und verzweifelt erlebte, erschauerte vor Schreck. Eine tiefe Stille trat ein. Es war Lena Papazoğlu, die dieses erstarrte Schweigen brach: »Lüge, Lüge, Lüge«, schrie auch sie. »Was soll Griechenland denn mit uns anfangen?«

»Dich als Blume ins Haar stecken, Lena!«

»Dich zum Soldaten, sogar zum Gefreiten machen.«

»Dir in Athen ein Serail schenken.«

»Dich mit dem König verheiraten.«

»Ich salze euch mal ein, damit ihr nicht stinkt«, rief Lena lachend. »Lacht nur und tanzt, und schenkt auch weiterhin Barba Spiros keinen Glauben. Wenn dann der Tag kommt, werde ich ja sehen, wie ihr dumm dasteht.«

Lena war eine alte, gebeugte, klein gewachsene Frau mit leicht geschlitzten Augen und hervortretenden Backenknochen. In ihrer Jugend war sie atemberaubend schön gewesen. Ihre Schönheit wurde auf allen Inseln, in jedem Fischerdorf und jeder Provinzstadt von Griechen und Türken gleichermaßen gerühmt. Verliebte verließen ihretwegen die Heimat oder mieteten sich bei den mit ihr befreundeten Fischern ein, nur um sie einmal noch zu sehen, andere verfielen ihr in unglücklicher Liebe, aßen und tranken nicht mehr; griechische Reiche, türkische Beys ... Doch Lena hatte nur Augen für Yordanis Gözükaraoğlu gehabt und sonst für niemanden.

»Dieser Mann, dieser Direktor oder wer auch immer, hat sich mit unserem einfältigen Spiros einen Scherz erlaubt, um ihn zu erschrecken. Was hat dieser Mann gesagt? Ihr wohnt seit dreitausend Jahren auf dieser Insel, hat er gesagt. Und wo sollen wir vor dreitausend Jahren gewesen sein, sind wir hier etwa vom Himmel herabgefallen? Oder aus Athen hergekommen? Wer hat uns denn hierher gebracht? Sagt doch, wer uns hierher gebracht hat, soll uns gefälligst wieder dorthin bringen, woher er uns gebracht hat! Hab ich Recht, Spiros? Dieser Mann, Direktor, Pascha oder wer auch immer, hat sich mit dir einen Scherz erlaubt. Was hab ich denn in Griechenland? Hat uns denn jemand gefragt: Wollt ihr nach Griechenland? Gott hat uns hier, auf dieser Insel geschaffen, Trottel Spiros. Frag doch mal, Barba Spiros, wer in diese Fremde will! Sind die verrückt geworden, dass sie uns mir nichts, dir nichts nach Griechenland schicken wollen? Welches Recht haben sie dazu? Verlässt jemand, der bei Verstand ist, denn seine Insel, um woanders hinzugehen, und sei es auch ins Paradies, ja, in ein anderes Paradies?« Sie wechselte die Sprache und fügte in bestem Türkisch hinzu: »Höre meine Rede, Mustafa Kemal Pascha, jetzt solltest du wirklich zuhören: Falls sie diesen Wahnsinn in die Tat umsetzen, werde ich kommen und dich am Kragen packen. Weißt du überhaupt, wer ich bin? Ich bin die Mutter von Aleko, Tanasi, Peros und Milton, jenen Jungen, deren Kanonenkugeln in die Schornsteine der englischen Kriegsschiffe hineinsausten, die ihr gemeinsam in den Dardanellen versenkt habt. Sie sind bis jetzt nicht zurückgekommen, sie sind noch bei dir. Du sollst ja deine Offiziere lieben, und da meine Söhne Offiziere sind, wirst du sie so lieb gewonnen haben, dass du sie mir nicht zurückschicken willst. Mögen sie meinetwegen bei dir bleiben, Hauptsache, sie sind gesund. Du wirst schon gut für sie sorgen.«

Sie ging zu Spiro, fasste ihn am Arm und schüttelte ihn. »Schau, Barba«, sagte sie mit Zärtlichkeit, »schau mich an! Hab keine Angst! Sollte so etwas geschehen, gehe ich zu Mustafa Kemal Pascha und erzähle ihm alles. Er ist sehr wütend auf jene, die solche Gerüchte verbreiten. Und außerdem kann ich dann meine Söhne wieder sehen.« Dann wandte sie sich an die Menge: »Habt ihr gehört, was ich gesagt habe? Mustafa Pascha, der Freund meiner Söhne in den Dardanellen, ist der Pascha aller Paschas geworden, ist euch das klar?«

Sie schwieg erschöpft, ging zur Platane, lehnte sich mit dem Rücken an den Stamm und steckte ihre Hände in den Ausschnitt ihres Kleides, denn es war sehr kalt.

Eine ganze Weile war von den Anwesenden kein Laut zu hören. Lenas Schicksal ging ihnen so zu Herzen, bei der kleinsten Bewegung wären sie in Tränen ausgebrochen.

»Und ich sage noch einmal: Verkauft euer Hab und Gut, verkauft es sofort. Später kauft es niemand. Sagt, was ihr wollt, der Mann wollte uns einen Gefallen tun. Es braut sich etwas zusammen. In Kürze werden sie uns von hier vertreiben. Verkauft eure Sachen!«

»Wirst du die Sachen denn kaufen, Spiros?«

»Schwatzt nicht herum, damit scherzt man nicht, wir werden fortmüssen.«

»Wir werden nicht gehen«, schallte es entschlossen aus der Menge.

»Ihr müsst es ja wissen«, entgegnete Spiros. »Ich werde morgen alles, was ich habe, in meinen Kahn verstauen und zum Verkauf wegbringen.«

»Gute Geschäfte, Barba Spiros!«

»Hoffentlich verkaufst du alles sehr teuer und wirst noch reich!«

»Und mit diesem Geld in Athen …«

»Ich werde die Teppiche in meinem Hause, die Kelims, Sessel und Truhen, die Netze und mein Kajütboot, ich werde alles verkaufen.«

»Dein Boot auch?«

»Ja, auch das werde ich verkaufen. Ihr wisst, dieses Boot ist mir so teuer wie mein Augapfel. Um es bauen zu lassen, habe ich jahrelang an Essen und Trinken gespart, keinen Schnaps angerührt, sogar aufs Rauchen verzichtet. Wie habe ich für dieses Boot geschuftet. Seht euch meine Hände an!« Er streckte der Menge seine Handflächen entgegen. »Seht ihr? Und schaut euch an, wie ich herumlaufe! Meint ihr, ein Hund würde diese Kleider anziehen?«

»Kein Hund würde sie anziehen«, lachten sie.

»Eben. Und morgen werde ich das Boot, für das ich so geschuftet und gehungert habe, verkaufen.«

»Verkauf es nicht!«

»Mein Boot, meinen Augapfel … Seht es euch an!« Er drehte sich zum Meer. »Seht euch an, wie schön es ist, schön wie ein Schwan, kann man so einem Boot so etwas antun?« Seine Stimme war voller Trauer. Und sein Kummer hatte auch die andern unter der Platane tief gerührt.

»Dieses Boot, dieses schöne Boot, seht nur, wie schön es mit dem Meer plaudert. Seht nur, seht, wie gut es zum Meer passt! Und ich werde es morgen, wenn ich einen Abnehmer finde, verkaufen, werde mein eigen Kind mit meinen eigenen Händen schlachten. Was bleibt mir anderes übrig, Gott sende ihnen tausend Plagen! Was haben wir denn verbrochen, dass sie uns von unserer Heimat trennen. Kann ich mir denn noch einmal so ein Boot bauen lassen, auch wenn ich noch einmal so lang lebe? Dazu noch in der Fremde?«

»Das wirst du nicht können.«

Er zeigte auf sein weiß gemaltes, blitzblankes Haus am Ufer: »Ihr alle wisst, wie viel Mühe mich dieses Haus gekostet hat. Ihr alle habt gesehen, wie ich vom Festland Boot für Boot Muttererde herübergebracht habe, um den Garten so schön anzulegen, wie er jetzt ist. Und ihr wisst auch, dass ich mir vom Sackschleppen den Rücken wundgescheuert habe. Schaut meinen Garten doch an, habe ich nicht von weit her Blumen, Bäumchen und Sträucher gebracht und eingepflanzt, und ist er nicht ein Winkel des Paradieses geworden? Wer weiß, wer in diesem Haus wohnen wird, wer weiß, wie sie die Türen und Fenster brechen, die Bäume im Garten fällen und die Blumen zertrampeln werden.«

»Dann geh doch nicht fort!«, ließen sich einige zerknirschte Stimmen vernehmen.

»Seht euch diese Insel an! Hat man auf der ganzen Welt je so eine Insel gesehen? Und wenn sie mich töten, ich verlasse doch meine Insel nicht. Ach, nur nicht fort von hier! Und sollte diese Nachricht sich als falsch erweisen, werde ich für alle ein Festmahl geben, drei Tage und drei Nächte lang, mit Wein und geharztem Traubenschnaps, mit Hammel und Lamm, mit Honig und Pasteten.«

»Ja, ein Festmahl, Barba Spiros!«, rief eine fröhliche, junge Stimme von weitem. Mittlerweile war niemand mehr in den Häusern, alles drängte auf den Platz.

»Waren bisher nicht schon viele solcher Nachrichten im Umlauf?«

»Sagten sie nicht schon damals, als Izmir geräumt wurde, ihr müsst auch die Insel verlassen?«

»Und hat jemand uns danach auch nur angerührt?«

»Wer wird denn so einen Wein keltern, wenn sie uns wegschicken?«

»So einen hellen Wabenhonig schleudern?«

»So faustgroße Feigen ernten …«

»Und bernsteinfarbene Trauben?«

»So munter zappelnde Fische fangen?«

»Meerbarben, Merline, Thunfische, Seeteufel, Heringskönige, Wittlinge und Makrelen … Und Streifenbarben auch.«

»Hab also keine Angst, Barba Spiros!«

Auf einmal erhob sich ein Gewirr von Stimmen, jeder hatte etwas beizusteuern. Wie viele Arten von Fischen, Krustentieren und Krabben es auch gab, sie wurden allesamt lauthals aufgezählt, anschließend die Namen der Kähne und Barken, danach die der Vögel, die auf der Insel gefangen und in die Stadt gebracht wurden. Auch die Namen der Männer, die von den Dardanellen nicht zurückgekehrt waren, Lenas gefallene vier Söhne eingeschlossen, wurden genannt, nicht zu vergessen die Namen derer, die am Suezkanal, an der russischen Front und in Mesopotamien ihr Leben lassen mussten.

Die Stimme eines alten, rüstigen Mannes übertönte alle: »Wo hast du denn dein Bein versteckt, Yordanis Güzeloğlu, was hast du mit deinem Bein gemacht? Wirst du nicht so lange warten, bis dein Bein aus den Dardanellen zurückkommt? Und du, Barba Spiros, wirst du hier nicht auf deine drei Brüder warten? Sie kämpfen noch in den Dardanellen. Bald werden sie die Schlacht geschlagen haben. Wirst du denn nicht auf sie warten? Werden sie nach der Schlacht nicht zu ihrer Insel zurückkehren? Was sollen sie denn dann auf einer menschenleeren Insel?«

Der Lärm, der über die Insel hallte, wurde von dieser Stimme erstickt, er verstummte, und es wurde so still, als habe es allen den Atem verschlagen.

Lena löste sich von der Platane, ging langsam zu Spiros, fasste ihn am Arm und sagte: »Komm, wir gehen, Spiros! Verkaufe nichts! Hör zu, die Türken haben eine Redewendung«, und jetzt sprach sie türkisch: »Da kommt so vieles noch, bevor die Sonne kommt!«

»Da kommt so vieles noch, bevor die Sonne kommt«, wiederholte Barba Spiros lauthals auf Türkisch den Spruch. Dann fielen auch die andern ein und riefen griechisch und türkisch: »Da kommt so vieles noch, bevor die Sonne kommt!«

Schweigend gingen sie auseinander.

An jenem und den folgenden Tagen herrschte im Dorf eine unglaubliche Stille. Und summte nur eine Fliege, es wäre zu hören gewesen. In den Gassen, zwischen den Häusern, unter den Platanen, bei den Kähnen und Kajütbooten, nirgends eine Menschenseele. Als wäre die Insel schon längst verlassen. Nur einige Hähne krähten, mit ihnen schrie der einzige Esel der Insel, bellten die Hunde. Auch das Hin und Her zwischen den Häusern hatte aufgehört. Jeder hatte sich in einen dämmerigen Winkel seines Hauses zurückgezogen und sich dumpfer Trauer hingegeben. Vielleicht hatten sich die Männer auch schwarzen Flor an den Ärmel geheftet und die Frauen sich vom Scheitel bis zur Sohle schwarz gekleidet. Sie beweinten den Tod der Insel, obwohl sie diesem Trottel Barba Spiros keinen Glauben schenkten. Nur schon dieses Gerücht hatte sie so mitgenommen; und was erst, wenn es stimmte?

Die Trauer der Insulaner währte bis zur Ankunft von Kavlakzade Hadschi Remzi Efendi in ihrem Dorf. Als Kavlakzade Hadschi Remzi Efendis Boot am Anleger festmachte und er mit zwei Gehilfen herauskletterte, lief jedermann ans Fenster. Beim Anblick von Hadschi Remzi drehte sich allen der Magen. Wenn Hadschi nach so vielen Jahren seinen Fuß auf die Insel setzte, hatte dies, ganz sicher, nichts Gutes zu bedeuten. Ihre Blicke folgten ihm, der mit seinen Männern im Gefolge den Platz unter den drei Platanen überquerte und geradewegs auf das Haus von Perikles Karagüloğlu zusteuerte. Perikles empfing ihn mit aschfahlem Gesicht und zitternden Händen und bat ihn ins Haus. Hadschi Remzi machte es sich in Perikles' weichem, nagelneuem, mit lila

Samt überzogenem Sessel bequem, und seine Männer hockten sich scheu auf das ebenfalls mit lila Samt überzogene Sofa. Perikles hatte ihnen gegenüber Platz genommen, blickte Hadschi Remzi in die Augen und wartete ab. Hadschi Remzi sah bekümmert aus. Sein krauser Bart war zerwühlt, seinen ins Leere starrenden, ausdruckslosen Augen war nichts zu entnehmen. Bis der Kaffee kam, wurden nur die üblichen Höflichkeiten ausgetauscht. Zuerst durchzog angenehmer Kaffeeduft das Zimmer, dann kam mit einem Tablett aus ziseliertem Silber ein gut gekleidetes, zartes, reizvolles Mädchen herein, stellte die dampfenden Mokkatässchen auf die Dreifüße aus geschnitztem Nussholz und ging.

»Ich bin sehr bekümmert«, sagte Hadschi Remzi, während er sich nach einer Tasse streckte. »Bin sehr, sehr traurig, seitdem ich die Nachricht vernommen habe.« Und nachdem er einen kleinen Schluck genommen hatte, sprach er im selben jammernden Tonfall weiter: »Ich wollte dir schon längst meine Anteilnahme ausdrücken, aber ich kann diesen verdammten Laden ja keinen Augenblick ohne Aufsicht lassen, sonst wäre ich schon längst hergekommen und hätte dir mein Beileid ausgesprochen. Gestern aber kam unser Junge, er küsst dir übrigens die Hände, der in Izmir auf die französische Schule geht und den du so gern hast, und so konnte ich ihn in den Laden setzen und gleich herkommen. Möge alles überstanden sein!«

»Ich verstehe nicht«, entgegnete Perikles. »Was mag überstanden sein und welches Beileid? Gott sei Dank, in unserem Haus fehlt es an nichts. Trotzdem, ich danke dir, dass du an mich gedacht hast, lang sollst du leben, und auch bei uns gehts nicht um Leben und Tod!«

»Heißt das, du hast davon nicht gehört?«

»Was soll ich denn gehört haben?« Schon als der Hadschi ihm sein Mitgefühl ausdrückte, hatte Perikles Karagüloğlu Herzklopfen bekommen.

Jetzt schwieg Hadschi Remzi, er senkte den Kopf, dass sich der lange Bart nach oben bog, seine Miene verfinsterte sich, und er legte die Stirn in Falten. »Wie soll ichs dir erklären?«, begann er.

»Du hast es also nicht gehört? Mir fällt es schwer, diese Unglücksbotschaft zu überbringen.«

Auch die beiden auf dem gegenüberliegenden Sofa, die ihren Mund nicht aufgetan hatten, wiegten jetzt ihre Köpfe und murmelten: »Schwer, schwer.«

»Schwer, schwer«, wiederholte Hadschi Remzi. »Du bist mein bester Freund, Karagüloğlu. Du bist mir mehr als ein Bruder. Wir sind zusammen aufgewachsen, haben vieles zusammen erlebt, haben gemeinsam in Sarikamiş gegen die Russen gekämpft und gemeinsam neunzigtausend gefallene Soldaten im Schnee der Allahuekber-Berge begraben. Aber wie soll ich dir, wenn ich auch noch so wortgewandt bin, wie soll ich dir das nur sagen. Seit Tagen erschüttert diese Nachricht, dass ihr nach Griechenland geschickt werden sollt, die Kreisstadt. Der Finanzdirektor Abdülvahap Bey hat jetzt schon eure Häuser zur Versteigerung ausgeschrieben. Denn die von drüben hergekommenen Türken haben gerufen: ›Um Gottes willen, wir wollen keine Insel, und wenns ein Paradies ist, keine Insel!‹ Auch wenn sie umsonst sind, will kein Mensch in diese Häuser ziehen und sich auf dieser Insel niederlassen. Habt ihr davon nichts gehört?«

»Gehört schon, doch niemand hats geglaubt«, antwortete Perikles. »Wie sollten wir das denn glauben? Wen und was haben wir denn in Griechenland ... Wir haben Griechenland ja nicht einmal gesehen.«

»Niemanden habt ihr dort. Das hier ist eure Erde, eure Heimat. Ich habs zuerst auch nicht geglaubt. Dann habe ich in Ankara nachfragen lassen. Da, sieh her, was da geschrieben steht.« Er reichte Perikles ein Telegramm, doch dieser nahm es nicht, er hatte nicht die Kraft, die Hand zu heben.

»Warum sollte ichs lesen«, sagte er. »Barba Spiros hat also die Wahrheit gesagt. Er hat die Wahrheit gesagt, und niemand hat ihm geglaubt.« Sein Gesicht schien das eines Toten zu sein.

»Was können wir schon tun, Perikles, mein Freund, was können wir schon tun.«

»Wäre ich doch dort auf dem Berggipfel nicht aus den Schneemassen gerettet worden. Wäre ich doch mit den neunzigtausend damals erfroren, anstatt dieses zu erleben.« Er schwieg, um seinen Mund bis zum Abschied Hadschi Remzi Efendis nicht mehr zu öffnen.

»Ja, Perikles, von den neunzigtausend kam keiner mehr lebend davon. Nur wir zwei wurden von Gott gerettet. Er ließ vier Kurdinnen vor uns erscheinen, und die Frauen schleiften uns über den Schnee in ihre Häuser. Als wir wieder zu uns kamen, gaben sie uns heiße Milch zu trinken, und wir waren gerettet. Und wie wir uns gefreut hatten, dem Tod entronnen zu sein. Wie kann ich jene Tage jemals vergessen, Perikles.«

Lang und breit erzählte er von Sarikamiş, von den tausenden von Läusen zerfressenen Soldaten, den steif gefrorenen Männern, den zu Stein erstarrten Offizieren auf ihren Pferden, den tagelangen Fußmärschen von Dorf zu Dorf, der Ankunft in Erzurum, dem Transport nach Sivas und weiter ...

»Und nach all dem, Perikles, mein Freund und Gefährte, sollst du auch noch deine Heimat verlieren! Um dich zu retten, habe ich mit Regierungsbeamten, mit dem Präfekten, dem Kommandanten und allen anderen gesprochen, hab ihnen erzählt, um wen es sich bei Perikles handle, dass wir ihn gegen seinen Willen nicht nach Griechenland schicken sollten, dass er für dieses Vaterland viel gelitten habe, und ich schilderte ihnen in allen Einzelheiten, was wir gemeinsam durchgemacht hatten, schilderte es so schön, dass sogar der Oberst, dieser Riese von Oberst, die Tränen nicht halten konnte. Doch wo ich in meiner Verzweiflung auch anklopfte, sagte man mir, es sei überhaupt nichts zu machen, alle Inseln würden unter die Bestimmungen über den Austausch der Bevölkerungen fallen. Und als ich ihnen erklärte, ich würde mich an Ankara wenden, meinten sie, das habe auch keinen Zweck, die Abkommen zwischen beiden Staaten seien schon längst unterzeichnet.«

Perikles saß zusammengekauert in seinem Sessel, der stattliche Mann war zu einem Knäuel geschrumpft.

»Und ich habe mir gedacht, ein Letztes für dich zu tun, und

habe diese beiden Freunde mitgebracht, um dein Boot, diese Sessel, diese schönen Teppiche und dein schönes Tafelgeschirr, du weißt ja, das vergoldete aus Italien, und was du sonst noch hast, zu kaufen, damit es keinem anderen in die Hände fällt. Ich bin also gekommen, um dir meine Anteilnahme auszudrücken, dir alles Gute zu wünschen, aber auch, um zu verhindern, dass du dein Hab und Gut für ein Nichts verkaufst.«

Er redete und redete, vergoss einen Strom von Worten über diese wertvolle Habe, doch von Perikles war kein Ton zu hören, er war stumm wie Stein.

»Hör zu, Perikles, mein Freund, wir sind seelenverwandte Brüder, und da habe ich mir gesagt, ich muss meinem Bruder noch einen letzten Dienst erweisen. Sein Hab und Gut darf nicht überallhin verschleudert werden, es wäre eine Sünde. Für die Habe Vertriebener, sogar für ihr Gold zahlen sie nicht mehr als für einen krepierten Esel. Denn eure Vertreibung hat sich an der Küste, in Städten und Dörfern herumgesprochen. Und alle sind sich schon längst einig; sie werden euch nichts abkaufen. Los, Bruder, sag etwas, damit deine schönen Sachen, die du so geschont und wie deinen Augapfel gehütet hast, nicht für ein Nichts weggehen, schon gar nicht in die Hände jener fallen, die euch vertreiben. Ist es denn gerecht, wenn dieselben, die euch vertreiben, die euch in die Fremde schicken, sich auch noch in diese Sessel fläzen? Sieh dir doch diesen Samt an! Weich wie Seide. Sieh dir diesen Teppich an! Ein Paradiesgarten … Vor allem dein Boot. Gibt es denn im ganzen Mittelmeer, im ganzen Schwarzen Meer so ein Boot wie das deine aus Kastanienholz mit einem Motor von sechsunddreißig Pferdestärken? Willst du denn, dass einer deiner Feinde, der dich mit dem Wort Giaur erniedrigte, der dich ins Land der Giauren schickt, sich in dein so schönes Boot setzt und davonfährt? Auf seinen Planken herumspaziert, als trample er auf deiner Brust herum? Sag, wärst du mit so einem Schicksalsschlag einverstanden?«

Kavlakzade Hadschi Remzi Bey sprach in dieser Art und Weise noch von vielen Dingen, sagte Freundschaft, sagte Brüderlichkeit, sprach von Brot und Salz und dem Tässchen Mokka, an das man sich bekanntlich vierzig Jahre dankbar noch erinnert, doch von Perikles kam auch nicht der leiseste Laut. Zu Stein erstarrt, saß er in seinem Sessel da. Hadschi Remzis Schädel rauchte schon vor Wut, aber er riss sich zusammen und knirschte innerlich: »Lass dich nicht vom Teufel reiten, Hadschi, Geduld bringt Segen!« Schließlich brannte er darauf, dieses Boot zu kaufen, sein Leben für dieses Boot! Denn in drei, vier Tagen würde auch Perikles begriffen haben, was Sache ist, und diesen schönen Kahn für fünf Kuruş an irgendeinen Hergelaufenen, der keinen Pfifferling darauf gab, losschlagen.

»Bitte, Perikles, hab ein Einsehen! Bei Gott, ihr geht in Kürze auf die Reise! Und käme auch der Heilige Jesus oder ginge unsere Mutter Maria nach Ankara, Fürbitte für euch einzulegen, sie könnten euch nicht davor bewahren.«

Er stand auf, fasste Perikles am Arm, knirschte mit den Zähnen, war außer sich vor Zorn: »Sprich doch, sprich, sag etwas, du ehrlose Niedertracht!« Seine Stimme klang wie das Zischen einer Schlange. »Mensch, rede doch, du Pfeffersack, Mensch, rede doch, du stinkende Schweinehode, Mensch, rede doch, du räudiger Hund! Sprich endlich, du ungläubiger Sohn eines Ungläubigen, rede, Kerl mit zwei Gesichtern und zwei Religionen! Mensch, sie haben euch verbannt, du Schwachkopf, und schon bald werden sie euch wie den Kadaver einer Ratte am Schwanze packen und hinauswerfen. Mensch, räudiger Hund, seid ihr nicht aus unserer Armee desertiert und habt euch beim Einmarsch der Griechen ihrer Armee angeschlossen? Habt ihr nicht unsere Städte und Dörfer niedergebrannt und unsere Frauen und Kinder geschändet?«

Dabei schüttelte er Perikles' Arm, als wolle er ihn brechen, ging zur Tür, kam wieder zurück, beugte sich über ihn und sagte lauthals lachend: »Das war also eure dreitausendjährige Heimat, ja? Euer Land über dreitausend Jahre, ja? Dann habt ihr lange genug hier gewohnt, habt dreitausend Jahre lang diese Erde verpestet.«

Dann lachte er nicht mehr und brüllte nur noch voller Wut:

»Zur Hölle mit euch, fahrt von hier zur Hölle! Kerl, was über euch hereinbricht, ist noch viel zu wenig, ja, viel zu wenig!«

Er schrie so laut, dass, wer auch immer auf der Insel lebte, aufgeschreckt ins Freie lief. Eine lähmende Angst hatte sich auf die Insel gesenkt. Zu anderen Zeiten hätte es bei so einem Geschrei vom Platz bis zum Anleger vor Menschen nur so gewimmelt.

Er packte Perikles an den Schultern, zog ihn aus dem Sessel und beugte sich an sein Ohr. »Sieh mich an, Perikles!«, forderte er ihn auf, und seine Stimme klang messerscharf. »Mach deine Augen schön auf, und hör mir gut zu, ja, sehr gut zu!« Und Perikles riss seine Augen auf, so weit er konnte. »Ja, so ist es gut! Also, dieses Boot gehört jetzt mir. Du kannst es niemandem verkaufen. Tust du es dennoch, lasse ich dich ins Gefängnis werfen. Du schuldest mir auch noch hundert Goldstücke. Sollte das Boot nach irgendwohin geschleppt werden, lasse ich auch deine Tochter irgendwohin in die Berge verschleppen und zehn wildblütigen Burschen übergeben. Ab jetzt ist nämlich unsere Freundschaft, unsere Brüderlichkeit zu Ende. Und du hast sie beendet. Hast du verstanden, du hast sie beendet. Und ich kann dich sogar ins Gefängnis werfen lassen, denn du bist ein Spion.«

Seine Stimme wurde noch leiser: »Du hast es nicht vergessen, nicht wahr, Perikles, du schuldest mir hundert Goldstücke. Ich habe einen notariell beglaubigten Schuldschein in Händen. Und wenn du nicht umgehend bezahlst, stecke ich dich ins Gefängnis, dann wirst du nicht einmal die Hölle zu Gesicht bekommen, geschweige denn Griechenland. Und finden werde ich dich überall.«

Er drehte Perikles abrupt den Rücken zu, ging zur Treppe, und während er die Stufen hinunterpolterte, wiederholte er in einem fort: »Wer selber fällt, der weint doch nicht, weint doch nicht, weint doch nicht.«

»Bei denen ist Güte fehl am Platz, fehl am Platz!«, brüllte er außer Atem, als er sein Boot bestieg. »Auch Freundschaft verdienen sie nicht!«

Im nächsten Augenblick war der Platz unter den Platanen voller Menschen.

Als Hadschi Remzi das Gedränge und ganz vorn am Ufer Barba Spiros gewahrte, freute er sich. »Hört mir zu, Bewohner der Ameiseninsel!«, rief er mit samtweich schmeichelnder Stimme. »Und hör mir zu, Barba Spiros, mein Freund, denn du bist ein gescheiter Mann. Ihr geht bald von hier fort, und ihr seid gezwungen, euer Hab und Gut zu verkaufen. Verkauft es jetzt. Ich kaufe es euch ab. Kommt ab übermorgen in meinen Laden. Ich werde euch nicht übervorteilen. Aber beeilt euch! Es gibt noch mehr Dörfer, noch mehr Inseln, die wie eure geräumt werden. Wenn ihr zu spät kommt, sind die Märkte satt. Und dann schlagt ihr eure Habe nicht einmal umsonst mehr los. Nehmt es mir nicht übel, aber über Perikles habe ich mich sehr geärgert. Denn er ist mein Kriegskamerad ... Sagt ihm, er solle sein Boot an niemanden verkaufen, soll es niemandem anvertrauen. Und gebt euch nicht der Hoffnung hin, hier bleiben zu können. Und nun lebt wohl!«

Der Motor sprang an, das Boot nahm Fahrt auf, wurde immer schneller. Und bis er außer Sichtweite war, winkte Hadschi Remzi der erstarrten Menge auf dem Platz freundlich zu.

Inzwischen war mit leichenblassem Gesicht Perikles zu ihr gestoßen und wurde sofort umringt. »Unsere Ausweisung ist besiegelt«, sagte er.

»Worüber hast du mit Hadschi Remzi gesprochen?«

»Ja, was habt ihr besprochen?«

Und ohne etwas hinzuzufügen, erzählte Perikles ihnen alles, worüber sie gesprochen hatten, und fügte hinzu: »Ist das etwa, wie die Türken sagen: gottgefällig?« Und dann sagte er auf Türkisch: »Ist das etwa recht und billig? Ist das etwa mit Menschlichkeit vereinbar?« Und jetzt sprach er nur noch türkisch: »Sarikamiş ist Waldgebiet. Die Truppe lag im Wald. Als wir eines Morgens aufwachten, waren wir ringsum eingeschneit, konnten wir vor Schnee weder Zelte noch Bäume sehen. In Schnee und Läusen schwimmend, gruben wir uns ins Freie. Auch die Allahuekber genannten mächtigen Berge waren unter einer Schneedecke. Wir flüchteten, und die Russen verfolgten uns. Die Armee schwenkte zu den Allahuekber-Bergen, und auf ihren Hängen wurde unser Regiment mit den Russen in Bajonettkämpfe verwickelt. Von unseren Leuten blieb niemand auf den Beinen. Wir wurden alle hingestreckt und im Nu von Schnee bedeckt. Ich dachte schon, ich sei tot, doch als meine Wunden zu schmerzen begannen, war ich sicher, noch am Leben und nur verwundet zu sein. Aber ich fror. Erfrieren ist sterben, sagte ich mir, los, auf die Beine, Perikles, wenn du nicht aufstehst, wartet am Ende dieses Weges der Tod! Mit aller Kraft schüttelte ich mich, schüttelte ich mich nochmal, und da erschien vor meinen Augen unsere Insel, von hier bis zur Hügelspitze bedeckt mit gelben Blumen. Pfirsich- und Kirschblüten schwebten ins Meer, das rosarot zu leuchten begann, Heckenrosen blühten überall, und wie Licht wellte sich das Meer. Ich war von einem Traum gefangen. Plötzlich setzte der Schneesturm ein. Mit dem Schneesturm begannen Hähne zu krähen, in die Hahnenschreie mischten sich die Schreie der Esel. Ich stand da ganz allein. Ein Sturmstoß trieb mich weiter. Unter meinen Füßen die noch nicht erkalteten Körper der Gefallenen. Und während mich der Sturm hin und her trieb, ich mich dagegen stemmte, mein Blut gerann und ich drauf und dran war, zu erfrieren, griff jemand durch den Schnee meinen Fuß, klammerte sich fest und ließ mich nicht mehr los. Ich schüttelte und zog, doch die Hand ließ nicht locker. Daraufhin bückte ich mich, packte den Mann im Schnee unter mir und hob ihn hoch. Und wen sehe ich? Unseren Hadschi Remzi. Er konnte sich nicht auf den Beinen halten. Er war an den Beinen und an der Leiste verwundet. Ich legte ihm meinen Soldatenmantel um, damit er auf meinem Rücken nicht erfriere. Eine Weile stapfte ich so mit ihm durch den Schneesturm in die Richtung, aus der ich vermeinte, Stimmen zu hören. Hadschis Blut stockte nicht, es rann mir warm am Rücken entlang und gerann. Und ich rief in einem fort: ›Hadschi, schlaf nicht ein, Hadschi, schlaf nicht ein, wenn du schläfst, stirbst du, ja, stirbst du.‹ Wenn Hadschi kälter wurde, nahm ich ihn von meinen Schultern und schüttelte ihn so lange, bis er wieder zu sich kam. Ich weiß nur noch, dass wir irgendwohin kamen, wo mir Wärme und der herrliche Duft von brennendem Trockendung entgegenschlug. Danach umfing mich Dunkelheit. Als ich erwachte, knisterte Feuer in einem Kamin …«

»Kennen wir«, rief Tanasi Koçiras. »Tausendmal hast du und zweitausendmal hat Hadschi Remzi es uns erzählt, wir alle kennen die Geschichte.«

»Und ihr wisst, dass er mich heute sehr verletzt hat. Nach so einer jahrelangen, auf Leben und Tod fußenden Freundschaft hat er mich so verletzt. Nun, hat er gesagt, dreitausend Jahre habt ihr hier gelebt, das reicht, hat er gesagt, zur Hölle mit euch, geht fort, hat er gesagt. Und ich gehe! ›Lebe wohl‹, konnte ich ihm da nicht sagen.«

Er drehte sich um und ging zu seinem Haus. Perikles, der sich sein Leben lang, auch wenn er krank war, kerzengerade gehalten hatte, ging jetzt so gebeugt, als habe er einen Buckel bekommen. Auch seine Söhne, junge Burschen alle drei, schienen plötzlich gekrümmte Rücken zu haben.

Noch auf der Treppe sagte Perikles: »Bereitet euch vor, Jungs, wir gehen! Hadschi Remzi hat mich sehr enttäuscht. Dort zu leben, wo so ein Mensch lebt, fällt mir sehr schwer. Ich würde mich jeden Tag aufs Neue meiner Menschlichkeit schämen. Und käme Mustafa Kemal Pascha und flehte mich an, zu bleiben, ich bliebe nicht eine Stunde länger. Und wäre diese Erde nicht nur seit dreitausend Jahren, sondern seit zehntausend Jahren mein, könnte ich hier nicht bleiben. Dieser Mann hat mein Herz beschmutzt.« Auch diesen Satz sagte er auf Türkisch.

»Ich habe auch gehört, was dieser unmenschliche Mensch gesagt hat. Und wären es wirklich schon zehntausend Jahre, hier bleibt man nicht!«

»Nein, hier bleibt man nicht«, sagte der älteste Sohn, und die andern pflichteten ihm bei.

»Los, beeilt euch! Noch bevor der Morgen graut und die Hähne krähen und noch jemand sein Bett verlassen hat, müssen wir ablegen.«

Der Vater und die drei Söhne hockten sich hin und legten die Fahrtroute fest. Ohne dass es jemand merkte, würden sie auslaufen, außerdem gab es weit und breit weder bei der Küstenwacht noch bei den Fischern ein Boot, dass ihren Kutter einholen konnte. Und ein Kriegsschiff würde ihnen die Regierung ja nicht hinterherschicken! Das bedeutete, dass niemand sie in diesen Gewässern entern konnte.

Sie arbeiteten bis zum Morgen und verstauten all ihre Habe ins Boot. Immer wieder schauten sie sich auch im äußersten Winkel, sogar auf dem Dachboden um, damit ja nichts liegen bleibe. Am Ende hatten sie alles beisammen und im Haus nicht einen rostigen Nagel zurückgelassen.

»Und die Bilder an der Wand, Vater?«

»Die bleiben.«

»Machen wir sie doch ab!«

»Auf keinen Fall.«

»Machen wir sie kaputt, schaben wir sie ab, vernichten wir sie! Überlassen wir sie denen nicht.«

»Kommt nicht infrage.«

»Schade um diese Bilder. Und diese niederträchtigen Augen von Hadschi Remzi werden …«

»Diese Bilder sind für jedes gütige und jedes niederträchtige Auge da. Legt man denn Hand an so etwas?«

»Sie werden es tun, Vater.«

Die kaum merkliche, dennoch alles klar beleuchtende Helle des Morgens fiel auf die Bilder, und auch der Widerschein des Meeres wellte sich auf ihnen. In diesem Licht schienen die Blumen an den Wänden noch farbenprächtiger, noch größer, und das Meer im Bild hatte die Welt mit seinem Blau überzogen. Darin Schwäne, die, zurückgestreckt, als hockten sie auf ihren Schwanzfedern, ihre ausgebreiteten Flügel spannten, drauf und dran, abzuheben.

»Vater, diese Bilder von den Wänden zu kratzen, wird das Erste sein, was die neuen Bewohner dieses Hauses tun werden. Vater, es sind unsere Bilder, und es ist unser Recht, sie zu vernichten.«

»Es sind nicht unsere Bilder, mein Sohn, es sind die Bilder dessen, der sie gemalt hat. Und der hat sie nicht gemalt, damit sie vernichtet werden. Diese Blumen sind mit Lust und Liebe gemalt worden, damit sie bis ans Ende aller Tage so in Blüte stehen.«

»Sie werden sie herausschlagen.«

»Diese Bilder sollen nach dem Willen ihres Meisters bis ans Ende aller Tage weiterleben, sie werden nicht zerstört. Übrigens sind auch die bunten Fenster und Bilder in der Kirche vom selben Meister.«

»Sie werden die Kirche und auch unser Haus zerstören.«

»Aber dann, mein Sohn, werden die Bilder des Meisters ihren Standort verlassen, werden davonfliegen und sich Häuser und Kirchen von Menschen suchen, die Verständnis für diese Werte haben.«

Perikles machte einige Schritte, blieb dicht vor den Wandmalereien stehen, und wie trunken vor Glück lachte er zum ersten Mal wieder aus vollem Hals. »In ein Land davonfliegen, wo die Leute wissen, was wertvoll ist, und dort ...« Auch diese Worte sagte er türkisch. »Los, Kinder, gehen wir!«, rief er fröhlich. Und als er die Stufen hinabstieg, murmelte er immer wieder: »Ja, die Welt ist voller guter Menschen.«

Sie warfen den Motor an und schalteten auf halbe Kraft, damit er nicht zu laut wurde. Der Motor war nagelneu und kaum zu hören. Erst als sie sich schon ziemlich vom Dorf entfernt hatten, gaben sie Gas und drosselten den Motor erst wieder bei der Landspitze, wo die Blüten der Pfirsiche und Kirschen durchs Wasser schimmerten. Das Meer war hell und spiegelglatt, leuchtete im rosafarbenen Glanz der Blüten, und rosafarbene, leichte Wellen leckten an den Strand. Die hinter den gegenüberliegenden Bergen hervorbrechenden Strahlen vergoldeten die Wolken, glitten wie rosa berstende Blitze übers Meer, dessen Spiegel in stählernem Rosa, Blau, Violett, Grün und Orange zu funkeln begann.

Perikles Karagüloğlu entdeckte seinen eigenen Schatten auf dem wie Blattgold funkelnden Wasser. »Lass ihn laufen, mein Sohn«, sagte er weich und zärtlich mit heller, hoffnungsvoller Stimme, »gib Gas, mein Junge!«

Als der Tag anbrach, war die Insel nur noch verschwommen auszumachen, bald danach war sie verschwunden.

»Vater«, begann der Älteste bedrückt, während die Insel aus ihren Augen verschwand, »unsere Bienenkörbe, die Blumen in unserem Garten, unser Weinberg, der schönste der ganzen Insel, unser Haus und unser Eiland, das alles lassen wir jetzt hinter uns zurück.«

»Jaaa, das alles lassen wir zurück«, wiederholte Perikles Karagüloğlu.

Dass die Karagüloğlus noch zu nachtschlafender Zeit ihr Hab und Gut zusammengerafft und mit ihrem Boot davongefahren waren, hatte sich erst am Nachmittag herumgesprochen. Die einen meinten, Perikles sei geflohen, weil Hadschi Remzi angedroht habe, Perikles' Tochter zu entführen und zehn wildblütigen Burschen zu übergeben, andere wiederum, er habe befürchtet, seine Söhne würden Hadschi Remzi töten, und manche waren überzeugt, er habe Angst davor gehabt, mit Kind und Kegel ins Gefängnis gesteckt zu werden. Doch warum auch immer, sie alle stellten bekümmert fest, dass es von ihm nicht richtig gewesen sei, ohne ein Wort zu sagen, so mir nichts, dir nichts davonzuziehen. Daraufhin stieg Panos Valyanos in sein Boot und sauste in die Stadt. Denn mit seiner Flucht von der Insel hatte Perikles Salz und Pfeffer in aller Wunden gestreut, hatte er alle Hoffnungen zunichte gemacht. Nun war es offensichtlich, und ein jeder wusste, woran er war.

Panos Valyanos erreichte die Küste schneller, als er gehofft hatte. Sein Boot war ja auch noch neuer als das von Karagüloğlu, und der Motor, den er erst vor drei Monaten eingebaut hatte, war noch keine Stunde gelaufen. Noch hatte er von allen Fischern hier die beste Maschine. Sie war robust, startsicher, von besonderer Ausdauer, hatte keine Fehlzündungen, soff nie ab und lief auch nach zehn Stunden pausenloser Fahrt nicht heiß. Kaum war Panos an Land gegangen, machte er sich auf in die Stadt. Wer ihm am Anleger, danach unterwegs auf Pfad und Landstraße und schließlich in den Gassen der Stadt über den Weg lief, blieb erst einmal stehen, umarmte ihn und klagte: »Es geht uns sehr nahe, Panosaki. Mögen sie auch alle gehen, aber du bist doch in dieser Stadt, auf diesen Inseln, ja an der gesamten Küste etwas Besonderes!«

Panos hatte in der Tat für diese Menschen, mochten sie nun Türken, Griechen, Tscherkessen, Georgier oder Kurden sein, einen besonderen Stellenwert. Zum einen war ihr Panosaki weit und breit der beste Fischer, zum andern hatte er vielen von ihnen das Fischen beigebracht und sich um jeden seiner Lehrlinge wie um seinen eigenen Sohn, seinen eigenen Bruder gekümmert. Wurden sie krank, hatte er sie ins Krankenhaus gebracht, hatte mit ihren Eltern und Geschwistern an ihren Betten gewacht, hatte Bedürftigen Geld, Arbeitslosen Arbeit gegeben und sogar dafür gesorgt, dass Verliebte für immer zueinander fanden. Aber in der ganzen Gegend hatte ihn bisher auch niemand enttäuscht. Ob im Kindesalter oder erwachsen, ob Mädchen, Mann oder Frau, von allen wurde er nicht Panos, sondern zärtlich auf Griechisch Panosaki gerufen. Panosakis große Augen waren von klarem, hellem Blau. Und mit großen, blauen Augen blickte er staunend und liebevoll auf alles und jeden, ob Wolf, Vogel oder Ameise, Blume, Halm oder Dorn, Tugendheld oder Übeltäter. Schon beim Anblick seiner hoch gewachsenen, schlanken Gestalt, seines roten Schnauzbarts und seiner wohlgeformten Adlernase floss jedem das Herz über. Um seine Hüfte schlang sich eine rote Bauchbinde, über die sich in weitem Bogen seine Uhrkette aus schwerem Silber spannte. Er trug die am Schwarzen Meer üblichen dunklen Pluderhosen, die dazugehörende Kopfbedeckung und mittelschäftige Stiefel, blitzblank, ob Regen, ob Schlamm, ob im Dorf oder in der Stadt, an Land oder auf hoher See. Und jeden schloss er herzlich in seine Arme, wenn er ihn mit »Bruder mein« begrüßte.

Seit fünf Tagen veranstalteten die Kleinstädter und dörflichen Ufergemeinden eine Unterschriftenkampagne, worin sie forderten, Panosaki dürfe die Ameiseninsel nicht verlassen, sie solle vielmehr ihm gehören, damit er dort Meisterfischer ausbilden könne, und es gab wohl keinen, der nicht vorbehaltlos unterschrieb. Und wenn auch in der ganzen Gegend niemand zurückbliebe, Panosaki darf nicht fortgehen, sagten sie. Er gehört diesen Gewässern, diesen Ufern, diesen Inseln. Dieser Küstenstrich kann ohne Panosaki nicht sein. Und sollte Panosaki sterben oder nach Griechenland geschickt werden, wird diese Gegend zur Leere veröden, das Meer kein Meer, die Insel keine Insel, der Fisch kein Fisch mehr sein, wird er im Sonnenlicht nicht mehr so flammend leuchten, aus dem Wasser schießend nicht mehr wie tausend Blitze funkeln. Sogar das Leben der Menschen würde sich verändern, weil es keinen Spaß mehr brächte.

Kadris klitzekleines, weiß getünchtes Häuschen stand mitten in einem kleinen Garten von Apfelsinenbäumen. Apfelsinen waren gesund! Wie von so vielem, verstand Panosaki auch von der Gärtnerei eine Menge, und dass Kadri so schöne, gesunde Apfelsinen züchtete, ließ sein Herz höher schlagen, und sein ganzer Kummer verflog im Nu. Er zog an der Schnur rechts neben der Gartenpforte, und schon wurde die Haustür geöffnet: »Oho, Panosakimu, mein Panosaki, mein Lehrmeister, du bist es wirklich.«

»Oho, Kadrimu, mein Kadri, ja, mein Herzensbruder, mein schöner, stattlicher Sohn. In den letzten Tagen haben wir oft an dich gedacht und immer wieder von dir gesprochen.« Und während er das sagte, eilte er über den Vorhof. Aber auch Kadri war beim ersten Ruf hinter seiner Mutter aus dem Haus gestürzt und mit ihr weitergelaufen. Auf halbem Wege trafen sie sich und fielen sich zu dritt in die Arme. Panosaki zwischen Mutter und Sohn, gingen sie ins Haus. Die Mutter lief sofort in die Küche, setzte eilig Kaffee auf, und schon bald durchzog sein betörender Duft den Raum.

Wortlos, sich immer wieder anlächelnd, tranken sie bedächtig ihren Mokka.

»Ist so etwas denn möglich, Panosakimu«, begann die Frau. »Hat man so was schon erlebt? Haben die denn keine Furcht vorm lieben Gott, kein Schamgefühl vorm Propheten? Die du zu Fischern gemacht und denen du das erste Boot gekauft, haben selbst schon Kind und Kegel. Gestern kamen sie alle, versammelten sich hier in unserem Haus, sagten, wenn sie Panosaki, unseren

Meister, nach Griechenland in die Verbannung schicken, sollen sie uns gleich mitschicken. Und was haben sie noch gesagt, rate mal, was sie noch gesagt haben? Wenn die Griechen davongezogen sind, werden wir die Insel Mirmingi kaufen, haben sie gesagt, werden sie Panosaki schenken und ihr den Namen Panosaki-Insel geben.«

»So haben wirs beschlossen, Panosaki. Die ganze Stadt ist in Aufruhr, es heißt: ›Wenn Panosaki geht, gehen wir auch.‹«

»Auch die Frauen, die Mädchen und Alten haben unterschrieben. Am Sonnabend werden sie sich in den Zug nach Ankara setzen und die Unterschriften Mustafa Kemal Pascha bringen.«

Mutter und Sohn waren ganz sicher, dass Panos nicht fortgeschickt werden würde, sie lachten und sie freuten sich.

»Hör zu, Panosakimu, wir haben es mit Kadri schon besprochen, wenn wir dir die Insel gekauft haben und er ja bald heiraten wird, werden wir dich nicht allein lassen. Wir werden samt Schwiegertochter zu dir kommen und uns auf der Insel ein Haus kaufen. Ist das nicht schön?«

Zwei große Tränen rannen in Panos Augenhöhlen und blieben dort haften. Wenn er noch einen Augenblick länger sitzen blieb, würde er losheulen. Hastig stand er auf und rief: »Kadri, aufstehen, ich habe ganz vergessen, dass ich mit dir noch dringend etwas erledigen muss!«

»Mein Sohn, warum so eilig, wirst du denn nicht zum Essen bleiben, schmeckt dir mein Essen nicht mehr?«

Er küsste die Hand der Frau und stürzte hinaus. Erst an der Pforte wartete er auf Kadri. Und wieder hielt ihn jeder an, der ihm über den Weg lief. Doch Meister Panos eilte ungeduldig im Laufschritt weiter, was niemandem einleuchten wollte. Am Anleger lief der Meister sofort zu seinem Boot und sprang an Bord. »Komm, Kadri!«, rief er mit weicher Stimme. »Komm und setz dich. Heute bin ich zu dir gekommen. Wie alt warst du, Kadri, als du zu mir in die Lehre kamst?«

»Sieben Jahre war ich alt, Meister«, lachte Kadri. »Und meine Mutter sprach mit dir wie mit meinem ersten Schulmeister und sagte wie üblich: ›Panosakimu, sein Fleisch ist dein, die Knochen aber bleiben mein, und die lässt du mir ganz!‹ Kannst du dich daran noch erinnern, mein Meister?«

»Ich erinnere mich. Wie leibhaftig habe ich es vor Augen.«

»Zuerst hast du mir die Netze, dann die Harpunen, die Pilker und die Angelhaken gezeigt.« Er sprach mit bitterem Lächeln, und seine Rede klang wie ein Klagelied.

»Ich erinnere mich an alles, mein Junge, ich habe nichts davon vergessen.«

»Ich habe dich als Vater, Freund und großen Bruder angenommen. Und alle, die durch deine Lehre gingen, denken so wie ich. Und wir alle haben geschworen, bei allem, was uns teuer ist, wenn sie dich nach Griechenland schicken, werden wir mit dir gehen, werden wir auswandern.«

»Jetzt hör mir gut zu: Als du zum ersten Mal deinen Fuß auf mein Boot setztest, bist du von Bug bis Heck gelaufen, hast wie eine Katze jeden Winkel beschnuppert, bist dann vor mich hingetreten und hast gesagt: ›Eines Tages werde ich auch so ein Boot haben und wie du ein Käpt'n Panosaki sein.‹ Seit jenem Tag habe ich dir so ein Boot gewünscht. Und du …«

»Und ich habe es mir auch gewünscht, Panos, mein Meister.«

»Sieh da, und jetzt hast du so ein Boot, Käpt'n Kadri! Dieses Boot gehört dir. Was mich anbelangt, ich werde mich mit den Inselleuten nach Griechenland aufmachen. Sag deinen Freunden, der Meister will es so haben, sie sollen nicht nach Ankara fahren. Sie gehorchen mir und werden gegen meinen Willen nichts unternehmen.«

»Um Gottes willen, Meister!« Kadri ergriff Panos' Hand. »Geh nicht in die Fremde! Bring uns nicht um, wie sollen wir denn ohne dich leben! Ich will weder Kahn noch Kutter. Wenn du hier bleibst, ich verspreche es, werde ich so hart arbeiten, dass ich mir selbst ein Boot, vielleicht noch schöner als deins, kaufen kann. Wenn du aber gehst, lasse ich das Fischen sein und werde überhaupt nichts.«

»Still!«, sagte der Meister und legte seine Hand auf Kadris

Schulter. »Sei still und hör mir zu! Nimm dieses Papier, nimm es, sag ich dir!« Kadri nahm das Schriftstück, das Panos ihm hinhielt. »Da steht, dass ich dir das Boot verkauft habe. Ich habe es vom Notar beglaubigen lassen. So kann dir keiner das Boot wegnehmen.«

»Meister, geh nicht fort!« Eine ganze Weile bat und flehte er. Schließlich brüllte Panos: »Still, du ungezogener Junge! So, bist du nun still? Steck das Schriftstück ein!«

Mit bebenden Händen steckte Kadri das Papier in die Tasche seines Jacketts, das ihm der Meister am vergangenen Fest geschenkt hatte.

»Hör mir gut zu, mein Sohn! Ich werde fortgehen. Vielleicht halte ich es dort aber nicht aus und kehre zurück, dann werden wir das Boot gemeinsam fahren.«

»Nein, Meister, nein. Ich werde dann wieder mit Beteiligung am Fang für dich fahren. Du kannst mir dann ja ein Drittel geben.«

»Wir werden zu gleichen Teilen Partner sein, Boot und Gewinn halbe-halbe … So, und nun bring mich auf die Insel, und fahr schnell wieder zurück, deine Mutter macht sich sonst Sorgen.«

Während Kadri den Motor anwarf, ging der Meister nach vorne in die Kajüte, faltete einen groben Jutesack, machte sich lang und schob ihn sich unter den Kopf. Er dachte an die Gewässer bei Athen. Mit den Jungs hier hatte er viel Fische gefangen und eine stattliche Summe Geldes zurückgelegt. Jetzt war er bewegt und begeistert, weil er Kadri das Boot geschenkt hatte. In all den Jahren hatte er sich noch nie so gefreut wie heute.

Dass Käpt'n Panos sein Boot seinem Bestmann Kadri geschenkt hatte, machte noch am selben Morgen auf der ganzen Insel die Runde. Manche waren erbost, andere grämten sich.

»Er weiß, was er tut. Man nennt ihn schließlich Käpt'n Panos. Er weiß alles, er weiß, was sich in den Tiefen der Meere, aber auch über ihnen tut.«

»Er wusste, dass wir fortziehen.«

»Und Bestmann Kadri liebt ihn.«

»Sie hatten in der Stadt Unterschriften gesammelt.«

»Mindestens tausend.«

»Zehntausend!«

»Damit wollten sie nach Ankara, zu Mustafa Kemal Pascha, und diese Insel …«

»Wollen sie Panos geben, wenn wir fortgezogen sind.«

»Auf dieser Insel ganz allein.«

»Panos allein auf dieser Insel.«

»Bestmann Kadri liebt ihn sehr.«

»Er hat gewusst, dass wir fortziehen.«

»Und wenn nicht …«

»Wenn sich herausstellt, dass wir nicht gehen.«

»Ruft er Kadri zu sich …«

»Sagt ihm: ›Bring mir mein Boot.‹«

»›Du wirst wieder mein Bestmann.‹«

»Und Kadri wird wie früher wieder Maat.«

»Und Panos wieder Käpt'n.«

»Und sie füllen den Fischmarkt wieder mit Fisch.«

»Überschwemmen Istanbul und Izmir mit Fisch.«

»Käpt'n Panos versteht sein Geschäft. Ist denn auf diesen Meeren, an diesen Küsten auch nur ein einziger, der ihn nicht gern hat?«

»Er hat den Hexenzauber.«

»Wenn er lacht, blühen Rosen in seinem Gesicht.«

»Er mag jeden, und jeder mag ihn.«

»Er ist der Vater aller Seefahrer.«

»Ist ihr Käpt'n.«

»Sowohl der Christen, als auch der Moslems …«

»Man nennt ihn schließlich Käpt'n Panos. Und sollten wir nicht fortziehen …«

»Was dann, ja, was dann?«

»Dann wird Panos sich sein Boot von Kadri nicht zurückholen.«

»Und wenn Kadri kommt und sagt: ›Alles Gute, Meister, du gehst also nicht, da, nimm dein Boot!‹?«

»Auch dann nähme er es nicht an.«

»Nähme es auch nicht an, wenn Kadri bäte und flehte und ihm die Füße küsste.«

»Schlecht für uns, was der Meister tat. Er hat uns das Rückgrat gebrochen. Jetzt wird jeder sein Hab und Gut verkaufen.«

»Und wenn wir nicht fortgehen ...«

»Werden wir es zum dreifachen ...«

»Vierfachen!«

»Zehnfachen Preis zurückkaufen.«

»Wenn er vorhatte, Kadri das Boot zu schenken, hätte er es erst tun sollen, wenn feststeht, dass wir fortgehen ...«

»Oder hier bleiben ...«

»Panos hat nicht recht getan.«

»Für ihn sind alle Fischer in der Stadt und an der Küste in Aufruhr, sie fordern: Käpt'n Panos muss bleiben.«

»Und was hat Panos gesagt?«

»›Wie sagen die Türken?‹, hat er gesagt ...«

»›Sie sagen: Strömen viele zusammen, stellt sich Festtrubel ein‹, hat er gesagt.«

»Macht sich Gedanken über ungelegte Eier, verschenkt sein Boot ...«

»Was wollte er denn damit sagen?«

»Ich werde zusammen mit meinen Inselleuten nach Griechenland gehen, wollte er damit sagen.«

Dass Käpt'n Panos sein prachtvolles Boot seinem Bestmann Kadri geschenkt hatte, sprach sich aber auch in Windeseile in der Stadt und den umliegenden Dörfern herum. Gleichzeitig ging auch das Gerücht, er werde, allen Bemühungen zum Trotz, nicht bleiben, sondern freiwillig mit den Einwohnern der Ameiseninsel in die Verbannung gehen.

»Käpt'n Panos grollt.«

»Natürlich grollt er, was denn sonst?«

»Er hat jedem nur Gutes getan.«

»Sind nicht alle Fischer dieser Gewässer durch seine Schule gegangen?«

»Natürlich grollt er, was denn sonst!«

»Ein braver Mann.«

»Ein guter Mann!«

»Da sträubt sich die Zunge, ihn einen Giauren zu nennen.«

»Bei wem von ihnen sträubt sich unsere Zunge denn nicht ...«

»Er grollt.«

»Ja, da grollen sie.«

»Wer von uns grollte da nicht, täte man uns Derartiges an? Sie grollen.«

»Sie grollen zu Recht.«

»Sollen sie doch grollen.«

»Das ist deine Meinung!«

»Jetzt müsstest du Geld haben ...«

»Boote für fünf oder zehn Kuruş, Teppiche, Kelims ... Für fünf oder zehn Kuruş ...«

Und so drängten sich alle, die ein bisschen Geld in der Tasche hatten, ob Kaufmann, Krämer, Beamter oder sonst wer, auf die Insel oder in die von Griechen bewohnten Dörfer, dachten sich, wenn schon ein so kluger Mann wie Meister Panos sein Boot, ohne einen Kuruş anzunehmen, seinem Maat schenkt, warum sollten dann die anderen ihre Habe, die sie nach Griechenland nicht mitnehmen konnten, nicht zu einem günstigen Preis verkaufen!

Doch die so auszogen, ein einmaliges Schnäppchen zu machen, erwartete eine herbe Enttäuschung. Auf jedes Angebot, das sie den Bauern oder Insulanern machten, erhielten sie zur Antwort: »Mein Gott, warum sollen wir denn unser Hab und Gut verkaufen!« Und dabei blieb es.

»Was werdet ihr denn mit euren Sachen machen, wenn nicht verkaufen; werdet ihr sie denn nach Griechenland bringen? Wie denn? Die Fracht kostet ja viel mehr als die Sachen selbst.«

»Werdet ihr sie nicht verkaufen und lieber ins Meer werfen, bevor ihr geht?«

»Wir gehen nirgendwohin.«

»Gerüchte.«

»Das sind doch keine Gerüchte.«

»Alle kaufen Gehöfte, kaufen Äcker.«

»Gerüchte. Sie haben uns schon so oft nach Griechenland geschickt.«

»Aber diesmal werdet ihr gehen.«

»Wir werden nicht gehen.«

»Und falls wir gehen, verkaufen wir unsere Habe einige Tage vor unserer Abreise.«

»Dann lasst euch doch gleich plündern. Niemand kauft etwas von einem Menschen, der am nächsten Tag auswandern muss.«

»Dann schenken wir es eben unseren Freunden.«

»Ihr werdet gehen.«

»Wir werden nicht gehen.«

»Ist Käpt'n Panos denn verrückt?«

»Völlig verrückt.«

»Er hätte sein Boot sowieso Kadri geschenkt.«

Eine Woche lang dauerten diese Abstecher der Käufer zu den Inseln und Dörfern, doch den so genannten Austauschgriechen konnten sie nicht einen Fetzen abluchsen.

Danach kam niemand mehr. Als sei die Ameiseninsel von Aussätzigen bewohnt, machten sogar die Fischer einen weiten Bogen um sie herum. Es war, als ob jedermann seine Beziehungen zur Insel abgebrochen hätte.

Als grollten sie der ganzen Welt, hatten sich die ersten Tage auch die Inselbewohner in ihre Häuser zurückgezogen. Auf der Insel war von ihnen nicht der leiseste Laut zu hören. Argwohn hatte sie gepackt, aber auch ein Gefühl von Trauer. Sie warteten auf irgendeinen Zuspruch, egal woher, warteten auf ein Wort der Hoffnung. Und je länger diese Wartezeit anhielt, desto mehr hofften sie, dass jemand komme. Schließlich traten sie, vereinzelt oder zu zweit, ins Freie. Jeder, der ans Ufer ging, setzte sich auf einen der Hügel links und rechts der Platanen und heftete seine Augen aufs Meer. Von Tag zu Tag wurden es mehr, die sich wortlos auf die Hügel hockten und, ohne sich zu bewegen oder zu reden, erwartungsvoll seewärts starrten. Schließlich waren schon im Morgengrauen Alt und Jung mit Kind und Kegel auf den Beinen, und sie verschnauften erst, wenn sie, den Blick aufs Meer gerichtet, auf den Hügeln saßen und nach dem Erwarteten Ausschau hielten. Doch je länger dieser ausblieb, desto verschlossener wurden sie, und von Abend zu Abend fiel es ihnen schwerer, ihren Ausguck zu verlassen. Als endlich eines Tages weit draußen der Umriss eines Bootes sichtbar wurde, ging ein kleiner Ruck durch die Wartenden, und es schien, als hätten sich alle kurz angesehen. Und während das Boot näher kam, kamen auch sie wieder zu sich, hellten sich ihre Mienen auf, schienen die verdunkelten Augen wieder zu glänzen.

Das Boot lief ein, legte an, und auf der Brücke erschienen zwei Gendarmen unter Gewehr und ein hinkender Hauptmann mit ergrauten Haaren, grauem Schnurrbart und grauen Augenbrauen. Sein zerfurchtes Gesicht war dunkelbraun und so schmerzlich verzogen, dass man meinen konnte, er würde jeden Augenblick in Tränen ausbrechen.

»Wer der Verwalter dieser Insel ist, soll sofort herkommen!« Seine Stimme war noch bitterer als seine Miene. Milto Angelu kam herbei, nahm vor dem Hauptmann Haltung an und sagte: »Zu Befehl, mein Hauptmann, ich bin Milto Angelu, gedienter Feldwebel und der, den Sie suchen.«

»Dann hör mir zu, Feldwebel!«

Des Feldwebels buschige, noch den oberen Rand seiner Augen bedeckende Brauen hoben sich steil, seine Stirn legte sich in tiefe Falten. »Zu Befehl, mein Hauptmann!«

»So ists recht, Feldwebel.«

Milto reckte sich noch ein bisschen, warf sich noch ein bisschen mehr in die kraftstrotzende Brust.

»Also, Feldwebel, jetzt hör mir gut zu!« Er ließ seine Augen eine lange Zeit über die Menschenmenge schweifen. Die Härte seines Gesichts verwandelte sich in Trauer: »Und auch ihr hört mir gut zu! Ich lese vor.« Seine Stimme war noch trauriger als seine Miene. Mit weinerlicher Stimme las er die Order Wort für Wort, und die versammelten Menschen empfanden tiefes Mitleid für ihn.

»Ich habe euch diesen Befehl wortgetreu vorgelesen. Er stammt vom Innenministerium. Das wärs. Habt ihr alles mitbekommen?«

Regungslos starrten sie den Hauptmann mit leeren Augen verständnislos an.

»Ihr habt gar nichts verstanden, nicht wahr?« Von niemandem kam auch nur ein Wort. »Ihr habt es nicht verstanden, nein, habt es nicht verstanden«, lächelte da der Hauptmann und reichte das Schriftstück Milto, dem Feldwebel. »Nimms hin, es ist dir zugestellt!«

Und alle Anwesenden lauschten gebannt, als er fortfuhr: »Eine sehr bittere, traurige Nachricht, aber ihr habt sie in Händen. Damit fallt ihr unter den Austausch. Das heißt, ihr werdet von hier nach Griechenland gehen, euch dort niederlassen, und die Dortigen werden herkommen und sich hier niederlassen. Das nennt man Austausch Zug um Zug. Mir kann das ja egal sein. Für euch aber, für Menschen, die nach dreitausend Jahren von ihrer Erde vertrieben werden, ist das gar nichts Gutes. Das ist nicht nur meine Meinung, das sagt auch unser Finanzdirektor, nationaler Held und Träger des Freiheitsordens in Gold, Abdülvahap Bey. Doch was nützt es, dagegen lässt sich nichts tun. Ich weiß nur«, und jetzt begann seine Stimme zu beben, »der Menschensohn ist ein vertriebenes, ein ruhelos wanderndes Geschöpf. Nur noch die Vögel sind Nomaden, die Vögel und diese armen Menschen.« Bei diesen Worten verlor er so die Fassung, dass er kurz unterbrechen musste.

»Ihr solltet heute, spätestens morgen diese Insel verlassen.« Seine Stimme wurde hart und schneidend. »Wäre jetzt statt meiner ein anderer hier gewesen, er hätte euch auf der Stelle, ja auf der Stelle ausgesiedelt. Ich gebe euch eine Frist bis zum zehnten Mai.«

Und zu Milto gewandt: »Milto Angelu, komm her!« Aber Milto stand ihm noch immer in Habachtstellung gegenüber. Also machte er einen Schritt und blieb noch strammer stehen.

»Hast du verstanden?«

»Verstanden, mein Kommandant.«

»Im Mai werden wir kommen, euch abholen und nach Izmir überführen. Macht also eure Vorbereitungen.«

»Machen wir, mein Kommandant«, und Milto Angelu hob die Hand zum zackigen Gruß.

»Ja, so ists recht, Milto. Vergiss nicht, du bist einer Erde Kind, wo schon die Neugeborenen Soldaten sind.«

»Ich werde es nicht vergessen«, brüllte Milto hart und zackig, »ich werde niemals vergessen, dass ich das Kind einer Erde bin, wo schon die Neugeborenen als Soldaten geboren sind.«

»Und nun lebt wohl! Auch du, Milto. Als Soldat geboren ...«

»Als Soldat geboren«, brüllte der Feldwebel hinter ihm her. »Als Soldat geboren, als Soldat sterben, mein Hauptmann.«

Die Menschen fühlten sich erleichtert. Als sei eine Last von ihren Schultern genommen, zerstreuten sie sich und kehrten lachend und scherzend in ihre Häuser zurück.

Wer weiß, wer sich hier niederlassen, wer ihre Häuser beziehen würde ... Mindestens die Hälfte der Insulaner zerbrach sich darüber den Kopf. Und der Ort ihrer zukünftigen Niederlassung. Würde es eine Insel sein, eine Ebene, Bergland oder Felsgestein, Dorf, Städtchen oder Großstadt? War Athen eine Stadt wie Konstantinopel?

In der darauf folgenden Nacht kamen viele Träume. Und am nächsten Morgen machte sich niemand an die Arbeit. Nicht einmal die Fischer fuhren hinaus. Die Kinder jagten keine Vögel, die Frauen kochten kein Essen. Keine Hand rührte sich. Die Leute versammelten sich unter den Platanen und ließen sich von Milto dem Feldwebel das vom Hauptmann zugestellte Schriftstück wohl zehnmal vorlesen. Und Milto der Feldwebel wurde nicht überdrüssig, das regierungsamtliche Schreiben zu lesen. Falls gewünscht, würde er es hundert, ja fünfhundertmal tun. Obwohl auch beim tausendsten Mal weder er noch die Zuhörer ein ein ziges Wort von all dem verstehen würden, Milto der Feldwebel las und las.

Am zweiten Tag hatte Milto noch mehr Zuhörer. Fast alle Frauen waren zu den Platanen gekommen, hatten für den Feldwebel auch einen Stuhl mitgebracht und einen Tisch davor gestellt. Und Milto las noch schöner, betonte jedes Wort, und die Frauen, Kinder und betagten Männer hörten ihm voller Aufmerksamkeit zu. Sie wagten keinen Lidschlag, so gespannt verschlangen sie jedes seiner Worte. Und im Einklang mit seiner lauter oder leiser werdenden Stimme wiegten sie sich nach links und nach rechts wie die Frauen der Türkmenen beim Singsang ihrer Klagelieder.

Am dritten und am vierten Tag wurde die lauschende Menschenmenge noch größer. Niemand war zu Hause geblieben. Und obwohl sie kein Wort der Verfügung verstanden, konnten fast alle Kinder und die meisten Frauen und ein Teil der Männer sie schon auswendig. Dennoch hörten sie mit Herz und Seele zu, ließen sich nicht die kleinste Veränderung in Miltos Stimme entgehen. Und wie bei den großen Märchenerzählern, die ihr Publikum gefunden hatten, steigerte sich Miltos Begeisterung von Mal zu Mal.

Wie lange die von Milto dem Feldwebel vorgelesene Sage dauerte, wie oft die Insulaner sie gehört hatten, wusste am Ende keiner mehr. Doch eines Tages, am frühen Nachmittag, als jeder wieder in sich versunken Milto des Feldwebels Vortrag wie dem Gesang eines uralten Volksliedes lauschte, schreckte plötzlich die Stimme des alten Fischers Aleko Makris alle hoch. Als sie aufblickten, sahen sie ihn vor Milto dem Feldwebel kerzengerade stehen, und sie hörten, wie er mit seiner kräftigen, dunklen Stimme rief: »Nichts, kein einziges Wort darüber, dass sie ihre Insel, ihre Heimaterde, ihre Gewässer verlassen und nach Griechenland auswandern werden. Und ihr alle, habt ihr aus dem Papier des Hauptmanns solche Worte herausgehört? Und wie schön er vorgelesen hat. Sagt mir, habt ihr aus den so schönen Worten, die aus diesem Papier kamen, denn so etwas heraushören können?«

Nachdem sich die aufgeschreckte Menge wieder beruhigt hatte, begann jeder zu überlegen, und nach einer Weile riefen einige wie aus einem Mund: »Auf diesem Papier gibt es solche Worte nicht.«

»Und wir hören schon viele Tage zu.«

»Wüssten wir es etwa nicht, wenn es sie gäbe? Schließlich können wir alle Türkisch.«

»Und Milto der Feldwebel spricht sogar besser Türkisch als die Türken. Er ist schließlich ein Oberfeldwebel, hat viele Kriege erlebt.«

»Er spricht auch Arabisch.«

»Hat es als Feldwebel im Jemen gelernt ...«
»Neun Jahre hat er gedient.«
»Er kann besser Türkisch als der Pascha.«
»Auch besser als der Präfekt ...«
»Und der Doktor ...«
»Und der Landrat ...«
»Sag, Feldwebel Milto, du hast ja das Papier da in deiner Hand vorgelesen.«
»Vierzig Tage und vierzig Nächte.«
Die letzten Worte kamen von Angelika, die sich bis zu Milto vorgewagt hatte.
»Du hast es gelesen, also sag es uns!«
Milto der Feldwebel überflog das Schriftstück, ließ seinen Blick über die Anwesenden und noch einmal über das Blatt in seiner Hand schweifen, faltete es zusammen und steckte es in die Tasche. Dann wanderten seine Augen noch einmal über die Menschenmenge, und sie leuchteten plötzlich auf, als er lächelnd antwortete: »Nein, in der Tat, solche Worte stehen da nicht. Nein, wirklich, ich kenne das Papier auswendig, aber solche Worte sind mir nicht vorgekommen, nein, nein.«
Dann stand er auf und ging kerzengerade mit festem Schritt heimwärts. Kaum war er gegangen, verwandelte sich die Menge in ein lärmendes Knäuel, und das Für und Wider hielt an bis zum frühen Morgen.
Nach diesem Tag blieb keiner mehr im Dorf. Niemand lauschte Milton von morgens bis abends, noch legte sich jemand unter den Platanen auf die faule Haut oder verkroch sich in einem dunklen Winkel seines Hauses. Jeder ging wieder wie früher seiner Arbeit nach. Die Fischer zogen zum Fischfang hinaus, die Bauern mit Hacken in ihre Weinberge und Obstgärten, um die Krume zu lüften oder aufzufüllen. Auch als es dann drei Tage und Nächte lang regnete, legte niemand die Hände in den Schoß, sondern man füllte die Zisternen mit genügend Regenwasser, um später damit die Felder zu bewässern.
Nach dem Regen wurde noch emsiger gearbeitet. Wer Bienen-

völker hatte, kümmerte sich um die Körbe, besprühte sie, betrachtete mit stolzer Freude und Bewunderung, wie seine Bienen im Nu auf hunderte gemeinsam mit den Frühlingsblumen erwachten Pfirsich- und Kirschblüten, Heckenrosen und Wildtulpen niedergingen. Auch der vor dem Krieg übliche Brauch des Großen Fischessens wurde wieder eingeführt. Damals warfen die Fischer zweimal die Woche, am Sonntag und am Mittwoch, ausschließlich für dieses traditionelle Festmahl der Inselbewohner ihre Netze aus. Kein Fisch wurde verkauft, jeder Fischer schüttete seinen Fang auf die weißen Strandkiesel, wo Mädchen mit scharfen Messern schon warteten, die Fische ausnahmen, schuppten und blitzblank gewaschen in Körbe schichteten.

Unter den Platanen lagen bereits die Bastmatten ausgebreitet, duftete neben verzinnten Schüsseln schon das frisch gebackene Brot.

Und auch das mitten auf dem Platz entfachte Feuer war schon längst zu flammender Glut niedergebrannt. Verfeuerte Wurzeln von Olivenbäumen brennen nicht so schnell wie andere Hölzer zu Asche. Sie glühen weithin durch die Dunkelheit, schicken ihr Licht freigebig ins weite Rund.

Die gereinigten Fische werden von Mädchen und Frauen auf dünne Olivenzweige gespießt, über die Glut gelegt und geröstet. Heißhunger weckender Duft von Bratfisch verbreitet sich über die ganze Insel. Und um ja schnell an das Bratgut zu kommen, strecken die vor verzinnten Schüsseln hockenden Männer ihr warmes Brot so weit zur Glut hinüber, dass man meinen könnte, ihre Arme rissen ihnen gleich von den Schultern. Wurde ihnen dann ein Fisch gereicht, entfernten sie mit großer Sorgfalt und Geduld die Gräten, legten das Fleisch in das aufgeklappte Brot und schlemmten fingerleckend so genüsslich, dass ihnen der fette Saft nur so von den Mundwinkeln rann.

Bei diesen Festessen wurde kein Alkohol getrunken. Vielleicht wurden auf anderen Inseln oder in Küstendörfern Getränke gereicht, doch niemals auf der Ameiseninsel. Nahmen hin und wieder auch befreundete Türken an diesem Festmahl teil, vergaßen sie es bis an ihr Lebensende nicht und erzählten darüber in höchsten Tönen.

In den griechischen Dörfern der Inseln oder des Festlandes wurde an Tischen gesessen. Vielleicht gab es einige Dörfer, wo die Einwohner es von den Türken übernommen hatten, am Fußboden hockend von niedrigen Tischplatten zu essen. Auf der Ameiseninsel jedenfalls saß man zu Tisch. Allein das Große Fischessen am Sonntag und Mittwoch fand immer an Fußbodentafeln statt.

Wem dann draußen auf dem Wasser der Duft auf Holzglut röstender Fische in die Nase stieg, der steuerte die Insel an und setzte sich, auch wenn er wildfremd war, so selbstverständlich an die gedeckte Tafel, als stünde sie in seines Vaters Garten; und die allerersten gegarten, granatapfelrot gerösteten Fische wurden ihm vorgelegt.

An diesem Abend verlief das Festmahl prächtiger als je zuvor. Ausreisen oder dableiben, diese Frage wurde von niemandem mehr angeschnitten, der pechschwarze Traum, aus dem sie erwacht waren, schien vergessen.

Am Morgen eines ebenso schönen Tages kam von den Häusern jenseits der Kirche ohrenbetäubender Lärm. Wer es sich unter den Platanen auf einem Sessel bequem gemacht hatte, rannte los und sah, wie Haris Kondoğlu und Petros Politis sich mit Knüppeln das Fell gerbten. Mit blutigen Köpfen und Händen prügelten sie unbarmherzig aufeinander ein. Und kaum hatten fünf bis sechs junge Burschen sie mit Mühe getrennt, fielen sie mit ihren Knüppeln wieder übereinander her und schlugen sich mit aller Kraft.

Am Ende waren sie so erschöpft, dass sie sich von den Stühlen, auf die man sie niedergedrückt hatte, nicht mehr erheben konnten.

Haris Kondoğlu wischte sich mit seinem blutgetränkten Taschentuch das Blut von Gesicht und Händen, Petros Politis saß vornübergebeugt da und scherte sich nicht einmal um das aus einer klaffenden Stirnwunde tropfende Blut.

»Dieser Mann kann nie genug kriegen«, schrie Haris Kondoğlu, während er sich das Blut abwischte. »Er kriegt nie genug. Heute Morgen wache ich auf und sehe, dass dieser Mann meinen Zaun um drei Schritte in meinen Garten hinein versetzt hat. Mindestens drei Schritte. Seit fünfzehn Jahren treibt er es so. Mit einer Handbreit fing er an, ein Jahr später wars schon ein halber Schritt, im Jahr darauf eine Elle; wenn er so weitermacht, nimmt er mir noch meinen ganzen Garten weg.« Schweißgebadet stand er auf, und der Schweiß vermischte sich mit dem noch immer nicht gestillten Blut. Er brüllte immer lauter, und seine Halsader schwoll fingerdick. Als er sich blitzschnell wieder auf Politis stürzen wollte, hielten sie ihn fest. »Ich werde ihn töten, diesen Hund, werde ihn töten. Seit zwanzig Jahren raubt er Stück für Stück meinen Garten. Unersättlich ist er. Kriegt er den Hals nicht voll, soll ihn doch seines Grabes Erde füllen!«

Petros schwieg mit gesenktem Kopf, und obwohl Haris schrie und schimpfte, blickte er kein einziges Mal auf, kam kein einziges Wort über seine Lippen.

Nachdem junge Burschen die Streithähne nach Hause gebracht hatten, gingen die Dörfler bedrückt schweigend davon.

Und wie immer kamen die sonst so ersehnten Vögel. Doch keiner der Erwachsenen scherte sich in diesem Jahr um sie. Noch im Jahr davor waren mindestens die Hälfte der Männer, ein Großteil der Frauen und alle Kinder mit Netzen und Karbidlampen auf Vogeljagd gegangen.

Ende April, Anfang Mai jeden Jahres kommen, wer weiß, woher, tausende, zehntausende Vögel verschiedenster Art für einige Tage auf die Insel und lassen sich zwischen den beiden Hügeln nieder. Sie füllen Himmel und Erde, ihr Gezwitscher ist überall, übertönt sogar das Rauschen der Wellen. Im Tal verschwinden unter ihnen Olivenbäume, Heckenrosen, Feigen und Granatäpfel, Gräser und Blumen. Die Schwärme dehnen sich wie eine Trombe schlauchförmig in den Himmel, ziehen sich wieder zusammen, wirbeln auf und nieder, blitzen wie riesige Lichtkugeln auf und teilen dabei das Himmelszelt entzwei, flitzen in rasendem Auf und Ab durchs Tal zum Meer, halten über dem Wasser abrupt inne, machen aneinander prallend kehrt und lassen tote und flügelschlagende verletzte Vögel auf den weißen Kieseln zurück. Solange die Inselbewohner zurückdenken können, war das immer so. Und wie viele Vögel auch kommen, wie viele auch vom Himmel regnen, dieses Wunder überrascht niemanden mehr. Verzaubert sind sie nur von der Farbenpracht, in die tausende Vögel die ganze Welt tauchen. Jeder ist in einem Traum von Farben gefangen. Farben dringen ihnen bis ins Mark, bis in die kleinsten Äderchen, und dieser Zauber entführt sie in Schwindel erregende Welten. Zum Vogelfang werden dünnmaschige Fischnetze gespannt. Darin verfangen sich hunderte Vögel, und die Frauen und Mädchen sammeln sie ein. Auch nachts kommen die Inselbewohner mit Karbidlampen ins Tal zwischen den Hügeln und peitschen mit langen, gertenartigen Ölzweigen die schwärmenden Vögel, die, angezogen vom Schein der Lampen, in dichten Wellen geflogen kommen und, zu hunderten getroffen, leblos vom Himmel fallen. Wenn der Morgen graut, schleppen junge Mädchen Säcke voller daumengroßer Vögel zum Strand hinunter und reinigen sie im Meer. Unter den klitzekleinen Vögeln sind auch größere. Gedärm und Innereien werden den am Ufer schon in Reihe lauernden Katzen vorgeworfen, und es sind wohl die Katzen, die sich über die Vogeljagd am meisten freuen.

Unter den Platanen werden Kessel aufgesetzt, wird körniger Reis mit geschmortem Vogelfleisch gegart. Ein so köstlicher Vogelfleischpilaw wie dieser, schwören die Insulaner und legen dafür ihre Hand auf die Bibel, kann von niemandem an keinem Ort dieser Welt gekocht werden.

Das Festessen dauert drei Tage. Am dritten Tag fliegen die Vogelschwärme, die das Tal bevölkerten, auf und davon, nachdem sie drei Viertel ihres Bestandes auf der Insel zurückließen.

Genau so kann man es in zahlreichen Orten, die von Vogelschwärmen angeflogen werden, erleben. Zum Beispiel in vielen Gegenden des Taurusgebirges …

Wie im Fluge war der Monat Mai ins Land gekommen. Alle Gärten waren bestellt, Blumen und Gemüse gepflanzt, Schösslinge von Äpfeln, Kirschen, Oliven und Pfirsichen gesetzt, der Boden unter Rosen und Bäumen gelüftet, Kutter und Boote repariert und gestrichen, neue Netze geknüpft, alte Netze geflickt, Dachziegel ausgewechselt, Wasserleitungen bloßgelegt, gebrochene Wasserrohre ersetzt und was sonst noch aus den Fugen geraten war, gerichtet. Zum Fischfang war man schon Anfang April hinausgefahren. Und in diesem Jahr gab es, Gott sei gelobt!, so viele Schwertfische, dass es im lichten Meer von ihren gefächerten Rückenflossen nur so wimmelte, wenn die Tiere dicht unterm Wasserspiegel dösten. Randvoll mit fünfzig, siebzig, ja hundert Okka schweren Schwertfischen steuerten die Boote abends die Insel an. Und die Kutter, die den Fang in die Großstadt brachten, konnten so viele Fische auf einmal gar nicht befördern. Das Geld strömte nur so auf die Ameiseninsel. Noch nie war die See so ergiebig, so großzügig gewesen. Die Fischer flogen vor Freude. Und bei diesem Trubel, dieser Rackerei merkte niemand, wie schnell die Zeit verging. Erst als der Hauptmann mit zwölf Gendarmen seinen Fuß auf die Insel setzte, hielten die Insulaner vor Schreck inne, stockte ihnen das Blut so in den Adern, dass kein Tropfen geflossen wäre, und hättest du auch mit einem Handschar auf sie eingestochen. Im Gefolge des Hauptmanns stiegen Krämer, Händler, reiche Dörfler, Großgrundbesitzer und allerlei Stadtvolk aus dem Kutter. Die einen wollten kaufen, was sie gerade so brauchten, die anderen waren gekommen, um schwunghaften Handel zu treiben. Die Käufer verstreuten sich sofort im ganzen Dorf, huschten nach Gutdünken in jedes beliebige Haus, musterten und befummelten lang und breit die Teppiche, die Kelims und an den Wänden hängende Bilder, fragten nach Preisen und bekamen jedes Mal dieselbe Antwort: »Wir haben nicht einen Span zu verkaufen.«

»Was wollt ihr denn damit machen, ihr fahrt doch jetzt. Wollt ihr unterwegs alles ins Meer werfen?«

»Wir werden zurückkommen.«

Die meisten Kauflustigen antworteten grob: »Von wegen zurückkommen!«, andere machten sich lustig, manche aber bedauerten sie auch und grämten sich.

»Von wegen zurückkommen! Wir werden euch dann mit zwei Ehrenkompanien empfangen.«

»Mit einundzwanzig Salutschüssen und einem Festessen werden wir euch begrüßen.«

»Wir werden zurückkommen.«

»Wenn ihr heute die Gelegenheit nicht wahrnehmt, werdet ihr auf eurer Habe sitzen bleiben, auch wenn ihr sie verschenken wollt. Dann müsst ihr alles ins Meer werfen.«

»Wir werden nichts ins Meer werfen. Schließlich haben wir Freunde in der Stadt, denen wir alles überlassen können.«

»Ihr könnt nicht zurückkommen, ihr gehört zum Austausch, und Ausgetauschte können nicht zurück. Verkauft doch das Zeugs, ist doch schade, wenn diese schönen Sachen verschleudert werden. Denn eure Freunde werden alles verkaufen, sowie ihr fort seid.«

»Sollen sies doch verkaufen. Unseren Segen haben sie, es sind schließlich unsere Freunde. Das Salz und Brot so vieler Jahre verpflichtet. Sollen sie alles behalten. Das Salz und das Brot so vieler Jahre ...«

Sie blieben dabei. »Gereichtes Salz und Brot so vieler Jahre ... Sollen sie die Sachen doch behalten. Es möge unseren Freunden zum Segen sein wie Muttermilch. Ein Dank für so vieler Jahre Salz und Brot.«

Die meisten Kauflustigen gingen mit leeren Händen. Nur einige, die auf der Insel Freunde hatten, konnten Sessel, Teppiche aus Isfahan, Kula und Isparta, Ikonen aus Großvaters Zeiten, mit Blumenmustern verzierte Porzellanteller und Lampen mit großen, rosengemusterten, blauen und rosafarbenen Schirmen ergattern. Von den leer Ausgehenden beschimpften manche die Griechen, was das Zeug hielt, andere wunderten sich, einige waren verstört, andere wiederum sagten sich, bei diesen Regierungen wisse man nie, woran man sei, vielleicht kehrten die Leute ja wirklich zurück. Und enttäuscht machten sie sich auf den Weg zu den Booten und fuhren zurück in die Stadt.

Der Hauptmann und seine Männer ließen sie an sich vorbeiziehen. Sie waren auf dem Anleger in Reihe stehen geblieben und hatten verwundert die aufgeregt katzbuckelnden, bittenden, wutschnaubenden und schimpfenden Kauflustigen beobachtet.

Eine Weile verweilten sie noch, dann hob der Hauptmann die rechte Hand, die Männer machten kehrt, bestiegen den Kutter und fuhren davon, ohne auch nur einmal noch zurückzublicken.

Die Käufer waren gegangen, alle Frühjahrsarbeiten getan, und jeden Morgen, kaum dass der Tag graute, setzten sich die Insulaner vor den Platanen oder längs der beiden Hügel in Reihe hin, ließen, der Dinge harrend, die da kommen sollten, die Augen in die Ferne schweifen, zündeten, wenn es Abend wurde, unter den Platanen große Feuer an, brieten auf offener Glut Fische aus den immer reichhaltigeren Fängen der Fischer, setzten ihre Festessen fort, während die köstlichen Grillschwaden über die ganze Insel zogen.

Eines Abends, als unter den Platanen von geschichteter Glut wieder die Schwaden hochwirbelten, stieg der Hauptmann mit zwölf Gendarmen aus einem Kutter, der am Anleger festgemacht hatte. Die Dörfler, Frauen, Männer, Kind und Kegel, sprangen von den Bastmatten auf, hießen die Gäste willkommen, setzten den Hauptmann an den Kopf der Tafel und stellten eine riesige silberne Platte voll gebratener Fische, dazu Brot und eine große Flasche Mastika, vor ihn hin. Der Hauptmann trank mit steigender Begeisterung, und je mehr er trank, desto ergriffener wurde er, wenn er aus ganzem Herzen mit kräftiger Stimme rief: »Ihr werdet zurückkommen! Wie Abdülvahap Bey sagt, zurückkommen in eure dreitausendjährige Heimat, in eure zehntausendjährigen Gewässer. Abdülvahap wurde mit dem Freiheitskriegsorden am Roten Bande ausgezeichnet. Und anstatt Präfekt zu werden, blieb er bei der Finanzdirektion dieses abgelegenen Winkels. Er ist eine edle, ungerecht zurückgesetzte Persönlichkeit. Und ihr, meine Freunde, geht frohen Mutes, denn ihr werdet bestimmt zurückkommen, und zwar sehr bald. Nun, meine Herren, der hochverehrte, hoch gebildete, heldenhafte Abdülvahap haben auch unsereinem einen kleinen Hof verkauft. Ich werde bald in Pension gehen und mich in dieser Provinz niederlassen, und wenn ihr in Kürze zurückkommt, werden wir wie Brüder miteinander leben. Sagt, bin ich euer Freund?«

»Du bist unser Freund, du bist unser Freund, du bist unser Freund.«

»Na dann: zum Wohle! Die Sachen, die ihr nicht nach Griechenland mitnehmen könnt, dürft ihr in meinem Haus unterbringen. Gott vergelts, Abdülvahap Bey waren so freundlich, mir ein geräumigeres Haus zu verkaufen. Er ist ein großer Held und Freund aller Großen in Ankara. Auch Üzeyir Khan sagte, dass ihr zurückkommen werdet. Er ist ein echter Khan und hat bei uns Zuflucht gefunden. Seine Ahnen haben Kristallpaläste im Kaukasus. Er verbirgt sich in dieser Provinzstadt. Das Amt des Standesbeamten ist nur eine Tarnung. Ich bin euer Freund. Ja, die wirklich wertvollen Sachen, die ihr nicht nach Griechenland mitnehmen könnt, auch euer Gold und Silber, könnt ihr in meinem Haus lassen, anstatt es zu vergraben. Auch eure heiligen Ikonen und eure Teppiche könnt ihr bei mir lagern. Wenn ihr zurückkommt, werdet ihr alles so unberührt wieder finden, wie ihr es zurückgelassen habt. Denn ihr seid meine Freunde. Zum Wohle!« Er hob sein Glas so hoch, wie er die Hand strecken konnte. »Zum Wohle, zum Wohle! Solche Gelage werden wir bis zu unserem Tode fortsetzen. Zum Wohle!«

»Gott gebe es! Inschallah!«

»Am Tag eurer Rückkehr werden wir unter diesen Platanen hier wieder so ein Festmahl halten, drei Tage und drei Nächte lang.«

»Vierzig Tage, vierzig Nächte!«

»Ich bin euer Freund. Vergesst das nie! Bei eurer Rückkehr werden Wein, Raki, Mastika und Ouzo hier wie Wasser fließen.«

»Wie Wasser fließen«, erwiderten sie.

Mit allabendlichen Fischgelagen und den herzlichen Ansprachen des Hauptmanns verging die Zeit bis zum Tag ihrer Abreise wie im Fluge. Denn die Insulaner ließen den Hauptmann beim Essen und Trinken ja nicht allein; wie konnten sie auch, so einen liebevollen Gast und Freund, von dessen Lippen honigsüß die Worte flossen ... Wie viele Krüge Rotwein im Dorf auch waren, sie wurden alle unter die Platanen gebracht. Und flaschenweise Raki, Ouzo und Mastika. Sie fanden in einigen Ecken sogar noch einige Flaschen russischen Wodkas, den sie vor dem Krieg auf den Schiffen gekauft hatten. Nach jener Nacht ist das ganze Dorf, ob Frau, ob Mann, mit dem Hauptmann und den Gendarmen über die Insel gewandert, hat jeden Baum, Strauch und Stein gestreichelt und in jeden Winkel geschnuppert, wie es die Katzen tun. Und am Sonntag gingen so viele zur Kirche, dass die meisten im Vorhof bleiben mussten. Der Pope stimmte dieselben Gebete wie immer an, doch so schön hatte er noch nie gesungen, so weich hatte seine Stimme noch nie geklungen. Auch die von allen gesungenen Kirchenlieder klangen anders und trieben sogar einem so strenggläubigen Moslem wie dem im Vorhof stehenden Hauptmann die Tränen in die Augen.

Am Tag der Abreise, das Meer war noch morgendlich weiß, lag die zusammengetragene Habe der Dörfler schon unter den Platanen, und man wartete auf die Boote der Freunde. Als der Morgen graute, waren zuerst die Motoren zu hören, dann schälten sich die Kutter aus der Dämmerung. Was da kam, war eine ganze Flotte von befreundeten Fischern. Jeder, der in den Uferdörfern der Turkmenen oder in der Stadt von der Verbannung seiner Freunde gehört hatte, war herbeigeeilt. Und alle blickten so traurig, als hätten sie einen Todesfall in der Familie. Sie hatten die Zähne zusammengebissen, viele von ihnen hatten Tränen in den Augen. Denn die Freundschaft auf See ist mit keiner anderen zu vergleichen. Sie ist eine glückliche Freundschaft und beständig bis ans Ende aller Tage.

Sie waren schnell auf ihren Booten, und alle Motoren liefen gleichzeitig an, sodass der Lärm einer ganzen Flotte übers Meer hallte. Die Einwohner der Ameiseninsel standen, ihrer Insel zugewandt, auf den Planken und konnten die Augen nicht von ihr wenden, bis sie hinter einer Nebelwand verschwunden war.

3

Kaum hatten die Boote die Insel verlassen, lief Vasili Atoynatanoğlu zum Strand, blieb im Schatten der drei Platanen stehen und beobachtete die Davonfahrenden. Die Boote waren bis zur Bordkante voller Menschen. Und alle blickten herüber, hatten ihre Augen auf die Insel geheftet, auf der sie geboren und aufgewachsen waren und die sie nie wieder sehen würden.

Eine Stunde vor dem Auslaufen hatten die Gendarmen jedes Haus nach zurückgebliebenen Bewohnern durchsucht, und um ein Haar wäre Vasili ihnen dabei in die Hände gefallen.

Erst als die Boote außer Sicht und hinter der Kimm verschwunden waren, setzte Vasili sich auf die Kante der langen, unter einer Platane aufgestellten Pritsche. Ohne Widerstand war die ganze Insel lammfromm davongezogen. Wie kann ein Mensch nur sein Land, auf dem er geboren und aufgewachsen war, ja von dem er ein Stück ist, wie kann er sein Meer, sein Haus, seinen Garten, seine selbst gepflanzten Olivenbäume, seine Pfirsiche und Kirschen zurücklassen und davongehen? Ohne sich zu wehren, nicht einmal widersprechen, den Schmerz in seinem Herzen sanft wie ein Lamm nicht einmal äußern …

Oder empfanden sie keinen Schmerz? Vielleicht verspürten sie sogar im tiefsten Innern ihres Herzens eine geheime Freude? Zu neuen Ufern aufbrechen, neue Menschen, neue Meere, neue Fischer kennen lernen, außer Griechisch keine andere Sprache hören, wer weiß, vielleicht war es das, wonach sie sich sehnten. Aber spürt ein Mensch, der aus seiner Erde gerissen wird, nicht einen Schmerz, als würde ihm das Herz aus dem Leib gerissen? Vasili will jeden Morgen beim Erwachen diese Zwillingshügel sehen, will sehen, wie sich die Flügel der drei Windmühlen gleichzeitig drehen, will hören, wie die Meereswellen ganz sachte seidenweich ans Ufer schlagen. Vasili weiß, dass es nirgends auf der Welt ein Meer gibt, das, wenn es will, so sanft sein kann wie dieses hier. Vasili will erleben, wie dieses Meer sich milchweiß aufhellt, wenn im Osten der Morgen graut, wie es im Licht der ersten Sonnenstrahlen in tausendundeiner Farbe funkelt, in der linden Morgenbrise betörend duftet, wie beim ersten Zipfel des Frühlings die an den Hängen der Zwillingshügel im Sonnenlicht zuerst blühenden Azaleen ihren gelben Wohlgeruch über die ganze Erde verströmen, die rosa Blüten der Kirschen, Pfirsiche und Rosen sich im Dunst öffnen und sich im rosa aufwellenden Meer widerspiegeln. Da mag reden, wer will, für Vasili ist keiner dieser geflunkerten Gründe von Belang, sie sind nur Vorwand und binden ihn nicht.

Und dieser Pope, oh dieser Pope, hat er nicht beteuert, er könne die Insel nicht verlassen, es wäre sein Tod, um dann als Erster aufs Boot zu springen! Oder Stelyos – es gab keinen besseren Schwertfischjäger als ihn –, der auch auf der Insel bleiben wollte! Oder sich auf der gegenüberliegenden Unseligen Insel verstecken. Auch Stavros hatte Stein und Bein geschworen, und das sogar auf Türkisch. Er, der Meister der Angel und der Harpune ... Hundert Jahre alte Motoren konnte er reparieren, dass sie wie neu wurden und schnurrten wie ein Uhrwerk. Auch er hielt sein Versprechen nicht. Und Angelos, der eher starb, als ein Wort zurückzunehmen? Er wusste, wo auf See in welcher Fadentiefe welcher Fisch in welchem Monat zu fangen war. Er flocht die besten Körbe für den Hummerfang und war der Einzige, der genau wusste, wie viel Gedärm oder Kopffleisch von Ziegen und Schafen da hineingehörte, damit der Hummer dem Geruch nicht widerstehen konnte und in den Korb drängte, aus dem es kein Entrinnen gab. Und sie alle, obwohl sie wussten, dass Vasili sie beobachtete, steigen sogar allen vorweg in die Boote und machen sich davon. Hunde! Wer hätte uns auf der Unseligen Insel denn gefunden? Wir hätten uns dort in den Höhlen – und dort sind Höhlen, so schön wie Serails – niedergelassen, vier Motorboote vertäut, und wer, ja wer hätte uns dort finden können. Und mit der Zeit hätten sie uns vergessen. Wir würden uns nach Istanbul aufmachen, im Gewimmel untertauchen und irgendwann auf unsere Insel zurückkehren. Doch diese Hasenfüße ziehen auf und davon.

Hatte Stavros ihn nicht gefragt, warum er auf der Insel bleibe, wenn alle sie verließen? Schon an dieser Frage war zu erkennen gewesen, dass er am Ende so handeln würde.

Nein, nicht weil ich auf jemanden warte! Habe auch nicht das Grab meiner Mutter zu hüten. Ein Grab meines Vaters gab es sowieso nicht, ihn hatten die Russen in weiß nicht welcher Schlacht getötet. Seine Stammrolle wurde uns zugeschickt. Mutter hatte viel geweint. Am Ende wurde sie krank und starb vor sieben Monaten. Wo das Grab meines Großvaters ist, weiß ich nicht. Vor und nach dem Tod meiner Mutter bin ich nie auf dem Friedhof gewesen. Ich mag keine Friedhöfe.

Nein, ich warte auf niemanden. Als sie davonging, war sie noch ein Kind. Ein sanftes, lachendes Mädchen von zehn Jahren mit Locken und blauen Augen. War es das, was man Liebe nennt? Ich komme wieder, was auch geschieht, und wenn hundert Jahre vergehen, ich komme wieder, hatte sie gesagt. Wie kann denn ein so kleines Mädchen wissen, was hundert Jahre sind? Sie wirds von ihrer großen Schwester gehört haben. Wer hat denn auf der Insel nicht gehört, was ihre große Schwester ihrem Manol versprochen hatte? Doch ihre große Schwester hatte Wort gehalten und war zurückgekommen. Dazu noch ganz allein. Ich weiß, auch Aliki wird kommen. Wie bitte? Sie ist doch jetzt schon groß, ist zu einer gestandenen Frau herangewachsen, dummer Stavros! Na und, so ist es nun mal. Sicher ist sie schon längst verheiratet! Nun, bin ich denn verheiratet, warum sollte sie denn verheiratet sein! Warum hatte ihre Schwester denn nicht geheiratet? Wenn sie zurückkommen will, findet sie mich auch in Griechenland, findet sie mich sogar am andern Ende der Welt. Nein, das geht nicht. Wie sollte sie mich denn finden! Athen ist eine riesige Stadt und Griechenland ein großes Land, wie soll sie mich da finden? Ja, Angelos, mein Kleiner, geht ihr nur, geht! Ich warte auch nicht auf Aliki und bewache auch nicht meines Großvaters Grab. Ich bin ein Teil meiner Insel, ich kann nicht fort. Ich kann von meiner Insel getrennt nicht leben, es geht nicht. Was kümmerts mich, wenn ihrs nicht glaubt, fahrt doch bis auf den Grund der Hölle. Sie werden mich töten, wenn ich bleibe? Dann geht nur, und bleibt am Leben! Und du, Stalyos, schweigst, du sagst überhaupt nichts. Aber warst du es nicht, der mir vorschlug, ja einflüsterte, auf der Insel zu bleiben? Komme, was wolle, wir bleiben auf unserer Insel! Warum bist du jetzt so still? Bist du auch wie sie nur ein Stück Hasenscheiße? Hast du nicht gesagt, und wenn sie uns töten, sollen sie doch, wir werden bleiben; und warum schweigst du jetzt? Warst du es nicht, der fragte, wie wir auf der Unseligen Insel denn Wasser finden würden, und warst du es nicht, der uns einredete, den ersten Menschen, der seinen Fuß auf die Insel setzt, zu erschießen? Und haben wir es dann nicht alle gemeinsam mit der Hand auf der Bibel geschworen? Und hast du nicht anschließend gesagt, sogar drei zu töten, sei recht und billig. Wie kannst du denn jetzt unsere Insel im Stich lassen und verschwinden? Du brichst dein Wort, nicht wahr? Du hast noch nie einen Menschen getötet? Denkst du denn, ich habe? Nicht einmal eine Ameise. Ihr habt die klitzekleinen Vögel, die auf unsere Insel kamen, in Mengen getötet und euch gemeinsam mit euren Vätern schmecken lassen. Sagt mir, habe ich auch nur einen Vogel oder ein anderes Lebewesen getötet? Weil sie Lebewesen sind, würde ich nicht einmal Fische töten wollen, hätte ich nur einen anderen Broterwerb. Aber ich bin Fischer, Gott hat mich als Fischer geschaffen, mein Los ist der Fischfang. Geht ihr nur, bis zur Hölle habt ihr noch einen weiten Weg. Ich werde erst in mein Boot steigen und abhauen, wenn ich den ersten Mann, der auf die Insel kommt, getötet habe. Haben wir nicht auf die Bibel geschworen? Wie bitte, mit euch kommen? Gott bewahre! Wie sagen die Türken: Was Gott fügt, darf Er nur lösen. Ich werde den ersten Mann, der kommt, töten. Werde für meine Insel Rache nehmen. Alle, die fortziehen, werden nach sechs Monaten wieder zurückkommen? Papperlapapp, ihr Dummköpfe! Von der großen Schlacht habt ihr nie gehört, nicht wahr? Von den brennenden Dörfern, den zerschmetterten, getöteten Menschen ... Einundzwanzig Mann von unserer Insel haben dort ihr Leben gelassen? Nimmt eine Regierung denn jemanden wieder auf, den sie ausgewiesen hat? Alle auf der Insel glaubten daran, wiederzukommen. Wie sollen sie den Schmerz, von ihrer Insel getrennt zu werden, denn sonst ertragen? Wie ich, wie ich, wie ich es ertragen kann? Ich werde den ersten Mann, der auf die Insel kommt, und sei es mein Vater, töten. Vielleicht fassen sie mich und töten mich auch. Sollen sie doch! Fahrt ihr nur zur Hölle! Ich solle ruhig auf Aliki warten, sagst du, Stalyos, der Mann mit Gedärm anstelle eines Herzens. Das waren also deine letzten Worte, die du mir zu sagen hattest!

Als sie den Hang hinuntergingen, griff Vasili nach seiner Mauser und schob Patronen in den Lauf. Ich bin ein guter Schütze, ich werde sie alle drei ... und er zielte. Doch seine Hände zitterten, ich kann es nicht, nein, ich kann es nicht, murmelte er und legte das Gewehr auf die weit geöffneten, von Bienen wimmelnden, leuchtend gelben Blumen. Er ging zum Ufer hinunter und sah, dass in den Booten alle achteraus schauten, um, wie ihm schien, einen letzten Blick auf die Insel zu werfen. Als die Boote außer Sicht waren, hockte er sich vor dem Röhricht auf eine Bodenwelle. Eine Katze kam und rieb sich eine Weile an seinen Beinen. Dicht hintereinander trotteten einige Hunde an den Platanen entlang. Die Insel war verwaist. Als habe es hier noch nie einen Menschen gegeben. Er fühlte sich so einsam, spürte im Innern so eine Leere, dass er plötzlich bereute, nicht mitgegangen zu sein. Er stand auf, dachte, mach, dass du jetzt fortkommst, steig ins Boot! Es hatte einen englischen Motor von fünfzehn Pferdestärken, er würde sie einholen, bevor sie die Stadt erreicht hatten. Doch obwohl es ihm schwer fiel, schlug er sich diesen Gedanken aus dem Kopf und hockte sich wieder hin. Was sollte er so allein auf der Insel nur anfangen? Außer auf dem Meer war er noch nie allein gewesen. Doch, ein einziges Mal, als ihn ein schwerer Sturm auf die Unselige Insel verschlagen hatte, wo er in einer Bucht Schutz finden konnte. Nur einige Tage war er dort allein gewesen, aber das reichte, um fast durchzudrehen. Mit einem Satz sprang er auf und eilte zu der Windmühle auf dem Hügel.

Die Flügel knarrten und drehten sich so langsam, als würden sie gleich stillstehen und abfallen. Er pflückte eine Wildrose vom nahen Busch, steckte sie sich in den Mund, kaute und spürte ganz leicht ihren Duft in seinem Atem. Das Knarren der Mühlenflügel, das Kreischen der Möwen – auch sie waren aus ihrem Versteck hervorgeflogen und umkreisten jetzt die Windmühlen – und der Rosenduft hatten ihn wieder zu sich gebracht, nachdem die Leere der Insel wie eine Keule auf seinen Schädel niedergegangen war. Er ging hinein und begutachtete wie ein kundiger Müller die mächtigen Mühlsteine. Er stieg die Treppe hoch. Ausgebreitet lag auf den Dielen das seidene, mit Blattgold verzierte, rosafarbene Kopftuch eines jungen Mädchens und schien wie bekümmert darauf zu warten, von diesem endlich abgeholt zu werden.

Er hockte sich auf die Fensterbank, starrte auf das bestickte Kopftuch und ließ dabei alle jungen Mädchen und Burschen des Dorfes vor seinen Augen vorbeiziehen. Wer waren die zwei, die sich hier geliebt hatten? Er brachte mehrere Burschen und Mädchen zusammen, ließ sie sich alle miteinander lieben, fand aber am Ende auch nicht heraus, welchem Mädchen dieses Kopftuch gehört haben könnte. Er war jetzt hellwach, die dröhnende Einsamkeit in seinem Innern war verflogen. Wie gehetzt lief er zur nächsten Mühle. Auch ihre Flügel drehten sich. Und im oberen Stockwerk lag vergessen ein vom Schweiß Liebender zerknittertes blaues, mit Pailletten verziertes, seidenes Kopftuch. Wieder ließ er vor seinem geistigen Auge viele der Burschen und einige Mädchen des Dorfes sich lieben. Die dunkle Schöne, die zwanzigjährige Hariklia, die Allerschönste, liebte nur er, wie wahnsinnig. Wie es hieß, habe es keinen Wildblütigen im Dorf gegeben, mit dem Hariklia nicht geschlafen haben soll, doch dass sie sich auch ihm so leidenschaftlich hingeben könnte, hatte er nie zu denken gewagt. Jetzt bekümmerte es ihn, nicht ein einziges Mal mit ihr geschlafen zu haben. Wenn er jetzt sein Boot bestiege, würde er in der Stadt zu den Dörflern stoßen und alles daran setzen und mit

Hariklia schlafen. Als er die Windmühle erreichte, liebte er sich noch immer mit der schönen Hariklia. Mit einem Fußtritt öffnete er die Tür zum Mahlgang. Drinnen sah er einige prall gefüllte Säcke. Er stürmte die Treppe hinauf, doch weit und breit kein seidenes, paillettenbesetztes Kopftuch oder Ähnliches ... Er hetzte zurück zur Windmühle im Westen, wollte dort sein, bevor jemand auch dort das Kopftuch wegnahm. Er stürzte in die Mühle, eilte die knarrenden Stufen hoch, doch das Kopftuch war auf geheimnisvolle Weise verschwunden. Wütend rannte er wieder zur ersten Mühle. Zusammengeballt lag das rosafarbene Kopftuch mit seinen funkelnden Pailletten und schimmernden Falten da und schien noch immer darauf zu warten, von seiner Herrin mit den großen, braunen Brüsten in Bälde abgeholt zu werden. Ein schweißiger Frauengeruch stieg ihm in die Nase. Ihm wurde schwindelig, er setzte sich auf die Fensterbank und ließ die Beine baumeln. Von der Stiege her kam ein knarrendes Geräusch, er öffnete die Augen und sah am Treppenabsatz Aliki stehen. Sie hatte vorausgesehen, dass er allein zurückbleiben werde, war in Amerika an Bord eines Dampfers gestiegen und hergekommen. Kaum hatte sie ihn erblickt, kam sie zu ihm, umarmte ihn, und dann zogen sie sich aus. Aliki hatte Sehnsucht. Umschlungen wälzten sie sich über die Dielenbretter. Von ihrem rosa Kopftuch strömte der betörende Duft junger Mädchen, der Vasilis Wildheit so aufstachelte, dass in seinem Wahn einmal die blond gelockte Aliki sich zu ihm auf die Dielen legte, ein andermal Hariklia sich splitternackt in seine Arme drängte.

Vasilis Liebeswahn mit den sich abwechselnden Mädchen Aliki und Hariklia fand ein jähes Ende, als drei Schwalben hereinschwirrten. Die Vögel hockten sich auf ihre verlassenen Nester und tschilpten so aufdringlich, dass Vasili wieder zu sich kam; er sprang von der Fensterbank, starrte eine Weile auf das im Licht wie ein Edelstein die Augen blendende Kopftuch, hob es aber nicht auf, als er sich zur Treppe wandte und hinunterging. Der Wind hatte aufgefrischt, die Flügel der Mühle drehten sich schneller.

Am Ufer setzte er sich auf der kleinen Anhöhe vor Stapeln bläulichen Schilfrohrs nieder. Einsam und verlassen lag das Meer regungslos da. So mutterseelenallein hatte er das Meer noch nie erlebt. Die Einsamkeit in seinem Innern wuchs und wuchs. Jetzt müssten seine Freunde bei ihm sein! Wir vier gemeinsam hätten diese Insel zum Paradies gemacht. Wir würden heiraten, Kinder haben, dann Enkelkinder ... Die Insel wäre die schönste Insel der Welt geworden. Die besten Feigen, Äpfel, Pfirsiche und Oliven wuchsen hier, und war der Honig der Ameiseninsel schon seit alters berühmt, er wäre noch berühmter geworden. Dachte er ans Heiraten, hatte Vasili immer Aliki vor Augen. Hatte sie ihm denn gesagt, sie werde zurückkommen, hatte er auch nur einmal mit ihr gesprochen? Er war ein Waisenkind, Aliki die Tochter eines Kaufmanns, der mit Stoffen, Oliven und Wein handelte. Außerdem hatte er Schiffe, riesig wie Ungeheuer. Mit einem dieser Schiffe war Aliki fortgefahren. Als sie sich vor ihrer Abreise auf dem Weg zur Anlegebrücke begegneten, hatte sie ihn ein einziges Mal nur angelächelt und war dabei rosarot angelaufen. Da waren sich Stavros, Stalyos und Angelos einig gewesen, und was sagten sie? Sie sagten: Lächelt ein Mädchen denn einen Jungen so errötend an, wenn sie nicht in unglücklicher, in Schwarzer Liebe zu ihm entbrannt ist? Natürlich lächelt sie ihn so an! Jedes Mal, wenn sie mich erblickte, hat sie mich so angelächelt. Dann war sie dir schon immer in Schwarzer Liebe verfallen. Das Wort Schwarze Liebe sagten sie auf Türkisch. Also mach dir keine Gedanken, Aliki wird kommen. Sie wird kommen und sich wie Hariklia in deine Arme werfen. Ihr irrt euch, sie ist jetzt in diesem riesigen Amerika und hat nicht nur mich, sie hat sogar die Insel vergessen. Warum bleibst du dann auf der Insel, wenn Aliki nicht kommen wird? Einfach so, ist es denn nicht unsere Insel? Warum sollen wir sie dann verlassen? Warum bleibt ihr denn hier?

Da waren sie auf einmal still. Und dieses Schweigen wars, das wie ein Wurm an Vasilis Herzen zu nagen begann. Zieht nur davon, ihr Hunde! Bald werdet ihr zurückkommen, und diese Insel wird voller Menschen sein, und noch bevor ihr einen Fuß auf diese Insel gesetzt habt, werde ich mit meinen Männern brüllen: Los, ihr Hunde, los, sucht euch andere Türen. Hatte ich euch nicht gewarnt? Im Krieg hatte er verlassene, endlose Steppen gesehen. Seine Einheit hatte sich zwischen schroffen Felsen in ein Dorf zurückgezogen. In der ganzen Gegend gab es keinen einzigen Baum, kein Grün und keine Blumen. Nur lilafarbene, rasiermesserscharfe Felsen ... Halb nackt und barfuß kamen die Menschen aus ihren Felslöchern. Sie führten die Soldaten in eine geräumige Höhle, in deren Mitte ein großes Feuer brannte und man vor Rauch die Hand nicht vor Augen sehen konnte. Die Leute setzten einen Kessel auf die Flammen, kochten eine Suppe und verteilten sie an die Soldaten. Betten gab es nicht, geschlafen wurde auf Sackleinen und Ziegenfellen. Auch in Griechenland, an den Hängen des Olympos, gibt es viele solcher Höhlen. Die Griechen werden schön toben, wenn die Einwanderer dort angesiedelt werden, aber was bleibt ihnen denn anderes übrig, es gibt kein Zurück! Ihre neue Heimat werden die felsigen Hänge des Olympos sein, auf denen kein Gras wächst. Und siedelte man sie im Paradies an, könnten die Insulaner dort nicht leben. Ohne das Meer zu sehen, ihre Hügel und Windmühlen! An Malaria wird dort jeder dahinsiechen. Mit dem Geld, das sie mitgenommen haben, können sie sich Ziegen kaufen, in diesem dürren Lande Ziegenhirten werden. Die schroffen Felsen fressen in wenigen Tagen ihre Schuhe, und sie müssen barfuß laufen. Angelos, Stavros und Stalyos werden es nicht aushalten und fliehen. Los, macht, dass ihr davonkommt, ihr Hunde, ihr armen Mäuse, auf dieser Insel ist dann kein Platz für euch!

Schon bald taten sie Vasili Leid, er stand auf, hätte sie wohl auch gerufen, aber die Boote waren schon zu weit draußen. Wenn sie zurückkommen, lasse ich sie wieder auf die Insel, sagte er sich. Früher oder später werden sie ja zurückkommen, dann können sie der Insel von großem Nutzen sein. Meister sind sie allemal.

Wie lange er auf der kleinen Anhöhe ausharrte, wurde ihm gar nicht bewusst. Schließlich ging er geradewegs zum ersten Haus, öffnete die Tür und begab sich in den Vorratsraum. An einer

Wand lehnten vier prall gefüllte Säcke aus Kelimstoff. Daneben ein Fass, aus dem Öl sickerte. Als er den Deckel öffnete, quollen Oliven fast über den Rand. In den Korbflaschen an der gegenüberliegenden Wand schimmerte goldgelb Olivenöl. Feigen, Reis, Paprika, Salz, Trockenfisch, Mais, getrocknete Kürbisse und Auberginen und mit verschiedenen Nahrungsmitteln gefüllte kleine und große Beutel lagerten aufgereiht in den Regalen. Dieser Tanasi Koçiras hat für die Neuankömmlinge Nahrung für ein Jahr hinterlassen, lachte Vasili und freute sich zugleich. Ein guter Mann, dieser Tanasi! Nach dessen Meinung durfte keine Mühe der Menschenkinder umsonst gewesen sein. Wie viel Mühe hatte es gekostet, bis dieses Olivenöl zu Stande kam! Erst musst du einen Schössling pflanzen, musst dich um ihn kümmern, damit er gedeiht, musst jedes Jahr den Boden umgraben, ihn lüften, musst den Wildwuchs mit Pfropfreis veredeln, doch damit dir das gelingt, musst du jahrelang Erfahrung sammeln, bevor du vor Freude jubelst, um dann jahrelang auf die erste Frucht zu warten. Erst nach sieben Jahren wird er dir zum ersten Mal eine oder drei Früchte geben, und dir werden zum ersten Mal die Augen leuchten, und du wirst diese erste Olive nicht essen, sondern wie ein Geschenk verwahren. In den nächsten Jahren wirst du zwanzig bis dreißig pechschwarze, daumengroße, schimmernde Oliven ernten. Erst nach dem dritten Jahr trägt der gesunde, junge Baum unzählige, sehr fleischige Früchte. Oliven junger Bäume sind groß und glänzend, die der alten dagegen klein und runzlig. Der ausgewachsene junge, tragende Baum bläht sich vor Stolz, wenn er von weitem einen Menschen sieht, seine Blätter öffnen sich schimmernd und zittern vor Freude. Und wie viel Mühe kostet es, damit der Weizen, der Reis, die Feigen, Äpfel, Kirschen, Aprikosen und Äpfel wachsen und reifen! Der Mensch sollte jedes Mal, wenn er nach einer Olive, einem Reiskorn oder Weizenkorn greift, daran denken, wie viel Mühe und Schweiß darin stecken! Vasili wollte seinen eigenen Augen nicht trauen, als er auf den Regalen über den Säcken große, blumengemusterte Gläser mit weißem Wabenhonig entdeckte. War dieser Tanasi Koçiras denn verrückt, dass er Reihen von Gläsern weißen Wabenhonigs zurückließ? Meine Mutter muss mich, wie die Türken sagen, in der Segen bringenden Nacht der Offenbarung geboren haben, dachte Vasili. Vor Freude hatte er alles vergessen: das Verschwinden seiner Freunde, den Geruch des rosafarbenen, lamellenverzierten, nach Mädchenbrüsten duftenden Kopftuchs in der Mühle, den Beischlaf mit Hariklia und anschließend mit Aliki, seinen Anfall wollüstigen Wahns, die Angst, den ersten Mann, der die Insel betritt, zu töten oder getötet zu werden. Vasili seufzte. Sie hätten jeden von der Insel vertreiben dürfen, nur einen einzigen nicht: Tanasi Koçiras, diesen großzügigsten Menschen der Welt! Wäre Tanasi ein anderer gewesen, hätte Vasili ihn verdächtigt, den Honig vergiftet zu haben. Doch wer Tanasi Koçiras kannte, der wusste, dass dieser das Gift lieber selbst genommen hätte! Fröhlich schloss er hinter sich die Tür der Vorratskammer. Dann eilte er im Laufschritt zur Höhle im Norden der Insel. Dort hatte er sein Boot, sein Geld, sein Mausergewehr, seinen Revolver, seine Netze und Angeln, sein Gaff mit dem langen Eisenhaken, seinen Proviant und was er sonst noch hatte, in Sicherheit gebracht. Außer den Insulanern wusste niemand von diesem Versteck. Vor dem Eingang erhob sich ein breiter, hoher, rot geäderter Stein, hinter dem niemand eine Höhle vermutete. Sie wurde außerdem von Brombeersträuchern und anderem Gestrüpp vollständig verdeckt. Auch kleine Boote konnten mit Leichtigkeit hineinfahren, für große Boote wie jenes von Vasili bedurfte es schon meisterlichen Könnens, die Klippe zu umschiffen. Mit vielen Tricks hatte er das Boot schließlich in die Höhle laviert, aber hinausfahren musste er es ja irgendwann auch noch!

Er hatte das Boot auf den sandigen Grund gezogen und sein Bett auf den Kieseln im äußersten Winkel der Höhle ausgerollt. Doch hier zu schlafen, war unmöglich. Da war aber noch Dimitros Landhaus, ein dreistöckiger Palast am westlichen Zipfel der Insel! Konnte er dort nicht die Nacht verbringen und vor Sonnenaufgang wieder verschwinden? Getan wie gedacht, nahm er sein Bett und eines der seit Tagen gesammelten Brote und machte sich auf zum Haus des wohlhabenden Dimitro. Die Tür stand sperrangelweit offen, im Nu war er oben auf der Panoramaterrasse, rollte sein Bett aus, eilte in die darunter liegenden Stockwerke, ging durch alle Zimmer und ließ keinen Winkel aus. Das Landhaus war gähnend leer, nicht ein Span lag herum. Fünfzehn Landhäuser dieser Pfeffersäcke standen hier. Ein jedes ein Palast. Ohne ein Wort zu sagen, ohne ein »Gott befohlen« hatten die Eigentümer eines schönen Tages die Insel verlassen, waren spurlos verschwunden, keiner wusste, wohin.

Er verspürte Hunger. Morgen werde ich Fische fangen, sagte er sich. An den Platanen vorbei ging er ins Haus, öffnete die Tür zur Vorratskammer, nahm ein Glas Honig vom Regal, setzte sich draußen auf die Pritsche und schmierte sich mit dem Handschar den Wabenhonig auf eine Brotschnitte. Der Honig duftete ganz leicht nach Kirschblüten.

Am Brunnen trank er aus der hohlen Hand und machte sich gleich wieder auf zur Höhle. Sein Gewehr stand in einer Felsspalte, er holte es hervor und schnallte sich die Patronengurte um. Sie waren lückenlos gefüllt. Auch in den Magazinen seines Mausergewehrs und seines Nagant fehlte nicht eine Patrone. Und in den Patronentaschen an seiner Hüfte hatte er noch genügend Munition für den Revolver. Diese goldverzierten Taschen hatte er von einem namhaften Briganten, dem Tscherkessen von Düzce, bekommen.

Er schulterte alles, was er sonst noch im Boot hatte, nur die Benzinkanister auf den Kieseln an der Rückwand der Höhle rührte er nicht an.

Am Strand entlang stapfte er zum Haus des reichen Dimitro und eilte die Treppe hoch zur Panoramaterrasse.

Die Bettdecke, mit bestickter, grüner Seide überzogen, und das schneeweiße Linnen des rosengemusterten Kissens dufteten nach Veilchen. Die Matratze war mit frisch gekardeter Baumwolle gefüllt und noch so weich, dass der Körper darin einsank. Eilig zog Vasili sich aus und kroch unter die Decke. Von den vergangenen, anstrengenden, angespannten Tagen und besonders vom Geruch des sinnbetörend nach Mädchenbrüsten duftenden, pailletten-besetzten rosa Kopftuchs völlig erschöpft, fiel Vasili in Schlaf, kaum dass er seinen Kopf aufs Kissen gelegt hatte.

Kurz vor Morgengrauen weckte ihn ein lang gezogener Hahnenschrei. Milchweiß lag das Meer zu seinen Füßen, winzige Wellen leckten an den Strand, versiegten im Sand. Er holte aus seinem Proviantbeutel ein halbes Brot, eine Scheibe Käse und drei getrocknete Feigen hervor. Ihn gelüstete nach frischem Tee. Doch er konnte keine Teekanne entdecken. Er suchte überall und fand nicht eine Mokkatasse, nicht einmal einen Kupfernapf. Und was, wenn er einen gefunden hätte, es gab ja weder Tee noch Zucker. Einfältiger Vasili, sagte er zu sich und lachte, einfältiger Vasili Aytoynatanoğlu. Breee, Vasili, hast du je gehört oder erlebt, dass die Menschen von diesen Pfeffersäcken, in deren Häusern du bist, etwas Gutes erfahren haben? Sind sie nicht, als wir noch nicht einmal Wind vom Austausch bekommen hatten und ruhig schliefen, bei Nacht und Nebel aus ihren Nestern, husch!, davongeflogen? Haben die während ihres ganzen Lebens schon einmal eine blaue Blume, die in einem Winkel wuchs, mit ihren Blicken gestreichelt, weil sie es nicht wagten, sie zu berühren, um dann bis ins Mark vor Freude zu beben? Oder haben sie einmal nur zitternd den Duft der Erde beim ersten Tropfen eines Regenschauers tief in ihre Lungen eingesogen, sich für den anbrechenden Tag, den die Erde aufbrechenden Schössling, den Freudenschrei eines Kindes begeistert oder einmal nur ein Gefühl des Dankes für das Leben empfunden und Gott gedankt, dass wir auf der Welt sind?

Nachdem er gegessen hatte, ging er hinunter. Hier unten war das Meer anders, ein funkelnder Glanz hatte es überzogen. Begeistert vom Flimmer in tausendundeiner Farbe, eilte er über die Kiesel zu den drei Platanen, ging bis zum Haus des Tanasi, streichelte liebevoll die Tür, rief: »Hay, Onkel Tanasi, hay!«, und die Augen wurden ihm feucht.

Für eine Weile setzte er sich auf die kleine Anhöhe; hinter ihm raschelte das lilafarbene Röhricht, über ihm schimmerten die Zweige der Platanen im lila Licht, vom Meer schwang sich der funkelnde Glanz des Wassers in helle Höhen. So voller Schönheit hatte Vasili die Welt noch nie erlebt. Sollten es die Menschen sein, durch die sie hässlicher und schmutziger wird? Dieser Gedanke ließ ihn erschaudern, und er starrte auf den schimmernden Meeresspiegel. Nein, nein, sagte er sich, das kann nicht sein. Ohne die Wärme eines Menschen wird die Welt eiskalt. Sie kann nicht schön sein, wenn die Augen des Menschen sie nicht streicheln. Weil die Menschen sie riechen, füllen die berückenden Düfte diese Welt, weil die Menschen sie betrachten, glänzen die Sterne so hell, und die Meere funkeln, damit die Menschen bei ihrem Anblick vor Freude außer sich geraten. Und angesichts dieser fruchtbaren Erde, dieser duftenden, prachtvoll sich öffnenden Blumen, dieser strahlenden Morgenröte, dieser Begeisterung der Menschen und der Zärtlichkeiten und Umarmungen zwischen Liebenden, töten sich Menschen ohne die geringste Scham! Ich habe viele getötete Menschen gesehen, viele abgerissene Arme und Beine, blutüberströmte, zerstückelte Körper, Leichen vieler Menschen, um die sich Rudel von Hunden fetzten. Ich habe erfrorene, stocksteife Menschen mit hervorgequollenen Augen gesehen, habe das Wimmern hunderter Menschen gehört ... Und auch erlebt, wie das Wimmern plötzlich abbrach ... Und wie ihre Augen hervorquollen.

Nicht einmal in dieser schönen Welt lassen sich solche Gedanken verscheuchen! Auch Onkel Tanasi hatte viele Kriege, viel Tod, viel Folter, viel Grausamkeit und viele hungernde Menschen erlebt. Und jedes Mal, wenn ihn etwas besonders Schönes berührte, das Aufblühen einer Blume, die Geburt eines neuen Tages, das leise Rascheln eines Blattes, das lauthals herzliche Lachen eines Menschen ... Dann bedeckte er mit beiden Händen voller Scham sein Gesicht.

Vasili verließ seinen Platz, machte sich auf zum Hügel, doch als er oben vor der Mühle stand, musste er an sich halten, um nicht hineinzugehen; aber trennen konnte er sich auch nicht, und so schlenderte er einige Mal in einiger Entfernung um die Mühle herum. Da drinnen strömte aus dem flammenden, rosafarbenen

Kopftuch auf den Dielen ein betörender Duft von Mädchenbrüsten, der ihm die Sinne nahm. Er umkreiste etwas schneller noch einmal die Mühle ... Dann hastete er zum Gipfel hoch, drehte sich oben keuchend um und ließ den Blick schweifen. Das Tal unter ihm blühte flachsgelb, und flachsgelbes Licht floss von dort sehr schnell zum Strand hinunter und überzog Meer und Himmel mit seinem gelben Schimmer. Bis weit draußen, ob im Osten, im Westen, im Norden oder Süden, lag das Meer spiegelglatt, nirgends kräuselte sich auch nur die kleinste Welle. Die Unselige Insel gegenüber lag in scharfem, lila Licht. Die Möwen hatten ihre Flügel in die leichte Brise gereckt, schienen gar nicht zu fliegen, sondern am Himmel zu stehen, gelassen und ruhig wie Milane. Getaucht in ein Blütenmeer, verströmen Aprikosen und Kirschen ihr Rosa über das Himmelszelt, ein dunkles Rosa, das durch die Luft zu schweben scheint, mit ihm das sich wellende, rosafarbene, paillettenbesetzte Kopftuch, dessen fraulicher Duft sich mit dem der Pfirsiche und Kirschen vermischt, sich mit dem gelben Licht aus der Schlucht verbreitet; und weit draußen dehnt sich das Meer mit seinen Lichtflecken in seiner ganzen Leere und Stille.

Und wie ein Meer sah dieses verlassene Meer gar nicht mehr aus. Ja, wenn jetzt eine Barke, ein Kahn mit rissigen, schmutzigen Segeln, einige Fischkutter, ein stampfend die Wellen teilender Dampfer oder ein schwanenweißes Fährschiff vorüberzögen, dann wäre dieses Meer ein Meer wie ein Meer! Gäbe es ein Kind auf dieser Insel, legten andere da unten im Tal mitleidlos ihre Vogelschlingen aus, machten sich Frauen und Mädchen zum Pilzesammeln auf, beschnitt ein alter Mann sich bückend und sich streckend einen Rosenbusch, kalfaterte ein anderer seinen Kahn, strich ein dritter sein Boot, dann würden gemeinsam mit den Menschen auch Vogelgezwitscher und viele Geräusche die Welt beleben. Wenn jetzt die Granatäpfel ihre großen, roten Blüten öffneten, sich von einem Ende der Insel bis zum andern die Segel blähten, schwarze, violette, klitzekleine Schlangen unter den Granatbäumen Schutz suchten! Nein, ohne Menschen hat alles keinen Reiz. Breee, Vasili, sicher mussten Adam und Eva das Paradies verlassen, weils keine Menschen gab, murmelte er, breee, mein Junge, erst zwei Tage ... Ohooo, wenn du dich nach so kurzer Zeit schon nach den Menschenkindern sehnst, bist du verraten und verkauft, mein Junge... Wie willst du es dann ein Leben lang hier aushalten? Ihm schauderte. Sie wird sich wieder mit Menschen füllen, die Insel, und zwar bald, tröstete er sich. Nein, wird sie nicht, empörte er sich und bebte jetzt vor Wut. Denn den Ersten, der seinen Fuß auf diese Insel setzt, werde ich erschießen.

Er schlenderte den Hang entlang abwärts. Als er an der Mühle vorbeiging, wollte er eigentlich nicht stehen bleiben, aber ein laues Lüftchen fächerte ihm den starken Frauenduft in die Nase. Er hastete die Stufen empor und blieb am obersten Treppenabsatz wie vom Donner gerührt stehen. Dort lag bauschig das rosafarbene, mit glitzernden Pailletten besetzte Kopftuch und verströmte noch stärker diesen Duft von Mädchenbrüsten ... Ihn schwindelte, und er musste sich am nahen Pfosten stützen, sonst wäre er die Stiege hinunter auf den Mühlstein gerollt.

Als er ins Freie trat, schwindelte ihm der Kopf noch immer. Er tat einen tiefen Atemzug, und als er weiterging, geschah ein Wunder: Das gähnend leere Meer füllte sich bis zur Kimm mit Leben! Vasili traute seinen Augen nicht, wie weggewischt war der betörende Duft von Brüsten, von Frauen und dem bauschigen rosa Kopftuch. Noch weit draußen kam mit immer wieder aufblinkenden Ruderblättern ein Boot heran. Vasili verwandelte sich in eitel Freude von Kopf bis Fuß. Wer auch immer da kam, schoss es ihm durch den Kopf, ich werde ihn an mich drücken; doch im selben Augenblick fiel ihm ein, dass er ja den Ersten, der seinen Fuß auf die Insel setzte, niederschießen musste, und da wurden ihm die Knie weich, und er hockte sich hin. Er konnte den Blick von den sich hebenden und abtauchenden Ruderblättern nicht wenden, während sich seine Freude in Zorn verwandelte und sein Herz wie wild zu pochen begann. Er sprang in eine Bodenwelle, die ein glatter Felsblock abschirmte, sodass er von See aus nicht zu sehen war.

Bis der Mann mit seinem Boot vor der Anlegebrücke war, hatte

Vasili, unschlüssig, ob er den Ersten, der die Insel betrat, umarmen oder niederschießen solle, noch immer mit sich gerungen, doch dann sagte er sich, ich habe es mir selbst versprochen, habe es mit der Hand auf der Bibel geschworen: Ich muss ihn töten.

Er hatte sich schon längst alles zurechtgelegt. Den Leichnam auf den Schultern zum Friedhof tragen, wo es noch viele leere Gräber gab. Er wird ihn in das Grab von einem dieser Pfeffersäcke legen, von einem anderen das Kreuz herausziehn, auf den Grabhügel stecken, dann das Boot losbinden, und die Strömung wird es an die gegenüberliegende Küste treiben.

Der Mann zog die Ruder ein und ließ das Boot auf den kiesigen Strand gleiten. Dann kletterte er auf den Anleger, drehte sich den Häusern zu und blieb eine Weile so stehen. Vasili nahm ihn aufs Korn, zielte genau aufs Herz. Der Mann bewegte sich nicht, stand mit den Händen auf dem Rücken kerzengerade da. Vasili nahm den Finger vom Abzug. Diese Gewehre tragen nicht so weit … Ich muss näher ran, überlegte er, als der Mann plötzlich vom Anleger sprang, das Boot ins Wasser schob, hineinkletterte, sich wieder in die Riemen legte und in östlicher Richtung davonruderte. Er rudert gut, sagte Vasili sich, bestimmt ein Fischer, und zwar einer, der sein Handwerk versteht. Nur Fischer rudern so meisterhaft, niemand sonst! Ich lege meine Hand ins Feuer, wenn die Ruderblätter auch nur einen Spritzer aufwirbeln! Jetzt, wo der Mann sich entfernte, zitterte Vasili wieder vor Freude. Der Mann ruderte noch immer in östlicher Richtung am Ufer entlang. Und Vasili, wie gebannt, begann im Schutz von Schilf, Felsen und Brombeergestrüpp sehr langsam hinter ihm herzugehen.

Der Mann kam mit dem Boot keinen Faden näher ans Ufer, entfernte sich aber auch nicht. Die Insel im Auge behaltend, ruderte er in gleich bleibender Entfernung an ihr entlang.

Und so umrundete Vasili die ganze Insel. Und was er nicht alles ertragen musste, um von dem Fremden nicht gesehen zu werden, in wie viele Dornenbüsche und Brombeersträucher er nicht hineinspringen, an wie viel scharfen Felskanten nicht seine Knie stoßen musste, nur um nicht aufzufallen! Als sie die Inseltour hinter sich hatten, waren Vasilis Hände, Arme und Beine blutverschmiert. In Höhe des Anlegers ging er in die mit Schilfrohr bewachsene Senke hinein, an der wenig später der Mann mit seinem Boot vorbeiruderte und in östlicher Richtung seine Tour fortsetzte. Verdammt, ist dieser Hahnrei irre oder was, fluchte Vasili und nahm ihn aufs Korn, aber dann sagte er sich, dass der Mann seinen Fuß ja nicht auf die Insel setzte, soll er doch wie ein Esel, sogar wie der Sohn eines Esels vierzig Tage und Nächte so kreisen! Dann muss ich ihn auch nicht töten, weil er sich selbst zu Tode rudert. Dieser Mann sucht irgendetwas, dachte Vasili, aber was kann man schon suchen, geschweige denn finden, wenn man immer nur im Kreis um die Insel rudert?

Der Mann im Boot ruderte bis vor die Höhle und verhielt. Er hat sie entdeckt, dachte Vasili. Wenn er jetzt in die Höhle fährt und dort das Boot und die Kanister entdeckt, bin ich geliefert! Sie werden dich in Stücke reißen oder ins Gefängnis werfen oder nach Griechenland schicken. Wie gallenbitteres Gift spürte er im Innersten Reue darüber, hier geblieben zu sein. Er stand auf und lud aufgeregt durch, doch dann sah er, wie das Boot sich langsam von der Höhle entfernte; er sank zu Boden und atmete erleichtert auf. Nachdem er eine Weile so dagehockt hatte, stemmte er sich mit den Händen wieder hoch, stand auf und ging um den Hügel herum. Noch während der Mann langsam ruderte, nahm das Boot plötzlich Fahrt auf, hob sich der Steven aus dem Wasser, heulte der Motor auf und verstummte erst, als das Boot bei den Häusern der Pfeffersäcke anlangte. Langsam glitt der Bug auf den Sand, und der Mann sprang ans Ufer. Er war ziemlich groß. Er ging zu den Häusern und verschwand hinter den Vorhöfen. Und wenn er das Lager und die Sachen findet?, fragte sich Vasili. Und wenn er umkehrt, weil er meint, dass noch jemand auf der Insel ist? Nun, auf jeden Fall wird er zum Anleger zurück müssen.

Er ging hinunter zum Anleger und hockte sich in die Senke vor dem Röhricht. Dicht neben ihm hatten sich die Knospen eines Busches stark duftender gelber Narzissen geöffnet. Wie schön wäre es doch, wenn ich diesen Busch, so wie er blüht, ausreißen und Aliki bei ihrer Ankunft auf dem Anleger überreichen könnte. Der Duft der Narzissen hatte ihn eingefangen und weit weg davongetragen. Er sah Aliki immer als Zehnjährige vor sich. Hatte er sie denn davor nie gesehen? Er erinnert sich nicht. Ihre großen, blauen Kinderaugen, ihre zarten Handgelenke, ihre braun gebrannten Beine, ihre blonden, ins Rötliche übergehenden Locken … Jetzt, sagen sie, sei ihr Vater ein sehr reicher Mann geworden, auch hier war er ja schon sehr reich, er hatte wer weiß wie viele Schiffe … Sie sagen, er habe in Griechenland eine riesengroße Insel gekauft, drei-, viermal so groß wie diese Ameiseninsel. Sie sagen, jedenfalls soll Hariklias Mann, auch ein Fischer, es behaupten, dass er mit anderen Pfeffersäcken die Insel verlassen habe und Aliki soll viel studiert und die höchste Schule Amerikas beendet haben. Wenn ich ihre Adresse herausfinde, werde ich ihr auf alle Fälle ganz sorgfältig einen schönen Brief schreiben, bei den Menschen weiß man ja nie, vielleicht …

Traumversunken lebt Vasili in einem Paradies, ist ganz benommen von Alikis duftendem Kopftuch mit den rosaroten Pailletten … Und auch Hariklia, jedes Mal, wenn er die splitternackte Aliki in die Arme nimmt … Er kann es nicht verhindern, soviel er sich auch bemüht, jedes Mal wenn sich Aliki in seine Arme legt, wenn sie sich gerade eng umschlingen, drängt sich auch ihr feuchter Körper mit der wie Feuer brennenden Haut zwischen sie. Der Frauenduft des Kopftuchs mit den rosa Rosen … Auch die Hyazinthe duftet wie eine Frau. Von allen Blumen ist einzig die Hyazinthe genau wie eine Frau; sie kannst du im Dunkel der Nacht von einer Frau nicht unterscheiden.

Das klatschende Geräusch der Ruder riss Vasili aus seinen Träumen, er schnellte auf die Beine, hielt die Hand noch am Abzug; welch ein Glück, dass er in seiner Benommenheit nicht abgedrückt hatte! Der Mann kam angerudert, stoppte vor dem Anlegesteg, stand auf und hielt sich an den Pfählen fest. Das dümpelnde Boot wiegte ihn ganz sacht. Leicht hin und her schaukelnd, betrachtete er eine Weile die Häuser. Vasilis Finger war noch immer am Abzug. Doch irgendwann ließ er ihn los, betete, der Mann möge die Insel nicht betreten, und bekreuzigte sich. Schließlich erhörte der Herrgott Vasilis Gebet, der Mann ließ den Anleger los und machte sich am Motor zu schaffen. Und Vasili betete, der Motor möge anspringen. Der Mann mühte sich ab, aber der verdammte Motor zündete nicht. Zu guter Letzt sprang er doch noch an, und ohne sich umzublicken, zog der Mann mit dem Boot davon. Bemüht, die Hyazinthen nicht zu streifen, stand Vasili auf und verließ das Röhricht. Er war so erschöpft, dass er nicht einmal ans Essen dachte, und sein Körper schmerzte, als sei er im Mörser gestampft worden. Er eilte geradewegs zu seinem Nachtlager und warf sich aufs Bett. Eine Weile klang noch das Tuckern des Motors in seinen Ohren, verebbte nach und nach und erstarb.

Als er morgens aufwachte, tat sein ganzer Körper noch weh. Was wollte er heute noch erledigen, irgendetwas hatte er sich vorgenommen, aber was? Es wollte ihm nicht einfallen. Er stand auf, ging hinunter ins Bad und wusch sich das Gesicht. Ich sollte gründlich baden, überlegte er, doch dann verschob er es auf einen anderen Tag. Vielleicht finde ich ja in einem der Häuser eine Schüssel, in der ich Wasser wärmen kann. Er zog sein Rasiermesser ab und versuchte, die Seife in kaltem Wasser aufzuschäumen. Die Bartstoppeln wurden nicht weich, es schmerzte, als er sich abschabte. Er schüttete etwas von dem Kölnischwasser, das ihm ein Freund aus Izmir geschickt hatte, in die hohle Hand und rieb sein Gesicht damit ein. Es belebte ihn ein bisschen. Plötzlich fiel ihm ein, was er sich vorgenommen hatte: Er wollte heute auf Fischfang gehen. Doch er hatte das Boot nur mit Mühe in die Höhle fahren können, wie sollte es wieder herauskommen? So, wie du reingefahren bist, so kommst du wieder raus, lächelte er. Auf dem Weg zur Höhle kam er an der Mühle vorbei, und er musste schwer an sich halten, um dem Sog, der ihn hineinzuziehen begann, nicht nachzugeben. Dort, vom bläulichen Mühlstein her, schimmerte das rosa Kopftuch. Einmal, als Vasili unter einem Granatbaum saß, der gerade blühte, dass sich die Zweige unter den Blüten bogen und Wolken von Honigbienen, Hummeln und Hornissen sich hebend und senkend auf sie niedergingen … Vasili hatte sich mit dem Rücken an den Stamm gelehnt … Und als er den Kopf nach rechts wandte, sah er Aliki! Ihr ganzes Gesicht hatte sich in zwei riesige, blaue Augen verwandelt, voller Glanz, die ihn bewundernd und voller Liebe betrachteten. Und Vasili? Ihren Blick erhaschen und auf die Beine schnellen waren eins!

Je länger Vasili unterwegs zur Höhle seinen Gedanken nachhing, desto mehr Erinnerungen wurden in ihm wach. Dort angekommen, schob er das Boot heraus. Es ging leichter, als er dachte. Dann kontrollierte er den Tank. Er war randvoll. Auch die Angeln lagen an ihrem Platz. Vasili schaltete den Motor nicht ein, er legte sich in die Riemen und hielt ostwärts auf die Unselige Insel zu. Etwa eine Meile von der Inselspitze entfernt warf er selbstsicher die Angel aus, denn er wusste, dass er genau hier, wo sie eintauchte, seinerzeit Rotbrassen in Mengen gefangen hatte. Diese Riffe, wo sich die Brassen aufhielten, hatte er niemandem verraten, aber sich die Stelle gut eingeprägt, um sie nicht mit Seezeichen markieren zu müssen. Es war an einem frühen Abend, er ging durch einen Olivenhain den Hang der Senke hoch, als er es knistern hörte, sich umdrehte und Aliki gewahrte. Noch während er sich umdrehte, huschte sie hinter den Stamm eines Ölbaums, den auch zwei Männer mit ausgestreckten Armen nicht hätten umfassen können. Vasili wartete eine Weile, doch Aliki ließ sich nicht mehr blicken, und er setzte seinen Weg fort. Noch während er weiterging, spürte er, dass sie ihm folgte. Also machte er noch einige Schritte, drehte sich dann aber plötzlich so abrupt um, dass Aliki nicht mehr flüchten konnte und wie angewurzelt stehen blieb. Vasili musterte sie vom Scheitel bis zur Sohle. Sie war noch etwas gewachsen, ihre vollen, roten Lippen waren noch etwas fraulicher geworden, und ihre Nasenflügel bebten. Stumm standen sie sich gegenüber, schauten sich ohne einen Lidschlag in die Augen, und ein Strom von Liebe floss aus ihm hin zu Aliki, und hätte er sich nicht zusammengerissen, er wäre auf das Mädchen zugestürzt. Aber das geht doch nicht, Vasili, nein, wie kannst du nur, hatte er sich beschworen, sie ist doch noch ein klitzekleines Kind! Er drehte sich um und machte sich im Laufschritt davon. Da hörte er, wie Aliki hinter ihm herkam, ja ihm hinterherlief. Bis zum Ufer drehte er sich nicht nach ihr um, und erst als er das an einer stämmigen Mastixpistazie vertäute Boot losmachte, sah er Aliki nicht weit entfernt unter einem weiteren Mastixbaum stehen. Obwohl er nun ja wusste, dass sie hinter ihm her war, wunderte er sich, als sie mit verquollenen Augen im hochroten Gesicht so traurig dastand. Doch bis er sich endlich ein Herz gefasst hatte und zu ihr hinlief, war sie schon verschwunden. Ein Fisch musste angebissen haben, die Leine ruckte kaum spürbar. Vasili scherte sich nicht darum. Ob Aliki eines Tages zurückkam? Wer weiß. Bestimmt hatte sie die ganze Insel bereits vergessen ... Der Fisch ruckte wieder, und Vasili holte die Angelschnur ein, an der im Sonnenlicht funkelnd eine große Brasse zappelte. Er hakte den Fisch mit geübtem Griff los und legte ihn behutsam in das Becken über der Bilge. Der wird für mich reichen, ging es ihm durch den Kopf, doch ich sollte mir noch einige fürs Abendessen angeln. Denn das Brot ist schon härter als Zwieback, das brichst du nicht mal mit einem Stein! Er beugte sich über den eingelassenen Bottich und beobachtete die Brasse, die seelenruhig im Wasser schwamm und die Seitenbretter beschnupperte. Als er die Angel auswarf, spürte er dreimal ein zaghaftes Zupfen, kaum dass sie im Wasser eingetaucht war. Er holte sie nicht ein. Ein Anfänger hätte sofort an der Schnur gezogen. Vasili wartete. Ein Mädchen, das in Amerika studiert, vergisst vielleicht auch seine Muttersprache. Und den Namen der Insel. Wie hieß doch noch diese Insel? Und das Meer dort, und das Land? Vielleicht wird sie ihre Eltern danach fragen, und ihre Mutter wird ein bedauerndes Ach! seufzen. Der Fisch ruckte noch einmal. Viele Fische kann man an ihrem Biss erkennen, am einfachsten ist der Biss der Rotbrassen auszumachen. Blaufische hängen sich mit aller Kraft an die Angel, und am schwierigsten sind Bonitos zu drillen! Plötzlich fiel ihm die Insel wieder ein, und er schaute zu ihr zurück. Und wenn schon jemand dort gelandet war und sich dort niedergelassen hatte? Oder Feuer gelegt hatte? Die Häuser sind alle aus Holz, entflammen sich wie Zunder und sind niedergebrannt, noch bevor Mittag ist. Mensch

Fisch, was ist mit dir, nun beiß doch noch einmal und noch einmal, du Unglückseliger, du Sohn eines Esels! Was zierst du dich, wenn du so weitermachst, lass ich dich hier links liegen und mach mich davon! Wer weiß, was geschehen ist, während ich schon so lange hier bin, wer weiß, was sie der Insel angetan haben, wer dort gelandet ist, während ich hier Fische fange … Jetzt holte er mit überschäumender Freude die Angel ein, denn am Haken zappelte eine übergroße Goldbrasse, die hin und her schlagend blitzende Strahlen über das Wasser sandte. Er hakte den Fisch ab, und wie von selbst versank die Angel wieder in die Tiefe, aus der er gleich danach den nächsten Anbiss spürte. Bei meiner Mutter, stieß er hervor, das Meer brodelt hier von Fischen. Der nächste, den er herauszog, war ein Blaufisch, doch kurz bevor er die Angel noch einmal auswarf, riss er sich zusammen, fragte seufzend, wer soll sie denn essen, der Fang hier reicht ja allein für mich schon drei Tage.

Vasili ließ den Motor an. Aufs Äußerste gespannt, ließ er die Insel nicht aus den Augen, so, als könne sie ihm weggenommen und irgendwo mitten in die sieben Meere versetzt werden.

Er wurde immer aufgeregter und das Boot immer schneller. Im Nu war er am Anleger und stoppte den Motor. Bis zum Strand ruderte er. Dann holte er die Fische aus dem Becken, die schon wie halb tot im abgestandenen Wasser lagen. Vasili lief schnurstracks zur Mühle, hetzte ins zweite Stockwerk und atmete erleichtert auf. Wie eine riesige rosa Blume lag das Kopftuch am alten Platz, und ihr Schimmer spiegelte sich auf den Steinmauern. Am Tag der Abreise war Aliki von der Bildfläche verschwunden. Sie suchten bis zum Morgen die ganze Insel nach ihr ab, doch sie fanden sie nicht. Dass sie sich zu Vasili geflüchtet haben könnte, fällt keinem ein. Wie sollte auch, schließlich ist Aliki erst zehn Jahre alt, und Vasili wächst gerade zum Jüngling heran. Drei Tage und drei Nächte fleht er sie an, mit ihrem Vater mitzugehen, doch Aliki hört nicht auf ihn. Sie weint, jammert, schreit und tobt. Am Ende rennt Vasili aus dem Haus, springt in sein Boot und nimmt geradewegs Kurs auf die Unselige Insel. Als er nach einer Woche zurückkehrte, waren sie abgereist. Er konnte ja niemanden fragen, ob sie Aliki gefunden hatten, und wenn ja: wo und wie, ob gesund oder nicht ... Hätte er sie bloß entführt; nach fünf, sechs Jahren wäre sie ein großes, erwachsenes Mädchen gewesen und sie hätten geheiratet. Aber wären ihre Eltern auch ohne sie abgereist? Sie hätten sie für tot gehalten, ertrunken, von der Strömung fortgespült. Und er wäre mit ihr auf eine andere Insel gefahren und hätte sie als seine Schwester ausgegeben. Dieses Kopftuch ist Alikis! Hatte sie nicht so ein Kopftuch umgebunden, als er sie zum letzten Mal sah? Hatte sie nicht!, schrie er, du Lügner, sie hatte gar keins um! Er ging dicht ans Kopftuch heran, bückte sich, um es ganz nah zu betrachten, rührte es aber nicht an. Es ist völlig zerknautscht, überlegte er, es ist das Kopftuch einer Frau, die hier ausgiebig geliebt und dabei sehr geschwitzt hat, ihr Schweißgeruch hängt ja noch in der Mühle. Was aber hatte Aliki ihm gesagt? Warte hier auf mich, und wenns sein muss, bis zum Jüngsten Tag! Und sollte ich auch hundert Jahre alt werden, ich werde kommen. Sollte ich sterben, werden sie dir schon die Nachricht meines Todes überbringen, hatte sie gesagt. Bin ich etwa nur auf dieser Insel geblieben, um den ersten Mann, der sie betritt, zu töten oder die zu Staub zerfallenen Gebeine unserer Väter und Großväter zu bewachen? Aliki wird zurückkehren. Denn sie ist ein Mädchen wie ein Mann. Und Aliki ist eine unsterblich Verliebte!

Als Erstes machte er mit trockenen Ölzweigen Feuer. Und während das Holz zu Glut niederbrannte, säuberte er schnell die Fische. Plötzlich kam ein rötlich gelber Kater herbei und strich Vasili mit sanftem Druck über die Füße. Vasili hoffte, das Tier würde damit nicht aufhören. Er hielt still, und die Katze, die sich wohl nach Menschen gesehnt hatte, hörte mit dem Streichen wirklich nicht auf.

Vasili bückte sich, streichelte die Katze, die hob den Kopf und schaute ihn voller Zutrauen an. »Mein Freund«, rief er. »Du bist ja auch einer von hier. Warum hast du mich noch nicht besucht, erst jetzt, da du den Fischgeruch witterst ...«

Mittlerweile dreister geworden, miaute der Kater.

»Warte, alter Freund«, lächelte Vasili, »du bekommst mein

Frühstück. Hätte ich von deinem Dasein gewusst, ich hätte auch für dich einige Fische gefangen.« Er schnitt den Bonito in vier Teile und legte die Stücke etwas entfernt vom Feuer auf die Erde. Dann rieb er die Brassen mit dem Salz ein, das er in Tanasis Haus gefunden hatte, und legte sie auf die Glut.

Die Katze hatte sich sofort auf die Fischstücke gestürzt, nahm jetzt eins davon in die Fänge, trug es bis zum Fuß der Platane und machte sich darüber her. Kurz darauf kam sie zurück, schnappte sich das nächste Stück und trug es fort.

Vom verbrennenden Fett stieg dichter Rauch aus der Glut, ein herrlicher Duft von geröstetem Fisch breitete sich aus, und Vasili beobachtete aus den Augenwinkeln, dass die Katze sich zu seiner Rechten hingehockt hatte und abwartend in die Glut starrte.

»Warum bist du nicht auch ausgewandert, mein Freund, du warst ja nicht die einzige Katze in unserem Dorf; aber die andern haben sich klammheimlich an Bord geschlichen, oder sie wurden von ihren Herrchen oder Freunden mitgenommen. Übrigens bellt da noch ein Hund im Dorf, aber mit ihm hatte ich noch nicht die Ehre. Auch nicht mit dem Hahn, der da jeden Morgen bei Sonnenaufgang kräht. Der Junge fürchtete wohl, ich würde ihn schlachten und aufessen, wenn er mir in die Hände fiele. Er weiß ja nicht, dass ein Fischer, und müsste er hungers sterben, keinen so tapferen Hahn schlachtet und verspeist, der sich in die Brust wirft und kräht, weil er die Feigheit, die Insel zu verlassen, nicht an den Tag gelegt hat.«

Und während er die Fische im Feuer wendete, beobachtete er die Katze. Sie schien die Bratfische vergessen zu haben und schnurrte.

Vasili war jetzt übler dran als vorhin die Katze. Die Augen auf die bratenden Fische geheftet, krümmte er sich immer mehr vor Hunger, je stärker das Bratgut duftete. Fast hätte er die Fische vom Feuer genommen und halb roh verschlungen. Aber ein Fischer verspeist keinen halb gegarten Fisch, er isst ihn ganz durchgebraten oder ganz roh! Erst als der Fisch rot wie ein Granatapfel dalag, nahm er ihn hastig vom Feuer, denn das letzte Fett, das noch in die Glut geträufelt war, duftete so durchdringend, dass ihm schwindlig wurde.

Von dem in der verzinnten Kupferschale etwas abgekühlten Fisch riss er sich ein großes Stück ab, entgrätete es und begann zu essen, nicht bevor er der Katze nicht auch einen Bissen hingeworfen hatte. Und kaum war dieser auf die Kiesel gefallen, schnappte sie schon zu, trug ihn mit zitternden Flanken unter die Platane, schlang ihn hinunter, kam zurück und ließ ihre lauernd sich weitenden Augen zwischen Vasilis Hand und Mund hin und her wandern.

Sie aßen die Fische restlos auf, und Vasili holte aus Tanasis Haus ein Stück Seife und ein Handtuch, spülte sich am Brunnen den Mund aus, wusch sich mit reichlichem Schaum Gesicht und Hände und trocknete sich ab.

Gemächlich schlenderte er zurück, ganz versunken in den Anblick der Blumen, der Bienen auf den Blütenkelchen, der vogelgroßen, pechschwarzen und unter ihren Flügeln feuerroten Falter, ein Rot, das er bisher bei keiner Blume, keinem Käfer, keinem Vogel, keinem Kelim und Teppich, ja nirgendwo je gesehen hatte. Seltsam. Demnach kannte er seine Insel, auf der er geboren und aufgewachsen war, ja gar nicht. Denn bis heute waren ihm weder solche Blumen noch solche Käfer, Schmetterlinge, Vögel und Bienen aufgefallen. Ich habe bis jetzt immer nur aufs Meer geschaut, daran wird es liegen, dachte er. Wo war denn bis heute dieser schwarze Falter mit den unterseits tiefroten Flügeln? Und auf der Heckenrose dieser dunkle, ins Bläuliche übergehende Schmetterling mit den zusammengelegten Flügeln von samtenem Rot? Für dieses Rot lässt sich kein Name finden. Setz dich davor, damit sich dein Inneres mit Farbe, Weichheit und Süße fülle! Schau unentwegt hin, dass aus einem Rot tausend Rot werden, aus einer Süße tausendfache Süße, aus einer samtenen Weichheit eine tausendfache, und dann fliege auf den Flügeln dieses Rot übers Meer davon!

In einem Traum von Rot versunken, blieb er vor der Haustür stehen und hatte plötzlich das Bild dieser Häuser vor der Auswanderung vor Augen. Bei meiner Mutter, wunderte er sich, welch eigenartige Welt, was gerade noch war, ist gar nicht mehr da! Und noch in Gedanken versunken, spürte er, wie etwas sehr Weiches seine Beine berührte. Er blickte an sich herunter, und als er die Katze entdeckte, erfüllte ihn helle Freude. Sich niederbückend, streichelte er das Tier, das ihm die ganze Strecke vom Anleger bis hierher unbemerkt gefolgt war. So sind sie nun mal, diese Katzen, und wenns ihnen beliebt, klettern sie auf deine Schultern, lassen sich von dir tragen, und du nimmst sie nicht einmal wahr!

Schon nach dem Essen waren ihm die Glieder schwer geworden, doch jetzt konnte er sich vor Müdigkeit kaum auf den Beinen halten. Er stieg hinauf in das Panoramazimmer, zog sich aus und kroch unter die Decke. Durch die rundum offen stehenden vier Fenster wehte von den Kiefern auf dem Hügel der Geruch von Harz herein. Auch die Katze kam, legte sich zu seiner Rechten auf die Decke und begann zu schnurren. Es dauerte nicht lange, und ihr Geschnurre überdeckte das Rauschen der See.

Am nächsten Morgen nahm er den Sack mit seinem Proviant, die Brotlaibe darin waren schon knochentrocken, ging zum Anleger hinunter, zündete ein Feuer an und setzte Teewasser auf. Er röstete das Brot über der Glut, bis es knusprig war. Während er aß, ließ ihn die herbeigeeilte Katze nicht aus den Augen. Er warf ihr eine von Tanasis Oliven hin – es gab auf der ganzen Insel keine besseren, eine jede schwarz und pflaumengroß –, die sofort zuschnappte, aber erst einmal mit der Olive auf den Kieseln herumspielte, bevor sie sich zum Fressen hinhockte. Vasili warf ihr noch eine Olive zu, und das Spiel begann von neuem. Erst bei der fünften Olive gab die Katze auf, und die schwarze Frucht blieb auf den Kieseln liegen. Die Katze schlich sich davon und starrte Vasili aus einiger Entfernung neugierig an.

Nachdem Vasili Glas und Teekanne ausgespült hatte, brachte er das Geschirr und den Proviantsack zurück ins Haus. Anschließend machte er sich auf den Weg zu seinem Boot, machte aber um die Windmühle einen großen Bogen.

Vasili ließ den Motor an. Die Katze war schon längst vor ihm ins Boot gesprungen, das auf die Unselige Insel zudrehte und nach etwa eineinhalb Meilen wie am Vortag an der gleichen Stelle stoppte. Die Angeln auswerfen und hereinholen war eins, denn am Haken hing eine ausgewachsene, funkelnde Rotbrasse. Die Katze starrte mit großen Augen auf dieses Wunder und leckte sich die Lefzen.

Ab jenem Tag fuhren Vasili und die Katze jeden Morgen, wenn das Meer noch weiß leuchtete, zum Fischen hinaus und steuerten spätestens am frühen Vormittag die Insel wieder an, und besorgt, jemand könne dort an Land gegangen sein, atmete Vasili erst wieder auf, wenn er keine Menschenseele entdecken konnte.

An manchem Vormittag fing er Fische für zwei Tage. Dann hockte er sich am nächsten Tag gleich auf den behauenen Marmorblock am Rand des Plateaus und starrte vom Morgengrauen bis zum Abend, manchmal ohne ans Essen zu denken, aufs Meer hinaus und wartete auf ein anlaufendes Boot. Doch das Meer blieb gähnend leer, kein Umriss war in Sicht, und nichts bewegte sich.

Am Ende geriet er in einen Zustand, in dem er, kaum hinausgefahren, schon wieder kehrtmachte. Es kam auch vor, dass er die gerade ausgeworfene Angel wieder einholte, sie zu beködern vergaß, einen gefangenen Fisch gleich der Katze zuwarf oder hastig sein Angelgerät einsammelte, ohne auch nur einen Lippfisch gefangen zu haben, und danach, so schnell er konnte, zur Insel zurückfuhr und, falls er überhaupt ans Essen dachte, nur Brot und Oliven hinunterschlang. Dann eilte er zum Gipfel hoch, kreiste aufgeregt ums Plateau, durchkämmte bis Sonnenuntergang mit den Augen das Meer, ging bei Anbruch der Dunkelheit zum Anleger hinunter, hockte sich auf die Holzbank, nahm den Kopf zwischen die Hände und blieb grübelnd so sitzen. Und manche Nacht schlief er so dahockend ein, nachdem er eine Weile gedankenverloren die neben ihm eingerollt schnurrende Katze gekrault hatte.

»Du wartest wohl wie ich darauf, dass sie, in deren blaue Augen du nie tief geblickt, mit deren Hand du nie gespielt, aus Amerika zurückkehrt, nicht wahr?«

Und während er so mit ihr sprach, stieg sein Mitleid mit der verlassenen Katze dermaßen, dass er sie streicheln musste, und je länger er streichelte, desto lustvoller schnurrte sie, reckte sie sich, streckte sie sich auf dem Rücken; zwischendurch spielte sie mit seiner streichelnden Hand, leckte ihm die Finger, wälzte sie sich um sich selbst.

Wie gut, Katze, dass du geblieben und mein Gefährte geworden bist! Und wann kommt deine Aliki? Ist deine Aliki geradeso wie meine nach Amerika gefahren, als auch sie fast noch ein Baby war? Oder hattest du Angst, diese Insel zu verlassen, weil du wusstest, da draußen zerfleischen dich die Hunde, die Löwen, die Tiger? Oder weil man dich aufs Schlachtfeld schicken wird? Wo über dir Granaten explodieren und drei von ihnen in deinen Schützengraben einschlagen und dich so tief verschütten, dass du drei Tage und Nächte fast keine Luft mehr bekommst? Und du, nachdem sie dich ausgegraben haben, neben dir Hasan aus Erzurum entdecken wirst, der sich wie ein Blinder mit stieren Augen und ausgestreckten Armen vortastet. Im Lazarett wirst du überzogen sein von Läusen, nicht wahr? Blutjunge Soldaten werden dahinsiechen, und du wirst Läuse zusammenfegen, mit Petroleum übergießen und verbrennen, nicht wahr? Alle Welt weiß, wovon ich rede, Stock und Stein in aller Herren Länder, in jedem Winkel der Erde hat man davon gehört, so auch du, nicht wahr? Hast davon gehört und bist vor lauter Angst auf unserer Insel geblieben, ist es nicht so? Der Krieg ist zu Ende, aber du fragst dich, ob das nicht nur eine Unterbrechung ist, weil sie ihn mit so einem Kopf gar nicht beenden können, diese Menschen, die sich dünken, von allen Geschöpfen die klügsten zu sein, diese bedauernswertesten aller Geschöpfe, die zu dumm sind, zu erkennen, wie dumm sie sind, diese bösesten aller Geschöpfe, die außer ihrem eigen Fleisch und Blut auch allen anderen Geschöpfen nach dem Leben trachten, diese Esel, die zu einfältig sind, zu erkennen, dass diese Erde ein Paradies ist und ein einziges Wunder die aufgehende Sonne, das fließende Wasser, die wehende Brise, die segelnde Wolke, der fallende Regen, die blühende Blume, die reifende Frucht, das sprießende Samenkorn, der fliegende Vogel, die Biene in der Wabe, die unzähligen, millionenfach funkelnden Farben. Doch dieses schreckliche Wesen wird wieder Kriege anzetteln, Wälder verbrennen, Städte, die es in hunderten, ja tausenden Jahren aufgebaut hat, zertrümmern. Und darum, meine kluge Katze, hast du diese Insel nicht verlassen, nicht wahr? Und wir werden das erste Geschöpf, das diese Insel betritt, töten, ist es so?

Die Katze erhob sich, reckte ihren Körper, sprang von der Bank, ging unter die Trauerweide, scharrte sich ein Loch, tat so, als wolle sie sich hineinsetzen, verkrampfte sich, kackte, scharrte das Loch sorgfältig wieder zu, kam zurück, streckte sich neben Vasili aus und begann, sich zu lecken.

Es war früher Morgen, das Meer schneeweiß, und die Katze wachte erst auf, als Vasili den Motor anließ. Er war in Gedanken versunken, als sie dicht vor der Unseligen Insel aufkreuzten. Einen Roten Knurrhahn fangen wäre jetzt das Richtige, über einen Okka schwer, mit flügelgleichen Brustflossen und großen Augen, in denen aller Meere Farben schimmern! Mit dem Genuss des Knurrhahns sog der Mensch auch den Geruch aller Meere in sich hinein, wurde er vom Scheitel bis zur Sohle selbst ein Teil der See. Schon gut, wir töten Fische und essen sie, aber was haben die fliegenden Vögel denn verbrochen, dass wir sie …

Mit Bedacht beköderte er den Angelhaken, warf ihn aus und wartete ab. Kurz darauf spürte er, wie mit starkem Ruck ein Fisch anhakte, mit der abrollenden Schnur davonzog, bis Vasili kräftig anhaute und die Leine einholte; und plötzlich schoss zappelnd ein großer, funkelnder Seebarsch aus dem Wasser, fiel zurück, jagte kreuz und quer dicht an der Wasseroberfläche umher, doch die Schnur hielt, und schließlich hob Vasili den Fisch mit großer Vorsicht ins Boot, denn ist der Seebarsch auch ein besonderer Leckerbissen, so ist er auch ein Räuber, er kann einem den Finger nicht abreißen, aber sein Biss ist tief und schmerzhaft.

Vasili warf die Angel noch einmal aus und noch einmal, und jedes Mal hatte er einen Barsch am Haken. Gedünsteter Barsch schmeckt ja noch besser als der gedünstete, rote, flügelflossige, großäugige Knurrhahn, aber den Geruch des ganzen Meeres kannst du mit diesem Fisch nicht mitessen. Er duftet anders und besonders gut im Frühling, im Monat Mai!

Er fischte bis zum Mittag. Dann vierteilte er einen Seebarsch und gab ihn der Katze, deren Schwanz vor Freude zitterte, als sie ihn verschlang. Danach hockte sie sich sofort auf den Hintern und begann sich das Fell zu lecken. In aller Ruhe kehrten sie zur Insel zurück.

Im Dünsten von Fisch war Vasili ein Meister, davon konnten die Fischer auf der Insel und an der Küste ein Lied singen. Und Vasili war stolz darauf. Sorgfältig nahm er die Fische aus und reinigte sie. Schade, dass es keine frischen Tomaten gab. Doch der gesegnete Tanasi hatte Tomatenmark, aber auch Paprikapaste, Granatapfelessig und rote Zwiebeln im Haus. Auch die frischen Zwiebeln in seinem Garten sprossen schon und konnten in einigen Tagen gegessen werden. Die Endivien waren jetzt schon gereift. Zu gedünstetem Seebarsch noch einen in Granatapfelessig geschwenkten Endiviensalat mit reichlich Paprika und roten Zwiebeln, da ruft sogar die Vorsehung beschwörend: »Gott behüte dich vorm bösen Blick!«

Warst du je in Sarikamiş, Katze? Die Hölle! Hast du jemals Schützengräben, Senken und Schluchten voller zerrissener Leichen gesehen? Bist du jemals durch weite Ebenen über verwesende, dich mit ihrem Gestank fast erstickende Gefallene gelaufen? Wer die Schlacht von Sarikamiş nicht erlebt hat, der hat auf dieser Welt noch gar nichts erlebt. Du! Katze! Sich schläfrig und genüsslich räkelnde Katze! Hast du gesehen, was sich auf dem Berg Allahuekber zugetragen hat? In mannshohem Schnee zehntausende Soldaten, barfuß, kurzgeschoren, ohne Mantel, zerlumpt und voller Läuse, deren juckende Bisse sie mit ihren erfrorenen Händen nicht einmal kratzen können, ausgeliefert den Granaten russischer Artillerie, die das schneebedeckte Gelände in ein Flammenmeer verwandeln, mit aufspritzendem Schnee Arme und Beine hochwirbeln, Blut vom Himmel regnen lassen, während erfrierende Männer, zu Stein erstarrt, mit vereisten Wimpern und Brauen ins Leere starren. Wenn du das nicht gesehen hast, Katze, dann hast du gar nichts gesehen. Aber wenn du das gesehen hättest, würdest du dich schämen, den Menschen ins Gesicht zu sehen und mit all deiner Wärme schmeichlerisch um die Beine zu streichen … Den Balkankrieg, die Dardanellen, Sarikamiş, die Arbeiterbataillone, hast du das erlebt, Katze? Hast du schon tagelang gehungert oder nach tagelangem Durst madiges Wasser getrunken? Schon davon gehört, wie hunderte Männer der Arbeiterbataillone beim Bergen tausender zerfetzter, in Verwesung übergehender, stinkender Gefallener im Granatfeuer verschüttet und getötet wurden? Wenn du das nicht gesehen hast, dann weißt du nichts von dieser Welt.

Geduld, Katze, Geduld, und ich setze dir einen gedünsteten Seebarsch vor, dass du mit dem Fisch auch deine Finger verschlingst, wie die Türken sagen, wenn sie den Geschmack ihrer Speisen lobpreisen.

Drei Tage rührte er sich nicht vom Gipfel. Sanfte Brisen fächelten ihm aus allen vier Himmelsrichtungen Düfte auf den Hügel, bei denen ein Mensch vor Begeisterung ganz außer sich geriet. Nie zuvor hatte seine Nase diese Gerüche wahrgenommen, hatten seine Augen dieses Meer in einem Orkan von Farben so schimmern, diese Blumen so leuchtend wuchern sehen. Doch immer wieder musste Vasili auch an die Feldschlachten, den Tod, das Morden denken, und flog er eben noch vor Freude, stürzte er plötzlich mit gebrochenen Flügeln wieder ab.

Drei Tage waren vergangen, als er im Morgengrauen ein Boot aus östlicher Richtung auf den Anleger zusteuern sah. Vasilis Herz hüpfte vor Freude, er sprang auf und spürte, dass er in liebevoller Erwartung zitterte. Er wird hinunterlaufen, den Ankommenden umarmen, ja mit stürmischer Freude erdrücken! Das Boot machte sehr wenig Fahrt, die Riemenblätter hoben und senkten sich so langsam, dass Vasili meinte, der Mann da werde sie vor Erschöpfung nicht mehr lange halten können, werde einschlafen und mit dem Boot ans gegenüberliegende Ufer treiben. Und wie von selbst trugen ihn seine Beine plötzlich bergab und dann ganz offen den

Hang entlang. Er war nicht mehr in der Lage, zu bedenken, er könne gesehen werden. Sein Herz pochte, und er versetzte sich immer mehr in Wut. Er kannte sich: bis er da unten war, hatte er seinen Zorn so gesteigert, dass er diesem erschöpften, vor Müdigkeit fast sterbenden Mann eine Kugel in die Stirn jagen wird.

Den Mann im Boot ließ er dabei nicht aus den Augen. Seine Ruderschläge waren noch langsamer geworden, schließlich trieben die Ruderblätter längsseits des Bootes so lange außenbords, als könne er sie gar nicht mehr aus dem Wasser heben, bis sie sich dann doch bewegten, eine Weile in der Luft hingen und langsam wieder eintauchten.

Schon dicht vor dem Anleger, richtete sich der Mann auf, erhob sich mit müden Augen im schweißnassen, dunklen Gesicht, ließ den Blick über die Brücke, die Platanen und Häuser schweifen und lächelte. Das Boot dümpelte auf den kleinen Wellen, der Mann schwankte leicht mit, schien zu stürzen, doch er fing sich und beugte sich zurück ins Gleichgewicht.

Von kalter Wut gepackt, war Vasili ganz ohne Hast in die von Röhricht und Brombeergestrüpp eingefasste Senke gestiegen, hatte, den Lauf seines Gewehrs auf eine Wurzel aufgestützt, angelegt und dann: Kimme und Korn und die Mitte der Stirn … Da zitterten seine Hände und wurden schlaff. Und der Mann dort schwankte mit dem dümpelnden Boot. Nahm Vasili den Finger nicht vom Abzug, könnte sich der Schuss lösen, und er würde ins Leere feuern.

Der Mann im schaukelnden Boot schien sich gefasst zu haben. Seine eben noch vor Erschöpfung so finster blickende Miene hellte sich auf, er lachte in sich hinein und begann fröhlich zu trällern. Dann setzte er sich auf die Ruderbank, legte sich lächelnd in die Riemen, als sei er neu geboren. Die Riemen, das Boot, der Mann schienen in einem Freudenwirbel ans Ufer zu schnellen. Auch Vasili hatte sich von dieser Freude mitreißen lassen, ihm war, als fliege er vor heller Begeisterung mit. Die Katze kam, kletterte auf seine Schulter, begann ihm den Hals zu lecken, er nahm die Hand vom Mausergewehr, griff sich die Katze, setzte sie vor sich auf die Erde und strich ihr übers Fell. Die voll erblühten Narzissen zu seiner Linken hatten sich der milden Frühlingssonne zugewandt und verströmten einen Schwindel erregenden Duft. Und die liebkoste Katze begann so laut zu schnurren, dass es auf zwanzig Schritt noch zu hören war.

Mit unverminderter Geschwindigkeit glitt das Boot heran, rutschte bis zur Hälfte auf die Kiesel, und der Mann sprang, kaum dass es stoppte. Wie verwundert verharrte er kurz, machte einige Schritte auf die Platanen zu, betrachtete sie gedankenversunken und lachte. Als sei er der glücklichste Mensch der Welt, dachte Vasili. Seit Jahren war ihm niemand begegnet, der so herzhaft, so glücklich gelacht hatte. Nur Kinder konnten aus vollem Herzen so glücklich lachen.

Dann schlug der Mann den Weg zu den Häusern ein. Er betrat das erste, kam wieder heraus, schritt einige Mal alle Häuser ab und war plötzlich verschwunden. Er wird ins Dorf gegangen sein!

Ratlos saß Vasili da mit seiner Mauser, seiner Katze, zwischen den Narzissen und rührte sich nicht. Schließlich musste der Mann wohl oder übel zu seinem Boot zurückkommen! Die Sonne stieg, und je heißer es wurde, desto stärker dufteten die Narzissen, Schwindel erregend!

Beim Geräusch nahender Schritte sprang Vasili mit einem Satz auf die Beine, legte an, zielte mit den Finger am Abzug, und er hätte längst abgedrückt, wäre er beim Anblick der abgespannten, traurigen Miene des erschöpft wirkenden Mannes nicht zur Besinnung gekommen. Vasilis Hände zitterten, ließen beinahe das Gewehr entgleiten, hätte er nicht nachgegriffen. Seine Knie gaben nach, er sank zurück auf seinen Platz, die Katze drängte sich an seine Brust und begann kurz darauf zu schnurren. Die Narzissen schienen all ihre Düfte auf einmal zu verströmen. Beinah hätte ich den Mann getötet, seufzte Vasili. Nicht so hastig, breee, alter Freund, was ist denn in dich gefahren? Zugegeben, Mann, du hast geschworen, aber musst du ihn denn gleich heute töten? Sieh doch, der Mann stirbt fast vor Erschöpfung, er ist fix und fertig! Tötet ein Mensch, der Mensch ist, denn einen Menschen in diesem Zustand? Sähen die Menschen gegenseitig ihre erschöpften, verängstigten, verzweifelten Gesichter, könnten sie, Allah sei mein Zeuge!, wie die Türken sagen, sogar in einer Schlacht nicht aufeinander schießen. Deswegen ist der Bajonettkampf ja so bitter, deswegen kann jemand, der ihn überlebt, bis an sein Lebensende nicht mehr glücklich werden, findet er keine Ruhe mehr, bleibt er verletzt sein Leben lang. Es fällt einem Menschen nicht leicht, Aug in Aug einen Menschen zu töten. Ja, es ist schwer für einen Menschen, einen Menschen zu töten, schwerer noch, als Hand an sich selbst zu legen.

Der Mann blieb bei seinem Boot stehen. Seine Miene verfinsterte sich, verfiel zusehends, schien noch erschöpfter, noch trauriger. In diesem Augenblick war er vom Scheitel bis zur Sohle nichts als Schmerz und Trauer. Wer weiß, was er durchlitten hat! Diesen Gesichtsausdruck hatten nur Menschen, die sehr lange sehr großes Leid ausgehalten hatten. Mal sind sie in Schmerz und Trauer gehüllt, dann lachen sie wieder aus vollem Halse, als habe sie in ihrem ganzen Leben das Leid nicht einmal gestreift.

Der Mann hängte sich ans Boot, versuchte es weiter auf den Strand zu ziehen, doch er konnte es nicht von der Stelle rücken. Enttäuscht richtete er sich wieder auf, schaute mit leeren Augen um sich, hängte sich noch einmal ans Boot; es bewegte sich nicht. Er gab auf, ging zum nächstliegenden Haus, verschwand in der Tür, kam zurück zum Boot, griff nach seinem Bett, das mit einem starken Hanfseil umschnürt war, und zerrte es hoch, doch es ließ sich nicht übers Dollbord heben. Er packte fester zu, seine Halsschlagader schwoll, er wuchtete das Bett über seine Schulter, seine Beine knickten ein, doch der erschöpfte Mann schleppte die Last bis zum Haus, warf sie durch die offene Tür, ging hinein und kam nicht mehr heraus.

Vasili wartete noch bis zum frühen Nachmittag, dann stand er auch auf und ging.

In jener Nacht konnte er bis zum Morgen nicht schlafen. Noch vor Tagesanbruch stand er auf und zog sich an. Er linste zum Anleger, es war niemand zu sehen. Na wenn schon, sagte sich Vasili, der Vogel ist ja im Käfig! Kommt mit Boot, Bett, Kiste und Korb und will sich hier niederlassen. Mag er doch noch ein paar Tage länger leben, was ändert das … Wer weiß, welch schlimmes Leid der Arme hinter sich hat, dass er mutterseelenallein auf dieser Insel Zuflucht sucht! Vielleicht ein Fahnenflüchtiger, vielleicht ein alter Brigant, ein Mörder oder politisch Verfolgter. Seine klaren, blauen Augen schauen ja wie die reinen Augen eines Kindes, betrachten die Welt mit Erstaunen, ja mit Liebe. Kann man so einen Mann töten? Man kann! Gibt es denn auf dieser Welt keine anderen Inseln, auf die er gehen kann? Und da soll ich diesen Menschen nicht töten, nur weil er wie ein Kind in die Welt schaut? Nur weil er durch so großes Leid, durch so viele Todesgefahren gegangen ist? Berge von Toten am Allahuekber, bei Sarikamiş, bei Dumlupinar … Gab es zwischen diesen hunderttausenden etwa keinen, der wie mit den klaren Augen eines Kindes in die Welt schaute? Sie wurden alle getötet! Heute ist er noch müde, doch spätestens morgen wird er wieder auftauchen!

Vasili nahm seine Katze in den Arm und schlug, in Gedanken versunken, den Weg zum Viertel der Wohlhabenden ein. Was konnte er denn dafür, dass dieser Mann auf seinen eigenen Beinen hergetappt kam, um in den Tod zu laufen! Er hatte es nun einmal seinen Freunden versprochen, mit der Hand auf der Bibel, und nun kommt dieser Mann mit den klaren blauen Kinderaugen daher und fällt ins Netz. Was konnte der arme Vasili denn dafür? Was konnte er denn mehr tun, als diesem Mann mit dem ehrlichen Gesicht zu gestatten, noch einige Tage länger zu leben?

Der blinde Zorn packte ihn. Er war so zornig, dass er sich einredete, es sei das Beste, jetzt, wo der Mann schlief, hineinzugehen und mit einer Kugel … Doch dann verachtete er sich plötzlich; was ist denn aus dir geworden, breee, Vasili, dass du dich sogar aufmachst, einen Schlafenden zu töten!

Er nahm die Katze auf den Arm und schlug den Weg zu den Häusern der Wohlhabenden ein. Wie nannte man dieses Viertel noch? Kap Mirmingi, Kap der Ameisen. Woher wohl so viele Ameisen gekommen waren, lachte er. Doch der Mann ging ihm auch jetzt nicht aus dem Sinn. Sein mal lachendes, mal verbittertes oder todtrauriges Gesicht wollte nicht weichen. Er eilte in sein Haus, verriegelte die Tür hinter sich und legte sich mit dem Gewehr im Arm ins Bett. Lange Zeit konnte er nicht einschlafen, wälzte sich von einer Seite auf die andere. Vor Anspannung hatten sich seine Muskeln verkrampft, sein ganzer Körper schmerzte, als habe er tagelang Steine geschleppt.

Am nächsten Morgen erwachte er vor Tagesanbruch, erhob sich, zog sein Rasiermesser ab, seifte sein Gesicht oberflächlich cin, rasierte sich hastig und eilte hinunter zum Anleger. Schon bei den Ölbäumen gewahrte er, wie sich ein Boot von der Insel entfernte. Oh Gott, schrie er, ich habs verpasst! Auf dem Kieselstrand blieb er stehen, hob das Gewehr, zielte, doch aus dieser Entfernung trifft auch der beste Schütze nicht. Verpasst haben wir ihn, wir haben ihn verpasst, jammerte er noch einige Mal und ließ das Gewehr mehr fallen als sinken.

Das Boot entschwand, und auch als es nicht mehr zu sehen war, stand er immer noch da, hoch aufgerichtet, aschfahl und wie erstarrt.

Plötzlich strich die Katze miauend um seine Beine, und erst als er ihr warmes weiches Fell verspürte, fasste er sich wieder. Seine Augen begannen das Meer zu durchkämmen, das Meer war gähnend leer.

4

Als Musa der Nordwind aus seinem Blickfeld verschwand, stand Vasili mit hängenden Armen regungslos da und starrte auf das wellenlose, gähnend leere Meer hinaus.

Erst nachdem er sich wieder gefasst hatte, sah er, dass die sinkende Sonne den Gipfel des Hügels schon erreicht hatte und schnell unterging. Er drehte sich um, machte einige Schritte und schwankte. Ihm war sonderbar zu Mute, als sei etwas von ihm gewichen, und er fühlte sich ausgeglichen und entspannt. Von der Mühle im Osten kam ein kaum hörbares Knarren, und an der mittleren Mühle fiel ihm auf, dass aus ihrem Gemäuer wilde Feigenschösslinge sprossen. Kaum haben diese gottverdammten Wildfeigen ein herrenloses Mauerwerk entdeckt, schlagen sie dort Wurzeln! Sie wachsen ja auch auf kahlen Felsen, und nur diese frechen, gelben Blümchen mit den winzigen, glatten Blüten tun es ihnen gleich, die wachsen sogar auf blankem Marmor!

Die Katze zu seinen Füßen miaute. Wie eine flammende Kugel sauste im selben Augenblick eine Granate über seinen Kopf hinweg, es zischte so schnell und so laut, dass Vasili sich nicht zu rühren wagte. Nicht weit vor ihm schlug das flammende Geschoss in einen Schützengraben, explodierte, und dann regneten Arme, Beine, Rümpfe, Blut und Erde vom Himmel. Lang gezogene Schreie schrillten, verstummten jäh. Schweiß troff von Vasilis Körper, als habe man ihn aus dem Wasser gezogen. Eine zweite Granate sauste flammend über ihn hinweg, explodierte mit ohrenbetäubendem Knall, und dicht vor ihm schossen Flammen aus dem Boden. Von Schreien begleitet, flogen immer mehr flammende Geschosse über ihn hinweg, dann wurde es stockdunkel. Vasili hatte sich schon längst hingeworfen. Als er die Augen öffnete, lag die endlose

Ebene unter einer Schneedecke. Der nahe Kiefernwald brannte, die Flammen fraßen sich durch den riesigen Forst. Aus den zerfetzten Leichen strömte noch immer Blut, färbte den Schnee blutrot, und über allem stand eine strahlende Sonne, erhellte die Welt mit der ganzen Fülle ihres Lichts. Vasili war ganz benommen. Er versuchte, sich durch Schnee und Erde ins Freie zu wühlen, es gelang ihm nicht. Dann vernahm er die Stimme Alis aus Manisa, eines Kameraden aus seiner Kompanie, und spürte voller Freude, wie ihn zwei Hände packten und herauszogen. Er sah Ali vor sich, es wurde dunkel, Ali verschwand. Plötzlich war alles wieder da: Ali, die Sonne, die blutenden Toten im Schnee. Er hörte wieder Alis Stimme, sie umarmten sich und stapften Hand in Hand zum brennenden Wald. Als sie am Waldrand waren, flogen wieder flammende Granaten über sie hinweg. Aus dem brennenden Wald hallten Schreie, klangen wie das Weinen von Kleinkindern. Wimmern und Stöhnen überall, dann wurde es finster. Das leise Rauschen des Meeres kam an Vasilis Ohr, er richtete sich auf, rieb sich die Augen, neben ihm lag die Katze und schnurrte. Er nahm sie auf den Arm, schaute sich noch einmal um, ging dann geradewegs zur mittleren Mühle, stieß die Tür auf, stieg die Stufen hoch und setzte sich auf die Fensterbank; zerknüllt lag das grüne Kopftuch noch an derselben Stelle. Er schloss die Augen und dachte an Aliki … Doch weder Hariklia noch Aliki wurden vor seinen Augen lebendig. Sie küssten sich nicht, sie liebten sich nicht, es tat sich gar nichts. Er schlug die Augen auf, ziemlich zerknittert und verblichen lag es da, das grüne Kopftuch. Im Laufschritt eilte er aus der Mühle, deren Flügel sich gemächlich drehten, blieb vor der Tür stehen, spähte in alle Richtungen, die Insel war menschenleer, von nirgendwoher auch nur der kleinste Laut, das leiseste Flüstern.

Er sprang, zwei Stufen auf einmal nehmend, wieder die Treppe hoch, setzte sich auf die Fensterbank und richtete seine Blicke auf das Kopftuch. Tief geduckt, als jage sie eine Maus, schlich die Katze dorthin und begann mit zitterndem Schnurrhaar an einem Ende des grünen Tuchs zu schnuppern. Auch Vasilis Nasenflügel zitterten. Auch ihm stieg der Geruch verschwitzter Mädchenbrüste in die Nase, verzog sich aber so schnell, wie er gekommen war. Das im flimmernden Licht bauschig daliegende Kopftuch verblich, die Katze kehrte dem verblassenden Geruch den Rücken, schlich sich in die nächste Ecke, beroch den Fußboden, und wieder sträubte sich ihr Schnurrhaar. Das aus grünem Lehm gebaute Schwalbennest über ihr war noch leer, obwohl die Schwalben schon längst gekommen waren. Wer weiß, warum sie ihre Nester noch nicht aufgesucht hatten. Die Katze starrte zum Schwalbennest hoch und leckte sich die Lefzen.

Vasili sprang von der Fensterbank, er schlug hart auf, die Dielen ächzten, die Katze miaute und lief hinaus. Die sich drehenden Windmühlenflügel knarrten noch lauter. Im Laufschritt eilte er zu seinem Boot, band es los und entschloss sich, einige Köderfische zu fangen. Er sah sich nach der Katze um, doch die hockte schon längst im Boot und beleckte sich genüsslich. Ein freudiges Gefühl erfüllte ihn bis ins Mark, er flankte ins Boot, ließ im Nu den Motor an, steuerte nach Süden, die See lag spiegelglatt. Die Sonne brannte vom Himmel. Das Meer riecht nach Frühling, stellte er fest, am meisten riecht das Meer nach Frühling, wenn der Frühling kommt! Er streckte die Hand aus und streichelte die Katze. Sie streckte behaglich die Läufe so lang, als wolle sie sich zweiteilen. Dann erhob sie sich plötzlich und begann sich zu lecken. Damit nicht genug, beleckte sie mit Schwung auch noch Vasilis Hand. Dem Fischer gefiels, er ließ sie gewähren.

Die Köderfische fielen ihm wieder ein, er warf das Steuer herum und tuckerte gemächlich das Ufer entlang. Einige Makrelen bissen an, er nahm sie aus, schnitt sie auf, schob das Fleisch auf den Haken und warf es aus. Fünf Faden vom Bug entfernt hakte ein Fisch an. Er zappelte und zog so kräftig an der Schnur, dass sie zu zerreißen drohte. Das kann nur ein Blaufisch sein, dachte Vasili. Kurz darauf schwang er ihn mühelos ins Boot. Der Fisch war größer, als er angenommen hatte, und er warf ihn in den Behälter. Mit wässrigem Maul schlich die Katze einige Mal ums Becken. »Ein bisschen Geduld, mein Freund, der dritte Fisch ist dein«, sagte Vasili und streichelte sie.

Der dritte Fisch war größer noch als die andern. Vasili reinigte ihn, schnitt ihn auf und warf das größte Stück der Katze hin. Schnuppernd umkreiste sie es, rieb sich eine Weile an Vasilis Händen, ging dann wieder zum Fisch und schlang mit zitternden Schnurrhaaren das ganze Stück hinunter. Staunend warf Vasili ihr auch das andere Stück vor die Pfoten, die Katze verschlang es, und nachdem sie den ganzen Fisch gefressen hatte, schritt sie zum Bootsheck, rollte sich auf dem Jutesack zusammen und brach all ihre Beziehungen zu dieser Welt ab.

Kurz vor Sonnenuntergang kehrten sie zurück. Vasili zündete unter den Platanen ein Feuer an, bald züngelten die Flammen so hoch zu den Ästen, dass sie weithin zu sehen waren. Umso besser, sagte Vasili, und hoffentlich verirrt sich dann jemand auf diese Insel, ich töte ihn, und diese Folter hat ein Ende. Aber das Meer ist gähnend leer, nichts rührt sich. Er streichelte das neben ihm liegende Gewehr. Wenn jetzt nur einer käme, ach, nur einer … Er würde mitten in die Stirn zielen und abdrücken. Nun, schließlich wird ja auch der andere morgen oder übermorgen zurückkommen, freute er sich, seine Sachen sind bestimmt in einem dieser Häuser.

Zu den gerösteten Fischen aßen er und die Katze altes, trockenes Brot. Als Erstes wird er sich morgen die Sachen des Mannes anschauen! Zurück ins Haus wollte er jetzt nicht, er holte sich den Jutesack vom Boot, rollte ihn zu einem Kopfkissen, streckte sich auf eines der Sofas aus und schlief sofort ein.

Am nächsten Morgen wachte er schon sehr früh auf, eilte sofort in das Haus, wohin Musa der Nordwind seine Sachen gebracht hatte. Die Tür war nicht abgeschlossen, das Erdgeschoss war riesengroß. Links eine geräumige Küche, gleich daneben ein Zimmer, diesem gegenüber zwei weitere Räume und am Ende des Geschosses ein mit Ornamenten verzierter Kamin aus gelbem, geädertem Marmor vom Idagebirge. Ohne die Türen zu den Zimmern zu öffnen, nahm er die Treppe ins obere Stockwerk. Dieselbe Einteilung auch dort samt einem ornamentverzierten Kamin aus Marmor und Holz am Ende des lang gestreckten Saals.

Rechts neben dem Kamin lag ein ausgerolltes Bett. Das Nachtlager des Fremden! Daneben ausgetretene Pantoffeln und auf dem Kopfkissen ein neues, anscheinend noch nie benutztes blaues Handtuch. Die blau gestreifte Matratze schien sehr dünn, darüber lag eine sehr dünne blaue Decke. Dieser Mann liebt das Blau! Hingerissen war Vasili aber von der Kiste aus Nussholz an der Wand am Fußende des Nachtlagers. Vorderseite und Deckel waren mit Schnitzereien verziert. Eine ähnliche Truhe hatte er einmal in Payas im Konak eines Beys der Turkmenen gesehen. Auch ihr Schloss war, wie bei all diesen Truhen, mit Glöckchen besetzt gewesen. An ihrer Rückseite lehnte ein Korb an der Wand, er war aus buntem Rohr geflochten und randvoll.

Regungslos stand Vasili eine ganze Weile da, konnte an nichts anderes denken, hatte nur Augen für die Verzierungen des Kamins, der Truhe und des Korbes, die schließlich kreisend ineinander übergingen.

Seitengewehr pflanzt auf!, drang eine Stimme an sein Ohr. Granaten zischten heran, schlugen ein im Wald, Erde spritzte auf, flog bis zu ihnen, regnete auf sie herab. Sie setzten die Bajonette auf und sprangen aus den Schützengräben. Überall wirbelte der Staub, die ganze Welt versank in staubigem Dunkel, man sah die Hand vor Augen nicht, und überall roch es nach Pulver. Aus den Staubwolken drang Wimmern und das Knirschen brechender Knochen. Wie lange dieser Bajonettkampf schon dauerte, wusste keiner mehr. Als sich das staubige Dunkel lichtete, hielt Vasili sich die schmerzende Schulter, durch die ein Bajonett gedrungen war. Nie wird er die Augen jenes Soldaten vergessen, der ihm die Klinge in die Schulter gestoßen hatte. Sie waren nicht weiter als drei Faden voneinander entfernt, als der andere mit aufgepflanztem Seitengewehr auf Vasili einstürmte. Seine grünen, blutunterlaufenen Augen waren angstgeweitet, mit irrem, wie von Wahn verzerrtem Gesicht hielt er plötzlich ratlos inne, wollte kehrtmachen, doch er konnte nicht, stand da und krümmte sich. Vasili aber betrachtete ihn so kaltblütig, als ginge ihn das alles nichts an. Im nächsten Augenblick entzerrte sich das Gesicht des anderen, seine Augen blitzten auf, und verwundert nahm Vasili wahr, wie dessen Bajonett in seine Schulter drang. Er erschauderte vor Entsetzen, und während seine Schulter, seine Brust und sein Arm ertaubten, stieß er seinerseits sein Bajonett mit aller Kraft in den Körper seines völlig verwirrt dreinblickenden Gegners. Er bekam noch mit, dass sie gemeinsam in den Schnee fielen. Als er die Augen öffnete, lag er in einem großen Zelt. Vor ihm stand mit lächelndem Gesicht ein Arzt in blutverschmiertem weißem Kittel. »Du hast nichts Ernstes«, sagte der Doktor, »und hast auch den andern, der dich so zugerichtet hat, nicht getötet. Er wird es überleben, wird allenfalls mit einem Körperschaden davonkommen.«

Tage waren seitdem vergangen, der Morgen war sonnig, der glitzernde Schnee blendete, und vor ihnen lag das Schlachtfeld, eine weite Ebene, die sich von einem schneebedeckten, in Wolkenschleiern verschwindenden Gebirge bis zu einem im tiefen Schnee versinkenden Wald erstreckte. Und die ganze Ebene war bedeckt von Leichen zehntausender nicht geborgener Gefallener.

»Wenn nicht heute, kommt dieser Mann eben morgen. Hab ich ihm etwa einen rot versiegelten Brief geschrieben? Was hat er auf dieser Insel zu suchen? Wer hat ihn denn hergerufen? Sowie er da ist und an Land geht, sowie er einen Fuß auf die Kiesel setzt ... Mitten in die Stirn!« Wutentbrannt eilte er die Treppe hinunter. Der größte Zorn packte ihn immer, wenn er an die Schlachten, an das Morden auf den Schlachtfeldern dachte.

Sie waren in eine Ebene gebracht worden, wo eine Feldschlacht stattgefunden hatte. Hundertfünfzig Mann sollten die verstreuten Leichen der Gefallenen zusammentragen und am Hang des Berges am Rande der Ebene ablegen. Seit der Schlacht waren Tage verstrichen, und die Toten stanken. Schon auf dem Weg dahin war ihnen der Gestank wie eine Faust entgegengeschlagen. Einige konnten ihn nicht ertragen, sie sackten zusammen, und weder Kolbenhiebe noch Todesdrohungen konnten sie wieder auf die Beine bringen. Und wer dennoch all seine Kraft zusammennahm und aufstand, brach nach einigen Schritten zitternd zusammen und blieb leblos liegen.

Vasili war ziemlich robust. Nicht einmal holte ihn der in seinem Gesicht wie eine Granate berstende Gestank von den Beinen. Er wusste nur zu gut, dass er, einmal am Boden, nicht mehr aufstehen könnte. Schließlich erreichten sie die randvoll mit Leichen gefüllte Ebene. »Marsch, marsch!«, rief der befehlshabende Hauptmann, der sich ein Taschentuch vor die Nase presste. »Marsch, marsch! Und jeder Soldat nimmt einen Toten auf die Schulter und bringt ihn zum Berghang da drüben! Marsch, marsch!«

Die Soldaten liefen los, und jeder warf sich einen Gefallenen über die Schulter. Doch viele von ihnen brachen schon unterwegs zusammen und blieben einfach liegen. Der Tote auf Vasilis Schultern war von Würmern befallen. Vasili hatte die schlängelnden Maden in den gefetzten Rissen an Hals und Brust des Toten gleich gesehen, hatte einem daneben liegenden Gefallenen die Jacke ausgezogen und seinen Toten darin eingewickelt. Wenn er unter der Last der Leiche auch hin und wieder stolperte, er hielt durch. Und obwohl der Tote stank, dass Vasili zu ersticken meinte, er ließ ihn nicht am Wegrand liegen, schleppte ihn zum Berghang und warf ihn in die große, tiefe Grube, die schon von Soldaten ausgehoben worden war. Eine Brise kam auf, trocknete seinen Schweiß und nahm den Leichengestank mit sich fort. Vasili ging um den Hügel herum und stieß dort auf ein Regiment Soldaten, die auch vor dem Gestank geflohen waren und unter denen ein niedergeschlagener, leichenblasser Major mit einem großen Stock in der Hand ihm besonders auffiel. Bleischwer ließ Vasili sich in den Schatten eines Felsblocks fallen. Kurz danach kam er durch herabregnende Stockhiebe der Unteroffiziere wieder zu sich. Als er die Augen aufschlug, gewahrte er, dass alle schon standen und neben ihm Soldaten, die Finger bedrohlich am Abzug.

Bis auf den heutigen Tag weiß Vasili noch jede Einzelheit aus seiner jahrelangen Dienstzeit beim Militär, doch was danach geschah, daran kann er sich beim besten Willen nicht erinnern. Wie viel Tage sie mit verwesenden Leichen auf den Schultern in einem Meer von Gestank durch die Ebene zum Hügel, vom

Hügel in die Ebene gelaufen waren, wohin sie danach gebracht worden waren, nichts davon will ihm mehr einfallen. Nur an die sich windenden Würmer in der Brust des Toten, den er zuerst auf die Schulter genommen, erinnert er sich noch, an den Major mit dem Stock, an die Unteroffiziere, die ihre Knüppel auf den Rücken der Soldaten zerschlugen, an den wie abwesend mit leeren Augen ins Leere stierenden Major, dessen Nase den Gestank gar nicht mehr wahrzunehmen schien.

»Mitten in die Stirn werde ich diesen Mann treffen, soll er nur erst zur Insel zurückkehren! Und ich werde seine Leiche, seine stinkige Leiche, über meine Schulter legen und auf diesen Friedhof bringen, auch wenn ihr Gestank über sieben Meere hinaus die Welt verpestet.«

Am Anleger angelangt, erkundete er die Umgebung zu seiner Rechten und Linken, ging anschließend bis zum Ende des Strands, betastete unterwegs jeden Stamm der drei Platanen, setzte seinen Rundgang fort und blieb am Röhricht stehen. Ende September öffnen sich die Rohrkolben, wie schön sie doch sind, die Rispen am violetten Rohr! Er ging weiter durch die Senke und den Olivenhain, besah sich einige uralte, teilweise gestutzte Ölbäume, deren tief gekerbte Stämme so mächtig waren, dass zwei Männer Hand in Hand sie nicht umfassen könnten. Auch ihm gehörten zehn Bäume, die schon vom Großvater dem Vater vererbt worden waren. Damit zählte auch Vasili zu den Wohlhabenden der Insel. Seine Bäume waren ja noch jung und ergiebig. Eigenartig, warum waren ihm diese tausendjährigen Ölbäume nie aufgefallen? Sie waren doch in aller Munde, waren doch der Stolz der ganzen Insel.

Als er oberhalb des Olivenhains aufs Meer hinausschaute, entdeckte er weit draußen einen Fischkutter, der auf die Insel zuhielt. Der erste Kutter, den er seit Tagen in diesen Gewässern aufkreuzen sah, und er wusste vor lauter Freude nicht, was er tun sollte. Er rannte im Kreis, lief zu den alten Ölbäumen, tätschelte die knorrigen Stämme und betastete bedauernd die gestutzten Äste. Die Katze war ihm gefolgt und strich in einem fort um seine Beine. Er hob sie hoch, streichelte sie, vergrub seine Wangen in ihrem weichen Fell, linste aber in überschwänglicher Freude immer wieder zum Boot hinaus, das in voller Fahrt auf die Insel zusteuerte. Wem könnte es gehören? Er kannte hier fast alle Fischer und ihre Boote. Und während er noch rätselte, überlegte er schon, wie er den ankommenden Freund empfangen und bewirten konnte. Alle Fischer kippten sich ja gern einen hinter die Binde, und im Hause Tanasis lagen Weine, bei deren Genuss man jeden morgendlichen Hahnenschrei gern überhörte! Vasili hatte dort auch einige Flaschen Raki, geharzten Traubenschnaps und Ouzo entdeckt, und mit den Speisevorräten in Tanasis Küche konnte er jeden Gast rundum zufrieden stellen. Was aber, wenn der Kollege Neusiedler für die Insel an Bord hatte? Wie konnte Vasili unter dessen Augen auf sie schießen? Und nähme er auch den Fischer aufs Korn, wohin dann flüchten, wo sich verstecken? Wohin er auch flüchtete, die Fischer würden ihn finden und in Stücke reißen. Und was hatte dieser Fischer denn verbrochen, dass er auch auf ihn schießen wollte?

Die Zweifel da drinnen nahmen ihm die Freude, fegten sie fort. Und wieder war die Welt gähnende Leere, aus der er verzweifelt einen Ausweg suchte. Er setzte die Katze auf den Boden. Auch sie schien enttäuscht, auch ihr war die Freude genommen. Sie verzog sich unter einen der alten Bäume, streckte sich aus und beleckte sich.

Vasili nahm die Katze hoch, eilte zum Haus des Betuchten, holte Gewehr und Patronengurte unter der Matratze hervor, schnallte sich die Gurte kreuzweise über die Brust und hängte sich das Gewehr über die Schulter. Als er den Hang hinaufstieg, erkannte er das Boot. Dieser Kutter in der Art, wie sie am Schwarzen Meer gebaut wurden, gehörte Ali Osman. Ein sehr schnelles Boot. Ali Osman hatte es von einem Griechen gekauft, der aus einem der Küstendörfer geflüchtet war. Es hieß, die beiden hätten gemeinsam geschmuggelt, doch was es war, wusste niemand. Einige Griechen behaupten, es seien Waffen für Mustafa Kemal Paschas Armee gewesen. Wenn der Grieche aber Waffen für Mustafa

Kemal Pascha geschmuggelt hatte, warum dann seine Flucht nach der griechischen Insel Chios?

Schäumend durchfurchte das Boot die See und kam rasch näher. Auch Vasili beeilte sich, in die Nähe des Anlegers zu gelangen. Er lief in Tanasis Haus, kam aber gleich wieder heraus. Hier war es ihm zu gefährlich, denn falls Aussiedler an Bord waren, würden sie als Erstes die Tür dieses Hauses öffnen, um es zu besichtigen. Er suchte nach einem anderen Versteck, und er fand es. Auf einer kleinen Anhöhe hinter dem Röhricht befanden sich die Reste kunstvoll gemeißelter Marmorsäulen und eine altertümliche Ruine. Die Anhöhe war von alten Olivenbäumen umgeben. Wie auf einem Teller war von hier aus das Meer zu überschauen. Vasili hockte sich hinter eine der dicken Marmorsäulen, lud das Gewehr durch, prüfte die Patronengurte und zog den Revolver hervor, der in der Sonne aufblitzte.

Das Boot näherte sich dem Anleger, schob sich immer dichter an ihn heran. Mittschiffs lagen aufgehäuft nasse Netze, sonst war niemand zu sehen. Dann machte es plötzlich kehrt. Er lief zum Strand und blieb kerzengerade auf den Kieseln stehen, stellte sich auf die Zehenspitzen, bis es aus seinem Blickfeld verschwunden war und er nicht mehr auf den Beinen stehen konnte und sich niederhockte. Erst als von weit draußen das Tuckern eines Motors sein Ohr traf, schnellte er hoch und gewahrte ein orangefarbenes Fischerboot. Es hielt auf die Insel zu, und seine Freude war größer noch als beim ersten Mal.

Dieses Boot würde bestimmt anlegen, warum sollte es sonst mit voller Kraft auf die Insel zusteuern! Er lief auf die Anhöhe, legte Gewehr, Patronengurte und den Revolver in eine Mulde, eilte zurück und blieb hoch aufgerichtet am Ende des Anlegers stehen. Das Boot kam immer näher, schien aber eine halbe Meile entfernt stehen zu bleiben. »Kommt her, kommt her!«, brüllte Vasili. »Auf dieser Insel wohnen Menschen, kommt her! Ich bin Atoynatanoğlu Vasili, der Fischer, kommt her!«

Vasili war diesmal noch vergrämter, ja er dampfte vor Zorn. Wütend stampfte er auf die Anhöhe und hockte sich neben sein

Gewehr. Da sind wir nun; allein auf einer verlassenen Insel! Und was soll aus uns werden? Wer kommt schon hierher, auf dieses einsame Eiland, diesem tiefsten Grund der Hölle, verdammt!

Sich an den Krieg erinnern, jene schrecklichen Zeiten noch einmal erleben, beruhigte ihn etwas. Lauthals verfluchte er den Krieg und jene, die ihn vom Zaune brachen. Dem ersten Menschen, der die Kriegstreiber verfluchte, war er in Sarikamiş begegnet, einem Arzt im Range eines Majors. Von morgens bis abends operierte er die Verwundeten und fluchte dabei in einem fort. Der zweite war ein von Wunden übersäter Leutnant, an dessen Körper wohl keine Stelle heil geblieben war. Wie viele Überlebende geschlagener Schlachten er später auch getroffen hatte, ob Jung oder Alt, eingeschlossen jene, die gar nicht fluchen konnten, sie alle hatten gegen den Krieg vom Leder gezogen. Tierischer als jedes Tier konnten die Menschen doch sein, kriecherischer als jedes Kriechtier, stinkend und von wimmelnden Würmern zerfressen …

Mit dem Gesicht zum Meer setzte er sich auf den Marmorblock. Was sollte nun werden? Vom Osten her schoben sich blaue Streifen übers Meer, das von einem Augenblick zum andern seine Farbe veränderte. Zappelnde Fische in den Netzen, zappelnde Fische in Körben, an Haken … Woher nehmen wir das Recht, so viel Leben zu vernichten?

Weit draußen, am Ende eines tiefblauen Streifens, tauchte noch ein Fischerboot auf. Seine Farbe war aus dieser Entfernung nicht zu erkennen. Dieses Boot wird die Insel anlaufen, hundertprozentig! Aufgeregt lief er wieder bis ans Ende des Anlegers. Noch immer war das Meer spiegelglatt. Kaum wahrnehmbar wehte ein zartes, laues Lüftchen, brachte den Duft von Meer, Gräsern, Blumen, Knospen und Röhricht mit. Den Hals lang ausgestreckt, wartete Vasili ungeduldig auf das sehr langsam aufkommende Boot. Ganz plötzlich konnte er es erkennen, es war ein weiß gestreifter, blauer, breitbordiger Kahn. Dem bis hierher hallenden, wutschnaubenden Tuckern des Motors nach, musste dieser wer weiß wie alt schon sein.

»Ein wohlwollendes Schicksal kann einem niemand nehmen,

sagen die Türken. Zwei Boote sind vorbeigefahren, dieses hier wird festmachen, und ich werde der Besatzung einen von Tanasis Weinen einschenken, den sie nicht einmal in Amerika bekämen«, murmelte Vasili.

Das Boot kam langsam näher. Am Vordeck standen ein alter Mann mit langem, weißem Bart und zwei junge Burschen mit gezwirbelt herabhängenden, roten Schnauzbärten. In Höhe des Anlegers stoppten sie, und an ihren Handbewegungen erkannte er, wie sie berieten, ob sie ankern oder anlegen sollten. Vasilis Herz schlug bis zum Hals. Mal sah es so aus, als wollten sie landen, und an Vasilis Freude war nicht zu rütteln, dann schien es, als drehten sie ab, und Vasili verzweifelte, während die drei mit ihren Augen die Insel von einem Ende zum andern durchkämmten. Dann, Vasili blieb fast das Herz stehen, ließen sie den Motor wieder an und zogen mit ohrenbetäubendem Tuckern seewärts, und Vasili sackte an Ort und Stelle auf die Bretter. Sein Mund war trocken, doch er hatte nicht die Kraft, aufzustehen und am Brunnen zu trinken.

Und noch ein Boot tauchte in der Ferne auf. War es in einem Nebelschleier auch kaum zu erkennen, sah Vasili doch sofort, dass es ein Fischerboot sein musste. Diesmal spürte er weder Freude noch Angst.

Auch dieses Boot kam näher. Die Männer an Deck flickten Netze. Sie zogen vorbei, ohne einen Blick auf die Insel zu werfen. Jetzt verlor Vasili jede Hoffnung. War es denn früher, als hier noch Menschen wohnten, jemals vorgekommen, dass auch nur ein Boot, eine Barke, ein Schiff vorbeifuhr, ohne einen Abstecher zur Insel zu machen?

Der verfaulte Tote auf seinem Rücken stank unvermindert fort. Schließlich gewöhnte sich Vasilis Nase an den Leichengeruch, den nach und nach auch seine Haare, Schultern, Arme und Beine angenommen hatten. Die Erde ringsum, die Felsen, der schneebedeckte Berg, die gelben Blumen, die Gräser, die Bäume, die fliegenden Vögel und gleitenden Schlangen, alles, ja, alles stank.

Vor dem Anleger ziehen Boote, Schiffe mit gesetzten Lichtern vorbei, in deren Strahlen Kähne, Kutter und Barken eintauchen und wieder verschwinden. Schiffe kreuzen auf einem schäumenden Wildstrom von Licht, Vasili mit dem Toten auf dem Rücken rennt über Berge, Meere und Flüsse, überzieht sie mit Leichengestank. Aus den Häusern der Städte, Dörfer und Inseln stürzen sich Menschen mit stieren Blicken, fliehen wie von Furien gejagt vor dem Gestank. Glühende Granaten schlagen berstend ein, die Erde bebt, schaukelt wie eine Wiege, Schreie und Wimmern erfüllt die Welt, Brisen fächeln würgende Verwesung.

Mit gesetzten Lichtern aufkommende Fischerboote löschten in Höhe der Insel ihre Positionslampen und schalteten sie querab wieder ein.

Wie viele Schiffe verdunkelt an ihm vorbeizogen, Vasili zählte sie nicht mehr. Gegen Morgen streckte er sich am Ende des Anlegers aus, und kaum hatte er sich zusammengerollt, übermannte ihn der Schlaf.

Als er schlagartig erwachte, brannte die Sonne schon drei Pappeln hoch über der Kimm vom Himmel herab. Sein ganzer Körper war steif und schmerzte. Er drehte sich auf den Rücken und blinzelte in das weite, mit graublauen Schleiern durchzogene Himmelszelt.

Kein einziges Boot hatte die Insel angelaufen, und niemand hatte auch nur ein Mal den Kopf zur Insel gewendet und herübergeschaut. Sie schämten sich, ja, sie schämten sich dieser verlassenen, menschenleeren Insel. Und ich, überlegte er, konnte ich denn vor Scham aufblicken, als ich an den toten griechischen Soldaten vorbeiging, über sie hinwegstieg? So sind sie, die Menschenkinder, auch wenn welche sich etwas Menschlichkeit bewahrt haben. Denn tief in jedem Menschen steckt, wenn auch verschwindend klein, eine Ader Menschlichkeit, die jederzeit zu neuem Leben erwachen kann.

Sie war es auch, die jene Männer daran hinderte, die Insel anzulaufen, ja nur den Kopf zu heben und herzuschauen, als sie vorbeifuhren. Es sind die triumphierenden Sieger, die vor Scham die von ihnen getöteten und zu tausenden daliegenden Soldaten nicht anschauen mögen. Sie können sich sogar gegenseitig nicht in die Augen sehen, wenn sie auf dem Schlachtfeld an den Gefallenen vorbeiziehen.

Habe ich es mir überhaupt gut überlegt, fragte sich Vasili. Hätte ich mir bei reiflicher Überlegung auch fest vorgenommen, den Ersten, der die Insel betritt, umzubringen? Egal, was danach geschieht?

Ein schrecklicher Gestank umgab ihn von allen Seiten, dicht wie eine Wand war die Finsternis, durch die er zog. Die Last der verfaulten, zerfallenden Leichen hatte seinen Rücken wund gerieben. Das Schlachtfeld lag am Rand eines Sumpfes, es war heiß, Feuer regnete vom Himmel. Im Flachland und in den Schützengräben türmten sich die gedunsenen Toten, Luft, Erde, Himmel, Narzissenfelder, Wiesen voller Klatschmohn, Minze und Lavendel stanken nach Leichen. Bis sie alle begraben hatten, starben noch viele Soldaten. Über Vasili hatten auch diesmal Jesus und die Mutter Maria ihre Hände gehalten.

»Ich werde ihn töten!«

Ächzend richtete er sich auf. Die Sonne hatte ihm den Schweiß aus dem Körper getrieben. Sein Magen knurrte, aber er war sicher, keinen Bissen herunterzubekommen. Er wanderte zum Boot.

Langsam steuerte er am Ufer entlang, beobachtete die auseinander stiebenden Jungfische, wie sie zu tausenden sich wieder zusammendrängten und sich bei der kleinsten Welle in einem Wirrwarr ineinander verwirbelten. Versunken in den Anblick der Fische und der den Ruderschlag beobachtenden Taschenkrebse und ihrer Jungen und der auf dem Wasser landenden Honigbienen, umrundete er die Insel und nahm dann Kurs nach Westen.

Die winzigen violetten, gelben und orangefarbenen Falter aus den Sümpfen bedeckten die Toten und ballten sich auf ihnen zu violetten, gelben und orangefarbenen Haufen.

Seebarsch, sagte er laut. Nicht wahr, mein Freund, auch dein Herz verlangt danach, ist es so, mein Freund? Dann warte nur ab, wir werden uns heute ein Fischessen einverleiben … Dazu Ouzo trinken, ging ihm durch den Kopf, gemeinsam mit dem

Fremden … Doch dann schämte er sich und verjagte diesen Gedanken.

In diesen Gewässern kannte Vasili fast jeden steinigen Grund. Er kannte auch die Standplätze der Barsche. Die nächsten Fischer, die sich nach ihm auf dieser Insel niederlassen, werden wohl ihr Leben lang all die steinigen Fischgründe und Nester, wo es von Fischen wimmelt, nicht finden!

Die Insel verschwand fast hinter einem diesigen Schleier. Mit bloßen Augen linste Vasili nach seiner Landmarke und nickte. Sie waren über seinem Feld, wo sich die Meerbarsche tummelten. Rais Avram, der Armenier, hatte so außergewöhnliche Fangplätze »meine Felder« genannt. Rais Avram ist alt geworden. Vom Schwarzen Meer war er über Istanbul hierher gekommen und hatte die meisten und besten Fische gefangen. Er konnte hören, was die See erzählte, er kannte ihre Sprache. Es hieß, er könne auch die Sprache der Fische verstehen. Verstand Vasili auch nicht die Sprache des Meeres noch der Fische, beim Fischfang war er fast so geschickt wie der Meister. Er warf die beköderte Angel aus und hielt sie, ohne sie zu bewegen. Der Seebarsch ist ein räuberischer Fisch mit schnellen, harten Bewegungen, den Anfänger gar nicht an den Haken bekommen. Schaffen sie es dennoch, bleiben oft Brüche, zumindest blutige Wunden zurück. Seine spitzen Zähne sind wie stählerne Nägel. Vasili wartete lange. Endlich ruckte unter ihm der Fisch am Haken, ruckte und verschwand. So biss er noch einige Male, ließ aber immer wieder los. Schließlich, als er noch einmal zubiss, haute Vasili die Leine so hart an, dass er spüren konnte, wie sich der Haken einer Klammer gleich in den Schlund des Fisches grub. Im Nu dehnte sich die Schnur so stark, dass Vasili Leine geben musste, bis ihre Spannung nachließ und er sie einholen konnte. Als der Fisch aus dem Wasser schoss, wühlte und peitschte er so ungestüm, dass Vasili ihn nur mit Mühe landen konnte. Er zog den Barsch ans Boot, nahm das Stück Bast von der Decksplanke in die Hand und packte damit den angehakten Fisch, der wieder so heftig zappelte, dass Vasili meinte, es reiße ihm den Arm aus der Schulter. Der Fisch rutschte ihm aus der Hand ins

Boot. Schon war die Katze herbeigeeilt, doch zu weit entfernt, ihn zu beschnuppern, streckte sie nur den Kopf aus und beobachtete ihn mit staunenden, angstgeweiteten Augen, dabei immer auf der Hut und bereit, beiseite zu springen. In dieser Wartestellung verhielt sie, bis Vasili den Fisch wieder gepackt und in den Behälter geworfen hatte. Als der Barsch ins Wasser eintauchte, sprang und zappelte er noch, aber seine Kraft war erschöpft, bald ließ er sich treiben, und nur seine Schwanzflosse bewegte sich noch eine ganze Weile.

Das Meer hatte es dieses Jahr in sich, es brodelte nur so von Fischen. Er konnte sich nicht erinnern, drei Barsche so kurz hintereinander gefangen zu haben. Die See war in Feststimmung.

Er holte die Leine ein, rief: »Auf gehts, mein Freund«, und streichelte die Katze vom Kopf über den Rücken bis zum Steiß, »wir fahren zur Insel zurück, bevor sie uns jemand wegschnappt und forttträgt. Lass uns heimkehren und unsere Fische braten. Und wenn du willst, trinken wir auch von Onkel Tanasis Wein, ja, lass uns davon trinken, schon um Tanasis Seelenfrieden willen im fernen Griechenland, denn er hat nie geduldet, dass auch nur ein Tropfen aus mühevoller Arbeit vergeudet wird. Und wir werden auch nicht einen einzigen verschütten.«

Der Katze gefiels, dass er mit ihr plauderte, sie schaute ihm mit einem Ausdruck bewundernder Liebe in die Augen. Mit Heißhunger kamen sie zur Insel zurück.

Nach dem Essen gingen sie zum Olivenhain hinüber. In allen Farben zogen ununterbrochen Boote an der Insel vorbei. Vasili schloss die Augen, um sie nicht zu schauen. Als er aufstand, wachte sie sofort auf und heftete sich an seine Fersen. Er schlug den Weg zu den Brombeeren ein, die den Talgrund bis kurz vor seiner Mündung, die danach zum Ufer abfiel, überwucherten. Im Herbst waren Vasili und seine Mutter noch vor Tagesanbruch oft dorthin gewandert und hatten daumendicke Brombeeren gesammelt. Noch geschickter, als sie die reifen Oliven von den Zweigen schüttelte, konnte die Mutter Brombeeren pflücken. Und wenn der Tag anbrach, kehrten sie schon mit vollen Körben heim. Vasili liebte Brombeeren über alles und aß davon so viel, dass sich Gesicht und Hände pechschwarz färbten.

Die Brombeerbüsche blühten, die violetten Blüten standen so dicht, dass die Blätter und Ranken unter ihnen verschwanden. Und groß wie Kinderhände hockten pechschwarze Schmetterlinge auf den Kelchen, manche öffneten und schlossen ihre Flügel, andere ließen sie zusammengefaltet, die meisten aber kreisten über den Büschen, hoben sich in die Lüfte, flatterten zurück, schwärmten ineinander, flogen wieder auf, sodass die samtroten Unterseiten ihrer Flügel blutrot aufblitzten, senkten sich dann wieder auf die Büsche, um im nächsten Augenblick in schimmernden Wellen das Ufer anzufliegen, wo sie kehrtmachten und sich wieder über die Blüten hermachten.

Grüne Käfer, die Vorderflügel sehr hart, diese Käfer hatte er noch nie gesehen ... An einer Silberpappel haftende, in Linie hochkrabbelnde gelbliche Ameisen wie gelblich glühende Funken. In dürren, neues Grün treibenden Knäueln dorniger Ranken tausende schwarz gepunktete, sehr rote Marienkäfer ... Vasili bückte sich, strich eine Hand voll von den Ranken und warf sie in die Luft. Nur wenige flogen weiter, die andern fielen auf die Erde.

So ein Gewimmel von Marienkäfern hatte Vasili auch noch nie gesehen. Er lernte seine Insel, auf der er geboren und aufgewachsen war, mit anderen Augen ganz neu kennen. Jetzt entging seinen neugierigen Blicken nicht der kleinste Halm, die winzigste Blume, übersah er keine Wurzel, keinen Baumstamm, kein Blatt, keine Farbe, keine Welle, keinen Kiesel, keine Klippe. Und überall stieß er auf einen Vogel, eine Biene, die er noch nie gesehen hatte, kam er aus dem Staunen gar nicht mehr heraus. Da hatte bisher ja niemand gewusst, wie viele Bienen, wie viele Arten von Bienen auf dieser Insel lebten! Nicht weit von ihm gewahrte er Wiedehopfe. Er hatte schon viele gesehen, aber diese hier waren riesengroß, hatten sehr lange Hauben, und der leuchtende Glanz ihres Gefieders war die reinste Augenweide. Die sonst so scheuen Vögel bewegten sich trotz der Katze so unbekümmert, dass Vasili meinte, es fehle nicht viel, und sie landeten auf seinen Schultern. Ohne sie aufzuschrecken, bog er zu den Bienenstöcken ab. Sie standen unberührt. Er bedeckte Gesicht und Hände mit seiner Jacke, öffnete eine Klappe: die weißen Waben waren randvoll mit Honig gefüllt. Er schloss die Klappe wieder.

Am spannendsten war es immer, wenn die Königin ein neues Bienenvolk gründete. Dann hingen die jungen Bienen, die keinen Platz mehr im Stock fanden, in Trauben zu zehntausenden an den Zweigen. Eine Traube aus zehntausenden Bienen, zehntausendfaches Glitzern bebender Flügel, ein Glitzerknäuel aus tausenden Funken, die in tausenden Farben gleichzeitig aufblitzen!

Den ganzen Tag tauchte Vasili auf der Insel immer wieder in Farben und Flimmer ein, in seinem ganzen Leben hatte er noch nie so viel Glück empfunden. Er vergaß zu essen und zu trinken und hatte sogar den Fremden vergessen, als er zu Bett ging.

Nach so einem Krieg, nach so viel Todeskampf, so vielen verfaulten, verwesten Menschen, die Welt so zu genießen, so glücklich zu sein! Wie gut, wie gut, dass ich nicht umgekommen bin, wie gut, dass ich diesen Tag, diese Welt erlebt habe! Vasili zitterte vor Freude. Er dachte nicht mehr an die Feldschlachten, nicht mehr an den Fremden. Und eingerollt neben ihm schnurrte die Katze, was das Zeug hielt, auch sie wusste wohl vor Glück nicht ein noch aus. Und die Wiedehopfe waren bestimmt so glücklich gewesen, einem Menschen zu begegnen, dass sie beinahe auf ihm gelandet wären. Nach so viel Unglück, nach so vielen Jahren so einen Tag zu erleben! Ein Wunder!

Er wälzte sich einige Mal im Bett, tauchte ein in einen blauen Zauber und fiel in einen tiefen Schlaf. Die Katze schnurrte und schnurrte.

Am nächsten Morgen stand er sehr früh auf, eilte geradewegs zum Olivenhain, es war kurz vor Sonnenaufgang, und er entdeckte zwischen Büschen ein weit gespanntes Spinnennetz. So riesige Spinnweben waren ihm noch nie vorgekommen. Am unteren Rand hockte eine daumendicke Spinne. Bei ihrem Anblick grauste ihm. Diese roten Spinnen waren giftig. Ihr Biss war nicht so wie der einer Hornviper, er wirkte sofort, und der Gebissene erstarrte an Ort und Stelle. Diese roten Spinnen waren die meistgefürchteten Lebewesen auf der Insel. Raureif lag auf dem Spinngewebe, und in den Fäden hatten sich die verschiedensten Fliegen verfangen. Drei von ihnen zappelten noch. Vasili suchte sofort das Weite, doch heute Morgen spannten sich wie Leintücher die Spinnweben überall im Olivenhain. Angst überkam ihn, auch wenn es keine roten Spinnen waren. Verschreckt verließ er den Hain. In einer Baumhöhle entdeckte er Hornissen, die sich vor ihrem Nest zusammengeballt hatten und ein und aus flogen. Vor ihnen hatte er eine Heidenangst. Wer von ihnen gestochen wurde, schwoll an wie eine Pauke. Und sie waren schlau, näherten sich ihrem Opfer geräuschlos, stachen zu und verschwanden. Honigbienen und ähnliche Arten bezahlten den Stich mit ihrem Leben, denn ihr Stachel blieb in der Haut des Menschen stecken. Aber die Hornissen können, wenn sie wollen, nacheinander hundert Menschen stechen. Dennoch, sie sind mit die schönsten Geschöpfe dieser Welt. Ihre Farbe ist vom gleichen samtenen Rot jener Schmetterlinge, aber viel leuchtender, ihr Hinterleib ist gelb und violett geringelt, und im Licht der Sonne füllen ihre schimmernden Flügel mit ihrem farbenfrohen Glitzern die ganze Welt.

Am Abend hockte er sich mit seiner Katze an den gedeckten Tisch. Für sie hatte er die besten der kleinen Fische beiseite gelegt. Sie fraß davon so viele, dass sich ihr Bauch wie eine Pauke spannte und sie bald danach an Ort und Stelle einschlief. Als Vasili sich zu seinem Nachtlager aufmachte, nahm er sie hoch, meinte, er könne sie doch nicht zurück ins Haus laufen lassen, die Arme!

Am nächsten Morgen wäre er am liebsten im Bett geblieben. Er wälzte sich von einer Seite auf die andere, um bequemer zu liegen, wendete und drehte sich, doch dann gab er auf, schnappte sich Seife und Rasiermesser und ging hinunter. Diese unverfälschte Seife schäumte auch mit kaltem Wasser! Er seifte sich ein, zog sorgfältig die Klinge ab und schabte die stoppelige Haut fliegenrutschenglatt, wie die Türken sagen. Nur Kölnischwasser fehlte noch. Der Fremde hatte ein sehr gutes in seiner Kiste, aber das konnte Vasili ja nicht benutzen. Wie konnte er sich denn mit einem Wasser einreiben, das einem Mann gehörte, den er töten würde.

Die Häuser des Dorfes brannten, es waren Holzhäuser allesamt. Zusammengekrümmte Alte, Kranke, Kinder, junge, schöne Mädchen, Burschen, deren Schnurrbart gerade gesprossen, sie alle stürzen in Todesangst ins Freie und geradewegs in einen Kugelhagel. Getroffene brechen zusammen, die anderen laufen zurück in die brennenden Häuser, kommen gleich wieder heraus, laufen in den Kugelhagel und zurück in die Häuser ... Da drinnen kläglich verbrennende, hier draußen sich im Blut wälzende und nach und nach erstarrende Menschen.

Er hatte schon viele Dörfer so brennen sehen, der Vasili. Da waren aber auch Soldaten, die nicht auf die aus den Häusern Flüchtenden schossen. Der Hauptmann aber machte sie von weitem aus, kam im Laufschritt herbei, hielt seine Pistole an den Kopf des Soldaten und drückte ab. War der zusammengesunkene noch nicht tot, schoss der Hauptmann das ganze Magazin in den Kopf des so zählebigen Soldaten leer, ging dann, mit einem angeekelten Blick auf die zerfetzten Hirne, zum nächsten Befehlsverweigerer, um dem auch das Hirn aus dem Kopf zu schießen. Und dennoch weigerten sich viele Soldaten, auf die dem Feuer entkommenden Menschen abzudrücken.

Heute war ihm eigenartig zu Mute. Jedes Mal, wenn er an die vielen Schlachten, an Mord und Totschlag, an die aus dem Feuer fliehenden Menschen und die an der Ostfront von Läusen zerfressenen Gefallenen dachte, versuchte er, diese Gedanken zu verscheuchen, sich dieses Grauen aus dem Kopf zu schlagen, doch das war ihm nie gelungen. Schließlich hatte er den Entschluss gefasst, nicht einem einzigen aus den versprengten Überresten der Ostfront mehr zu glauben.

Heute wird jener Mann zurückkommen, und der sah dem Hauptmann zum Verwechseln ähnlich, der den Soldaten, die sich weigerten, auf die aus dem Feuer Flüchtenden anzulegen, das Hirn aus den Köpfen schoss. Vasili würde diesen Mann ja auch töten, wenn er nicht so aussähe wie jener Hauptmann, aber diese

Ähnlichkeit! Nun, umso besser, das machte die Sache, ihn zu töten, einfacher. Er ist es, ja, er! Können zwei Menschen sich denn so ähnlich sein? Er ist es! Und er hat den Tod schon längst verdient. Warum sollte sich denn ein Hauptmann, dazu ein so junger, ganz allein auf einer Insel am andern Ende der Welt niederlassen? Und ist diese Größe nicht seine Größe, dieser rote Schnauzbart nicht sein Schnauzbart, und dieses schmale Gesicht, diese gebogene Nase? Und sind diese dicken Lippen etwa nicht seine Lippen?

Am Fuße des ältesten Ölbaums setzte er sich nieder. Hätte er sich doch nur nicht die aus dem Feuer flüchtenden Menschen und die von Läusen zerfressenen Gefallenen ins Gedächtnis gerufen. Ihm war ganz sonderbar zu Mute, als vermeinte er, gar nicht zu sein.

Er griff nach seinem Gewehr, entlud es, ölte es, ölte auch seinen Revolver, drückte die Patronen ins Magazin hinein und heraus, hinein und heraus, bis er es leid wurde, aufstand, zum Brunnen schlenderte und sein Gesicht erfrischte. Anschließend ging er ins Haus jenes Mannes, öffnete dessen Truhe, blickte hinein und schloss sie wieder. Dann schlug er den Weg zu den Olivenbäumen ein, zerstörte dort drei Spinnennetze und verstopfte das Flugloch eines Hornissennestes mit Grasbüscheln. Die anfliegenden Hornissen umkreisten eine Weile ihr Nest, dann flogen sie davon. Doch bald tauchten sie mit Verstärkung wieder auf, umschwärmten eng aneinander den Bau, und je länger sie kreisten, desto wütender brummten sie, und je wütender, desto lauter. Irgendwann wimmelte es von aufgebracht brummenden, blutrot funkelnden Hornissen, deren Funken sprühende Augen vor Wut hervorquollen. Es dauerte nicht lange, und ein kleiner Schwarm löste sich aus dem wüsten Gewimmel und begann um Vasilis Kopf zu kreisen. Hätte er seine Arme nicht schützend über sich gehalten, sie wären schon längst über ihn hergefallen, hätten ihn zerstochen, vielleicht sogar ins Jenseits befördert.

Als Vasili vor den angriffslustig um ihn kreisenden Hornissen zum Anleger hinunter flüchtete, entdeckte er weit draußen den

Fischkutter. Wie vom Donner gerührt, blieb er stehen. Nahm das Boot Kurs auf die Insel? Gehörte es einem befreundeten Fischer? Gab es überhaupt einen in der Gegend, mit dem er nicht befreundet war? Auf wen warteten also Tanasis Weine noch! In der Glut trockenen Ölbaumholzes würden sie Fische rösten und Näpfe dunkelroten Weines trinken! Wer konnte es nur sein, der da kam? Bestimmt ein befreundeter Fischer, der Sehnsucht nach ihm hatte. Dass niemand von seinem Entschluss, auf der Insel auszuharren, wissen konnte, kam ihm nicht in den Sinn.

Eilig trug er Gewehr und Patronengurt ins Röhricht, legte beides unter die Narzissen, ging auf den Anleger zurück und blieb am äußersten Ende stehen. Das Boot kam näher. Dieses Boot, dieses Boot! Ja, er kannte es, aber wem gehörte es?

Nach und nach war das Boot bis auf eine halbe Meile herangekommen, doch er rätselte noch immer. Auch die Katze war auf das Boot aufmerksam geworden und strich um Vasilis Beine, der jetzt ungeduldig auf und ab ging. Plötzlich gewahrte er auf dem Deck einen Mann, der so aussah wie der Fremde, doch wem das Boot gehörte, wollte ihm nicht einfallen. Er stürzte ins Röhricht zurück und hörte bald darauf, wie das Boot polternd anlegte. Ein Anfänger, dieser Bootsführer, ging es ihm durch den Kopf. Aufrecht stand er da und wartete darauf, dass die Männer ausstiegen. Zuerst sprang jener Mann auf den Anleger. Er ließ seine Augen über die Insel, die Häuser, die Platanen, die Mühlen und Hügel schweifen. Währenddessen machte der Bootsführer die Leinen fest, schlenderte dann zu dem Fremden und blieb neben ihm stehen. Jetzt erkannte Vasili ihn sofort. Bootsmann Kadri! Er hatte auch für Vasili gearbeitet, war ein guter, kameradschaftlicher Mann und sprach Griechisch wie ein Grieche.

Der Mann dort sah genau so aus wie der Hauptmann. War ers nicht, so wars sein Bruder. Nein, nicht einmal ein Bruder konnte genauso aussehen. Der da war der Hauptmann! Wie gut, dass er ausgerechnet hier, auf dieser Insel, so vieler Menschen Rache an diesem Hauptmann nehmen wird. Und wie schön sich der Hauptmann doch angezogen hatte! Allein seine Uhrkette, die er von der einen Tasche seiner dunkelblauen Weste zur andern hinübergehängt hatte, maß mindestens vier Finger. Blanke Langschäfter, ein Kalpak aus Persianer, weißes Seidenhemd mit Perlmuttknöpfen, rotes Ziertuch, so also kleidet man sich ein, wenn man die Uniform an den Nagel hängt! Soll er sich meinetwegen so anziehen! Früher oder später werden ihm diese schönen Kleider zum Leichentuch werden. Und kein anderer Mensch darf dieses Zeug, das den Körper dieses niederträchtigen Ungeheuers berührte, anziehen. Es muss verbrannt werden, damit kein anderer von der Grausamkeit dieses Mannes angesteckt werden kann. Er bückte sich, nahm sein Gewehr in die Hand, streichelte es, legte an, nahm Kimme und Korn haargenau auf die Mitte des Hauptmanns Stirn und war drauf und dran, abzudrücken, als ihm plötzlich Kadri einfiel. Er kannte dessen Mutter, Kadri war ihr einziges Kind, und auch die Insulaner liebten ihn, wie sie ihre eigenen Kinder liebten. Brachte er den Mann um, musste er dann nicht auch Kadri töten?

Der Mann und Kadri standen auf dem Anleger und unterhielten sich mit weit ausholenden Handbewegungen. Schließlich schlug der Mann den Weg zu dem Haus ein, in dem er geschlafen hatte, blieb eine Weile an der Pforte stehen, musterte entzückt Haus und Garten, ging hinein und kam erst nach einer Weile umgezogen wieder heraus. »Er bleibt nach wie vor jener Hauptmann«, murmelte Vasili, »jener Hauptmann höchstpersönlich! Und zöge er sich splitternackt aus, er bleibt es nach wie vor. Und ich werde ihn morgen töten. Denn diese Insel gab ihm die Regierung zur Belohnung für die vielen Soldaten, die er hat töten, die vielen Hirne, die er hat zerschießen, die vielen Dörfer, die er hat niederbrennen lassen.«

Vom Röhricht machte Vasili sich auf zur Senke, ging den Olivenhain hoch, hockte sich im Schneidersitz mit dem Rücken zum Stamm unter einen alten Ölbaum und legte sich die Mauser in die Armbeuge. Das Gewehr war nagelneu, er hatte es fast gar nicht benutzt.

Von seinem Platz aus konnte er den Anleger überblicken. Matrose Kadri reichte aus dem Boot dem Hauptmann – Vasili nannte ihn nur noch Hauptmann, wobei sich sein Zorn von Mal zu Mal steigerte – Kisten, Körbe, Sessel, Kelims, Teppiche, Töpfe und noch andere Dinge, die von hier aus nicht zu erkennen waren, und der Hauptmann stellte alles übereinander auf den Anleger. Er hatte so viele Sachen gekauft, dass es auf dem Steg ziemlich eng wurde.

Vasili staunte über diese Fülle. Ein mannshoher Spiegel stand da, der das Sonnenlicht auf den ältesten Ölbaum lenkte und den so knorrig krummen Baum in strahlende Helle verwandelte.

Ein verstohlenes Lächeln verklärte das Gesicht des Hauptmanns. Er ist also glücklich darüber, diese Insel bekommen zu haben! Vasili erinnert sich noch sehr gut, weiß es noch wie heute: Als die Köpfe der Soldaten barsten, ihre Hirne auf die Erde spritzten, da hatte der Hauptmann auch so verstohlen gelächelt und so stolz und glücklich ausgesehen.

Sie begannen, die Sachen vom Anleger ins Haus zu tragen. Das Schleppen dauerte bis zum Abend.

5

Die geschlagenen Soldaten schleppten sich in ein Dorf. Verwundet, blutüberströmt die meisten. Sie froren, und viele waren schon unterwegs zusammengebrochen. Auf dem Dorfplatz standen nahe beim Brunnen Frauen, Mädchen und Kinder, die mit unbeteiligten Mienen diese barfüßigen, verlausten und erschöpften Soldaten verfolgten. Knie gebeugt, anlegen, Feuer!, befahl der Hauptmann. Doch niemand kniete nieder, keiner hatte noch die Kraft dazu. Die Frauen hatten schon beim Befehl des Hauptmanns die Kannen stehen lassen und mit den andern das Weite gesucht. Der Hauptmann ließ nicht locker, er befahl, und einige Soldaten gingen in die Kniebeuge. Der Hauptmann zeigte auf den Brunnen: Feuer! Einige Geschosse bohrten sich in die Steine, einige Schützen sagten: Fahrkarte! Auch der Hauptmann schoss nach jedem seiner Befehle auf den Brunnen, stemmte dann eine Hand in die Hüfte und lachte. »Leeegt an! Feuer! Feuer!«

»Nehmt die Kranken und Verwundeten von euren Schultern, und legt sie neben den Brunnen!«

Wer einen Verwundeten trug, bettete ihn in den Schnee.

»Verteilt euch in die Häuser, bringt her, wen ihr aufgreift!«

Die Soldaten schwärmten aus. Doch die Häuser waren leer, und bald schon waren die Männer zurück. Der Hauptmann schäumte vor Wut. Seine Halsadern schwollen, seine Augen quollen aus ihren Höhlen. Da kam aus einer Gasse unterwürfig ein alter Mann mit langem weißem Bart herbei. Er trug einen Turban. »Willkommen, Kinder«, murmelte er, »willkommen!« Er wollte noch etwas sagen, doch da peitschten schon drei Schüsse aus des Hauptmanns Pistole, der alte Mann sank in die Knie und kippte seitlings zu Boden.

»Nehmt die Verwundeten wieder auf, die Toten bleiben mitten im Dorf dieser Niederträchtigen liegen! Das wollen Moslems, das wollen Menschen sein? Kaum sehen sie Soldaten, fliehen sie in die Berge, um uns ja keinen Löffel Wasser, keinen Bissen Brot geben zu müssen. Wir werden jeden töten, der uns über den Weg läuft! Und ihre Vorräte verstecken sie in den Berghöhlen. Sie haben dort auch ihre Tiere bei sich. Schaut genau hin, in welchem Zustand wir sind, und merkt euch gut, was sie uns antun!«

Um den Brunnen herum blieben viele Tote liegen. Mit ihren verwundeten Kameraden auf dem Rücken kamen immer noch Nachzügler, viele von ihnen brachen schon am Dorfrand zusammen. Der Hauptmann, dessen Schnauzbartspitzen vereist waren, bebte vor Zorn.

Drei ausgewachsene, prachtvolle Hirtenhunde tauchten vor ihnen auf und kamen näher. Der Hauptmann zielte und schoss allen dreien in den Rachen. Mit schrecklichem Jaulen rollten sie zu Boden. Immer wieder blickten die Soldaten zurück auf die sich winselnd wälzenden Tiere, bis diese schließlich ihre zuckenden Läufe von sich streckten.

Plötzlich erhob sich am Brunnen einer der Totgeglaubten und rief: »Hauptmann, lasst mich nicht hier!« Dann fiel er längelang wieder in den Schnee und rührte sich nicht mehr.

»Wer hat den Mann da liegen lassen?«, brüllte der Hauptmann, so laut er noch konnte.

Ein nur noch aus Haut und Knochen bestehender Soldat humpelte aus dem Glied.

»Ich ließ ihn liegen«, sagte er kaum hörbar, »weil er schon tot war, nur deswegen. Er ist wieder lebendig geworden, wie konnte ich das wissen?«

»Bleib stehen, Soldat!«

Die Halsadern des Hauptmanns waren wieder angeschwollen, die Augen aus ihren Höhlen getreten. Er zog seine Pistole, packte den Mann, der wenige Schritte vor der Kompanie stand, am Arm, zog ihn weiter zur Mitte, zielte auf seine Stirn und schoss. Noch im Stehen hauchte der Soldat seine Seele aus und sackte zu Boden.

Vasili, dieser Hauptmann da ist jener Hauptmann! Dieser Hauptmann da tötete Menschen, ohne mit der Wimper zu zucken. Und nicht nur Menschen, dieser Mann hatte sich so daran gewöhnt, dass er auf jedes Lebewesen, das seinen Weg kreuzte, eine Kugel abfeuerte. Ja, er ist es. Und ich müsste ihn auch töten, wenn ich es mir nicht schon geschworen hätte! Denn so ein grausamer Blutsäufer muss sterben!

Bis die Sonne unterging, versetzte er den Hauptmann auf jedes Schlachtfeld. Jeder Befehl, auf den sie Jesiden, Araber, Kurden und auch Gazellen getötet hatten, stammte von diesem Hauptmann, für den jeder, der vor ihnen auftauchte, ein Fahnenflüchtiger, jeder Bewaffnete ein Räuber war. Also mussten sie getötet und ihrer Waffen und Munition beraubt werden. Schließlich war die ganze Welt dem Osmanen, dem Türken feindlich gesinnt, und so tötete er gleich jedes Geschöpf, das ihm über den Weg lief.

In Rudeln streiften die Gazellen durch Mesopotamien. Eines Tages überraschten sie eine dieser Herden, und noch bevor die Tiere die Köpfe heben und flüchten konnten, hatte der Hauptmann Feuer! gebrüllt, und die Tiere wälzten sich in ihrem Blut. Noch davongekommene Gazellen holte die nächste Salve ein, streckte sie nieder in den Sand, wo sie mit zuckenden Gliedern verendeten.

Dieser Hauptmann ist es. Er hat nicht das Recht, auf dieser Welt auch nur einen Tag zu atmen. Da trifft es sich gut, dass der Herrgott hier auf dieser Insel für des Hauptmanns vorbestimmten Tod ausgerechnet Vasili als Vollstrecker auserkoren hat. Und wie schön ich ihn morgen schon in aller Frühe töten werde! Und du, meine Schöne, wandte er sich an die Katze, die wieder um seine Beine strich, sei froh, dass du ihm nicht in die Hände gefallen bist. Er hätte dich auf der Stelle getötet. Denn er ist jedem Lebewesen Feind; mir, dir und jedem, dem er auf diesem Erdenrund begegnet …

Der Heißhunger quälte ihn, und auch die Katze musste hungrig sein. Seit heute Morgen war die Arme hinter ihm her gelaufen, hatte nichts zu fressen, nichts zu trinken bekommen. Was tun?

Das Boot lag am Strand vor den Villen, er sprang hinein, schwenkte die Riemen aus und ruderte so verhalten, dass von den Riemenblättern auch nicht das leiseste Plätschern zu hören war. Der Rand des Mondes stieg über die Kimm, tauchte den Meeresspiegel in schemenhaftes Licht. Jedes Mal, wenn die Ruderblätter das Wasser aufwirbelten, schimmerte es hell auf. So ein blendendes, den Meeresspiegel tausendmal glänzender als Gold aufhellendes, ja in flüssiges Gold verwandelndes Meeresleuchten hatte er, obwohl auf dieser Insel geboren und aufgewachsen, bisher noch nie erlebt. Die Welt verändert sich, vermeinte er. Ob mein Tod nahe ist? Es heißt, angesichts des Todes erscheine dem Menschen die Welt schöner als das Paradies. Selbstvergessen gab er sich dem Anblick des leuchtenden Meeres hin, das bei den Ruderblättern noch heller schimmerte. Durch den Sprung eines Fisches, der platschend wieder zurückfiel, und das gleichzeitige Fauchen der Katze kam er wieder zu sich. Hastig griff er nach der aufgeschossenen Angelschnur, warf überstürzt eine Lage aus und ließ den Motor an, der so leise lief, dass er nirgendwo zu hören war. Das Boot war noch keine hundertfünfzig Faden weit gelaufen, als sich die Angelleine straffte und zweimal ruckte. Vasili holte sie ein. Ein ziemlich großer Blaufisch hatte angebissen. Er nahm ihn vom Haken, säuberte ihn, und kaum dass er ihn angeschnitten hatte, stürzte sich die Katze auf den Fisch, und er musste sie immer wieder abwehren. Die erste Scheibe, die er ihr zuwarf, war im Nu verschlungen, das nächste Stück, das vor ihr landete, fraß sie schon bedächtiger.

Vasili war der Hunger vergangen. Er schoss die Angelleine auf und setzte sich ans Steuer. Wie geölt glitt das Boot über die stille See. Er fuhr zur Höhle, steuerte es geschickt hinein, nahm die Katze auf den Arm und machte sich auf den Weg zum Haus.

Unruhig wälzte Vasili sich auf dem Bett. In der Wüste hatte er von einem arabischen Emir gehört, der über die Jesiden hergefallen war. Mit hunderten seiner Männer hatte er unter ihnen gewütet. Sie hatten auch Kleinkinder aus ihren Wiegen und Ungeborene aus den Leibern ihrer Mütter gerissen und auf ihre Bajonette gesteckt. Sämtliche Mitglieder eines großen Jesidenstammes fielen ihnen zum Opfer. Sie töteten sogar ihre Hunde und Katzen und trieben ihre Herden und ihre Kamele in die Abdülaziz-Berge. Die wenigen Jesiden, die in die umliegenden Berge flüchten konnten, wurden von den dortigen Muslimen umgebracht. Und dieser Mann da sah aus wie jener Emir des Araberstammes, genau so! Und am Fuße des Berges Murat war Vasili einer Räuberbande begegnet, und ihr Anführer sah auch so aus wie dieser Mann.

So stimmte Vasili sich ein und geriet dabei so in Wut, dass er beinahe geplatzt wäre. Er verließ das Bett, hängte den Revolver an seine Hüfte, schnallte die Gurte um, nahm die Mauser über die Schulter und lief zum Anleger. Ja, er wird das Haus anzünden und auf den Mann schießen, sowie der durch die Tür kommt!

Wieder in der Höhle, griff er sich einen Kanister, ging zu den Platanen, setzte sich auf eine der Holzpritschen und stellte den Benzinkanister vor sich hin. Doch während er zur Ruhe kam, verflog sein Zorn. Er mühte sich ab, hielt sich immer wieder vor Augen, welche Grausamkeiten und Folterungen der Hauptmann an Menschen begangen hatte, und redete sich ein, dass dieser Mann schon wegen einer dieser Missetaten den tausendfachen Tod verdient hatte. Immer wieder schleppte er den Kanister an die Tür und unter die Fenster des Hauses, doch das Benzin auszuschütten und anzuzünden, brachte er nicht über sich. Am Ende beschimpfte er sich selbst mit den Worten: »Bist du denn auch zum Unmenschen geworden, Vasili, dass du einen schlafenden Mensch töten, ihn bei lebendigem Leib verbrennen willst?«

Danach fühlte er sich unbeschreiblich froh. Erleichtert nahm er die Katze in den Arm, den Kanister in die Hand, ging zur Villa, eilte die dunkle Treppe hoch, zog sich aus und kroch ins Bett.

Das Ried schwankte sanft in der leichten Brise. Die Brombeerranken mit dicken Blättern und scharfen Dornen schlängelten sich bis zum nahen Graben. Um die Narzissen im breiten Graben, der sich bis zur Senke erstreckte, flogen orangefarbene, unterseitig samtrot geflügelte, blaue und weiße Schmetterlinge. Doch heute hatte Vasili dafür keine Augen. Klopfenden Herzens wartete er, dass der Mann ins Freie trat. Er würde ihn töten, koste es, was es wolle! Als er sich im Morgengrauen hier im Röhricht auf die Lauer gelegt hatte, war er noch ganz gefasst gewesen, aber je länger er hier im Hinterhalt lag, desto eigenartiger fühlte er sich, und jetzt flog er am ganzen Körper. Sogar die Mauser in seiner Hand zitterte. Erschiene der Mann in der Tür, würde er nicht nur ihn verfehlen, er träfe sogar den riesigen Stamm der Platane da vorne nicht! Eine ganze Zeit lang hatte er schon versucht, sich zu fangen, doch je mehr er sich zusammenriss, desto flauer fühlte er sich, und ihm war, als wiche alles Blut aus seinen Adern.

Er war durch so viele Schlachten gegangen, hatte Mann gegen Mann Bajonettkämpfe überstanden, hatte im Granatfeuer zerfetzende Männer, durch die Luft wirbelnde Arme, Beine, Leiber und Köpfe, vom Himmel regnendes Blut gesehen, doch so mitgenommen wie jetzt war er noch nie gewesen. Auch nicht, als er blutbesudelt unter einem Berg von Leichen hervorgekrochen war und die andern ihn für einen Menschen aus Blut gehalten hatten, bis er zum nahen Bach gerannt und ins Wasser gesprungen war. Jetzt aber rührte er sich nicht von der Stelle. Ob ich meinen Vorsatz, den Mann zu töten, aufgeben sollte, überlegte er. Dann sagte er mit lauter Stimme: »Ich gebs auf, ich gebs auf, ich habe aufgegeben, ihn zu töten.« Doch das erleichterte ihn nicht, und seine Hände zitterten nach wie vor. Könnte er nur aufstehen und davongehen, er bliebe keinen Augenblick mehr hier. Ich werde ihn nicht töten, werde ihn nicht töten, werde ihm gar nichts tun und auch sein Haus nicht niederbrennen, wiederholte er in einem fort. Wie sich dieser Mann doch verspätet hatte! Schläft ein ordentlicher Mensch denn so lange! Sogar die Sonne ist schon da, ist schon pappelhoch gestiegen, lässt denn ein Mensch sich von der Sonne überholen? Nun, wer weiß, was er hinter sich hat, der Arme, wie viele Schlachten, wie viele Schicksalsschläge, dass er, halb tot vor Erschöpfung, jetzt noch schläft. Vasilis Mitleidsader da drinnen schwoll an, und er sattelte drauf, so gut er konnte. Seine Erschöpfung verflog, sein Blut begann wieder zu kreisen, das Zittern seiner Hände hörte auf, Vasili kam wieder zu sich. Er stand auf, doch dann setzte er sich wieder. Die Katze im Gras verfolgte ihn mit erstaunten, aber, wie ihm schien, auch mit verächtlichen Blicken.

»So ist es nun einmal, meine Katze«, sagte er, sie streichelnd, »auch wenn, wie der Herrgott sagt, die Liebe in uns den Menschen ausmacht, so ist es doch vielmehr das Mitgefühl, das den Menschen zum Menschen, ja die Liebe zur Liebe macht, nicht wahr, mein Freund?«

Tu, was du willst, nur eines nicht: jene Saite des Mitleids im Innern des Menschen anrühren, die er bis ans Ende aller Tage in sich tragen wird! Ich kann, ohne mit der Wimper zu zucken, diesen Mann töten, doch keiner Fliege etwas zu Leide tun, wenn meine Mitleidssaite auch nur einmal klingt. Besonders die Saiten des Mitleids derer, die den Krieg erlebt haben, sind so weit gespannt, dass ihre ganze Menschlichkeit darin Platz findet.

Er setzte sich bequem. Die Katze starrte ihn noch immer so an, unverändert. Dazu lächelte sie noch unverblümt, und auch Vasili lächelte. Wo ist sie geblieben, Vasili, sagte er sich, deine bis in den Himmel gepriesene Ader des Mitleids, die klingende Saite des Mitleids, die den Menschen zum Menschen macht … Im selben Augenblick öffnete sich die Tür, der Mann trat ins Freie, blieb am Treppenabsatz stehen, reckte sich, schaute aufs Meer und rieb sich mit beiden Händen die Augen. Auch Vasili reckte sich, und er war kurz davor, auf den Abzug zu drücken, als der Mann den Weg zum Brunnen einschlug, wobei sich seine verbitterten, zerfurchten Gesichtszüge aufhellten, und während er hin und wieder in die Sonne blinzelte, straffte sich sein ganzer Körper, begann er ganz verstohlen zu lächeln. Das glückliche Lächeln zog sich immer breiter über sein Gesicht, und dieser Ausdruck von Glück steckte auch Vasili an. Kerzengerade und glücklich bis ins Mark schritt der Mann zum plätschernden Brunnen. Auch Vasili durchdrang es bis ins Mark … Und auch die Katze! Der Mann legte ein Stück Seife auf den Marmorstein, krempelte seine Ärmel auf, nahm die rosa Seife, schäumte sie zwischen den Händen kräftig auf und wusch sich sorgfältig Gesicht und Hals. Dann zog er das über seinem Gürtel baumelnde Handtuch heraus, trocknet sich ab, streckte sich und hängte das Tuch ans Geäst der Platane.

Lächelnd erhob sich Vasili, nahm sein Gewehr über die Schulter, die Katze auf den Arm und stieg tief geduckt über den Hang der Senke zum Hügel empor. Zwischen den Platanen sah er Rauch aufsteigen. Bestimmt brüht der Mann jetzt seinen Tee, gleich wird er frühstücken!

Wie ein leichter Nebelstreif verflüchtigte sich die unter den Platanen aufsteigende dünne Rauchfahne. Bald darauf kam der Mann unter den Bäumen hervor, ging zum Röhricht, um ihn herum und verschwand. Er muss ins Ried gestiegen sein, nahm Vasili an. Und nach einer ganzen Weile kam er dort auch wieder hervor, wendete sich nach rechts zum Strand hinunter, ging dicht am Oleander das Ufer entlang, verschwand zwischen den Büschen und trat gleich wieder ins Freie. Er blühte noch nicht, der Oleander, hatte dieses Jahr noch nicht einmal Knospen getrieben! Der Mann machte sich dort lange zu schaffen, bückte und reckte sich, verschwand zwischen den Büschen, kam wieder hervor; Vasili ließ sich nichts entgehen, beobachtete ihn mit atemlos gestrecktem Hals.

Bis in den Vormittag ging der Mann, gebückt zu Boden starrend, zwischen den Oleanderbäumen und dem Röhricht hin und her, eilte dann im Laufschritt in die Mühle und blieb eine ganze Weile da drinnen. Währenddessen hopste Vasili aufgeregt auf und ab, verzehrte sich vor Neugier. Was war nur in ihn gefahren, heute Morgen diesen Mann nicht zu töten! »Ach, du Eselskopf, du«, haderte er auf Türkisch und schlug sich dabei an den Kopf, »ach, du Eselskopf!« Wenn der Alikis Kopftuch auch nur berührt, reiß ich ihn in Stücke und lege jedes auf einen Felsen. Dort machen sich Schlangen und giftige Tausendfüßler darüber her. Ach, du Eselskopf! Das ist ein Hauptmann, Junge, und was für einer! So einen Menschen zu bemitleiden, nicht nur zu bemitleiden, sondern ihm sogar das Recht auf Leben zuzugestehen, hieße, die Menschheit zu erniedrigen!«

Als der Mann aus der Mühle kam, fiel Vasili ein Stein vom Herzen, und seine Miene hellte sich auf. Wehe, er hat das Kopftuch angerührt ... Er stand auf und wollte zur Mühle laufen, doch der Mann war nachdenklich davor stehen geblieben. Wütend setzte sich Vasili wieder. Fehlte nur noch, dass dieser immerhin ansehnliche Kerl sich mit Hariklia hinlegt. Nein, das konnte Vasili nicht zulassen. Wer weiß, vielleicht hatte er auch schon mit ihr geschlafen. Vor Eifersucht geriet Vasili außer sich. Erst vertreiben sie einen von der Insel, und dann kommt dieser Mann, riecht an Alikis Kopftuch und schläft auch noch mit Hariklia. Er hat tausendmal den Tod verdient!«, sagte er und fühlte sich erleichtert.

Nachdem der Mann vor der Mühle eine Weile überlegt hatte, ging er, gebückt den Boden absuchend, zur Senke. Er verfolgt eine Spur, sagte sich Vasili, und zwar die meine. Bei seiner Mutter, was für ein schlitzohriger Spurensucher! Wittert wie ein geübter Jagdhund jede Fährte, übersieht keine einzige! Vasili legte sich bäuchlings neben den behauenen Marmorblock, nahm aufgestützt Kimme und Korn ... Doch der Finger blieb am Abzug. So weit reicht die Kugel nicht, seufzte er, und als habe der Mann geahnt, was ihm drohte, blieb er neben einem alten Ölbaum stehen. Vasili kannte diesen Baum, er war auf allen Inseln bekannt, sogar berühmt im ganzen Bezirk.

Der Mann betrachtete den Baum von allen Seiten, begutachtete seine Blätter, die Spalten im Stamm, die rissige Rinde und schlug dann die Richtung zum westlichen Hang des Kiefernwäldchens ein.

Kaum war er verschwunden, rannte Vasili zur Mühle. Hineinhetzen und die Treppe hoch waren eins. Das rosa Kopftuch lag unangetastet am angestammten Platz. Vasili hatte sich jede Windung, jede Falte genau eingeprägt. Tauchte der Mann jetzt vor ihm auf, er würde ihm um den Hals fallen.

Als er wieder ins Freie trat, sah er ihn auf dem Hügel dicht am Abgrund kerzengerade stehen. Doch er wird Vasili auch gesichtet haben, denn plötzlich war er wie weggewischt. Vasili glitt unter dem Geäst der Bäume in die Senke, von dort durch den Kiefernhain zu den Bienenstöcken. Die Bienen summten in den Kästen. Vasili versteckte sich im gelb blühenden Dornengestrüpp. Auch von hier aus war die Gegend gut zu überblicken. Plötzlich tauchte der Mann unterhalb des Hügels am Fuße der abfallenden Felswand auf. In der Hand sein gezogener Revolver! Nun war alles klar, entweder würde Vasili ihn töten, oder er ... Der Mann ging geradewegs zur unteren Mühle, suchte ihre Umgebung ab, ging hinein, kam wieder heraus, und nachdem er eine Weile die träge kreisenden, knarrenden Flügel betrachtet hatte, verschwand er in der Senke. Eine Zeit lang konnte Vasili ihn nirgends entdecken, schließlich kam er unter dem Geäst der Platanen wieder zum Vorschein, wo er wie ein Kormoran immer wieder verschwand und auftauchte. Schon als Kind hatte Vasili sehr viele Kormorane beobachtet, um herauszubekommen, wo sie aus dem Wasser wieder auftauchten, bis er es darin schließlich zum ungeschlagenen Meister gebracht hatte. Und jetzt versuchte er zu erraten, wo der Mann nach jedem Verschwinden wieder zum Vorschein kommen würde. Am Ende der Häuser, aber noch diesseits des Friedhofs, stand eine fast pappelhohe Platane. Nach Vasilis Schätzung müsste der Mann in Kürze dort erscheinen. Er hatte noch nicht zu Ende gedacht, als der Mann, Vasili zur Freude, genau dort auftauchte. Danach verschwand er unter den Pfirsichbäumen, kam vor den Kirschbäumen wieder zum Vorschein, schlenderte weiter zum Friedhof, hob die Hände gegen den Himmel und betete. Die Moslems beten also auch vor christlichen Gottesäckern, wie eigenartig, wunderte sich Vasili, denn so etwas war ihm noch nie vorgekommen. Vielleicht ist er gar kein Moslem, überlegte Vasili, verwarf aber diesen Gedanken. Der Mann betet mit erhobenen Händen und streicht dann mit den Handflächen übers Gesicht, beteten die Moslems nicht immer so?

Eine Weile schlenderte der Mann durch den Friedhof, dann marschierte er, ohne sich noch um Bäume und Blumen zu kümmern, zu den Kiefern und verschwand im Wäldchen.

Vom Kopfrecken hatte Vasili schon einen steifen Hals. »Zur Hölle mit dir, Mann«, fluchte er, »dann töte ich dich eben morgen, jetzt gehe ich erst einmal fischen. Such du doch allein auf dieser Insel nach mir weiter, was kümmert mich dein Scheißdreck. Schnüffel du doch hinter jedem Baum, unter jedem Erdhügel, an jedem Käfer und Falter, in jedem Ameisenhaufen und Vogelnest, nach mir, und komm dabei vor Hunger um! Wenn nicht morgen, dann werde ich dich übermorgen töten und in dem Friedhof, wo du gebetet hast, unter Kreuzen begraben.«

Er war ihm böse. Und ohne noch einmal zu ihm hinzuschauen, kehrte er ihm den Rücken, ging zum Boot, sprang hinein und legte sich in die Riemen. Etwa drei Faden querab vom Ufer ließ er den Motor an, stoppte ungefähr nach einer Meile, beköderte seine Angel und warf sie aus. Das Wasser brodelte von Fischen. Das reicht, meinte er, als die Köder fünf Faden tief abgesackt waren, und schon spürte er ein hartes Rucken. »Ein großer Seebarsch«, sagte er zu seiner Katze, noch während er die Angel einholte, »das fängt ja gut an, alter Freund, aber belecke dich noch nicht, dieser Fisch kommt gleich in den Behälter, und erst der dritte, egal, wie groß er auch ausfällt, beißt an zu deinem Heil!«

Als es dunkelte, fuhr er zur Insel zurück, steuerte das Boot mühelos in die Höhle, legte die noch lebenden und spielenden Fische in einen grob geflochtenen Korb, nahm die Katze auf den Arm und schlug den Weg zu den Villen ein. Auf ihrer Rückseite machte er ein Feuer.

Das niedergebrannte trockene Holz des Ölbaums glüht so grell, dass es weithin zu sehen ist. Kurz nachdem Vasili die Fische in die Glut gelegt hatte, stieg dichter Rauch auf. Nachts im Freien zieht mit diesem Rauch auch der Bratenduft über die ganze Insel, sogar noch aufs Meer hinaus, sodass auch Fischern und Passagieren da draußen der Mund wässrig wurde. Jetzt musste der Mann dort am Anleger den Bratfisch gerochen haben und vor Hunger wohl sterben! Vielleicht ist er schon unterwegs auf der Suche nach der Feuerstelle, woher ihm der Duft in die Nase steigt. Und wenn er eine gute Nase hat, wird er diese Feuerstelle so sicher erschnuppern, als habe er sie eigenhändig entfacht! Vasili legte die Hand auf den Schaft seiner neben ihm liegenden Büchse und schätzte ab, woher der Mann kommen müsste. Aus dieser Richtung muss er kommen, und bevor er merkt, was ihm geschieht, wird er ihn mit einer Kugel niederstrecken!

Dichte Rauchschwaden stiegen jedes Mal auf, wenn das Fett von den Fischen in die Glut träufelte. Erst nachdem die Stücke für die Katze auf einem Stein abgekühlt waren, aßen sie, bis sie satt waren. Dann nahm Vasili sein Gewehr in die Armbeuge und legte sich ins Gras, und die Katze rollte sich dicht neben ihm zusammen. Die Ohren gespitzt, warteten sie auf den Mann, der diesem berückender als Moschus duftenden Rauch nicht widerstehen würde. Doch er kam und kam nicht. Konnte es denn sein, dass jemand den Duft dieser auf tiefrot funkelnder Glut röstenden Fische einatmete und sich nicht gleich auf die Suche machte? Vielleicht war der Mann gar nicht mehr auf der Insel. Vasili lauerte, und sein Zorn wuchs. Dieser Hauptmann war jener Hauptmann, der die Dörfler in die Moscheen treiben und rundum Feuer legen ließ, sodass die Menschen da drinnen lichterloh verbrannten und sich der schreckliche Gestank versengter Leichen ausbreitete. Vasili wird ihn nicht sofort töten; er wird ihn in den Konak, der dort abseits der Häuser im großen Garten steht, schleppen, ihn an einen Pfosten fesseln und den Konak an Fenstern und Türen anzünden. Diesmal wird der Hauptmann seinen eigenen Tod vor Augen haben, und seine Schreie und sein Flehen werden zum Himmel steigen, und niemand wird ihn hören.

Die Glut verloschte, der Wind fächelte den Duft hinweg, es wurde Mitternacht. Von der russischen Grenze bis zum unteren Euphrat nährten sie sich vom Fleisch in die Berge geflüchteter Pferde, Esel und Kamele. Die noch nicht gebrandschatzten Städtchen und Dörfer suchten sie wie Heuschreckenschwärme heim. Wer sich ihnen in den Weg stellte, wurde niedergemacht. Dann, an einem frühen Vormittag, kamen sie in die Nähe einer brennenden Kleinstadt. Katzen und Hunde flüchteten in Scharen, hinter ihnen tauchten Frauen und Kinder auf, ihnen folgten ältere Männer und junge Burschen. Außerhalb der Stadt waren Schützengräben ausgehoben worden. »Marsch, marsch, auf die Schützengräben!«, brüllte der Hauptmann wutentbrannt, als hasse er die ganze Menschheit, nur weil viele Soldaten auf der Flucht die Verwundeten von ihren Schultern geworfen hatten, um ihr eigenes Leben vor Wegelagerern zu retten, die in einer Schlucht von den Felshängen auf sie schossen. »Feuer, Feuer, Feuer!«, schrie er, und die Soldaten schossen. Sie schossen wie Schlafwandler, ohne zu wissen, warum, auf Kinder, Frauen und Alte. Getroffen, stürzten viele zu Boden, die andern flüchteten zurück in die Stadt, viele aber sprangen in die nächsten Schützengräben und erwiderten das Feuer. Der Hauptmann, aufrecht, rannte von einer Schützenlinie zur andern. Auf beiden Seiten gab es schon viele Tote, als der Hauptmann gegen Abend »Feuer einstellen!« brüllte.

Auf einen Schlag schwiegen die Waffen auf beiden Seiten.

»Ergebt euch, kommt aus den Gräben heraus, und werft eure Waffen auf die Erde! Wer sich ergibt, dem wird kein Haar gekrümmt.«

Sie taten sofort, wie der Hauptmann sie geheißen.

»Und nun zurück in die Stadt, marsch, marsch!«

Sie machten kehrt und gingen, blickten sich aber immer wieder misstrauisch um, ließen den Hauptmann nicht aus den Augen.

»Wir schießen nicht einmal unseren Feinden in den Rücken, marsch, marsch, Richtung Stadt!«, rief er ihnen hinterher und befahl dann mit gedämpfter Stimme: »Los, holt ihre Waffen und ihre Munition!«

»Mein Hauptmann, mein Hauptmann«, brüllte ein Gefreiter, »die Gräben sind voller Proviantbeutel und gefüllter Feldflaschen!«

»Mitbringen!«

Die ganze Zeit über hörten sie aus der Stadt ununterbrochen den Ruf der Muezzins und das Läuten der Kirchenglocken, füllte ohrenbetäubendes Krachen und Bersten die Welt, bebte die Erde, wurden die Feuersbrünste immer gewaltiger, züngelten die Flammen immer höher in den Himmel.

»Gehen wir!«, sagte der Hauptmann mit breitem Grinsen. »Auf gehts, Brüder, diese Menschen haben tausendmal mehr verdient als das da. Los, gehen wir, meine Brüder! Gehen wir, bis wir das letzte noch nicht in Brand gesteckte Dorf, eine noch nicht heimgesuchte Stadt gefunden haben. Stecken wir an, was noch nicht brennt!«

Auch der Hauptmann hatte sich eine Feldflasche um den Hals gehängt, und nur mit Mühe schleppten die Soldaten die prall gefüllten Proviantbeutel.

»Nicht weit vor uns muss ein Wald sein. Wir übernachten dort!«

Gut gelaunt beschleunigten die Soldaten ihre Schritte.

Beide Hände und Füße hacke ich mir ab und springe ins Meer, wenn dieser Hauptmann nicht jener Hauptmann ist! Weit ausholend, schritt Vasili zum Anleger und freute sich, als er des Hauptmanns Boot entdeckte. Er war also nirgends hingefahren! Warum aber hatte er sich nicht vom Duft der gebratenen Fische anlocken lassen? Sicher hat er geschlafen, oder er fürchtet sich nachts im Freien. Entgegen landläufiger Meinung sollen Menschen, die so viele Schlachten erlebt haben, ja so ängstlich sein, dass sie vor einer Ameise erschrecken. Der größte, der tapferste Held ist ein toter Held, lächelte Vasili. Warum erheben die Menschen denn Wagemut, das Heldentum so in den Himmel? Warum setzen sie die von ihnen als beherzt angesehenen Menschen an die Stelle ihrer Götter, räumen den Feiglingen, die sich als Helden aufspielen, Ehrenplätze ein? Weil sie selbst so ängstlich sind, dass sie schon der schwirrende Vogel, ja ihr eigener Schatten erschreckt! Ist dieser Feigling, der sich nachts nicht aus dem Haus traut, etwa nicht jener Hauptmann, der den Menschen die Haut abzog, sie bei lebendigem Leibe verbrannte? Und bin ich nicht der mit dem Spatzenherz, der zu all seinen Grausamkeiten geschwiegen hat und ihn nun, da er als Erster die Insel betritt und sie, ohne einen Kuruş zu zahlen, in Besitz nimmt, nicht töten kann? Würde ich denn auch feiger als ein Hase tagelang mit zitternden Händen und weichen Knien hinter diesem Mann herlaufen, wenn ich nicht in den Krieg gezogen wäre und nicht so viel Feuer, Blut und Tod gesehen hätte? Aber im Dunkel der Nacht ins Freie gehen … Das ist etwas anderes.

Es war schon später Vormittag, als Vasili erwachte. Er wollte gar nicht aus dem Bett, sein Kreislauf kam nicht in Gang, alle Glieder schmerzten. Na und, murmelte er, mag doch der Hauptmann noch einige Tage länger leben, dieser grausame Hund! Er biss die Zähne zusammen, dass die Kiefer knackten.

Erst kurz nach Mittag stand er schwerfällig auf. Irgendwie fühlte er sich heute schlaff und müde. Er schwankte, als er prüfend nach seinem Gewehr und den doppelten Patronengurten tastete. Sein Revolver steckte im Gürtel. Er stieg den Hang der Senke hoch bis zum Kamm, von wo der Anleger gut zu überblicken war. Doch des Hauptmanns Boot war nicht zu sehen. Erst als er den Hang wieder abstieg, blieb er plötzlich wie angewurzelt stehen. Das war des Hauptmanns Boot! Jede Deckung nutzend, ging er bis zur Talsohle hinunter. Von hier dehnten sich die Tamarisken bis zum Meer, sodass man den andern nicht einmal vor seiner Nase sehen konnte.

Vasili behielt das Haus im Auge, wartete darauf, dass der Hauptmann in der Tür erschien. Auch die Katze starrte in die Richtung, wohin Vasilis Blicke wanderten, und auch sie schien abzuwarten. Sie lauerten, bis ihm fast der Geduldsfaden riss. Doch niemand kam, und niemand ging. Der Vogel war wieder einmal ausgeflogen.

»Komme, was wolle«, sagte sich Vasili, klopfte sich ab und hängte sich das Gewehr um. Eine Patrone steckte im Lauf. Mit unendlichem Groll marschierte er zum Haus des Hauptmanns, stieß gegen die Tür, die, nicht abgeschlossen, sofort aufsprang, und eilte sofort die Treppe hoch ins erste Stockwerk.

Das Bett stand rechts vor ihm in einer Ecke: eine dicke Matratze auf einem silbrig schimmernden Sofa, ein rundum mit Spitzen besetztes weißes Leinenkissen und eine bestickte Decke, deren Blau sich auf der hell getünchten Wand spiegelte. An der Wand gegenüber hingen drei Bilder. Auf dem ersten ein etwa Vierzigjähriger mit dichtem, gezwirbeltem Schnurrbart und starr geweiteten Augen im wild blickenden, Furcht einflößenden Gesicht … Auf dem zweiten Bild eine gelassen freundlich blickende Frau mit weichen Gesichtszügen und weißem Kopftuch. Auf dem dritten Bild war der Hauptmann zu sehen. Wie der Mann mit dem Zwirbelbart starrte auch er auf sein Gegenüber, als wolle er es verschlingen. Prüfend betrachtete Vasili die ersten beiden Bilder, ließ dann seine Augen auf dem Bild vom Hauptmann ruhen. Doch je länger er es anschaute, desto eigenartiger wurde ihm, und er spürte Angst in sich aufsteigen. Plötzlich zitterte er, und ein Schauer überlief seinen ganzen Körper. Käme er nicht um vor Neugier, er kehrte dem Bild sofort den Rücken und flüchtete aus dem Haus.

Kostbare Teppiche lagen auf den Fußböden. In Ostanatolien hatte er im Konak eines kurdischen Beys ähnliche Teppiche gesehen, einmalig in der ganzen Welt, wie ihm der Unteroffizier, mit dem er dort war, erzählt hatte. Und wie jene Teppiche hatten auch diese einen goldenen Schimmer. Am Fuße der Wand standen aufgereiht auch drei Nussbaumtruhen, darauf Verzierungen von Rosen, springenden Gazellen und Kranichen, die Schwingen gestreckt ... Vasili verging vor Ungeduld, die Truhen zu öffnen. Er kniete sich mit dem rechten Bein vor die erste Truhe, hob den Deckel an, sie war abgeschlossen. Vasili grinste. Welches Schloss auch immer, ob aus der chinesischen Mandschurei, dem kurdischen Kurdistan oder dem Frankenland, im Öffnen jedweden Schlosses war er der Meister! Aus den Taschen seiner Pluderhose zog er ein Bund Schlüssel, ein eigenartig geformtes klitzekleines Stück Eisen, stählerne Ringe und Stäbchen hervor. Mit sicherem Griff nahm er ein fingergroßes, glänzendes Stäbchen in Form eines Schraubenziehers aus seiner offenen Linken, steckte es ins Schloss, das mit einem dreifachen Kling, Kling, Kling aufsprang. Aus der offenen Truhe strömte der schwere Duft von Salbeiäpfeln. Vasili kannte den Geruch. Diese Äpfel wuchsen jenseits des Meeres am Berg Ida. Die Truhe war gepackt mit Leinenhemden, Krawatten, zwei dunkelblauen Anzügen, Schuhen und Westen. Er besah sich jedes Kleidungsstück, legte dann alles wieder zusammen und schloss die Truhe ab. Mühelos öffnete er auch die die nächste Truhe. Hier lagen bunt gewürfelt verschiedenfarbige Kästchen mit eingelegten Deckeln, samtene und mit blauen Perlen besetzte Geldbörsen und Beutel. Mit gekreuzten Beinen setzte er sich vor die Truhe. Was die kleinen Kästen nicht alles verbargen! Als er einen größeren, die Öffnung mit einer Krause besetzten seidenen Geldbeutel aufzog und ausschüttete, fielen funkelnagelneue Goldstücke auf den Teppich. Als wärs der Schatz seines Vaters, zählte er ganz gelassen die Goldstücke einige Mal durch, traute seinen Augen nicht, was er da sah, und zählte noch einmal. Ja, dieser Mann gehörte zu den Reichen, war sogar sehr reich. Aus einem anderen Beutel, einem roten, kamen drei goldene Taschenuhren zum Vorschein. Zwei Hand voll Gold allein die Ketten einer jeden. Die nächste, also dritte Truhe öffnete er mit Widerwillen. Aber auch ihr Inhalt überraschte ihn. In wiederum mit blauen Perlen gewirkten samtenen Beuteln lagen Perlenketten, goldene Halsbänder, Armreife, Ohrringe, Knöpfe und Anstecknadeln.

Vasili schloss auch die dritte Truhe ab. Schwankend stieg er die Treppe hinunter, ging zum Anleger und sank unter den Platanen auf eine der langen Pritschen nieder. Er konnte diesen Mann nicht begreifen, diesen Blutsäufer, der mit so viel Geld, mit so einem großen Schatz auf dieser Insel Zuflucht suchte. Auch der Personalausweis und die Grundbuchauszüge in den Truhen waren eigenartig. Ein so reicher Mann und kauft sich nur dieses Haus und die mittlere Mühle! In der Truhe lagen noch drei Kalpaks aus echtem Persianer. Ein schwarzer, ein brauner und ein schmutzig weißer mit bläulichem Schimmer. Für einen einzigen dieser Kalpaks, und nicht für zehn Goldstücke, hätte dieser Mann diese Insel samt Grundbuchblatt haben können, wenn er gewollt hätte. Dazu war er noch Träger einer goldenen Medaille!

Ich kann es mir schon denken, lächelte Vasili, kann es mir denken, weil ichs mit eigenen Augen gesehen habe: Dieser Mann hat das Haus eines Scheichs, eines Ağas oder Beys der Jesiden oder eines kurdischen, tscherkessischen, arabischen, armenischen oder griechischen Beys ausgeraubt. Dieser Hauptmann hat die Dörfer geplündert, ich weiß es, habe es mit eigenen Augen gesehen, redete er sich ein, doch im selben Augenblick bäumte sich sein eigenes Herz dagegen auf. »Nein«, sagte er, »nein, mein Freund, unser Hauptmann war noch schlechter dran als wir. Er quälte sich mit uns, starb mit uns gemeinsam fast vor Hunger. Und als wir Tatvana am Ufer des Van-Sees erreichten, sackte er lautlos zusammen, und wir gingen zu ihm und sahen, dass er tot war.«

Dieser Hauptmann ist nicht jener Hauptmann. Woher hat er aber so viel Geld, wenn er es nicht ist? Unser Unteroffizier hatte ja in den Taschen unseres Hauptmanns nachgesehen und nur das Bild einer jungen Frau, ein besticktes, seidenes Taschentuch und drei silberne Medschidije-Münzen gefunden, mehr nicht.

Aber dieser Hauptmann wird sterben, und Schatz und Goldstücke … Aber ich habe noch nie gestohlen, stellte Vasili fest. Erst den Mann töten, weil er seinen Fuß auf die Insel gesetzt hat, und dann den Schatz nehmen und flüchten! Nein, das tu ich nicht, ich vergrabe alles am Fuß des roten Felsens. Da findet es niemand. Aber was ist mit Schatzsuchern?

Vasili erhob sich von der Pritsche und ging bis ans Ende des Anlegers. Die Katze folgte ihm. Ihre Augen blickten traurig. Was ist nur mit der Katze los, sorgte sich Vasili. Oh, diese Katzen!

Doch was ist schon dran, Menschen zu töten, schoss es ihm durch den Kopf. Im Krieg sind so viele Menschen, so unendlich viele umgekommen, was ist also schon Großes daran, wenn ich einen Hauptmann umbringe und sein Geld nehme und weit, weit weg in eine ganz unbekannte Gegend ziehe … Das heißt aber auch, dass sogar ich einen Menschen töte, um an sein Geld zu kommen! Meine Menschlichkeit? Gespuckt darauf!

Als er um die Insel herum und wieder am Anleger war, dämmerte es schon. Er hob den Kopf und entdeckte das aufkommende Boot. Mit klopfendem Herzen rannte er bis ans Ende des Anlegers. Ja, es war das Boot des Hauptmanns. Ratlos stand Vasili da, konnte sich weder nach rechts noch nach links bewegen, weder umkehren noch den Blick vom Boot wenden.

»Aman!«, entsetzte er sich, diesmal auf Türkisch. »Aman! Er kommt näher. Aman! Er wird mich sehen.«

Blitzschnell machte Vasili kehrt, rannte ins Röhricht, nahm

seinen alten Platz ein und richtete den Lauf seines Gewehrs auf den Anleger. Mitten in die Stirn! Und all die Goldstücke und Perlen, die er so fleißig gesammelt und in samtenen Beuteln gehortet hat, werden ihm auf dem christlichen Friedhof der Ameiseninsel bestimmt von großem Nutzen sein!

Diesmal wird er ihn töten. Weder zitterten seine Hände, noch wurden ihm die Knie weich, wie schön, wie schön, jetzt hatte er es nicht mehr nötig, sich den Krieg und des Hauptmanns Gräueltaten vorzustellen. Ruhig und gefasst wird er auf den Abzug drücken, erledigt! Ade, ade, mein Hauptmann mit dem roten Schnauzbart. Doch bei den Worten ade, ade überfiel ihn ein Zittern. Er stand auf, setzte sich, stand wieder auf, drehte sich um sich selbst, setzte sich wieder hin. Nicht einmal ich, ging es ihm durch den Kopf, nicht einmal ich werde mich überzeugen können, den Mann nicht wegen seines Geldes getötet zu haben! Was soll ich denn jetzt tun? Und während er sich vor Wut im Röhricht wand, hörte er das Geräusch der Riemen und sah das Boot fast bis zur Hälfte über den Strand ragen.

Der Mann sprang herunter, drehte sich um, schob die Ruder übers Dollbord und hob den Korb heraus. Kimme auf Korn, Vasili zielte genau auf die Stirn, während der Mann mit überschäumender Freude neben seinem Boot stand und lächelnd vor Glück die gefangenen Fische betrachtete. Seine Freude übertrug sich auch auf Vasili. Er lächelte seine Katze an. Und seine Katze und er lächelten sich eine ganze Weile gegenseitig zu. Vasili ließ das Gewehr sinken, nahm die Katze auf den Arm und glitt glücklich bis ins Knochenmark durch die dichten Tamarisken, das Röhricht und das Brombeergestrüpp in die Senke zu den Ölbäumen. Von dort wanderte er zur Höhle, wriggte das Boot heraus und nahm Kurs auf die offene See. Da draußen fühlte er sich nochmal so glücklich und so leicht, so beschwingt, als habe er sich in einen flügellos dahinschwebenden Vogel verwandelt.

Der Stein, bei dem er seine Angel auswarf, lag in einem der ergiebigsten Fangplätze und war nur den wenigsten, ob Insulaner oder Auswärtige, bekannt. Hier hatte Vasili schon immer so viele

Fische gefangen, wie er wollte. Auch jetzt meinte er, die Angelschnur gleich wieder einholen zu können. Doch diesmal ruckte kein Fisch am Köder, schwamm nicht einmal daran vorbei. Und seine Katze und er waren – nur wegen dieses vermaledeiten Mannes! – so hungrig. Und so was will ein Hauptmann sein, empörte er sich, vor seinem geistigen Auge die Goldstücke und mit edlen Steinen besetzten Schmuckstücke in den samtenen, seidenen und perlendurchwirkten Beuteln. Und mit diesem Ungeheuer hatte er Mitleid gehabt, hatte sich mit ihm gefreut und den Finger nicht auf den Abzug drücken können!

Als endlich ein Fisch anbiss, war er so aufgeregt wie damals, als er zum ersten Mal einen angehakt hatte. Hastig holte er Hand über Hand die Leine ein. Am Ende der Schnur schlug ein riesiger Barsch Purzelbäume, zappelte und wand sich, spannte die Schnur zum Zerreißen, funkelte in allen Farben, wenn das Sonnenlicht auf ihn fiel, flammte auf, verlöschte.

Es regnete in der Nacht, das Meer donnerte. Mit dem Regen war ein heftiger Sturm aufgekommen, der nur noch vom Ächzen der Bäume übertönt wurde. Der Hauptmann verfolgte Vasili, von dessen Gegenwart er schon längst überzeugt war. Sogar in dieser stockfinsteren Nacht, in diesem strömenden Regen war er auf dem Anleger und unter den Platanen mit einer Sturmlaterne auf der Suche nach ihm. Bereits am Tage hatte er alles stehen und liegen lassen und von morgens bis abends in jedem Busch, jeder Felsspalte, jeder Bodensenke der Insel bis zur Erschöpfung gestöbert, dabei wie eine scheue Eule mit ängstlich geweiteten Augen um sich geschaut oder hin und wieder mit gezogenem Revolver hinter einem Felsblock, einem Baumstamm, einer Bodenwelle, einem Busch oder in einem Graben gelauert. Aber auch Vasili lag irgendwo in Deckung und ließ ihn nicht aus den Augen. Er schloss aus des Hauptmanns misstrauischen Blicken bei jedem Schritt, dass er ihn schon am ersten Tag seiner Ankunft entdeckt haben musste. Bestimmt hatte er schon von weitem seinen Umriss gesichtet und sich sein plötzliches Verschwinden nicht erklären können. Nun war er noch immer verunsichert, zumal er ihn beim letzten Mal schon aus der Nähe gesehen und auf ihn zugelaufen war. Und hätte Vasili sich nicht ins Röhricht und zwischen die Büsche gestürzt, sie wären unweigerlich aufeinander gestoßen. Besonders an jenem Tag hatte der Hauptmann von abends bis morgens, von morgens bis abends die ganze Insel bis hinein in die Vogelnester abgesucht und nicht eine Spur gefunden. Seitdem verließ er die Insel fast gar nicht mehr und kam auch gleich nach dem Fischfang sehr schnell zurück.

Noch im Zwielicht der Dämmerung stand er frühmorgens auf, rasierte sich nicht, wusch sich mit einigen Hand voll Wasser am Brunnen nur das Gesicht, machte sich, ohne zu frühstücken, auf den Weg ins Innere der Insel, starrte mit teuflisch verzerrtem Gesicht in jedes Mauseloch, und entdeckte er nichts, wurde seine Miene noch finsterer, hingen seine Bartspitzen noch tiefer herab, dehnten sich seine Lippen noch verkniffener, und aufgepeitscht von wildem Zorn, rannte er von einem Ende der Insel zum andern, stolperte über Brombeerranken, über Wurzeln von Ried, Schlehdorn und Ölbäumen, stürzte in Gruben, rappelte sich wieder auf und stapfte vor Enttäuschung wutschnaubend sogar bis zu den Knien ins Meer hinein.

Aber auch Vasili geriet ganz außer sich, je länger er des Hauptmanns vom vergeblichen Suchen wütendes Verhalten, sein vor Enttäuschung verzerrtes Gesicht beobachtete, doch kaum hatte er den Finger auf den Abzug gesetzt, erschlafften seine Muskeln, begann er am ganzen Körper zu zittern.

Wie auch immer verwandelte sich der Mann manche Tage in jenen Hauptmann, an manchen Tagen in diesen Mann mit dem leuchtenden Gesicht, dessen Lippen ein glückliches Lächeln umspielt, der verweilend jeden Baum, jeden Schmetterling und was ihm sonst noch auffällt, mit seinen Blicken liebkost. Dann durchlebte Vasili gemeinsam mit ihm dieses Glück und verschob dessen Tod auf einen der nächsten Tage, an dem sich das Gesicht des Hauptmanns von einem Augenblick zum nächsten satanisch verzerrte.

Die ganze Nacht führt er sich die Untaten des Hauptmanns, seinen Blutdurst auf den Schlachtfeldern vor Augen und versetzt sich so in einen Wahn, in dem er den Hauptmann auch würde töten können, wenn dieser sein Vater oder Bruder gewesen wäre. Kam dann der Morgen, fühlte er sich so schlaff und ausgepumpt, dass er nicht würde abdrücken können. Dann sah er wieder die aufhellende Miene vor sich, das vor Glück leuchtende Gesicht des Hauptmanns, und mit ihm überströmte er vor Freude.

Nachdem der Hauptmann die Insel zehn Tage lang Schritt für Schritt durchsucht hatte, nahm er sich eins ums andere die Häuser vor. Und jedes Mal kam er mit gezogenem Revolver und finsterer Miene wieder heraus.

Mittlerweile hatte Vasili sein Bett vom Panoramagemach zur Höhle gebracht und dort im Boot aufgeschlagen, wo er jetzt auch übernachtete.

Vasili war eingeschlafen. Bei einem lauten Geräusch schnellte er auf die Beine und schaute in die Sonne. Es war früher Morgen. Das Geräusch kam von Rais Ali Osmans Kutter, der am Anleger festgemacht hatte. Ali Osman stand mit seiner Besatzung auf dem Steg und schaute sich um. Eben hatte der Hauptmann sein Haus verlassen, war zum Anleger gekommen und begrüßte Ali Osman Rais mit den Worten: »Seid willkommen, ich heiße Musa der Nordwind und habe das Haus, aus dem ich gerade gekommen bin, und die Windmühle da oben gekauft.«

»Es bringe dir Glück!«

»Ich danke euch. Ihr seid die Ersten, die hier landen. Sogar Gott hat diese Insel vergessen.«

Nun kannte Vasili auch den Namen des Hauptmanns.

Bis zum Abend konnte er das Röhricht nicht verlassen. Die Katze wollte aus der Deckung heraus zu den Männern laufen, und Vasili hatte seine liebe Not, sie festzuhalten. Musa der Nordwind war sich bestimmt sicher, dass hier noch jemand lebte, sähe er dazu noch diese wohlgenährte Katze …

Musa der Nordwind schien ein redseliger Mann zu sein, ließ

sich aber nicht in die Karten blicken, gab von sich selbst so gut wie gar nichts preis. Lang und breit erzählte er von den Schlachtfeldern, den erduldeten Nöten der Menschen, den Grausamkeiten, die der Mensch dem Menschen angetan habe, wo er selbst überall gewesen sei, dass er über die Schönheit dieser Insel von einem Kameraden erfahren habe, der, in der Schlacht um die Dardanellen verwundet, hier im Lazarett gewesen sei, und er sich deswegen hier habe niederlassen wollen, darum bei erstbester Gelegenheit sein Hab und Gut verkauft habe und hierher gekommen sei, dass ihn die verlassene Insel aber sehr enttäuscht habe, denn so schön ein Ort auch sein möge, ohne Menschen sei er keine fünf Para wert, und wie schwer das Leben ohne Mitmenschen sei und dass man an einem menschenleeren Ort, sei er auch tausendmal schöner als das Paradies, nicht leben könne.

»Keine Angst«, sagte Ali Osman Rais, »in dieser Welt bleibt kein Plätzchen leer, ein Paradiesgarten wie dieser schon gar nicht.«

Nachdem sie in der Glut eines Lagerfeuers Fische geröstet und mit riesigen, radrunden Fladen verzehrt hatten, legten sie sich auf die Pritschen und schliefen bis zum Mittag. Als Erstes wuschen sie dann am Brunnen ihre Gesichter, während Schwärme von Spatzen auf die Platanen niedergingen und in einem fort ohrenbetäubend zwitscherten.

»Ich werde dir jenes Lazarett zeigen, Musa«, sagte Ali Osman Rais. »Während der Schlacht um die Dardanellen wurden die Kirche, die Mädchenschule dicht darüber und, als immer mehr Verwundete und Kranke kamen, auch Zelte zu Lazaretten. Die ganze Insel wurde sozusagen zum Krankenhaus. Komm mit, ich zeige dir die Kirche!«

Gemeinsam machten sich alle auf den Weg in die schöne, sehr helle Kirche, in der sich das Licht, der Geruch und das Rauschen des Meeres unvermindert fortsetzten. Ließ Musa der Nordwind ihn zu Worte kommen, sprach Ali Osman meistens von den Inselgriechen, von ihrer Lage beim Verlassen der Insel und wie tief ihre Ausweisung ihn erschüttert habe. »Wärst du nicht auch bekümmert, niedergeschlagen, todunglücklich gewesen? Wir alle, ob

Fischer, Dörfler oder Städter, grämten uns nicht weniger als sie. Die meisten von ihnen waren unsere Freunde und Kameraden gewesen. Zwischen uns herrschte das Recht und die Pflicht, Brot und Salz zu teilen. Fast alle Fischer kamen, um sie zu verabschieden. Bis zu dem Augenblick, an dem die griechischen Schiffe anlegten, spürten weder wir noch sie diese Trauer. Uns war, als verreisten sie für einige Tage und wir würden sie danach wieder sehen. Doch als sie an Bord gingen, wurde es plötzlich totenstill.«

Seit ihrer Ankunft erzählte Ali Osman Rais dies schon zum dritten Mal. Und jedes Mal stockte hier seine Stimme, wurden seine Augen feucht, verstummte er und setzte seine Rede erst nach einer ganzen Weile an der Stelle fort, wo er aufgehört hatte zu erzählen.

»Besonders die Alten, aber auch die mittleren Alters waren zusammengesunken, konnten sich nicht aufrecht halten, schwankten. Dann standen sie stocksteif mit bleichen Gesichtern an Deck. Frauen und Mädchen weinten. Ohne die Stille zu unterbrechen, kamen bald danach einige wieder herunter, gingen anschließend wieder an Bord, und während sie herunterkamen und wieder aufs Deck stiegen, schauten sie niemanden an, sprachen sie kein Wort. Rais Yani der Schwarze aus unserem Dorf, mein Nachbar und Freund seit meiner Kindheit, kannte alle Steine im Meer, wusste, wo welcher Fisch stand und welcher Fisch in wie viel Faden Tiefe geködert werden musste. Von ihm haben wir alle das Meer kennen gelernt. Nicht den lieben Gott, er betete das Meer an. Manch einer versteht die Sprache der Vögel, der Ameisen, der Schmetterlinge, der Käfer, manch einer die Sprache des Lichts, des Regens, der Erde, der Bäume, der Blumen, und Yani der Schwarze kannte die Sprache der Fische, aller Fische. Wir haben uns am Anleger wohl zehnmal umarmt. Wir umarmten und küssten uns, er ging aufs Schiff und kam, kaum dass er drinnen war, wieder herunter, wir standen uns gegenüber, sahen uns an, dann eilte er wieder an Deck und kam sofort wieder herunter. Dann stand er da, als warte er auf jemanden, der ihm zuriefe: Yani, geh nicht fort! Bis das Schiff ablegte, wollte niemand daran glauben, abzureisen. Auch wir, die sie am Anleger verabschiedeten, konnten es nicht glauben. Dann legte der Dampfer ab, sie strömten eng gedrängt auf dem Deck zusammen, und die Augen auf ihre Erde geheftet, die sie verlassen mussten, konnten sie sich nicht von der Stelle rühren.«

Nachdem Rais Ali Osman alle meisterlichen Fähigkeiten seines Lehrmeisters Rais Yanis des Schwarzen zum Besten gegeben hatte, erhob er sich und sagte: »Bruder Musa der Nordwind, du bist willkommen, hast uns Freude gebracht! Solltest du einen Wunsch haben, ist er uns Befehl. Deine Insel bringe dir Glück!«

»Leben sollst du, Rais Osman, ich warte auf euren Besuch!«

Bis der Kutter außer Sichtweite war, stand Musa der Nordwind am Ende des Anlegers und schaute den Fischern hinterher. Dann erst ging er zurück ins Haus. Vasili wartete, der Tag neigte sich und verschwand, doch Musa der Nordwind ließ sich nicht mehr blicken.

Gegen Mittag frischte der Musa, der sich morgens gelegt hatte, wieder auf, und er begann richtig zu toben, als der Tag sich neigte. Die Katze im Arm, verließ Vasili das Röhricht. Schon lange quälte ihn der Hunger, aber die Katze war noch schlimmer dran. Je stärker ihr der Duft der röstenden Fische in die Nase gestiegen war, desto wilder vor Gier hatte sie sich aus seinem Griff winden wollen, ihm Hände und Gesicht zerkratzt und so laut miaut, dass er ihr mit einem Taschentuch das Maul stopfen und so lange festhalten musste, bis sie halb ohnmächtig in seinen Armen hing. Ihr Zustand war ihm so nahe gegangen, fast hätte er geweint. Jetzt durfte er sie nicht länger hungern lassen! Von den Fischresten eines reichlichen Mahls so vieler Menschen wurde eine Katze bestimmt satt, aber wie sie in der Dunkelheit finden? Als er wie Katzenaugen die Glut noch glimmen sah, freute er sich. Er setzte die Katze ab, blies die Glut ein bisschen an, um besser sehen zu können. Dennoch fand er tastend nur einige halb verkohlte Fischschwänze, aber auch Schwänze und Gräten, an denen zu seiner Freude noch genügend Fleischreste hingen. Auch die Katze musste fündig geworden sein, denn er hörte am Knirschen und Knacken, wie gierig sie fraß.

Als die knackenden Geräusche der fressenden Katze schon nachließen und Vasili die letzten Fischreste auf die Pritsche legte, hörte er die Tür von Musa des Nordwinds Haus knarren und sah noch, wie ein Schatten heraushuschte, die Treppe hinunter eilte und in ihre Richtung kam. Die Katze aufnehmen, die Fischreste zusammenraffen, um das Röhricht herum im Schutz der Tamarisken durch die Senke bis zum großen Ölbaum hetzen und dort in Deckung gehen waren eins. Kurz darauf vernahm er schon Musa des Nordwinds Schritte, der am Röhricht vorbei ins Brombeergestrüpp ging. Er musste über eine Ranke gestolpert sein, denn Vasili hörte ein weiches, dumpfes Geräusch, gleichzeitig ein kurzes, stöhnendes »Öff!«, dann sagte die Stimme: »Vay, Mutter!«, anschließend raschelten wieder Schritte, nach denen Vasili mit jeder Faser seines Körpers horchte. Die Schritte kamen von der Wiese an sein Ohr, dann vom sandigen Strand, danach von den Kieseln. Vasili stand auf und konnte einen Schatten ausmachen, der ihm wie ein gleitender Teil der Dunkelheit vorkam, zumal durch das anschwellende Rauschen von Wind und Wellen irgendwelche Schritte nicht zu hören waren. Vasili setzte sich wieder, lehnte den Rücken an den Baumstamm und horchte mit gespitzten Ohren in die Nacht. Auch jetzt kein Geräusch von Schritten. Nur von der Katze zu seinen Füßen, die vorsorglich alle ihr vorgelegten Fischreste gierig verschlungen hatte, kam behagliches Schnurren, während er gespannt, erschöpft und voller Wut lauerte. Nach und nach übertrug sich ihre Ruhe auch auf ihn. Er entspannte sich, streichelte die Katze, stand aber sofort wieder auf, als er vermeinte, von den Kieseln her Schritte zu vernehmen. Er schaute zum Strand, konnte aber nichts erkennen. Doch im Getöse der See konnte er etwas heraushören, das wie Schritte auf Kieselsteinen klang und gleich wieder erstarb. Musa der Nordwind, wie Vasili den Hauptmann jetzt nannte, geht jetzt wohl über Sand, deswegen kann ich seine Schritte nicht hören!

Da knirschten plötzlich dicht vor ihnen Schritte. Ein warmer Atem strich vom Stamm des Ölbaums über sie hinweg. Vasilis Herz machte einen Sprung, er zog seinen Revolver und richtete ihn auf den Schatten; im selben Augenblick flog vor ihren Nasen ein erschreckter, großer Vogel auf und verschwand. Sein harter Flügelschlag übertönte das Heulen des Sturmes. Dem Schatten muss der Schreck so in die Glieder gefahren sein, dass er Hals über Kopf durch die Tamarisken stolperte. Er schien außer Atem, das Keuchen war noch unterm Ölbaum zu hören.

Die Mitternacht war längst vorüber, und seit geraumer Zeit waren keine Schritte mehr zu hören. Vasili nahm die noch immer schnurrende Katze auf den Arm und glitt geräuschlos durch die Senke zum Hügel. Unter ihm durchkämmte Musa der Nordwind mit einer Sturmlaterne in der Hand die Tamarisken, das Buschwerk, das Röhricht, wanderte von dort zu den Tannen, über das Felsgestein zum Hügel, machte kurz vorm Kamm kehrt, während immer wieder Vögel vor ihm hochschreckten, vor denen er jedes Mal die Flucht ergriff, hin und wieder stolperte und stürzte, die Laterne fallen ließ, die wohl im hohen, weichen Gras nicht in Scherben fiel und mit der er, vom Schreck erholt, in aller Ruhe seine Suche bis zu den nächsten erschreckenden Flügelschlägen fortsetzte.

So suchte Musa der Nordwind weiter, bis der Morgen graute. Als es hell genug war, löschte er die Laterne, wandte sich nach Osten, linste am Ufer entlang unter jeden Busch, in jede Grube, jede Baumkrone, bis er die ganze Insel umrundet hatte und völlig erschöpft im Haus verschwand.

Vasili erhob sich. Alle seine Glieder waren eingeschlafen. Immer auf der Hut, beobachtete auch er besorgt jeden Busch, jedes Rohr, jeden überwucherten Graben und jeden Felsen auf seinem Weg zu den Villen und stieg dort sofort hoch ins Panoramagemach. Die Leere des Raums bedrückte ihn, bis ins Innerste spürte er seine Einsamkeit, und sein Herz verkrampfte sich. Er kehrte um, hetzte mit großen Sprüngen die Treppe hinunter, schaute sich um, die Katze war ihm nicht gefolgt. Im Laufschritt eilte er in die Höhle, nahm sein Bett auf die Schultern und lief zurück. Die Katze lag zusammengerollt an ihrem angestammten Platz. Vasili breitete das Bett neben ihr aus, legte sie auf die

Matratze, stellte sich mitten ins Zimmer und überlegte. Dann eilte er wieder die Treppe hinunter und weiter zur Höhle, nahm dort von seinen Sachen so viel auf die Schultern, wie er tragen konnte, und schleppte sie ins Panoramagemach. Schwer bepackt, ging er anschließend so oft hin und her, bis außer den Benzinkanistern und dem Boot nichts mehr in der Höhle zurückblieb. Soll er ruhig kommen, knurrte er grimmig, wenn er kommt, dieser Hauptmann, wird er auch was erleben!

Die Katze hatte sich mitten aufs Bett gelegt. Um sie nicht zu wecken, nahm er sie vorsichtig hoch und legte sie ganz sanft aufs Kopfkissen. Sie war noch so satt, dass sie ruhig weiterschlief!

Er stand früh auf, nahm sich einen steinharten Kanten Brot aus dem Beutel, ging zur Höhle und stakte das Boot hinaus. Der Sturm hatte sich gelegt, dennoch schaukelte das Boot in der noch kabbeligen See. Gegen Nachmittag würde wieder Sturm aufkommen, meinte er, also konnte er nur zur nahen Rauen Insel fahren, dort gab es Wasser und Grün. Sie war von oben bis unten voller Felsen aus Feuerstein, in deren Mitte sich eine grasgrüne Ebene mit Baumbestand gebildet hatte, die das felsige Gelände in zwei Hälften teilte. Aber auch zwischen den Felsen waren kleine Plateaus mit Büschen und Bäumen. Niemand außer Piraten, Schmuggler und Fischer lief diese kleine Insel an. Sie ernährte höchstens eine fünfköpfige Familie. Aber es gab hier Ziegen mit langhaarigem blaugraugelblichem Fell. Keiner wusste, wer sie wann und warum hier ausgesetzt hatte. Auch Kaninchen, Füchse und Schlangen gab es auf diesem klitzekleinen Eiland. Sogar sehr lange, dunkelblaue Schlangen mit weißen Punkten. Rais Lefter berichtete, er habe hier auch einen kupferroten Raubvogel gesehen und, um ihn zu fangen, sogar ein Netz über den Horst gespannt, doch trotz seines waidmännischen Könnens sei ihm der Greif glatt wie Quecksilber immer wieder entwischt. Er sei etwas größer als ein Falke, und träfen ihn Sonnenstrahlen, funkle sein Gefieder, ob er fliege oder reglos hocke, wie rote Blitze. Gab es auf jeder Insel auch Tauben und andere Vögel, auf dieser Insel gab es nur diesen Greif, und rasteten auch auf jeder Insel, an Hängen und

Tälern Zugvögel, an dieser Insel flogen sie nicht einmal vorbei. Die Wellenkämme begannen zu schäumen. Kein gutes Zeichen, fuhr es ihm durch den Kopf. Dreihundert Faden vor dem Strand stoppte Vasili den Motor, warf Anker, beköderte die Angel und warf sie aus. In wenigen Stunden hatte er mehr Fische gefangen, als er brauchte. Und plötzlich stürmte es. Vasili, der von Kindesbeinen das Meer, die Winde und Stürme wie seine Handflächen kannte, hatte sich schon immer darüber gewundert, dass ein Sturm so plötzlich ausbrechen konnte. Die Wellen schwollen an, Vasili lichtete den Anker, und wäre der Motor nicht sofort angesprungen, wer weiß, an welches Ufer sie die Brecher verschlagen hätten. Die Wellenberge hoben das Boot wie eine Nussschale in die Höhe, ließen es wieder zurückfallen, schreckten die Katze aus ihrem tiefen Schlaf. Verängstigt vom Getöse auf Klippen donnernder Seen, suchte sie ein Versteck, verschwand unter der Vorplicht, verkroch sich bis zum Bug, wo sie sich zusammenkrümmte und nur noch ihre angstgeweitet schimmernden Augen zu sehen waren, wenn sich das Boot hob und senkte. Schließlich warfen die Brecher das Boot auf den Strand, schoben es weiter, bis es bei einigen Ölbäumen zum Stehen kam. Vasili seufzte erleichtert, streckte sich und holte die zu einem Knäuel geschrumpfte Katze unter der Plicht hervor und setzte sie auf den Boden, wo sie hocken blieb und die von allen Seiten anbrandenden Wellen anstarrte. Und da sie wohl keinen Schlupfwinkel mehr entdecken konnte, schlich sie zu einem der Bäume, drückte sich tief geduckt an den Stamm, ließ aber Vasili nicht aus den Augen.

Vasili zog die Fische aus dem Behälter und reinigte sie in einer Wassermulde, die von einem Rinnsal aus den Felsen gespeist wurde. Ein großes Stück legte er für die Katze auf einen Stein, doch sie war noch so verschreckt, dass sie nicht einmal daran schnupperte, obwohl sie wie Vasili seit dem Vortag nichts gegessen hatte.

Vasili sammelte zwischen den Bäumen trockenes Reisig, machte Feuer und wartete, bis es niedergebrannt war. Dann legte er die Fische in die Glut. Jenseits der schützenden Felsen schien die Welt unterzugehen, türmten sich die Seen pappelhoch, bevor sie sich an den Klippen brachen.

Während die Fische garten, zog Vasili das Boot noch weiter herein und vertäute es – sicher ist sicher! – an den Stamm des äußersten Ölbaums. Der Duft gerösteten Fisches breitete sich aus, unter den Bäumen und auf der ebenen Wiese, die zwischen den Felsen lag, blühten tausenderlei Blumen. Vom Orkan da draußen war kein Hauch zu spüren.

Schließlich hatte die Katze sich wieder beruhigt, sie streckte, reckte und beleckte sich eine Weile, ging dann, ohne sich um den Fisch auf dem Stein zu scheren, zu Vasili, kletterte zuerst in seine Armbeuge, sprang dann wieder auf den Boden und strich um seine Beine. Hin und wieder ließ sie es sich aber nicht nehmen, einen Blick hinter sich zu werfen, zu den heranrollenden Wellen da draußen, die mit aller Kraft an die Klippen brandeten und zurückfielen. Und jedes Mal veränderte sich der Ausdruck ihrer Augen, sträubte sich ihr Fell, spähte sie auf dem Sprung geduckt nach einem Schlupfwinkel, um sich dann sofort wieder zu lecken und, als sei nichts geschehen, um Vasilis Beine zu streichen.

Vasili schnitt das steinharte Brot in Scheiben, feuchtete sie an und röstete sie in der Glut. Von den gegarten Fischen, die er auf einen Stein gelegt hatte, warf er jedes Mal, wenn er sich einen schmecken ließ, auch einen der Katze hin.

Nach dem Essen lehnte Vasili sich an einen Baumstamm und schloss die Augen. Neben ihm rollte sich die Katze zusammen.

Der Tag ging schon zur Neige, als er aufwachte. Die Katze hatte den Kopf gereckt und die Augen auf einen Felsen geheftet. Vasili blickte hoch und entdeckte auf dem Felsgipfel drei langhörnige, bläulich gelbe Ziegen mit weißen Bäuchen und drei ebenso gefärbte Zicklein, die herunteräugten. Ihr Anblick begeisterte ihn so, dass er gleich daranging, einen Felsen zu erklimmen. Als er oben war, fühlte er sich so frisch wie vorher, war er nicht einmal außer Atem. Von da oben sah die See noch wilder aus. Die schaumgekrönten Wogen rollten mit großer Wucht gegen die scharfen Felsen aus rotbraunem und weißem Feuerstein, rüttelten an dieser kleinen Insel, schienen die Welt aus den Angeln zu heben und das Eiland voller Zorn mitzureißen. Sogar Vasili, der schon viele Stürme erlebt hatte, schauderte bei diesem Anblick, und er musste die Augen immer wieder weg vom Meer zu den dunstigen Felsen wenden. So eine Landschaft gab es kein zweites Mal. Zwischen den Felsen kleine Flachstellen, grasgrün. Auf manchen waren Bäume gewachsen, ihre Kronen breit gefächert.

Auf der kleinen Alm im Felsen gegenüber zählte er jetzt elf bläulich gelbe Ziegen mit sieben Lämmern. Er stieg wieder ab, machte aber auf einer kleinen Alm eine Atempause. Überall wuchsen langstielige, rot, blau und orange leuchtende Blumen. Ach, seufzte er, ach, ach! Ein Haus da unten in der Ebene, dazu die Ziegen hier oben und Olivenöl von gepfropften Ölbäumen! Da drüben noch Wein anpflanzen, und diese Insel ernährt nicht nur einen, sondern fünf Haushalte. Und wenn dann Aliki aus Amerika hierher ... Schluss damit, Einfaltspinsel Vasili, haderte er, breee, du Verrückter, woher soll Aliki kommen? Und wie? Aliki hat nicht nur die Insel, sie hat sogar die Türkei und auch dass sie hier geboren ist, vergessen, breee, Blödmann, und da soll sie sich an dich erinnern? Nun, dann eben eine andere schöne Frau! Und schöne Kinder werden sie haben, Mädchen und Jungen. Mit Ziegenmilch, Ziegenfleisch, Weintrauben und Olivenöl werden sie zu starken, gesunden Menschen heranwachsen und hohe Schulen besuchen. Kinder, die auf so einer Insel aufwachsen, haben auch eine gesunde Seele. Und wie und mit welchem Geld wirst du die Kinder in großen Städten studieren lassen, einfältiger Vasili? Hör auf mit diesem dummen Gefasel, du Schwachkopf! Nun, du fängst Fische. Diese Gewässer sind voller Schwertfische, Seebarsche, Blaufische, Thunfische, Streifenbarben. In einem Frühling fängst du vielleicht Schwertfische für hundertfünfzig Lira, vielleicht auch für zweihundertfünfzig. Ein Jahr, zwei Jahre, drei ... Sogar zehn Jahre lang kannst du Geld ansparen und die Kinder in Istanbul, in Athen, sogar in Paris studieren lassen.

Vorsichtig kletterte er ein Stück die Felsen hinunter. Sie waren messerscharf, und bald bluteten seine Hände. Etwas tiefer setzte er sich unter einen der breit gefächerten Bäume, die er oben ausgemacht hatte, lehnte sich gegen den Stamm, wischte sich das Blut im Grase ab und legte Blätter auf die Wunden.

Auf der Ebene zwischen den Felsen da unten – bei den gewaltigen Blumen und den kräftigen, fleischigen Blättern der Ölbäume muss sie sehr fruchtbar sein – könnte er sich sogar mit einigen Freunden niederlassen. Warum, fragte er sich, hatte es eigentlich bis jetzt noch niemand getan? Vasili überlegte lange, verschiedene Gründe fielen ihm ein, die ihn aber nicht überzeugten, schließlich sagte er sich: weil die Menschen in dieser Einsamkeit das Grauen packt, darum!

Je mehr Zeit verstrich, desto größer und schöner kam ihm die Insel vor. Plötzlich hatte er Musa den Nordwind vor Augen. Nun, so ein Mann könnte auf so einer schönen Insel leben, sich für immer niederlassen, heiraten und Kinder haben. Doch dieses Bild verscheuchte er sofort.

Vasili versank in Gedanken, schweifte ab zu den Allahuekber-Bergen, dachte an den Abstieg der riesigen Armee in heillosem Durcheinander, das Erfrieren in den Schluchten, das langsame Erstarren, und diese Vorstellung ließ sich nicht verscheuchen, wie sehr er sich auch bemühte. Und dann ihre Ankunft am Ararat, wo täglich hunderte vom Typhus hingemäht wurden, das Herumirren der Reste des mächtigen osmanischen Heeres in den mesopotamischen Wüsteneien, das Wüten der Malaria … Jedes Mal, wenn Vasili daran dachte, kam er um vor Gram und Scham, mochte er nicht einmal den kriechenden Käfern und fliegenden Vögeln in die Augen sehen, geschweige einem Menschen. Als er den Kopf hob, bemerkte er, dass reihum auf den Felsen am Rande der Ebene die Ziegen auf ihn herabschauten. Er sprang auf, setzte sich wieder, hustete laut, doch die Ziegen scherten sich nicht, rührten sich nicht einmal. Sie haben weder Mensch noch Wolf, noch andere raubgierige Geschöpfe erlebt, warum sollten sie denn vor mir fliehen, dachte Vasili. Außerdem wurden die Tiere auf diesen Inseln und auch auf dem nahen Festland als Ziegen des Schutzheiligen der Meere und der Seefahrer verehrt. Mit einem riesigen

Feuerball in der Hand eilt dieser Heilige schnell wie der Blitz von Insel zu Insel, von Ufer zu Ufer, von Meer zu Meer den Seefahrern in Not zu Hilfe. Der Schutzpatron der Schiffer und Heilige der Meere, Hizir, hat in diesen Gewässern schon vielen das Leben gerettet. Viele Fischer erzählen noch immer mit Schwurhand, wie der Heilige mit dem Feuerball auf einem Grauschimmel sie vor dem Tod in den Wellen bewahrt hat. Wie kann sich da einer an seinen Ziegen vergreifen! Nicht dass es noch niemand versucht hat. Doch in den schroffen Felsen fand man ihre Leichen. Und das weiß in dieser Gegend ein jeder.

Vasili ließ den Blick übers Meer und die Felsen wandern und voller Bewunderung über die dazwischen emporgeschossenen Blumen, die er noch nie gesehen hatte, deren Namen er nicht einmal wusste. Diese Insel war verzaubert. Vielleicht hatten sich die Menschen hier nicht niedergelassen, weil sie, von der Schönheit dieses Plätzchens verzaubert, in stummer Verwunderung erstarrten und, angesichts dieser in tausenderlei Glanz aufblitzenden Felsen, dieser so bunt leuchtenden Blumen und von einem Augenblick zum nächsten in einer neuen Orgie von Farben schimmernden See hingerissen, ihrer täglichen Arbeit nicht nachgehen konnten!

Sich an Steinspitzen und Felskanten festhaltend, stieg Vasili hinunter, und die Ziegen folgten ihm. Unten wurde er vom fröhlichen Miauen der Katze empfangen. Damit das kleine Raubtier die Ziegen nicht erschreckte, nahm er es auf den Arm und brachte es zum Boot. Doch auf der Ebene angelangt, machten sich die langbärtigen Ziegen, die Vasili nicht aus den Augen gelassen hatten, sofort davon. Ein prächtiger Bock, wohl doppelt so groß wie sie, sprang vor ihnen von Fels zu Fels. Sein langhaariges Fell war dunkler als das der Ziegen.

Bald danach entdeckte Vasili die Tiere, wie sie hoch oben am Gipfel nebeneinander aufgereiht zu ihm herunterschauten. Es waren jetzt noch mehr. So viele Ziegen auf dieser klitzekleinen Insel! Und alle wie geschliffen blaugrau und gelb. Er lächelte. Die Ziegen des Heiligen!

Plötzlich war ihm, als vermisse er Musa den Nordwind. Unruhe überkam ihn, und nur um ihrer Herr zu werden, stieg er in den nächsten Felsen. Dieser war noch schöner als der andere, noch bunter von blau, rot und gelb schimmernden Adern durchzogen. Auch die Blumen auf den Grünflächen waren praller und farbenfroher. Und die Ziegen schienen sich schnell an ihn gewöhnt zu haben, sie starrten nicht mehr so neugierig zu ihm herüber. Auf dem Gipfel ließ er sich auf einen glatten, wie einen Sitz geformten Stein nieder. Die Sonne kam hervor, und er wurde Zeuge, wie in ihren Strahlen trotz allem, trotz Krieg, Grausamkeit und Hungersnot, die Welt gleich einer orangefarben leuchtenden Blume erblühte. Freude durchströmte ihn, und mit dieser Freude stieg er hinunter. Vom Sturm war nichts mehr zu spüren, nur ein Hauch von Wind bewegte Blumen, Gräser und Blätter. Die Katze kam herbei und strich um seine Beine. Er nahm sie auf den Arm, und sie schnurrte.

Die Katze an die Brust gedrückt, ging er zum Boot. Leblos trieben jetzt die Fische im Behälter. In der vom Felswasser übergelaufenen Felsmulde reinigte er sie. Ein Feuer war schnell gemacht, trockenes Holz lag reichlich unter den Bäumen.

Gemeinsam verspeisten sie die Fische. Wie gut, dass wir hergekommen sind, alter Freund, begeisterte sich Vasili und streichelte die Katze. Einen Namen gebe ich dir nicht, nein, einen Namen wirst du nicht haben, mein Freund. Denn hast du einen Namen, kannst du dich vor Plagen nicht retten. Deswegen bleibst du namenlos. Du siehst ja, mein Freund, wie gastlich die messerscharfen Felsen aus Feuerstein und diese verwilderten Ziegen, die noch keines Menschen Gesicht gesehen, diese Gräser, Bäume und Blumen uns aufgenommen haben. Er wollte jetzt nicht an den Krieg, nicht an Musa den Nordwind denken, auch nicht an das Los der Inselbewohner, denen das Herz wie mit Zangen aus dem Leibe gerissen wurde. Er war so glücklich, dass ihn, außer in dieser gleich einer orange leuchtenden Blume erblühten Welt zu leben, nichts scherte.

Der Sturm war gänzlich abgeflaut, das Meer lag spiegelglatt.

Der durchdringende Duft von Blumen, Gräsern und Felsgestein vermischte sich mit dem des Meeres, die Welt schlummerte. Vasili steuerte das Boot in die offene See, warf etwa hundert Faden vor der Insel die Angel aus und hatte in kurzer Zeit mehr als genug Fische am Haken. Als er zurückruderte, sah er, dass die Ziegen auf die Felsspitzen geklettert waren. Sie standen da und bewegten sich nicht.

Aber Vasilis Unruhe wuchs. Musa der Nordwind war sich jetzt bestimmt sicher, dass es noch jemanden auf der Insel gab, und suchte ihn. Ob er den Benzinkanister gefunden hatte? Doch ob gefunden oder nicht, es änderte sich nichts, denn er wird weitersuchen. Und er wird nicht eher ruhen, bis er diesen Mann gefunden hat.

Vergessen die Raue Insel mit den in tausenderlei Farben leuchtenden Blumen, den blauen, schönsten, frechsten und hartnäckigsten Ziegen der Welt, dem gleich einer Blume aus Licht aufschimmernden Meer! Er drehte den Motor voll auf. So schnell wie möglich musste er die Insel anlaufen und diesen Mann aus dem Weg räumen. Doch schon jetzt wurden ihm die Knie weich, begannen seine Hände zu zittern. Und wenn der Hauptmann mit der Pistole in der Hand auf dem Felsen über der Höhle auf ihn lauerte? Musa der Nordwind war wieder zum Hauptmann geworden. Und wenn dieser Hauptmann aus dem Hinterhalt da oben ihn mitten in die Stirn trifft? Aber warum sollte der einen Menschen umbringen, den er gar nicht kennt? Aber bestimmt hat er schon längst erfahren, dass ich, um ihn zu töten, auf der Insel zurückgeblieben bin und geschworen habe, es auch zu tun. Aus Angst vor diesem Unbekannten, der jetzt auf der Insel umherschleicht, schlottern ihm bestimmt schon die Knie, findet er keinen Schlaf, weiß er nicht, was er tun soll, paaren sich Wut und Angst, wird auch er mich töten wollen.

Etwa hundertfünfzig Faden vor der Höhle nahm Vasili das Gas weg, stellte zufrieden fest, noch außer Schussweite zu sein, und hielt das Boot zur Sicherheit in dieser Entfernung. Erst nachdem er das Gebüsch rund um die Höhle, die Bäume der Umgebung und die schattigen Einbuchtungen der Felsen sorgfältig abgesucht hatte, legte er sich in die Riemen und ruderte in die Höhle. Drinnen sprang er sofort vom Boot und beruhigte sich erst, als er im Sand keine Spuren entdeckte. Auch die Katze schaute sich in der Höhle um, beschnupperte, was ihr verdächtig vorkam. Nein, niemand war hier gewesen, und so war auch sie beruhigt.

Die Sonne war schon über den Hügel hinweg und stand tief im Westen. Vasilis Angst wuchs, er kam fast um vor Neugier, zu erfahren, ob der Hauptmann noch auf der Insel war oder schon das Weite gesucht hatte, wagte aber nicht, aus seiner Deckung herauszukommen. Die Tamarisken mit ihren bis zur Erde reichenden, von Grün berstenden Zweigen gaben ihm Sicherheit. Mit dem plötzlichen Einfall: Wenn sein Boot hier ist, muss auch der Hauptmann hier sein, schnellte er aus der Senke Richtung Meer, huschte geräuschlos – und bemüht, die Zweige nicht zu berühren – durch eine Gruppe Schlehdorn, nahm den bitteren Duft einer zerdrückten Blüte wahr, drehte sich in die Richtung, woher der Geruch kam, verharrte, seine Nasenlöcher weiteten und schlossen sich, die Insel der Ziegen, verspielte Lämmer, rieselndes Wasser über rot geäderten, glatten, hellen Felsen, goldene Funken sprühendes, stahlblaues Gestein, weiße Kiesel im Wasser von mit Minze umrahmten Felsmulden zogen an seinen Augen vorbei, ein lauer Windhauch mit dem Duft von Poleiminze strich über sein Gesicht, flog weiter zum Meer. Als er das Ufer erreichte, war ihm, als schwindelte ihm vom Duft der Minze, die sich in seiner Haut festgesetzt hatte. Eile herbei, Schutzpatron der Meere, heiliger Hizir auf dem Apfelschimmel, komm mir zu Hilfe!, sagte er und reckte sich, ging jedoch sofort in die Knie, als er jenseits des Anlegers weit auf den Kieseln das Boot entdeckte. Er ist also hier, der Hauptmann, murmelte er, legte sich bäuchlings hin und robbte zu den Tamarisken. Von dort her hörte er ein leises Zischen. Vor einem Schwarzdorn paarten sich schnaufend drei Schildkrötenpaare. Das grüne Kopftuch fiel ihm ein, blendende, glitzernde Pailletten am seidenen Tuch. Der Duft vermischte sich mit dem Geruch der Poleiminze und dem des alten Ziegenbocks auf dem Felsen. Vasili stand auf und rannte, ohne an die Gefahr zu denken, zur Mühle, hetzte mit Sprüngen über zwei Stufen die Treppe hoch und blieb in der Tür stehen. Das grüne Kopftuch, aufgebauschtes, wogendes Grün mit funkelnden Pailletten, lachte ihn an, verbreitete den betörenden Duft von Brüsten. Und darüber in ihren ausgebauten Nestern hockten schon die Schwalben und beobachteten ihn mit hellwachen Augen.

Als Vasili sich dem Fenster näherte, sah er den Hauptmann und ging sofort einige Schritte zurück. Der Hauptmann kam über den Hügel und ging auf die Mühle zu.

Mit schnellen Sprüngen eilte Vasili die Treppe hinunter ins Freie, lief in einen mannshohen Eibisch und legte sich bäuchlings zwischen die Stauden. Der Hauptmann kam schnell näher, verschwand in der Mühle und kam ebenso schnell wieder heraus. Sich nach links und rechts umschauend, schritt er die Mühlen ab. Vasili war inzwischen hinter die von Königskerzen, Eibischstauden, Brombeerranken und Wildrosen verdeckte Mauer gesprungen. Er kroch durch das Gestrüpp, linste nach dem Hauptmann und sah den Revolver an dessen Gürtel. Entdeckt er mich, gibt es kein Entrinnen, murmelte er. Der Hauptmann kam bis ans Gestrüpp, schaute sich mit angstgeweiteten Augen um, beugte sich fast über Vasili, suchte irgendetwas. Vasilis Herz pochte zum Zerspringen. Doch der Hauptmann hatte ihn nicht gesehen und entfernte sich. Vasilis Herz pochte immer schneller.

Dennoch musste der Hauptmann Verdacht geschöpft haben, denn er kreuzte immer wieder auf, ging kurz in die Mühle und weiter durch die Senke zu den Ölbäumen, fuhr erschrocken zurück, als ein kleiner Vogel aufflog, schien dort nicht länger stehen bleiben zu wollen, schlich weiter, schaute sich immer wieder um, verharrte horchend, ging voller Scheu wieder zum Olivenhain, mied aber die tausendjährigen knorrig schummrigen Stämme, kreiste mit dem angstverzerrten Ausdruck eines wilden Tieres tief geduckt um sich selbst.

Als der Hauptmann dicht vor ihm stand und ihn gesehen

haben musste, zog Vasili seinen Revolver, richtete die Mündung auf ihn, doch seine Hände begannen zu zittern, und die Waffe fiel auf die steinige Erde. Der Hauptmann blickte entsetzt und schien zu erstarren. Vasili war, als schauten sie sich in die Augen, doch der Hauptmann sah ihn nicht. Er machte auf der Stelle kehrt, lief zu seinem Boot am Anleger, schob es ins Wasser, sprang hinein, legte sich in die Riemen und ruderte weiter als dreihundert Faden aufs offene Meer. Dort stand er auf und ließ seine Augen über die Insel wandern, heftete sie aber immer wieder auf die Mühle und ihr Umfeld. Plötzlich ließ er sich auf die Ducht fallen und ruderte so kraftvoll zurück, dass sein Boot nur so durchs Wasser schoss und mit dem Bug weit auf den Strand rutschte. Er sprang übers Dollbord, umkreiste mit gezogenem Revolver das Röhricht und eilte von dort zu den Häusern. Erst als er bei den Platanen war, hatte Vasili sich wieder gefasst. Er hob seinen Revolver auf und war so erschöpft, dass er nicht einmal mehr Angst verspürte und ohne jede Deckung aufrecht bis zur Höhle schwankte.

In jener Nacht brannte das Licht im Hause des Hauptmanns bis zum Morgen. Er selbst war gegen Mitternacht mit seiner Sturmlaterne noch einmal zur Senke hinuntergegangen, auf den Hügel gestiegen und dort eine Weile stehen geblieben. Dann war er verschwunden. Er wird nach Hause gegangen sein, meinte Vasili. Er selbst stieg auf den anderen, ihm sehr vertrauten kleineren Hügel. Wenn auch nicht so hoch, so waren sein stahlblau funkelndes Felsgestein doch schroff und scharf. Als nach einigen Stunden der Hauptmann endlich erschien, atmete Vasili beruhigt auf. Noch war es sehr dunkel. Hin und wieder durchnässte ein feiner Sprühregen diese Finsternis, legte sich aber bald. Gegen Morgen würden Wolkenbrüche niedergehen. Jeder Fischer wusste so etwas im Voraus.

Schon im Halbschlaf, verfolgte Vasili die irrlichternde Sturmlaterne, sah, wie sie am Hang eine Zeit lang verhielt, sich schwankend hin und her bewegte, im Zickzack davonhuschte, zur Erde sackte, gleich einem Glühwürmchen eine Weile zwischen Gräsern aufblitzte, emporstieg, zum Meer glitt, lange am Ufer verweilte, aus dem Blickfeld verschwand und nach einigen Minuten im Schatten der Häuser wieder auftauchte.

Noch vor Morgengrauen prasselte der Regen hernieder, war Vasili, der mit dem Rücken am Stamm einer Kiefer gelehnt dahockte, im Nu plitschnass. Es goss und stürmte so heftig, dass Vasili sich nicht rühren konnte. Doch auch bei diesem Unwetter torkelte das Licht der Sturmlaterne wie ein umherirrender Schlafwandler von hier nach da, verhielt nach einigen Schritten, schwankte, drehte sich, Lichtkreise zeichnend, um sich selbst, verharrte wieder, drehte sich erneut im Kreis, glitt davon.

Der Morgen dämmerte, der Tag brach an, es donnerte. Oh, oh, murmelte Vasili, oh, oh, Musa ist bestimmt etwas zugestoßen! Er war wie gelähmt, wie ausgepumpt. Ächzend stand er auf, sein ganzer Körper schmerzte, er spürte jeden Knochen. Das durchnässte Zeug klebte an seiner Haut, und es regnete noch immer in Strömen. Gespannt ließ er den Blick über die gewitterdunkle Insel schweifen. Oh, oh, dem Jungen ist bestimmt etwas zugestoßen. Bestimmt ist er in einen Graben gerutscht und im Regenwasser ertrunken, der Arme!

Durch Rinnen und kleine Senken rauschte das Wasser, trieb Geröll und Geäst vor sich her. Der Arme muss irgendwo hängengeblieben und umgekommen sein! Wer weiß, vor wem und woher er geflüchtet war und hier Zuflucht gefunden hatte. Und ich Ungeheuer habe ihn in diese Lage gebracht. Der arme Mann war doch weder Hauptmann noch sonst etwas. Wer weiß, vor wem er davongelaufen war und mit Mühe und Not seine Haut auf diese öde Insel gerettet hat. Die Angst sitzt ihm ja im Nacken, seine Augen, ja sein ganzer Körper nichts als Angst! Und auf der Suche nach seiner Angst ist er gestorben.

So mit sich hadernd, kam er bis zu den Platanen. Dunkle Wasserströme stürzten vom Himmel, setzten ihm schwer zu. Als er zum Anleger hinüberlinste, sah er den hochgereckten Umriss mit der noch brennenden Sturmlaterne. Unschlüssig machte Vasili noch einige Schritte, blieb dann abrupt stehen; und er freute sich. Doch die Freude blieb ihm in der Kehle stecken, denn plötzlich stand Musa der Nordwind dicht bei den Platanen und sah ihn mit weit aufgerissenen Augen an. Blitzschnell schoss die Angst in Vasilis Glieder, seine Knie zitterten. Über ihnen zuckte ein Blitz, schlug irgendwo in der Nähe ein, es donnerte, als risse der Himmel, und aufgepeitschte Wogen rollten auf die Insel zu, schienen sie verschlingen zu wollen. Die Angst jagte Vasili ins Röhricht. Durch das schwankende Schilfrohr schaute er zu den Platanen hinüber: Musa der Nordwind hatte sich nicht von der Stelle gerührt, stand wie erstarrt, sah ihn mit stierem Blick an, schien ihn dennoch nicht zu sehen. Wie damals in den Allahuekber-Bergen die abertausenden zu Schneemännern erstarrten Soldaten, die mit aufgerissenen Augen voller Sehnsucht in die Welt stierten. Die Sturmlaterne in Musas Hand war verlöscht.

Vasilis Angst wuchs und wuchs. Ihm war, als packe ihn der Tod. Seine Zähne schlugen aufeinander, er rannte davon, sah sich immer wieder um, und das Grauen packte ihn erst recht, als er den Umriss unter der Platane nicht mehr gewahrte. Vor Schreck rannte er zurück ins Röhricht, sagte sich, vielleicht ist er auf dem Anleger tot umgefallen, vielleicht liegt er krank und hilflos da, doch als er durchs Röhricht lugte, konnte er dort nichts entdecken, auch nicht unter der Platane. Weit und breit keine Menschenseele! Vor Kälte gekrümmt, verließ er zähneklappernd sein Versteck. Die Katze war auf die Platane geklettert und miaute. Vasili schaute hoch und sah dicht an dicht auf den Ästen aufgereihte Vögel, die Köpfe tief im aufgeplusterten, plitschnassen Gefieder. Als die Katze ihn entdeckte, rutschte sie mit Mühe rückwärts den Stamm herunter. Sie hatte nicht einmal die Kraft, zu ihm zu laufen, sondern blieb, zusammengerollt zum Knäuel, am Fuß des Baumes hocken.

Vasilis Angst steigerte sich ins Maßlose. Er griff sich die Katze und rannte zur Höhle. Hinter ihm fielen Blitze, rollten schwere Seen gegen die Insel. Brecher, Blitz und Donner erschütterten die Insel wie ein Erdbeben. Er flüchtete in die Höhle, meinte, ohne wärmendes Feuer sterben zu müssen, doch er findet weder Reisig noch trockenes Holz. Sogar die Streichhölzer in seiner Tasche waren nass geworden. Wo ist mein Wachsbeutel, überlegte er, er muss im Konak liegen! Kaum war er im Freien, ging ein Blitz auf den Felsen nieder, und die ganze Insel knisterte. Blitz, Donner und Regengüsse, die wie schwarze Wildwasser aufs Meer prasselten. Eine Sturmböe traf ihn wie ein Faustschlag und schleuderte ihn beinahe zu Boden.

Fast blind im dichten Regen, erreichte Vasili nur mit Mühe den Konak. Völlig außer Atem und mit klappernden Zähnen vermeinte er, vor Erschöpfung nicht einmal mehr zittern zu können. Dennoch gelang es ihm, Streichhölzer aus dem Wachsbeutel zu kramen und neben den Kamin zu legen. Feuerholz fand er auch hier nicht, und er überlegte, eine Tür zu zerschlagen. Doch dazu fehlte ihm die Kraft, außerdem, fand er, sei sie für Kleinholz zu schade. Zitternd tastete er sich in den Keller und entdeckte einen Raum mit gleichmäßig bis an die Decke gestapelten Holzscheiten und Kienhölzern. Er brachte einen Arm voll nach oben, machte Feuer und ging noch einige Mal in den Keller, um Holz zu holen, das er neben den Kamin schichtete. Dann zog er Jacke und Pluderhose aus und hängte beides über einen zerbrochenen Stuhl. Die langen Unterhosen behielt er an. Seit langem hatte er nicht mehr daran gedacht, zu baden und seine Unterwäsche zu wechseln. Der Gestank in seinem Schritt riss ihm fast die Lunge aus dem Leib.

Nachdem er sich am lodernden Feuer eine Zeit lang abgerieben hatte, zog er sich das getrocknete Zeug wieder an. Sein Zittern hatte ganz aufgehört. Er beschloss, nach Haus zu gehen, um seine Unterwäsche zu holen. Die Katze lag zusammengerollt neben dem Feuer und öffnete nicht einmal die Augen, als er die Treppe hinunterging. Draußen regnete es stärker noch als vorher, zuckten die Blitze in noch kürzeren Abständen, vermischten sich ohrenbetäubend Donnergrollen und tosende Brandung. Ob er nun wollte oder nicht, er musste umkehren. Er hockte sich ans Feuer und legte das Kinn auf die Knie.

Ob unserem Mann nicht doch etwas zugestoßen ist, sorgte er sich. Auf dieser verlassenen Insel, mutterseelenallein, mit hervorquellenden Augen den Geist aufgeben, erstarren … Und wenn ich nicht hier wäre, im Haus da drinnen unentdeckt verwesen ... Aufquellen, aufplatzen ... Die ganze Insel mit Gestank überziehen ... Mit diesem Gestank noch eine Meile entfernt Vorbeifahrenden die Lunge aus dem Leibe reißen, sie betäubt niederstrecken ...

Morgen, sagte er bedrückt, morgen, in aller Frühe, werde ich nach ihm sehen! Was aber, wenn wir uns plötzlich gegenüberstehen und er vor Schreck seinen Revolver zieht, und er könnte ihn ziehen! Aber nein, er ist tot. Ein Mensch, dessen Augen so hervorquellen, kann nicht leben, niemals! Erst im Frühjahr konnten sie die erstarrten, mit solch hervorgequollenen Augen glotzenden Toten bergen, mussten sie sogar noch mit Vorschlaghämmern herausschlagen. Aber dieser Mann war ja gar nicht erfroren! War nicht erfroren, aber seine Augen quollen aus ihren Höhlen. Er ist tot, ja, ist tot! Wenn morgen der Regen nachlässt, werde ich ihn in ein Leichentuch ... Leichentuch? In seinem Zimmer liegen ja schneeweiße Bettlaken. Und wo einen Imam finden? Dann eben ohne Imam! Sollte eines Tages ein Imam auf die Insel kommen, werde ich ihn als Erstes zum Grab führen und die Gebete sprechen lassen, versprochen! Vielleicht lassen sich ja Moslems auf der Insel nieder ... Niemand darf sich hier niederlassen, brauste er auf. Aber wer kommt schon hierher, in dieses Gefängnis, welcher Schwachkopf? Wer weiß, was diesen armen Kerl hierher verschlagen hat. Und nun trifft ihn hier der Blitz. Doch wo ist seine Leiche? Wenn sich der Regen legt, werde ich sie schon finden. Der Mann wird vom Anleger gefallen sein. Wenn es so ist, hat ihn die See geholt. Umso besser, wenn die See ihn geholt hat. Doch bei diesen Worten überkam ihn eine unüberwindbare Trauer und setzte sich in seinem Innern fest. Nicht einmal in den Jahren, in denen er so viel Leid erfahren musste, hatte er weinen können, aber der Anblick des Mannes auf dem Anleger, der mit hervorquellenden Augen und weit vorgestrecktem Hals so herzzerreißend um Hilfe flehte, das war ihm doch sehr nahe gegangen. Vielleicht konnte er ihn ja noch retten? Was heißt denn vielleicht? Ganz sicher konnte er! Und war er gerettet, würde er kommen und Vasili in die Stirn schießen!

Er ging ins eigene Haus. Es bestand aus zwei Zimmern und einem Salon. Vasilis Vater, der mit seinem Kutter voller randgefüllter Weinfässer untergegangen war, hatte es gemeinsam mit den besten armenischen Meistern gebaut. Die kunstvollen Schnitzereien waren damals in aller Munde.

Vasilis Vater war wohl der berühmteste Fischer in diesen Gewässern gewesen. Seinen Fang verkaufte er nicht an diesen Küsten, er brachte ihn nach Izmir, wo die Kunden schon auf seine Fische, Hummer, Krebse und Langusten warteten. Fischer Stefani hielt seinen Fang in einem Behälter, einem großen Becken, und stellte auf der Fahrt eigens einen Mann ab, der sich um frisches Wasser zu kümmern hatte.

Vasili öffnete die reich verzierte, echte Edirne-Truhe aus Zypressenholz. Tschinn, tschinn, tschinn, klingelte es dreimal. Mit welchem Schloss diese Truhen auch versehen sein mochten, an dieser hier hatte er gelernt, wie sie ohne Schlüssel geöffnet werden konnten. Ein Duft von Seife und nach Äpfeln vom Berg Ida schlug ihm entgegen. Er suchte sich seine Unterwäsche zusammen und legte sie auf den Tisch. Dann legte er noch ein Stück dieser duftenden rosa Seife heraus, von der er gar nicht mehr wusste, dass es sie noch gab, dazu noch ein Stück weiße Kernseife für die Wäsche. Mit dieser Seife gewaschene Laken und Bettbezüge wurden weiß wie Mastix und dufteten auch so. Wie seine Leinenhemden, die er in der Stadt gekauft hatte, bevor er eingezogen wurde. Dazu die Krawatten. Und drei Anzüge, maßgeschneidert. So gediegen gab es sie nicht einmal in Istanbul und auch nicht in Athen. Ja, er hatte eine sehr schöne Kindheit und Jugend gehabt. Der Vater hatte es ihm an nichts fehlen lassen, hatte ihn besser gekleidet und genährt als die Pfeffersäcke ihre Kinder. Und Vasili hatte es seinem Vater gleichgetan, auch er wurde einer der angesehensten Meisterfischer dieser Inseln. Seine Mutter starb, als er im Felde stand, doch erst nach seiner Rückkehr von der Front erfuhr er von ihrem Tod, und dass er in dieser Welt niemanden mehr hatte.

Beim Anblick des sorgsam aufgeräumten Hauses, wo alles noch an seinem Platz stand, kam er wieder zu sich. Morgen wird er heimlich herkommen, einen großen Kessel Wasser aufsetzen, sich mit dieser wohlriechenden Seife waschen und die schneeweiße, nach Mastix duftende Unterwäsche anziehen. Dann wird er sein Bett aus dem Schrank holen, es aufrollen und erst einmal so richtig ausschlafen ...

Es wird Zeit, aus Tanasis Haus ein Fässchen Oliven und ein großes Glas Wabenhonig herzuholen, sonst verhungert er noch. Und wenn er diesen Mann begraben und ein Kreuz auf sein Grab gesteckt hat, wird er die von Tanasi zurückgelassenen Vorräte herbringen. War dieser Mann tot, gab es ja keinen Grund mehr, im Panoramagemach eines Pfeffersacks oder in einer Höhle zu übernachten.

Er ging hinaus in den wütenden, die Umwelt in ein wüstes Durcheinander wirbelnden Regen. Bis er Tanasis Haus erreichte, zerrissen wohl fünfzehn Blitze den Himmel von einem Ende zum andern. Auch draußen über dem Meer zuckten sie wie stahlblau blitzende Klingen. Nun gab es für ihn kein Ducken und Schleichen mehr, aufrecht wie früher ging er durch Tanasis Türe, holte aus der Küche ein Fässchen Oliven und ein Glas Wabenhonig, verließ das Haus, und erst als er bei den Platanen um sich blickte, sah er den Hauptmann hochgereckt und bewegungslos vor der Mühle stehen. Bei jedem Blitz schälte sich die hoch gewachsene, einsame Gestalt erhaben aus dem Dunkel, stand da in einer Kugel von Licht, verschwamm dann im dunstigen Regen, bis nur noch ein kaum sichtbarer Umriss gleich einem Nebelstreif in der Dunkelheit zurückblieb und senkrecht davonglitt.

Es dauerte eine Weile, bis sich Vasili wieder gefasst hatte und in den Schutz der Häuser rannte, von dort hinunter zum Strand, aber dort nicht entlanglaufen konnte, denn immer wieder rollten riesige Brecher heran und leckten weit die Böschungen hoch. Er lief zurück ins Gestrüpp hinter dem Röhricht und ging in ihrem Schutz zu den Konaks. Der Regen peitschte ihm so hart ins Gesicht, dass er schwankte.

Als er den Konak erreichte, rannen Bäche von Regenwasser an ihm herunter.

Die Katze am Kamin öffnete bei seiner Ankunft ein Auge, schloss es aber gleich wieder und döste weiter. Vasili schichtete die Scheite auf die Feuerstelle, schob das kienige Tannenholz unter den Stoß und zündete es an. Die trockenen Ölbaumscheite fingen sofort Feuer. Im Schneidersitz hockte er sich davor, zog seine Jacke aus, hielt sie gegen das Feuer, und der Stoff begann zu dampfen. Noch immer geisterte der Hauptmann durch seinen Kopf. Was ihm wohl widerfahren sein mochte, dass er im Regen regungslos wie eine Säule dastand, gleich den erfrorenen Soldaten in den Allahuekber-Bergen. Ein Schneemännerwald zehntausender erfrorener Krieger auf den Berghängen. Bis der Frühling kam und die Sonne warm zu scheinen begann. Da schmolz der Wald, rissen Wildwasser hunderte von ihnen auf einmal zu Tal, ließen die einen dort liegen, schwemmten die anderen in die Flüsse.

Mit Mühe brach er einen Laib steinhartes Brot in zwei Hälften und legte sie in die Glut am Rande des Feuers. Als sie zu rauchen begannen, schob er sie auf den Marmorsockel und nahm sich einige Oliven aus dem Fässchen neben ihm. Die Katze öffnete die Augen und leckte sich. Er warf ihr eine Olive hin, auf die sie sich – so lob ich mir den Tag! – sofort stürzte und zu spielen begann. Im Nu hatte sie die kleine Kugel durchs ganze Zimmer und wieder zurück getrieben. Belustigt schaute er ihren Spielchen eine Weile zu. Dann aß er sich an dem abgekühlten Brot mit Oliven satt und trank einen Krug Wasser hinterher. Rundum zufrieden, nickte er gerade ein, als krachender Donner die Welt erbeben ließ. Schon als es blitzte, war der Hauptmann Vasilis erster Gedanke gewesen. Der Arme wird dort vor der Mühle tot umfallen, bedauerte er, doch kaum sich seines Mitleids bewusst, wurde er fuchsteufelswild; er sprang auf, griff sich die Mauser, während, gefolgt von ohrenbetäubendem Donner, die Blitze noch greller niedergingen. Vasili schoss das Magazin leer, lud es von neuem, schnallte sich den Patronengurt um, lief hinunter und marschierte zur Mühle. Das wilde Meer schien die Insel verschlingen zu wollen, die Blitze zuckten ohne Unterlass. Als Vasili sich der Mühle näherte, sah er Musa den Nordwind, dem das Zeug am Leibe klebte, dahintorkeln. Hatte er einige Schritte gemacht, blieb er stehen, und jedes Mal, wenn es blitzte und donnerte, stolperte er, stürzte fast, konnte sich aber gerade noch abfangen. Dann ging er mit eingezogenem Kopf tief gebückt, als suche er etwas, schwankend weiter. Er verfolgt eine Spur, schoss es Vasili durch den Kopf. Er geht wie ein Schlafwandler und verfolgt gleichzeitig eine Spur. Die meisten, die von der Ostfront gekommen waren und an den Dardanellen vorbeizogen, hatten so ausgesehen, so benommen, so aufgelöst, so verwirrt, so wie Schlafwandler. Ich hacke mir die Hände ab, wenn dieser Mann nicht beide Fronten erlebt und auch bei Dumlupinar gekämpft hat.

Der sich tief gebückt dahinschleppende Mann stolperte in immer kürzeren Abständen, bis er schließlich bei den hohen Platanen zu Boden fiel. Vasili rührte sich nicht von der Stelle. Dicht wie Stränge von Pferdehaar strömte der Regen aus allen Schleusen des Himmels, während Musa der Nordwind sich vergeblich quälte, auf die Beine zu kommen. Am Ende gab er auf und blieb bewegungslos liegen. Blitze zuckten, Himmel barsten, die Insel schwang wie eine Wiege, die Welt versank in Finsternis. Vor Vasilis Augen erschienen dunkle Schneemassen, unter denen Menschen und alle anderen Lebewesen zu Eis erstarrten. Wie konnte einer, der diesen Schnee ausgehalten und überlebt hatte, bei diesem Regen so versagen? Vasilis Herz floss über vor Mitgefühl: Musa den Nordwind aufheben, nach Hause tragen, Feuer machen, heißen Tee brühen, den Mann ausziehen, am Kamin ins ausgerollte Bett legen und ihm eine heiße Suppe kochen, all das ging ihm durch den Kopf. Aber wohin denn, Vasili, mein Junge?, fragte er sich, als er sich zu Musa auf den Weg machen wollte. Sei doch froh! Er stirbt also, und du, als reichten dir die nicht, die du im Krieg getötet hast, brauchst dir nicht auch noch seinetwegen das Herz schwer zu machen. Er stirbt ohne dein Zutun, ausgezeichnet! Macht es denn Sinn, ihn zu retten, um sich dann mit ihm zu belasten? Du leidest ja jetzt schon Höllenqualen. Stecke kein Kreuz mehr auf ein weiteres Grab. So in Gedanken ging er weiter, blieb stehen, kehrte um, verharrte nach einigen Schritten, machte wieder kehrt, setzte zögernd seinen Weg fort.

Der Regen nahm kein Ende, Vasili konnte die Hand fast nicht vor Augen sehen. Schon nah bei Musa dem Nordwind blieb er stehen und sagte sich: Ich sollte ihm auf den Kopf treten und den Mann begraben. Doch gleich darauf: ihn aufheben, auf dem Rücken davontragen, in wohliger Wärme zum Leben erwecken und ihm alle erlebten Schlachten, alle überstandenen Kämpfe erzählen … Er machte einen Schritt in Musas Richtung und zwei Schritte zurück. Der Regen spannte sich vor ihm wie ein Vorhang, hinter dem er ganz verschwommen nur den am Boden liegenden Musa ausmachen konnte. Doch während er sich selbstquälerisch noch in seiner Unentschlossenheit wand, geschah ein Wunder: Musa kam kerzengerade auf die Beine, schritt rüstig an der großen Platane vorbei und begann tief gebeugt die Erde abzusuchen. In dieser Haltung, doch ohne zu stolpern, bewegte er sich schneller als vorhin zu Tanasis Haus und klopfte an. Er hielt sein Ohr an die Tür, horchte, und als sich nichts regte, klopfte er schnell hintereinander heftiger an. Bricht er die Tür auf, bringe ich ihn um, knurrte Vasili, kniete nieder, legte das Gewehr an, doch im selben Augenblick, da er Musa aufs Korn nahm, kam dieser zurück, und Vasili musste sich hinter einen Busch werfen und dort liegen bleiben, bis Musa an ihm vorbeigegangen war. Danach machte er sich sofort wieder auf dessen Fersen. Seine Zähne schlugen laut aufeinander. Musa aber hatte den Kopf wieder eingezogen, ging rasch und stolpernd weiter, schaute aber laufend hinter sich, und jedes Mal, wenn er zurückblickte, warf Vasili sich hinter einen Busch oder in ein Erdloch.

Bis unter die Platanen blieb er Musa auf der Spur. Der Regen verwandelte alles in finstere Nacht, fiel hart wie Hagel. Unter der mittleren Platane machte Musa kehrt. Nur verschwommen konnte Vasili ihn wahrnehmen. Ihm schien, als lächle Musa ihm zu.

Immer wieder einen Blick zurückwerfend, rannte Vasili zu den Konaks. Unter den Platanen sah er Musa stehen, aufrecht, unbeweglich. Zähneklappernd sprang er auf die Treppe. Das Zittern hatte ihm so zugesetzt, dass er nur schwer Luft bekam. Mit Mühe erreichte er sein Zimmer. Bäche von Regenwasser rannen an ihm herunter, bildeten Lachen auf den Stufen. Schon auf der Türschwelle riss er sich die Kleider vom Leibe. Gut, dass sein Handtuch aus Bursa so groß und flauschig war und er sich trockenreiben konnte. Die Katze hatte ihn miauend im Erdgeschoss begrüßt, war um seine Beine gestrichen, ihm aber verschreckt ins Panoramagemach vorausgeeilt, als sie nass wurde. Abgetrocknet, streifte Vasili sich ein Hemd über. Noch immer schlugen seine Zähne aufeinander. Mit drei brennenden Kienhölzern, die er unter die Scheite schob, fingen diese sofort Feuer, das bald schon hell loderte.

Die Wolken hatten sich verzogen, strahlender Sonnenschein weit und breit. Die Erde dampfte, Busch und Baum, Felsen und Hügel lagen hinter weißen Schleiern, durch die Vasili auf dem Weg zum Anleger nur zögerlich voranschritt. Um ihn wellten sich die Nebelschwaden, rissen auf, schlossen sich wieder …

Vasili wartete auf dem Anleger, bis sich der Nebel verzogen hatte. Niemand verließ das Haus. Er ging zur Bank und setzte sich auf die von der Sonne ausgebleichten Bretter. Beim leisesten Knarren sprang er auf, rannte ins Röhricht und kam erst zurück, wenn sich am Haus nichts geregt hatte. Geduldig harrte er aus, bis der Tag sich neigte, es dunkel wurde. Dann, auf alles gefasst, ging er zum Haus, hielt sein Ohr an Tür und Fenster, horchte und versuchte alles Mögliche, um etwas zu erhaschen, vernahm aber nicht das leiseste Knirschen. Zuerst packte ihn der Zorn, doch dann überkam ihn Trauer. Musa der Nordwind war tot. Als schnürte ihm eine Faust die Kehle zu. Ja, er würde ihn begraben, sich aufmachen und davonziehen! Bis zum Morgen trieb er sich in der Nähe des Hauses herum, machte sich die schwersten Vorwürfe, ließ kein gutes Haar an sich selbst, war voller Reue. Wenn ein Musa der Nordwind seinen Fuß schon auf die Insel setzt, hätte er ihn da nicht gebührend empfangen, ihm Fische fangen, Tanasis Weine und Raki vorsetzen können, würde ein Mann wie dieser, der Kriege erlebt, dessen Gefühle des Mitleids und der Liebe gereift waren, ihm nicht freundschaftlich verbunden sein, ihm keinen Schutz gewähren, konnte ein Mensch, zumal ein den großen Bränden entstiegener und auf einer verlassenen Insel Zuflucht suchender, einem nicht zum Bruder werden?

»Wir sind aus der Asche desselben Feuers geboren«, rief er lauthals einige Male, ging hin und horchte mit dem Ohr dicht an der Tür, doch von drinnen nicht das leiseste Geräusch. »Er ist tot, tot, tot«, murmelte er, »was soll jetzt aus mir werden?«

Weit ausholend ging er unter die Platanen, eilte zurück, drückte sein Ohr an die Haustür; seine Neugier wuchs und wuchs.

Hoffnungsvoll hält er das Ohr an die Tür, wendet sich enttäuscht ab, weil sich da drinnen nichts regt, hastet zwischen Haus und Anleger hin und her, ist drauf und dran, die Tür einzutreten, doch kurz davor verlässt ihn der Mut, und er bekommt es mit der Angst bei dem Gedanken, Musa der Nordwind könne noch leben, rennt schließlich zu den Konaks, hetzt ins Panoramagemach und, nachdem er sich kurz ausgeruht hat, ungeduldig zurück zum Hause Musas, drückt sein Ohr an die Tür, horcht, und als sich nichts rührt, macht er sich auf zum Anleger, kommt zurück, will die Tür eintreten, bringt es nicht fertig, läuft zum Panoramagemach und nach kurzem Aufenthalt von dort wieder zu Musa dem Nordwind …

Wie lang dieses Hin und Her dauerte, ob eine Stunde oder hundert, einen Tag oder drei, er wusste es nicht, ging und kam immer wieder, sah nicht ein Mal Licht in Musas Haus angehen, nicht eine Flamme aufflackern, bekam Wutanfälle, wenn seine Kraft reichte, roch über seiner Schulter den Gestank von Musas Leiche, ging zur Höhle, zog vor Erschöpfung nur mit Mühe sein Boot ins Wasser, ließ den Motor an, kam nicht weiter als eine halbe Meile, fragte sich erschrocken, was tu ich nur, stoppte den Motor, überlegte eine Weile im dümpelnden Boot, erinnerte sich plötzlich an die allein zurückgebliebene Katze, fuhr zurück, um sie zu holen, steuerte das Boot in die Höhle, schlich müde vors Haus und presste sein Ohr an die Tür.

Wie lange er mit dem Ohr an der Tür ausgeharrt hatte, wusste er auch nicht mehr, als er von See her Motorengeräusch hörte, das verwehte und dann wieder herüberhallte. Es zu orten, war er nicht mehr in der Lage, und als er das Ohr von der Tür nahm, herrschte Stille. Dann hörte er es wieder, es wurde lauter, er schaute aufs helle, spiegelglatte Meer hinaus und sah weit draußen ganz verschwommen einen Kahn ... Eine ganze Zeit stand er dann abwartend auf dem Anleger. Der Kahn hielt auf die Insel zu, kam immer deutlicher zum Vorschein. Schließlich erkannte Vasili den Fischkutter, kam aber nicht darauf, wem er gehörte. Vasili blieb auf dem Anleger stehen, bis der Kutter sich auf eine halbe Meile genähert hatte. Zuerst erschien auf dem Deck ein mittelgroßer Mann, der bald wieder verschwand. Danach kam ein hoch gewachsener Mann, drehte sich nach rechts, nach links, wandte sich dann der Insel zu und blieb so stehen. Im selben Augenblick wusste Vasili, wer diese hoch gewachsene Gestalt sein musste, und ein freudiger Schauer durchzog ihn vom Scheitel bis zur Sohle, ja ratlos vor Freude lief er zum Röhricht, hielt es dort nicht aus, eilte zum Haus, presste das Ohr an die Tür, lächelte und trollte sich. Selbstvergessen ging er zwischen dem Röhricht, den Tamarisken und dem alten Ölbaum hin und her, und er flog fast vor Freude. Der auf seinem Rücken so mörderisch stinkende Tote war längst auf und davon.

Ungeduldig hin und her wandernd, blieb er schließlich auf dem Anleger stehen. Musa der Nordwind hatte seinen dunkelblauen Anzug angelegt, eine blaue Krawatte umgebunden und ein blaues Ziertuch in die Brusttasche gesteckt. Den Kopf bedeckte ein Kalpak aus Persianer, seine Beine steckten in langschäftigen Stiefeln, an seiner Brust hing der Freiheitsorden am roten Band, und sein Gesicht leuchtete vor Glück, dass jedermann vor Neid erblassen musste...

Sowie Musa der Nordwind einen Fuß auf den Anleger setzt, wird Vasili ihn umarmen und küssen! Er war so aufgeregt, dass er auf der Brücke auf und ab ging. Doch als der Kutter noch näher kam, flüchtete Vasili ins Röhricht. Als Erster sprang Musa der

Nordwind auf den Anleger, blieb dort stehen und wartete auf die andern. Dann kam Kapitän Kadri, der zunächst einem Pluderhosen, rote Bauchbinde und Krawatte tragenden hakennasigen, langgesichtigen, wimpernlosen, blauäugigen, schnauzbärtigen, pferdelippigen, sich streng gebärdenden, die Brust herauskehrenden, sich spreizenden, bestimmt zweieinhalb Stunden vor dem Spiegel seinen Schnurrbart zwirbelnden und immer auf Wirkung bedachten, kräftigen, hoch gewachsenen, schon ab Brustbein dickbäuchigen Mann helfend die Hand reichen wollte, die dieser aber wie eine lästige Fliege mit seinem Handrücken beiseite stieß, bevor er auf den Anleger sprang. Der imposante Mann half zuerst drei jungen Mädchen und einigen Kindern beim Aussteigen und danach drei Frauen im Tschador … Die Frauen trugen Schleier, sodass ihre Gesichter nicht zu sehen waren. Danach half er noch drei jungen Männern und noch einigen Kindern …

Musa der Nordwind führte die Gesellschaft zu den hölzernen Pritschen unter den Platanen. Das nackte, sonnengebleichte Holz wurde mit Kissen und Polstern nur ausgelegt, wenn alle Jubeljahre einmal Regierungsbeamte die Insel besuchten.

Gespreizt, die Brust gereckt, schlenkerte der imposante Mann heran und setzte sich auf den von Musa dem Nordwind ihm achtungsvoll angebotenen Platz. Seine massige Uhrkette, die von einer Westentasche zur anderen reichte, funkelte golden in der Sonne. Er schlug ein Bein übers andere und bewunderte eine Weile seine neuen, langschäftigen Stiefel. Dann wies er mit dem Zeigefinger die wartenden Frauen und Mädchen an, Platz zu nehmen. Als Letzte setzten sich die Kinder. Alle blickten zu Boden, niemand sprach. Kapitän Kadri hatte sich ans Ende der dem Ufer nahen Bank gesetzt, kümmerte sich nicht um die andern und beobachtete das offene Meer, als sehe er es zum ersten Mal. Musa war stehen geblieben.

»Irgendeinen Wunsch, Ali Pascha Selim Bey?«, fragte Musa der Nordwind. Ali Pascha antwortete nicht, nahm ihn gar nicht wahr. Musa wiederholte seine Frage mehrmals, Ali Pascha scherte sich nicht. Daraufhin ging Musa ans Ende der Pritsche, setzte sich, ließ

Ali Pascha aber nicht aus den Augen. Der Pascha starrte auf den Boden, sein Gesicht wurde immer mürrischer. Plötzlich schnellte er wutentbrannt auf die Beine und begann mit weit ausholenden Schritten zwischen Pritschen und Platanen hin und her zu wandern. Die andern verfolgten ihn mit ihren Blicken, drehten dabei die Köpfe, seinen Schritten angepasst, hin und her. Im Gehen runzelte er die Stirn, fuchtelte, zum Meer gewandt, mit den Armen, grollte; hin und wieder hämmerte er mit dem rechten Fuß so hart auf den Steg, dass dieser schwankte und die andern auf den Bänken jedes Mal zusammenzuckten, wenn er krachend wie ein Kanonenschlag auf die Bohlen stampfte. Manchmal verhielt er am Ende des Anlegers, beruhigte sich ein bisschen, schaute aufs offene Meer, drehte sich um, ließ die Augen über die Insel schweifen, betrachtete die Häuser, die Platanen, die Ölbäume in der Senke, die Windmühlen, das Röhricht, schwenkte den Blick zu den andern auf den Pritschen, musterte sie eine Weile, begann dann noch schneller seine Runden zu drehen, und sein verschwitztes Gesicht wurde von Mal zu Mal finsterer. Musa der Nordwind hockte da und verfolgte Ali Pascha Selim Bey mit ratlosem Blick. Der im Röhricht kauernde Vasili dagegen verfolgte Ali Paschas Ausfälle mit spöttischem Lächeln, streichelte seine Katze und konnte nicht umhin, den nackenstarr dasitzenden Musa zu bemitleiden. Die Angehörigen mussten an derartige Zustände Ali Paschas gewöhnt sein, sie verzogen keine Miene.

Am Ende war Ali Pascha Selim so erschöpft, dass er sich auf seinen staksigen Beinen kaum im Gleichgewicht halten konnte. Schließlich reckte er den Zeigefinger gegen Musa und befahl mit strenger Stimme: »Komm her!« Langsam erhob sich Musa, schritt gemächlich zu Ali Pascha Selim und sah ihm verwundert ins Gesicht.

»Du … Sie … Kennst du diesen Abdülvahab?«

»Ich kenne ihn.« Musa des Nordwinds Stimme bebte vor Zorn.

»Wie kennst du ihn?«

Musa der Nordwind noch zorniger: »Ich kenne ihn als einen sehr guten Mann.«

»Kann kein guter Mann sein, dieser Mann.«

»Und warum nicht?« Musa des Nordwinds Stimme klang jetzt schneidend hart, und im Nu glätteten sich Ali Pascha Selims verhärtete Gesichtszüge.

»Er kann nicht sein ein guter Mann, weil ich viele von diesen Menschen gesehen habe. Viele, viele solche hat es gegeben auf der Farm meines Großvaters, viele solche Lügner wie Abdülvahap. Sie waren Lügner wie jeder andere, doch nicht einmal unter ihnen so einer wie er. Hatte mein Großvater ein Schloss in Saloniki, wie das Schloss eines osmanischen Padischah, vierzig Zimmer. Hatte er auch Schiffe, elf Stück, pa, pa, pa! Schwammen bis Amerika. Hatte mein Großvater einen Großvater, der war Padischah. Nannten ihn Schädelschläger Ali Pascha. Großvater gab mir den Namen Ali Pascha, als ich geboren. Kam meine Großmutter, sie hatte einen Großvater, sein Name war Selim Pascha ...«

Je länger Ali Pascha Selim redete, desto freundlicher wurde er, lächelte sogar einen Augenblick, als er von seinem Großvater Schädelschläger Ali Pascha sprach. Vertraulich legte er seine Hand auf Musas Schulter, schob ihn zur Pritsche, und gemeinsam setzten sie sich.

»Als ich groß wurde, ein Schlaufisch, wie wir sagen, dachte ich, ein Mann kann nicht zwei Paschas sein, mir reicht der Pascha von Schädelschläger Ali Pascha, den Pascha von Selim Pascha will ich nicht. Sie sagten, zweimal Pascha, pa, pa, pa! Und ich sagte danke schön, was heißt danke schön, ich sagte, kann neben Schädelschläger Ali Pascha ein anderer Pascha denn bestehen? Kann nicht einmal ein osmanischer Padischah. Pa, pa, pa!« Er schlug mit der Rechten auf Musas Knie: »Pa, pa, pa! Dieser Abdülvahap ist ein großer Lügner, ist es so?«

»Kann ich nicht wissen.«

»Wie kannst du nicht? Er sagt mir: ›Ich habe goldene Medaille.‹ Er sagt mir: ›In Izmir habe ich sie ins Meer gejagt.‹ Er sagt mir: ›Ich habe die Griechen ins Meer gejagt.‹ Er sagt mir: ›Sieben Großmächte sind vor mir in die Knie gegangen.‹ Er sagt mir: ›Ich hätte Pascha werden müssen, doch Ankara hat mich nicht zum Pascha gemacht.‹ Er sagt mir: ›Dein Großvater Schädelschläger hat keinen Schädel eingeschlagen. Vielleicht ist er im Dorf Schädelschläger Ali Pascha gekommen auf die Welt und hat den Namen vom Dorf angenommen.‹ Vor Wut habe ich diese Finger auf ihn gestoßen, ihm fast die Augen ausgestoßen, er bekam Angst, sein Herz zersprang vor Angst … Pa, pa, pa!«

Und noch einmal hieb er auf Musas Knie.

»A beee, Musa Efendi, da gab es auch in unsrem Land einen Musa den Nordwind. Hatte drei Landgüter, sooo groß.« Dabei zeigte er aufs Meer hinaus und fragte dann mit großen Augen: »Und du hast ein Haus hier und eine Mühle, ist es so?«

»So ist es.«

»Welches Haus?«

Musa der Nordwind erhob sich, und Ali Pascha folgte ihm, als er einige Schritte machte und auf das Haus zeigte. »Das Haus da ist meins.«

»A be, das Haus sehr schön. Was noch?«

»Und die Mühle dort.«

»Welche?«

Musa zeigte auf die Mühle.

Laut lachend nahm Ali Pascha wieder Platz. »Aber hier doch kein Mensch. Nicht einmal Vögel. Du wirst mahlen Mehl für Ameisen? Sind viel Ameisen auf Ameiseninsel?«

»Natürlich sind viel Ameisen auf der Ameiseninsel«, lachte auch Musa. »Aber ihr seid ja auch hier.«

Er hatte kaum zu Ende gesprochen, da schnellte Ali Pascha schon auf die Beine, fast hätte er sich den Kopf am Ast der Platane gestoßen. »A be, ich auf dieser Insel wohnen? In diesem Gefängnis? So groß wie meine gehöhlte Hand? A be, für zwei Männer nebeneinander wird es hier ja schon zu eng. A be, du verrückt. Wickel du mich nicht ein! A be, da ist ein Standesbeamter mit Schnurrbart so buschig wie Schwanz vom Fuchs. Der soll ein Padischah gewesen sein in seinem Land Tschetschenistan … Hat Krieg gemacht gegen den Padischah der Russen. Und der hat mir gesagt, diese Insel mit Namen Ameiseninsel ist ein Paradies. Hat mir aber nicht gesagt, sie ist ein Vögelchennest, ein Vogelkäfig, ein Gefängnis für Menschen. Kommt dieser Padischah her und wird Standesbeamter in einem Dorf. Kommt in dieses Dorf dieser Abdülvahap, der in Izmir hat Griechen getrieben ins Meer. Ist Pascha General gewesen, ist Finanzdirektor geworden. A be, was für eine Türkei ist das hier? Da wird ein Padischah Standesbeamter und ein Pascha General wird Finanzbeamter, stimmt das?«, fragte er ganz verstört.

»Es stimmt«, antwortete Musa der Nordwind. »Er ist ein großer Khan, und dass er ein großer Khan ist, weiß die ganze Welt.«

Ali Pascha Selims Augen wurden kugelrund. »Es stimmt also!«

»Diese Tschetschenen sind die mächtigsten Könige, die mächtigsten Padischahs Kaukasiens. Sie haben sogar den, der Gott das Feuer raubte, aus der Hölle entführt und in den Himmel geschickt.«

»Gott bewahre mich, Gott bewahre! Wer kann denn aus Gottes Hölle das Feuer stehlen, Gott bewahre mich, Gott bewahre tausendmal!«

»Tschtetschenen stehlen es«, beharrte Musa der Nordwind. »Mein lieber Ali Pascha, diese Tschetschenen sind die tapfersten Recken des Menschengeschlechts. Sie haben noch keinem, nicht ihren blutrünstigsten Feinden in den Rücken geschossen.«

»Pa, pa, pa«, wunderte sich Ali Pascha Selim, »pa, pa, pa!« Dann warf er sich in die Brust: »Mein Großvater Schädelschläger Ali Pascha hat auch niemanden hinterrücks niedergemacht, auch nicht seinen schlimmsten Feind. Schädelschläger Ali Pascha, was mein Großvater war, marschierte in die russischen Reihen hinein, nahm seine Keule in die Faust, schlug jedem Feind, der ihm entgegenkam, ein Loch in den Kopf und hatte so bis zum Abend tausenden Soldaten den Schädel eingeschlagen. Da sagte der Padischah, ich habe dich zum Pascha gemacht. Du bist Schädelschläger Ali Pascha. Ist Abdülvahap auch ein General Pascha? Hat er auch Griechen ins Meer …«

»Er ist ein General Pascha. Ganz Griechenland hat er ins Meer …«

»Er hat Griechenland ins Meer geworfen, pa, pa, pa!«

»Ja, das hat er.«

»Pa, pa, pa! Mein Großvater Ali Pascha ist Wesir geworden und Großwesir. Ist sogar geworden Padischah. Padischah über Albanien und Griechenland ... Soll gehabt haben hundertdreißig Güter, einundsechzig Serails, alle Kristall. Sagt man bei euch Kristallpalast?«

»So sagt man bei uns. Eben dieser Üzeyir Khan, Khan der Tschetschenen, hatte am Zauberberg Kaf einen Kristallpalast, der konnte der Sonne sagen, ruh dich heute aus, ich leuchte für dich!«

»Pa, pa, pa! So ein Padischah soll dieses Beamterchen gewesen sein?«

»Und was für ein Padischah! Die russischen Zaren zitterten vor ihm, fielen vor ihm auf die Knie.«

»Der Padischah der Osmanen fürchtete meinen Großvater Schädelschläger, sagte sich, eines Tages schlägt er auch meinen Schädel ein, und er lockte meinen Großvater in eine Falle. Als dieser auf einer Insel auf den Waffenstillstand wartet, kreisen osmanische Schiffe die Insel ein. Mein Großvater hatte fünf Söhne, allesamt Helden, und alle fünf Söhne zogen ihre Säbel. Und mein Großvater Schädelschläger packte seine Keule und schlug auf die Feinde. Er kämpfte so wie der Löwe Gottes, der heilige Ali, vierzig Tage und Nächte, und er fiel im Kampf und flog im selben Augenblick ins Paradies. Die Köpfe seiner fünf Söhne und auch sein heiliger Kopf ruhen nebeneinander in der Moschee Aya Sofya in Istanbul. Und immer Freitagnacht fallen Lichter vom Himmel, so groß«, er öffnete weit die Arme, »und sie leuchten über ihren Häuptern so groß, sieh, so groß, so groß. Und wenn diese Lichter ganz Istanbul erhellen, gehen die Istanbuler auf die Balkone, pa, pa, pa! Wie gut, dass Gott ein Licht dem Schädelschläger schickt, so wird die Nacht von Istanbul zum Tage. Und die heiligen Gebeine meines Großvaters ruhen in der Großen Moschee, die er selbst in seiner Heimat bauen ließ.«

»Und der Khan der Tschetschenen, Üzeyir Khan ...«

»Komm«, unterbrach ihn sanft Ali Pascha Selim, »komm, mein

Musa, Bruderherz, komm und höre, was ich dir jetzt sagen werde.« Er hängte sich bei ihm ein, ging mit ihm zur Kirche und blieb unter dem Kirchturm stehen: »A be, eine sehr große Kirche. Sie haben viel Geld dafür ausgegeben, aber woher bekommen?« Sie gingen in die Kirche hinein. »Nicht in Thessaloniki und nicht in Athen gibt es so eine Kirche, überall vergoldet. Und nichts angerührt, sie haben alles so belassen. Sogar das Bild und die Skulptur von Jesus. Ans Kreuz geschlagen, die Augen geschlossen, er weint in sich hinein, er wartet auf seine verehrte Mutter. Gott bewahre mich, Gott bewahre mich: sie sagen, Jesus ist ein leiblicher Sohn Gottes.«

»Gott bewahre mich!«, entsetzte sich auch Musa der Nordwind.

Der andere ergriff Musas Arm, führte die Lippen dicht an sein Ohr und flüsterte: »Hör gut zu, jetzt sage ich dir ein Geheimnis, dass du es niemandem weitersagst, dann wirst auch du reich und ich auch … Aber wenn du es jemandem sagst, wenn es die türkische Regierung auch nur hört – die arme Regierung stirbt vor Hunger –, dann tötet sie uns. Nun, sag schon!« Er fasste ihn an die Schulter und schüttelte. »Du gefällst mir. Nun schwöre bei deinem Vater, beim Heiligen Buch … Du wirst unser Geheimnis nicht ausplaudern, wirst unser Leben retten. Darauf deine Hand!« Er packte seine Hand und begann sie zu schütteln. »Gib mir dein Wort, du wirst unser Geheimnis nicht verraten!«

Als wolle er sie ausreißen, schüttelte er unentwegt Musas Hand und wiederholte jedes Mal: »Gib mir dein Wort!«

Am Ende konnte Musa der Nordwind nicht anders und sagte: »Mein Wort darauf!«

»So nicht. Sag: Ich schwöre beim Koran!«

»Schwören kann ich nicht.«

»Du kannst. Beim Leben meines Vaters und meiner Mutter. Sogar beim Koran …« Ali Pascha Selim wurde immer ungehaltener, und je wütender er wurde, desto wilder schüttelte er Musas Hand. »Du wirst schwören, du wirst reich werden, reich wie Harun … Sogar wie Sultan Süleyman!«

Als Musa befürchten musste, Ali Pascha würde den Arm entweder brechen oder auskugeln, schob er den rechten Fuß vor, verlegte seine ganze Kraft in die Beine, stemmte sich ab und zog mit einem Ruck die Hand aus Ali Paschas Griff.

Ali Pascha war ins Schwitzen gekommen, mit daumendick angeschwollener Schlagader stieß er prustend die Luft aus. »Nordwind Musa Efendi«, ächzte er, »ich habe Achtung vor dir. Siehst aus wie braver Mann. Ich habe eine Landkarte. Du weißt, was ich meine?«

»Kann ich nicht wissen.«

»Du weißt, dass Schädelschläger Paschas Schatz größer ist als der Schatz der Osmanen?«

»Kann ich nicht wissen.«

»Du weißt, dass Schädelschläger ein Freund, ja wie Blutsbruder war des russischen Padischahs und der englischen, italienischen und französischen Könige?«

»Kann ich nicht wissen.«

»Die Osmanen haben Schädelschlägers Söhne geköpft, doch sein Nachlass ist geblieben. Noch bis voriges Jahr haben sie danach gesucht auf jener Insel. Nicht gefunden. Warum nicht gefunden, du weißt?«

»Kann ich nicht wissen.«

»Weil sie keine Karte in der Hand haben, nicht das kleinste Zeichen. Aber weißt du, dass ein Mann hat eine kleine Landkarte in Hand mit einem kleinen Zeichen?«

»Kann ich nicht wissen.«

»Und wer ist dieser Mann?«

»Kann ich nicht wissen.«

Ali Pascha schlug sich dreimal auf die Brust: »Sieh, dieser Mann bin ich. Und in meiner Hand habe ich auch einen Erlass vom Padischah, dass ich bin Schädelschlägers Enkel. Und ich habe eine Karte mit einem Zeichen. Du hast verstanden?«

»Ich habe verstanden.«

Ali Pascha freute sich so sehr, dass er vor Begeisterung Musa einen Schlag auf die Schulter versetzte, der noch unter den Platanen zu hören war.

»Du hast viel Verstand, viel Klugheit und viel Scharfsinn, verstanden?«

»Verstanden.«

»Ich küsse deine Augen und deine Wangen aus ganzem Herzen!«

Gut gelaunt hakte er sich wieder bei Musa ein. Unterwegs zu den weithin sichtbaren Villen fiel sein Blick auf die Schule, und sie blieben stehen.

»A be, und was ist dieser große Konak?«

»Die Schule.«

»Sehr reich diese Insel der Ameisen.«

»Sehr reich.«

»Hast du mir auch alles erzählt?«

»Ich habe dir alles erzählt.«

»Aber sie ist sehr klein, die Insel. Sogar zu klein für mich allein. Klein wie ein Schwalbennest.«

Bei den Konaks angelangt, blieb Ali Pascha stehen und musterte vom Ufer aus jedes Gebäude. »Hast du davon keins gekauft?«

»Davon keins.«

»Für wie viel Geld geben sie es?«

»Für drei bis fünf Goldstücke, aber du gehörst zu den Umsiedlern, von dir nehmen sie kein Geld.«

»Ich weiß, sie nehmen nichts von mir. Also kann ich dir eins geben. Ich sagte dir ja, hatte doch mein Großvater Schädelschläger Ali Pascha dreihundert Landgüter, ich habe sie bekommen. Der Grieche hat mir die Landgüter genommen und mich zum Umsiedler gemacht. Sie wissen, ich bin der Enkel von Schädelschläger Pascha, und sie haben Angst vor mir. Deswegen machten sie mich zum Umsiedler … Hast du schon von einem Napoleondor gehört?«

»Ich habe davon gehört.«

»Nun, ich habe Hand voll und Hand voll dieser Goldstücke dem griechischen Beamten gegeben und habe bekommen dafür einen Grundbrief über fünfzehntausend Morgen Land aus dem Erbe von Schädelschläger Ali Pascha. Diesen Grundbrief habe ich

Abdülvahap gezeigt, habe gesagt, gebt mir meine fünfzehntausend Morgenchen Land, die mir von meinem Großvater Ali Pascha zugefallen sind. Abdülvahap hat Grundbrief angeschaut und angeschaut, wir sind zusammen zum Grundbuchbeamten gegangen. Der Grundbuchbeamte hat sichs angeschaut und angeschaut, hat gesagt: In Ordnung, hat gesagt: Dieser Grundbrief ist ein stahlharter Grundbrief. Was soll ich da machen, hat Abdülvahap gesagt. Ich habe gesagt: Dann gehe ich zu Kemal Mustafa Pascha, der Griechenland ins Meer getrieben hat, der Marschall Tirikopis gefangen genommen und ihm bei der Gefangennahme den Degen zurückgegeben hat. Und ich habe in Ankara gesagt – hätte ich es nur nicht gesagt, wäre mir doch Zunge im Munde verdorrt –, dass ich Schädelschläger Ali Paschas Enkel bin. Danach bin ich zwei Monate hin und her. Sie haben über mich gelacht, haben mich auf diese Insel geschickt. Habe ich ihnen gesagt: Ich habe eine Landkarte und alles, was dazu gehört. Es gehört alles euch, der ganze Schatz von Ali Pascha. Ich kann ihn so leicht finden, als habe ich ihn mit eigener Hand versteckt. Ich habe gesagt: Die Türkei stirbt vor Hunger. Ich habe gesagt: Ich gebe euch auch den Grundbrief für das ganze Gelände. Dann wird Türkei in drei Jahren wie Europa. Du weißt es, ist es möglich?«

»Ja, ich weiß.«

»Du weißt; bravo! Ohne Verstand, diese Türkei. Sie sind nicht klug. Macht der Mensch aus einem großen Padischah aus Tschetschenistan denn einen Dorfbeamten? Sie haben keine Ahnung von Politik. Wenn sich Politik ändert, morgen, übermorgen, wird Üzeyir Khan wieder Padischah?«

»Er wird.«

»Er sieht ja aus wie ein Padischah. Ein Schnauzbart wie ein Fuchsschwanz! Wenn morgen Kemal Mustafa Pascha flüchtet nach Tschetschenien, machen sie ihn denn in einem Dorf zu einem Beamten? Keinen Verstand haben diese Osmanen.«

»Keinen Verstand. Tot und verfault.«

»Tot und verfault. Ich habe es mit diesen meinen Augen gesehen. Ich bin nach Ankara gegangen und habe ihnen, na, diesen

Erlass gezeigt. Schau, was hier geschrieben steht, hier steht: Ali Pascha ist der Erbe von Schädelschläger Ali Pascha. Und wer ist Ali Pascha? Ich!« Er hatte eine zerknitterte Urkunde in arabischer Schrift aus seiner Brusttasche gezogen. »Nimm und lies!«

Musa las eine Weile, verstand aber nichts und gab Ali Pascha das Schriftstück zurück.

»Sehr schwer zu verstehen. Um zu verstehen, du musst studieren in der Hohen Schule des Sultanats. Der Padischah hat es geschrieben, und wer ist Schädelschläger Ali Paschas Erbe? Wer?« Er schaute Musa erwartungsvoll in die Augen. Wartete mit so flehentlichem Blick auf Antwort, dass Musa der Nordwind schließlich lächelnd erwiderte: »Du.«

Erleichtert schlug sich Ali Pascha Selim Bey auf die Brust und jubelte: »A be, ich! A be, wer denn sonst? Hier der Grundbrief in meiner Hand. Nimm und lies!« Er reichte Musa eine nagelneue Urkunde in kyrillischer Schrift. Musa drehte und wendete das Blatt, verstand gar nichts und runzelte die Brauen.

»Ich weiß, du nicht verstehen. Den lesen in Ankara hohe Beamte, die haben besucht Hohe Schule in Athen. Die lesen, wie Nachtigall singt! Da steht geschrieben: Landgut fünfzehntausend Morgen. Sie werden mir hier geben fünfzehntausend Morgen. Wie viel dort, so viel hier. Doch sie geben mir keine Hand voll Land, verbannen mich auf diese Insel. Und noch auf die Insel der Ameisen. Stellen mir Falle, machen Schweinerei. Haben sie auch gemacht mit meinem Großvater Schädelschläger. Haben seinen Kopf abgeschlagen und auch Köpfe von fünf seiner Kinderchen, seiner Lämmchen. Sie bringen sie zum Padischah, Padischah schaut sich an abgeschlagene Köpfe, seine Augen groß wie Augen vom Tiger, denn Gesichter von Köpfen leuchten, blenden die Augen von Padischah. Sagt er seinem Großwesir: ›Baut diesen Heiligen sofort eine Türbe, so schön wie das Grabmal von Sultan Süleyman in der Moschee Süleymaniye!‹ Ja, sie haben mir Falle gestellt, haben mir gesagt, wie viel Haus und Güter du hast in Griechenland, so viel sie werden dir geben in Türkei. Und ich habe Beutel und Beutel voll Gold gegeben dem griechischen

Grundbuchbeamten und habe bekommen diesen Grundbrief. Hast du schon von Napoleondor gehört?«

»Ich habe davon gehört.«

»Ha, Maschallah! Du hast Verstand. Was wirst du anfangen auf dieser Insel? Schade um dich. Du musst großes Landgut haben und viel Gold!«

Plaudernd kamen sie zur Platane zurück. Kaum nahmen die andern sie wahr, erhoben sie sich alle gleichzeitig von den Pritschen, und erst nachdem die beiden Platz genommen hatten, setzten sich auch alle andern gleichzeitig wieder hin.

»So eine Insel will ich nicht. Hier gehe ich ein. Uns gehörte große Ebene. Dort galoppierten unsere edlen Araberpferde. Der Osmane weiß, wer ich bin. Verbannt mich auf die Insel der Ameisen. Wird hier abschlagen meinen Kopf und auf die Felsen dort werfen, die Vögel werden aushacken meine Augen, und die Ameisen fressen den Rest.«

Musa der Nordwind musste lächeln. »Dir wird hier nichts geschehen, mein Pascha«, sagte er mit sanftem Ton.

»Und wie mir was geschehen wird! Pa, pa, pa! Du weißt nicht, wie verschlagen der Osmane ist, wie blutrünstig. Er hat Burgen aus Schädeln gebaut zur Abschreckung. Auf der ganzen Welt gibt es nicht einen Menschenfeind wie diesen Osmanen. Was sagen sie im Ausland? Wo Türken, besonders wo Osmanen durchgezogen sind, wächst kein Gras mehr in alle Ewigkeit.«

»Ali Pascha mein, Selim Bey mein, den Osmanen gibt es nicht mehr, an seine Stelle ist die Republik getreten, jetzt ist alles anders.«

Ali Pascha erhob sich und rief mit geschwollenen Halsadern und rudernden Armen gewichtig: »Kann nicht sein, kann nicht sein, kann nicht sein.« Dann brüllte er aus voller Kehle: »Das kann nicht sein. Der Osmane ist sehr geschickt, ist sehr listig. Warum bin ich denn hier? Warum hat er mich aus meinem Land gerissen? Was habe ich ihm getan? Habe ich seine Hühner gescheucht? Er hat mich wie ein Raubtier aus Griechenland, aus meiner Heimat, aus meinem Haus geschleppt und hierher gebracht, warum? Wenn das keine osmanische Falle ist, was denn sonst, was sonst? Warum mich auf diese Insel? Ist Mustafa Pascha Kemal nicht ein osmanischer Offizier?«

»Er ist es, aber das hat nichts zu sagen. Er hat den osmanischen Padischah weggejagt.«

»Hat ihn verjagt und ist an seine Stelle getreten. Jaaa, ich weiß, an seine Stelle getreten. Ich weiß nicht recht ... Er wird mich wie meinen Großvater ... Auf dieser Insel ... Und die Ameisen ... Sie heißt ja auch Ameiseninsel.«

»Sie haben dich nicht hergeschickt, um dir Böses anzutun.«

»Ja warum sonst«, fragte er, in Schweiß geraten, während er sich erschöpft, aber auch beschwichtigt, wieder setzte, »ja, warum denn sonst?«

»Zu deinem Besten.«

»Die? Zu meinem Besten? Die haben erfahren, dass ich bin Schädelschläger Ali Paschas Enkel, die haben mir Grundbrief und Erlass aus den Händen genommen, haben mich ausgelacht, haben mir den Erlass des Padischahs vor die Füße geworfen, geht denn das?«

»Das geht nicht, aber diese Insel ist ein Paradies.«

»Was gibt es denn in deinem Paradies? Du verrückt?«

»Schau, diese Ölbäume, die gibt es nirgendwo sonst. Jeder Baum gibt dir fünf Sack Oliven.«

»Du verrückt. Bei uns in Griechenland gibt es tausendmal so viel Oliven. Macht zehntausend Kanister Olivenöl.«

»Sieh dir diese Aprikosenbäume an, diese Kirschbäume, diese Nussbäume!«

»Hab ich alle gesehen. In Griechenland zehntausendmal so viel.«

»Und hinter dem Hügel dort stehen wohl hundert große Bienenstöcke.«

Beim Wort Bienenstöcke stutzte Ali Pascha, sprach nicht mehr von Griechenland.

»Heißt das hundert Stöcke voll wohlgenährter Bienen?«

»So ist es.«

»Das ist gut.«

»Und da oben wachsen Feigen, süß triefend wie Honig.«

Ali Pascha runzelte die Stirn: »Oh, honigsüße Feigen.«

»Siebzehn Läden hast du gesehen, neunundvierzig zweistöckige, auch dreistöckige Häuser, die vielen kleinen nicht mitgezählt. Und das Meer voller Fische.«

»Wie viel Läden hast du gesagt?«

»Siebzehn.«

»Was machten sie auf dieser Insel mit diesen Läden?« Ali Pascha war ganz ruhig geworden. Er zog seine Gebetskette aus Bernstein mit einer goldenen Quaste am verlängerten Ende der Perlenschnur aus seiner Tasche und ließ sie mit lautem Klicken durch die Finger gleiten. »Ach, ach, alles, was mir von Schädelschläger Ali Pascha verblieben, ist diese Gebetskette. Der Osmane hat uns ganz und gar ausgeplündert. Was war mit diesen Läden?«

»Wie ich in der Kreisstadt erfuhr, sollen sie von hier Olivenöl, Fische und Honig nach Amerika exportiert und aus Griechenland, Italien, Frankreich und England Stoffe hergebracht und verkauft haben.«

»Pa, pa, pa!«, legte Ali Pascha wieder los, stutzte plötzlich und überlegte. »Unmöglich«, brüllte er dann. »Eine Insel wie meine hohle Hand. Wer kommt schon hierher und macht Handel?«

»Kann ich nicht wissen. So hörte ich es in der Kreisstadt.«

»Vielleicht stimmt es ja.« Er neigte sich an Musas Ohr: »Schau, Bruder Nordwind Musa Efendi, schau, wie viel Kinder ich habe! Wen werden sie denn auf dieser Insel heiraten, mit wem bauen ein Nest?«

»In Kürze schon wird diese Insel voller Leben sein.«

»Wer wird kommen«, sprang Ali Pascha brüllend auf, »wer wird kommen, wer?« Er zerrte Musa an den Schultern hoch und zog ihn mit sich bis ans Ufer.

»Die Welt ist voller Auswanderer«, entgegnete Musa, nachdem er seine Schulter aus Ali Paschas Griff gewunden hatte. »Dieser Krieg hat jeden, hat alle Welt ihrer Heimat beraubt. Jede Region ist schon überfüllt, sagen sie in der Kreisstadt. Wenn ihnen diese

Insel nur zu Ohren kommt, landen sie hier wie Heuschreckenschwärme.«

»Und du hast keine Ahnung«, brüllte Ali Pascha, der wieder puterrot angelaufen war, mit geschwollenen Halsadern. »Du hier eingehen, ja, sterben. Du hierher geflüchtet vor Feind. Du in Todesangst. Die Würmer werden deinen Kadaver fressen, und kein Hodscha wird da sein, dir lesen den Koran.«

»Das hier ist ein Paradies«, brüllte jetzt auch Musa der Nordwind. Er bebte vor Wut.

»Eine Hölle«, widersprach Ali Pascha.

»Was verstehst du schon unter Paradies. Hältst schon dieses dürre Griechenland für was Besonderes.«

»Keine Beleidigung mein Land Griechenland. Ich dich töten!« Stehenden Fußes ging er auf Musa los, doch Kapitän Kadri, dem bei diesem Gebrüll schon Böses schwante, rannte herbei und ging dazwischen.

In einem Anfall von Tobsucht schäumte Ali Pascha vor Wut, und Kapitän Kadri, der diesen grobschlächtigen Mann nicht bändigen konnte, schaute Hilfe suchend um sich. Musa stand etwas entfernt und schaute von oben herab verächtlich lächelnd den beiden zu.

»Kerl, das hier ist die Hölle, ist ein Brunnen voll Scheiße. Eine Insel, ha, ha!«

»Ja, diese Insel ist einer der schönsten Winkel von Gottes Himmel auf Erden. So einen paradiesischen Winkel findest du nicht in der Mandschurei, nicht im fernsten Arabien, nicht hinterm Zauberberg Kaf, nicht im Frankenland, nicht im heidnischen Griechenland und nicht auf der Insel Sumatra, wo der heilige Adam vom Paradies auf die Erde kam.«

Musa der Nordwind redete ohne Leidenschaft, sprach jedes Wort mit kaltblütiger Gelassenheit so ruhig aus, als sei gar nichts gewesen, und er fügte immer wieder leise hinzu: »Ein Paradies«, während der andere jedes Mal: »Hölle, Hölle« brüllte.

»Hier tummeln sich bunte, violette, rote, orange und blaue Schmetterlinge, schwirren Paradiesvögel in tausenderlei Farben.

Diese Insel ist ein Paradies, aber das können nur richtige Menschen verstehen und nicht einäugige Geschöpfe der niederen Art.«

»Du hast sehr viel von einäugigem Geschöpf, und dein Vater ist in Hölle«, schrie merklich ruhiger Ali Pascha.

Sie beschimpften sich so erregt, dass sie sich verhaspelten und außer Himmel und Hölle bald kein Wort mehr zu verstehen war.

Kapitän Kadri hatte Ali Pascha losgelassen, der sich jetzt vor Musa aufbaute und keuchend seinen Schnurrbart zwirbelte. Schweißgebadet starrte er ihm ohne einen Lidschlag in die Augen, als wolle er ihn im nächsten Augenblick verschlingen. »Hier ist der unterste Grund der Hölle. Hierher kommt keiner mehr. Das hier ist Friedhof. Geht ein Mensch denn freiwillig ins Grab?«

Ali Pascha sprach so leise, als sei er nicht derselbe, der eben noch so tobte. Wie gut, dass ich ihm nichts getan, dass ich ihm kein Wort an den Kopf geworfen habe, das ihn hätte zutiefst verletzen können, tröstete sich Musa, konnte dennoch nicht umhin zu sagen: »Das ist kein Friedhof hier.«

»Friedhof«, widersprach Ali Pascha. »Schau nach links: eine Mauer, schau nach rechts: eine Mauer, schau in den Himmel: eine Mauer, schau auf die Erde: eine Mauer. Da ist die Hölle!«

»Das ist keine Mauer, das ist das Meer.«

»Du haben Riss im Kopf?«

»Ich habe keinen Riss im Kopf.«

»Du keinen Kopf.«

»Ich habe Kopf.«

»Ich werde sagen Abdülvahap, ich werde sagen Talip Efendi, ich werde sagen Padischah Üzeyirmiş Khan, ich werde sagen: Dort sind Ameisen groß wie Pferde, fressen Menschen in einer Minute, bleiben nur ihre Knochen zurück auf den Felsen, und ihre Augen, wie schleimige Schnecken.«

Wie gestochen richtete er den Zeigefinger auf Musa: »Und das bist du!« Wieder packte ihn die Wut, schwollen seine Halsadern, begann er zu brüllen, war er im Nu schweißnass: »Ja, du bist es, du, du, wie schleimige Schnecke.«

Musa musste lachen.

»Gibt es Männer, sind frech und lachen auch noch.«

Auch er lachte. »Du bist Schleimschnecke!«

»A be, ich nicht Schnecke«, äffte Musa ihn nach, »du Schnecke, schleimig, tot. Ameisen gefressen, dich gefressen, schleimige Schnecke.«

Ali Pascha trampelte nur auf den Boden, lief zum Anleger, und alle unter der Platane sprangen auf.

Am Ende des Anlegers schlug Ali Pascha wieder mit dem Fuß auf die Planken und seufzte: »Ach, ach, wäre dies mein Land, ich dich werfen Stück für Stück den Hunden vor. Aber nicht einmal Hunde würden dich fressen.«

»Und bliebest du hier, ich risse dich in Stücke und fütterte damit die Haifische.«

»Sieh mich an, Hundesohn, ich weiß, was du bist! Lässt sich denn ein Mensch, der Mensch ist, auf so einem Gottesäckerchen nieder?«

»Auf Gottes Paradies! Bevor ich hierher kam, hatte ich all meine Ländereien verkauft und die ganze Welt bereist. Dann entdeckte ich diesen schönsten aller himmlischen Gärten und ließ mich her nieder. Was verstehst du schon von Himmel und Hölle.«

»Ich kenne die Hölle, und ich kenne dich. Kommt ein Mensch mit Vernunft allein hierher, geht er in die Hölle. Du fahnenflüchtig. Du hast getötet zehn Offiziere. Du hast getötet einen Pascha. Du hast getötet deinen Hauptmann, deinen Major, deinen General. Du geflüchtet vor dem Feind. Ergeben und geflüchtet. Hast aus deinem Namen gemacht Musa der Nordwind. Eine Lüge. Dein Name anders. Ich habe dich gesehen in griechischer Armee. Du ein Verräter. Gibt es denn Name Musa Nordwind? Du dir ausgedacht. Fahnenflüchtiger! Dich wird Regierung, dich wird sogar Padischah aufhängen.«

»Zur Hölle mit dir, du Hund von Prahlhans. Von wegen der Enkel vom Schädelschläger oder von wessen Hundehode auch immer ...«

Das Wort Hundehode hatte Ali Pascha schwer getroffen. Er

geriet außer sich, und Kapitän Kadri musste ihn festhalten, als er wieder mit erhobenen Fäusten auf Musa losging.

»Komm doch her!«, rief dieser zähneknirschend. »Mir reichts. Komm her, damit ich dich in Stücke reiße und jedes Stück einem Haifisch vorwerfe, damit ich mit dir dasselbe mache wie mit vier Obersten, zehn Generälen und acht Majoren! Du Hundehode, du schweineschwartiger Lude, komm her! Und solltest du noch einmal auf diese Insel kommen, schlage ich dir die Füße ab und werfe deinen Kadaver den Ameisen meiner Insel vor. Na los, Hundehode Ali Pascha, Schädelschlägers angedichteter Sohn!«

Kapitän Kadri drängte ohne Mühe Ali Pascha zurück, hakte sich bei ihm ein und brachte ihn auf den Kutter. Keuchend vor Erschöpfung ließ sich dieser auf die Netze nieder und nahm seinen Kopf zwischen die Hände, doch kaum dass der Motor zu laufen begann, sprang er auf, reckte mit ausgestrecktem Zeigefinger seinen rechten Arm gegen Musa und brüllte: »Du bist es gewesen, du Köterhode, du bist es gewesen, du schleimige Schnecke! Denkst du denn, ich weiß nicht, wer du bist? Ein Galgen und Pfahl entkommener, ins Gefängnis der Ameisen geflüchteter Sklave bist du. Weiß ich von Üzeyir Khan. Du bist Sklave, entkommen dem Galgen und dem Pfahl.«

Bis der Kutter im offenen Meer davonglitt, brüllte Ali Pascha Selim Bey, Schädelschläger Ali Paschas, ja Padischahs leiblicher Enkel Ali Pascha Selim Pascha: »Dem Galgen und dem Pfahl entronnen, dem Galgen und dem Pfahl entkommen, dem Galgen und dem Pfahl, Galgen und Pfahl ...«

Vasili, der aus seinem Versteck im Röhricht beobachtete, was da vor sich ging, wurde immer wütender auf Musa, empfand aber auch Mitleid, sogar ein bisschen Liebe für ihn, die ihn aber nicht von dem Vorsatz abbringen konnte, ihn am nächsten oder übernächsten Tag umzubringen.

Am nächsten Morgen sah Vasili, der sehr früh aufgewacht war, Musa am Ufer vor den Konaks stehen. Versunken betrachtete er das farbfunkelnde Meer und die hin und wieder fast einen Faden hoch aus dem Wasser schießenden großen und kleinen lila Fische.

Musas Gesicht leuchtete vor Glück, sogar seine goldgelben Schnurrbartspitzen schienen zu lachen.

Als Musa kurz vor Sonnenaufgang in die Tamarisken glitt, verhielt er plötzlich. Auf einem dünnen Zweig hockte ein Schmetterling mit ineinander verwobenen blauen, orangefarbenen, grünen und goldglänzenden Kreisen auf den rußgrauen, die Unterseite blutroten Flügeln, die sich laufend öffneten und schlossen. So ein Rot hatte die Menschheit noch nie gesehen, und sein Gesicht leuchtete immer heller, während er die sich langsam öffnenden und schließenden Flügel des Falters bewunderte. Ohne die Augen vom Schmetterling mit den so leicht wedelnden Flügeln zu wenden, blieb er hocken, bis die Sonne überm Hügel stand.

Auf den ausladenden Blüten und Kronblättern einer großen, orangegelben Frühlingsblume wimmeln schwarz gepunktete, dunkelrote Marienkäfer, fliegen auf, landen: ein rotschwarzer Freudentaumel auf grünen Blättern. Wenn sie auffliegen, blitzen ihre zarten Hinterflügel bläulich auf wie Stecknadelknöpfe. Musa hat sich mit gekreuzten Beinen vor die Blume gehockt, und ineinander vermischt, steigt flirrendes Stahlblau, Dunkelrot, Tiefschwarz und Gelbgrün auf und verschwindet in der Sonne. Ein Marienkäfer auf Musas gestrecktem Daumen krabbelt rastlos über Handrücken und Finger in den Handteller und zurück auf die Daumenkuppe, wo er schließlich stehen bleibt, seine Flügel öffnet; blaue Funken sprühen, der Käfer fliegt, und Musas Blicke folgen ihm. Der Käfer kurvt, schwirrt im Zickzack, verschwindet kurz, landet dann auf den goldgelben Kronblättern und bewegt sich nicht mehr. Ameisen, Brombeerblüten, blaue, duftende Keuschlammblüten … Ein Birnbaum, hoch wie die Platanen beim Anleger, steht in voller Blüte, weder Blätter noch Zweige sind zu sehen. Schon hundert Schritte entfernt von ihm dröhnt ein Gesumm und Gebrumm, dass der Mensch verstört innehält und meinen könnte, der Birnbaum stehe in Bienen, nicht in Blüte. Schwindel erregend duftet auch die ganze Umgebung nach Bienen und Blüten. Musa der Nordwind hat sich unter den Baum gelegt, lächelt trunken, sein Schnauzbart glänzt im milden Sonnenlicht. Wie Wolken gleiten gelbe, blaue, orange und milchweiße Schwärme von Schmetterlingen und Vögeln über die Insel. Bunt gefächerte Hauben, grüne, rote Flügel, gelbes und blaues Gefieder, gerade, lange Schnäbel, glänzende Federn, rabenschwarz, grünlichgrau, tausenderlei Orange … Hingerissen wandelt Musa mit großen Augen wie im Traum durch einen Frühling, der alles, was er zu bieten hat, in milder Luft vor ihm ausschüttet. Auch Vasili hat sich hinreißen lassen, ist hinuntergewandert zu den Pfirsichbäumen. Noch ist die Sonne hinter den gegenüberliegenden Bergen, doch das Meer schon milchweiß, die Welt erwacht, wird neu erschaffen. Er geht den Felshang entlang, spürt den scharfen Duft zwischen Felsspalten emporgeschossener Blumen, und während er zum sandigen und kiesigen Strand hinunterschlendert, beginnt das Wasser farbig zu funkeln. Vogelgezwitscher, der Duft des Meeres, der Blumen und Bienen …

Musa der Nordwind hat sich zwischen leuchtend gelben Ginsterbüschen ausgestreckt, er schläft. Erste Sonnenstrahlen fallen auf die Blüten, tauchen die Insel in gelben Schimmer. Noch tanzen die Sterne, verdecken fast den ganzen Himmel, so viele! Sie tanzen und schwingen. Der Duft abertausender Blüten und Blumen betäubt, was da krabbelt und schwirrt; und alles andere auf der Insel, bis hin zu Stein und Fels, ist wie im Rausch. Auch die Ameisen, betäubt von den Düften, liegen da in der Sonne, rühren sich nicht, dösen.

Vasili bekam es mit der Angst, als Musas Stirn zerfurchte und seine Gesichtszüge sich zur Fratze eines Höllenwärters verzerrten. Er entsicherte sein Gewehr und lud es durch. Dieser Mann muss sterben, sterben, sterben, sagte er sich zähneknirschend. Doch als er anlegte, wölkte vor ihnen ein Schwarm blauer Schmetterlinge auf, Musas Gesicht glättete sich, er strahlte vor Freude. Vasili ließ das Gewehr sinken, griff seine Katze, hastete nach Haus, legte sich ins Bett und zog die Decke über den Kopf.

Im Umkreis der Platanen blühte schon die Baumheide. Bis hinunter zum Meer übertönte ihr Duft alle anderen Gerüche des Frühlings.

Schon früh am Morgen war Musa der Nordwind bis zu den Platanen dem Duft der Baumheide nachgegangen und hatte sich weiter unten am Wasser auf einen weißen Stein gesetzt. Ein Rinnsal, das am Fuße der nahen, glatt aufragenden roten Felsen entsprang, sammelte sich in der ausladenden Felsmulde darunter. Sonnenstrahlen fielen auf den mit weißen Kieseln bedeckten Grund dieses Beckens, brachen sich und durchzogen das Wasser mit gleißendem Flitter, der sich in flimmernden Wellen auf dem roten Gestein widerspiegelte. Sinnverwirrend vermischten sich die roten Glitzer mit dem Duft der Baumheide, Licht und Duft, Lila und Rot, alles ging ineinander über. Ameisen, die sich aus ihrem Nest am Fuß des Felsens einen Weg in Einerreihe durch die Gräser bahnten, unterbrachen das Auf und Ab ihrer langen Reise nur hin und wieder, um sich prüfend zu beschnuppern. Vor der vier Finger breiten Quellnische lagen wie im Schlaf fünf Teichläufer mit gestreckten Stelzbeinen nebeneinander auf dem Wasser. Seit heute Morgen bin ich hier, und meine Nase ist noch immer nicht gegen den Duft der Heideblüten abgestumpft, er wird sogar immer durchdringender! Der Heideblütenhonig, den er als Kind so oft gegessen hatte, fiel ihm ein. Bis ins Knochenmark roch danach sein Körper nach Honig, und bis ins Knochenmark spürte er jeden Frühling erneut diesen Duft. Dass wie im Taurus auch auf dieser Insel Baumheide wuchs, erfüllte ihn mit freudiger Genugtuung. Aus welchem Grund auch immer glitt plötzlich einer der Teichläufer, schneller, als das Auge folgen konnte, quer übers Wasser zum gegenüberliegenden Beckenrand, stoppte ebenso plötzlich und blieb dort wieder stehen, als schliefe er. Bewegungslos ruhte sein Schatten auf den weißen Kieseln im glitzernden Wasser. Jetzt glitten auch die andern blitzschnell von einem Ende des Beckens zum andern, und wie im Freudentaumel rutschten plötzlich alle fünf in gleißendem Licht kreuz und quer übers Wasser, zogen schnurgerade Striche über seinen Spiegel, über die Kiesel, in den funkelnden Flitter; die Striche strecken sich, ziehen sich zusammen, die Wasserläufer flitzen hin und her, kreisen, die Linien laufen ineinander, ballen sich, lösen sich augenblicklich voneinander, ballen sich wieder zusammen, trennen sich, unmöglich, sie zu verfolgen! Die pechschwarzen Tierchen scheinen sich in Geschwindigkeit aufzulösen. Musa dem Nordwind wurde es schwarz vor den Augen, ihm schwindelte, er stand benommen auf, reckte und streckte sich und schlug die Richtung zu den Bienenstöcken ein. Warum gleiten diese schwarzen Tierchen eigentlich immer schneller dahin, bis sie nicht mehr gesehen werden können? Er zwirbelte lächelnd seinen Schnauzbart. Und ich? Warum und wohin rennen und rotieren wir denn so schnell? Ertragen obendrein noch diese erniedrigenden, beschämenden, tödlichen Ängste! Abrupt blieb er stehen, überlegte eine Weile, sein Gesicht straffte sich, die Stirn legte sich in Falten, Wut stieg in ihm hoch, verzerrte seine Züge zu einer finsteren Fratze, die sich aber fast im selben Augenblick entspannte und aufhellte. Vielleicht war es dieses Licht über dem Meer, das ihn so mit Freude erfüllte, vielleicht waren es diese tausendfach verschiedenen Farbtöne von Blau, vielleicht diese Platanen, diese Teichläufer, diese Glitzer auf den Kieseln im Wasser, diese Düfte der Heideblüten und Bienen, diese geballten weißen Blumen da unten, als habe sich eine weiße Wolke auf die Erde gesenkt, dieser Baum, dessen Zweige sich unter dem Gewicht der Bienen biegen, oder war es die Sehnsucht nach der Wärme eines Menschen, nach seinem Geruch, was ihn so freudig erregte, oder die Sehnsucht nach den schimmernden braunen Beinen einer Frau, nach ihren dunklen, leidenschaftlich leuchtenden Augen!

Vasili mit angelegtem Gewehr im Gestrüpp, senkte wieder den Lauf. Beim Anblick dieses bis ins Mark von Glück durchdrungenen Menschen bebte auch er vor Freude. Noch nie hatte er jemanden erlebt, der plötzlich so hell begeistert war. Er konnte den Blick nicht von Musa wenden. »Auf einmal leuchtet sein Gesicht«, murmelte Vasili. »Tötet man so einen Menschen?« Im selben Augenblick sah er Musa zum Anleger laufen. Er schaute hoch und entdeckte weit draußen einen Kutter, der auf die Insel zusteuerte. Musa war an den Platanen vorbei bis ans Ende des Anlegers geeilt, und während er hochgereckt den Kutter beobachtete, nahm Vasili seine Katze auf den Arm und schlug den Weg durch den Olivenhain zum Röhricht ein. Die Katze hatte im Haus eine große Maus gefangen und seitdem nicht mehr aufgehört zu schnurren.

Tief geduckt glitt Vasili durch die Tamarisken zum Röhricht. Dabei muss er wohl einige Narzissen zertreten haben, denn plötzlich duftete es überall nach ihnen. Die Hand am Kinn, wanderte Musa der Nordwind auf dem Anleger auf und ab.

Erst als der Kutter anlegte, blieb Musa der Nordwind abwartend stehen. Ein stattlicher junger Mann mit gezwirbeltem Schnurrbart und auf den ersten Blick auffallendem Fez mit lila Troddeln sprang als Erster auf den Anleger. Ihm folgte Kapitän Kadri, der Musa einen aus Kelimbahnen gefertigten Beutel entgegenstreckte. »Weißt du, was da drin ist?«, lachte er. »Randvoll Brot! Und weißt du, wer dir diesen Beutel schickt? Üzeyir Khan. Wer weiß, was noch im Beutel steckt.«

»Ich danke dir«, sagte Musa, ging mit Kadri zu den Platanen und legte den Beutel auf eine Pritsche. »Eine Frage, Kadri, bin ich der Erste auf dieser Insel, nachdem die Griechen sie verlassen haben?«

»Du bist es.«

»So weit, so gut, doch als ich auf diese Insel kam, sah ich weder Hund noch Katze. Hatten die Griechen denn keine?«

»Doch, sie hatten welche«, lächelte Kadri.

»Und wo sind sie geblieben?«

»Nun, das kann ich dir erzählen, Nordwind Musa Efendi. Nachdem die Griechen fort waren, trommelte der große Rais das Volk zusammen. Hey, Landsleute, habt ihr keinen Glauben, kein Gewissen? Katzen und Hunde sind noch auf den Inseln, die sich am Ende gegenseitig auffressen werden. Von Dorf zu Dorf ist er gezogen und hat so herzbewegend geredet, dass wir Küstenfischer uns an einem Morgen aufmachten und Kurs auf die Inseln nahmen.«

Musa der Nordwind stoppte Kadris Redeschwall, ging zurück zu dem jungen Mann, der noch immer auf dem Anleger stand, und reichte ihm die Hand. »Seid willkommen! Setzen wir uns doch dorthin!«, sagte er, ging mit ihm zu den Pritschen, bat ihn,

Platz zu nehmen, und setzte sich daneben. Dann wandte er sich wieder Kadri zu: »Und dann?«

»Wir durchkämmten die Inseln und sammelten an Hunden und Katzen ein, was noch zurückgeblieben war. Vielleicht sind uns auch einige entwischt, und Aussiedler, die ihre Haustiere mitgenommen hatten, gab es ja auch. Jedenfalls haben wir die von uns eingefangenen in den Häusern der Küstendörfer verteilt.«

»So, so«, murmelte Musa der Nordwind.

»Also«, ergriff der junge Mann das Wort, »mein Name ist Cemil. Ich bin Tierarzt.«

»Na, wunderbar«, entfuhr es Musa.

»Ich bin hergekommen, um mich hier niederzulassen. Außer Ihnen ist sonst niemand auf dieser Insel, stimmts?«

»Stimmt.«

»In der Kreisstadt wurde mir nicht gesagt, dass diese Insel so menschenleer, ich meine, dass außer Ihnen niemand hier lebt. Denn außer diesem Dorf gibt es kein anderes auf der Insel, nicht wahr?«

»Kein anderes.«

»Was soll ich denn tun, wenn ich mich hier niederlasse? Was machen Sie denn auf dieser Insel?«

»Gar nichts. Zurzeit tu ich gar nichts.«

»Und was essen und trinken Sie?«

»Ab und zu fahre ich hinaus und fische. Bevor wir aufbrachen, hatten Kapitän Kadri und ich reichlich Nahrungsmittel eingekauft. Und sehr viel Brot! Es ist schon steinhart. Ich feuchte es an, röste es in der Glut und lass es mir schmecken.«

»Gibt es denn keinen weiteren Menschen auf dieser Insel, keinen einzigen?«

»Doch, doch«, antwortete Musa, »einen gibt es. Seit dem Tag, an dem ich kam, weiß ich, dass es diesen Mann auf dieser Insel gibt. Sein Schatten geistert Tag und Nacht hier herum. Ich jage ihn, er jagt mich. Aufeinander trafen wir noch nie. Obs wohl ein Dschinn ist, eine Fee, wir begegnen uns nicht. Er macht mir große Angst, dieser Mann. Könnte ich nur einmal sein Gesicht sehen!

Und ich zerspringe vor Neugier, ob er ein Schaitan ist, ein Freund, ein Feind … Vielleicht ein Verrückter. Und weil er kommen und mich im Dunkeln töten könnte, find ich in vielen Nächten keinen Schlaf, und manche Nacht nicke ich ein mit dem Revolver in der Hand. So lebe ich in dauernder Todesangst. Ich habe so viele Schlachten überlebt, so viele Kämpfe überstanden, in denen ich unter hunderten Toden auswählen konnte, ich habe so viele Abenteuer erlebt und mich noch nie so gefürchtet. Der Mann ist wie mein Schatten.«

»Auf dieser Insel ist aber niemand«, entgegnete der Tierarzt Cemil. »Wenn der Mensch, Gott bewahre, in einer Öde so allein ist, noch dazu auf einer handtellergroßen Insel, sieht er auch Gespenster und Dschinnen, Schaitane und dem Meer entstiegene Ungeheuer mit sieben Köpfen … Sonst noch jemand? Irgendein Lebewesen? Eine Katze, eine Ziege, ein Pferd, ein Esel, ein Hahn?«

»Während der ersten Tage krähten einige Hähne, dann war nichts mehr zu hören. Ich glaube, hier gibt es auch keine Füchse.«

»Bestimmt hat dieser Geist die Hähne verspeist«, lachte der Tierarzt.

»Er ist kein Geist, Bruder Cemil.«

»Dann war es ein Fuchs.«

»Um diesen Mann zu finden, habe ich jeden Winkel der Insel abgesucht, habe das Unterste zuoberst gekehrt, dem Vogel unter die Flügel geschaut, der Schlange ins Nest. Nichts!«

»Ja, ja, das Einsamsein.«

»Nun, du bist ja gekommen, Freund, sei willkommen, mein Freund! Ich habe auf dich gewartet. Jetzt werden wir herausfinden, wer dieser Mann ist. Nachts wird einer von uns schlafen, der andere wachen, und der Mann kann keinen töten.«

Der Tierarzt senkte den Kopf. »Ich werde wieder gehen«, sagte er. »Gibt es hier Pferde, Rinder, Katzen und Hunde, Schafe und Ziegen, Giraffen, Löwen, Tiger, Füchse, Schakale, Hasen, Luchse, Leoparden, Falken, Habichte und rote Adler?«

»Nein, aber Fische.«

»Ich verstehe nichts von den Gebrechen der Fische!«

»Wenn du willst, führe ich dich herum. Diese Insel ist das von Gott den Menschen geschenkte Paradies auf Erden. Steh auf und komm mit mir nur bis zu jenem Baum!«

Er nahm den Tierarzt bei der Hand, und noch bevor dieser sich widersetzen konnte, hatte er ihn zum voll in Blüte stehenden Birnbaum gezogen. Der Baum brummte und verbreitete in der milden Sonne einen mit Bienengeruch vermengten unglaublichen Duft.

Von leichtem Schwindel erfasst, ging der Tierarzt kurz in die Knie. Er brachte kein Wort über die Lippen. Musa, der nicht von seiner Seite gewichen war, ließ ihn nicht aus den Augen. Erst nach geraumer Weile fasste sich der Tierarzt wieder, eilte weit ausholend den Hang hinunter, ließ sich auf die Pritsche fallen und sagte nach kurzer Atempause: »Ich gehe, mein Freund. Warum die Kameraden in der Kreisstadt mich hierher geschickt haben, verstehe ich nicht. Ich habe im Krieg alles verloren: mein Dorf, meine Stadt, Mutter und Vater, alles. Hergekommen bin ich, weil es hieß, sie verteilten die von den Griechen verlassenen Höfe, Felder und Häuser. Doch sie schickten mich auf diese öde Insel. Ich war der Meinung, es gäbe hier fünf oder zehn Dörfer, darunter einige türkische … Mit Katz und Hund und Pferd und Rind.«

»Diese Insel wird bald wieder voller Menschen sein.«

»Das wird sie nicht. Und wenn: wie viel Personen kann sie denn aufnehmen und ernähren?«

»Schau doch, wie viel Häuser da stehen.«

»Kein Mensch kommt auf diese Insel. Wenn doch, dann nicht mit arabischen Vollblütern und doppelt kalbenden Kühen. Also dann: Gott befohlen!« Er sprang auf und fügte lächelnd hinzu: »Das hier ist ein Paradies, aber nur ein Paradies. Drum solltest auch du dich auf der Stelle davon trennen, bevor dich das Gespenst verschlingt, und dir ein Plätzchen suchen. Ein Gehöft, ein Dorf, und solltest dus nicht finden, im Gewimmel einer Großstadt verschwinden. Du kannst lesen und schreiben und machst den Eindruck eines klugen Menschen. Auf dieser Insel findet dich ein jeder, doch keiner im Gedränge einer Stadt.«

»Ich weiß«, erwiderte Musa. Er hatte gehofft, der Tierarzt werde sich hier niederlassen. Enttäuscht brachte er kein weiteres Wort mehr über die Lippen.

Der Tierarzt nahm Musas wie leblos erschlaffte Hand und drückte sie. »Nimms mir nicht übel!«, bat er. »Und hätten die Fischer die Hunde und Katzen nicht von den Inseln geholt, wären sie verwildert, hätten alle anderen Tiere gefressen und wären schließlich übereinander hergefallen … Vor fünfzehn Jahren hatte der Bürgermeister von Istanbul alle herrenlosen Hunde der Stadt einfangen und auf der Spitzen Insel aussetzen lassen …«

»Ich weiß«, unterbrach ihn Musa, seine Augen funkelten vor Wut.

Gefolgt von Kapitän Kadri, hastete der Tierarzt zum Kutter und verschwand unter Deck. Kurz darauf sprang der Motor an, und das Boot nahm sofort Fahrt auf. Wie benommen stand Musa da, bis der Kutter verschwunden war. Ja, es ist Zeit zu gehen, konnte er nur noch denken. Mit letzter Kraft öffnete er die Haustür, schleppte sich die Treppe hoch, ging in sein Zimmer, vergaß allerdings nicht, hinter sich abzuschließen, bevor er sich, angezogen, wie er war, aufs Bett fallen ließ.

Schon von weitem hatte Musa den aufkommenden Kutter entdeckt. Er lief zum Anleger hinunter und begann am Ende des Stegs auf ihn zu warten. Ein magerer Mann erschien am Vordeck, senkte vor der blendenden Sonne den Kopf und rieb sich die Augen. Musa streckte ihm die Hand entgegen und stützte ihn beim Aussteigen. »Ich danke dir, mein Sohn und Efendi!« Musa konnte seine Überraschung nicht verbergen: »Nichts zu danken, mein Efendi!«

Der Führer des Kutters, auf dessen Deck sich Netze stapelten, kam an die Bordwand: »Soll ich dich, wie abgemacht, gegen Nachmittag wieder abholen? Übrigens, als die Griechen fort waren, hab ich auf diesen Inseln Hunde eingefangen.«

»Komm nur«, antwortete der magere Mann, »vielleicht werde ich nur noch bezahlen, wenn du nachher kommst. Gute Fahrt!«

»Danke, Väterchen.«

Der Kutter legte ab, Musa nahm den mageren Mann beim Arm, führte ihn zu den Pritschen, und während sie nebeneinander Platz nahmen, reichte der Mann Musa die Hand: »Ich bin Doktor Selman Sami, Militärarzt und pensionierter Major.«

»Und ich Musa der Nordwind. Ich bin geehrt, mein Efendi, seid willkommen!«

»Danke, mein Sohn. Was meinte dieser Fischer, als er sagte, er habe auf diesen Inseln Hunde eingefangen?«

»Wie ich hörte, konnten viele Griechen ihre Hunde nicht mitnehmen, als sie die Inseln verließen. Die Küstenfischer haben die Tiere eingefangen und in den Dörfern verteilt, damit sie nicht verhungern.«

»Ach so, der Fall Spitze Insel. Erzähle ich dir später, ein Trauerspiel.«

»Haben Sie Ihren Grundbrief schon in der Tasche?«

»Welchen Grundbrief?«

»Den Grundbrief von Ihrem Haus. Sind Sie denn nicht gekommen, um sich hier niederzulassen?«

»Ich habe weder Grundbrief noch Haus. Und ob ich mich hier niederlasse, weiß ich nicht. In der Kreisstadt sagten sie, außer Ihnen gäbe es niemanden auf der Insel.«

»Einen gibt es.«

»Wo? Und warum ist er nicht hier?«

»Ein unsichtbarer Mann. Seitdem ich hier bin, sehe ich nur seinen Schatten, sein Gesicht sah ich noch nie. An manchen Tagen verfolgt er mich von morgens bis abends, vom Abend bis in den Morgen, an manchen Tagen verfolge ich ihn, doch wir treffen uns nie.«

»Wenns nur kein Gespenst ist!«

»Sie auch, Doktor?«

»Auf dieser Insel sind viele Soldaten gestorben. Hunderte, tausende. Wenns nur nicht der Geist von einem dieser Toten ist …«

»Heißt das, Sie waren längere Zeit auf dieser Insel?«
»Über ein Jahr.«
»Und ich dachte, Sie wollten sich hier niederlassen.«
Doktor Selman Samis Gesicht wurde aschfahl, seine Hände begannen zu zittern, er stand auf und ging in Richtung Kirche davon. Er zog den Fuß ein bisschen nach, etwas stärker noch, wenn die Schöße seines langen Soldatenmantels, der ihm über die Schultern hing, um die Beine schlugen.

Seine Hosen waren nagelneu, die Bügelfalten scharf wie Schwertklingen. In der Brusttasche seiner Jacke, die aus demselben neuen Stoff gefertigt war und wie angegossen saß, steckte ein schneeweißes, seidenes Ziertuch. Auch die blau gepunktete Krawatte schien er erst heute gekauft zu haben, genau wie das Hemd, die Schuhe und Strümpfe. Vor der Kirche blieb der Doktor stehen. Er drehte sich um und schaute Musa, der ihm gefolgt war, mit bitterem Lächeln an. Ein Lächeln wie ein Schrei, durchfuhr es Musa den Nordwind, es ist wie das bittere Lächeln in Tränen aufgelöster, wehklagender Frauen bei ihren Totengesängen.

»Ist die Kirche offen?« Seine Stimme klang, als läge er auf dem Totenbett, obwohl sein längliches, gut geformtes Gesicht noch jung und gesund aussah.

Musa eilte zum Portal, öffnete, und leblos und bleich wie ein wandelnder Toter ging der Doktor über die Schwelle, wo er gleich stehen blieb und seine Blicke über die blau und grün getönten Kirchenfenster wandern ließ. Wie damals schaute in ihrer Mitte der geneigte Kopf von Jesus mit traurigen Augen auf die Welt herab. Was haben diese Augen nicht alles gesehen, dachte der Doktor, wie viele tausende Verwundete, zerfetzt, geblendet, mit hervorquellendem Gedärm, wie viele tausende … Und wie viele tausende Sterbende, den Todesschrei auf den Lippen. Der Donner aller Kanonen der Dardanellen, der erzitternde, wie eine Wiege schwankende Boden, die himmelhoch aufspritzende Erde und Fontänen von Wasser, die über sie hereinbrachen und von den Beinen riss, wer wie er keinen Halt gefunden hatte. Musa sah, dass er schwankte, hakte sich bei ihm ein, Selman Sami schnappte wie ein sterbender Vogel nach Luft und konnte gerade noch: »Gehen wir hinaus!« sagen. Sie traten ins Freie. »Lass uns auf den Hügel steigen«, keuchte er, und erst auf dem Weg zum Hügel lebte er wieder auf und begann sofort schneller noch als Musa auszuschreiten. Oben angekommen, setzten sie sich mit dem Rücken an den schriftverzierten Marmorstein nebeneinander ins Gras. Der Doktor lebte auf, er bekam Farbe und nahm auch den Duft der Erde, der Blumen und Gräser wieder wahr. Vom Tal tönte der Gesang eines Vogels, den Musa noch nie vernommen hatte. »Hör doch, mein Sohn, dieser Gesang kommt aus dem Paradies, es ist ein Paradiesvogel, der da singt!«

»Ich habe ihn noch nie gehört«, erwiderte Musa.

Der Doktor begann zu erzählen. Von den Dardanellen und den Kämpfen, von dieser Insel, von den Verwundeten, die in den von der Senke bis zu diesem Gipfel aufgeschlagenen Zelten untergebracht wurden, nachdem in der Kirche, in der Schule und in den Häusern kein Platz mehr für sie war. Und während er noch überschwänglich von den Inseln, den Hunden und der Spitzen Insel erzählte, sprang er plötzlich mit den Worten: »Menschensöhne, Menschensöhne, so sind sie, die Menschensöhne!« auf die Beine, kreiste einige Mal um seine eigene Mitte und rief: »Fliehen wir, fliehen wir, fliehen wir von hier! Vier Mauern, vier dunkle Mauern rundum, vier dunkle, dunkle Mauern, die schäumend im Galopp über uns kommen.« Er wankte, Musa hakte sich bei ihm ein, und während sie den Hang abstiegen, murrte und knurrte der Doktor in einem fort.

Sie hockten sich unter die Platane. Doch kaum hingesetzt, sprang der Doktor wieder auf und eilte ans Ende des Anlegers. »Wo bleibt nur dieser Mann, der Fischer? Oh Gott, oh Gott, oh Gott! Ich platze, ich drehe durch, ich halte es hier nicht mehr aus! Tun Sie mir den Gefallen, bringen Sie mich auf der Stelle fort von hier, Musa Bey, sofort, sofort, ich bitte Sie … Ich bitte Sie sehr! Ich sterbe, wenn ich hier noch länger bleibe. Ich bitte Sie sehr! Ich kann nicht bleiben, nein, das kann ich nicht, of, of, of, ooof, Musa Bey, mein Sohn, ich werde sterben, werde sterben, ich halte es nicht aus. Werfen Sie mich in Ihr Boot, und bringen Sie mich in die Kreisstadt, von dort fahre ich nach Istanbul. Ein Albtraum, ein Albtraum, Efendi, ein unerträglicher Albtraum. Befreien Sie mich, bringen Sie mich fort von hier, ich küsse Ihre Hände, ich ersticke!« Er hängte sich bei Musa ein, zog und jammerte. Vasili hatte viel über diesen Doktor, einen herzensguten Menschen, wie es hieß, gehört. Selbst als Verwundeter hierher gekommen, sei er sofort zu den schwer Verletzten geeilt und habe sich um sie gekümmert, noch bevor seine blutverkrusteten Wundverbände abgenommen werden konnten. Die Ärzte mussten ihn zurückholen und ihn dazu zwingen, sie sich erneuern zu lassen.

»Ich ersticke, ich ersticke!«

Könnte Vasili doch das Röhricht verlassen, einen Strauß Narzissen pflücken, dem Doktor bringen und ihm sagen: »Ein bisschen Geduld noch, mein Doktor! Wir kennen dich sehr gut, du bist ein sehr guter Mensch ...«

»Wann kommt dieser Fischer?«

»Bald, Efendi. Sagte er nicht gegen Nachmittag? Er wird bald kommen. Soll ich Ihnen einen Kaffee machen?«

»Machen Sie, machen Sie, aber lassen Sie mich nicht allein! Ich komme mit.«

»Bitte sehr, kommen Sie, Efendi!«

Gemeinsam gingen sie ins Haus, gemeinsam verließen sie es. Sie setzten das langstielige Mokkakännchen, den Zuckerbeutel, die Kaffeedose samt Tässchen auf der Pritsche ab, gingen gemeinsam auf die Suche nach Reisig, kamen, Musa vorweg, der Doktor dicht dahinter, zurück und machten gemeinsam Feuer. Bald schon duftete es nach frisch gebrühtem, schaumbedecktem Mokka, den die beiden genüsslich schlürfend tranken.

Den Doktor, der sich schon etwas erholt hatte, brachte der Kaffee voll und ganz wieder zu sich. »Verzeih, Musa, mein Sohn«, sagte er, »aber was haben diese Augen nicht alles gesehen, diese Ohren nicht alles gehört zwischen diesen stockfinsteren Mauern rundum! Verzeih! Dabei bin ich hergekommen, um mich auf dieser Insel niederzulassen. Bis an mein Lebensende wollte ich meine

Tage in diesem Paradies mit quicklebendigen Menschen verbringen und finde mich im undurchdringlichen Dunkel dieser Mauern wieder, die mich immer enger einkreisen. Wenn auch Sie nicht hier gewesen wären …«

»So ein Paradies bleibt doch nicht leer, mein Doktor. Es wird sich wieder füllen, wird wieder quicklebendig werden.«

»Wann kommt nur dieser Fischer, wann? Gehört das Boot dort nicht Ihnen? Können Sie mich nicht in die Kreisstadt bringen?«

»Ich habe keinen Motor, Efendi. Da brauchen wir mindestens einen Tag und eine Nacht, um hinzukommen.«

»Dann bin ich im Kahn schon gestorben.«

»Gott bewahre, Efendi!«

»Gott bewahre, Gott bewahre!«, besann sich der Doktor, stand auf, ging zum Anleger, kam zurück und murrte: »Platzen, ja platzen … Die ganze Insel, die ganze Welt, diese undurchdringliche Finsternis … Diese Mauer, unüberwindlich zwängt sie mich ein.«

Mit ausholenden Schritten ging er bis zur Kirche, und Musa hinter ihm her … Der Doktor betrat die Kirche, umkreiste mehrmals das Mittelschiff, eilte ins Freie, marschierte bis ans Ende des Anlegers, beschattete seine Augen und blickte aufs Meer hinaus. Nach einer Weile lief er wieder zur Kirche, machte kehrt, setzte sich auf die Pritsche, redete und redete. Er sprach schön wie ein meisterlicher Märchenerzähler, wie Honig floss ihm von der Zunge, was er berichtete. Bliebe er doch hier, wünschte Musa der Nordwind, keinen Handschlag brauchte er zu tun, sogar eine Frau, die ihm den Haushalt besorgte, brächte ich ihm aus der Kreisstadt her!

Mittendrin hörte der Doktor auf zu erzählen, ließ erschrocken seine Augen wie ein misstrauischer Vogel kreisen, sprang auf, ging zum Anleger, durchkämmte mit gespannten Blicken eine ganze Weile das Meer, kam zurück, eilte an den Platanen vorbei hinter die Häuser und blieb unter dem einer geballten Wolke gleich zur Erde hängenden Geäst des Birnbaums stehen.

»Komm, Musa der Nordwind, mein Sohn, komm her! Es

duftet, duftet und summt. Bienen über Bienen summen und summen.«

Musa lief den freudigen Rufen entgegen.

»Sieh ihn dir an, sieh, wie von Sinnen dieser Baum! Welche Pracht und welcher Duft. Und wie viele Bienen. Ich war so lange auf dieser Insel und habe diesen Baum nicht gesehen!« Traurig senkte er den Kopf. »Was konnte das Auge des Menschen in jener Zeit denn anderes erblicken als Blut, Eiter und Tod.« Und wieder ganz plötzlich: »Schau, schau, schau! Schau dir den Vogel an!«

Musa der Nordwind schaute zu dem Ast empor, auf den der Doktor zeigte und wo ein Vogel mit eingezogenem Hals zu schlafen schien.

»Schau, schau!«

Noch nie hatte Musa einen Vogel gesehen, der in einem so unglaublichen Blau funkelte.

»Schau, schau! Gibt es denn im Paradies auch so ein Blau?«

»Nein«, antwortete Musa.

»Nein«, wiederholte der Doktor, »nein.«

Musa sah den Fischkutter von der östlichen Inselspitze herankommen, brachte es aber nicht über sich, den in den Anblick des Vogels versunkenen Doktor darauf aufmerksam zu machen.

Der geduckt dahockende Vogel reckte seinen Kopf, streckte seinen langen, wohlgeformten schwarzen Schnabel ins Gefieder, kratzte sich, öffnete die Flügel, schlug einige Mal mit ihnen, hob ab und flog übers Meer davon. Der Doktor, der den Flug mit seinen Augen verfolgte, entdeckte den aufkommenden Kutter und fragte mit ruhiger Stimme: »Ist das nicht unser Kutter, der da kommt?«

»Ja, der«, antwortete Musa wie ertappt mit wütender Stimme, schürzte verächtlich die Lippen und wiederholte: »Ja, der.«

Als sie die Brücke erreichten, hatte der Kutter schon angelegt. Der Doktor sprang sofort an Deck und blieb dort stehen. »Ich werde wiederkommen, mein Sohn«, rief er. »Dies war mein erster Besuch. Ich war nicht darauf gefasst, diese Insel so verlassen vorzufinden. Ich komme wieder. Und zwar bald.«

Als drossele eine Faust seine Kehle ab, brachte Musa kein Wort über die Lippen. Er blieb dort stehen, bis das Boot aus seinem Blickfeld verschwand.

Vasili glitt vom Röhricht zu den Tamarisken. »Dreckskerl, Feigling, Memme, Unmensch! Auch wir haben den Krieg erlebt. Deine Dardanellen waren dagegen ein Kinderspiel, und dennoch war keiner so durchgedreht wie du! Was hast du nicht alles erzählt!«

Vieles geschah in der Stadt Istanbul, hat er erzählt. Diese Stadt ist ein Meer von Blut, in ihr wurden viele Padischahs, Großwesire und Wesire getötet. Sultan Osman wurde schon mit neunzehn Jahren in den Verliesen von Yedikule geschändet, bevor man ihn erdrosselte. Ihn, einen Padischah des erhabenen Osmanischen Reiches und Kalifen, also Stellvertreter des Propheten! Es geschahen noch viele große Dinge in der Stadt Istanbul: In Strömen wurde das Blut des armen Volkes vergossen; unbeschreiblich, was in der Stadt Istanbul geschah. Da fehlen einem die Worte. Da schlachteten Padischahs ihre Söhne, die Söhne ihre tyrannischen Väter, die Padischahs sämtliche ihrer Brüder. Ja, die Stadt Istanbul ist ein Ort des Todes, ein Ort des Gemetzels.

Viele Dinge geschahen in der Stadt Istanbul, unbeschreibliche, hat er erzählt. In der Stadt Istanbul wurden Prinzen mit ausgestochenen Augen auf die Inseln verbannt und auch noch in die Kerker geworfen. Schon seit Zeiten des alten Byzanz liegen Knochen geblendeter und verendeter Prinzen in den Tiefen der Verliese. Wegen der in diesen Kerkern gestorbenen Prinzen und ihrer dort verfaulten Leichen werden die Inseln Istanbuls ja Prinzeninseln genannt. Oh ja, die osmanischen Herrscher waren sehr gütig, sehr barmherzig, waren sie auch krank, wahnsinnig, entartet und unmenschlich, verbannten sie doch ihre Kinder und Brüder nicht in die Kerker der Inseln, sondern ließen sie sofort erdrosseln, nachdem sie ihnen die Augen ausgestochen hatten. Das Osmanische Reich war ein Weltreich, und ihre Herrscher meinten, für das Wohlergehen des Reiches sei das Opfer auch tausender ihrer Brüder nicht zu groß! Ja, diese Osmanen waren sehr gütig, sehr barmherzig! Sie töteten ihre Söhne, ihre Brüder, vergossen Tränen über die Toten, beteten für sie, beugten im Ritus Rücken und Knie und veranstalteten prächtige Totenfeiern. Sie kannten die Inseln der geblendeten und in die Kerker geworfenen Prinzen, sie kannten die Prinzeninseln Büyükada, Heybeli, Burgaz, Kinali, Yassiada und Sivriada, die Spitze Insel. Die Osmanen waren sehr barmherzig, sie taten es den Byzantinern nicht gleich, sie töteten sofort! In den Fluten der Dardanellen trieben tausende Menschen, was hatten die Osmanen denn in diesem Krieg zu suchen? Reine Gewohnheit! Und die Gefallenen in den Wüsten Arabiens und vor den Toren Wiens, was hatten sie, was hatte Anatolien dort zu suchen? Reine Gewohnheit! Und sich in neun Jahren beim Militär zugrunde richten lassen? Gewohnheit! Und was hatte der Osmane inmitten der sieben Meere auf Kreta zu suchen? Der Osmane wird sich etwas dabei gedacht haben. Er sagte: Spitze Insel, und blieb mit seinen Gedanken eine Weile bei dieser Insel. Seine Augen umflorten sich. Die Inseln sind das Dunkel, sind die Hölle. Ich werde auf diese Insel zurückkehren, sowie ich wieder zu mir gekommen bin! Es geschah auf jener Insel vor zehn oder fünfzehn Jahren. Da gab es einen Bürgermeister, hatte einfangen lassen alle Hunde Istanbuls, hatte sie aussetzen lassen auf der Spitzen Insel; fünf Jahre lang gab es keinen Hund in den Straßen Istanbuls; die Stadt Istanbul blieb gähnend leer. Auf der Spitzen Insel kletterten zwischen schroffen, spitzen Felsen die Hunde übereinander, ohne Wasser, ohne Fressen. Vor Hunger und Durst jaulten die Hunde Tag und Nacht in einem fort, winselten, weil das gierig gesoffene Meerwasser ihre Mägen verätzte, heulten so laut, dass es bis nach Istanbul zu hören war. Wir konnten an der Spitzen Insel gar nicht mehr vorbeifahren, und wer es dennoch musste, stopfte sich die Ohren zu. Kein Fischer kreuzte mehr bei der Spitzen Insel. Die Hunde rotteten sich selber aus, sie zerfleischten und fraßen sich gegenseitig. Und im folgenden Jahr setzte der Bürgermeister wieder tausende Hunde, mehr noch als beim ersten Mal, auf der Insel aus. Auch die fraßen sich auf. Und so auch im dritten Jahr ... Und im vierten ... Der Bürgermeister ist noch nicht gestorben, ist gesund und munter, hat er erzählt. Der Osmane ist barmherzig, ist sehr gütig, er sticht Hunden keine Augen aus.

Halb schlafend, halb wachend, wälzte sich Musa der Nordwind bis frühmorgens im Bett. Immer wieder klangen ihm die Worte des Doktors in den Ohren: »Ich werde zurückkehren, sowie ich wieder zu mir gekommen bin.«

Nur ein Hund rettete sich von der Insel, hat der Doktor erzählt. Er schwamm meilenweit bis zur Insel Burgaz, kroch ans Ufer und blieb dort liegen. Mitleidige Menschen entdeckten ihn, sahen, wie der kleine gelbe Hund mit verklebtem Fell leblos dalag, wie er nach Luft schnappte, sein Atem aussetzte, sich seine Flanken wieder hoben und senkten, und die Menschen am Ufer, die sich sein Abenteuer auf der Spitzen Insel und seine Flucht zusammenreimten, freuten sich. Ein Tierarzt löste sich aus der Menge, nahm den Hund auf den Arm und ging mit ihm fort. Eine Woche später spazierte er mit dem kleinen gelben Hund durch den Ort und rührte die Menschen zu Freudentränen.

Benommen ging Musa hinunter zum Brunnen, um sich zu waschen. Er hielt seinen Kopf eine Weile unter den Wasserstrahl, wusch sich mit der duftenden Seife ausgiebig Gesicht und Hals und trocknete sich sorgfältig ab. Als er sich aufrichtete, entdeckte er auf der Pritsche einen Schatten. Erschrocken zog er seinen Revolver, verharrte eine Weile wie gelähmt, bis er hinter die nächste Platane springen konnte.

»Wer bist du?«, hallte seine angstvolle Stimme in der Morgendämmerung.

»Ich bins«, antwortete eine Stimme, ohne dass sich der Schatten bewegte.

»Wer bist du?«

»Meinst du mich? Ich bin Handscharträger Efe.«

»Was sagst du da? Wer?«

»Ich bin der, den sie den Handschar tragenden Recken nennen, Handscharträger Efe.«

»Steh auf und komm her!«

»Man nennt mich Handschartrager Efe! Komm du hierher!«

Die Gestalt rührte sich nicht.

»Ich komme.«

Zögernd, auch ein bisschen ängstlich, verließ Musa der Nordwind seine Deckung. Mit der Hand auf seinem Revolver blieb er vor Handschartrager Efe stehen. »Willkommen auf unserer Insel.«

»Danke, sehr freundlich. Komm und setz dich an meine Seite!« Er zeigte mit der Hand neben sich. Im Zwielicht konnten beide nur verschwommen ihre Gesichter erkennen. Musa meinte, auf des Mannes Knien ein Gewehr zu sehen.

»Nanu, so mitten in der Nacht?«

»Bei Tageslicht hätte ich nicht kommen können.«

Mit vierzehn Jahren hat er sich zum Briganten Çakircali Efe aufgemacht, um als Jungmann aufgenommen zu werden. Der hat ihn gemustert und gerufen: Soll ich denn jeden Jungen, den seine Eltern nicht großziehen können, zu mir nehmen? Wo ist denn dein Gewehr?, hat er ihn gefragt, und da hat er sofort seinen zweischneidigen tscherkessischen Handschar gezogen und geantwortet: Sieh doch, mein Efe, was für einen schönen Handschar ich habe! Davon war Çakircali Efe sehr angetan, er hat laut gelacht und den Jungmännern befohlen: Bringt diesem Handschartrager Efe ein Gewehr, Gurte und Patronen. Die Jungmänner sind sofort losgerannt und haben ihm ein funkelnagelneu blitzendes Gewehr gebracht. Çakircali Efe hat ihn gefragt: Hast du schon einmal mit einem Gewehr geschossen? Da ist er sofort stramm gestanden und hat gerufen: »Ja, mein Efe!«. Dann zeig mir, was du kannst, hat Çakircali Efe befohlen, und er, ganz Handschartrager Efe, hat sich gleich auf dem rechten Bein niedergekniet und gefragt: Sag, mein Efe, worauf ich schießen soll. Und der Efe hat seinen Jungmännern befohlen: Geht zu dem Baum, und zeichnet einen kleinen Kreis in seinen Stamm. Der Baum war nicht so weit entfernt, aber auch nicht nahebei. Und von den Jungmännern, die sich über das Gespreize dieses Rotzbengels geärgert hatten, ist einer hingegangen und hat einen ganz kleinen Kreis in den Baumstamm geritzt.

Er ist darüber erschrocken gewesen, hat aber keine Wahl gehabt, hat Kimme und Korn genommen und fünf Patronen übereinander in die Kreismitte geschossen. Und Çakircali Efe hat ihn auf beide Augen geküsst und gesagt: Sollte mir etwas zustoßen, wirst du meinen Platz einnehmen. Dann hat er seinen Jungmännern zugerufen: Ich habe Handscharträger zu eurem Vormann ernannt. Solange ich lebe, ist Handscharträger Efe ab sofort mein Vertreter. Jeder seiner Befehle, ob in meiner Gegenwart oder Abwesenheit, ist mein Befehl. Und nach mir wird Handscharträger Efe euer Anführer, euer Efe sein. Ich bin so alt geworden, habe mich mit so viel Recken angelegt, habe sogar einen Anführer wie Dolchträger Efe besiegt und so viele andere erlebt, aber keinen Scharfschützen wie diesen. Gott erhalte ihn diesem Land und diesem Volk! Dieser Recke von einem Jungen wird ein großer, ein sehr großer Bandenführer werden, wird wie der berühmte Köroğlu von den Reichen nehmen und den Armen geben. Schart euch um Gottes willen ganz eng um ihn! …

Es wurde allmählich hell, und Handscharträger Efe schälte sich nach und nach in seiner ganzen Stattlichkeit aus dem Dunkel. Er war ein kräftiger Mann mit breiten Schultern und von hohem Wuchs. Auf den ersten Blick schon sprangen einem der über die Brust gekreuzte doppelte, der um die Hüfte geschlungene einfache Patronengurt, die goldbestickte kurze Jacke mit geschlitzten Ärmeln und das kragenlose Hemd aus blauer Bursaseide in die Augen. Die hervorstehenden Backenknochen, die traurigen, sehr großen schwarzen Augen, die breite Stirn, die buschigen Brauen, der beiderseits des Mundes herabhängende Schnauzbart und die Adlernase erhöhten sein gebieterisches, Angst einflößendes Aussehen. Der Schaft seines quer über den Knien liegenden Gewehrs war perlmuttverziert, das wie aus tausenderlei Blumen gewobene, sorgfältig über den lila Fez geknüpfte Tuch war berückend schön.

Am Tag, an dem Çakircali Efe bei einem Schusswechsel getötet wurde, war er woanders in ein Gefecht verwickelt worden, hat bis zum Abend gegen Gendarmen gekämpft, sie schließlich in die Flucht geschlagen und bis in die Kreisstadt verfolgt. Und was musste er bei seiner Rückkehr erleben? Çakircali lag erschossen in einer Höhle, und der Kampf dauerte noch mit aller Härte an. Sie waren kurz davor, vollkommen eingekreist und entweder gefangen oder getötet zu werden.

»Um Gottes willen, ihr Dummköpfe, ihr Bauerntölpel, was tut ihr denn da?«, hat Handscharträger gebrüllt. »Wenn wir keinen Ausbruch wagen, werden sie uns töten. Aber dass unser Anführer erschossen daliegt, darf niemand erfahren.«

»Und was rätst du uns, Handscharträger Efe?«, hat Çakircali Efes Berater gefragt, den sie Hadschi den Kurden nannten und der schon als Jungmann bei Çakircali Ahmet Efe, dem Vater von Çakircali Efe, in Diensten gewesen war.

Was sollte Handscharträger Efe schon raten? Er sagte nur: »Auch wenn wir seinen Kopf mitnehmen, werden sie ihn an seiner Brust erkennen.« Also zogen sie ihm die Haut von der Brust, nahmen sie samt seinem Kopf, durchbrachen nachts den Ring der Gendarmen und machten sich davon. Ich trete nicht in die Dienste eines Kindes, hat dann Hadschi erklärt, daraufhin gab es einen heftigen Wortwechsel. Weil Handscharträger Efe ein blutiges Ende dieses Streites befürchtete und angesichts des hohen Alters des weißbärtigen Hadschi hat er nachgegeben. Meinetwegen, auch wenn ihr einen großen Fehler macht, ich gehe! Denn ohne mich wird es schlimm für euch enden! Und es hat ein schlimmes Ende mit ihnen genommen: Das Haus, in dem sie waren, wurde von Gendarmen umzingelt und in Brand gesteckt. Der hölzerne Konak brannte wie Zunder, und die Gendarmen haben jeden von ihnen, der ins Freie flüchtete, niedergestreckt.

Handscharträger Efe aber ist in die Berge geflüchtet und hat eine eigene Bande gegründet. Er hat sieben Jungmänner zu sich genommen, ein jeder von ihnen ein Tiger! Und sie waren alle sehr großzügig gewesen, haben, wenn vermeidbar, keine Menschen getötet. Sie haben von den Reichen genommen und den Armen gegeben, haben bedürftige oder elternlose Mädchen und Burschen verheiratet. Inzwischen waren die Griechen gelandet. Bei einem Treffen der Bandenführer in den Bergen wurde der Beschluss gefasst, gegen die Griechen zu kämpfen. Bald darauf ist Efe der Schmied zu ihm gekommen und hat gesagt: So getrennt und jeder für sich, geht es nicht, tun wir uns zusammen! Handscharträger hat dieser Vorschlag eingeleuchtet, und so haben sie begonnen, die griechische Armee gemeinsam zu bekriegen. Zur selben Zeit haben sich in den Bezirken, den Kreisstädten und Dörfern die den Kemalisten feindlich gesinnten Sultantreuen zusammengetan. Und diese sind immer mächtiger geworden.

Es wurde Vormittag, die hier und da durchs belaubte Geäst fallenden Sonnenstrahlen bildeten helle Flecken auf der schattendunklen Erde, spiegelten sich aufblitzend in Handscharträger Efes Waffen wider. Er selbst schien gern zu lachen, wobei jedes Mal sein Gesicht einen jungenhaften Ausdruck bekam.

»Wir hatten ein Dorf besetzt. ›Bringt mir den Imam und den Ortsvorsteher her!‹, befahl Efe der Schmied, der viel älter war als ich. Man brachte beide zu ihm. ›Und jetzt die vernünftigen Männer des Dorfes!‹ Fünfzehn Männer wurden ihm vorgeführt. ›Legt diese Dörfler auf die Erde!‹, befahl er, und sie legten sie auf die Erde. ›Und nun schlagt auf sie ein, zieht ihnen die Fingernägel und dann die Fußnägel, und danach fragt sie, wer in diesem Dorf zu den Sultantreuen gehört und wer zu den Griechen hält!‹ Und die so gefolterten Männer nannten alle Namen, die ihnen in den Sinn kamen, fünf von ihnen sogar ihre eigenen. An jenem Tag hängten wir wohl zwanzig Männer an der großen Platane auf dem Dorfplatz auf. Und so ging es fort. Von Dorf zu Dorf, von Kreisstadt zu Kreisstadt wurde Efe der Schmied von Mal zu Mal wilder, er ließ bald hängen, wer ihm über den Weg lief, brandschatzte Häuser, Dörfer und Städte. ›Ich ertrage das nicht länger‹, sagte ich, flehte ihn an, küsste ihm die Hände, er war schließlich viel älter, beschwor ihn: ›Halt ein, mein Efendi, die meisten, die wir hängen, sind unschuldig. Setzen wir sie doch in einem Bergdorf fest und übergeben sie Mustafa Kemal Pascha, wenn er die Griechen aus dem Land gejagt hat; soll er mit ihnen doch machen, was er will!‹ Da wurde er zornig, so zornig, dass er seinen Revolver zog und mich beinah niedergeschossen hätte. ›Çakircali Efe hat dich nicht gut ausgebildet‹, rief er. ›Soso‹, entgegnete ich und hatte meinen Revolver schon in der Hand. Er hatte Angst vor mir, und lächelnd steckte er seinen Revolver wieder in den Gurt. ›Ich gehe, mein Efe‹, sagte ich. ›Geh in Frieden‹, erwiderte er, ›aber überlege dir die Folgen gut, du weißt ja, auch Fahnenflüchtige werden gehenkt.‹

Ich kehrte zurück zum Berg der Ameisen, nahm den Reichen, gab den Armen, stieg ab und zu in die Ebene hinab, bekämpfte die Griechen und machte mich hinauf in die Berge davon. Efe dem Schmied kamen meine Taten zu Ohren, er suchte mich, um mich aus dem Weg zu räumen, dürstete nach meinem Blut, doch mich in seine Gewalt bringen, das gelang ihm nicht.

Der Grieche wurde besiegt, die Griechen verließen Haus und Heimat, ich blieb in den Bergen. Ob Efe der Schmied, ob die Gendarmen, alle fahndeten nach mir. Doch das arme Volk verriet mich nicht. Bald löste ich die Bande auf. Niemand wusste ja, dass meine Jungmänner auch in den Bergen hausten. Ich steckte sie in nachgemachte Wehrkleider, schickte sie in ihre Dörfer zurück und trug ihnen auf, Zeug und Waffen bei ihrer Wehrdienststelle abzuliefern. Wer sollte bei diesem Tohuwabohu ohne Nummern und Namen schon darauf kommen, dass meine Jungmänner gar nicht eingezogen waren.

Auch ich bin in die Ebene hinunter, aber nicht in mein Dorf zurückgekehrt. Ich ging zu diesem Jürüken, Haydar dem Fischer, den ich einmal aus Efe des Schmieds Händen gerettet hatte. Er versteckte mich in seinem Haus. Und von ihm erfuhr ich, dass die Ameiseninsel verlassen daläge, und so kam ich hierher. Der Berg der Ameisen hatte mich so freundlich begrüßt und beschützt, warum sollte es nicht auch die Insel der Ameisen.«

Lachend stand er auf, ließ seinen Blick in weitem Kreis schweifen, und seine Miene verdunkelte sich zusehends. Musa, der sitzen geblieben war, hatte seine Augen auf ihn geheftet und beobachtete die immer finsterer werdenden Gesichtszüge. Das eben noch wie ein siebenjähriger Lausbub so kindlich dreinblickende schnauzbärtige, großflächige Gesicht war verschwunden, es hatte sich in die Miene eines blutrünstigen Ungeheuers verwandelt.

»Ist das alles an Insel?«, fragte er mit donnernder Stimme. »Und ich hatte bei dem Namen Ameiseninsel an einen Koloss wie unseren Berg der Ameisen gedacht. Außerdem hieß es, diese Insel sei menschenleer, und ich hatte mir gedacht, die ganze menschenleere Insel zu kaufen, landwirtschaftliche Betriebe zu gründen, Kristallpaläste zu bauen, Jürüken anzusiedeln und auf meinen Gehöften arbeiten zu lassen. Ist das wirklich die ganze Insel?«

»Das ist alles. Reicht es nicht?«

»Ich dachte, es sei unbewohnt.«

»Ist es doch.«

»Wenn es unbewohnt ist, was hast du denn hier zu suchen?«

»Mir gehören das Haus dort und die Mühle, deren Flügel sich drehen. Ich habe vor kurzem beides gekauft.«

»Du hast auch noch Geld dafür ausgegeben?«, lachte Handscharträger Efe, der, hoch gewachsen, wie er dastand, selbst zum Lachen reizte mit seinem zu kurz geratenen Schalwar, den Lackschuhen, dem grünen, mit einer Nadel an seine Jacke gehefteten Ziertuch, mit der grünen, über dem dicken Bauch wippenden seidenen Bauchbinde, in der, lang wie ein Schwert, sein Handschar mit nielliertem Silbergriff und goldverzierter Scheide steckte.

»Ja, das habe ich«, antwortete Musa der Nordwind. »Wenn du willst, verkaufe ichs dir und komme bei dir unter. Hauptsache, du bleibst und bringst mit deinen Jürüken Leben auf diese Insel. Denn sie ist ein Stück Paradies und passt zu dir!«

»Hast du mich denn so lieb gewonnen?«

»Wer gewinnt einen Recken wie dich denn nicht lieb! Du bist für ein Sultanat auf so einer Insel wie geschaffen.«

Handscharträger Efe schwellte seine Brust: »Ich weiß, geschaffen bin ich wohl dafür, aber diese Insel ist zu klein. Wo soll ich denn all die Menschen unterbringen?«

Mit Engelszungen pries da Musa die Größe der Insel, lobte ihre Luft, ihr Wasser so lange, bis Handscharträger Efe schließlich nachgab.

»Nun, sehen wir uns erst einmal auf deiner Insel um!«

Musa vorweg, der ungeschlachte Handscharträger dicht hinter

ihm, machten sie sich auf den Weg. Wohl wissend, dass Männer wie Handscharträger sprudelndem Wasser nicht widerstehen konnten, führte Musa ihn geradewegs zur Quelle. Handscharträger, begeistert von dem Wasser über den schneeweißen Kieseln, kniete sich nieder und verharrte wie im tiefen Gebet mit geschlossenen Augen. Ein Ausdruck von Freude und Glück lag in seinem Gesicht, als er lächelnd seine großen Augen öffnete und wie gewohnt erst einmal misstrauisch um sich blickte. Als sich beider Augen trafen, wich Handscharträger Efes Blick aus, beugte sich über die Quelle, betrachtete sein Spiegelbild im Wasser, zwirbelte davor den Schnauzbart, ließ den Blick auf dem um den Fez geschlungenen, mit tausendundeiner Troddel besetzten Kopftuch ruhen, trank dann aus der hohlen Hand von dem Wasser, wusch sich das Gesicht und stand auf.

»Ach, jaaa«, sagte er und seufzte tief, »ach, jaaa! Auch in den Hängen unseres Bergs der Ameisen gab es viele dieser Quellen. Ob Frühling, Sommer, Herbst oder Winter, sie verströmten alle diesen Duft.«

»Ein Paradies«, sagte Musa. »Ein Paradiesgarten, in dessen Mitte der Herrgott diese Quelle setzte.«

»Ein Stück Paradies«, nickte Handscharträger Efe.

Von der Quelle aus durchstreiften sie die ganze Insel. Keinem der beiden kam auch nur ein Wort über die Lippen. Handscharträger war in Gedanken versunken, und Musa versuchte, sie zu erraten, indem er dessen Mienenspiel nicht aus den Augen ließ. Nachdem sie die Insel umrundet hatten, verhielten sie wieder unter den Platanen.

»Das macht hungrig, essen wir doch!«, sagte Musa.

»Ein guter Vorschlag«, freute sich Handscharträger.

Musa holte schnell einige Speisen aus dem Haus und hatte im Nu eine Matte ausgebreitet und gedeckt. »Rufen wir doch auch den Mann dort im Kutter, damit er mit uns isst!«

»Auf keinen Fall!«, schrie Handscharträger. »Bring ihm etwas Brot, und was sonst noch da ist, auf den Kutter!«

Musa packte den Imbiss in eine Tischdecke und ging zum Kutter.

»Nimm dir sein Gehabe nicht zu Herzen!«, raunte ihm der Fischer zu und lächelte. »Er ist ein guter und tapferer Mann!«

Während sie aßen, redete Musa ununterbrochen von der Insel, lobte die Pfirsich-, Granatapfel-, Kirsch- und Olivenbäume, auch dass die See voller Fische sei und Mustafa Kemal Pascha ihn, Handscharträger, bestimmt in seinem Serail besuchen, die Paschas und Präfekten sich die Klinke in die Hand geben würden. Er redete so begeistert, dass Handscharträger Efe wieder bedauernd seufzen musste. »Aaach, ach, ach!«

Dann stand er auf, ging zum Brunnen, wusch sich Gesicht und Hände mit der nach Jasmin duftenden Seife, die Musa auf den Stein gelegt hatte, kam zurück, setzte sich, mit dem Rücken an die Platane gelehnt, auf die Pritsche und schloss die Augen.

Musa deckte ab und brachte die Reste ins Haus. »Kaffee?«, fragte er, als er zurückkam.

»Ohne Zucker!«, antwortete Handscharträger.

Auf eilig angefachtem Reisig brühte Musa den Kaffee auf, Handscharträger döste mit geschlossenen Augen.

»Zum Wohle!«

Nur langsam öffnete Handscharträger die schweren Augenlider und nahm vorsichtig den schaumbedeckten Mokka in einem dieser schönen, rot gestreiften Tässchen mit schlankem Sockel und breitem Rand vom Tablett.

»Ach, aaach«, seufzte er wieder, nachdem er genüsslich schlürfend den Kaffee getrunken hatte. »Ich kann auf dieser Insel nicht bleiben. Ein Plätzchen wie ein Handteller und kein dämmriger Unterschlupf, keine Höhle, um sich zu verstecken. Efe der Schmied hat mich angeschwärzt, hat behauptet, die Tscherkessen unter Etem seien zu den Griechen übergelaufen. Lüge, Lüge, Lüge!«, brüllte er, wobei er sich jedes Mal aufrichtete und sich wieder setzte. »Lüge, Lüge!« Seine Halsadern hatten sich geschwellt, sein Gesicht war puterrot angelaufen. »Lüge, Lüge! Und Mustafa Kemal Pascha hat verfügt, mich zu töten, hat angeordnet: ›Hängt diesen Handscharträger, wo immer ihr ihn trefft, und befördert ihn an Ort und Stelle ins Jenseits!‹ Wenn ich auf dieser Hand voll

Insel, dieser handbreiten Insel bleibe, landen schon bald Gendarmen hier und entdecken mich schneller, als ein Lidschlag dauert. Ich ergebe mich nicht, der Kampf beginnt, ich bin einer, sie sind tausend, und töte ich tausend, kommen wieder tausend. Gäbe es doch nur ein Versteck hier, ach, ach, aaach!«

»Gibt es«, sagte Musa und zählte mehrere Verstecke und Möglichkeiten auf, doch Handscharträger gefielen sie nicht.

»Diese Insel ist eine Falle«, sagte er mit so viel Nachdruck, dass Musa jede Hoffnung aufgab, ihn auf der Insel halten zu können.

Kaum war das Gespräch beendet, stieg Handscharträger auf die Anhöhe jenseits der Senke und suchte besorgt das Meer in allen Himmelsrichtungen ab. »Späh du auch ringsum übers Meer!«, rief er Musa zu.

Musa ging ins oberste Stockwerk seines Hauses und ließ von dort den Blick übers Meer schweifen. »Da ist nichts zu sehen«, rief er.

»Gut so«, sagte Handscharträger Efe erleichtert.

Sie gingen zurück zu den Platanen und setzten sich. Bis es dämmerte und der Morgenstern stieg, eilten sie immer wieder auf die Anhöhe, hielten Ausschau, durchkämmten das Meer bis zur Kimm nach aufkommenden Booten. Auch der Fischer beteiligte sich an der Suche.

Als die Nacht hereinbrach, das Dunkel undurchdringlich wurde, umarmte Handscharträger Efe Musa den Nordwind. »Nimms mir nicht übel!«, bat er ihn. »Ich bin durch so viele Gebirge gezogen, habe von den Reichen genommen und den Armen gegeben, aber getötet habe ich niemanden, und deswegen will ich auch nicht gehängt werden. Die Begnadigungen stünden vor der Tür, heißt es. Sollte ich darunter fallen, komme ich vielleicht zurück und lasse mich in deiner Nähe nieder. Deine Quelle schäumt und duftet so gut.«

An Deck des Kutters drehte er sich noch einmal um und rief: »Bleib mir gesund, Musa! Hätte ich auch nur einen Menschen töten können, es wäre für mich ein Leichtes gewesen, Efe den Schmied umzubringen. Schon wegen der vielen Menschenleben, die er ausgelöscht hat! Bleib gesund!«

Sogar ein Räuber kam und ging, lästerte Vasili, dazu noch groß wie drei. Gott hat mit ihm keinen Menschen, sondern einen Riesen geschaffen. Einen Riesen mit dem Herzen eines Kindes. Wie ängstlich er doch war! Vasili bekreuzigte sich. Und Musa? Ein Ungeheuer! Was ist zu tun? Er weiß, dass ich hier bin. Entweder wird er auf dieser Insel leben oder ich. Ein Dazwischen gibt es nicht! Warum ist der Räuber denn in der Nacht fort? Und warum war der Fischer immer auf dem Sprung, abzulegen? Obwohl das Ungeheuer Musa so gebeten hatte zu bleiben. Recht hatte der Mann. Wo sollte er sich denn auf dieser winzigen Insel verstecken? Der Tölpel Musa hat doch alles durchkämmt, aber keinen Blick ins Panoramazimmer geworfen, hat die ganze Insel abgesucht, aber die Höhle nicht gesehen. Ein Gendarm dagegen hätte beides sofort entdeckt. Vielleicht aber wollte Musa mich gar nicht finden.

Als der Kutter ablegte, verließ Vasili das Röhricht, schlich zum Konak, ging nach oben und zündete die Lampe an. Die Katze schlief auf dem Bett. Bemüht, sie nicht zu wecken, kroch Vasili unter die Decke.

Getroffen von fünf Granaten auf einmal, versank das aus allen Rohren speiende englische Kriegsschiff wie ein Feuerberg in den Fluten. Die Geschütze der anderen Schiffe feuerten pausenlos weiter. Die Hänge der Dardanellen brannten, brennende Soldaten rannten um ihr Leben, stürzten sich ins Wasser. Bei jedem Einschlag schien der große Berg zu wanken, erzitterte die Erde, schossen Fontänen von Flammen und Schnee in die Höhe, regneten Steine, Erde und Felsbrocken auf die Soldaten in den Schützengräben herunter, bis schließlich nur noch einige wenige heraussprangen und den Hang hinauf taumelten. Nach einigen Tagen traf er auf ein dem Trommelfeuer entkommenes Regiment von verschreckt kauernden, halb toten, teilweise wie zu einem Wald zusammengedrängten, erfrorenen Soldaten. Als er mit den anderen den rückwärtigen Hang hinunterwankte, erhob sich gegen Abend ein so eisiger Sturm, dass auch hier die meisten erfroren.

Vasili marschierte allein in einer Ebene. Sie war weit wie das Meer und makellos weiß vom Schnee. Plötzlich zischte eine Kugel an seinem Ohr vorbei. Und noch eine und noch eine … Vasili warf sich zu Boden. Schlaf übermannte ihn, er nickte langsam ein, versank immer tiefer in einen süßen Schlaf, und eine wohlige Wärme umfing ganz weich seinen Körper. Vasili wusste, was ihm widerfuhr. Bliebe er nur noch wenige Minuten im Schnee liegen, würde er so erstarren wie dieser Wald aus erfrorenen Soldaten. Dieser Gedanke schreckte ihn hoch, und er begann sofort zu laufen. Von allen Seiten pfiffen die Kugeln, doch er warf sich nicht mehr hin, er wusste, dass er sofort einschlafen und erfrieren würde. Unwillkürlich musste er immer wieder an die Dardanellen denken. Wann er von dort nach Sarikamiş zum Berg Allahuekber gekommen war, zu diesen in die schroffen Felsen gehauenen Wohnhöhlen und in die Erde gegrabenen Dörfern, wann es zu schneien begonnen hatte, das ganze Heer zurückgeschlagen wurde, es wollte ihm nicht einfallen. Um seinen Kopf, um Brust, Arme und Beine schwirrten die Kugeln in einem fort, er scherte sich nicht, schreckte nicht zusammen, marschierte so gelassen, als spaziere er an einem milden Sommertag über eine blühende Wiese. Vielleicht wollten die Schützen ihm ja nur Angst einjagen, sich über ihn lustig machen. Dieses Dauerfeuer hielt an, bis er eines dieser unterirdischen Dörfer erreicht hatte. Unbekümmert ging er weiter, schaute nicht rechts, nicht links. Hundegebell riss ihn aus seiner Versunkenheit, und er sah einen großen, grauen Hirtenhund auf sich zukommen. Gleichzeitig sprang aus dem Loch eines der unterirdischen Häuser ein kahl geschorenes, barfüßiges Kind herbei, legte die Arme um den Hals des Hundes und zog ihn durch die Öffnung ins Haus. Vasili hinterher! Das Haus war sehr groß. Gepfercht hinter einem Zaun aus Reisig standen Schafe und anderes Vieh. Die Hausbewohner hockten rund um den Tisch mit dem darunter stehenden Kohlebecken, hatten die wärmende Tischdecke über ihre Beine gezogen und unterhielten sich. Als ihm der warme Atem der Schafe, Büffel, Pferde und Esel und die Hitze des Kohlebeckens entgegenschlug, versagten ihm die Beine, und er sank zu Boden. Erst am nächsten Tag kam er wieder zu sich. Sie gaben ihm Näpfe heißer Milch zu trinken, fütterten ihn mittags mit fettigem Grützpilaw, Yoghurt und im Kohlebecken geröstetem Brot, das ihm noch nie so gut geschmeckt hatte wie in diesem unterirdischen Dorf …

Am nächsten Tag fuhr er nicht zum Fischen, am übernächsten durchstreifte er, auf der Suche nach Musa, jenseits aller Schleichwege ganz offen die ganze Insel. Dabei musste er an seinen Marsch durch den Kugelhagel in der verschneiten Ebene denken. Am Sonntag ging er in die Kirche. Er war auf alles gefasst, hatte sogar schon das Kreuz ausgesucht, das er auf Musas Grab setzen wollte. Er überprüfte sein Gewehr, die Patronen, den Revolver, zog sich festlich an, verließ das Haus, und erst als er unterwegs zu den Konaks Kapitän Kadris aufkommenden Kutter entdeckte, schlug er den Weg durch die Senke zum Röhricht ein. Die Gräser und Blumen standen so hoch, dass er darin fast verschwand. Geduckt schlich er sich durch die Tamarisken ins Röhricht. Die Katze war ihm nicht mehr gefolgt. Warum wohl? Was wollten all die Menschen, die in diesen Tagen auf die Insel kommen? Wenn das nur gut ging!

Am Knarren der Bohlen erkannte er, dass Kapitän Kadris Kutter angelegt hatte. Dann hörte er eine vertraute Frauenstimme. Neugierig reckte er sich, bog das Rohr mit den schon ausgewachsenen Kolben auseinander und gewahrte auf dem Anleger die fröhlich lachende Lena. Sie ist also davongekommen, die Mutter Lena, freute er sich, hockte sich aber erschrocken wieder hin, als sie plötzlich: »Vasili, Vasili, hier bin ich!« schrie. Nachdem Kapitän Kadris Kutter gewendet und Fahrt aufgenommen hatte, nahm Lena ihre Tragtasche von der Schulter, stellte sie auf die Pritsche und eilte mit dem Ruf »Vasili, Vasili, ich bin hier!« im Laufschritt zur Mühle hoch. Von der Mühle ging sie weiter zum Haus und schlug mit den Fäusten gegen die Tür. »Ich bins, Vasili, ich bin gekommen.« Sie wartete, doch als sich nichts rührte, ging sie in den Pfirsichgarten. Sie schrie, und die Rufe waren Freudenschreie. Seit es diese Insel gab, hatte man noch nie eine so fröhliche Stimme gehört, noch nie so ein strahlendes Gesicht und so leuchtende, himmelblaue Augen gesehen. Diese Freude ging auch auf

Vasili über, am liebsten wäre er zu Mutter Lena gelaufen und hätte sie umarmt. Er stand einige Male auf, doch dann fiel ihm Musa ein, und er hockte sich wieder hin. Warum meldete Musa sich denn nicht, obwohl die Frau doch so laut schrie? Noch während er überlegte, hörte er von der Mühle im Osten her seine ihm mittlerweile wohl bekannte Stimme. »Wer ist da? Wer ist gekommen?«, rief Musa und war wenig später beim Anleger. Auch Lena kam zurückgelaufen. Dass es nicht Vasilis Stimme war, die sie eben gehört hatte, wusste sie wohl, mag sein, dass sie diesen Mann, zumal er von Vasili nicht getötet worden war, für einen seiner Freunde hielt.

Musa ging Lena ein Stück Weges entgegen, um sie zu begrüßen. Erstaunt musterte er sie, als sie vor ihm stand. Diese kleine Frau mit dem weißen Kopftuch und den klaren blauen Augen im runzligen Gesicht schien das Glück, das sie bis ins Mark durchströmte, auch über Berg und Stein, Gras und Blume, Vogel und Käfer auszuschütten.

»Ich bin gekommen, ich bin da«, lachte sie mit Grübchen in den Wangen wie ein junges Mädchen.

»Sei willkommen!«, begrüßte sie Musa, erfasst von ihrer stürmischen Freude. »Sei willkommen, du bringst Freude ins Haus!«

»Sehr freundlich! Wer bist du?«

»Ich heiße Musa der Nordwind.«

»Was tust du hier?«

»Ich lasse mich hier nieder. Das Haus dort habe ich gekauft. Und auch die Mühle«, antwortete Musa und zeigte auf Haus und Mühle.

»Hast Geld gezahlt?«

»Ich habe bezahlt.«

»An wen denn?«

»An die Regierung.«

»Verstehe.«

»Und wer bist du?«

»Ich?«

»Ja, du.«

»Ich Lena Papazoğlu«, radebrechte die alte Griechin auf Türkisch. »Meine vier Söhne sind an die Dardanellen gezogen zu Mustafa Kemal Pascha. Dann der Grieche hinaus, meine Söhne immer noch bei Mustafa Kemal Pascha. Er ihnen gesagt, der Krieg ist aus, ihr bleibt bei mir. Ich habe euch sehr lieb gewonnen. Schickt einen Mann auf die Insel, Lena holen. Kam der Hauptmann, sagte, ihr geht nach Athen, nach Griechenland! Ich sagte, du Hauptmann, weißt du, ich gehe nicht nach Griechenland. Hat mich denn Griechenland gefragt, kommst du nach Athen? Ich sagte, ich habe vier Söhne bei Mustafa Kemal Pascha. Sind zusammen mit ihm in Izmir eingezogen. Sagt er, meine zwei Söhne sind mit Kemal Pascha nach Gallipoli in Dardanellen. Ich sagte, Hauptmann, ich gehe von der Insel nirgendwohin, ich warte auf meine zwei Söhne, Kemal Pascha soll sie mir schicken. Ich schicke ihm Telegramm, ich fliehe nach Athen, schick mir einen Sohn, ich will ihn noch einmal sehen, dann soll der andere kommen.«

Und wie sie nach Athen gereist seien, verladen unter aller Würde auf Fischkutter und kleine Dampfer; wie die Griechen sie als Türken beschimpft und hungrig und durstig am Fuße jenes Berges zu einer Menschenherde – »Na, so groß wie dieses Meer« – zusammengetrieben hätten, Tag für Tag Kinder gestorben seien, sie selbst schließlich auf ein englisches Schiff habe flüchten können, dessen Besatzung meistens Türken gewesen seien, die es ihr an Achtung nicht hätten fehlen lassen und deren Vormann ein Schwarzmeerbewohner mit großer Nase und großem Adamsapfel gewesen sei …

»Komm her, mein Matrose, habe ich ihm gesagt, habe ihm gesagt, was ich dir sage, ist sehr geheim. Er nahm mich bei der Hand und brachte mich zum Vorschiff. Sag mir, was ist so geheim? Da habe ich ihm gesagt: Neige dein Ohr, mein Vormann, mein Sohn! Mich hat der Grieche von meiner Insel verschleppt. Dort sind meine Leute schon seit dreitausend Jahren gestorben, meine Vorfahren, dort liegen ihre Knochen. Der Grieche hat mich nicht gefragt. Meine zwei Söhne sind bei Mustafa Kemal Pascha. Kemal

Pascha wird ihnen Urlaub geben, wird sagen: Geht schnell zu Lena, und kommt schnell zurück. Mein Sohn wird auf die Insel kommen, und Lena ist nicht dort. Niemand ist dort. Wen soll er fragen? Und deswegen bin ich geflüchtet. Werde zu Kemal Pascha gehen, werde sagen, was bist du für ein Pascha? Ich bin Lena Papazoğlu, und der Grieche hat mir all das angetan. Und meine vier Söhne ...«

Und wie der Vormann vom Schwarzen Meer sie auf dem Schiff versteckt, wie er sie in Izmir dem Fischer Hayri anvertraut und wie dieser sie zur Kreisstadt gebracht habe...

»Bin zur Pier gegangen: Wie kann ich auf die Insel kommen? Bin dort herumgelaufen, hatte Hunger. Und weit und breit kein Fischer. Habe einen jungen Mann gefragt: Wo ist das Haus von Kapitän Kadri, er hat mich gefragt, kennst du Kapitän Kadri? Ich habe gesagt: Er ist ein Freund. Der Junge hat gelacht. Ich habe gesagt: Er ist mein Bruder. Der Junge wieder gelacht. Ich habe gesagt: Er ist mein Nachbar. Er hat wieder gelacht, hat gesagt: Du bist wohl Nasreddin Hodscha, wieso weißt du nicht, wo dein Nachbarhaus ist, wo ist denn dein Haus? Ich sagte, er ist ein Nachbar von früher, frag mich nicht, wo, zeig mir sein Haus! Und der gute Junge zeigte mir das Haus. Ich habe geläutet, habe gesagt: Ich bin Lena, Papazoğlu Lena. Ich habe dich erkannt, Lena, oh, Lena! Sie hat viel geweint, die Mutter von Kapitän Kadri. Abends kommt Kapitän Kadri: Ich bringe dich morgen auf die Insel, aber dort sind keine Menschen, nur einen gibt es dort. Er wusste nicht, dass hier noch ein zweiter ist! Vasili!«

Und dann erzählte sie, wer Vasili sei und dass dieser in den Bergen fast erfroren sei, dass Maden seine Wunden zerfressen hatten, dass er in der Arbeiterkolonne des Regiments viele Tote getragen habe und dass er verrückt sei ... Dass er mit der Hand auf dem Neuen Testament geschworen habe, den Ersten, der die Insel beträte, zu töten, und er nur deswegen auf der Insel geblieben sei und eine sehr große Waffe besitze ...

»Bist du als Erster auf die Insel gekommen?«

»So ist es.«

»Und Vasili hat dich nicht getötet?«

»Er hat mich nicht getötet.«

»Wieso nicht? Ist er gestorben?«

»Das weiß ich ja nicht.«

»Ist Vasili denn auf der Insel?«

»Er ist wohl auf der Insel.«

»Wieso du ihn nicht gesehen?«

»Er versteckt sich. Oft sehe ich ihn von sehr weit, und er verschwindet.«

»Ich bin zu seinem Haus, habe an die Tür geklopft, niemand ist da.«

Lena und Musa machten sich auf, gingen ins Haus und kamen bald mit einem Topf, zwei Blechschüsseln, einem Napf, Löffeln und einer eingerollten Essmatte wieder heraus. Musa machte noch einige Gänge dorthin, während Lena auf der Feuerstelle einen Pilaw kochte, den sie mit siedender gesalzener Butter übergoss. Der Duft dieser gesottenen Butter stieg Vasili in die Nase, sein Mund wurde wässrig, und jetzt erst fiel ihm ein, wie lange er nichts mehr gegessen hatte.

»Hab du keine Angst, mein Musa! Vasili ist verrückt, aber ein guter Junge. Hat die Redlichkeit mit Muttermilch aufgesogen. Ich sage ihm: Du tötest meinen Musa nicht. Er hat ein großes Gewehr und eine Kiste voll Patronen. Er hat lange gekämpft gegen den Russen. Ich werde es ihm sagen.«

»Sags ihm!«, lachte Musa. »Sags ihm, Mutter, damit er mich nicht tötet!«

»Iss nur, mein Junge, der Pilaw ist gut. Ich suche Vasili, sage: Halt ein, Vasili! Und die Sache ist erledigt.«

»Erledigt«, spöttelte Musa. Ein einziger Mensch, eine alte Frau, kann plötzlich jemandes Leben verändern! Weiß sie etwa nicht, dass ihre Söhne auf den Schlachtfeldern bei Sarikamiş geblieben sind? Sie weiß es besser als jeder andere, aber sie glaubt es nicht. Wie schön für sie! Und bis an ihr Lebensende wird sie es nicht wahrhaben wollen. Ihre Söhne werden immer bei Mustafa Kemal Pascha sein, werden seine Weggefährten bleiben. Sie aber wird ihre Insel nicht mehr verlassen, und bäte sie Mustafa Kemal Pascha höchstpersönlich, es zu tun.

Außer sich vor Zorn verließ Vasili das Röhricht, beschimpfte Lena, was das Zeug hielt. Jetzt muss er beide töten! Gott verfluche dich tausendundeinmal, Lena! Was soll ich tun, das Schicksal hat es so gewollt, Lena.

Er eilte nach Haus, öffnete die Tür und stutzte nach einigen Schritten. Irgendetwas fehlte! Plötzlich fiel es ihm ein: die Katze! Sie war im Panoramazimmer geblieben. Auf der Stelle machte er kehrt. Die Katze hatte ihn vermisst, sie lauerte im Erdgeschoss auf ihn und begann schon zu miauen, als sie von weitem seine Schritte hörte. Kaum hatte er die Tür geöffnet, sprang sie zu ihm und strich eine ganze Weile um seine Beine.

Vasili konnte die ganze Nacht nicht schlafen. Immer wieder stand der Hauptmann mit seiner ganzen Blutgier und Grausamkeit vor seinen Augen. Er schwor in einem fort, beide auf einmal zu töten, und legte dabei die Hand abwechselnd auf den Koran und das Neue Testament.

Noch bevor der Morgen graute, stand Vasili auf und ging geradewegs zur Mühle. Aliki groß und deutlich vor Augen, sehnte er sich nach dem grünen Kopftuch. Einige Mal umkreiste er die Mühle, mochte aber nicht hineingehen. Er suchte die Quelle auf und trank drei Hand voll eiskaltes Wasser. Eine Zeit lang betrachtete er im dunklen Quell sein verschwommenes Abbild, das einem tollwütigen Wolf ähnelte. Dann sprang er auf, eilte zur Mühle hinunter und stieß die Tür auf. Ohne zu verweilen, hastete er, zwei Stufen auf einmal nehmend, ins zweite Stockwerk und schaute nach dem Kopftuch; es lag nicht an seinem Platz. Vielleicht kann ich es im Dunkel nicht sehen, dachte er, ging zum Fenster, setzte sich auf den Sims und starrte unverwandt in die Richtung, in der das Kopftuch liegen musste, als befürchte er, eine Zauberhand könne es vor seinen Augen stehlen und wegtragen.

Der Tag brach an, es wurde hell, Licht durchflutete die Mühle. Das grüne Kopftuch war nicht da. Wie gelähmt rührte Vasili sich nicht von der Stelle.

»Am Ende musste er mir das auch noch antun«, brüllte er, und es klang wie ein Schrei der Verzweiflung. Schon längst hättest du ihn töten sollen, du Angsthase! Feigling! Vor Spatzen kneifender Hund! Konntest nicht einmal einen Mann töten, den du schon in der Hand hattest. Ein Kriegsveteran als feigster Mensch der Welt! Einer, der keine Fliege mehr töten kann, geschweige denn einen Menschen. Und du willst jetzt zwei Menschen auf einmal töten? Darunter eine Freundin deiner Mutter? Knirschend biss er die Zähne zusammen und eilte mit so viel Wut zum Anleger hinunter, dass er sogar seinen Vater umgebracht hätte, liefe der ihm jetzt über den Weg. Unten schaute er mehrmals um sich und ging dann schnurstracks in Musas Haus. Es war niemand da. Das Bett im oberen Stockwerk war sorgfältig gemacht. Zwei Stufen auf einmal nehmend, lief er die Treppe hinunter und blieb vor der Tür wie angewurzelt stehen. Erst jetzt fiel ihm auf, dass auch das Boot nicht an seinem Liegeplatz war. Um sich blickend, eilte er zu den Konaks, durchstreifte den Pfirsichhain, stieg auf den Hügel, suchte das Meer ab, nirgends auch nur ein Punkt! In weiter Ferne zog mit dünner Rauchfahne ein Passagierdampfer die Kimm entlang. Schließlich ging Vasili hinauf zu den Weingärten. Die frisch gesprossenen Blätter der Weinstöcke tauchten den Hang in zartes Grün. Vom Weinberg aus schaute er weit übers Meer, dann die Reihen der Weinstöcke entlang und unter die vereinzelt dazwischen stehenden Bäume. Nichts! Hierher schien Lena Musa den Nordwind auch nicht gebracht zu haben. Nachdem Vasili jeden Winkel in der Umgebung abgesucht hatte, ging er zum Ufer hinunter und marschierte den Strand entlang um die ganze Insel. Anschließend durchsuchte er alle Häuser. Angenommen, Musa ist zum Fischen hinausgefahren, wo aber ist Lena? Sollte er sie mitgenommen haben? Entsetzt musste er es annehmen, nachdem er auch nicht die kleinste Spur von ihr entdecken konnte. Ja, dieser Trottel ist mit Lena hinausgefahren, obwohl heute ein Unwetter aufzieht; Sturm, Regen und Wellengang ausgerechnet am ersten Tag ihrer Rückkehr auf ihre Insel! Fährt man da denn hinaus, du Eselskopf von Musa? Hast du denn heute Morgen die Sonne nicht gesehen?

Wie sie glutrot aufgegangen und kurz darauf matt und trüb geworden ist, umgeben von einem dunstigen Hof? Fährt an so einem Tag der Mensch wegen einiger Fische, dazu mit einer tausendjährigen Frau an seiner Seite, denn aufs Meer, du niederträchtiger Trottel? Hast du denn gar keine Ahnung von der See? Siehst du denn nicht, wie sie glänzt und die Augen blendet wie ein Spiegel in strahlender Sonne? Da kommt ein Bora auf, der nicht nur deine Nussschale von Boot, sondern auch große Schiffe in zwei Teile brechen und auf den Meeresgrund schicken kann. Vielleicht können sie aber noch die Raue Insel anlaufen und in einer Bucht Schutz finden, bis sich der Sturm gelegt hat. Schauen sich auch noch die Ziegen und Blumen an! Dieser Hoffnungsschimmer beruhigte ihn ein bisschen. Er schlenderte nach Haus, brühte sich einen Tee auf und frühstückte ganz gemächlich Brot, Oliven, Käse und Honig. Ausgeglichen verließ er das Haus, ging hinunter zum Ufer. Die See kabbelte, die Wellen schlugen höher. Plötzlich wehten steife Brisen, und als er am Anleger angelangt war, rollten die Wellen schon, begannen ihre Kämme zu brechen. Sieht schlecht aus! Dem Unwetter entkommen sie nicht mehr. Die Wellen gehen immer höher. Er konnte nicht stillstehen, ließ das Meer aber nicht aus den Augen. Schließlich ging er von der Brücke bis zur westlichen Inselspitze. Auch von hier aus war kein Boot zu sehen, das Meer war leer, so weit das Auge sehen konnte. Als er die östliche Inselspitze erreichte, fegte der Sturm schon Flugwasser von den Schaumkronen der gischtenden Wellen herüber. Von Osten schlug Vasili sich nach Norden, erklomm den Fels über der Höhle und hockte sich nieder. Die Wellen brandeten gegen die Klippen, der Sturm pfiff.

»Das ist das Ende«, stöhnte Vasili, »oh Lena. Und wenn du wüsstest, dass deine beiden Söhne schon längst unter den Schneemassen der Allahuekber-Berge begraben liegen.« Die Wellen türmten sich so hoch, dass ihm schien, sie schaukelten die Insel. Er mochte gar nicht mehr hinsehen, und er schimpfte auch nicht mehr auf Musa. Beschimpft man denn einen Toten? Komm vom andern Ende der Welt hierher, lass dich auf dieser Insel nieder, kauf dir Häuser und Mühlen, und dann, ja, und dann …

Innerlich wie ausgehöhlt, erhob er sich und marschierte gegen einen Sturm, der jeden Menschen von den Beinen reißen konnte. Die harten Böen brachten ihn wieder zu sich. Das war er, der gefürchtete Yildizpoyraz, der da tobte, und dieser Orkan aus Nordnordost drehte selten. Vasili starrte wieder aufs Meer hinaus, aber außer pappelhohen Wellen war nichts zu sehen. Er hockte sich auf einen Felsblock und nahm den Kopf zwischen die Hände. »Ach käme dieser Kerl doch davon, käme er doch davon, ich würde ihn nicht einmal, nein, tausendmal töten. Käme er doch davon!«

Seine Wut steigerte sich, und je mehr sie sich steigerte, desto zahlreicher wurden die Flüche, mit denen er Musa den Nordwind rundum eindeckte. »Mit dieser Nussschale rettet er sich nicht vor diesem Sturm. Ertrinken wird Musa! Lena wird er wohl doch nicht mitgenommen haben. Was sollte er auch mit dieser tausendjährigen Alten auf See, was konnte sie ihm denn dort nützen! Aber man weiß ja nie, vielleicht hat er ›Komm doch mit!‹ einfach so dahergesagt und sie: ›Aber ja, mein Junge, mein Musa!‹ Und nun sind sie auf dem Meeresgrund gelandet.« Denn er hatte die Insel schon kreuz und quer so oft durchwandert, da hätte Lena, wäre sie hier gewesen, ihn bestimmt nicht übersehen, nein, Lena bestimmt nicht! Doch sie ist alt, vielleicht sehen ihre Augen nicht mehr so gut. Und dieser Gedanke ließ ihn wieder hoffen.

Ihre Augen sehen nicht mehr, redete er sich immer wieder ein. Das beruhigte ihn, doch kurz darauf packte ihn wieder die Wut. »Krepier doch, du Hund, krepier doch!«, fluchte er zähneknirschend. »In diesen Gewässern tummeln sich die Haie scharenweise, die haben von dir bestimmt kein Stückchen übrig gelassen. Geschieht dir recht! Wärst du mir nicht entwischt, hätte ich dich auch tausendmal getötet und in tausend Stücke gerissen. So ist es besser. Eine saubere Sache allemal.« Wie ein Betrunkener schwankte er dahin, drehte sich zum Meer und brüllte: »In tausend Stücke, in tausend Stücke, und jedes Stück im Haifischmagen!«

Und plötzlich war da ein Boot, das von einer Welle hochgetragen wurde, wieder verschwand, kurz darauf noch einmal auftauchte und dann eine ganze Zeit nicht mehr zu sehen war. Im Boot hatte ein massiger Mann gesessen und mit aller Kraft gerudert.

Vasili schritt schnell aus, ließ dabei das immer wieder auftauchende Boot nicht aus den Augen. Zurück bei der Höhle, kletterte er auf die Klippe und blieb dort, wie zur Steinsäule erstarrt, aufrecht stehen.

Der Mann im Boot – Vasili hatte Musa längst erkannt – gab nicht auf. Er ruderte gegen die Wellen, die das Boot hin und her warfen. Das Meer brüllte, die Sturzseen brachen sich an den Klippen und krachten auf den Strand. Vasili hatte die Beine gespreizt und stemmte sich mit aller Kraft gegen die Sturmböen.

Eine Zeit lang war das Boot verschwunden. Vasili rührte sich nicht vom Fleck. Auch als das Boot auf dem Kamm einer Welle erschien, blieb er aufrecht stehen, ohne sich zu bewegen.

Je höher sich die Wellen reckten, desto seltener hob das Boot sich über die Schaumkronen, um gleich wieder zu verschwinden. Es schien überhaupt nicht voranzukommen. Schließlich war es gar nicht mehr zu sehen. Die Brecher donnerten heran, das Boot blieb verschwunden. Nach einer ganzen Weile sah Vasili nur Musa aus einem Wellenkamm auftauchen. Er versuchte sich mit weiten Schwimmzügen über Wasser zu halten, doch dann riss ihn eine Sturzsee in die Tiefe, die nächsten Wellen warfen ihn hin und her, er fuchtelte hilflos mit den Armen, war kurz vorm Ertrinken.

Ohne sich zu beeilen, kletterte Vasili den Felsen herab und tauchte durch die weit über den Strand spülenden Brecher in die Grotte, die das schwappende Wasser fast bis in den letzten Winkel überfluteten. Er wuchtete einen Benzinkanister in sein Boot, schob es bis zum Höhlenausgang, schwang sich hinein und startete. Der nagelneue Motor war so stark, dass er das auf und ab taumelnde Boot auch gegen die anbrandenden Wellen vorantrieb.

Nicht weit vor ihm entdeckte er auf einem Wellenkamm den um sich schlagenden Musa und riss das Steuer in dessen Richtung.

6

Musa der Nordwind tauchte auf, verschwand in einem Wellental, kam wieder zum Vorschein, wurde von einer Riesenwelle überrollt, tauchte wieder auf, kämpfte vergebens gegen die anbrandenden Seen.

Vasilis Boot kam nur mühsam voran, die Wellen schlugen es immer wieder quer.

Dann tauchte Musa gar nicht mehr auf, und zum ersten Mal war es um Vasilis Kaltblütigkeit geschehen. Unruhig richtete er sich auf. Die ringsum steigenden Wellen schienen sich wie Ungeheuer auf ihn zu stürzen und in die Tiefe reißen zu wollen. Er duckte sich neben das Steuer, krallte sich mit der Linken an den kurzen Handläufer des Achterdecks, ließ dennoch die Stelle, wo Musa der Nordwind verschwunden war, nicht aus den Augen. Plötzlich erschien dessen Kopf in einem schäumenden Wellenkamm, mit verzweifelten Kraulzügen versuchte Musa sich über Wasser zu halten. Als eine der Wellen ihn erfasste und endlich herüberstieß, jubelte Vasili, schnellte in seiner Freude hoch, musste sich aber gleich wieder niederkauern. Musa verschwand, und Vasilis Freudenschrei blieb ihm in der Kehle stecken. Inmitten tobender Wellen wartete Vasili darauf, dass Musas Kopf in einer der Schaumkronen zum Vorschein kam. Es dauerte nicht lange, und er trieb auf einer Riesenwelle. Vasili drehte bei. Er wusste, wie gefährlich es war, die Welle quer anzugehen, da brach sie schon über ihn hinweg, Wasser stürzte ins Boot, schlug es aber nicht voll. Vasili blieb die Ruhe selbst. Diese Sturzseen hatte er schon oft abgeritten und war jedes Mal, wenn auch klitschnass, wieder aufgetaucht.

Als die Welle abrollte, sah er Musa mit rudernden Armen im

Wasser treiben. Der nächste Wellenberg war noch weit, als Vasili Musa erreichte, ihn am Arm packte, die Welle unters Boot durchrollen ließ und ihn übers Dollbord zog, während sie ins Wellental glitten. Rücklings lag Musa da. Er atmete, und Vasili drehte ihn auf den Bauch. Sich weiter um ihn kümmern konnte er nicht. Er lebte ja! Etwas wie ein Freudenlied ging ihm durch den Sinn, als er abdrehte, und es fehlte nicht viel, und die Brandung hätte sie samt Boot an die Klippen geschleudert und in Stücke geschlagen. Der Strand am Anleger war die einzige Möglichkeit, das Boot heil zu landen. Vasili steuerte das Boot seewärts, nahm in weitem Bogen und gefährlich quer zu den Wellen Kurs auf den Anleger, ließ dabei aber auch Musa nicht aus den Augen. Wenn auch sehr flach, Musas Rücken hob und senkte sich, und bei jedem Atemzug pochte Vasilis Herz vor Freude bis zum Hals.

Dass sie in Höhe des Anlegers waren, erkannte Vasili an den faserigen Spitzen und schwankenden Kolben des hohen Röhrichts. Was dann geschah, daran kann er sich gar nicht mehr erinnern. Denn als er wieder zu sich kam, gewahrte er, dass sein Boot schon über Sand und Kiesel hinweg bis zu den Platanen geschwemmt worden war. »Was für Wellen!«, murmelte er und versuchte sich zu sammeln.

Mit entsetztem Gesicht kam Lena hinter dem Röhricht hervor. Zu einem Häufchen Elend geschrumpft, begann sie am Boot heulend ihre Knie zu schlagen.

»Weine nicht, Lena, er ist nicht tot«, beschwichtigte Vasili sie mit ruhiger Stimme, und im Nu versiegten ihre Tränen, verwandelte sich ihre Verzweiflung in schiere Freude. »Er ist also nicht tot! Und wo hast du ihn gefunden?«

»Im Meer«, lächelte Vasili.

»Ist Musa nicht der Erste, der auf diese Insel gekommen ist?«

»Er ist es.«

»Hattest du nicht geschworen, ihn zu töten?«

»Ich hatte ihn töten wollen.«

Weiter fragte Lena nicht. Auch Vasili sagte nichts mehr. Er zog Musa aus dem Boot und legte ihn bäuchlings auf die Pritsche.

Eine Zeit lang schüttelte er ihn hin und her, hob ihn an und drückte ihn nieder.

»Er hat kein Wasser in den Lungen, Lena«, sagte er dann und zog, um seine Freude nicht zu zeigen, eine finstere Miene. Doch Lena hatte den Freudentaumel in seinem Inneren schon längst mitbekommen.

»Wir tragen ihn ins Haus. Geh du vor, leg Wäsche bereit, und brüh einen Tee! Sind Handtücher da? Ich bin ja auch plitschnass, wie du siehst.«

Sie sprachen griechisch miteinander, und während Lena vorauseilte, nahm Vasili Musa auf den Rücken, trug ihn ins Haus, lud ihn auf einen Sessel ab und zog ihn in Windeseile aus. Lena reichte ihm nagelneue Handtücher, Vasili rieb Musa trocken und zog ihm frische Unterwäsche an.

»Siehst du, Lena, wie er die Augenlider bewegt? Bereite du den Tee, ich gehe schnell nach Haus und wechsle mein Zeug. Er wird bald die Augen öffnen, dann gibst du ihm heißen Tee mit viel Zucker!«

»Und wenn er ihn nicht trinken will? Bei diesen Türken weiß man ja nie, auch wenn dieser hier ein sehr guter Mensch zu sein scheint.«

»Wenn er den Tee nicht trinkt, schüttest du ihn über seinen Kopf!«

Musa saß mit dem Rücken an die Wand gelehnt auf dem ausgerollten Bett. Kaum hatte er Vasili erblickt, griff er sich mit einem Ächzen, das wie ein im letzten Moment unterdrückter Hilfeschrei klang, an den Hals. Als seine Hand ins Leere fasste, wand er sich, um aufzustehen, griff sich immer wieder an Brust und Hals, suchte nach irgendetwas und tastete dann mit zitternden Händen blitzschnell seinen Körper ab. Die Heftigkeit seiner Bewegungen hatte ihn so erschöpft, dass er seine Hände wie leblos auf die Bettdecke sinken ließ und die Augen schloss. Sein Gesicht war gelbgrün angelaufen, er wimmerte so matt, als läge er in den letzten Zügen.

»Was ist, was ist los?«, erregte sich Vasili.

Lena war auch völlig ratlos.

»Was ist, was ist?«

»Amulett«, antwortete Musa mit bebenden, blauen Lippen und trostloser Stimme.

»Was? Was, was?«

»Amulett.«

Erst nachdem Vasili noch einige Mal nachgefragt hatte, kam er dahinter, was Musa meinte. »Ich habs gesehen«, rief er, »ich habs gesehen. Als ich dich am Arm gepackt mit dem Gesicht nach unten ins Boot legte, sah ich etwas an deinem Hals funkeln, etwas wie Gold.«

»Wo ist es?«, fragte Musa mit letzter Kraft, die Augen weit aufgerissen.

Vasili überlegte. »Vielleicht ins Boot gefallen.«

Im Laufschritt zum Boot hasten und mit dem Amulett in der Hand zurückeilen waren eins. »Nimm!«, sagte er. »Meinst du das?«

»Ja, das«, antwortete Musa und wollte hochschnellen, doch es gelang ihm nicht einmal, sich von der Stelle zu rühren. Er streckte nur seinen Arm aus, beugte sich vor und küsste Vasilis Hand, als dieser ihm das Amulett hinreichte. Abrupt zog Vasili seine Hand zurück, das Amulett fiel auf die Bettdecke, Musa deutete mit seinen Augen darauf, Vasili nahm es und band es dem noch eine ganze Weile zufrieden lächelnden Musa um den Hals.

Auch Lena stand jetzt still lächelnd da, nur Vasilis Verwirrung schien sich noch nicht gelegt zu haben.

»Das ist der Vasili«, sagte Lena. »Musa, mein Sohn, das ist der Vasili.«

Musa sah sie lange an.

»Ja, das ist er. Dieser da ist der Vasili.«

Musa und Vasili schauten sich eine ganze Weile wortlos in die Augen, dann brachen beide in lautes Lachen aus, und Lena schloss sich ihnen an.

»Bist du wirklich jener Vasili?«

»Ja, der bin ich«, erwiderte Vasili.

Musa zeigte auf den Bettrand: »Komm, hock dich hierher!«

Zögernd setzte Vasili sich auf die Matratze nieder.

»Mutter, mach Vasili auch einen Tee, er ist auch durchgefroren!«

»Ja, mir ist auch kalt. Einen Tee!«, bat Vasili.

Wie übermütige Kinder schauten sie sich verschämt, dann wieder verschmitzt an, lächelten sich zu, senkten die Köpfe, versanken in Gedanken, und jedes Mal, wenn sie lachten, führte Musa seine Hand zum Amulett und streichelte es andächtig.

Erst nachdem Vasili hintereinander fünf Glas Tee getrunken hatte, stand er auf, sagte: »Ich komme gleich wieder«, und verschwand. Während er hinausging, musterte Musa ihn mit freundschaftlichen, dankbaren Blicken. Jener Schatten damals war sehr lang gewesen, überlegte er. Ist dieser Vasili vielleicht doch nicht jener verrückte Vasili, der ganz allein auf dieser Insel zurückgeblieben sein soll? Unmerklich huschte ein Lächeln über sein Gesicht. Wenn dieser wirklich jener Vasili ist, warum hat er mich denn nicht getötet? Warum hat er mich dann vorm Ertrinken gerettet?

»Lena!«

»Bitte, mein Sohn. Gehts dir gut?«

»Ist dieser Vasili denn nicht jener Vasili?«

»Doch, er ist es.«

»Und wer war dann jene Gestalt, die sich auf der Insel umtrieb?«

»Das war auch er.«

»Und warum hat er mich nicht getötet?«

»Keine Ahnung.«

»Und warum hat er mich vor dem Ertrinken gerettet? Drei Minuten später, und ich hätte mich auf dem Meeresgrund wieder gefunden, und die Fische hätten mich Stück für Stück aufgefressen. Warum denn, wo ich ihm schon ausgeliefert und schon am Sterben war ...«

»Er ist eben ein guter Junge.«

Das Meer riffelte sich, und plötzlich wurde es dunkel. Bis jetzt hatte er schon fünf große Goldbrassen gelandet, und er würde bestimmt noch mehr fangen. Es brodelte von Fischen, unter ihnen die köstlichen Goldbrassen. Sie sind besonders in den Dardanellen, aber auch in der Ägäis zu Haus. Auf einmal, noch bevor Musa die Angelschnur aufschießen konnte, bäumte sich die See. Hastig legte er sich in die Riemen und begann mit aller Kraft zu rudern. Es wurde immer dunkler, die Wellenkämme gischteten, brachen, und die Schaumkronen flogen davon. Immer höher reckten sich die Wogen, stürzten sich von allen Seiten auf das Boot. Musa fand sich mal auf einem Wellenkamm wieder, mal stürzte er wie in einen tiefen Brunnen hinunter ins Wellental.

Als Musa sich der seewärtigen Seite der Insel näherte, entdeckte er wieder den dunklen Umriss, und wie gelähmt ließ er die Arme sinken. Doch er riss sich zusammen, ruderte aus Leibeskräften auf die Klippen zu, kam ihnen etwas näher, bis die Wellen ihn wieder zurückwarfen. Schweißperlen, salzig wie das Seewasser, brannten in seinen Augen, er kniff sie zusammen; plötzlich erhob sich die Insel so greifbar vor ihm, dass sein Boot im nächsten Augenblick zu zerschellen drohte, dann verschwand alles wie weggewischt. Er konnte die Ruder nicht mehr halten, ließ sie los und krallte sich ans Dollbord. Ab und zu zog der lange Schatten an seinen Augen vorbei, glitt ins Wellental, blieb eine Weile verschwunden und tauchte auf dem nächsten Wellenberg wieder auf. Dann verwischte sich alles, die Welt versank in tiefes Dunkel. Er sank in die Tiefe, die Tiefe wurde wieder hell, tausende gelb, grün, lila und rot aufleuchtende Fische umkreisten ihn, der Meeresgrund zog ihn immer tiefer, es wurde stockdunkel, dann wieder taghell, in tausenderlei Farben blitzte das Licht gleichzeitig mit den dahinflitzenden Fischen. Dann umfing ihn wieder das Dunkel, das Dunkel lichtete sich, und als Letztes durchschnitt ein dünner, scharfer Strahl die Finsternis vor seinen Augen und verschwand.

Vor ihm stand Vasili und lächelte. Auf dem Kelim neben ihm stand ein großes Einweckglas, randgefüllt mit weißem Wabenhonig.

»Was ist das?«

»Honig«, sagte Vasili. »Ein Geschenk an dich vom weisen Tanasi.«

Mal sprach Lena von Tanasi, mal Vasili ... Sie liebten ihn so sehr, dass sie kein Ende fanden.

»Ich sehe schon«, lachte Musa, »ich muss diesen Heiligen auch noch kennen lernen, Gott gebe es!«

»Gott gebe es!«, bekräftigte Lena. »Aber er war schon sehr alt, als er fortzog, älter als ich. Sie sagen ...«, Lena stockte, überlegte, ob sie sagen sollte, woran sie dachte, doch dann fuhr sie fort: »Sie sagen, verlässt ein alter Mensch sein Land, dann lebt er nicht mehr lang, sagen sie.«

Vasili schaute zu Boden, redete, lachte, freute sich, vermied aber, Musa in die Augen zu schauen. Den Grund von Vasilis Verschämtheit, sein Unbehagen hatte Musa schon längst durchschaut, aber was sollte er dazu sagen, wie sollte er es ihm erklären?

»Er hat Recht, der weise Tanasi«, sagte Musa. »Ohne Vasili wäre ich nur wegen einiger Fische schon längst in den Mägen der Haie.« Von Unruhe gepackt, versuchte er aufzustehen, aber seine Kräfte reichten nicht. »Wo sind übrigens meine Fische?«

»Zurück ins Meer geflüchtet«, antwortete Vasili.

Musa schwieg nachdenklich, schien sich vergeblich an etwas erinnern zu wollen. »Sie sind also ins Meer geflüchtet«, murmelte er, und beim Wort »geflüchtet« fiel ihm ein, wonach er gesucht hatte, und er musste lachen. »Na hör mal, Mutter«, sagte er, »wo bleibt denn deine Fürsorge? Was macht es schon, wenn die Fische geflüchtet sind, solange wir diesen Wabenhonig haben. Und was ist da drin?« Er zeigte auf ein Fässchen hinter dem Einweckglas.

»Oliven.«

»Und da drin?«

»Käse.«

»Und da?«

»Fett.«

»Dieser Tanasi hat all das seinen Feinden zurückgelassen und ist davon, ist es so?«

»Er hatte auf dieser Welt weder unter den Guten noch unter den Bösen irgendwelche Feinde. Komm du nur wieder zu Kräften, dann zeige ich dir seine Vorratskammer. Was er uns dagelassen hat, reicht für zehn Haushalte.«

»Nicht nur uns«, lachte Musa, »was er jedem dagelassen hat.«

»Ja, was er jedem dagelassen hat«, bestätigte Vasili, »jedem Menschen dagelassen hat.«

»Ach, Kinder, ich kenne Tanasis Jugendjahre«, schwärmte Lena, »er war ein Prachtsbursche, der Tanasi. Wie heißt es bei den Türken? ›Sieht ein Mensch gut aus, ist er es auch hier.‹« Dabei zeigte sie auf ihr Herz. »Alle Mädchen auf den Inseln und an der Küste waren in ihn verliebt. Und hoch gewachsen war er, na, so hoch wie ihr.«

»Mutter, die See hat mich nicht umgebracht, aber du lässt mich vor Hunger sterben.«

»Auf denn, mein Kind, mach du ein Nickerchen, ich mache sofort Brot und Pilaw. Auf der Stelle, mein Junge, du wirst mir nicht sterben. Niemals!«

Fröhlich eilte sie die Treppe hinunter. Die Augen gesenkt, sagte Vasili ganz leise: »Musa, mein Bruder, mach es dir bequem, ich gehe Lena helfen!«

Als sich Musa glücklich lächelnd zurücklehnte, wurden seine Augen feucht. Hey, Menschensohn, dachte er, was bist du doch für ein eigenartiges Wesen und wie rätselhaft ... Und jener da hatte keine Feinde, war keinem gram, bewunderte Wolf und Vogel, Käfer, Fliege, Schlange und Tausendfüßler. Ja, jedes Geschöpf hat seine eigene Schönheit. Wie sagte jener weise Tanasi: Hauptsache, es wird kein Tropfen Menschenschweiß sinnlos ins Leere fließen. Hey, Tanasi! Kein Weizenkorn, nicht eine Olive, nicht ein Apfel soll ins Leere fallen! Wofür der Menschensohn auch nur einen Schweißtropfen vergossen hat, es sei denen, die nach uns auf die Insel kommen, gegönnt wie ihre Muttermilch, so sprach der weise Tanasi.

Lena und Vasili ließen Musa drei Tage lang das Bett hüten, viel eher aufzustehen, hätte der vom Tode zurückgekehrte auch nicht die Kraft gehabt.

Er war noch sehr jung, als man ihn zum Kriegsdienst rief, und da er ziemlich gebildet war, wurde er gleich als Unteroffizier ins Heer eingegliedert. Er hatte in den Hängen der Allahuekber-Berge die von Typhus heimgesuchten und aufrecht im Schnee zu einem

Menschenwald erstarrten Soldaten erlebt und sich gewundert, wie sie, ohne umzufallen, ihr Leben hatten aushauchen können. Auf endlosen Hängen ein großer, vereister Wald! Und dieses Bild hatte er noch immer vor Augen. Neunzigtausend Soldaten in den Allahuekber-Bergen, von Läusen zerfressen und erfroren, das ist leicht dahergesagt!

Die kläglichen Überreste des geschlagenen Heeres flohen vom Allahuekber hinunter in die Ebene des Ararat. Verwahrlost und hungrig rannten sie, so weit die Füße sie trugen, voller Enttäuschung, wenn sie an verlassenen Dörfern vorbeikamen, deren Einwohner nach Süden, nach Westen und nach Mittelanatolien ausgewandert waren, voller Freude, wenn sie hin und wieder ein bewohntes Dorf entdeckten, das sie bis auf den letzten Bissen Brot plünderten, bevor sie weiterzogen. In der mesopotamischen Ebene waren von einem ganzen Regiment nur noch sieben Mann am Leben. Das Volk dieser Ebene war gastlich und hatte noch etwas zu essen. In der Gegend von Hakkari wanderten sie von Dorf zu Dorf, tranken viel Milch, aßen viel gekochtes Zwiebelfleisch mit viel Butter, viel Yoghurt und viel Grützpilaw. Sie wurden richtig dick und erholten sich zusehends. Außer einigen wenigen verletzten, kranken und bis auf die Knochen abgemagerten Männern der geschlagenen Armee gab es in dieser Gegend keinen, den man für einen Soldaten halten konnte. Ein Teil der Bevölkerung, Kurden, Araber, Türken, hatte sich bewaffnet und war ausgezogen, Jesiden zu jagen. Auch Musas kleine, erschöpfte und verschreckte Einheit hatte sich wohl oder übel dieser Menschenjagd angeschlossen. Sie trafen bald auch auf andere Überreste der Armee und auf bewaffnete Banden. Diese Banden fielen in Jesidendörfer ein, erschossen oder erstachen mit Bajonetten ohne Ausnahme jeden Einwohner, raubten ihre Schafe, Ziegen, Pferde und Esel, ihre Teppiche und Kelims, ihr Korn und Mehl, ihr Geld und den Schmuck ihrer Frauen. Und wer in die Berge flüchten konnte, den jagten sie und sorgten dafür, dass auch nicht ein Jeside am Leben blieb.

Als sie eines Morgens gerade den Tigris überquert hatten, stießen sie auf einen Treck Jesiden, die sich zu Fuß oder zu Pferd und Esel mit Schafen, Ziegen und Rindern in die Berge zurückzogen. Auch einige bewaffnete Reiter waren dabei, die den Zug anführten. Zu den berittenen Kurden, Türken und Arabern waren kurz zuvor noch Fahnenflüchtige gestoßen, die, bis an die Zähne bewaffnet, auf geraubten Pferden aus den wehrlosen Dörfern das Gebiet der Jesiden in ein Meer von Blut verwandelten. Die Hand voll jesidischer Reiter nahm den Kampf mit den über ein Regiment starken Menschenjägern auf, und das blutige Ringen dauerte zwei Tage und Nächte.

Bis auf den letzten Mann wurden die jesidischen Kämpfer niedergemacht, splitternackt ausgezogen und in den Tigris geworfen. Dann kamen die Unbewaffneten an die Reihe. Zuerst wurden die Männer und Knaben getötet, splitternackt ausgezogen und in den Tigris geworfen und danach die Frauen und Mädchen. Den Frauen geraubter Schmuck, den Männern geraubte Uhren, Geld und sonstige Wertsachen wurden unter einem Dattelbaum zusammengetragen. Dann teilte der junge Bey der Plünderer die Beute in zwei Hälften, nahm die eine für sich und verteilte die andere an die in Schlange aufgereihten Bandenmitglieder. Den Soldaten gab er mehr, und Musa der Nordwind, an dessen Uniform der junge Bey den Offizier erkannt hatte, durfte sich seine goldene Uhr mit schwerer Goldkette sogar selbst aussuchen.

Das Morden und Plündern währte drei Tage. Sie überfielen ein Dorf nach dem andern, töteten immer mehr Jesiden. An den Ufern des Tigris zündeten sie große Feuer an und rösteten ganze Schafe in der Glut. Weiter unten in der Wüste herrschte brütende Hitze. In die Berge oder zu ihrem Wallfahrtsort Laliş?, fragte der Bey. In Laliş gibt es noch mehr Gold und viele Jesiden. Dort ist auch das Haus des Satans. Er selbst soll darin leben. Ziehen wir nach Laliş, töten wir viele Jesiden. Sie werden auch einige von uns töten, aber wer von uns stirbt, kommt geradewegs ins Paradies. Wie ihr ja wisst, beten die Jesiden den Satan an, und der Satan ist des Herrgotts schlimmster Feind. Und da wir ausziehen, diesen Schaitan zu töten, kommen wir, sofern wir fallen, ohne Wenn und

Aber in unseres Herrgotts Himmel. Und wenn es uns gelingt, auch den Satan zu töten, werden wir zu Gottes Wesiren, sogar zu seinen Großwesiren. Die Mauern des Satanshauses, das Dach und auch die Schwelle sind aus Gold. Und mitten im Vorhof unter dem ausgemauerten Becken liegt der Schatz der Jesiden. Dreihundert Maultierlasten Gold! Nur bewachen diesen Schatz eine schwarze Schlange, ein Drache und ein Pfau. Dieser Pfau ist in Wirklichkeit der Teufel in Pfauengestalt. Wir müssen zuerst den Pfau und dann die Schlange töten. Die Schlange zu töten, ist gar nicht so leicht. Mit ihren sieben Köpfen vermag sie siebzigfach zu denken. Sie war es, die sich zur Zeit der Sintflut im Bunde mit dem Teufel gegen Vater Noah auflehnte. Auch in den Zeiten des Paradieses hatte sie sich gemeinsam mit dem Satan gegen Gott und gegen Vater Adam aufgelehnt. Der Herrgott jagte sie und Satan aus dem Paradies. Auch Vater Noah jagte Schlange und Satan, die sich gegen ihn aufgelehnt hatten und die Arche durchlöchern wollten, von Bord. Mit der Schlange auf dem Rücken ist der Satan, nachdem die Fluten versiegt waren, ins Tal von Laliş gezogen. Hätte Vater Noah den Satan und die Schlange nicht von seinem Schiff gejagt, gäbe es heute kein einziges Geschöpf, ob Vogel, Käfer oder Mensch, gehörte eine gähnend leere Erde allein dem Satan und der Schlange.

Der Bey sagte es auf Arabisch, Türkisch, Kurdisch und Tscherkessisch. »Und jetzt schlage ich euch vor, mit nach Laliş zu ziehen, den Satan, die Schlange und deren Anbeter zu töten. Solltet ihr ablehnen, werde ich allein reiten, den Satan töten und dann als Großwesir Gottes bis in alle Ewigkeit im Paradies leben.«

»Auf nach Laliş!«, riefen alle und schwangen ihre mit Gold und Schmuck gefüllten Beutel.

Sie zogen durch die Wüste. Vor dem Tal von Laliş saßen sie ab, um unter Dattelbäumen zu rasten. Sie verbrachten dort die Nacht, wandten sich dann nach Westen und im Galopp auf Laliş zu. Doch im Tal wurden sie von einem Kreuzfeuer empfangen, dass ihnen Hören und Sehen verging. Fast die Hälfte der Jesidenjäger stürzte von den Pferden und flog geradewegs in Gottes Paradies. Der Bey riss sofort sein Pferd herum und brüllte: »Greift euch die Pferde der Gefallenen, und folgt mir!« Und so taten sie.

In einem Dattelhain in der Wüste sammelten sie sich. »Es wird schwer«, sagte der Bey, »die Schlange hat es erfahren, der Satan hat sie gewarnt, deswegen ist es uns misslungen. Ich reite jetzt zu den Nomadenstämmen und zu den Beduinen und komme mit tausend Berittenen zurück. Auf gehts!«

Am Abend rasteten sie am Ufer des Tigris. Sie schossen Gazellen, rösteten sie in der Glut riesiger Lagerfeuer und aßen sich satt. Am nächsten Morgen verteilten sie unter sich die Beute aus den Mantelsäcken der Kameraden, die vom Satan in Gottes Paradies geschickt worden waren. Auch aus dieser Beute gab der Bey allein Musa einen Anteil von über dreißig Goldstücken. In der darauf folgenden Nacht machte sich Musa, als die Jäger schliefen, mit seinen Kameraden davon. Mit verhängten Zügeln ritten sie durch die Wüstenei bis Urfa. Bei Sonnenaufgang wurden sie eines Morgens in Haran von Gendarmen eingekreist, festgenommen und zum Hauptmann gebracht.

»Wo seid ihr abgeblieben?«, stellte sie der Hauptmann mit gerunzelten Brauen barsch zur Rede.

»Es dauerte, bis wir endlich ankommen konnten, mein Hauptmann«, antwortete Musa und berichtete haarklein, was sie durchgemacht hatten.

»Das kostet jeden von euch zehn Goldstücke«, forderte der Hauptmann.

»Zu Befehl«, sagte Musa.

»Hier kämpfen wir gegen die Franzosen. Du hast ja viel Erfahrung, Unteroffizier, mein Sohn, und wirst die Führung der Milizen übernehmen. Schon morgen wirst du einen Stoßtrupp zusammenstellen. Fürs Erste habt ihr dienstfrei. Geht los, sucht euch ein Quartier, und kauft euch Zivilkleider. Im teuren Teil des Basars von Urfa gibt es schöne Anzüge, kleidet euch dort ein! Pferde habt ihr ja. Wenn ihr wollt, kauft euch auch Reitstiefel. In drei Tagen meldet ihr euch zur Stelle. Flüchtet ja nicht! Sollten wir siegen, könnt ihr bei mir ordnungsgemäß euren Dienst quittieren. Sollten wir verlieren, ist er für euch sowieso zu Ende. Seht zu, nicht in Gefangenschaft zu geraten. Solltet ihr euch davonmachen, werde ich euch wo auch immer festnehmen und ohne Rücksicht erschießen lassen.«

Jeder von ihnen legte reihum zehn Goldstücke auf den Schreibtisch des Hauptmanns und ging hinaus.

Der Hauptmann war ein Kurde aus Kerkük, den Mustafa Kemal Pascha beauftragt hatte, den Widerstand des Volkes gegen die französischen Besatzer zu organisieren. Er war einer von denen, die hart durchgriffen und wahllos erschießen ließen, wer sich ihnen in den Weg stellte.

Schon nach wenigen Tagen verwickelten sie die französischen Soldaten in Feuergefechte. Auch die Beduinenstämme, die sich mit den Türken geeinigt hatten, schlossen sich ihnen an. Ihren Emiren hatte der Hauptmann schon längst den Titel eines Paschas verliehen und ihnen schon jetzt die goldene Tapferkeitsmedaille zum Kriegsende zugesagt.

Im Geschäftsviertel von Urfa kauften sich die Soldaten von ihrem Beuteanteil aus den mörderischen Jesidenjagden die schönsten der aus Aleppo importierten Anzüge, dazu Handschare und goldverzierte Patronengurte, zogen sich um, gürteten sich und überredeten noch etwa fünfzehn Fahnenflüchtige, sich ihnen anzuschließen, indem sie ihnen schon nach wenigen Gefechten gegen die Franzosen einen ehrenvollen Abschied aus der Armee versprachen. Auch sie wurden von ihnen eingekleidet und bewaffnet. Die französischen Soldaten waren mutlos und wollten nicht kämpfen. Wurden in Scharmützeln nur einige verletzt oder getötet, gaben die andern schon Fersengeld, ergaben sich oder ließen Berg und Tal, Wald und Wiesen, Dörfer und Städte unter Dauerfeuer schwerer Artillerie nehmen. Immer wieder überfielen die Fahnenflüchtigen, die arabischen Reiter und die vom Hauptmann aufgestellten Milizionäre nachts die französischen Einheiten, richteten ein heilloses Durcheinander an und erbeuteten ihre Maschinengewehre samt Munition und was sie sonst noch vorfanden. Spottbillig wurden auf dem Markt von Urfa Pferde, Kleidung,

Karabiner, Pistolen und Maschinengewehre feilgeboten. Musa der Nordwind hatte mit eigenen Augen gesehen, wie sogar zwei großkalibrige Kanonen verkauft wurden.

Bald schon räumten die Franzosen Urfa und Umgebung, ließen sogar schweres Gerät zurück. Was sie daließen, tauchte auf dem Markt auf. Die Einheimischen kleideten sich mit Uniformen und Hemden französischer Offiziere und Soldaten, setzten sich ihre Mützen auf, trugen französische Soldatenstiefel oder schlüpften in französische Schuhe.

Kaum waren die Franzosen abgerückt, setzten die kampfgewohnten Fahnenflüchtigen ihren alltäglichen Krieg fort. Diesmal überfielen sie die Zeltlager der Beduinen. Sie konnten sie plündern, mussten aber bei jedem Überfall einige Tote zurücklassen. Doch wie hoch ihre Verluste auch waren, Musa den Nordwind scherte es nicht, denn für jeden Gefallenen stießen fünf weitere Fahnenflüchtige zur Bande. Und alle waren in vielen Gefechten erprobte, mit allen Wassern gewaschene Schützen, die den fliegenden Kranich ins Auge trafen. Entweder sterben oder mit Taschen voller Gold heimkehren war ihr Wahlspruch, und manche kamen mit Schafsherden, Pferderudeln und unterwegs geheirateten Bräuten nach Hause zurück.

Von den Wüsteneien südlich Urfas bis zu den Abdülaziz-Bergen gab es bald keinen Beduinenstamm mehr. Ihre Spuren verwehten, ihre Wege verloren sich ins Ungewisse. Dabei waren sie tapfere Krieger gewesen, die so manche Bande bis auf den letzten Mann aufreiben konnten, doch was nützte es, wenn jeden getöteten Feind fünf neue ersetzten?

Musa der Nordwind ritt in der Uniform eines französischen Offiziers. Säbel an der Hüfte, in blanken Langschäftern, mit goldbetresstem Gürtel, goldverziertem Handschar, Revolver mit elfenbeinernem Griff, einer deutschen Flinte mit perlmuttbesetztem Schaft, mit seinem rötlichen Schnauzbart, breiten Schultern, klaren blauen Augen, eine hoch gewachsenen Gestalt auf dem arabischen Vollblut aus dem Gestüt eines Wüstenscheichs … Ein Bild von Mann!

Er bedauerte, sich auf diese Raubzüge eingelassen zu haben, nahm sich nach jedem Massaker vor, damit aufzuhören, doch kam der Morgen, schwang er sich wieder auf sein prächtiges Pferd und preschte an der Spitze seiner in französische Uniformen gesteckten Soldaten mit verhängten Zügeln in die Wüste.

Eines Nachts überfielen sie ein Beduinenlager, das sie schon seit langem im Auge hatten. Die Beduinen, auf alles gefasst, hatten sich mit starken Kräften in einen Hinterhalt gelegt. Als sie in Schussweite herangekommen waren, empfing sie ein Kugelhagel. Aber die durch hunderte Gefechte gegangenen Angreifer ließen sich nicht abschrecken. Sie stürmten das Lager. Der Tumult von niedergerittenen Zelten, wiehernden Pferden, durchgehenden Kamelen, brüllenden, flüchtenden Menschen im nächtlichen Dunkel dauerte bis in den frühen Morgen. Von den Beduinen wie von den Banden blieben viele Tote und Verwundete im Wüstensand zurück. Bei Tagesanbruch ließen die berittenen Beduinen alles stehen und liegen und flüchteten. Die Plünderer stürzten sich auf die schmuckbesetzten Hälse und Hände der Frauen, durchwühlten Truhen, bestickte Mantelsäcke und Beutel und raubten, was klein an Umfang und groß an Wert war. Auf ihrem Rückweg trafen sie in einem Dattelhain auf von den geflüchteten Beduinen um Hilfe gerufene Stammesbrüder. Im erbarmungslosen Kampf durchbohrte eine Kugel Musa des Nordwinds Schulter. Doch er ließ seine Gefährten nicht im Stich. Er verlor viel Blut, und als ihm schwarz vor Augen wurde, trieb er sein Pferd hinunter in die Wüste. Drei arabische Reiter nahmen die Verfolgung auf. Auch sie ritten schnell wie der Wind.

Es war gegen Abend, er lag auf dem Pferderücken, hatte sich in die Mähne gekrallt. Links und rechts zischten Kugeln an ihm vorbei. Seine Augen nahmen nichts mehr wahr, in seinen Ohren tausendfaches Pfeifen und Zischen der Geschosse, Kamelgebrüll, Frauengeschrei, das Plärren von Kindern. Wie gewohnt, blieb das edle Pferd vor einem großen Zelt stehen. Bewaffnete Männer eilten heraus, hoben Musa vom Pferd, trugen ihn hinein und pflockten das Pferd an. Kurz darauf trafen die Verfolger ein. Es war das

Zelt des Emirs, vor dem Musas Pferd stehen geblieben und angepflockt worden war.

Der Emir ließ Musa in den angrenzenden Abschnitt seines Zeltes tragen, in ein frisch gemachtes Bett legen und nach dem Arzt im benachbarten Zelt schicken.

»Mein Sultan«, sagte dieser, nachdem er die Wunde untersucht hatte, »diesem Mann fehlt nichts, außer dass er viel Blut verloren hat. Es war ein glatter Durchschuss. Bis morgen bekomme ich ihn wieder auf die Beine.«

Vorm Zelteingang erhob sich lärmendes Stimmengewirr.

»Es wäre gut, wenn du ihn bis morgen auf die Beine bekommst«, sagte der Emir zum Arzt und ging nach nebenan. »Was ist?«

»Da sind drei Reiter am Eingang.«

»Was wollen sie?«

»Sie wollen den Mann da drinnen.«

Die Halsadern des Emirs schwollen, seine Hände begannen zu zittern. »Wie?«, donnerte er. »Aus meinem Haus einen Mann herausholen? Wer sind sie? Bringt sie auf der Stelle zu mir her!« Der Emir hatte die Hand auf den Revolver in seinem Gurt gelegt, und er spürte, wie sich sein Herz vor Wut verkrampfte.

Die weißen Gewänder voller Blut, traten drei hoch gewachsene junge Männer herein.

»Wer seid ihr, was wollt ihr?«, brüllte der Emir, der seine ganze Wut in seine Stimme gelegt hatte.

Mit unterwürfiger Haltung standen die Besucher vor ihm. So gut sie konnten, schilderten sie den nächtlichen Überfall mit so vielen Toten, gaben an, dass der Mann im Zelt der Anführer dieser Mörder gewesen sei, und verlangten, dass er ihn tot oder lebend herausgebe.

»Soll das heißen, ihr verlangt von mir, euch einen Mann tot oder lebend auszuliefern, der unter meinem Dach Schutz gesucht hat?«

Die Burschen in ihren weißen Umhängen senkten die Köpfe und schwiegen.

Der Emir, dessen geschwollene Stirnadern den gezügelten Zorn verrieten, wiederholte mit eiskalter Stimme: »Ihr verlangt also von mir, jemanden, der im Hause des Emirs Zuflucht gefunden hat, herauszugeben.«

»Wir wissen, unser Emir, dieses Ansinnen gehört sich nicht. Wir wissen es nur zu gut. Doch, mit Verlaub, unser Sultan, dieser Mann hat gestern Nacht viele von uns getötet, hat keinen unserer Männer verschont.«

Des Emirs Augen glühten, er schaute nacheinander jedem von ihnen lange ins Gesicht. Sie hielten seinen Blicken nicht stand, und der vorderste und größte von ihnen sagte schließlich: »Verzeih unsere Ungehörigkeit, mein Sultan, aber er hat so viele von uns getötet. Hätten wir sonst, unser Sultan, so einen Fehler begangen und von dir jemanden herausverlangt, der bei dir Zuflucht fand! Verzeih!« Von brennender Scham erfüllt, gingen sie mit hängenden Köpfen hinaus.

Erzürnt über diese Ehrverletzung, zitterte der Emir noch lange am ganzen Körper.

Obwohl der Arzt mit den neuesten Arzneien Musas Wunde behandelte und der Emir es vom Gazellenbraten bis zur Vogelmilch, falls es sie gegeben hätte, an nichts fehlen ließ, konnte Musa das Krankenlager erst nach eineinhalb Monaten verlassen. Als er zum ersten Mal ins Freie trat, sah er, dass der Emir das Zelt neben Felsen an der oberen Talenge von Laliş unter mächtigen Bäumen hatte aufschlagen lassen. Scheichs der Jesiden besuchten ihn, und der Emir empfing sie stehend. Musa hatte gehört, dass der Emir selbst kein Jeside war, er solle sogar, wie vorgeschrieben, fünfmal am Tag das rituelle Gebet einhalten und auch sonst die Lippen oft betend bewegen. Dass Musa sich über des Emirs Verhalten gegenüber den Jesiden wunderte, war diesem nicht entgangen, und er bat ihn zu sich, nachdem er wieder einen Scheich der Jesiden mit allen Ehren verabschiedet hatte.

»Komm, setz dich zu mir«, forderte er ihn auf, wobei sich seine harten, scharfen Gesichtszüge entspannten und seine Augen einen liebevollen Ausdruck bekamen. »Hör mir gut zu, mein

Sohn! Du weißt, ich bin ein sunnitischer Moslem, einer unter vielen. Doch wird nur einem Menschen Leid zugefügt, wird es der Menschheit zugefügt. Seit hunderten Jahren leiden diese Jesiden. Sie werden getötet, ausgerottet, und in der Annahme, es gäbe danach auf der Welt keine Jesiden mehr, werden Freudenfeste gefeiert. Lange Zeit wurden auch keine Jesiden mehr gesehen. Und während alle glaubten, sie seien ausgestorben, kamen wie Wolfsrudel Jesiden von den Bergen in die Wüste und flehten in Scheich Adi Bin Misafirs Kloster um Hilfe. Du weißt, wie viele nur darauf aus sind, Jesiden zu töten, egal, ob Säuglinge, Mädchen, junge Burschen, Alte und Kranke. Jedermann durchkämmte Berge, Wüsten, Höhlen und Erdlöcher nach Jesiden und tötete sie, wo er sie fand. Und dennoch, sie sterben nicht aus, sie fürchten sich nicht, sie widerstehen! Doch alle Menschen, ob sie Mitwisser sind oder nicht, sind davon betroffen, auch sie werden mit ihnen getötet, mit ihnen gequält, mit ihnen erniedrigt, auch wenn sie weiterleben. Auch ihre Mörder sterben mit ihnen, wenn auch sie sich nicht bewusst werden, dass sie sterben und verfaulen.«

Während der Emir sprach, verbitterte sich seine Miene, seine Gesten und der Klang seiner Stimme wurden einer Totenklage immer ähnlicher, es war ihm anzumerken, wie sehr er litt.

Musa entsetzte sich bei dem Gedanken, der Emir könne ihn fragen, warum er und die anderen die Beduinen überfielen, ausplünderten und umbrächten, denn obwohl er vieles über ihn wissen wollte, über seine Eltern, sein Dorf, sein Leben, die Zeit in Sarikamiş, über Enver Pascha und den von Läusen gefressenen Hafiz Pascha, vermied er es, ihn wegen der Überfälle auf die Beduinen und die Massaker der Fahnenflüchtigen, der Kurden, der Türken und der Araber an den Jesiden zur Rede zu stellen.

Sprach er von den Massakern, verengten sich seine großen, traurigen Gazellenaugen, krümmte er sich vor Qual, redete er wie betäubt, bis seine Stimme heiser wurde und versagte. Dann hüllte er sich eine Zeit lang in Schweigen.

»Der Euphrat«, hub er wieder an, »der Euphrat war Tage, ja Monate voller Leichen, quoll über von ihnen. Schau sie dir an, die

Wasser des Euphrat, sie fließen vor Blut! Und auch der Tigris«, fuhr er fort, »war Tage, ja Monate voller Leichen, quoll über von ihnen. Und die Adler der ganzen Welt flogen hinunter in die Wüste und fraßen sich an Menschenfleisch satt.« Ganz plötzlich hellte sich seine Miene auf, leuchtete Freude und Liebe in seinen Augen, er lachte lauthals, schwieg betreten eine Weile, um dann vor Wut zu bersten: »Sie beteten den Satan, die Sonne, die Erde, das Feuer an? Jenen Satan, der sich gegen Gott aufgelehnt habe? Wer hat den Satan denn schon einmal zu Gesicht bekommen, wer trat denn schon einmal hin vor Gottes Antlitz? Und genau betrachtet sind die Jesiden ja im Recht. Die Erde, die Sonne, das Wasser, die Luft erschaffen das Sein. Dreimal am Tag drehen sich die Jesiden der Sonne zu und beten. Einmal morgens, wenn der Tag anbricht, einmal mittags, wenn die Sonne im Zenit steht, und einmal abends, wenn sie untergeht. Seit Jahrhunderten schon wurden diese Menschen getötet; sie wurden verbannt, gefoltert, erniedrigt, und dennoch verlieren sie nicht den Mut, hören sie nicht auf zu sein. Die Menschenkinder haben eine derartige Kraft, dass sie nicht versiegen, nicht verfaulen, nicht aussterben, geradeso wie die Erde, das Licht, das Wasser. Ich bin kein Jeside, aber ich liebe die Kraft ihres Widerstandes, ihre Menschlichkeit, ihre Freundschaft, und ich habe die größte Achtung vor ihrer Auflehnung. Sie töten keine Menschen, und wer es dennoch tut, wird aus der jesidischen Gemeinschaft ausgeschlossen. Krieg ist in ihren Augen Massenmord, sie verweigern sich dem Kriegsdienst. Seit Jahrhunderten ließen sie Blutbäder über sich ergehen, vergossen sie wie Wildwasser ihr Blut. Auch wenn sie außer Gras nichts zu essen hatten, wurden ihre Herzen nicht finster, verloren sie nicht ihre Freude, und unter welchen Bedingungen auch immer, sie lebten wie Adler in den Hängen der mächtigen Berge.«

Übermannten den Emir die Gefühle, fiel er vom Arabischen ins Altsyrische, vom Altsyrischen ins Kurdische, vom Kurdischen ins Persische, bis er sich schließlich wieder fürs Arabische entschied.

»Ich bin kein Jeside. Ich bin ein Emir und kann kein Jeside

werden, weil dann mein ganzer Stamm verpflichtet wäre, es mir gleichzutun. Und über die Hälfte von denen, die in der Wüste herumziehen, sind Angehörige meines Stammes. Ich bin zwar der Emir dieser Menschen, aber ich will nicht auch der Emir ihrer Seelen sein. Der Mensch leidet, wenn er seine Religion wechselt, und ich will vermeiden, dass Menschen leiden.«

Während der Emir ihm vom Leben und Sterben der Jesiden erzählte, krümmte Musa der Nordwind sich immer mehr zusammen, wurde sein Gesicht abwechselnd puterrot und aschgrau, wäre er, wohin auch immer, am liebsten geflüchtet, doch gepackt vom Zauber der Worte des Emirs, rührte er sich nicht vom Fleck.

»Ich sagte, dass sie sich dreimal am Tag der Sonne zuwenden, um zu beten. Sie haben keine vorgeschriebenen Gebete wie wir. Wer will, ob Klein oder Groß, Jung oder Alt, Scheich oder Emir, dreht sich zur Sonne und sagt ihr, was in ihm gerade vorgeht. Vielleicht sind dies die schönsten Gebete der Menschen bis heute, vielleicht sind die schönsten Lieder, die schönsten Gedichte aus diesen Gebeten hervorgegangen. Vielleicht sind sie die Quelle aller Sagen und Legenden Mesopotamiens.«

So viele Stämme, so viele Religionen, all die Kulturen in Mesopotamien ... Gespannt hörte Musa zu, doch begreifen konnte er vieles nicht. Einzig dass Menschen der Sonne zugewandt beteten, was ihnen auf dem Herzen lag, hatte ihn zutiefst beeindruckt. Ab sofort würde er, wenn er betete, es freiheraus tun, freiheraus, wie es aus seinem Inneren kam!

»Die Menschheit ist sehr alt, mein Sohn. Millionen, Milliarden Menschen hatten Millionen schöpferische Gedanken, schufen Millionen Legenden, Lieder, Gedichte ... Geradezu besessen aber ist der Mensch von dem Gedanken, hinter das Geheimnis des Menschen und der Menschheit zu kommen. Nichts kennt der Mensch auf diesem Erdenrund daher so gut wie den Menschen. Er weiß, dass der Mensch, seit es ihn gibt, das Töten, den Krieg verabscheut und dennoch immer getötet hat.«

Musa, der zu einem Häufchen zusammengekrümmt dagesessen hatte, richtete sich unvermittelt auf. »So ist es!«, brüllte er.

Dann senkte er den Kopf und fiel wieder in sich zusammen. Der Emir war über diesen Ausfall genauso verblüfft wie er selbst, ließ es sich aber nicht anmerken.

»Alles Leid, das über einen einzigen Menschen kommt, kommt letztlich über alle Menschen. Wird mit einem Menschen nicht gleichzeitig auch die Menschheit getötet? Gegen den Krieg zu kämpfen, gegen das Töten zu kämpfen, ohne zu töten, das ist der schönste der schöpferischen Gedanken, und er stammt aus diesem Land. Hunderte, aberhunderte Jahre haben die Menschen auf diesem Boden keine Kriege geführt. Doch es kamen andere Stämme nach Mesopotamien, vernichteten alle schönen Gedanken und streuten die Saat des Hässlichen und des Krieges.«

»So ist es!«, brüllte Musa, und der Emir musste so herzhaft lachen, dass Musa davon angesteckt wurde, und so lachten sich die beiden eine ganze Weile zu. Nach und nach löste sich die Verkrampfung in Musas Armen und Beinen, und schließlich entspannte sich sein ganzer Körper.

Der Emir hatte seine gute Laune wieder gefunden.

»Während meines Studiums in Istanbul und in Frankreich erzählte ich meinen Studienfreunden von Mesopotamien, von seiner Geschichte, seinen Menschen und auch von den Jesiden. Bücher, wie in anderen Religionen, gibt es bei ihnen ja nicht. Sie glauben an die Natur, an die Menschen, verehren das Wasser, das Feuer und die Sonne.

Nach einem Massaker hatten sie sich wieder einmal davongemacht. Gut ausgerüstet, suchte ich monatelang und entdeckte sie schließlich in den Hängen der Berge Sincar, Cudi, Süphan und Ararat. Einige Jahre blieb ich bei ihnen. Sie sprachen Kurdisch, eine sehr reiche, warmherzige Sprache, die ich auch konnte. Hier spricht jeder auch die Sprache des anderen. Aber diese hier hatte einen Zauber, der die Mauern zwischen den Menschen niederriss. Und somit hatte ich das Glück, in diesen wenigen Jahren die Menschen besser kennen zu lernen. Die Sprachen sind nicht doppelzüngig, sie haben keine dunklen Mauern. Manche Sprachen sind im Nachhinein nur versteinert, sie haben sich verhärtet, haben ihre Wärme verloren. Sogar Arabisch ist eine verhärtete Sprache. In jenen Bergen habe ich im Kurdischen die grenzenlose Wärme der Sprache, das helle Licht und die klare, strahlende Liebe im Herzen des Menschen gefunden.«

»Genau! Das stimmt!«, brüllte Musa.

»Genau, so ist es«, wiederholte der Emir, und beide gingen hinunter in den Dattelhain am Ende des Tals von Laliş.

Der Emir war ein hoch gewachsener Mann mit Adlernase und großen, traurigen Gazellenaugen. Seine nagelneuen Schuhe glänzten. Die Haftkordel seines Kopftuchs war golddurchwirkt und blitzte in der Sonne, der schneeweiße Umhang reichte bis zu den Knöcheln. Ein Ring am rechten Ohr gab dem kupferbraunen Gesicht mit den tiefen Grübchen und dem pechschwarzen, krausen Bart einen besonderen Reiz. Mit dem dunklen Gesicht und der hohen Gestalt glich er einem stattlichen König der Sumerer, der, gerade aus dem Tal von Laliş hervorgeschritten, sich in Kürze wieder in eine bronzene Statue verwandeln würde.

Immer wieder stellte er Musa Fragen. Und Musa verheimlichte ihm nichts, gab ihm auf jede seiner Fragen bereitwillig Antwort.

»Bleib doch hier bei mir!«, schlug der Emir vor. »Ich habe große Städte gesehen, habe in fast allen Großstädten Europas gelebt, aber in keiner ein so menschenfreundliches Miteinander gefunden wie hier. Ich ließ alles hinter mir und kehrte in die Wüste zurück. Jetzt zähme ich mir Gazellen, habe bereits viele Tiere, die bald schon zu einer großen Herde anwachsen werden. Ich habe das Geheimnis der Tierhaltung von Gazellen neu entdeckt. Aus alten Liedern geht hervor, dass schon die Assyrer Gazellen züchteten. Sumerische und babylonische Könige sollen nur Gazellenmilch getrunken haben. Auch ich trinke sie. Bleib hier bei mir! Mein Stammesgebiet ist sehr groß, es reicht von hier bis zu den Ufern des Mittelmeers, von den Wüsten Palästinas bis hin zum Ölberg. Wir sind ein Stamm, dessen Gebiet sich fast über ganz Arabien erstreckt. Jedes Jahr muss ich alle Nomadenlager aufsuchen. Wir werden sie gemeinsam abreiten.«

Musa antwortete nicht. Der Emir beschrieb ausführlich seinen

Stamm, dessen Wurzeln, so heißt es, zurückreichten bis König Sargon, und Musa entnahm seinen Schilderungen, dass der Stammbaum dieses Volkes auch der Stammbaum des Emirs war.

Zurück im Zelt entnahm der Emir einer geschnitzten Truhe aus Rosenholz einen auf grünem Seidenstoff dargestellten Stammbaum in Form eines hohen Lebensbaums, ein jeder seiner Äste mit Namen versehen, der höchste trug den Namen Sargon. Während Musa sich eine Zeit lang den Lebensbaum näher besah, schwieg der Emir.

»Ich führe dich zum Derwischkloster des Scheichs Adi Bin Misafir. Ein eindrucksvoller Ort. Ich glaube sogar, das ganze Tal von Laliş ist heilig, vielleicht schon seit den Zeiten der Sumerer. Vielleicht ist das der Ort, wo zum ersten Mal das Feuer brannte. Kommt ein Mensch nach Laliş, verlässt er seine gewohnte Welt und tritt in den Zauberbann einer anderen, in der er sich gleich so heimisch fühlt, als sei er dort geboren und aufgewachsen, und er will sich nie mehr von ihr trennen. Ich kenne viele, die hingingen und nicht mehr zurück wollten.«

Während der Emir so weiter erzählte, beschlich Musa ein ungutes Gefühl. Ihn schauerte, er wäre am liebsten in Grund und Boden versunken, und er wagte nicht, dem Emir ins Gesicht zu schauen. Der Emir hatte eine eigenartige Angewohnheit. Blickte er seinem Gegenüber in die Augen, konnte dieser seinen Blick nicht mehr von ihm wenden, er blieb, wie von einem Zauber gebannt, an des Emirs Augen haften. Und es schien, als könne der Emir in den Augen seines Gesprächspartners lesen, was in ihm vorging. Musa war schon am ersten Tag, trotz seiner schmerzenden Wunde, dahinter gekommen. Seitdem schwitzte er Blut und Wasser bei dem Gedanken, der Emir könne alles über ihn erfahren.

»Links neben dem Eingang zum Grabmal Scheich Adi Bin Misafirs befindet sich das Abbild einer dreimal geringelten, mannshohen Schlange, und auch auf der rechten Wand sind mehrere magische Sinnbilder. Alles dort ist Magie: Bäume, Wolf und Vogel, Käfer und Wurm, Erde und Himmelszelt; Zauber überall! Keiner kennt den Zauber dieser eigenartigen Formen, aber es fragt auch keiner danach. Auch nicht nach dem Zauber, den die Schlange hat. Man reimt sich lieber etwas darüber zusammen. Vor etwa dreihundert Jahren wurde schon einmal eine ähnliche Schlange aus Bronze im Euphrat gefunden, eine Schlange mit rot funkelnden Augen. Vielleicht stammen die Schlangen und die anderen Sinnbilder auch aus der Zeit vor den Sumerern. Die Menschen haben sich ja immer mit Symbolen umgeben. Und der Schlange haftete schon immer Heiliges an. Als in den stürmischsten Tagen der Sintflut die Arche Noah leckschlug und zu sinken begann, war es die Schlange, die mit ihrem Schwanz das Loch abdichtete. In den nächsten Tagen werden wir uns in Laliş das Abbild der Schlange anschauen.«

»In den nächsten Tagen«, sagte Musa mit tonloser Stimme.

»Du bleibst?«

»Seit Jahren habe ich meine Eltern nicht gesehen.«

»Und wo warst du?«

»Ich war im Krieg«, antwortete lächelnd Musa. »Mit sechzehn Jahren holten sie uns aus der Schule und trieben uns in den Krieg.«

»Kommst du wieder, nachdem du deine Eltern gesehen hast?«

»Vielleicht«, sagte Musa und sah ihm ins Gesicht. Vor seinem geistigen Auge trieben nackte Leichen im Tigris. Mit blutigem Schaum strömte das Wasser des Zap.

Der Emir hatte wohl mitbekommen, wie verstört Musa war, als er ihm von den Jesiden erzählte, und er wusste sofort, warum. Er sah ihn an und sagte: »Gräme dich nicht! Wir sind Menschenkinder, und von der Wiege bis zum Grabe bleibt uns nichts erspart. Wisse nur, mein Bruder, der Mensch wird jeden Tag neu geboren, so taufrisch wie aus seiner Mutter Schoß, mit jedem neuen Tag.«

»Wird er?«, konnte Musa sich nicht zurückhalten zu fragen.

»Sofern er jeden Morgen gemeinsam mit dem neuen Tag auch neu geboren werden will«, entgegnete der Emir. »Damit reinigen wir uns von jeder Schuld, von allem Bösen, von jedem Schmutz.

Indem der Mensch sich reinigt, verzeiht er sich selbst. Und damit wird er neu geboren, ist er ohne Makel.«

Mit gesenktem Kopf dachte Musa angestrengt nach und merkte gar nicht, dass sie kehrtmachten. Erst das Wiehern der Pferde und das Schnauben der Kamele vom Lager her riss ihn aus seinen Gedanken. Adler kreisten am Himmel. Zum ersten Mal sah er sie so tief in der Wüste und wusste, was es bedeutete, wenn sie so zahlreich zusammenkamen. Wieder erschienen vor seinen Augen die nackten Leichen in den Fluten des Euphrat. Sie müssen ans Ufer getrieben sein, und da waren die Adler vom Berg Sincar hinunter in die Wüste geflogen!

Und Musa kam wieder ins Grübeln. Und du, mein Emir, dachte er im Stillen, hast du denn in den Hängen des Allahuekber den Menschenwald aus stehend erfrorenen Soldaten gesehen? Du, mein Emir, hast du schon erlebt, wie hunderte Menschen, Jung und Alt, Kind und Kegel, Jungen und Mädchen, erdolcht und splitternackt ausgezogen in den Euphrat und den Tigris geworfen wurden? Hast du jemals erlebt, wie junge Mädchen, an deren Anblick, sofern du es überhaupt wagtest, du dich nicht sattsehen konntest, getötet und ihnen die Brüste abgeschnitten wurden? Und wie ihre abgeschnittenen Brüste im brennenden Wüstensand noch bluteten? Wie hunderte Adler darüber herfielen? Wie diese Raubvögel sich um diese blutigen Brüste mit stiebenden Federn gegenseitig fetzten? Hast du jemals erlebt, wie im Hagel der Granaten mit Erde und Geröll auch zerrissene Körper, Arme, Beine und Köpfe vom Himmel regneten, wie Soldaten schon vom Leichengestank der Gefallenen umfielen, wie Wälder brannten und Wolf und Vogel, Käfer, Schlange und Schildkröte sich heulend, kreischend und zischend davonmachten, wie Himmel und Erde vom Gewimmer der Kreatur widerhallten, wie zehn Tage und Nächte lang ganze Wälder so verkohlten, dass tagelang pechschwarzer Rauch darüber stand? Weißt du überhaupt, was Krieg ist, mein Emir? … Ich werde mich zu meinem Dorf aufmachen, mein Emir. Haben eines Menschen Augen, seit es diese Erde gibt, je solche Schrecken gesehen, mein Emir …

Musa hatte vieles gesehen. Viele Dinge aber will er vergessen, er will jede Erinnerung daran aus seinem Gedächtnis tilgen, doch so manche Nacht kommen sie ihm wieder in den Sinn und wollen nicht weichen, wie sehr er sich auch bemüht, sie zu verjagen.

Wenn er auch meinte, von allem, was der Emir erzählte, nichts verstanden zu haben, bekam er doch vieles mit, öffneten sich ihm völlig unbekannte Welten.

An jenem Abend nahmen sie ein köstliches Mahl ein. Der Emir trank dazu einen dunkelroten Wein, dessen Duft das ganze Zelt füllte. Musa selbst trank nicht. Sie unterhielten sich bis in den Morgen.

Der Emir, dieser mesopotamische König, redete mit Engelszungen auf ihn ein, um ihn bei sich zu behalten, gab ihm sogar sein größtes Geheimnis preis: Bald würde hier Erdöl sprudeln! Jetzt sei er noch Emir, doch morgen schon könne er Kaiser sein! Und gemeinsam mit Musa …

»Hör mir gut zu, mein Freund!«, sagte der Emir, als er sah, dass all sein Zureden nicht fruchtete. »Ich sehe schon, du wirst nicht bleiben. Nur solltest du wissen, dass du dem Tod Auge in Auge gegenüberstehst. Denn seitdem du in diesem Haus Zuflucht fandst, wirst du überwacht. Deine Verfolger liegen im Hinterhalt. Sowie du hier herausgehst, werden sie dich töten. Meinst du denn, jemand, der sogar unsere Traditionen mit Füßen tritt, indem er in mein Haus eindringt, um dich zu holen, würde dich nicht töten, sowie du mein schützendes Dach verlassen hast?«

»Er würde mich töten.«

»Wenn es aber so ist? Meinst du denn, sie entdeckten dich nicht oder würden dich nicht erkennen? Im ganzen Stamm kennt dich jeder so gut, als habe er dich fotografiert.«

»Vielleicht komme ich doch davon, finde ein Versteck …«

»Und bleibst du hier auch noch ein Jahr oder fünf Jahre, sie werden dich am Ende töten. Die in mein Haus eindrangen, um dich zu greifen, sie haben alles über dich erfahren. Über dein Dorf, deine Provinz, deine Eltern, wo du gekämpft hast, sie wissen von deiner Geburt bis heute alles über dich. Ihr Stamm ist der blutrünstigste Arabiens. Er hat Sippen in ganz Arabien, in Anatolien und im Iran. Mit denen hast du dir was eingebrockt, Bruder! Ich will dir ja nicht Angst machen, aber wohin du auch gehst, ob du dich im Erdloch einer Schlange verkriechst oder unter den Flügel eines Vogels schlüpfst, sie werden dich finden. Schließlich hast du ihren Bruder getötet. Schon jetzt weiß ganz Arabien, dass du bei mir Zuflucht gefunden hast, dass sie, wenn es sein muss, jahrelang in einem Hinterhalt auf dich lauern werden, um dich zu töten, sowie du dieses Haus verlässt.«

»Aber ich war doch mit dir schon bis zu den Toren von Laliş.«

»Ich war aber dabei«, lachte der Emir. »Und nur weil ich dabei war … Als wir vor den Toren von Laliş waren, hatte sich von sieben bis siebzig schon jeder dein Gesicht eingeprägt. Und jeder in dieser Wüste wartet auf deinen Tod. Sogar die Jesiden haben schon erfahren, dass du hier bist. Aber die töten, was auch immer du tust, keinen Menschen. Beträtest du die Türbe des Scheichs Adi, würden sie meinen, du wollest büßen und es dir an Ehrerbietung nicht fehlen lassen.«

»Wie seltsam.«

»Nicht seltsam, menschlich!«

»Emir Sultan, hast du nie Menschen getötet?«

»Ich hätte sie nicht töten wollen.«

»Ich auch nicht …«

Noch bevor der Morgen graute, machten sie sich auf in die Wüste. Der Himmel war mit Sternen übersät, und nacheinander glitten Sternschnuppen von da nach dort. Mit wiegendem Gang trugen die arabischen Vollblüter die beiden in die Weite. Eine Morgenbrise wehte so sanft, dass sie und ihre Pferde voller Freude nur so dahinflogen. In der Morgendämmerung stießen sie auf ein Rudel Gazellen, das sie schon gewittert hatte und ganz ruhig abschwenkte. Fernher kam der Gesang eines Vogels. Musa der Nordwind hatte so eine Vogelstimme noch nie gehört. Eine Stimme voller Freude, die den Menschen mit Glück erfüllte.

»Hast dus gehört?«, fragte der Emir.

»Ich habs gehört«, antwortete Musa. »Was für ein Vogel ist das? Diese Vogelstimme habe ich bisher noch nirgendwo gehört.«

»Und ich habe diesen Vogel noch nie gesehen. Niemand hat ihn je gesehen. Aber er singt jeden Morgen um dieselbe Zeit. Doch wie du gehört hast, singt er nur einmal. Es muss sich um eine Gottheit aus den alten Religionen Mesopotamiens handeln. Seit jenen Zeiten bis auf den heutigen Tag haben die Menschen diesen im Morgengrauen singenden Vogel immer gesucht, haben alles Erdenkliche angestellt, um ihn einmal zu entdecken, doch bis heute ist es keinem Einzigen gelungen. Darum beschreibt jeder Stamm diesen Vogel anders ...«, sagte der Emir.

Sie stiegen von ihren Pferden und gingen ins Zelt. Die Essmatte war schon ausgerollt und für das Frühstück gedeckt. Schön gekleidete junge Schwarze, in den Händen Kaffeetässchen auf goldenen Tabletts, standen bereit, sie zu bedienen.

Nach dem Frühstück holte der Emir einen aus Teppichbahnen gefertigten Mantelsack aus dem Bettschrank, öffnete ihn und zog mehrere, unterschiedlich große Kästchen aus Ebenholz hervor, die mit verschiedenen Bildern verziert waren. Abbildungen von Stieren, Gazellen, Schlangen oder Tigern, aber auch von rätselhaften Figuren wie Vögel, die es in Wirklichkeit gar nicht gab. Selbstvergessen betrachtete Musa die auf dem Teppich ausgebreiteten Kästchen, nahm eines in die Hand, musterte es, stellte es behutsam wieder zurück, nahm das nächste ... Und von Mal zu Mal wurden seine Augen vor Verwunderung ein bisschen größer; er war verzaubert.

Der Emir beobachtete, wie sein Gesicht sich verwirrte bei jedem Kästchen, das er wie gebannt in die Hand nahm. Ach, bliebe dieser Mann doch hier, seufzte er im Stillen, wie schön es doch wäre, diese Welt gemeinsam mit ihm zu erleben!

»Ich habe diese Kästchen nicht herausgeholt, um sie dir nur zu zeigen, nein, du sollst ihren Inhalt sehen! Das Mindestalter ihres Inhalts beträgt fünftausend Jahre, manche der Dinge sind siebentausend Jahre alt, und bei manchen lässt sich das Alter gar nicht bestimmen.« Er streckte sich und nahm ein größeres Kästchen in die Hand. Es war mit einem Vogel bebildert, der mehrere Flügel und die Augen am Schweif hatte.

»Nimm diesen Kasten!«

Musa beugte sich vor und nahm den Kasten in die Hand.

»Öffne ihn!«

Zögernd, als berühre er etwas Heiliges und müsse sich die Hände verbrennen, öffnete Musa das Kästchen. Kaum hörbar kichernd, schnellte ein aus hartem, schwarzem Stein gemeißelter Kopf mit langem Krausbart, verrunzeltem Gesicht, buschigen Brauen und rollenden Augen, hinterhältig und spöttisch über seine gelungene Flucht immer lauter lachend, aus dem Kasten, schloss aber wutentbrannt wieder die Augen, als habe er enttäuscht festgestellt, gar nicht entkommen zu können.

Die Kästchen wurden eines nach dem andern geöffnet. In den meisten kamen Figuren von Vögeln zum Vorschein, die auf unserem Erdenrund so noch niemand gesehen hatte: mit Kopfschmuck aus gebüschelten Fransen, mit einem einzigen Auge, nur aus zwei Flügeln bestehend, mit Augen in der Stirn, mit großen Menschenaugen auf den Flügeln, mit Drachenköpfen; Vögel aus Gold, aus Lasurit, aus pechschwarzen, blutroten, grünen oder blauen Edelsteinen …

Während der Emir und Musa versunken in den Anblick der Figuren dasaßen, schwebte schattengleich eine Frau ins Zelt. Sofort sprang der Emir auf. »Unsere Hanum«, stellte er sie vor. Auch Musa war aufgestanden. Freundlich lächelnd, reichte sie ihm die Hand, und Musa verbeugte sich, als er sie ergriff. Die Frau hatte blondes Haar, tiefblaue Augen und war hoch gewachsen. In weiße Seide gehüllt, schien die Emire ein bezauberndes Wesen aus einer anderen Welt zu sein, die Gebieterin jenes Vogels, der im Morgenrot sang, die Gebieterin der Vögel in diesen Kästen und aller Vögel dieser Welt.

»Wir hörten heute Morgen den Vogel singen«, sagte der Emir.

»Ein gutes Omen«, erwiderte die Hanum in einem sehr schönen Istanbuler Türkisch. »Ihr habt Glück. Seit Ewigkeiten singt dieser Vogel, wenn der Tag anbricht, aber zu hören bekommt ihn unter tausenden nur einer.«

»Mehr noch als ich interessiert sich unsere Hanum für diese mesopotamische Kunst. Zehn bis fünfzehn Fachleute sammeln ausschließlich für uns diese Statuen in der Wüste und in den Bergen.«

»Es ist verblüffend«, sagte die Emire. »Jede Skulptur, die sie finden, scheint aus einer anderen Welt zu stammen. Es kommt mir vor, als haben die Völker Mesopotamiens jeden Tag eine neue Welt geschaffen.«

Alle drei knieten sich vor die Kästchen, öffneten sie und reichten sie weiter. Und jedes Mal bekamen die drei kugelrunde Augen. Ohne zu stocken, erklärte die Hanum, welche Figur aus welchem Stein zu welcher Zeit von welchem Stamm hergestellt worden sei.

Die Hanum hatte auch eine sehr schöne Stimme. Gebannt starrte Musa auf die langen, schlanken Hände der Frau, während an seinen Augen bunte Steine, goldene und bronzene Kunstwerke, marmorne, bronzene und goldene Petschaften vorbeizogen, von der Hanum mit wachsender Begeisterung beschrieben und erklärt, und ihm war, als kniete dort neben dem Emir eine Dichterin aus früheren Zeiten, die mit ihrer schönen Stimme Legenden erzählte, eine Dichterin mit langen, blond wölkenden Haaren und tiefblauen Augen.

Musa, den Blick auf die Figuren geheftet, hat nur noch das Gesicht der Frau vor Augen, hört nur noch ihre Stimme.

Mittag und Nachmittag verrinnen, der Tag geht zur Neige, doch noch immer außer sich, haben die beiden sich dem Zauber der Figuren und der Frauenstimme hingegeben und ihre Umwelt samt Pferd, Kamel, Zelt und Wüste vergessen …

Plötzlich sprang die Hanum auf, und auch die beiden erhoben sich.

»Wir sterben vor Hunger, nicht wahr?«, rief sie und ging hinaus. Sie ist eine Königin, dachte Musa, und wer sich ihrem Zauber hingibt, bleibt darin gefangen. Und auch der Emir schien wie berauscht im Bann seiner Königin zu sein.

Die Gazellen hatten die Wüste zu tausenden bevölkert. Von

den Ufern des Euphrat zu denen des Tigris, von dort in die Wüste Haran, in die Çukurova, nach Syrien, zum Berg Cudi und weiter bis nach Basra zogen sie in Wellen hin und her. Für viele Wüstenbewohner gelten sie als heilige Tiere, und Emir Sultan fragte sich, warum sich unter den Figuren nicht eine einzige Gazelle befand, auch nicht als Relief. Und die Sterne über der Wüste … Und das Himmelszelt, wenn der Morgenstern aufgeht … Es ist von einer weichen Frische, dunstig und eigenartig hell, eine Helle, die in den Menschen eindringt, mit seinem Blut durch die Adern kreist und ihn selbst in Licht zu verwandeln scheint. Und wie rotes Licht dahinströmende Gazellen.

Musa gab dem Emir Recht. Diese Wüste ist einmalig. Seit er hier ist, besonders seit es ihm besser geht, fühlt er sich immer mehr in den Zauber einer Traumwelt versetzt. Wäre da nicht diese Angst vor dem drohenden Tod, diese Gewissheit, von diesen in der Wüste auf ihn lauernden Beduinen umgebracht zu werden, er würde bleiben und mit dem Emir, und wenn dieser aufgäbe, allein, nach diesem Vogel, der nur mit seiner Stimme da zu sein schien, suchen, und dauerte es ein Leben lang. Jeden Morgen lauschte er beim Aufwachen seinem Gesang. Er kam von sehr weit her, doch sie suchten den Vogel hier in der Gegend!

Wohl ganz Mesopotamien suchte für Emir Sultan Berg und Tal, Wüste und Fels nach kleinen Skulpturen, nach Reliefs und Schrift tafeln ab. Man brachte ihm die Funde und bekam sein Bakschisch. Von seinen Vorfahren hatte der Emir sehr viel Gold, sehr viele Diamanten, Rubine, Lasursteine und sehr viel Macht geerbt. Wenn auch abhängig vom osmanischen Herrscher, hier war er der Sultan.

Tag für Tag betrachteten sie die Statuetten. Darunter großäugige, verwundert in die Welt blickende Frauen, Löwen, Tiger, Vögel … Alle mit weit aufgerissenen Augen.

»Gestatte mir zu gehen, mein Sultan!«

»Ich weiß, du wirst nicht bleiben, obwohl, wie ich auch weiß, du dich gar nicht von uns trennen willst und am liebsten mit mir nach dem Vogel suchen würdest, so lange, bis wir ihn gefunden haben. Ich denke wie du, genauso wie du. Aber du wirst hier nicht bleiben können, weil die Beduinen, wie du weißt, in ihren Zelten da unten auf dich warten und dich früher oder später töten werden. Und du hast auch Recht, wenn du dich fragst, was denn werden soll, wenn der Emir eines Tages stirbt, er ist schließlich alt ...«

»Gott bewahre, mein Emir, mein Sultan, Gott bewahre! Und hätte ich auch Weib und Kind, ich wäre lieber bei dir geblieben, um mit dir diesen Vogel zu suchen, und dauerte es ein Leben lang ...«

»Ja, es wäre schön gewesen, diesen Vogel gemeinsam zu suchen. Aber jetzt sperr die Ohren auf, und höre mir zu! Wie ist übrigens dein Name?«

»Habe ich ihn dir nicht genannt, als ich kam? Ich heiße Abbas.«

»Ist das dein wirklicher Name, kein angenommener?«

»Das ist mein wirklicher Name.«

»Wenn du am Leben bleiben willst, musst du diesen Namen ändern. Denn diese Beduinen werden dir auf den Fersen bleiben, bis sie dich getötet haben. Die Blutrache der Beduinen ist schrecklich. Wie ich schon sagte, sie kennen deinen Namen und den deines Vaters, wissen, wo dein Dorf liegt, dass ihr aus dem Kaukasus gekommen seid und es gegründet habt. Ja, sie haben alles, aber auch alles über dich erfahren. Woher ich das weiß? Ich habe bei jedem Stamm meine Leute. Summt in der Wüste eine Biene, wird es mir zugetragen. Heute Nacht machst du dich auf den Weg!«

Abbas ergriff Emir Sultans Hand, beteuerte, wie glücklich er sei, einen Menschen wie ihn kennen gelernt zu haben, und dass dieses Glück auch nicht von dem drohenden Tod getrübt werden könne, der ihn erwarte, sowie er dieses Zelt verlasse. Die Hanum kam herein, und Abbas sprang auf und küsste ihr die Hand. »Setz dich!«, gebot sie ihm, und er hockte sich nieder.

»Gehe in Frieden!«, begann sie. »Dies Haus ist auch das deine. Komm also, wann immer du willst!« Sie lachte: »Und dann sucht ihr gemeinsam den Vogel. Schon als du kamst, wusste ich, dass du aus dem Kaukasus stammst, und habe es dem Emir gesagt. Ich bin Tscherkessin.«

Welch eigenartige Menschen, dachte Abbas, sie wissen, was in einem vorgeht, lesen in einem wie in einem offenen Buch.

»Noch nie haben wir erlebt, dass jemand, der herkommt und diese Vogelstimme hört, nicht auch wissen will, wie ein Vogel aussieht, der so singt.«

Sie lachten.

Daraufhin öffnete die Hanum einen der beiden Beutel, die sie mitgebracht hatte, und zog einen weißen arabischen Mantel mit goldbesticktem Kragen hervor. Dazu das passende Kopftuch mit der Schnürkordel. Im zweiten Beutel, den sie öffnete, befanden sich ein dunkelblauer Anzug, ein blaues Hemd samt Krawatte. Die Hanum klatschte in die Hände, ein hoch gewachsener Schwarzer erschien, legte ihr einen Quersack aus geknüpften Teppichbahnen zu Füßen und verschwand. Die Hanum nahm die Kleiderbeutel und verstaute sie in die beiden Taschen des Quersacks.

»Bitte sehr!«

»Ich danke dir, meine Hanum.« Seine Augen waren feucht geworden, er musste an sich halten, um nicht vor Glück zu weinen.

Emir Sultan erhob sich, und fast gleichzeitig sprang auch Abbas auf. Abwechselnd spiegelten sich unterdrückte Trauer und Freude in seiner Miene wider, und nur wer ihn mit herzlicher Anteilnahme ansah, konnte erkennen, wie dieses Wechselspiel der Gefühle ihn verstörte.

Mit drei samtenen Beutelchen in der Hand kam der Emir wieder herein. Er hockte sich auf sein Sitzkissen, schnürte zuerst den grünen Beutel auf und entnahm ihm einen lasursteinernen Vogel mit goldenem Kopf, goldenen Flügeln und goldenem Schwanz. Abbas' Herz hüpfte, und die Augen der Hanum glänzten. Der Vogel war fingergroß.

»Das ist der Vogel«, lachte der Emir. »Vor siebentausend Jahren aus dem Ei gekrochen, singt er noch jeden Morgen. Du musst ihn immer auf der Brust tragen, und nichts Böses kann dir widerfahren. Er ist das Symbol des Guten.« Abbas stockte der Atem, seine Zunge war wie gelähmt, er brachte kein Wort hervor.

Der Emir schnürte den zweiten, einen orangefarbenen Beutel auf und zog eine wiederum fingergroße goldene Schlange mit lasursteinernem Kopf hervor. »Und sie ist das Symbol der Gesundheit.«

Der dritte Beutel enthielt den bronzenen Kopf eines lächelnden Mädchens. Die großen Augen weit geöffnet, schienen sie die ganze Welt in sich aufnehmen zu wollen. »Und hier eine Göttin«, sagte der Emir und nicht mehr. Und nachdem er mit einem letzten, bewundernden Blick die Figuren in die Beutel zurückgesteckt hatte, verschnürte er diese und reichte sie Abbas.

Er war in Schweiß gebadet. Und wieder brachte er kein Wort über die Lippen.

Die Hanum klatschte in die Hände, und der hoch gewachsene Schwarze kam herein, nahm Abbas die Beutel ab und stopfte sie in einen etwas größeren, blauen Beutel, den er mitgebracht hatte, und reichte ihn mit den Worten zurück: »Trag ihn auf der Brust, und nimm ihn nicht mehr ab!«

Er hängte sich den Beutel sofort um den Hals.

Der andere Schwarze kam herein, rief: »Die Reiter stehen bereit«, und die drei erhoben sich.

»Diese Reiter werden dich bis nach Urfa begleiten«, sagte der Emir. »Vergiss deinen Revolver und deine Flinte nicht. In der Wüste macht man ohne Waffen keinen Schritt. Mit mir ist das etwas anderes!«

Er ergriff des Emirs Hand und küsste sie, danach die Hand der Hanum. Er wollte sprechen, stotterte aber nur einige Worte, die niemand verstand. Mit Mühe stieg er in den Sattel, war wie gelähmt.

Auch der Emir und die Hanum waren tief bewegt, sie brachten nicht mehr als ein Lebewohl über ihre Lippen.

Abbas und seine Begleiter trieben ihre Pferde ins Dunkel. Wortlos starrten der Emir und die Hanum noch eine ganze Weile hinter den Reitern her in die Dunkelheit. Auch als sie ins Zelt zurückgingen, sprachen sie nicht. Erst gegen Mitternacht brach der Emir das Schweigen.

»Hanum«, sagte er, »dieser Mann wird wiederkommen und den Vogel suchen.«

»Ich weiß«, entgegnete die Hanum. »Ob er den Wert unserer Geschenke ermessen kann?«

»Er kann es«, antwortete der Emir. »Und er wird sie sein Leben lang an seiner Brust tragen. Und wenn er in Not geriete, ja hungern müsste, er ließe sie von niemandem für nichts in der Welt auch nur berühren.«

War es auch eine der dunkelsten Wüstennächte, glitt über ihnen doch ein Gewirr von Sternen in alle Richtungen. Geballte Sternenschwärme über den Gipfeln der Berge vor ihnen, das Sternenlicht schälte die Hänge ganz verschwommen aus der Finsternis. Eine sanfte Brise kam auf, legte sich aber gleich, der Sterne wurden immer mehr, sie füllten flimmernd das Himmelszelt in seiner ganzen Weite, die Nacht wurde immer heller.

Hinter einem Hügel ritten sie plötzlich im Sternenlicht am Ufer eines stillen Gewässers entlang, auf dessen Grund tief unten sich die Sterne spiegelten, und auch auf den Felsen der Hügel und den sandigen Hängen spiegelte sich ihr gelbes und blaues Gefunkel.

Immer auf der Hut, ritten sie zu viert durch die nur vom Hufschlag ihrer Pferde unterbrochene unglaubliche Stille der Nacht. Weder ein Vogelschrei noch Käfergesumm, noch das Zischen einer Schlange. Als seien alle Stimmen dieser Welt in dieser Nacht am Rande dieser Wüste auf immer verstummt.

Und als hätten auch die vier Reiter die Sprache verloren, öffnete keiner von ihnen den Mund für ein einziges Wort.

Sie ritten durch eine sternenlose, dunkle Schlucht, in der die Pferde bis zu den Vorderknien im Sand versanken. Der Himmel war verschwunden, das Dunkel wurde undurchdringlich.

Als sie weit nach Mitternacht aus der Schlucht heraus waren, hörten sie Geräusche und Laute, die sie nicht deuten konnten. Sie kamen schnell näher, und bald schon erkannten sie Menschenstimmen.

»Sie haben uns eingeholt«, flüsterte der vorderste Reiter und trieb sein Pferd an. Die Vollblüter waren Nachtritte durch die Wüste gewohnt und begannen weit auszugreifen. Schüsse fielen, Kugeln pfiffen vorbei.

Streckenweise tauchten die Reiter in Sternenlicht, die Zugluft, geschwängert vom Schweißgeruch der Pferde, schlug ihnen ins Gesicht.

Von überall her kam Schlachtenlärm wie aus hunderten Gewehren und Kanonen an ihre Ohren. Abbas hatte schon viele Feldschlachten hinter sich, aber in keiner waren so viele Kanonen auf einen Schlag so krachend losgegangen, dass Himmel und Erde bebten. Die Nacht, die Sterne, die Wüste, der dunkle Berg vor ihnen, alles schien ineinander zu wirbeln.

»Hat nichts zu bedeuten«, sagte der Reiter an ihrer Spitze gleichmütig, als Abbas gerade vorschlagen wollte umzukehren, anstatt geradewegs in eine offene Feldschlacht zu reiten. »Auch bei solch leichtem Gewehrfeuer in der nächtlichen Wüste wirkt die Welt wie aus den Fugen.« Kurz darauf legte sich der Lärm.

Lange bevor der Morgen graute, horchte Abbas angespannt nach der Stimme des Vogels. Doch je heller es wurde, desto mehr schwand seine Hoffnung, stieg seine Enttäuschung.

Die Sonne schob sich langsam über den fernen Horizont, doch weder die Stimme jenes Vogels noch die eines anderen waren zu hören.

»Wo bleibt denn der Gesang des Vogels im Morgengrauen?«

»Hast du ihn denn schon einmal gehört?«, fragte aufgeregt der vorderste Reiter.

»Ich habe ihn gehört«, antwortete Abbas.

»Nicht jeder kann diese Vogelstimme hören«, sagte der Mann nachdenklich und verstummte. Und Abbas drang nicht weiter auf ihn ein.

Nur mit einigen Bissen Brot und Käse und einigen Schluck Wasser aus ihren Feldflaschen ritten sie, ohne zu rasten, bis zum Abend. Erst in einer Oase saßen sie ab. Der Rastplatz lag zwischen Dattelpalmen und langstacheligen Kakteen mit großen roten Blüten. Zuerst tränkten sie ihre Pferde, danach aßen sie. Dass der Anführer, ein hoch gewachsener, blonder Mann mit blauen Augen, besorgt dreinschaute, war Abbas nicht entgangen, und es beunruhigte ihn.

»Sie sind uns auf den Fersen.«

»Wer sind sie?«

»Deine Feinde.«

»Und was werden wir tun?«

»Ich denke nach. Wir könnten in eine Falle tappen, aus der keiner von uns lebend herauskommt. Sie gehören zum kriegerischsten Stamm Arabiens. Bis jetzt bist du noch gut davongekommen. Wärst du nicht an den Emir, sondern an jeden anderen Stamm geraten, sie hätten dich entgegen allen Traditionen mit Gewalt entführt, dich tagelang gefoltert, dir die Haut abgezogen, die Augen ausgestochen, dich in Stücke gehauen und Stück für Stück an die Geier verfüttert. Also danke dem Emir, mein Freund! Denn dieser Stamm ist so gefürchtet, dass er sogar von ihm deine Herausgabe fordern konnte. Es ist die größte Missachtung, die dem Emir in dieser Wüste jemals widerfuhr. Sollte der Emir darauf bestehen, kann der Scheich jenes Stammes nicht mehr lange in Arabien bleiben. Ich fürchte, sie sind uns gefolgt und werden uns irgendwo in die Zange nehmen. Was dich betrifft, Bruder Abbas, und flüchtetest du bis ans Ende der Welt, sie würden dich finden und töten, denn du hast den Bruder des Scheichs getötet.«

»Und sie haben alle meine Freunde getötet.«

»Das ist etwas anderes.«

»Wie können sie mich denn finden?«

»Sie finden dich, wohin du auch immer fliehst. Denn sie haben ihre Leute überall in der Welt. Wie sie den Emir wissen ließen, haben sie dein Dorf und dein Haus ja schon längst ausfindig gemacht. Wärst du doch nur beim Emir Sultan geblieben! Er hat dich doch sehr gemocht. Und auch die Hanum hatte dich lieb gewonnen. Bist du Tscherkesse?«

»Ich bin Tscherkesse.«

»Die Emire ist auch Tscherkessin.«

»Und du bist es auch«, sagte Abbas.

»Ja, ich bin es auch.«

»Wie heißt du?«

»Şamil.«

»Was schlägst du also vor, Şamil?«

»Ich werde mit dir einen anderen, einen jederzeit belebten Weg nehmen. Denn unsere Verfolger werden sich an einem abgelegenen Weg auf die Lauer legen, an einem Weg, den Flüchtlinge und andere einschlagen, die nicht entdeckt werden wollen ...«

Es wurde Abend, die Sonne ging unter, und hier fächelte ihnen ein Hauch von Wind außer dem Geruch der Wüste noch andere Düfte zu. Sie schwangen sich auf die Pferde und trieben hinein in die Dunkelheit und auf den dahingleitenden Sternenwirbel zu, der das Himmelszelt und auch die Finsternis der mesopotamischen Wüste in ein flimmerndes Sternenmeer verwandelt.

Aus der Ferne schlug der Schrei eines Vogels an ihr Ohr, und ihnen war, als wimmerte die Wüste. Furcht kroch in Abbas hoch, setzte sich in ihm fest, drückte ihm die Kehle zu. Mit den Sternen strömte auch die Finsternis mit ihnen dahin.

Şamil drehte sich um: »Hier müssen wir schnell durch! Noch vor Morgengrauen sollten wir die Berge da vorne erreichen.«

Bis Tagesanbruch ließen sie die Pferde mit verhängtem Zügel ausgreifen. Als sie noch in der Morgendämmerung am Fuße des Berges anlangten, wurden sie von einem Kugelhagel empfangen. Sie machten sofort kehrt, ritten die lange Schlucht, durch die sie gekommen waren, zurück und gingen an ihrem Ende zwischen Felsblöcken in Deckung.

»Diesmal werden sie in die Falle reiten«, keuchte Şamil.

Mit den Fingern am Abzug warteten sie bis zum Mittag. Niemand kam, niemand ging vorbei.

»Nun, gut«, meinte Şamil, »sie sind es nicht gewesen, und die da vorne sind wir los. Wenn wir diese Schlucht schaffen, können wir gegen Mitternacht in Urfa sein.«

Sie hatten die Schlucht bald wieder hinter sich. Jenseits des Berges gelangten sie an eine zweite von fast gleicher Länge. In ihr herrschte höllische Hitze, regte sich kein Hauch. Hoch oben kreisten Adler und Adlerbussarde. Auf schroffen, gelb geäderten lila Felsen hockten Geier und lauerten auf Beute. Bei ihrem Anblick steigerte sich in Abbas die Angst. In dieser felsigen Schlucht wird Şamil mich töten, dachte er, zügelte sein Pferd und blieb hinter den anderen ein Stück zurück. Şamil war es wohl aufgefallen. Diese vor Hitze glühenden scharfkantigen, gelb geäderten Felsen, die darauf geduldig hockenden Geier, die kreisenden Adler und roten Bussarde und die dröhnende Stille hatten auch ihm Angst eingejagt.

»Abbas, wo bist du abgeblieben?«, rief er und drehte sich im Sattel um. Dann straffte er die Zügel, hielt an, und auch die andern blieben stehen und warteten. Als Abbas bei ihnen war, trieb Şamil sein Pferd wieder an.

»Die Gegend hier macht einem Angst«, sagte er.

»Ja, sie macht einem Angst«, nickte Abbas.

»Sieh dir diese mit nickenden Köpfen davonstiebenden Echsen an. Ein Pass der Ängste ist diese Schlucht.«

»Ja, ein Pass der Ängste.«

»Der Mensch fühlt sich hier ganz allein, in dieser Schlucht wird ihm die Welt zu gähnender Leere. Diese Verlorenheit ...«

»Macht Angst.«

»Ich habe so viele Schlachten, so viel Mord und Totschlag erlebt, aber noch nie habe ich mich so gefürchtet wie in dieser Schlucht. Wären da oben nicht diese kreisenden Greife, dieser in so weite Ferne gerückte Himmel und diese Ungeheuer von messerscharfen Felsen brächten einen um vor Angst.«

»Sie brächten einen um«, nickte Abbas.

Gegen Nachmittag wurde es kühler. Zwischen den Felsen sprießende grasgrüne Sträucher, langstielige gelbe Blumen, blühender, wie stachelige Fäuste gereckter lila Akanthus versöhnten die Männer da unten in der Schlucht wieder mit ihrer Umwelt, und nach und nach verflogen ihre Ängste. In Abbas regte sich sogar ein wenig Freude.

Hinter der Schlucht hörten die Berge plötzlich auf, dehnte sich, so weit das Auge reichte, nur ebenes Land. Şamil war hier schon so oft geritten, dennoch versetzte ihn die Weite dieser Wüste immer wieder in Erstaunen.

»Warum sie uns bis jetzt nicht aufgelauert haben, begreife ich überhaupt nicht«, wunderte er sich und sah die andern fragend an. »In den letzten Jahren bin ich so oft durch diese Schlucht geritten, aber noch nie habe ich so viel Angst ausgestanden wie dieses Mal.«

»Ich hatte auch Angst«, gestand Abbas.

»Ich auch«, rief ein sehr kleiner Reiter. Seine Gestalt war nicht höher als die eines Kindes.

»Lüge nicht!«, wies Şamil ihn zurecht. »Du fürchtest dich vor nichts und niemandem.«

»Hier hatte ich Angst«, beharrte der klitzekleine Mann. »Ich sah einen riesigen lila Falter, groß wie ein Adlerbussard. Er wollte mir mit seinen Flügeln den Hals sicheln.«

»Ach, geh, du Sprücheklopfer!«

»Bei Gott! Der Schmetterling kam mit einem Zorn auf mich zugeschossen …«

»Ich hatte hier auch große Angst«, sagte der Reiter neben ihm.

Als führe sie niemand, trotteten die Pferde am schleifenden Zügel ganz gemächlich durch die Ebene.

»Diese Schlachten haben uns den Rest gegeben, sie pflanzten uns die Angst in die Knochen. Entweder sterben wir jetzt vor Angst, oder wir sind so abgestumpft, dass uns nichts mehr schert. Die menschlichen Regungen fielen von uns ab, der Krieg nahm sie uns und ließ uns mit leerem Herzen zurück. Unsere Gefallenen sind für immer verstummt, und unsere Überlebenden wurden zu Krüppeln. Danken wir Gott, dass wir uns noch fürchten können, dass wir das Gefühl der Angst nicht verloren haben. Hätten wir auch das noch verloren …« Abbas' Gesicht verzerrte sich plötzlich, zerfurchte sich zum Erbarmen, schien immer kleiner zu werden.

»Ja, danken wir Gott!«, nickte Şamil.

»Ja, danken wir Gott!«, echote der kleine Mann. »Gott sei Dank, dass wir unsere Angst noch nicht verloren haben.«

»Gott sei Dank!«, pflichtete ihm auch der dritte Reiter bei. »Hätten wir auch sie noch verloren …«

Ja, sie waren froh darüber, Angst gehabt zu haben, freuten sich, dass sie dieses so menschliche Gefühl nicht auch noch verloren hatten.

»Ich war auch an der Kaukasusfront. Dass ichs überstanden habe, ohne den Verstand zu verlieren, ist mir heute noch ein Rätsel. Mir kommt es so vor, als hätten sie damals mein Herz herausgerissen und mitgenommen. In mir blieb nichts als gähnende Leere zurück. Nachdem ich in der Schlucht diese Angst verspürte, weiß ich, dass in mir doch noch einiges zurückgeblieben ist.«

Gemeinsam begannen sie auf einmal Lieder anzustimmen, lang gedehnt in den Himmel aufsteigende tscherkessische Klagelieder, die aber schließlich in fröhliche Gesänge mündeten. Und so merkten sie gar nicht, dass sich schon der Abend senkte, als sie mit verhängten Zügeln davonzupreschen begannen, hinein in die Nacht mit den wirbelnden, dahingleitenden Sternen.

Als sie die Pferde vor der Kommandantur der Gendarmerie in Urfa zügelten, dämmerte der Morgen. Sie sprangen aus den Sätteln und umarmten sich.

Şamil ging ein Stück beiseite und winkte Abbas zu sich. »Hör mal«, begann er, »Emir Sultan muss dich sehr lieb gewonnen haben, sieh dir doch nur das Pferd an, das er dir gab!«

»Ich weiß«, entgegnete Abbas.

»Es ist sein Lieblingspferd, und du findest in ganz Arabien kein gleiches.«

»Ich weiß.«

»Er hat dich so gemocht, dass wir zuerst meinten, ihr seid nahe Verwandte.«

»Dem Emir ein langes Leben!«

»Er trug mir auf, dir zu sagen, dass du jederzeit willkommen bist. ›Er wird in Schwierigkeiten kommen‹, sagte er, ›wann auch immer, unsere Tür steht ihm offen wie unsere Herzen auch!‹ Das soll ich dir sagen.«

»Ein langes Leben euch allen!«

»Und lass uns nicht ohne Nachricht! Wo du auch bist, schreib uns. So will es der Emir. Auf den Umschlag sollst du Emir Selahaddin Sultan, Bagdad, schreiben. Dann bekommen wir den Brief. So hat es mir der Emir aufgetragen!«

Sie schwangen sich auf ihre Pferde.

»Bleib uns gesund!«

Ein Bursche kam und hielt den Kopf des Pferdes, Abbas hob den Quersack vom Widerrist und ging zur Kommandantur. Die Wachposten am Eingang salutierten. Ein Unteroffizier, der ihn im Vorhof entdeckt hatte, kam, über drei Stufen springend, die Treppe herunter, und die beiden Freunde umarmten sich.

»Unser Hauptmann ist als Abgeordneter nach Ankara gegangen. Er ist bei Mustafa Kemal Pascha. Deinen goldenen Orden hat er uns schon geschickt. An seine Stelle kam ein Major. Auch ein Mann wie Gold. Er erwartet dich. Wo bist du denn abgeblieben?«

»Wo ich war? Frag nicht!«

»Wir dachten, du seist tot. Denn keiner von denen, die mit dir ausgezogen sind, ist zurückgekommen. Dennoch haben wir auf dich gewartet, denn der Hauptmann sagte immer: ›Dem passiert nichts!‹«

»Und mir ist nichts passiert«, lachte Abbas.

Der Freund hängte sich bei ihm ein. Im Laufschritt eilten sie die Treppe hoch, gingen ins Zimmer des Majors und nahmen Haltung an.

»Kamerad Abbas, mein Major!«

Lächelnd stemmte sich der Major gemächlich aus dem Sessel, schüttelte Abbas die Hand und umarmte ihn. »Willkommen!«, sagte er. »Seitdem ich hier bin, werden Sie erwartet. Bitte, setzen Sie sich!« Er zeigte ihm einen Stuhl, und nachdem er auch dem Unteroffizier einen Stuhl angewiesen hatte, nahm er wieder Platz.

»Sie sind also der Held! Ich gratuliere. Ihre Tapferkeitsmedaille ist längst eingetroffen, und so lange halten wir schon Ausschau nach Ihnen. Gott sei Dank, Sie sind da. Keiner der Kameraden, die mit Ihnen auszogen, diese Räuber zu jagen, ist zurückgekehrt. Und da nahmen wir an, dass auch Sie ...«

»Mit diesen Räubern ist schwerer fertig zu werden als mit den Franzosen. Wir gerieten in einen Hinterhalt. Alle Kameraden sind gefallen. Ich konnte bei einem Emir Zuflucht finden, aus dessen Haus mich die Räuber nicht herauszuholen wagten.«

»Ich habe an der Irakfront gekämpft, ich kenne die Wüste.«

Abbas schaute ihm mit eigenartigem Ausdruck in die Augen, und der Major wich seinem Blick aus.

»Ich werde mit dem Präfekten einen Termin vereinbaren, an dem wir Ihnen feierlich den Orden verleihen. Vielleicht kommt auch der Divisionskommandeur, ein Oberst.«

»Ich danke Ihnen, mein Major. Kann ich bis dahin hier bleiben?«

Abwesend musterte der Major Abbas, fing sich ganz plötzlich und antwortete hastig: »Natürlich können Sie bleiben, Leutnant.« Und als sei es ihm gerade eingefallen, fügte er hinzu: »Gleichzeitig mit Ihrem Orden ist Ihre Ernennung zum Leutnant eingetroffen. Sie bleiben also! Noch sind Sie ja Soldat. Mit dem Orden bekommen Sie auch Ihre Entlassungsurkunde.«

»Ich danke Ihnen, mein Kommandant.« Abbas stand auf, und mit ihm erhob sich auch der Unteroffizier, an den sich jetzt der Major wandte: »Zeig dem Herrn Leutnant das Zimmer, das ich bei meiner Ankunft hatte, mein Sohn. Er kann dort bleiben!«

»Zu Befehl, mein Kommandant!«

Leutnant Abbas vorweg, hinter ihm sein Freund, der Unteroffizier, gingen nach unten. Der Soldat, der die Zügel des Pferdes ergriffen hatte, stand noch immer so da. Abbas schnallte den Sattel ab und nahm ihn auf die Schultern. Drinnen war ihm mit Schrecken der Quersack eingefallen, doch beide Taschen waren gut verschnürt, die Schlösser heil.

Die Ordensverleihung fand drei Tage später an einem Freitag statt. Sowohl der Präfekt als auch der Divisionskommandeur waren gekommen, letzterer, wie auch der Major, in Galauniform. Die aufmarschierte Militärkapelle eröffnete die Feier mit Marschmusik. Abbas trug die alte Galauniform eines Leutnants. Am Fahnenmast wurde Flagge gehisst, dann hielten der Oberst und nach ihm der Präfekt ihre Ansprachen. Beide erinnerten an den Hauptmann, der von Mustafa Kemal Pascha höchstpersönlich zum Abgeordneten berufen worden war, nannten ihn einen Volkshelden und hoben ihn auch sonst in den Himmel. Dann ergriff der Major das Wort. Sehr bewegt auf die Tränen drückend, sprach er lang und breit von den Zerstörungen und Leiden, die der Krieg über die Menschen brachte. Der Oberst war so gerührt, dass er nicht mehr an sich halten konnte und weinen musste. »Es reicht, Major!«, brüllte er schließlich, und zack war der Major still. Der Oberst wischte sich die Tränen ab und marschierte mit einem sehr jungen, noch nie ins Feld gerückten Leutnant, der den Orden auf einem Tablett hinter ihm her trug, unter die am Mast wehende Fahne. Auch Leutnant Abbas marschierte zur Fahnenstange und salutierte. Mit lauten Worten lobte der Oberst die Tapferkeit des Leutnants, mit der er gegen die Franzosen gekämpft habe, und gratulierte, konnte aber nicht umhin, zu erwähnen, dass dieser wohl wie sein heldenhafter Hauptmann in die Große Nationalversammlung berufen werden würde, weil jeder Held, der für sein Vaterland Blut vergieße, belohnt werden müsse! Dann heftete er den Orden genau dort an Leutnant Abbas' tapfere Brust, wo das Herz für die Heimat schlägt und für sie Blut vergossen hat. Auf dem Tablett lagen noch die Verleihungsurkunde und der Entlassungsschein. Der Oberst übergab auch sie. Dann umarmte er Abbas mit den Worten: »Heute bist du mein Ehrengast, Leutnant!«

Kaum war die Zeremonie zu Ende, eilte Abbas davon, holte aus seinem Quersack die drei Geschenke hervor und ging geradewegs zu Şehmus, dem bis Bagdad und Basra berühmtesten Sattler Mesopotamiens.

»Was willst du?«, fragte der Sattler, ohne den Kopf zu heben, als Abbas die Werkstatt betrat.

»Eine kleine, aber für mich sehr wichtige Arbeit, die auf dieser Welt außer dir kein anderer Meister zu Stande bringt.«

Der Sattler schaute auf: »Oho, Abbas, und wir dachten, die Beduinen hätten dich getötet. Tagelang hatte die Nachricht von eurem Tod in ihrem Hinterhalt in ganz Urfa hohe Wellen geschlagen. Du bist also davongekommen!«

»Ich bin davongekommen, Meister.«

»Wissen die Beduinen, dass du davongekommen bist?«

»Sie wissen es, Meister.«

Das Gesicht des Meisters wurde aschfahl, seine Lippen zitterten: »Wie konntest du ihnen dann durch die ganze Wüste bis hierher entwischen?«

Und Abbas erzählte ihm ausführlich, was geschehen war.

»So war das also«, sagte Meister Şehmus, »so hat es sich also abgespielt. Andernfalls hätte dich in der Wüste, Gott vergib mir!, nicht einmal der Herrgott aus ihren Händen retten können. Denn in dieser Wüste ist der alleinige Sultan von Wolf und Vogel, Löwe und Tiger, Schlange und Drache, Gazelle, Mensch und allen anderen Geschöpfen der Emir Selahaddin. Wärst du nicht in seinem Haus gelandet, hättest du nicht überlebt. Sind die Männer des Emirs, die dich hergebracht haben, schon wieder umgekehrt?«

»Sie sind es, mein Meister.«

»Also stehst du jetzt splitternackt da.«

»So ist es, Meister Şehmus.«

»Deine Tage sind gezählt. Deine Verfolger werden dich allüberall finden. Da gibt es keinen Zweifel. Was hast du denn angestellt, dass ihr so aneinander geraten seid?«

»Woher soll ich das wissen, Meister?«

»Dann lass dir gesagt sein: Sie gehören zum blutrünstigsten Stamm Arabiens. Selbst bei Mustafa Kemal Pascha würden sie dich aufstöbern und töten, und sei es im Serail des Paschas ... Tu, was du willst, du entkommst ihnen nicht! Die fänden dich sogar in der Mandschurei.«

»Wie denn?«

»Wie, kann ich dir auch nicht sagen, aber sie finden dich. Es ist, als hätten sie einen geheimen Zauber. Da gibt es kein Entkommen.«

Meister Şehmus war sehr bedrückt. Mit einem bedauernden Wehklagen wiegte er den Kopf hin und her. Vaah, vaaah, vah!

Sie schwiegen eine ganze Weile.

»Abbas, mein Sohn, kehr doch zum Emir zurück! Nur bei ihm kann dir niemand etwas anhaben. Oder wollte der Emir dich nicht länger bei sich behalten?«

»Er wollte. Sowohl der Emir als auch seine Frau baten mich inständig, zu bleiben.«

»Mach dich sofort auf den Weg! Lass mich gleich an die Arbeit gehen und erledigen, was ich für dich tun soll, und du gehst sofort wieder zurück. Wäre doch schade um dich. Dein Kampf gegen die Franzosen ist schon Legende, und eine Tapferkeitsmedaille haben sie dir auch noch angesteckt. Kehre um zum Emir! Nimm den Weg über die Berge! Tauche unter! Bestimmt liegen hier auch schon drei Scharfschützen auf der Lauer.«

»Bestimmt«, nickte Abbas.

»Nun sag mir, was du von mir willst!«

»Ein Amulett.« Er nahm Bleistift und Papier und zeichnete mit Bedacht ein großes Dreieck. »So ein Amulett. Ich werde es mein Leben lang auf der Brust tragen. Und auch die Kordel für meinen Hals muss halten ein Leben lang!«

»Sonst noch etwas ein Leben lang?«

»Außerdem wirst du diese Goldstücke zum Goldschmied bringen. Kennst du dieses Siegel des Emirs?«

»Ich kenne dieses Siegel mit der eigenartigen Sonne. Es ist ihr Wahrzeichen schon seit fünftausend Jahren. Geh du jetzt zur Kommandantur, und verlasse sie nicht. Bis heute Abend nähe ich dir aus bestem Leder das Amuletttäschchen, stanze dir mit dem Prägestempel vom Goldschmied das Siegel des Emirs drauf und bringe es dir. Misch du dich so schnell wie möglich unter die Soldaten! Und lass dich ja nicht in der Stadt sehen! Die töten dich sogar inmitten deiner Soldaten, nehmen dann nicht einmal Reißaus, sondern jagen sich nach deinem Tod auch eine Kugel in den Kopf. Los, beeil dich, stürz dich unter die Soldaten!«

Im Laufschritt sich durchs Gedränge rempelnd, kam Abbas ganz außer Atem zur Kommandantur, verschwand in seinem Zimmer, schloss hinter sich die Tür ab und zog seine Uniform aus.

Eine Tasche des Quersacks war voller Kleidungsstücke. In einem seidenen Beutel lag ein dunkelblauer Anzug. Er zog ihn an, der Anzug saß, als habe ein Schneider ihn maßgefertigt. Ich muss mich immer wieder über den Emir wundern, dachte Abbas, über diesen edlen Mann aus dem fünftausendjährigen Geschlecht der Wüstengötter. Wie konnte es bei diesem Mann auch anders sein!

Er öffnete die Tür einen Spalt. »Schick mir sofort einen Leutnant her!«, rief er dem Wachposten zu.

»Zu Befehl, mein Kommandant.«

Kurz darauf wurde die Tür geöffnet, sein Freund trat ein, sie umarmten sich. Abbas reichte seinem Freund einen Schuh. »Geh damit zum Schuhmacher Muho«, bat er, »und bring mir ein Paar Langschäfter!« Dann drückte er ihm ein Goldstück in die Hand.

Der Freund war bald zurück. Abbas zog sich die Reitstiefel an. »Ich danke dir, Bruder. Morgen gehe ich fort. Lebt alle wohl!«

Der Leutnant schaute ihn an wie einen Toten. Sie umarmten sich.

»Geh in Frieden, Kamerad!«

Jeder weiß es, dachte Abbas. Ob Bekannter oder Fremder, in dieser Stadt schauen mich sogar der Oberst und der Präfekt an, als erblickten sie einen Toten ... Er lachte in sich hinein. Und das, nachdem wir in so viele Schlachten gezogen und überlebt haben ...

Die Sonne ging gerade unter, als es klopfte. Zögerlich ging Abbas an die Tür.

»Abbas, mein Sohn, ich bins, Meister Şehmus.«

Erleichtert öffnete Abbas.

»Da, nimm!« Şehmus übergab ihm das Amulett. Es war aus festem, glänzendem Leder, auf dem die goldene Sonne vom Siegel König Sargons prangte. Wie sagte noch Emir Selahaddin Sultan? Bin ich auch ihr Emir, so bin ich doch kein Araber. Die Assyrer sind von anderem Stamm.

Wie sehr Abbas sich auch bemühte, Meister Şehmus nahm von ihm kein Geld. »Es ist ein Geschenk von mir an dich!«, sagte er und ging.

In Abbas Innerm wuchs die Angst. Wie sollte er denn ungefährdet zum Festessen kommen, das der Oberst angeordnet hatte? Er schickte nach dem Kameraden, der ihm die Langschäfter besorgt hatte. Lang und breit erzählte er ihm, worum es ging, aber auch der schien schon über alles im Bilde zu sein.

»Das Essen findet im Konak des kurdischen Beys Milli Ibrahim Pascha statt, und obwohl niemand sich dem Gebäude auch nur nähern kann, werde ich es zusätzlich unauffällig abschirmen lassen.«

Zum Konak marschierte er inmitten einer Eskorte. Schon an der Treppe empfing ihn Ibrahim Pascha. Kurz danach begann das Festessen an der riesigen mit Seide bezogenen Essplatte.

Gegen Mitternacht wurde die Tafel aufgehoben. Während des Essens hatten sie nur über den Krieg und die Heldentaten der türkischen Soldaten gesprochen.

So, wie der Kurde Ibrahim Pascha sich verhielt, wie er da saß, sprach, gestikulierte, war er das Ebenbild des Emirs Selahaddin Sultan. Beider Ernst, Bescheidenheit und Blicke stimmten so überein, als sei der eine aus dem andern hervorgegangen.

Die Kameraden, die Abbas zum Konak gebracht hatten, standen im Vorhof schon bereit. Sie nahmen ihn in ihre Mitte und brachten ihn zurück zur Kommandantur.

»Bruder Tuğrul«, bat Abbas vor seiner Zimmertür, »lass die Kameraden gehen, und bleib noch ein bisschen!« Sie gingen hinein und setzten sich aufs Sofa.

Was hatte dieser lange Krieg ihnen denn gebracht? Tausende, zehntausende von ihnen waren gefallen. Auf den Hängen des Allahuekber barfuß und halb nackt im mannshohen Schnee schon vor der Schlacht stehend zum Menschenwald erfrorene Kameraden, von Hunger und Typhus heimgesuchte, verlassene Dörfer und Städtchen, ein von einem Ende zum andern zerstörtes Land, verbrannte Erde und zu tausenden von den Schlachtfeldern heimgekehrte verwundete, verkrüppelte, halb verrückte, halb dem Wahn verfallene Soldaten …

»Wie können wir so heimkehren, wie uns so zu Hause blicken

lassen? Trügen wir wenigstens ein Beutelchen Goldstücke auf der Brust! Dabei haben die Beduinen in dieser Wüste Säcke von Gold liegen. Einen ihrer Stämme heimsuchen reicht.«

Leutnant Tuğrul war nicht abgeneigt.

»Wie viel Mann brauchen wir?«

»Fünfzehn gute Schützen sind genug.«

Innerhalb weniger Stunden hatten sie fünfzehn Scharfschützen beisammen. Die Männer diskutierten bis zum Morgen.

»Die Araber würden uns alle töten.«

»Du selbst hast ja dein Leben mit Mühe und Not vor ihnen gerettet, Abbas.«

»Mit Beuteln voll Gold heimkehren ist ja ganz schön … Aber wie geht es aus?«

»Ihr habt ja alle Angst vor den Beduinen.«

»Wenn jemand Angst vor Beduinen hat, dann du. Geh doch mal in dein Dorf! Kannst es ja versuchen …«

»Kannst es ja versuchen …«

»Ja, versuchs nur …«

»Und ob ich in mein Dorf gehen werde. Was ist schon dabei?«

Auf einmal schwiegen alle.

Hinter diesem »Versuchs nur« verbirgt sich etwas Besonderes, überlegte Abbas. Als sähen sie meinen Hals schon im Leichentuch. »Was ist denn mit meinem Dorf, Freunde, ist da irgendetwas geschehen?«

Sie schwiegen. Schließlich sagte ein Gefreiter: »Was wissen wir schon über dein Dorf.«

Erst im Morgengrauen umarmten sie sich und gingen auseinander.

Abbas ging hinauf in sein Zimmer. Im fahlen Licht der Petroleumlampe betrachtete er den ledernen Amulettbeutel mit dem aufgeprägten Sonnensiegel. Dann holte er den goldgeflügelten Vogel aus Lasurit hervor und betrachtete auch ihn eine ganze Weile, bevor er den kleinen, kupfernen Kopf der Göttin und schließlich die dreifach geringelte, blutrot züngelnde Schlange hervorholte. Sorgfältig legte er sie in ihre Beutel zurück und packte alle drei in das Ledertäschchen. Şehmus hatte seine Öffnung so geschickt geschnitten, dass sie sich, einmal zugeschnürt, nicht mehr so leicht öffnen ließ. Anschließend hängte er sich das Amulett mit der reißfesten Kordel aus Alepposeide um den Hals und war im selben Augenblick wie gewandelt. Er fühlte sich leicht wie ein Vogel. Sein Inneres schien von aller Unbill gereinigt, war plötzlich aller Ängste und Sorgen enthoben ... Auch die Falten in seiner gramdurchfurchten Stirn waren verschwunden. Als er sich rasierte, kam ihm sein Gesicht so hell und schier vor wie am ersten Tag seines Militärdienstes. Als habe das Amulett die Spuren aller erduldeten Leiden und seiner Missetaten aus seinem Herzen gesaugt und in alle Winde zerstreut. In seinem ganzen Leben war er nur wenige Male so voller Freude gewesen.

Frisch rasiert ging er hinunter in die Stadt. Die meisten seiner Bekannten wechselten die Straßenseite, um ihm nicht zu begegnen. Einige wenige schauten sich ängstlich um, bevor sie ihn willkommen hießen und weitergingen. Andere wiederum starrten erstaunt, sagten sich, wie einfältig dieser Mann doch sein müsse. Meister Şehmus winkte ihn in die Werkstatt, doch dankend winkte Abbas zurück und ging in die Garküche. Nachdem er gefrühstückt hatte, schlenderte er am See Anzelha entlang und fütterte die Fische mit Brotresten aus der Garküche. Gegen Mittag wanderte er zum Grabmal des Propheten Halil Ibrahim, hockte sich bis zum Nachmittag am Eingang hin, ging danach in die nahe gelegene Moschee und kniete vor der Kanzel nieder. Als die Gläubigen sich zum Abendgebet versammelten, schlug er den Weg zum Kebabgrill ein. Der Wirt erkannte ihn. Abbas bestellte sich einmal Urfakebab scharf, aber keinen Raki. Zum Kebab brachte ihm der Wirt eine volle Schüssel grüner Paprikaschoten und Rote Beete.

Seit langem hatte Abbas kein Kebab mehr gegessen. Er aß und trank, bis er rundum satt war.

Es war schon dunkel, als er zur Kommandantur zurückkam. Er ging in sein Zimmer, zog sich schnell um und eilte, zwei Stufen auf einmal nehmend, die Treppe hinunter. Im Hof wartete schon der Soldat, der ihm am Vortag aus dem Sattel geholfen hatte, mit dem gesattelten Pferd. Er gab ihm ein Goldstück. Verdattert starrte der Mann auf das Gold in seiner Hand.

Abbas durchmaß die Hauptstraße von einem Ende zum andern. Als er aus der Stadt heraus war, beschlich ihn wieder die Angst, und er erschauerte. Diese Gegend war ihm vertraut, er ritt auf der Ausfallstraße nach Antep. Dort blieb er einige Tage. Irgendetwas beunruhigte ihn hier. Er spürte, dass er verfolgt wurde, und versuchte, seine Spur zu verwischen. Er ritt gegen Mitternacht durch das Außenviertel Şehre Küstü und wendete dann in Richtung Maraş. Argwöhnisch musterte er jeden, der ihm entgegenkam oder hinter ihm her ritt.

In Maraş hielt er sich nicht auf. Er aß in einer Garküche am Straßenrand, kaufte in einem Laden Nomadenkäse, Oliven, Halwa und Brot, nahm anschließend nicht die Hauptstraße, sondern lenkte das Pferd zu den Hängen des Ahir-Bergs. Die Nächte verbrachte er in den Zelten der Nomaden. Doch irgendwann begann er auch die Nomaden zu verdächtigen. Ihre Winterquartiere lagen in der syrischen Ebene Rahva, in den Gegenden von Harran, Urfa, Çizre und Nusaybin, an den Ufern des Tigris und Euphrat, und wie wenig sie auch die Beduinen mochten, lebten sie doch eng mit ihnen zusammen. Abbas war über die Verbindungen der Nomaden dieser Gegend sehr gut im Bilde. Wie anders konnte sonst ein Arm der Beduinen von der Wüste bis nach Istanbul, Adana, Urfa, Ankara, Izmir, ein anderer bis nach Aleppo, Damaskus, Bagdad und Basra reichen?

Hinterm Meryemçil-Pass bog er ab zu den Dörfern in den Wäldern. Die Turkmenen dort waren sehr gastlich, trugen ihn auf Händen, hielten sich selbst zurück, um ihm umso mehr zu essen und zu trinken vorsetzen zu können.

Das letzte Turkmenendorf auf seinem Weg lag nur zweieinhalb Wegstunden von seinem Heimatdorf entfernt. In seiner Kindheit war er mit seinem Vater oft zu Hochzeitsfesten hierher gekommen. Die Dörfler erkannten ihn nicht wieder, er gab sich aber auch nicht zu erkennen. Er blieb eine Woche und erzählte an langen Abenden lang und breit von seinen Kriegserlebnissen. Die Dörfler hörten ihm wie einem großen Märchenerzähler zu, wollten ihn gar nicht mehr ziehen lassen.

Einige Male brachte er das Gespräch auf sein Heimatdorf, doch sie erzählten ihm nichts von Belang. Entweder wussten sie nichts, oder sie wollten nichts über sein Dorf wissen. Vielleicht wussten sie wirklich nichts, denn zwischen den Dörfern der Turkmenen und denen der Tscherkessen gab es fast keine Kontakte.

Einige Male schwang er sich im Morgengrauen in den Sattel und machte sich auf in sein Dorf, kehrte aber auf halbem Wege wieder um. Ins Dorf schicken konnte er auch niemanden. Irgendetwas bedrückte ihn, machte ihm Angst, doch erklären konnte er es sich nicht.

Schließlich verabschiedete er sich von den Waldbauern, schwang sich aufs Pferd und trieb es mit verhängten Zügeln zu seinem Dorf. Am Dorfeingang riss er das schaumbedeckte Tier zurück und horchte eine Weile. Es war kein Laut zu hören. Er trabte einige Mal die Dorfstraße entlang, wendete nach einer kurzen Strecke und ritt zurück. In die Dorfmitte zu reiten, wagte er nicht. Er begann, das Dorf zu umkreisen, nicht eine Vogelstimme war zu hören. Die Türen der Häuser standen offen, unter den Dächern flogen weder Spatzen noch Stare.

Am Ende nahm er allen Mut zusammen, ritt ins Dorf, sprang vor seinem Haus vom Pferd und ging durch die offen stehende Tür hinein. Gähnende Leere überall. Im Kamin lagen noch Asche und verkohlte Kloben. Abbas eilte ins Freie und betrat das Nachbarhaus. Auch hier Asche und niedergebrannte Scheite im Kamin. In wahnsinniger Hast war er bald durch alle Häuser gelaufen. Asche und verkohlte Scheite überall, doch nirgendwo Leben. Keine Eidechse, kein Käfer, nicht eine Fliege. Er sprang in den Sattel, und im selben Augenblick pfiff eine Kugel an seinem Ohr vorbei. Er ließ sich zu Boden fallen und ging hinter den Felsen neben dem Dorfbrunnen in Deckung, nachdem er das Pferd in die dahinter liegende Höhle gescheucht hatte. Mehrere Männer in weißen Gewändern stürmten ins Dorf und begannen sofort die

Holzhäuser anzuzünden. Während sie Feuer legten, konnte Abbas einige von ihnen niederstrecken. Bis Mitternacht dauerte das folgende Feuergefecht, und Abbas' deutsche Flinte zeigte Wirkung. Von Durst geplagt, trank er hastig in großen Zügen am sprudelnden Brunnen, zog das Pferd aus der Höhle, saß auf und preschte los. Sofort nahmen die Brandstifter ihn unter Kreuzfeuer. Vergebens!

Noch vor Tagesanbruch erreichte er die Provinzstadt. Eine Weile stand er unschlüssig auf dem Marktplatz neben dem Brunnen unter der mächtigen Platane, tränkte sein Pferd, nahm aus der Tannenholztränke auch einige Schluck und ging dann mit dem Pferd am Zügel zum Haus von Davut Ağa, einem Freund seines Vaters. Noch bevor er dort anlangte, hörte er aus dem Konak schon die freudige Stimme Davut Alis, eines Beys der Afscharen: »Hanum, Hanum, geh hinaus und schau, wer da kommt! Es ist Abbas, unser Abbas!«

Mann und Frau kamen die Treppe heruntergeeilt und umarmten ihn. Abbas hob den Quersack von der Kruppe des Pferdes, und die drei gingen hinauf.

»Und wir warteten schon auf dich, ein jeder vor Sehnsucht mit vier Augen!«, sagte Davut Ali. »Warst du auch im Dorf?«

»Ich war dort«, antwortete Abbas.

»Als ich hörte, was geschehen war, habe ich mich mit vier Mann auf den Weg gemacht. Und was sehen meine Augen? Ein gähnend leeres Dorf. Nicht Mensch noch Fliege. Ich ritt in die Nachbardörfer. Warst du auch dort?«

»Nein.«

»Ich fragte die Dörfler, was geschehen sei. Niemand gab mir eine ordentliche Antwort. Wo ich auch immer anklopfte, nichts! Eines guten Tages soll es in deinem Dorf kein Geschöpf mehr gegeben haben. Und niemand wusste, was ihnen widerfahren ist, wann und wohin sie verschwunden sind. Der gesamte Hausrat, Kelims, Matratzen, Tische und Stühle, Töpfe und Pfannen, lag unangetastet da.«

»Ich habs gesehen.«

»Nehmen wir an, sie sind ausgewandert. Dann hätten sie doch ihren Hausrat mitgenommen. Und wurden sie entführt, müssten jetzt ihre Katzen, Hunde, Pferde, Esel und sonstiges Getier noch im Dorf sein. Ich finde keine Erklärung. Nehmen wir an, sie wurden alle getötet. Ich habe aber in allen Dörfern nach ihnen suchen lassen, in Bächen, Schluchten, Höhlen und Waldstücken, doch es wurde kein einziger Toter gefunden. Was sagst du dazu?«

»Auch ich kann es mir nicht erklären.«

Sie überlegten hin und her, berieten und redeten, kamen aber zu keinem Ergebnis.

»Abbas, mein Junge, diese Tscherkessen sind nicht zu begreifen«, seufzte Davut Ali betrübt. »Wohin verschwindet denn so geheimnisvoll ein ganzes Dorf? Ich hatte mir auch überlegt, sie könnten irgendwo eingesperrt worden sein, und ließ in allen Gefängnissen nachfragen. Dann fiel mir ein, dass damals, als sie aus dem Kaukasus einwanderten und sich in Uzunyayla niederließen, sich einige Dörfer auch in nichts auflösten und ihre Einwohner spurlos verschwanden.«

Davut Ali Bey hatte fünf Söhne, die alle nach Sarikamiş kamen. Da sich bis jetzt noch keiner von ihnen hatte blicken lassen, war wohl keiner aus dem Krieg zurückgekommen.

Das Essen wurde aufgetragen, sie aßen, tranken danach ihren Kaffee und hockten eine ganze Weile wortlos da.

Abbas wartete noch immer darauf, dass Davut Ali Bey von seinen Söhnen erzählte, und schaute diesem mit fragenden Blicken in die Augen.

»Warst du auch in den Allahuekber-Bergen?«

»Ich war dort«, antwortete Abbas und seufzte.

»Von Läusen zerfressen. Neunzigtausend Mann.«

»Die meisten erfroren.«

»Barfuß und kahl geschoren seien sie gewesen.«

»So war es.«

»Von denen, die aus dem Taurus dorthin verlegt wurden, ist keiner zurückgekommen. Du bist der Erste.«

Fragenden Blickes sah Abbas den alten Mann wieder an.

»Von meinen ist keiner heimgekehrt. Alle fünf ...«

Sie redeten die ganze Nacht. Abbas erzählte von den Niederlagen in Sarikamiş und auf dem Allahuekber, von den Überresten der geschlagenen Armee, den Fahnenflüchtigen, dem Menschenwald aus erfrorenen Soldaten, dem Jesidenmassaker, den Armeniern, den Kämpfen gegen sie, den Morden an ihnen. Am Ende konnte Davut Ali Bey die Tränen nicht mehr zurückhalten, und Abbas lenkte das Gespräch auf die Beduinen, beschrieb den Emir Selahaddin Sultan, seine Freundschaft, berichtete von dem Vogel, den man wohl hören, aber nie sehen konnte. Davut Ali Bey fasste sich wieder und bemerkte lächelnd: »Wer weiß, wie er aussieht, dein Vogel.«

»Ich wurde auch sehr neugierig, als ich ihn hörte. Er hat eine Stimme, die des Menschen Herz rührt, sich mit dem Herzblut vermengt. Hast du diesen Gesang einmal vernommen, sehnst du dich jeden Morgen wieder und wieder danach. Denn er erfüllt dich mit Freude und Glück, lässt dich den Tod vergessen, du stößt an das Tor zur Unsterblichkeit, an die Pforte zum Paradies. Laut Emir Selahaddin Sultan haben bisher schon tausende ihr Leben auf der Suche nach diesem Vogel verbracht, doch gefunden hat ihn noch keiner. Seit siebentausend Jahren sollen die Menschen sich Bilder und Figuren von diesem Vogel machen. Der Emir hat mir viele davon gezeigt, kein Einziges ähnelt dem anderen.«

Noch ganz in Gedanken hob Davut Ali Bey den Kopf und sagte: »Vor langer Zeit sang hier auch ein Vogel, der des Menschen Herz erwärmte, und auch ihn konnte niemand sehen. Als dann unsere Jungs, sogar die fünfzehnjährigen, in den Krieg getrieben wurden und keiner von ihnen zurückkehrte, hörte auch der Vogel auf zu singen.« Er seufzte, und seine Augen füllten sich wieder mit Tränen. »Wer den Krieg erfand, sehe nie das Paradies!«

Am späten Vormittag drängten sich im Konak Frauen, Männer, Jung und Alt. Wer kam, umarmte Abbas freudig und küsste ihn. Wenigstens eine Menschenseele war aus dem Krieg heimgekehrt! Mit Abbas hatte sich das Tor der Hoffnung einen Spalt breit geöffnet. Für diese Menschen schon der Gipfel der Freude.

Davut Ali Bey betrachtete eine Zeit lang die freudige Erregung seiner zahlreichen Gäste und sagte dann leise: »Abbas, mein Junge, Gott segne dich! Du hast den Menschen wieder einen Schimmer Hoffnung gegeben.«

Danach wurden Kleidungsstücke der auf immer Davongegangenen in den Kreis der Anwesenden geworfen, und die Frauen stimmten die Totenklage an, sangen und weinten zugleich.

»Seit ewigen Zeiten haben Bräute, deren Männer, Mütter, deren Söhne und Mädchen, deren Brüder von den Schlachtfeldern nicht zurückgekehrt sind, den Krieg so verflucht wie jetzt! Deine Rückkehr hat sie in den Himmel versetzt und wieder heruntergeholt. Das reichte, um ihnen neuen Lebensmut zu geben. Das hier ist nach meiner Meinung mehr als nur ein Schimmer Hoffnung.«

Drei Tage lang kamen und gingen sie, füllte und leerte sich der Konak auf diese Weise. Am dritten Tag, noch bevor der Morgen graute, bat Abbas Davut Ali Bey, sich verabschieden zu dürfen.

»Wohin du auch gehst, mein Sohn, gehe in Frieden, und vergiss uns nicht! Und solltest du etwas über den Verbleib der Tscherkessen aus jenem Dorf erfahren, lass es uns wissen!«

»Dein Wunsch ist mir Befehl! Doch ich habe auch einen Wunsch.«

»Heraus mit der Sprache, Abbas, mein Junge!«

»Mein Pferd ist reinrassiges Vollblut. In ganz Arabien gibt es nur noch wenige Pferde mit diesem Stammbaum. Es ist ein Geschenk vom Emir. Behalte es hier! Und solltest du eine ebenbürtige Stute finden, lass sie von diesem Hengst decken und behalte das Fohlen. Es wäre schade, hätte dieses edle Pferd keine Nachkommen.«

»Ich gebe dir außer einem Pferd noch zwei Begleiter mit. Dein Pferd aber werde ich, solange ich lebe, wie meinen Augapfel hüten, und seinen Stammbaum werde ich nicht verdorren lassen!«

Sie nahmen ihr Frühstück ein. Als sie hinausgingen, warteten schon zwei Reiter mit einem gesattelten Pferd auf Abbas. Er ging in den Stall, umarmte den Kopf seines Pferdes, küsste ihm die

Augen, kam eiligen Schrittes zurück, schwang sich auf das gesattelte Pferd und gab ihm die Sporen. Als Zeichen ihrer guten Wünsche schüttete die Hanum den Eimer klaren Wassers hinter den Reitern auf den Weg.

Mit Mühe richtete sich Musa der Nordwind in seinem Bett auf. Er stemmte sich von der Matratze hoch auf die Beine, lächelte zufrieden, doch dann schwankte er, und mit einem Satz war Vasili bei ihm, hakte sich auf dem Weg zur Toilette bei ihm ein und stützte Musa auch noch, als dieser sein Geschäft verrichtete.

Noch während er Musa auf die Beine half, hatte dieser mit abgewandtem Gesicht gesagt: »Entschuldige das Ungemach! Nicht einmal meine Nächsten waren bisher so besorgt um mich wie du.«

Vasili war rot geworden, und seine Stimme bebte, als er sagte: »Was redest du da! Was habe ich schon viel getan?«

»Du bedeutest mir mehr als meine Brüder.«

»Schweig!«, rief Vasili aufgebracht. »Sag so etwas nie wieder!« Dann brachte er ihn wieder ins Bett.

»Das wird doch kein Dauerzustand, Vasili?«

»Nein, mein Musa! Du bist bald wieder gesund. Du hast sehr viel Wasser geschluckt, die Wellen haben dich tief ins Wasser gedrückt, immer wieder auf den steinigen Grund gestoßen und hochgeschleudert. So gnädig ist das Meer nicht immer, mein Musa. Du hast Glück gehabt und wirst schnell wieder gesund. Meistens gibt die See den Mann, den sie sich holt, nur als Leiche wieder heraus.«

»Gesund werden nach all den Übeln, na und … Nach Sarikamiş, nach Allahuekber, nach Wüste, Massaker und so viel Blut …«

Seine Augen hatten sich geweitet, sein Gesicht war plötzlich aschfahl.

Mit feuchten Augen drückte Vasili ihm die Hand, die schlaff auf der Decke lag. Auch Musa kamen Tränen, als er den Händedruck erwiderte.

»Ich habe die Dardanellen auch erlebt, mein Musa, ich auch, ja, ich auch. Und nachdem ich in so vielen Schlachten gegen den

Feind gekämpft hatte, stellten sie mich zum Arbeitsregiment ab. Stundenlang musste ich in der Ebene von Dumlupinar verweste, stinkende Leichen in einen weit entfernten Bach am Fuße eines Berges schleppen. An meinen unzähligen Kriegsverletzungen bin ich nicht gestorben, doch dieser Leichengestank brachte mich um. Noch einige Tage länger, und ich wäre tot umgefallen. Viele Kameraden waren unter dem Gewicht der Toten zusammengebrochen und nicht mehr aufgestanden. Der Gefreite Ahmet aus Van, mit dem ich Schulter an Schulter in den Dardanellen gekämpft hatte, kam angelaufen, stieß mir den Toten vom Rücken herunter, brachte mich zum Bataillonskommandeur, erzählte ihm, was er von mir wusste, und der Major hatte ein Einsehen. ›Entschuldige, Vasili, mein Junge‹, sagte er, ›wer aus den Dardanellen zurückgekehrt ist, hat diese Folter nicht verdient!‹ Wie sollte denn auch ich nach der Niederlage in Sarikamiş wieder der alte Vasili werden, mein Freund? Sie haben uns zu Krüppeln gemacht, Bruder, haben uns tief verletzt, haben uns das Herz aus dem Leib gerissen, wie sollen wir jemals wieder …«

»Halt ein, Vasili!«, gebot Musa. »Der Mensch kann, so er will, mit jedem Morgenrot neu geboren werden, kann sich von all dem Schmutz, den Leiden und Verletzungen reinigen.«

»Stimmt das?«, fragte Vasili mit ungläubigem Blick.

»Es stimmt«, antwortete Musa. »Ich bin jetzt schon reingewaschen, nachdem ich dich und Lena kennen gelernt habe. Diese Welt ist nicht nur Finsternis, Blut und Krieg. Es gibt auch euch auf dieser Welt.«

»Ist es so?«, fragte Vasili, ihn argwöhnisch musternd.

»So ist es«, beharrte Musa. »Wie viel Nächte haben wir erlebt, und es wurde kein Morgen.«

»Und wie viel Menschen, die nicht verletzt waren.«

»Schweig, Vasili, schweig! Darüber reden wir später!« Er schloss die Augen, sein Gesicht wirkte entspannt, kurz darauf versank er in tiefen Schlaf.

7

»Ich habe lange nachgedacht. Sie sind in den Kaukasus gezogen, in ihre kaukasischen Dörfer. Ich habe lange darüber nachgedacht. Weder Beduinen noch irgendwer sonst stecken dahinter. Bist du auch auf dem Friedhof gewesen?«

»Ich bin hingegangen, und dort geriet ich in den Kugelhagel.«

»Hast du frische Gräber gesehen?«

»Ich habe keine gesehen.«

»Ein frisches Grab erkennt man noch nach einem Monat, ja noch nach fünf Monaten.«

»So ist es.«

»Standen die Haustüren sperrangelweit offen?«

»Sagte ich doch.«

»Sahst du eine Katze oder einen Hund im Dorf?«

»Weder noch.«

»Und der Hausrat in den Häusern war vollständig, ja?«

»So war es.«

»Das ganze Dorf ist in den Kaukasus abgewandert.«

»Das ganze Dorf? Auf einmal?«

»Alle auf einmal. Und die Tscherkessendörfer in der Nachbarschaft unverändert?«

»Das weiß ich nicht.«

»Ob die auch abgewandert sind? Alle auf einmal?«

»Weiß ich nicht, kann ich ja nicht wissen.«

»Nein, das kannst du nicht wissen.«

»Ich begreife das alles nicht.«

»Ich begreife es schon. Ich hatte einen Großvater, sein Name war auch Vasili. Sie nannten ihn Sohn des Kunstreiters.«

Wie auch immer er dorthin gekommen sein mochte, eines

Tages war er auf der Insel aufgetaucht. Noch im selben Monat hatte er das schönste Mädchen der Insel, die Tochter des reichsten Mannes im Dorf, geheiratet. Er war reich genug, um sich ein ansehnliches, zweistöckiges Haus mit vielen Zimmern zu bauen. Er war ein stattlicher Mann, der mit großen blauen Augen liebevoll in die Welt blickte, ein Achtung gebietender Mann mit hoher Stirn, gebogener Adlernase, gezwirbeltem, rotem Schnurrbart, breiten Schultern und langen Beinen. Doch einen Tag nach der Hochzeit war er verschwunden. Das Inselvolk war überhaupt nicht überrascht, rief: Wie gekommen, so von dannen!, und hatte anschließend den üblichen Tratsch in Umlauf gesetzt, die Braut und den Vater verurteilt, weil sie so einen, der gerade erst gekommen, zum Bräutigam erwählt hätten, ohne zu fragen wer, woher und warum. Sie hatten sich wohl nicht damit abfinden können, dass eines der schönsten Mädchen ihrer Inseln so schnöde verlassen worden war. Seit die Inseln Inseln waren, war ihnen Derartiges nicht widerfahren! Und das Mädchen auch noch schwanger! Doch noch bevor das Kind das Licht der Welt erblickte, hatten sie Vasili schon vergessen, sogar seinen Namen aus ihrem Gedächtnis gestrichen. Als sei niemals einer namens Vasili weder auf die Insel gekommen noch davongezogen.

Eines Tages kreuzte gegen Mittag in der Ferne ein großer Kahn auf, und alles eilte zum Anleger. Jedes Mal, wenn sich ein Schiff der Insel näherte, drängten sich Frauen und Männer, Kind und Kegel, Hund und Katze so auf die Brücke.

Der Kahn legte mit dem Bug an, der breite Steg wurde an die Bordwand geschoben, und als sich die Ladeklappe öffnete, sahen sie Vasili auf einem schönen, langbeinigen, unruhig tänzelnden und schäumenden Grauschimmel sitzen. Das Gesicht mit dem gezwirbelten Schnurrbart ähnelte eher dem eines gewitzt grinsenden, ungezogenen Jungen. Kerzengerade saß er im silberbeschlagenen Sattel. Sein schöner, dunkelblauer Anzug, die blank gewienerten Langschäfter und der schräg aufgesetzte Fez mit den blauen Troddeln standen ihm gut. Ohne sich um die Menge zu kümmern, gab er dem Pferd die Sporen und ritt geradewegs nach

Haus. Von den Menschen auf dem Anleger war kein Laut zu hören, sie starrten nur hinter ihm her. Im Hof zügelte er sein Pferd, seine hochschwangere Frau eilte herbei, hielt das Pferd im Zaum, er saß ab und herzte und küsste sie. Gemeinsam hoben sie den Quersack von der Kruppe und gingen ins Haus. Kurz danach drängten sich die Insulaner in den Hof, überall herrschte eitel Freude. Alle umkreisten den prächtigen Grauschimmel und musterten ihn so eingehend, als seien sie zeitlebens Kunstreiter gewesen. Doch bis dahin gab es noch nie ein Pferd auf der Insel. Als Vasili die vielen Menschen entdeckte, ging er vor die Tür. »Willkommen, Vasili!«, riefen alle, und er erwiderte freudig ihren Gruß. Nach dem üblichen Begrüßungsgeplauder riefen sie noch einmal: »Ein Prachtspferd, Vasili«, und dann trollten sie sich.

Am darauf folgenden Morgen ritt Vasili schon sehr früh am Ufer entlang um die ganze Insel. Am nächsten Tag nahm er sich zu Pferde alle Hügel vor, am dritten Tag das Tal mit dem Olivenhain ... Er ließ keinen Meter Boden aus. Auch danach stieg er jeden Tag aufs Pferd und ritt kreuz und quer über die Insel. Nur einmal soll er sich nicht in den Sattel geschwungen haben, und das sei an dem Tag gewesen, als sein Junge geboren wurde.

Als sein Pferd starb, weinte und trauerte er tagelang. Danach ging er wieder auf und davon. Erst lange Zeit später kam er wieder auf einem prächtigen Pferd.

Bei Hochzeiten und anderen Festen führte er zu Pferde viele Kunststücke vor. Er schwang sich in vollem Galopp vom Pferd und zurück in den Sattel, schnellte, wieder in vollem Galopp, unter dem Pferd hindurch in den Sattel, stellte sich kerzengerade auf den dahingleitenden Pferderücken, sodass den Insulanern, die hier noch nie ein Pferd gesehen hatten, der Atem wegblieb.

Sein Sohn wuchs heran und wurde Fischer. Damit konnte sich Vasili niemals abfinden. Als ihm ein Enkel geboren wurde, gaben sie ihm auch den Namen Vasili.

Vasili wurde sehr alt. Doch auch als sich sein Rücken krümmte und seine Augen schwach wurden, ritt er jeden Tag aus.

Eines Tages war er wieder verschwunden. Doch bald darauf

kam er auf einem großen Kutter zurück. Der Kutter legte an und von sieben bis siebzig strömten die Dörfler mit Kind und Kegel auf den Anleger. Hoch zu Pferde stand Vasili mit dem Gesicht zur Insel regungslos da. Weder war sein Rücken krumm, noch hingen seine Schultern. Wie ein schlanker, grüner Zweig hat er sich gereckt. Schweigend blickten er und die auf dem Anleger sich eine ganze Weile an. Als dann der Kutter ablegte und wendete, drehte Vasili sich mit dem Pferd auf der Stelle der Insel zu, winkte den Zurückbleibenden mit erhobenen Händen zu und ließ die Arme gleich wieder sinken. Und die Menge auf dem Anleger habe ihm, der da regungslos an Deck des Kutters aufrecht zu Pferde gesessen sei, nachgeschaut, bis sie ihn aus den Augen verloren hätten.

»Und danach nannten sie meinen Vater Kunstreiters Sohn, und so wurde auch ich Kunstreiters Sohn Vasili genannt. Und nun frage ich dich, warum ist Kunstreiter Vasili auf diese Insel gekommen, und warum und wohin ist er mit gebeugtem Rücken von dieser Insel wieder davongezogen? Davongezogen und nie wiedergekommen!«

»Woher soll ich das wissen?«

»Warum ist dieser Mann weg von dieser Insel?«

»Sag du doch, warum!«

»Warum er fortgezogen ist, weiß ich nicht, aber jeder weiß, das ganze Inselvolk weiß, dass er griechische und türkische Lieder über seine Heimat gesungen hat und vor Heimweh fast krepiert ist.«

»Woher stammte er denn?«

»Das hat er niemandem anvertraut, weder meiner Großmutter noch meinem Vater … Mein Vater sagte einmal: ›Soweit ich es beurteilen kann, stammte er aus einer der unendlichen Steppen Mittelanatoliens. Aus seinen Liedern ging hervor, dass er die unendlichen Ebenen besang, wo die Himmel weit und wo Sonne und Sterne sieben Stockwerke über dem Himmelszelt liegen.‹ Auch meine Mutter wusste nicht, warum und woher er gekommen war. Und auch sie sagte, sie habe aus seinen Liedern endlose, baumlose Steppen unter unendlich fernem Himmel herausgehört. Nun, er zog am Ende davon. Doch warum? Was meinst du?«

»Was weiß ich?«

»Warum sind deine Tscherkessen aus ihrer Heimat fort?«

»Durch den Krieg. Sie wurden besiegt und flüchteten.«

»Und warum erst jetzt?«

»Denkst du denn, dort ist der Krieg vorbei? Dass sie gegangen sind, weil der Krieg vorbei ist?«

»Ich habe keine Ahnung. Sie werden es wissen.«

»Und was ist mit denen, die mich im Dorf beschossen haben?«

»Ich weiß es nicht.«

»Und die Emir Selahaddin erklärten, sie hätten mein Dorf längst gefunden und würden auch mich finden, und kröche ich auch unter den Flügel eines Vogels oder in das Schlupfloch einer Schlange!«

»Ich habe keine Ahnung«, entgegnete Vasili wütend. »Aber wer soll dich schon auf dieser Insel finden? Wem käme denn diese gottverlassene Insel in den Sinn? In der Provinzstadt, aber auch in den Küstendörfern wissen die meisten nicht einmal, dass es diese Insel gibt, und die es wissen, würden sie, einige Fischer ausgenommen, nicht finden, auch wenn sie nach ihr suchten.«

»Meinetwegen«, erwiderte Musa aufgebracht, »der Klügere gibt nach! Kümmern wir uns lieber um unseren Garten. Ich habe Saatgut für Tomaten, Paprikaschoten, Auberginen und verschiedene Blumen mitgebracht. Oder ist es schon zu spät dafür?«

»Es ist genau die richtige Zeit.«

Sie machten sich gleich an die Arbeit. Schon seit er auf der Insel war, hatte es ihm der lehmige Boden angetan, den die Wolkenbrüche mit der Zeit bis an die Senke geschwemmt hatten.

Musa hatte auch verschiedene Säcke gekauft. Sie suchten sich zwei Jutesäcke aus, füllten sie mit der Lehmerde und schleppten sie in den Garten. Gegen Abend hatten sie schon einen beachtlichen Hügel Mutterboden angehäuft. »Das ist zu anstrengend, Vasili«, meinte Musa, »so geht es nicht weiter. Morgen machen wir uns sehr früh auf in die Stadt. Benzin haben wir ja genug.«

»Übergenug«, freute sich Vasili. »Wir fahren zusammen, ja?«

»Wir fahren zusammen«, bestätigte Musa. »Morgen werde ich meinen Dunkelblauen anziehen, mir meine Freiheitsmedaille anstecken und auf der Brust das Amulett tragen. Wir werden dir das Haus mit den Wandmalereien kaufen, dazu Betten, Sessel, Spiegel und was sonst noch so im Haus gebraucht wird. Und für dich einen schönen Anzug. Ein paar Sachen dazu … Der Mensch benötigt etliche Dinge auf so einer Insel. Eine Handkarre, Haken, Spaten, Sägen, Äxte, Sicheln, viele, viele Dinge. Töpfe und Pfannen, was wir brauchen, werden wir kaufen.«

»Alles, was wir brauchen«, lachte Vasili. »Aber so viel Geld habe ich doch gar nicht.«

»Ich habe es«, sagte Musa mit vorwurfsvollem Blick. »Ich sagte dir doch, ich habe es!«

»Ja, du hast es«, beschwichtigte ihn Vasili, »reg dich nicht auf, mein Freund!«

»Ich rege mich nicht auf«, entgegnete Musa, »du bist aber empfindlich geworden, Kamerad. Bleibst du heute Nacht hier?«

»Ich bleibe«, antwortete Vasili. »Ich bleibe, aber ich verlange außer dem bemalten Haus noch die Mühle am Ufer.«

»Gemacht! Und den Garten werden wir vergrößern.«

Vasili eilte zu seinem Haus, nahm sein Bett auf die Schultern und kam zurück.

»Da kommt ein köstlicher Duft aus der Küche, wer weiß, was Lena da kocht.«

»Wer weiß?«, sagte Musa.

»Dieser Duft …« Vasili streckte die Nase, blähte die Nasenlöcher wie ein Pferd seine Nüstern und schnupperte. »Wer weiß.«

Gut gelaunt aßen sie zu Abend.

Schon früh am Morgen, noch bevor es hell wurde, standen sie auf, rasierten sich am Brunnen, frühstückten mit dem fröhlichen Ruf: »Es lebe Tanasi der Weise!«, holten einen Kanister Benzin aus dem Haus und füllten den Benzintank. Als das Boot ablegte und Fahrt aufnahm, kam Lena herbeigeeilt und schüttete auf dem Steg eine Schüssel Wasser hinter ihnen her.

Mittag war schon vorüber, als sie die Provinzstadt erreichten. Schon bevor sie anlegten, hatte Kapitän Kadri sie vom Kaffeegarten aus entdeckt. »Oho, Vasili«, rief er überrascht, »du bist ja doch hier, und ich wollte es nicht glauben!«

»Nicht weitersagen, mein Kapitän Kadri!«, beschwor ihn Vasili.

»Willkommen, Kapitän«, begrüßte ihn Musa und schüttelte ihm die Hand. »Ich habe Vasili nicht ziehen lassen. Er wird hier bleiben. Morgen fährst du uns auf die Insel!«

»Zu Befehl!«, freute sich Kadri.

Wortlos führte Kapitän Kadri sie über eine unbelebte Abkürzung zum Gemeindeamt, sagte nur: »Morgen erwarte ich euch auf der Pier. Wann immer ihr kommt, ich werde dort sein!«, und verschwand.

Üzeyir Khan empfing sie mit Begeisterung, umarmte die beiden, drückte jeden eigenhändig in einen Sessel und erkundigte sich lang und breit nach der Insel. »Da wird noch jemand hinkommen«, kündigte er bedeutungsvoll an, »und was für einer! Macht euch keine Sorgen, bald wird eure Insel voll von Menschen sein, voll bis an den Rand.«

»Nun, wer nicht kommen will, lasse es bleiben, lieber Khan, wir sind uns selbst genug.«

Der Kaffee wurde getrunken. Der Khan war ganz aufgeregt, seine Blicke wanderten von der Medaille und dem Amulett mit dem Sonnensiegel hin und her, als sähe er sie zum ersten Mal.

»Bist du wegen Vasili gekommen?«

»Ja, seinetwegen, mein Khan. Wegen eines Hauses und einiger Sachen für ihn. Hausrat und ...«

»Ich habe verstanden«, sagte Üzeyir Khan. »Hat er seinen Entlassungsschein?«

»Er hat ihn«, antwortete Musa.

Vasili zog die Bescheinigung aus der Tasche und reichte sie Üzeyir Khan.

»Oho«, stieß dieser aus, »danach bist du ja ein Held!« Er überlegte: »Woher könntest du stammen? Ich habs«, rief er fröhlich, »du bist ein Istanbuler! Drum wurdest du nicht ausgewiesen!«

»Mein Großvater ist von dort.«

»Wie wurde er genannt?«

»Sohn des Kunstreiters.«

»Vasili, Sohn des Kunstreiters. Deinen Personalausweis werden wir sofort ausstellen. Als Erstes werden wir den Finanzdirektor, dann den Grundbuchbeamten und schließlich den Landrat aufsuchen!«

»Zu Befehl, mein Khan.«

Auch der Finanzdirektor empfing sie mit überschwänglicher Hochachtung. Er wollte ihnen das Haus mit den Wandmalereien samt der Mühle sofort und ohne Gegenleistung übereignen. Vasili war ganz verblüfft, und Musa hatte wohl gemerkt, wie aufgeregt er war. »Es ist nicht für mich«, sagte er, »es ist für Vasili, Sohn des Kunstreiters. Doch Sie werden dieses Geld von uns annehmen müssen, und sei es mit Gewalt!« Er legte die Goldstücke auf den Schreibtisch.

»Aber Musa Bey, Bruder«, entrüstete sich der Direktor, »jedem biete ichs umsonst an, denn kein Mensch will nicht einmal für einen Beutel Gold auf diese Insel, und müsste er mit Kind und Kegel verhungern! Es ist mir ein Rätsel.«

»Und wenn auch«, donnerte Musa, sprang auf und setzte sich so schwunghaft, dass die Medaille auf seiner Brust hüpfte. »Und wenn auch. Sie werden dieses Geld annehmen und uns das Haus und die Mühle übereignen!«

Das Für und Wider dauerte. Doch schließlich trug die Freiheitsmedaille, tatkräftig unterstützt von Üzeyir Khan, den Sieg über den seiner Verdienste nie gewürdigten Nationalhelden Abdülvahap Bey davon, und Musa konnte die drei Goldstücke ohne Gegenwehr in des Helden Tasche stecken.

Auch der Verkauf wurde zügig erledigt.

»Heute Abend seid ihr bei uns, mein Freund und Meister«, verabschiedete sich Üzeyir Khan, »ich werde Speisen vorbereiten lassen, Köstlichkeiten und Getränke, mein Freund, dass Sie die Welt um sich vergessen …«

»Sag doch gleich: in Wonnen leben!«

»Ja, in Wonnen leben«, lachte Üzeyir Khan. »Ich werde auch den Landrat einladen.«

»Und wir schlagen dem Alltag ein Schnippchen!«

Bevor sie zum Grundbuchbeamten gingen, machte Üzeyir Khan noch einen Abstecher und gab seiner Hanum genaue Anweisungen für den Abend. »Mach dir keine Sorgen, mein Khan«, beruhigte sie ihn, »es wird schöner werden, als du dir wünschst!«

Der Grundbuchbeamte begrüßte sie mit überschäumender Herzlichkeit. Er bat sie, Platz zu nehmen, bestellte Kaffee, lief kopflos vor Freude hin und her, während Vasili mit kreisrunden Augen beobachtete, was sich vor ihm abspielte.

Auch die Eintragung ins Grundbuch erfolgte im Nu. Die Präfektur war nicht weit, und mit fliegenden Rockschößen hatte Abdülvahap die frohe Botschaft schon weitergetragen, sodass der Präfekt mit dem seiner Würde entsprechenden Ernst sie bereits am Eingang empfing, nicht ohne Musa vom Scheitel bis zur Sohle eingehend gemustert zu haben.

Er schien auf Musa besonders neugierig zu sein. »Wo haben Sie gekämpft, Musa Bey?«

»Sarikamiş, Allahuekber, Ararat, Van ... Bis hinunter nach Bagdad«, antwortete Musa verlegen.

»Und die Freiheitsmedaille?«

»Bei Urfa gegen die Franzosen.«

»Gratulation, Efendi, Gratulation.«

»Ich danke Ihnen.«

Der Präfekt hatte bei Gallipoli gekämpft und begann seine Kriegserlebnisse zu erzählen. Die Zeit verging, der Präfekt sprach mit wachsender Begeisterung und hörte gar nicht mehr auf.

»Efendi, Meister«, unterbrach ihn Üzeyir Khan, »Sie erzählen so wunderschön, dennoch darf ich Sie aus angenehmem Anlass unterbrechen: heute Abend werden Sie uns die Ehre geben, unser Gast zu sein!«

»So, so, Üzeyir Khan, wir werden es uns heute Abend schmecken lassen! Nicht zu vergessen die Getränke, oh, diese Getränke!«

»Getränke und kaukasische Gerichte und zum Raki Istanbuler

Vorspeisen … Dazu unser Präfekt und Erinnerungen an Gallipoli. Außerdem noch eine Frohbotschaft für Musa Efendi, eine Frohbotschaft …« Er zögerte, ließ lächelnd seine Worte wirken. »Und wer kommt noch auf diese Ameiseninsel, die keinem gefällt? Doktor Major Halil Nuri Bey. Ja, die Staatsgewalt persönlich landet auf der Insel. Halil Nuri Bey, der Held von Gallipoli, dieser Heilige, kommt, sich auf der Insel der Ameisen niederzulassen.«

»Ameiseninsel«, warf Musa der Nordwind zaghaft ein.

»Ja, ja, entschuldigt, Ameiseninsel.«

Es wurde ein gelungener Abend. Der begeisterte Präfekt erzählte und erzählte, Schiffe sanken, Schiffe barsten, Meer und Land und Finsternis brannten lichterloh, in Flammen flossen die Gewässer der Dardanellen dahin, und auf die Flammen stürzten verkohlte, zerfetzte Leichen, fiel funkelnder Regen von Blut. Kanonendonner, Maschinengewehrfeuer, Menschenschreie erfüllten die Nacht, das All sprang aus den Fugen, die Augen der Welt traten aus den Höhlen, die Angst nahm ihr den Atem.

Des Präfekten Rede dauerte bis zum Morgen. Niemand wollte ihn unterbrechen, er aber, vom eigenen Redefluss über den schrecklichen Krieg mitgerissen, hatte Anwesende und den Rest der Welt vergessen und redete, was das Zeug hielt. Und jeder Atemzug und jedes Haar und Ohren, Arme und Beine, der ganze Körper erzählte mit.

Als das Sonnenlicht durch die Fensterscheiben auf die Gesichter fiel, schwankte der Präfekt geblendet, fing sich, schaute blinzelnd in die Runde, als müsse er sich vergewissern, wer sie seien, bis es ihm plötzlich zu dämmern schien, er zu sich kam, seine Augen auf der Freiheitsmedaille ruhen ließ, eine Weile in Schweigen verharrte und unvermittelt wieder loslegte: »›Wir sind alle dem großen Brand entkommen, von Flammen versengt mit zerrissenen Herzen davongekommen. Wir wurden verletzt und unserer Menschlichkeit beraubt‹, sagte schon Doktor Halil Nuri Bey. Unsere Menschlichkeit ist dahin, geblieben ist nichts als Asche. Wir sind nicht mehr die alte, unversehrte Menschheit. Und auch unsere Kinder werden nicht mehr so wie jene Menschen von früher sein. Auch unsere Enkel nicht … Blut wird auf sie regnen bis zum Jüngsten Tag. Tief verletzt, halb wahnsinnig, sich gegenseitig zerfleischend, bar jeden Mitleids, jeden menschlichen Gefühls und menschlichen Lichts werden sie umherziehen und sich gegenseitig die Augen ausstechen …«

Der Herr Präfekt, ein hoch gewachsener Mann mit gestrengem, zerfurchtem, gelblichem Gesicht, erhob sich, ging zur Toilette, pisste sehr lange, kam zurück, sagte: »Mir ist kalt«, legte sich lang hin und döste ein.

Die Hanum hatte schon längst das Frühstück zubereitet, und außer dem Präfekten gingen alle zu Tisch.

Als Erste entschuldigten sich Musa und Vasili und machten sich auf ins Ladenviertel. Sie ließen wohl keinen der Läden aus. In einer Sägerei kaufte Vasili auch fünf Bündel Holzstangen. Wofür er die wohl haben will, rätselte Musa, doch er fragte nicht.

»Damit werden wir Oliven abschlagen.«

»Was werden wir abschlagen? Was?«

»Oliven.« Und Vasili beschrieb Musa ganz genau, wie Oliven geerntet werden.

Bis Mittag hatten sie schon so viel eingekauft, dass vier Träger sich zwei Stunden abmühen mussten, die Sachen in den Kutter zu schleppen.

Kaum angelegt, griff Musa Vasili am Arm und ging mit ihm zum Olivenhain. »Das da sind Olivenbäume.«

»Ich sehe.«

»Sie geben diese pechschwarzen Oliven.«

»Zuerst grüne.«

»Und dann schwarze«, lachte Vasili. Dann beschrieb er langatmig bis zum Überdruss, wie Oliven geerntet und zu Öl gepresst wurden.

Als sie umkehrten, sahen sie, dass Lena sie beobachtete. »Kommt endlich, Jungs«, lachte sie, »ihr habt ja das ganze Ladenviertel der Stadt mitgebracht. Kapitän Kadris Kutter kentert gleich. Diese Ladung habt ihr bis Mitternacht noch nicht gelöscht.«

»Dann entladen wir eben morgen«, sagte Musa. »Einen Schlafplatz für Kapitän Kadri haben wir auch, Mutter.«

»Ihr müsst ja vor Hunger sterben, los, beeilt euch!«, schimpfte Lena mit gespielter Entrüstung. »Aber schnell!«

»Aber schnell«, schrie Musa und eilte im Laufschritt zum Haus. Auf dem Anleger wuchtete Kapitän Kadri etwas vom Kutter.

»Es reicht, Kapitän, wir sterben vor Hunger, wer weiß, welch köstliche Dinge Mutter Lena für uns bereithält. Wir machen morgen weiter!«

»Herrliche Düfte kommen vom Haus herüber«, entgegnete Kapitän Kadri, eilte mit weit ausholenden Schritten hinauf, blieb an der Treppe stehen und wartete. Gemeinsam gingen sie ins obere Stockwerk. Der Tisch war mit Tellern, Servietten, Brot, Gläsern und Löffeln bereits eingedeckt.

Lena trug den dampfenden Suppentopf herein und stellte ihn auf den Tisch. Musa der Nordwind griff sich die Suppenkelle und füllte als Erstes Lenas Teller und dann die anderen auf. Die granatapfelgesäuerte Fünffingersuppe mit Teigeinlage und Kichererbsen duftete nach Minze.

»Was für eine Suppe ist das, Mutter Lena?«, fragte der Kapitän.

»Sie wird bei uns in Anatolien gekocht und Fünffinger genannt. Warum Fünffinger? Weil sie so gut schmeckt, dass du dir alle fünf Finger danach leckst.«

Nach der Suppe gab es gefüllte, mit Granatapfel gesäuerte Auberginen.

»Und woher hast du die Auberginen, Mutter?«

Lena lachte: »Tanasi der Weise lebe hoch! Er hat Auberginen ausgenommen, sie an Schnüren aufgezogen, luftgetrocknet und bündelweise an die Wand der Vorratskammer gehängt.«

Vasili blieb der Bissen in der zugeschnürten Kehle stecken. »Oh, Tanasi«, würgte er, »wer weiß, wies ihm in der Fremde geht! Er wollte immer hier sterben. Und, sollte er woanders sterben, auf seiner Insel hier begraben werden. Oh, Tanasi, oh! Was musstest du noch alles erleben, was deine Augen alles sehen! Und wer weiß, was dir noch widerfährt, wenn du noch leben solltest.«

Schon früh begannen sie, das Boot zu entladen. Drei kräftige, junge Männer hatten, noch bevor es Mittag wurde, den Kutter gelöscht und damit begonnen, Vasilis Sachen in sein neues, wandbemaltes Haus zu tragen. Zu dritt schleppten sie die Sessel, das Bett, das Sofa, Stühle und Spiegel, Teppiche und Kelims, kleinen und großen Hausrat und Geschirr hinein, wo Lena, nachdem sie lang und breit überlegt hatte, es an den von ihr bestimmten Platz stellen ließ, nicht ohne jedes Mal zu fragen: »Ist es so recht?« Worauf sie jedes Mal zur Antwort bekam: »Leben sollst du, Mutter, wie könnte der Platz, den du ausgesucht hast, denn nicht recht sein!«

Und während sie das Haus einrichteten, nahmen der Salon, die Fenster, der Kamin, die bemalte Wand gegenüber nach und nach Gestalt an, verschönerte sich das Haus, es wurde heller, erwachte zu neuem Leben. Sie mochten schließlich die Räume gar nicht mehr verlassen, wanderten, gefolgt von der goldgelben Katze, entzückt von einem Zimmer zum nächsten, bis irgendwann die Katze miaute.

»Sie hat Hunger«, sagte Lena. »Sie miaut sonst nie.«

»Hat sie denn etwas zu fressen?«

»Sie hat«, antwortete Lena. »Des weisen Tanasis Oliven. Sie ist verrückt danach. Ich lege fünf bis zehn davon in eine Schüssel. Zuerst fischt sie eine heraus, spielt damit eine ganze Weile, und hat sie genug davon, futtert sie eine nach der andern genüsslich auf, hockt sich dann neben die Schüssel und legt die Olivenkerne in geordneter Reihe ab.«

»So eine Katze ist mir noch nie untergekommen«, wunderte sich Musa. »Vasilis Katze, nicht wahr?«

»Als ich im Röhricht hockte, lief sie mir zu und hat sich seitdem nicht mehr von mir getrennt. Außer ihr und mir gab es ja keine Seele auf der Insel. Die Vögel ausgenommen …«

»Und was ist aus den andern Katzen und Hunden geworden?«

»Sie haben alle ihre Katzen und Hunde mitgenommen«, antwortete Lena, verzerrte dabei das Gesicht, und ihre Augen wurden feucht. »Und dann …«, fuhr sie fort, konnte aber nicht weitersprechen.

»Und dann?«, fragte Musa.

»Und dann?«, fragte auch Vasili.

Dieses »Und dann« wiederholte sich eine Weile, doch Lenas Lippen blieben verschlossen.

»Und dann?«

»Und dann?«

Wütend hob Lena den Kopf, schaute in die Runde und ließ ihre Augen von einem zum andern wandern. »Im Hafen ließen sie keine Hunde und Katzen an Bord. Die Tiere blieben in den Straßen zurück und krepierten.«

Die Katze hatte sich auf dem Sofa ausgestreckt. Lena packte sie und lief mit ihr zur Treppe.

»Da muss noch etwas anderes gewesen sein«, meinte Musa. »Ein Mensch gerät doch nicht derart in Wut, nur weil Hunde und Katzen ausgesetzt wurden.«

»Sicher«, nickte Vasili. »Denn als Lena meine Katze entdeckte, konnte sie sich gar nicht mehr beruhigen.«

»Was hat sie denn gesagt?«

»Als die griechischen Schiffe schon ausgelaufen waren, habe eine Katze miaut. Die Matrosen hätten es gehört, das ganze Schiff durchsucht und alle Hunde und Katzen, deren sie habhaft werden konnten, auf hoher See über Bord geworfen. Daraufhin seien die Verbannten und die Matrosen so hart aneinander geraten, dass es Platzwunden und Knochenbrüche gegeben habe. So sei es auch auf den anderen Schiffen gewesen. Nach ihrer Landung in Piräus habe man die Insulaner eingesperrt, als Türkenbrut beschimpft und gefoltert.«

»Oh, dieser Krieg«, seufzte Musa. »Oh, dieser Krieg, wer ihn erfand, erblicke nie das Paradies. Oh, dieser Krieg! Kein Geschöpf blieb von ihm verschont, nicht der Vogel in der Luft, nicht das Kriechtier am Boden noch der Fisch im Wasser …«

»Nach jeder Granate, die in die Fluten der Dardanellen schlug, schimmerten die weißen Bäuche der dicht an dicht im Wasser treibenden getöteten Fische. Es heißt, in dieser Meeresenge gebe es keine Fische mehr. Das Meer sei tot.«

Musa legte seine Hand auf Vasilis Schulter, schaute ihm in die Augen, und seine Iris funkelte vor Zuneigung.

»Wie heißt denn deine prächtige Katze?«

»Ja, eine prächtige Katze«, freute sich Vasili. »Sie war mein einziger Gefährte in dieser Einsamkeit, und sie hat mich nie im Stich gelassen. Wie sie heißt, weiß ich nicht. Katze eben! Ihr Name ist Katze.«

»Wie kann man so einer schönen Katze den Namen Katze geben?«, meinte Musa vorwurfsvoll.

Während sie sich unterhielten, wanderte die Katze, die Lena entwischt war, durch die Räume und beschnupperte eingehend die neuen Sachen. Vasili beugte sich zu ihr nieder und nahm sie auf den Arm. Wie gewohnt, schmiegte sie sich an seine Brust.

»Also, welchen Namen geben wir ihr?«, fragte Musa, streckte sich und nahm die goldgelb schimmernde Katze aus Vasilis Armbeuge, streichelte sie zärtlich und ließ seine von Zuneigung überströmenden Augen von einem zum andern wandern.

»Sie soll Abbas heißen«, rief er plötzlich von sich aus, errötete, als habe er diesen Ausrutscher bereut, und fügte mit gezwungenem Lächeln hinzu: »Aber nein, man kann doch einem Tier keinen Menschennamen geben! Ich hatte beim Militär einen Kameraden …« Dann hüllte er sich in Schweigen, er wollte Vasili nicht auch noch belügen.

Doch Vasili versteifte sich: »Der Name dieser Katze lautet Abbas! Bestimmt hat sie, bevor sie mir zulief, auch Abbas geheißen.«

Der Pfeil war von der Sehne.

»Dann soll der Name auch Abbas bleiben«, fügte sich Musa, und eine Welle der Freude durchströmte ihn. »Los, gehen wir mit Freund Abbas hinunter, den Rest unserer Sachen holen! Wo ist Kapitän Kadri?«

»Ich sah ihn durch den Olivenhain die Senke hochgehen.«

Sie machten sich auf den Weg zum Anleger, und auch Kapitän Kadri stieß zu ihnen. Gemeinsam brachten sie einen Teil der Sachen in Vasilis, den Rest in Musas Haus.

Nach getaner Arbeit wandte sich Kapitän Kadri an Musa: »Musa Aga Efendi«, begann er und verstummte.

»Sag, was du auf dem Herzen hast, Kapitän!«

»Ich wollte sagen ...«, begann er und brachte den Satz wieder nicht zu Ende.

»Mann, Kapitän, alter Freund, heraus mit der Sprache!«

»Also, also, also ...«

Eine Zeit lang herrschte Schweigen. Jeder hielt den Kopf gesenkt.

Endlich gab der Kapitän sich einen Ruck: »Meine Mutter kommt ja nicht«, sagte er hastig. »Wenn meine Mutter auf diese Insel käme und ich den Orangenhain verkaufte und mir dann hier ein Haus ... Aber ich kann den Orangenhain nicht verkaufen. Täte ich es, träfe meine Mutter der Schlag. Und auf diese verlassene Insel will sie auch nicht ... Ich weiß nicht, was ich machen soll. Denn trennen von euch will ich mich auch nicht.« Er stockte, schürzte die Lippen wie ein schmollender Junge, der sich ertappt fühlte, und senkte verlegen den Kopf.

»Hör mich an, Kapitän, Bruder, du bist uns sehr willkommen. Und den Orangenhain musst du ja nicht verkaufen.«

»Woher soll ich denn sonst das Geld für ein Haus hernehmen? Mein Militärdienst steht mir auch noch bevor. Und, und ...« Er wurde rot, schluckte, »und, und ...«, doch weiter kam er nicht.

»Und, Kapitän?«

»Und, und ...«

»Und, mein Kapitän«, Musa klopfte ihm freundlich lächelnd zärtlich die Schulter, »da ist noch jemand, der auf dich wartet.«

»Ja, da ist noch wer«, stieß erleichtert der Kapitän lautstark hervor.

»Dann hör mir gut zu, Kapitän, spitz ja deine Ohren!«

Musa griff in seine Innentasche, zog seine Geldbörse hervor, klappte den Bügel auf, fingerte ein Goldstück heraus und reichte es Kapitän Kadri, der unwillkürlich die Hand ausgestreckt hatte, sie aber sofort wieder zurückzog, als er die goldene Münze erblickte.

»Nimm es!«, sagte Musa in so scharfem Befehlston, dass sich des Kapitäns Hand wieder ausstreckte.

»Schon besser! Wenn du morgen oder übermorgen in die Kreisstadt fährst, wirst du gleich zum Finanzdirektor gehen, ihm Grüße von mir bestellen und ihm dein Anliegen vortragen. Du wirst ihm dieses Goldstück reichen, er wird es nicht annehmen, daraufhin wirst du es auf den Tisch legen und, was immer er auch sagt, die Augen senken und deinen Mund nicht mehr aufmachen! Er wird zetern und schimpfen, du wirst schweigen, er wird schäumen, du wirst schweigen! Auch wenn er auf dich losgeht, du rührst dich nicht vom Fleck, bleibst unbeweglich stehen wie ein Brocken Felsgestein. Und wenn er sich etwas beruhigt hat, wirst du ihm mit gedämpfter Stimme sagen: ›Dachtest du denn, ich wüsste nicht, dass du ein Held bist, dem der Staat den Dank schuldig blieb? Auch dass dies kleine Goldstück viel zu wenig ist für solche Helden? Aber was soll ich tun, mehr hab ich nicht. Doch wenn ich erst mein Haus verkauft habe …‹ Und dann wird er dir ins Wort fallen, wird ›Schweig!‹ brüllen und, erweicht, deinen Antrag erledigen. Danach wirst du zum Grundbuchamt eilen«, er reichte dem Kapitän drei Silbermünzen, »und diese drei Medschidiye dem Grundbuchbeamten geben!«

Und nachdem er dem Kapitän auch den Geschäftsablauf beim Grundbuchamt lang und breit erklärt hatte, sagte er: »Los, gehen wir hinunter. Hast du schon ein Haus ins Auge gefasst, das dir besonders gefällt?«

»Nein, aber ich möchte euer Nachbar sein, wenns geht!«

»Dann los, schaun wir uns die Häuser an!«

Der Kapitän wählte das Haus, das neben dem von Vasili stand. Es war zweistöckig und auberginenblau. Die blühenden Blumen, summenden Bienen und tanzenden Schmetterlinge im Garten rundum tauchten die Umgebung in ein schimmerndes Farbenmeer.

»Wessen Haus ist das?«

»Keti Sotiris Haus.«

»Gehen wir hinein und schauen es an! Es ist so schön wie Vasilis

Haus. Doch außer dem Bild eines Mandelbaumzweigs mit weißrosa Blüten über dem Kamin gibt es keine Malereien.«

»Ketis Haus ist sogar schöner als meins«, sagte Vasili.

»›Ketis Haus will ich haben!‹, wirst du dem Finanzdirektor sagen!«

Kapitän Kadri kannte Keti Sotiris Haus gut. Keti, hoch gewachsen, rothaarig, mit klaren blauen Augen, schmalem Kinn, vollen Lippen und straffen Brüsten, war wohl die schönste Frau der ganzen Gegend. Ihr Mann, Elia Sotiri, der im Balkankrieg getötet wurde, war Reserveoffizier gewesen. Er hatte in Istanbul, in Athen und Paris studiert, war Spross einer wohlhabenden Familie und hatte außer diesem hier noch ein Haus in der großen Küstenstadt besessen. Keti Sotiri hatte zwei Söhne von ihm. Sie verkaufte das Haus in der Stadt und die dazu gehörenden Geschäfte und kümmerte sich um ihre Jungen mehr noch als zur Zeit, da der Vater noch lebte. Sie setzte ihnen das beste Essen vor, zog ihnen die schönsten Kleider an.

Kapitän Kadri hatte plötzlich Keti und ihre Kinder vor Augen. Sie standen da, betrachteten mit leeren Augen ihr Haus und wollten nicht weichen.

»Wie schön, dass du das Haus der schönen Keti kaufst, Kapitän, und nicht irgendeiner, der den Wert nicht zu schätzen weiß.«

Musa des Nordwinds Blicke wanderten vom Kapitän zu Vasili. Beider Augen schauten traurig.

»War sie so schön, die Keti Sotiri?«

»Sehr, sehr schön«, antworteten beide zugleich.

Und langatmig erzählte Vasili, wie Elia Sotiri sich im Balkankrieg mit seiner kleinen Einheit einem ganzen russischen Bataillon entgegengestemmt, dieses drei Tage und Nächte aufgehalten habe und seine Einheit dabei bis auf den letzten Mann umgekommen sei.

Kapitän Kadri, der sich anfangs so gefreut hatte, wirkte jetzt niedergeschlagen, abwechselnd verdunkelte sich seine Miene und hellte sich auf, und das war Musa nicht entgangen.

»Bald wird diese Insel sich beleben, Kapitän, und jedes dieser

Häuser wird jemandem gehören. Allerdings werden wir nicht wissen, ob diese Menschen ehrlich oder diebisch, gut oder grausam, gar blutbefleckt sein werden. Da ist es doch gut, zu wissen, dass gute Menschen in den Häusern guter Menschen wohnen. Denn du wirst das Haus der schönen Keti wie deinen Augapfel hüten.«

»Das werde ich«, entgegnete in sich gekehrt erleichtert der Kapitän. »Ich weiß aber nicht, was meine Mutter dazu sagen wird, wenn ich das Haus der schönen Keti kaufe.«

»Was wird sie schon sagen«, lachte Musa. »Ein so schönes Haus gibt es ja nicht einmal in Istanbul. Kannte deine Mutter die schöne Keti?«

»Wie sollte sie nicht! Wenn Keti in die Stadt kam, waren die Städter, ob Frauen, Männer, Kinder und Jugendliche, auf den Beinen, um sie zu sehen. So schön war Keti, schön wie eine Huri.«

»Umso besser ...«

»Wenn aber meine Mutter trotzdem nicht will?«

»Warum sollte sie nicht wollen?«

»Sie ist eine harsche, eigensinnige Frau.«

»Sag ihr nichts, bevor du nicht deinen Grundbrief hast!«

»Das ist gut. Ich werde ihr nichts sagen.«

In Kapitän Kadri rumorte es. Er konnte nicht ruhig sitzen, wippte und ließ die Augen nicht von seinem Kutter, der am Anleger dümpelte.

»Was zappelst du denn, Kapitän?«

»Ich sollte mich auf den Weg machen, Musa Rais.«

»Was ist in dich gefahren, Kadri, mein Junge?«, rief lachend Lena schon von weitem. »Gottes Segen! Die Häuser schöner Menschen passen zu guten Menschen. Wird deine Mutter auch auf die Insel kommen?«

»Ich weiß nicht, Mutter Lena, bei ihr weiß man ja nie.«

»Ich schon, ich schon! Sie wird kommen. Sie ist doch eine kluge Frau, und sie wird diese Insel lieben!«

»Und ihr Orangengarten?«

»Apfelsinenbäume kannst du auch hier pflanzen.«

»Ja, das kann ich«, rief Kapitän Kadri, stand auf und eilte im

Laufschritt zum Anleger hinunter. In den Kutter springen und den Motor anlassen waren eins.

»Vergiss nicht, mir eine Nachricht zu schicken, oder komm lieber gleich selbst!«, brüllte Musa hinter ihm her.

Im offenen Wasser drehte der Kapitän voll auf, und der blitzende Kutter wurde so schnell, dass der Bug die See aufschäumend durchschnitt. Kadri wollte schnell, ja sehr schnell in der Stadt sein! Dort sofort zum Finanzamt gehen, beim Direktor vorstellig werden, das Goldstück auf den Tisch legen und, was der Direktor auch dazu sagen würde, nicht darauf eingehen, ihm anschließend sagen: »Du bist ein großer, seiner Rechte betrogener Held, und Rais Musa der Nordwind lässt dich grüßen!«, und im Nu den Antrag erledigen … Danach zum Grundbuchbeamten … Kadri steckte die Hand in die tiefe Tasche seiner Pluderhose, betastete die Münzen, zählte sie … Mit dem Grundbuchauszug in der Hand wird er wie Vasili auch eine Katze haben! Und drei Ziegen, denn ohne Milch konnte die Mutter nicht sein … Wer weiß, wie viel Milch die blauen Ziegen der Rauen Insel geben. Aber sich an sie heranwagen? Ein Jäger hatte einmal eine dieser Ziegen geschossen. Seine Kugel hatte das Fell noch nicht einmal berührt, da war er schon gelähmt vom Felsen ins Meer gerollt und wie ein Stein zum Meeresgrund gesunken. Aber ich werde die Ziegen ja nicht schießen, beruhigte er sich, ich werde sie nur melken. Und Mutter wird die Milch trinken, wird Yoghurt ansetzen, wird buttern … Und die Ziegen werden Junge bekommen, und auf der Insel werden sich viele meerblaue Zicklein tummeln. Mutter wird sich freuen, wird mit der Spindel Fäden ziehend die Herde in der Senke zwischen Olivenbäumen hüten. Und aus den blauen Fäden wird sie gemusterte Tragetaschen weben, eine jede drei Goldstücke wert! Und dann … Und dann … Er schämte sich, auch nur daran zu denken, und dann … und dann … Dann wird er sich mit einem Mädchen, schön wie Keti Sotiri, verheiraten. Vielleicht kehren die Griechen ja zurück, und er heiratet ein griechisches Mädchen. Ob seine Mutter wohl böse wird, wenn er eine Griechin zur Frau nimmt? Nein, wird sie nicht, sie liebt ja die

Griechen sehr … Aber was ist mit der ihm Versprochenen? Er schämte sich.

Erst als es dunkelte, war er zu Haus. Freudig empfing ihn seine Mutter, umarmte ihn, küsste ihn, bat ihn gleich, zu berichten. »Ich wusste, dass du kommst, und habe Fleischpasteten gebacken.« Und während sie die Essmatte ausrollte und deckte, fragte sie mehrmals: »Irgendetwas geht heute in dir vor, los, erzähle!«

Kapitän Kadri aß und erzählte nebenbei, was er erlebt hatte. »Sehr gut, sehr gut«, warf die Mutter immer wieder ein, sagte: »Und Kunstreiterssohn ist ein guter Junge, ein guter Junge, und dieser Musa Rais, was für ein Mann! Wer weiß, wer er ist, wer weiß, woher er kommt?«

»Er wird aus einer mächtigen Sippe stammen. Auf der Brust trägt er eine goldene Medaille und um den Hals ein goldenes Amulett, na, so groß das Amulett!, und golden.«

Mit allen Einzelheiten erzählte der Kapitän seiner Mutter das Erlebte, bis auf das Haus und die gefleckten, die bläulichen, die braunen und die orangefarbenen Ziegen, das brachte er nicht über die Lippen, so schwer es ihm, besonders der Kauf einer Katze, auch fiel.

In jener Nacht konnte er vor Herzklopfen nicht schlafen.

Noch vor Sonnenaufgang verließ er das Bett, rasierte sich hastig, sprang wieder auf, kaum dass er sich zum Frühstück niedergehockt und einige Bissen hinuntergeschlungen hatte, und war kurz darauf schon vor der Finanzdirektion. Er setzte sich auf die Hofmauer und fing an, seine Vorstellungen noch gewagter auszumalen, als er es in seinen Träumen bereits getan hatte. Ja, er wird zu dem Fischermeister gehen, der ihm diesen Kutter geschenkt hatte, und wird ihm, schließlich ist er ja schon bald ein reicher Mann, sagen, Meister, wird er sagen, Gott gab mir viel, und das ist auch dein Verdienst. Ich habe gehört, du habest jetzt große Sorgen, darum bin ich gekommen, dich zu holen. Hab keine Angst, Musa der Nordwind ist der Rais unserer Insel, er trägt eine goldene Medaille. Mustafa Kemal gab sie ihm, denn er war des

Paschas persönlicher Gefolgsmann. Auch trägt er um seinen Hals ein – na, ein so großes! – goldenes Amulett. Das bekam er in Urfa von einem Weisen aus Arabien. Und dieser unser Rais trug mir auf: Sag deinem Meister, er solle zu uns kommen! Denn so ein Mann, so ein Meister, hat bei uns einen Ehrenplatz. Was hat so ein Mann in der Fremde zu schaffen? Sag ihm, sein Haus wird so lange leer stehen, bis er kommt. Und vergehen auch hundert Jahre!

»Was denn, Kapitän Kadri, warum hockst du, in so schwermütige Gedanken versunken, da auf der Mauer?«

Er schaute auf und erblickte seinen Freund, Fischer Hasan den Schwarzen.

»Hast du hier zu tun?«, fragte dieser.

»Ja.«

»Die Zeit der Schwertfische ist bald vorüber. Wenn du willst, arbeite ich auf deinem Kutter. Ich hab genug von den andern Eignern. Und du kennst mich ja.«

»Und ob ich dich kenne, Meister Hasan!«

»Und du weißt, der Harpunenwurf ist meine Erfindung!«

»Du sagst es, Meister«, lachte Kadri.

»Also dann?«

»Geduld! Ich habe noch etwas zu erledigen.«

»Wie lange?«

»Weiß ich nicht. Geh du zum Kutter, ich finde dich schon.«

»Mit dir ist aber auch nichts mehr los. Lass du diesen schönen Kutter nur weiter so vor Anker verrotten!«

»Ich suche dich schon bald auf.«

»Und ich warte auf dich.«

Die Sonne stand drei Pappeln hoch, als die Dienststellen öffneten. Ungeduldig hastete er zu Abdülvahap Bey hoch. Der Finanzdirektor empfing ihn freundlicher, als er erwartet hatte, und nahm das Goldstück ohne Widerrede vom Tisch. Nachdem er mit ihm das Übliche geplaudert hatte, bestellte er auch noch Kaffee, erledigte umgehend den Antrag und schickte Kadri zum Grundbuchamt. Auch der mit Grüßen von Musa dem Nordwind und Abdülvahap Bey bedachte und drei schwere Silbermünzen in seiner Hand wiegende Grundbuchbeamte ließ ihn nicht lange warten. Anschließend ging der Kapitän geradewegs ins Kaffeehaus. Im Gastraum saß noch niemand, Kadri begrüßte den Wirt, der ihn seit Jahren kannte, aber noch nie so fröhlich erlebt hatte. Wie eine übermütige Böe glitt er vom Kaffee zur Pier, sprang in seinen Kutter, startete, gab Gas und steuerte aufs offene Meer hinaus. Nach einer Weile kurvte er nach Steuerbord, legte dann das Ruder nach Backbord, steuerte wieder aufs offene Meer, riss das Ruder ganz herum, kehrte um, wusste nicht, wohin. Er drosselte den Motor, hockte sich aufs Dollbord, stand mehrmals auf, setzte sich ... Zurück an der Pier, vertäute er das Boot an der alten Stelle, ging noch einmal ins Kaffeehaus, verließ es aber gleich, weil noch immer niemand da war. Den Ruf des Wirts: »Was ist denn, Kapitän Kadri?«, hörte er gar nicht.

Er schlug den Weg ins Ladenviertel ein, schlenderte einige Male am Barbierladen vorbei und prüfte sein verschwommenes Spiegelbild in den Fensterscheiben. Der Geruch von Seife und nach Zitrone duftendem Kölnischwasser stieg ihm in die Nase, und er betrat den dampfgeschwängerten Laden. Durch eine Nebelwand sah er sich, den Barbier, die Ladenstraße und vorbeihastende Menschen im Spiegel.

Wann er sich endlich rasieren ließ, wann er den Laden verließ und wie lange er schon im Hoftor stand, er wusste es nicht. Er hielt den Grundbrief in der Hand und betrachtete das unverständliche Durcheinander von Strichen und Gekritzel. Das Hoftor hatte er geöffnet, doch hineingehen mochte er nicht. Den Duft von Zitronenblüten und Rasierschaum noch in der Nase, war er hier stehen geblieben.

»Mutter, ich habe das Haus der schönen Keti Sotiri gekauft«, und die Mutter wird ihm die Hölle heiß machen, wird ihm ins Gesicht spucken, wird ihn heruntermachen, wird sich, wie schon so oft, wenn sie wütend war, in ihr Dorf da oben in den Bergen aufmachen und nicht umkehren, und läge ihr auf dem Weg die ganze Stadt zu Füßen und küsste ihr die Hände. Erst wenn sich nach langer Zeit ihr Zorn gelegt hat, würde sie zurückkehren und Kapitän Kadri weinend um den Hals fallen.

»Warum bleibst du da stehen, mein Sohn, und was für ein Papier hältst du da in der Hand?«

Plötzlich war er wieder zu sich gekommen. Er fühlte sich wie auf frischer Tat ertappt und wusste nicht, wohin mit dem Schriftstück. Er steckte es in seine Tasche, holte es hervor, steckte es in die andere; wie Weberschiffchen wanderten seine Hände hin und her. Besorgt beobachtete die Mutter ihren so verstörten Sohn.

»Was ist mit dir, mein Junge, mein Kapitän, und was ist das für ein Papier, das du da zu verstecken suchst?«

»Ein Grundbrief, Mutter, ein Grundbrief«, antwortete Kapitän Kadri, in höchster Not noch einen Ausweg suchend.

»Was für ein Grundbrief, mein Sohn und Kapitän?« Die Stimme der Mutter klang warm, freundlich, liebevoll. So klang sie nicht immer.

Dem Kapitän tat es gut, er fand sein Gleichgewicht wieder. »Der Grundbrief eines Hauses, Mutter.«

»Welchen Hauses, mein Junge?«

Der Kapitän, freudig erregt und besorgt zugleich: »Ich habe auf der Ameiseninsel ein Haus gekauft, Mutter.«

»Was für ein Haus, mein Junge?« Die Mutter war sehr neugierig geworden, jetzt lächelte sie. Sie vorweg, der Kapitän hinterher, gingen sie ins Haus und setzten sich aufs Wandsofa.

»Ein auberginenfarbenes Haus, zweistöckig, das Dach aus roten Ziegeln. Im unteren Stockwerk ein Kamin aus grünem, im oberen ein Kamin aus blau geädertem Marmor. Über dem Kamin das Bild eines blühenden Mandelzweigs, um ihn schwirren die verschiedensten klitzekleinen Vögel in tausenderlei Farben … Das Haus mit Blick aufs Meer ist nah am Anleger. Vor und hinter dem Haus ein Garten, wohl fünfmal so groß wie unser Olivenhain, und im Garten vorm Haus stehen drei mächtige Granatbäume.«

»Mit rosa Granatäpfeln?«

»Das weiß ich nicht.«

»Oder sind die Bäume sehr alt und geben keine Frucht?«

»Nein, Mutter, nein. Sie sind nicht alt. Es ist noch nicht die Zeit, deswegen tragen sie nicht. Erst im Herbst ... Wie sollten die Früchte dieser großen Bäume denn nicht rosa sein?«

»Wie hast dus denn gekauft? Einheimische bekommen diese Grundstücke doch nicht umsonst.«

»Rais Musa hat es für mich gekauft.«

»Hat er denn so viel Geld?«

»Sehr viel! Er trägt eine goldene Medaille. Mustafa Kemal Pascha hat sie ihm gegeben, weil er im Krieg so viel gekämpft hat. Und um den Hals trägt er noch ein großes, goldenes Amulett. Das hat ihm auch Mustafa Kemal Pascha geschenkt. Und viel Geld noch dazu.«

»Warum hat er dir das Haus gekauft?«

»Damit wir Nachbarn werden. Denn er mag mich sehr.«

Die Mutter stand auf, stellte sich vor ihren Sohn, richtete ihre Augen auf ihn, ließ sie bewundernd auf ihrem Jungen, ihrem Kapitän!, ruhen und sagte dann stolz: »Wer liebt meinen Sohn denn nicht!«

»Die Ameiseninsel ist sehr grün. Viele Pflanzen, viele Bäume, viele Weingärten, viele Aprikosen-, Mandel- und Olivenbäume. Ich werde dir auch fünf rotbraune und drei blaue Ziegen besorgen. Drei blaue Ziegen des heiligen Hizir von der Rauen Insel. Und einen Ziegenbock.«

»Die will ich nicht haben«, schrie die Mutter totenbleich.

»Wir werden sie doch nicht schlachten, Mutter.«

»Ich will sie niiicht! An diesen Ziegen vergreift man sich nicht!«

»Wer die Milch dieser Ziegen trinkt, soll hundert Jahre alt werden.«

»Will ich nicht.«

»Dann eben nicht, Mutter. Die rotbraunen Ziegen werden reichen.«

»Und drei schwarze. Ihre Milch ist gesund.«

»Ja, sie ist gesund.«

Mutter Melek sprang auf. Ihr Atem ging stoßweise vor Aufregung. Kerzengerade stand sie da, ihre Brust hob und senkte sich, ihre großen Brüste wippten.

»Auf denn, wir packen!«

»Wohin denn, Mutter?«

»Steht unser Haus nicht auf der Ameiseninsel?«

»Ja, da steht es.«

»Mit drei großen Granatbäumen davor, die rosafarbene Früchte tragen?«

»So ist es.«

»Worauf wartest du dann noch? Morgen müssen wir uns sehr früh auf den Weg machen und so schnell wie möglich in unserem Haus sein. Los, zum Nichtstun bleibt uns keine Zeit.«

»Schau, Mutter ...«

»Steh auf, sage ich, steh auf!«

»Schau, Mutter, was ich dir noch sagen wollte ...«

»Behalte es für dich, und steh auf! Morgen früh, noch vor Tagesanbruch, möchte ich in unserem Haus sein. Steh auf, mein Sohn, mein schwarzäugiger Recke, steh auf, zum Nichtstun bleibt uns keine Zeit!«

»Schau, Mutter ...«

»Nun sag schon, was du sagen willst!«

»Weißt du, Mutter, wessen Haus es ist?«

»Was kümmerts mich, wessen Haus. Hast du es nicht gekauft? Hat der mit der Medaille von Mustafa Kemal Pascha und mit dem goldenen Amulett es dir denn nicht gegeben?«

»Es ist das Haus der Keti Sotiri.«

Die Mutter stutzte, ließ das Kinn auf die Brust sinken und überlegte. Als sie gleich wieder aufblickte, sah der Kapitän in ihrem Gesicht, wie verwirrt sie war, doch im Nu hatte sie sich wieder in der Gewalt.

»Das Haus der schönen Keti?« Noch während sie fragte, hellte sich ihre Miene auf, funkelten ihre Augen vor Freude. Dem Kapitän war, als sprühe sie rundum vor Glück.

»Ja, der schönen Keti Haus.«

»Na, wie schön. Ich werde also im Haus der schönen Keti wohnen. Und was ist dabei?«

Der Kapitän wand sich, wollte etwas sagen, verzichtete. Seine Mutter, reine Freude, wie umweht von einer Brise Glück.

»Nun, ich hatte gedacht ...«

»Was hast du gedacht? Lass hören!« Wo eben noch die Glücksbrise wehte, reckte sich schroffer Fels.

»Ich dachte, es könnte Unglück bringen.«

»Warum sollte es?«

»Sie haben sie doch verbannt, aus ihrer tausendjährigen Erde herausgerissen ...«

»Was geht das uns an?«

»Und der Mann der schönen Keti ist für unseren Glauben den Heldentod gestorben.«

»Den Heldentod gestorben?«

»Den Heldentod gestorben. Die Russen wollten Istanbul erobern und standen schon vor den Toren der Stadt. Die Straße nach Istanbul aber führt über eine Brücke mit unzähligen Bögen. Und auf dieser Brücke hatte sich Leutnant Elia Efendi mit seiner Einheit und einem Maschinengewehr verschanzt und gerufen, der Feind kommt auf dieser Brücke nur über meine Leiche nach Istanbul! Drei Tage und drei Nächte kämpfte er gegen den Feind und wich nicht einen Schritt. Der Feind kam mit einer riesigen Übermacht, und alle Verteidiger der Brücke wurden getötet. Erst danach konnte der Feind, über ihre Leichen stampfend, nach Istanbul weitermarschieren. Bis in den frühen Morgen soll ein Lichterregen auf der Brücke hin und her geströmt sein. Ist Elia Efendi, der Mann der schönen Keti, etwa nicht den heiligen Heldentod gestorben?«

»Ist er nicht.«

»Weswegen nicht?«

»Deswegen nicht.«

»Wäre er nicht den heiligen Heldentod gestorben, hätte es dann auch einen Regen von Licht auf der Brücke mit den vielen Bögen gegeben?«

»Hätte es gegeben.«

»Und bringt es kein Unglück, im Hause eines gefallenen heiligen Helden zu wohnen?«

»Bringt es nicht.«

»Auch wenn er für den Glauben …«

»Von wegen für den Glauben! Lass mich dich einsalzen, Kapitän, damit du nicht riechst, mein schöner Sohn! Ein gefallener heiliger Held? Kann jemand, der kein Moslem ist, denn ein gefallener heiliger Held sein?«

»Kann er, Mutter. Eben dieser Elia Efendi. Wenn er nicht den heiligen Heldentod gestorben ist, wer waren denn die Lichter, die bis morgens auf der Brücke wandelten?«

»Wer hat sie denn gesehen, wer hat es dir erzählt?«

»Alle wissen es. Sie haben für ihn in der Kirche gebetet, haben für den gefallenen heiligen Helden Kerzen angezündet.«

»Schweig!«, schrie Melek Hanum entsetz. »Sei ja still, du ungläubiger Mensch. Die zünden in der Kirche sogar für ihre Katzen Kerzen an.«

»Reg dich nicht auf, Mutter, ich sage ja nur …«

»Bereue und bekenne, bereue und bekenne, du hast dich gegen den Glauben gestellt, bereue!«

»Ich bereue, Mutter, Gott bewahre mich! Ich meinte ja nur … Wir verkaufen dieses Haus, wenn sein Wert gestiegen ist, zu einem guten Preis, und mit dem Geld werde ich …«

»Geh du nur fischen und Schwertfische jagen, dann verdienst du noch mehr! Ich aber wohne auf der Insel in einem zweistöckigen Haus inmitten schöner Gärten und muss nicht mehr in diesem Käfig hier leben. Und im Garten vorm Haus drei rot blühende Granatbäume nebeneinander. Blutrot in Blüte, mitten im Meer, jaaa!«

»Und unser Orangenhain, Mutter? Jeden Baum habe ich mit meinen eigenen Händen gepflanzt, und habe ich nicht jeden wie mein eigenes Kind mit Wiegenliedern großgezogen?«

»In unserem Garten auf der Insel pflanzt du wieder welche und verkaufst diesen Hain und diesen Käfig von Haus!«

»Das kauft niemand, das Volk hat doch kein Geld.«

»Dann verkaufst du, wenn es wieder welches hat.«

»Mutter, du drehst dort durch! Da ist nichts und niemand, rundum nichts als Meer und mittendrin eine Hand voll Insel. Ein Gefängnis!«

»Haha«, lachte Melek Hanum scharf, »hahaha! Ist dieser Käfig etwa kein Gefängnis?« Sie reckte sich, und die kleine Frau war vor Zorn riesengroß geworden, sogar ihr Haarschopf schien sich aufgebläht zu haben. »Mensch, ich fahre morgen in aller Früh zur Insel. Komm mit, oder lass es bleiben! Jedenfalls werde ich in unserem schönen Häuschen wohnen und meine süßlichsauren rosa Granatäpfel an den Mann mit dem goldenen Amulett verkaufen. Morgen in aller Frühe … Komm mit, wenn du willst, oder lass es bleiben!«

»Mutter, beruhige dich, Mutter …«

»Du widerspenstiger, dickköpfiger Hund! Dein Vater war genauso. Genauso dickköpfig wie du. Mustafa, sagte ich, Mustafa, mein Leben für dich, geh nicht zu den Soldaten, da töten sie dich! Schlag dich ins Gebirge da drüben, das die unsrigen Kazdağı, die Griechen Ida nennen. Dort ist auch das Dorf meines Vaters. Sie werden sich um dich kümmern, werden dich mit Honig und Sahne nähren. Wer schert sich noch um dich, wenn der Krieg vorbei ist? Dann holst du deinen Militärdienst nach und kommst nach Haus zurück. Drei Tage und drei Nächte, vierzig Tage, vierzig Nächte habe ich ihn angefleht, doch er hat nicht auf mich gehört und ist auf und davon. Blutjung wie ein sprießender Schössling. Du warst noch keine fünfzehn Jahre alt. Erinnerst du dich an seinen Abschied?«

»Ich weiß es noch wie heute. Was sollte er denn tun, Mutter? Wäre er nicht gegangen, sie hätten ihn gehenkt.«

»Sieh doch, diese Stadt und diese Dörfer sind voller Fahnenflüchtiger. Ist auch nur einer von ihnen gehängt worden? Reich geworden sind sie allesamt.«

»Und mein Vater wurde ein heiliger Held, und Licht leuchtet auf seinem Grab.«

»Haha, haha … Auf seinem Grab? Licht?«

»Ja, Licht.«

»Vay, mein Sohn ohne Verstand, vay! Dein Vater hat kein Grab!«

»Ich weiß, Mutter.«

Der Kapitän war jetzt auch zornig, er hatte die Stimme gehoben, und zum ersten Mal hörte Melek Hanum ihren Sohn mit so barscher Stimme zu ihr sprechen. Verwundert, wusste sie nicht, was sie sagen sollte. Was hatte der Junge nur? Doch sie fasste sich sehr schnell. Wenn auch ganz ruhig, sagte sie mit scharfem Ton: »Hast du damals nicht zugehört, als Gefreiter Ismail berichtete?«

»Und wie oft ich zugehört habe!«

»Dann hör noch einmal gut zu, mein Junge!«

»Ich höre noch einmal und noch einmal zu.«

»Ja, ja, mein schöner Sohn, mein stattlicher Sohn, mein kluger Sohn, mein trotziger Sohn, höre, was Gefreiter Ismail berichtet hat, denn er ist dabei gewesen.«

»Ich weiß.«

»Das Meer unter ihnen brannte lichterloh, Schiffe brannten, die Erde brannte. Und von der brennenden See her regneten Granaten auf sie herab.«

»Ich weiß.«

»Ach, müsstest du es doch nicht wissen! Keine fünfzig Meter vom Gefreiten Ismail entfernt lag dein Vater in einem Schützengraben. Eine Granate kam geflogen, eine Fontäne von Flammen schoss in den Himmel, und als der Gefreite aufschaute, blickte er in einen riesengroßen Krater, in dem es außer Erde nichts mehr gab. Nicht einen Fleischfetzen, nicht einen Knochensplitter. Er suchte die ganze Gegend ab und fand nicht ein einziges Stückchen …«

»Ich weiß, Mutter!«

»Wüsstest du es doch nicht! Dein Vater war zu Staub geworden. Hast du jemals von einem heiligen Helden aus Staub gehört?«

»Nein, Mutter.«

»Eben. Und wenn dein Vater auf mich gehört hätte, wäre es

nicht so weit gekommen. Es gibt kein Grab, es gibt nicht einmal einen Knochen von ihm. Er ist so etwas wie Luft geworden. Hat Gefreiter Ismail es nicht genauso gesagt?«

»So hat er es gesagt, Mutter.«

»Du hast es doch mit eigenen Ohren gehört.«

»Ich hörte es mit eigenen Ohren.«

»Und was hat Gefreiter Ismail noch gesagt?«

»Er sagte, wäre ich doch desertiert, dann hätte ich meine Beine nicht dort lassen und jetzt am Boden kriechen müssen. Wäre ich doch auch zu Staub geworden und erlebte diese Tage nicht mehr, da ich, meine Beinstümpfe hinter mir her schleifend, mich auf Händen fortbewege und sie auf mich herabblicken wie auf einen kriechenden Wurm.«

Lachend stand Kapitän Kadri auf, nahm seine Mutter in die Arme und küsste ihr Haar. »Mutter, ich werde nicht so dickköpfig sein wie mein Vater. Pack jetzt deine Sachen! Ich muss noch ins Ladenviertel und komme gleich zurück.«

»Mutters Leben für dich, mein einziger, bewunderter Kapitän! Gott mache zu Gold, was du in die Hand nimmst. Dein Vater hat keine guten Tage erlebt, Gott bewahre dich vor den schlechten, mein Falke! Die Fische aller Gewässer sollen deinen Netzen, Angeln und Harpunen nicht entkommen! Auf der Stelle werde ich mich von den Nachbarn verabschieden, zurückkommen und packen!«

Der Kapitän eilte hinaus. Hatte sich nicht jede Faser seines Körpers in Freude verwandelt, als ihm der Grundbrief ausgehändigt wurde? Warum also wollte er nicht mehr auf die Insel, als er vor seiner Mutter stand? Aus Mitleid, weil er ihr nicht zumuten wollte, ihr Leben auf dieser verlassenen Insel zu verbringen? Oder weil sie ihn verärgert hatte? Oder hatte er sie nur prüfen wollen? Er wusste es nicht mehr und wollte sich darüber auch nicht länger den Kopf zerbrechen. Was er befürchtet hatte, war schließlich nicht eingetreten, seine Mutter wollte lieber und schneller noch als er auf die Insel. Sofort wird er ihr drei trächtige rotbraune, zwei trächtige schwarze Ziegen und einen Ziegenbock kaufen. Es fehlte nicht viel, und er hätte mitten im Ladenviertel mit schnippenden Fingern einen Bauchtanz hingelegt. Er machte seine Einkäufe und hastete zurück nach Haus. Die Mutter hatte sich inzwischen von den Nachbarn verabschiedet und bündelte schon ihre Sachen. Sie war in Schweiß gebadet.

»Da bist du ja, mein Junge«, rief sie.

»Ja, da bin ich, und du setzt dich hierher, die Bündel schnüre ich!«

Er nahm ihr den Strick aus der Hand, schnürte die in Kelims eingerollten Betten, schob sie an die Wand, stopfte Töpfe und Geschirr in einen Sack, legte die Bastmatten übereinander und hängte die Bilder ab. Auf einem vorwiegend mit blauen, grünen und roten Farben gemalten Bild schießen Flammen aus einem der Schiffe, ein anderes ist mit dem Bug voran schon bis zur Hälfte in den Fluten versunken. Auch die anderen Bilder handeln vom Krieg. Unter der flatternden Fahne mit dem Halbmond übergibt General Trikopis seinen Degen Mustafa Kemal Pascha, auf einem Bild so breit wie ein Laken haben zwei Soldaten sich gegenseitig ihre aufgepflanzten Bajonette bis ans Heft in die Brust gestoßen, stehen aufrecht da und lächeln.

Er holte den Handkarren aus dem Garten, stellte ihn an die Haustür und trug noch die Wasserkrüge hinaus. Als nichts mehr dalag, setzte er sich neben die Mutter und legte seinen Arm um ihre Schulter. »Wie gut, dass du darauf bestanden hast, auf die Insel zu ziehen, meine schöne Mutter! Du wirst sehen, unser Haus ist ein schönes Haus.«

»Das der schönen Keti.«

»Der schönen Keti Haus«, bestätigte stolz der Kapitän.

Erst als er die Augen noch einmal prüfend durch die leeren Räume wandern ließ, fiel es ihm auf: »Wir haben alles gepackt, Mutter, und wo werden wir heute Nacht schlafen?«, jammerte er.

»Auf den Bastmatten«, antwortete sie ungerührt. »Ist ja nur für eine Nacht ... Da nutzen sich unsere Flanken schon nicht ab!«

»Nein, das werden sie nicht«, lachte er.

Vor Tagesanbruch, als das Meer noch weiß schimmerte, machten sie sich auf den Weg. Die Jugendfreunde und sämtliche Fischerkollegen Kapitän Kadris sowie alle Nachbarn Melek Hanums waren in aller Frühe gekommen, um ihnen zum Abschied alles Gute zu wünschen.

Der Morgen dämmerte, die Sonne ging auf, das Meer lag spiegelglatt. Nicht eine Welle, nicht das kleinste Riffeln. Melek Hanums Herz klopfte. Mal bekümmerte es sie, auf dieser öden und menschenleeren Insel, diesem Grund der Hölle leben zu müssen, doch gleich danach erfüllte es sie wieder mit unbändiger Freude.

Als das Boot sich der Insel näherte, stand Melek Hanum auf, beschattete ihre Augen und betrachtete das Eiland, das sich vor ihr pechschwarz in die Höhe reckte. Sie hatte ein kleines Stück Land erwartet, aber das hier sah aus wie ein riesiger Berg. Und je näher sie kamen, desto höher und breiter wurde er. Nach und nach tauchten hinter dem mächtigen Baum auf dem Platz am Ufer die farbigen Häuser mit den verglasten Fenstern auf.

Die Hände in den Hüften, bewunderte Melek Hanum den jetzt grasgrünen Berg, und je näher sie der Insel kamen, desto schneller folgte eine Überraschung der anderen, und sie kam aus dem Staunen gar nicht mehr heraus.

»Was ist das da?« Sie zeigte mit der ausgestreckten Rechten auf den Anleger.

»Die Anlegebrücke.«

Melek Hanum flog vor Freude. »An welch schönes, schönes, schönes Fleckchen Erde hast du uns gebracht. In dem klitzekleinen Haus wäre ich fast erstickt. Gott lasse zu Gold werden, was du in die Hand nimmst!«

Schwankend und stolpernd ging sie zum Bug. Wäre Kadri nicht mit dem Ruf »Mutter, du fällst noch ins Wasser« herbeigesprungen und hätte sie festgehalten, sie wäre über Bord gestürzt. »Mutter, was tust du da!«

»Was soll schon sein, und warum sollte ich denn fallen, Junge! Was für ein schönes Plätzchen!«

»Hab ichs dir nicht gesagt?«

»Gott mache dich glücklich, in dieser und der anderen Welt!«

Und während Melek Hanum schwankend zu ihm ging, war er es, der sie im letzten Augenblick wieder vor einem Sturz übers Dollbord bewahrte.

»Mutter, was ist mit dir?«

»Gar nichts. Mein Fuß ist nur ausgerutscht.«

Plötzlich rief sie, atemlos vor überschäumender Freude: »Schau, deine Freunde heißen uns willkommen«, glitt aus des Kapitäns Händen auf die Planken des Vordecks und weinte.

»Mutter, was ist?« Er beugte sich nieder und hob sie auf. Melek Hanum weinte, wischte sich die Tränen, lachte und weinte.

»Ich bitte dich, Mutter, was sollen denn meine Freunde denken, wenn sie dich so sehen? Sie werden noch meinen, ich habe dich mit Gewalt hergebracht.«

»Sollen sie doch denken, was sie wollen«, entgegnete Melek Hanum, fasste sich aber sofort und trocknete ihre Tränen. Als das Boot anlegte, hatten sich die Falten ihres Gesichts geglättet, strahlte sie wie eine rosarote Blume der Freude.

Glossar

Mastika	mit Mastix versetzter Rosinenbrand
Okka	früheres türkisches Handels- und Münzgewicht
Rumelien	Europäisches Gebiet des osmanischen Reiches
Türbe	turmförmiger Grabbau mit kegel- oder kuppelförmigem Dach

Der Übersetzer

Cornelius Bischoff wurde 1928 in Hamburg geboren. Er ging ab 1939 in Istanbul zur Schule und machte dort 1948 das staatliche türkische Abitur. Während der Schulzeit war er als Deutscher in der Türkei 1944–45 in Corum interniert. 1948 begann er sein Studium an der Juristischen Fakultät in Istanbul, ging 1949 an die Juristische Fakultät Hamburg und schloss 1954 mit dem Staatsexamen ab. Nach den Jahren als Rechtsreferendar beim Hanseatischen Oberlandesgericht wurde Cornelius Bischoff 1956 stv. Betriebsleiter in The Brecht Corp., Hamburg, und ist seit 1961 selbständig. Seit 1978 literarische Übersetzungen und Drehbücher.

Yaşar Kemal im Unionsverlag

Die Ararat Legende

Eines Morgens steht ein prächtiger Schimmel vor Ahmets Hütte. Kein Bewohner des Berges Ararat würde jemals solch ein Geschenk Gottes zurückgeben. Der Pascha aber will sein Pferd zurückerobern. Der Stolz der Menschen schlägt um in offene Revolte.

Der Wind aus der Ebene – Anatolische Trilogie I

Die Bewohner eines ganzen Dorfes ziehen aus den Taurusbergen hinunter auf die Baumwollfelder, um sich als Tagelöhner zu verdingen. Der Zug wird zur Höllenfahrt durch eine grausame Natur und archaische Leidenschaften.

Eisenerde, Kupferhimmel – Anatolische Trilogie II

In einem anatolischen Dorf wird ein uraltes Stück Menschheitsgeschichte Realität: Einer, der sich nicht beugen lässt, wird zum Heiligen. »Stoff, um mitreißende Geschichten zu erzählen.« *Nürnberger Zeitung*

Das Unsterblichkeitskraut – Anatolische Trilogie III

»Ich wollte zeigen, dass der Mensch nicht nur in der realen Welt lebt, sondern ebenso sehr auch in seinen Träumen. Denn wenn das Leben ihn so hart an den Abgrund führt, dann muss er sich, um zu überleben, eine Welt der Mythen und Träume schaffen.«

Auch die Vögel sind fort

Kemals Istanbul ist eine brodelnde, gnadenlose Welt im Umbruch. Hier sind Spitzbuben und Tagträumer, Gestrandete und Gescheiterte die letzten Unversehrten.

Der Baum des Narren

Kemals eigenes Leben ist ein epischer Stoff voller Dramatik und Abenteuer, der durch die Höhen und Tiefen des Landes führt. Er erzählt von den Menschen, die seinen Weg geprägt, und von den Büchern, die sein Werk beeinflusst haben.

Der Übersetzer

Cornelius Bischoff wurde 1928 in Hamburg geboren. Er ging ab 1939 in Istanbul zur Schule und machte dort 1948 das staatliche türkische Abitur. Während der Schulzeit war er als Deutscher in der Türkei 1944–45 in Corum interniert. 1948 begann er sein Studium an der Juristischen Fakultät in Istanbul, ging 1949 an die Juristische Fakultät Hamburg und schloss 1954 mit dem Staatsexamen ab. Nach den Jahren als Rechtsreferendar beim Hanseatischen Oberlandesgericht wurde Cornelius Bischoff 1956 stv. Betriebsleiter in The Brecht Corp., Hamburg, und ist seit 1961 selbständig. Seit 1978 literarische Übersetzungen und Drehbücher.

Yaşar Kemal im Unionsverlag

Die Ararat Legende

Eines Morgens steht ein prächtiger Schimmel vor Ahmets Hütte. Kein Bewohner des Berges Ararat würde jemals solch ein Geschenk Gottes zurückgeben. Der Pascha aber will sein Pferd zurückerobern. Der Stolz der Menschen schlägt um in offene Revolte.

Der Wind aus der Ebene – Anatolische Trilogie I

Die Bewohner eines ganzen Dorfes ziehen aus den Taurusbergen hinunter auf die Baumwollfelder, um sich als Tagelöhner zu verdingen. Der Zug wird zur Höllenfahrt durch eine grausame Natur und archaische Leidenschaften.

Eisenerde, Kupferhimmel – Anatolische Trilogie II

In einem anatolischen Dorf wird ein uraltes Stück Menschheitsgeschichte Realität: Einer, der sich nicht beugen lässt, wird zum Heiligen. »Stoff, um mitreißende Geschichten zu erzählen.« *Nürnberger Zeitung*

Das Unsterblichkeitskraut – Anatolische Trilogie III

»Ich wollte zeigen, dass der Mensch nicht nur in der realen Welt lebt, sondern ebenso sehr auch in seinen Träumen. Denn wenn das Leben ihn so hart an den Abgrund führt, dann muss er sich, um zu überleben, eine Welt der Mythen und Träume schaffen.«

Auch die Vögel sind fort

Kemals Istanbul ist eine brodelnde, gnadenlose Welt im Umbruch. Hier sind Spitzbuben und Tagträumer, Gestrandete und Gescheiterte die letzten Unversehrten.

Der Baum des Narren

Kemals eigenes Leben ist ein epischer Stoff voller Dramatik und Abenteuer, der durch die Höhen und Tiefen des Landes führt. Er erzählt von den Menschen, die seinen Weg geprägt, und von den Büchern, die sein Werk beeinflusst haben.

Yaşar Kemal im Unionsverlag

Das Lied der tausend Stiere

Seit Jahrhunderten ziehen die Nomaden aus den Bergen in die Ebene. Wo sie einst lagerten, erstrecken sich jetzt Reisfelder und Baumwollplantagen. Dieser Winter wird der letzte des Stammes.

Memed, mein Falke

Memed, der schmächtige Bauernjunge, wird zum Räuber, Rebell und Rächer seines Volkes. Ein Roman, der selbst wieder zur Legende wurde. In türkischen Kaffeehäusern wird er vorgelesen, wandernde Sänger erzählen ihn nach.

Die Disteln brennen – Memed II

Eines Nachts klopft ein abgerissener, ausgehungerter Fremdling an die Tür: Memed musste lernen, dass auch der größte Held nichts ausrichtet, wenn er einsam bleibt.

Das Reich der Vierzig Augen – Memed III

Kann sich Memed von den Märchen und Mythen, die sich um ihn ranken, befreien und wieder Mensch werden?

Salman

In dieser großen Familiensaga hat Kemal die Tragödien Anatoliens und persönliche Erlebnisse verarbeitet. Er erzählt von den Wanderungen der Völker nach Krieg und Vertreibung, von Glück und Grausamkeit der Menschen.

Töte die Schlange

Eine wahre Begebenheit wird zum Stoff einer Tragödie: Wie kann es so weit kommen, dass ein Sohn die geliebte Mutter tötet? »In einem grandiosen Bogen treibt Kemal die Geschichte auf die Katastrophe zu.« *Kölner Stadt-Anzeiger*

Zorn des Meeres

Ein alter Mann und das Meer: Der Fischer Selim jagt auf dem Marmarameer seinem Traum nach. Gleichzeitig wird ein jugendlicher Mörder durch ganz Istanbul gehetzt.